收获

NOVEL HARVEST

长篇小说 2020 冬卷

上海文艺出版社

目录 冬卷 2020

002 张文宏医生 程小莹
　　118 编后记 余静如

120 金枝 邵丽
　　226 父之名：前世今生辨金枝 程德培

244 和唯一知道星星为什么会发光的人一起散步 蒋方舟

304 大日坛城 徐皓峰

张文宏医生

程小莹

开场白

张文宏很少讲自己的故事。比如他如何在美国读书,在香港读书,和谁住在一起。不过,他有一次说起他的哥哥——他唯一的胞兄,先于他走出家乡,在浙江杭州读大学。张文宏去过杭州看哥哥。那是1986年,张文宏读高二的时候,得老师指点,撰文《论温州模式》,获华东地区"中学生政治论文竞赛"一等奖。张文宏与指导老师同往景德镇领奖,顺路,先到杭州看哥哥,白相一趟。一个城镇男孩第一次走出家乡,记忆深刻。坐省内长途班车,与来自各地的获奖学子同吃同住,几天下来,打成一片。淳朴年代,青春期的张文宏同学敏感,晓得自己是从小地方出来的。张文宏所幸"同学之间无论是来自农村还是城镇,大家关心的都是学习能力和为人",遂生通吃之意,"瑞安中学不输给上海和杭州等大城市的名校,我也不输给这些名校的学生"。那时候,他晓得,杭州离上海已经很近了。

他很少回忆往昔。他关注当下。"我不会和你说许多我的回忆。"他经常这样说。"现在我真的没有时间去回忆。我是医生,有很多病人在等我。特别是现在这个辰光。你说是吧。你跟我查过病房,在上海金山公共卫生临床中心,那儿还有二十几个新冠肺炎病人。我们上海市新冠肺炎医疗专家组的专家,每个星期都要轮流去现场会诊。我是专家组组长,每星期也要去一到两次。华山西院的病房,你也跟我去过。你看到的,病房里'啪啪铺'(睡满病人)。他们是病人,都是感染病重症、疑难杂症,等医生去救命。你说还有什么事情比这个更加要紧。所以,我没有办法,也没有辰光,跟你去回忆许多老底子的事情。"

那天,张文宏到达华山西院的时候是上午10点。他从金山公共卫生临床中心结束专家组会诊后,准点赶到。他在时间安排上候分刻数。这是2020年7月29日。张文宏这一天的安排是这样的:上午9点,上海市公共卫生临床中心新冠肺炎专家组查病房;上午10点,上海华山医院西院传染科病房查病房;下午1点,华山医院总院传染科业务会议;下午3点,传染科门诊会同协作科室会诊;晚上有个国际医学会议视频连线,特邀张文宏发言谈中国与世界新冠疫情。

只是,这个时间点,在西院停车难。好不容易寻到个停车位,张文宏倒车,来回打方向几次,入位。他从车上下来,习惯性看看车身。可以看见,车身后部留有多处剐蹭痕迹。从停车点到院部大楼,多走了一二百米。这段路行走中,张文宏背好双肩包,戴上口罩,长舌帽帽檐压得很低。没有人会认出他。他进门诊大楼,竟然找不到上楼的职工内部电梯。这个地方他有近两个月没来了,有点陌生。"过去我经常来,新冠疫情期间,有两个月了吧,实在没有时间来。连上楼的电梯也寻不着了,好像动过了。"张文宏难得有点疑惑。

这天是张文宏半年多来抗击新冠疫情和华山感染科日常医学叙事的集中表达。可以用一种介于散文和小说之间的思维、思绪、情绪、笔触,记录下来。张文宏说,哪能写?我不晓得,我会写一些科普文章,用一些真实的病案，像一个小故事，从中发掘出一点有意思的知识和思想，告诉大家一些道理。

疫情是一出人类的大戏，生死之间，动荡不安的戏分，翻云覆雨的情节，到了即将落幕的时候，或者，在前一波与后一波之间的一个波谷，大家都在揣测，每个人说的话，做的事儿，都摆设在那里。使之前所有的有意义和无意义，都会有注脚和出处，在张文宏这里，则显示着意义重大，要旨非同寻常。

许多事情他不轻易示人。他不会告诉人他的童年往事，他的青春少年时光；还有他的家人，他的父母，甚至祖父母；他也不想告诉人，他和他的亲明好友的故事；他遇到的人，物，事；他的学业，他的事业和发展；挫折与峰回路转……这些他都不想说。他已经说过了："我就是一个乡下小青年，到上海来读书，后来就留在上海。就是这样。"他本就是这样的人，生活就是这样过来了。他没有时间去回忆。就让生活怎么样子过来的，再怎么样子过去。

张文宏说："我就是个医生，感染病学科专家医生，因为新冠肺炎，因为这个病毒，我无法隐身于幕后，无法袖手观望，我需要站到前台来，说一些话来让大家听明白。但我也不是一个说书人，现在也不是回忆往事的时候，就说一些大家听得明白的话语。"

所以，写不了他的亲友，家人，许多陌生人——病人，有的活着，有的已经死去；还有他的家族血脉，他的故乡，他勤劳质朴的乡下人祖先，南国美丽忧郁的小城故事；一方水土养一方人的南方乡村城镇农民工人小知识分子自然清朗质朴精明的生活哲学。对，就是温州人——温州瑞安。张文宏不大去回想这些故乡轶事，似乎没有多少趣闻。就是这样，张文宏的思路信马由缰，这样的跑马般的思路生就的语言，信手拈来，你不知道他的下一句会说什么，他说他自己也不晓得自己下一句会说什么。话语间，他时有停顿，和缓中带一点节奏，一种裹在糅合中的犀利，让对话暗藏机锋。有一些和张文宏紧密度各不相同的断章、逸事，零星点滴，在他的叙述间满溢出来，也许就成了张文宏的历史。

如果说这就是回忆也罢。

张文宏不迷恋对故乡的旧事重提，但不乏乡情。三十余年，旧游踪迹，梦飞青山绿水。对于上海，却以"乡下人"自嘲。瑞安有许多的好，人家是不晓得的。有许多有劲的地方，因为是小地方，晓得的人便不多。不晓得并非就没有意思。只不过你不晓得罢了。人家讲，小地方的人，孤陋寡闻；但你不晓得小地方，也是一种孤陋寡闻啊。小地方，生我养我。我现在，在上海，也有点像上海了——全世界皆晓得。这就是上海。也是个养我的地方。

他很早便将自己父母接到上海来生活。"我好照顾老人呀。当然，少不了买房，还贷。返乡已不是我的第一选项。"张文宏说。上海如此之好。

"我在上海至少生活了三十年，交税也交了不少，但这个城市给了我更多，所以我非常愿意给上海打广告。我一般不给任何地方打广告，但是为上海打广告，是一种感恩。"这是张文宏对上海说出的一句心里话。

张文宏说，有许多人比我更了解上海。我就是一个乡下人到上海。对上海来讲，我真的就是一个乡下人。在温州瑞安，我不是乡下人，我是小城镇人，有比城镇更落乡的地方，那是我们那里的"乡下人"。按张文宏的讲法——大地方的人，看小地方的人，都叫"乡下人"——人类的"鄙视链"。

感染科的病人，俗称"传染病"，是"穷病"，不同于城市人的"富贵病"。传染病的病人大多数是乡下人，老底子，毛主席"送瘟神"，"绿水青山枉自多，华佗无奈小虫何"，说的就是"血吸虫病"，现在浙江农村，绿水青山，金山银山，那时候哪有这么好。中国南方农村乡下人生血吸虫病，地主不生血吸虫病的。只有农民，赤脚踏在水田里劳作，到小河浜里清洗农具，一边揩面洗脚擦身，容易感染得病。

"我们华山医院感染科的老前辈，我老师翁心华和他的老师们，就到农村去消灭血吸虫病。"

"我是专门看感染性疾病，也包括传染病，穷人容易得。我对乡下人老好的。"张文宏说这话，很认真，一点不开玩笑。

至于他哪能对乡下人好？好到什么程度？有故事的。还有，哪能做好一个感染科专家医生？张文宏说，先从学会查不明发热开始。至于如何成为发热待查高手？老专业的。

"我跟你讲你一定听不懂，因为我们读的书不一样，我讲的每一个汉字你都能听明白，但不会知道是什么意思……怎么办。我就用大家听得懂的话来告诉你。不过你懂了，也不一定有用。你总不见得代我去做感染科主任，去查几个发热病人？这种事情，性命交关。一般人，晓得一些科普常识即可，不然要我们医生做啥。我现在这样说，你就晓得，'非典'的辰光，还有今年年初，管控排查新冠肺炎，就是

从测体温开始。上海人讲'量热度'。医院都有发热门诊。现在，全上海，全中国，全世界，量热度的事情，还没完。"

2020年8月，上海大热。张文宏一席话，拽着人，从大热天回到大冷天。回到2020年1月23日，己亥岁末，小年夜。

第 一 章

1. 春节序曲

公历2020年，元月。中国农历时间，仍蹒跚于2019年之己亥年。

己亥，中国传统纪年农历干支之一，顺序第三十六。前位戊戌，庚子于后。

2020年1月23日，己亥岁末，小年夜。这一年的春节，序曲的主题一改往日，不再热烈与欢快。暗流涌动，阴云密布。有激越鼓点，伴随肃杀之气，交响变奏，若隐若现，由远及近。多有悲壮，几近惨烈。

【武汉封城】

从2020年1月23日10时起，武汉全市公交地铁、轮渡、长途客运停运，机场火车站离汉通道暂时关闭，到2020年4月8日零时起，武汉市解除离汉离鄂通道管控措施，武汉封城历经76天，1814个小时。这是属于武汉封城的抗疫记忆。

——百科词条

2020年1月24日，农历除夕。中国卫健委发布新型冠状病毒感染的肺炎疫情情况——

1月23日0—24时，27个省（区、市）报告新增确诊病例259例，新增死亡患者8例。新增治愈出院6例。19个省（区、市）报告新增疑似病例680例。全国共有29个省（区、市）报告疫情，新增内蒙古、陕西、甘肃、新疆4个省（区）。

截至1月23日24时，国家卫生健康委员会收到29个省（区、市）累计报告新型冠状病毒感染的肺炎确诊病例830例，其中重症177例，死亡25例，其中湖北省24例、河北省1例。已治愈出院34例。20个省（区、市）累计报告疑似病例1072例。

累计收到港澳台地区通报确诊病例5例，其中香港特别行政区2例，澳门特别行政区2例，台湾地区1例。

累计收到国外通报确诊病例9例，其中泰国3例（2例已治愈），日本1例（已治愈），韩国1例，美国1例，越南2例，新加坡1例。

目前追踪到密切接触者9507人，已解除医学观察1087人，尚有8420人正在接受医学观察。

同日，三十个省区市相继启动"重大突发公共卫生事件Ⅰ级响应"，制定落实社区的防控措施，实行网格化、地毯式管理。上海市政府召开新型冠状病毒感染的肺炎疫情防控工作会议，听取新型冠状病毒感染的肺炎疫情防控领导小组办公室有关情况汇报。会议决定，上海启动重大突发公共卫生事件Ⅰ级响应机制。

除夕下午，张文宏驱车往肇嘉浜路翁心华先生家。在上海疾控中心，召开上海市新冠肺炎临床救治专家组会议，特邀翁心华先生出席。老先生年过八十二岁，身为复旦大学附属华山医院终身教授。"老师，今年年夜饭你看样子吃不好了。"张文宏致歉意。

"你也一样。"老先生晓得，在今年这个时候，大家都没啥胃口。"你来接我，省得我打车麻烦。过年打车老难的。"车子上，望出去，一反往常，马路上车辆稀少。这个年注定不同寻常。

翁心华说："2003年，SARS的辰光，我在上海，你跟着我，弄了半年，只弄了8个病人。这次，上海首例确诊才4天，就20个确诊病人了。我第一感觉是，这次新冠病毒的传播力，要比SARS更强一些。"

老先生话语不紧不慢，却一字一句烙进张文宏心底。张文宏后来说："从那时起，我就想好，要把自己的时间精力全部投进去研究这个疾病的防控。这与翁老师早期就提醒我们要重视这个病是有关系的。"

下午的上海新冠肺炎临床救治专家组会议上，翁心华旧事重提，有感而发："十七年前SARS的时候，我做上海专家咨询组组长，想不到十七年后的今天，我的学生替代我来做组长了。他很有能力，他会做得比我更好。"

他们有共同的经历。他们都是"华山人"。上海历次重大公共卫生事件中，华山医院感染科的医生承担重任。2003年，翁心华担任上海市防治非典专家咨询组组长；2009年，翁心华的学生卢洪洲担任上海市甲型H1N1流感治疗专家组组长；2013

年，卢洪洲任上海市流感（H7N9）防控临床专家组组长；2020年，张文宏担任上海新冠肺炎临床救治专家组组长。

除夕夜，照例是央视春晚，临时插播朗诵《爱是桥梁》。此中国疫情防控的文艺节目，首创于2020年1月24日除夕夜。作者：白岩松。参演：白岩松、康辉、水均益、贺红梅、海霞、欧阳夏丹。

白岩松：今天，我们走上这个舞台，都没有赶上过一次正规的彩排。这可能是春晚历史上给主持人留下准备时间最短的一次。但是疫情发展得迅速，这份短恰恰代表的是太多的人对防疫群体最长的思念和牵挂。

康辉：短短几天的时间，从习近平总书记的系列指示，到党中央、国务院的高度重视；从各地方部门的快速跟进，到专家、医生的全身心投入；还有，所有中国人关切的目光和温暖的支持。一场没有硝烟的战斗已经打响了。科学防控、坚定信心，就是抗击疫情最好的疫苗。众志成城，没有我们过不去的坎儿。

白岩松：过年，就要拜年！我姓白，当然首先要给全国所有的白衣天使，尤其是奋战在防疫一线的白衣天使们拜年！我们在这儿过年，你们却在帮我们过关。但是，不管你有多忙、你有多累，再隔一会儿，钟声敲响的时候，给自己留几分钟的时间。如果可能的话，给家人打一个报平安的电话，许一个与幸福有关的愿。然后，回到战场，继续护佑我们的生命和健康。但是，一定要记住，我们爱你们！不止在今天，还在未来生命中的每一天。

欧阳夏丹：在这儿呢，我特别想给所有的湖北人拜一个年！你们停下了出行的脚步，其实就是在刹住疫情前行的脚步。可能在那一瞬间，你们会觉得孤单，但却可能是最不孤独的时刻，因为我们所有的人都和你们在一起。留在家中，就是你们对抗击疫情最大的奉献和牺牲。春节到了，春天也就不远了，让我们春天再相逢。隔离病毒，但是绝不会隔离爱。让我们一起给他们加油，给他们最需要的温暖！

贺红梅：我要给最近14天内离开武汉的朋友们拜年！疫情有潜伏期，这段时间，不论你走到哪儿，都请照顾好自己，也绝不给感染别人提供可能。您的安静过年，会帮助我们所有人平安。而对于全国的所有朋友来说，这个年更多地跟家人在一起、跟亲情在一起、跟爱在一起。让自己不感染，就是您对抗击疫情作出的最大贡献。您安全了！14亿人都安全了！疫情就被击垮了！

水均益：我们还要感谢世界各国的朋友们对于中国抗击疫情的关注和关心。你们的一声问候、一句鼓励，就是在为我们加油。病毒不需要护照，我们是人类命运共同体。爱自己，也爱世界每一个角落的人。同一个世界，同样护佑健康。请相信中国，一切都会好起来的！

海霞：今天，在澳网赛场有一个好消息，王蔷战胜了强大的小威。你看，只要我们不怕，敢拼就会赢！有党中央的坚强领导，有全国人民的齐心协力；有最透明的公开信息，有最细致的防护准备；（有）最科学的预防治疗、（有）最强有力的合力保障；最有信心地向前走。在防疫的赛场上，我们一定赢！

康辉：今夜，让我们好好过这个年。也感谢所有为过好这个年正在努力和奉献的人们。过好年、充好电，我们就更有劲儿，对不对？更有劲儿去把所有的事情都做得更好。过年、过关！爱，都是最好的桥梁。我们给大家拜年！加油，武汉！

全体：加油！中国！

"有这个节目的啊。我不晓得。"说起除夕，张文宏说，"这个时候做的节目，是给全国人民看的，不包括医护人员。医生忙煞，哪有时间坐在电视机旁看电视啊。不但忙，心里还紧张，焦虑。"

中国人的除夕，又称大年夜、除夕夜、除夜、岁除等，是时值每年农历腊月（十二月）的最后一个晚上。除，去除之意；夕，指夜晚。除夕也便是辞旧迎新、一元复始、万象更新的节日。

己亥除夕，吃年夜饭，也叫团圆饭，宗懔《荆楚岁时记》文载，至少自南北朝时，已有吃年夜饭之习俗。正值冬天，北人常于饭桌中置火锅，亦称"围炉"。

守岁之习俗，也流传久远，早于西晋，《风土记》便记载："终夜不眠，以待天明曰守岁。"传说守岁是为了防止一种独角兽的侵害，而这种独角兽最怕火光、红色和声响，所以，人们就在除夕夜穿红衣、点红灯、贴红纸、放烟花炮竹、焚香祈祷，彻夜不眠。《帝京岁时纪胜》记载："高烧银烛，畅饮松醪，坐以达旦，名曰守岁，以兆延年。"

多地也称除夕夜为"吉祥夜"。近似西人之"平安夜"。在这个晚上，大人小孩，要说吉祥话，不可说晦气话、脏话和不敬之语，否则一年倒霉。由此，欢欢喜喜、和和气气、团团圆圆，成除夕夜主题。

上海虹桥机场出发大厅，这个除夕，气氛紧张。大战将至，临阵点将——

第一人民医院两人——
第六人民医院两人——
第六人民医院到了没？
华东医院两人——
第四人民医院两人——
……

点名报名，声音不绝。上海52家医院，136名医护人员，24小时完成集结出征。他们都是"自愿申请出战"。华山医院入列。

次日凌晨一点半，大年初一，援军抵达武汉。

中国人的不眠之夜。

守岁。佑护。这一年，上海冬暖。

"我走不了。我要守住上海。"张文宏说。"上海新冠肺炎临床救治专家组组长"的职责，决定他坚守上海。这个除夕夜，张文宏用特殊的方式辞旧迎新——连夜疾书，针对当前的疫情发展与转变、普通大众应该如何防护等问题作答——

除夕夜逆向而行：壮举下的"阳谋"

除夕之夜，国家征召，战则必回，全国数十支医疗队伍奔赴武汉。我们国家的体制优势再次展现。全国人民在医务界英雄前面再次含泪刷屏。这种精神无疑给了大家战胜新冠状肺炎的必胜信念。但全国医疗精英奔赴武汉将开展怎样的医疗救治呢？

很快，武汉的著名感染病专家、华中科技大学附属同济医院感染科主任宁琴教授告诉笔者，"今晚接紧急任务，同济医院汉阳中法新城院区，明天整体搬迁腾出1200张床，为收治发热病人众志成城一夜腾出'小汤山'。"至此，国家击溃"新型冠状病毒肺炎"的一盘大棋拉开序幕。

不出意外，2003年成功控制传染性非典（又称SARS）的成功经验将再次在中国上演。

中国不到一个月获得了导致武汉不明原因肺炎的病原体的基因信息，这是科学的胜利；但是控制病毒蔓延，我们还是要回到最古老的办法，那就是"隔离救治"。就像美国医学会杂志在1918年全球大流感的时候所说的，"在这场流行病中，病毒对生命构成严重威胁，必须给每个病人实施最完善的隔离治疗才能保证人们的安全。"

这几天，大家的微信圈中，充斥着武汉医院内拥挤的病人，求一床而不得，民众又因为武汉限行萌生的不安与恐惧。那么，如今一夜之间，一所1200张床位的医院腾出来了，据我所知，如果床位不够，政府还可能在一周之内再打造一所新的1000多张床位的"武汉小汤山"。这样，再加上目前武汉已经存在的各家定点医院，收入所有的不明原因发热病人已经不成问题。

至此，全国各地医疗志愿军逆向而行进入武汉的"阳谋"已经跃然而出。我们已经不是2003年的中国了。控制武汉新冠病毒感染的主体战役应该在1个月内结束，2个月内进入尾声。

最冷清的春节：孕育生的希望

英雄逆向而行。百姓怎样过年？微信圈被钟南山院士的过年微信刷屏。据说，钟南山院士呼吁："解决疫情最快、成本最低的方式就是全中国人民在家隔离两周，这样对全国经济影响最小，对生命健康最有利。强烈建议全中国人民都在家过春节，不要走亲访友。不是人情淡薄，是生命第一。待春暖花开之时，我们都可以走上街头，不用口罩，繁花与共。"

笔者没有找钟院士考证过他是否说过这句话。其实，从分离出新冠病毒之后，就已经知道这是一种以急性感染为表现的病毒性疾病，一般不会出现长期慢性带毒的情况。

对于这样的病毒，只要足够时间的隔离，完全覆盖掉潜伏期（目前所知该病毒最长潜伏期为2周），那么所有潜在的病人将自动被筛选出进入医院隔离治疗，部分免疫力较强的患者则会自愈。两周之后，社会将重归秩序与繁荣。所以对于武汉，已经采取了限行、停止公交、科普教育等措施，备足了床位与来自全国各地的医疗力量。那么可以预见，2周内，所有已经发病或者即将发病的患者将会顺利进入医疗点救治。经过2—4周治疗，大部分患者将被治愈。这样的话2个月内结束武汉战役不是一场梦。

武汉进入紧急状态，病毒控制在即。2周内发病病例数势必会出现下降。但是，刚刚进入输入性疾病早期的全国各地呢？能否遵从"在家两周"，过个"健康春节"呢？估计很难，不到最后关头，能够遵从健康建议的人只是少数，君不见控烟行动从未真正奏效吗？那么其他全国各地减少活动的困难可想而知。

武汉之外：突发公共卫生事件I级响应

1月23日，广东省、浙江省、湖南省启动重大突发公共卫生事件I级响应。1月24日，湖北省、天津市、安徽省、北京市、上海市、重庆市、四川省启动重大突发公共卫生事件I级响应。

对于突然发生，造成或者可能造成社会公众身心健康严重损害的重大传染病、群体性不明原因疾病、重大食物和职业中毒以及因自然灾害、事故灾难或社会安全等事件引起的严重影响公众身心健康的公共卫生事件称突发公共卫生事件。

《国家突发公共卫生事件应急预案》将突发公共卫生事件划分为特别重大（Ⅰ级）、重大（Ⅱ级）、较大（Ⅲ级）和一般（Ⅳ级）四级。Ⅰ级响应已经属于最高级别，也就是特别重大的级别。本次出现输入性病例较多的省份和城市宣布启动Ⅰ级响应的原因是"发生新传染病或我国尚未发现的传染病发生或传入，并有扩散趋势"。

可以预计，宣布Ⅰ级响应的地区在随后的几周内，应会全方位地采取措施，更快地发现更多病人、充分隔离疑似和确诊患者，强制性减少社会聚集性活动。如果能够有效地发现输入性病例的话，那么在2周之后病例数应该会出现显著下降。若未能在2周之后发现病例数下降，反而出现更多聚集性成簇分布的本地病例的话，说明早期的疾病控制措施不到位，在后期将会依据Ⅰ级响应授予的权力采取更加积极的防控措施以降低新发患者数量。

在全国各地英雄往武汉逆向奔袭之际，我们相信武汉战役从一开始就是从胜利走向胜利。反之，我们下一步的目光更应该投向武汉之外的城市，我们决不允许武汉发生的新型冠状病毒传播和暴发再上演一次。

张文宏说——自从新冠疫情来到这个世界，作为一个专业的感染科医生，我也非常迷惑。一开始，我也不认得这个病毒。这场传染病跟我接触的其他传染病完全不一样。我在2003年参加了与SARS的斗争，2009年参加了H1N1流感暴发的处理，也参加了2013年人感染H7N9禽流感的处理，但是比较每一次传染病的发生，都让我感觉到这次新冠疫情来得特别地难处理，而且我们也知道，至今它还在全世界蔓延。因此我想到所有的民众可能也会和我有一样的疑惑，而且对这场传染病的未来，心里都怀着非常强烈的疑惑和担忧。想到这些，你说我该做什么、怎么做？我是个医生，当然是要做个好医生。那篇写于除夕的文字，是我最先想到要说的话。后来，我大概一发不可收——话越来越多。

他说这话的时候，已经是2020年8月。名声大噪，但他还是心存忧患。

2020年1月25日，庚子年，大年初一。中国的这个春节，被新型冠状病毒感染。

关键时刻，习近平总书记发出"疫情就是命令，防控就是责任"的总动员！北京度过一个不眠之夜。

中共中央政治局常委会会议，首次在大年初一召开。中共中央总书记习近平主持，专门研究疫情防控工作。中国最高领导层，打破惯例，与放弃休息、舍弃团聚的一线疫情防控者一样，与全国民众一起，上下同欲，共寻科学应对疫情之策。

习近平首先代表党中央，向奋战在疫情防控工作一线的全国广大医务工作者和同志们表示衷心感谢，向全国各族干部群众特别是湖北各族干部群众致以亲切问候，向在疫情中失去亲人的家庭致以诚挚慰问。"全党全军全国各族人民都同你们站在一起，都是你们的坚强后盾。"

"生命重于泰山。疫情就是命令,防控就是责任。"习近平说。只要坚定信心、同舟共济、科学防治、精准施策,我们就一定能打赢疫情防控阻击战。湖北省要把疫情防控工作作为当前头等大事,采取更严格的措施,内防扩散、外防输出;强调要按照集中患者、集中专家、集中资源、集中救治"四集中"原则,将重症病例集中到综合力量强的定点医疗机构进行救治,及时收治所有确诊病人。

会上,中共中央成立应对疫情工作领导小组,直接在政治局常委会领导下开展工作。会议对下一步的疫情防控,作出明确指示:要分类指导各地做好疫情防控工作。要全力以赴救治感染患者。要依法科学有序防控。要及时准确、公开透明发布疫情,回应境内外关切。

"要全力以赴救治感染患者""及时收治所有确诊病人""决不能因费用问题耽误患者救治"……一系列安排,扛鼎之力,显示执政者对人民生命的珍重。

夜如何其?夜未央,庭燎之光。君子至止,鸾声将将。

夜如何其?夜未艾,庭燎晢晢。君子至止,鸾声哕哕。

夜如何其?夜乡晨,庭燎有辉。君子至止,言观其旂。

2. "组合拳"

上海战"疫"开始。

一个春节长假,再延长假期。上海暖冬。大家闷在家里。看电视,看新闻发布会。上海卫生健康系统适时启动医疗、疾控和科普三大法宝,交出一份疫情"中考"的高分答卷。文汇网称,"其中,健康科普是不可或缺的'加分项'","上海有八位不同领域的'重量级专家'则是健康科普的'神助攻'。"

从1月15日上海确诊首例新冠肺炎病例开始,病毒突如其来,公众手足无措。中国工程院院士、复旦大学教授闻玉梅等十二位院士走上前台,联名向市民发出倡议:科学认知新发传染病,配合排查、及时就医、做好防护。

"在疫情的关键阶段,大家要冷静,要稳住,要相信我们一定会成功!大多数的流行病学专家、病毒学专家、临床学专家都认为,历史上从来没有一个传染病可以把某一个国家的人打倒。它总是有一个过程或者有一个恢复期。"2020年1月30日,下午2点,八十六岁的闻玉梅在上海市新冠肺炎疫情防控系列新闻发布会上发声。现场掌声雷动。与会记者一样带着疫情初期紧张压抑的情绪,此时得以释放。随后,闻玉梅告诉公众,可预见在一到两个潜伏期(一个潜伏期是14天、两个潜伏期就是1个月)就会出现拐点。"拐点"出现的明确标志,首先是疑似感染人数下降,其次是发病人数下降。拐点的到来要靠每个人的努力。

上海人松了口气。

闻玉梅此言不虚。上海抗击疫情过程中,本土新增病例在2月初便开始缓慢下降。至3月24日,上海本土新增病例开始为零。

闻玉梅的结论基于充分的科学依据:"当时中国采取了非常严格的隔离措施,我们完全有信心将疫情控制住。"

非常时期,院士呼吁市民守规矩,既

不要惊慌失措，也不要以为自己"刀枪不入"，各类聚会一定要叫停。在她的建议并关心下，还开展了一项实用性颇强的"非常研究"——复旦大学上海医学院教育部/卫健委医学分子病毒学实验室联合公共卫生学院，用七天时间完成"安全、快捷再生一次性医学口罩"的实验研究。

上海人心向好。连"闷"三周。新增确诊病例数接连下降，形势向好。此时更需谨慎。中国-WHO联合专家考察组成员、复旦大学上海医学院副院长吴凡提醒公众："千万不能麻痹大意，千万不能心存侥幸，千万不能放松措施。"三个"千万"，就千万要注意了，其间传递出科学的防控意识，零新增不等于零风险，有信心不等于能大意。病毒尚在，拐点并未到来，理性对待，不急不躁，不泄气松劲，也是疫情考验的关键所在。

疫情带来的考验远不止这些。"闷"在家的时间越来越长，焦虑与烦躁的情绪相互感染。大众"闷闷不乐"，整日愁眉苦脸，此等不良情绪蔓延，重创大众比病毒尤甚。上海市精神卫生中心党委书记谢斌主任医师给出实用的生活建议，"该追剧追剧，该追星追星"。适时的转移注意力，也是一种积极的"心理防护"。

减少焦虑情绪，可通过增加单调生活中的"仪式感"来实现，"要在心理上把自己唤醒"，谢斌开出"心灵处方"。他以诙谐的方式善意提醒市民——"摁牢了，I see you；摁不牢，ICU"，并建议趁此机会尝试一些"新冠生活新方式"："降低需求、延迟满足、有意义的独处等。"

从闻玉梅、吴凡到谢斌，上海三位不同领域的权威专家，在疫情防控的一个多月内，精准抓住公众心理变化的重要节点，打出一套有力的健康科普"组合拳"。从疫情最初的提振信心，到防控成效初显的鞭策提醒，再到长期闷在家中，心理情绪的调整疏导，抗疫情、稳情绪齐头并进，增信心、除焦虑相得益彰，提升市民抗击疫情的"心灵免疫力"。

也便在此时，公众开始认识张文宏。

疫情初，1月15日，上海确诊首例新冠肺炎病例。公众对病毒一无所知。别说公众，其时，专家医生也一筹莫展。公众无知而迷茫，陷于恐慌、担心、退缩等紧张情绪之中。第一批与患者接触的医护人员，他们知晓病毒的危害性，但必须和患者在一起。14天后——1月29日，过去了一个约定俗成的隔离期。

1月29日，零点时分。从河南郑州参加完国家卫健委新型冠状病毒肺炎防控督导工作会议的张文宏，搭乘"红眼"航班赶回上海。出机场，驾车直奔上海市公共卫生临床中心，第二天，照例要召开上海市常驻市级专家组会诊会议。

同时，综合性医院也全面展开了防控工作，开始派驻医生支援武汉和上海市公共卫生临床医学中心。张文宏所在的感染科，医护人员开始捉襟见肘。很多人已经支援了公卫中心，休整回来立即投入上海的防控甚至加入下一批的援鄂医疗队。

年轻人自然成为一线主力，很多年轻同志都已经显示出疲态。在主持公共卫生中心的专家组工作外，张文宏还必须主管复旦大学附属华山医院感染科的综合性医院防控工作。面临有生力量短缺，张文宏短暂思考后，决定临时召开紧急党支部会议。自疫情暴发，战疫紧迫，华山医院感染科，无论教授、副教授、主治医生、住院医生，全员投入，已经满负荷超载。团队还要与抗生素研究所、呼吸科、急诊科一起，承担上海市公共卫生临床中心上海专家组、医疗组的工作，也有分批派出援鄂医疗队的，同时还承担华山医院发热门诊和发热留观病房的大量工作。

会议上，有人提议，采用自动报名的方式，谁愿意参加谁继续上。张文宏急了，看到很多已经连续作战累倒的同事，都是年前就开始投入抗疫一线的，他们在对感染率、致病率、死亡率一无所知的情况下，把自己暴露在病毒前面。长时间作战，体力已近极限，即使他们愿意，也必须让他们休息。"我们不能欺负在单位听话的老实人啊。"

"大半个月来，为了打赢这场战役，几乎每个人都是连轴转、超负荷，确实非常辛苦和疲惫了，所以这个时候，我觉得我最需要的就是给大家鼓鼓劲、打打气。"华山医院感染科团队，49位医生中有25名党员，"我是支部书记，我先上。我们支部副书记金嘉琳教授是院感科副主任，承担了医院隔离病房大量医疗工作，支委邵凌云、王新宇、阮巧玲以及上海第一批援鄂医疗队员徐斌，派到上海市公共卫生临床中心的毛日成，全都是党员。我知道，他们最近常常都是几天几夜守在防控的各条战线，几乎没有任何休息时间。"

张文宏心里明白，"现在这场与病毒的遭遇战，第一战役到了很关键的时候了，大家都很累了，但又必须坚持。所以鼓舞士气、相互鼓励很重要，重温入党誓言很重要。一个原则：最困难的工作，最辛苦的岗位，党员必须先上，这个没有商量。这是我们入党宣誓时的承诺，是职责。"

这场特殊的党组织生活会的最后，戴着口罩的全体党员，面对党旗，共同宣誓："迎难而上，共同战斗！"

此后，感染科做了一次大换班。让前期大部分主动取消休假、战斗了十几天的非党员医生换一个岗，调整一下，党员全部主动报名上一线防疫岗位。

这天上午，张文宏在华山医院接受媒体采访时，宣布两个决定："第一，我自己每个星期进去查房。其实我们华山医院的病房不需要我查房，我去查房的主要原因，只有一点，就是要消除我们医生的恐惧。主任老是在后面指手画脚，不进去和病人密切接触，怎么能行呢？第二，换岗。年底到现在的第一批医生，在对疫情的风险性、传播性、致病性一无所知的情况下，他们就把自己暴露在疾病面前、病毒前面。他们是非常了不起的医生。但不能因为他们'了不起'、'听话'，就不管他们。不能欺负老实人。我做了个决定，把所有在岗位上的医生全部换下来，换成科室里的共产党员！"

疫情明白无误地袭来。冠状病毒恐怖感日甚。每一个人都有所畏惧。可如果连医生护士都恐惧，感染新型肺炎的患者怎么办？大众心态会如何？

身为医生的领头人，这个时候，身先士卒，是消除医生内心恐惧的唯一办法。

1月30日，这段一分多钟的视频在网上刷屏。视频里，张文宏戴着口罩，可以看见上海男人少见的"儿童头"发型，额头和眼睛似乎越来越被人熟识。公众开始认得——张文宏——上海华山医院感染科主任，现在是新型冠状病毒感染肺炎上海医疗救治专家组组长。这是一个正儿八经的感染科专家，医学教授，博士生导师，平时在华山医院看毛病的医生，有专家门诊；还是党支部书记。最结棍的地方是，他官做得不是太大，所以不大会打官腔，但真的管事，真正懂行，是一个可以和病毒硬碰硬的行家里手。这样的人出来说话，听得进，绝对买账。张文宏的三句话，石骨挺硬，传递出的意思，令人信服，一是"不能欺负老实人"；二是"一线岗位全部换上党员，没有讨价还价"；三是"我也上"。关键时刻，关键人物，说出了要做的关键事情。

"不能欺负老实人，不能欺负听话的人。"大家听明白这句话，产生共鸣。大多是，自以为自己便是"老实人"，"听话的人"。也许，还有许多自以为自己就是一直被"欺负"那个。是张文宏，说出了他们的心里想说的话。每个人心底里，总归会藏着各自的想法，有各自的心思。

"不管你有什么想法，共产党员的口号你平时喊喊可以，这个时候，你必须马上给我上去，不管你同意或者不同意。"张文宏如实道来，"如果你是为了信仰，冲上去，好的；如果你是因为党的组织约束，冲上去，也好的。反正，上去，没有讨价还价，必须上。"

张文宏的医学叙事里，这时候是讲政治的。因为他是中共党支部书记。身先士卒，既是共产党员的责任，也是"入党的时候讲好的"。大家宣誓过，也就是发过誓。讲话要算数。

但张文宏不是专门给公众上政治课的。政治的那种独特的严肃性，他的话语里有。再严肃的政治，他可以平淡朴实地表达。

次日，张文宏接受媒体采访时说："很多人昨天批评我——张主任你这个是错的，我们非党员也能做得很好的。我说，是的，你说的一点不错，我同意。但我不好意思直接叫你们上。我叫党员先上，他们这样带头做了，大家看在眼里，心里就没有恐惧了。我为什么常常去查房，这是要讲良心的，不可以自己不去，老是叫人家去。如果有困难党员先上，很多非党员是看在眼里的。当整个集体有了勇气做一个事情时，大家可以把恐惧压制下去。"

疫情蔓延，国难当头，人类生存现实的严酷，政治上必须严肃，但也可能有趣，生动，甚至很温暖。因为人生的生老病死，在医学叙事里，皆有可能反转。疫情突如其来，此背景下，张文宏显示的意义，具有科学性，也有神秘性，有启示性。他解读本来像天书一般的感染学科的细菌学，病理学，可知可解。解读政治学，让人在几分钟里听明白，迅速显示其意义。

"我们团队，医生护士都很优秀，经验丰富，非常令人放心。短短几天时间，我们已经梳理形成了大量的流程、标准，同时根据国家发布的最新指南不断地在更新，部分也是为了供同行参考。其实，也不是非要我查房，但我为什么坚持一有空就去病房？主要是为了给我们的团队鼓鼓劲，加加油。我们医院很多非党员都在岗位上，我跟他说——你不要回来。他说那我明天再过来。"这个时候，医生到了一定的境界。张文宏再三强调："请大家不要过度解读和关注，希望大家不要把我看得太了不起。我们都是医生。希望公众把更多的关注、掌声和援助，送给武汉最前线的医护人员。关注度越多，武汉那边得到的援助肯定会越多。"张文宏说："希望疫情赶紧过去，让我们所有人及时回归正常的生活，我觉得这是至关重要的。"

全国抗疫战打响以来，上海众多党员

医护人员前赴后继。无论上海临床一线，还是援鄂一线，可以看到许多党员医护人员奋战的身影。

上海瑞金医院，春节期间的发热门急诊成为医院防控疫情的"桥头堡"。1月25日，医院党委宣布成立发热门急诊临时党支部，由八名党员组成。临时党支部成立后，收到一封来自一线护士手写的入党申请书，足有四页纸。

1月28日，瑞金医院援鄂医疗临时党支部成立，党支部书记陈尔真是瑞金医院的副院长，同时也临危受命，成为上海第二批援鄂医疗队的领队，他从事重症医学工作30年，对传染病防控有着极为丰富的经验。早在2003年抗击非典时，上海第一例SARS病人就是由他护送到传染病医院的。2008年，他又主动报名参加汶川地震的救援。陈尔真说："我适合到一线去，这时候也需要我到一线去，参与这次防疫攻坚战，我们绝不退缩，一起去，一起回来。"语句平实，言辞坚定，"我们会充分发挥好党支部在抗击新冠疫情一线的战斗堡垒作用，恪尽职守，勇敢前行。"

1月29日晚，黄凤从武汉金银潭医院重症病房照护完一天病患后回到处所。她是除夕夜作为上海首批援鄂医疗队员前往武汉的，在抗疫前线，照护重症患者，已经4天了。这4天，每次排班6—8小时，其间，她尽量少喝水，穿成人纸尿裤不出病房，细心照料自己负责的4名患者，让病患身体得到医治护理的同时，心理也获慰藉。

"这是一个共产党员应该有的行动。"黄凤说。她是上海曙光医院心内科及心胸外科、CUU监护室护士长，有17年护理经验，是一名中共党员，"此时党员挺身而出，我觉得对我的家人、我们医院，包括我的小区邻居，都是非常正面的影响。"

曙光医院前两批6名援鄂医护人员都是中共党员，黄凤是其中之一。除夕夜，黄凤随上海医疗队出发抵达武汉。年初一上午便开始在金银潭医院参加紧急培训，下午正式与几名上海医疗队员接管部分危重病房。

当她们刚走进病房，病床上的病人心生疑窦。"怎么换医生、换护士了，我的病还有没有得治，为什么一直在重症病房？"一名患者问黄凤。黄凤安抚他，怎么会没得救，正因为有救，全国各地医护人员才纷纷集结武汉。她让患者打起精神。

上海第二批援鄂医疗队员、同济大学附属东方医院护士赵清雅说："这是我在上海的第四年，也是第四个没有与父母团聚的春节。看着疫情越来越严重，作为一名中共党员，危难时刻就是要勇挑重担。我再三考虑，退掉了回家的票。"赵清雅本来答应了家里人今年一定回家，她再一次爽约了。她感受到党员的肩上有更重的责任，"这个时候，没有大家，哪来小家？"

腊月二十九，医院工作群发来了支援武汉的报名通知，她第一时间报名。"作为湖北人，支援家乡，责无旁贷；作为医务人员，面对疫情，义不容辞；作为一名中共党员，更是要冲在前面。"

大年初四，赵清雅接到通知——出征武汉。她说，上海第二批援鄂医疗队也成立了临时党组织，总共有66名党员，"我们在党旗下宣誓，'不忘初心、牢记使命'，坚决打赢疫情防控阻击战。"

在党组织的感召下，上海首批驰援武汉的医疗队员之一、上海交大医学院附属仁济医院的护士吴文三，于1月28日递交了入党申请书，这些天，他一直在抗击疫情的最前线——武汉金银潭医院。

"……没能更早地加入党组织，是我人生的一大损失，但是当我经历越多，我越发地认识到中国共产党的光荣与伟大，越发地意识到加入党组织的重要性，越是在国家民族有难的时候，越发地体会到中国共产党的领导力有多强大，党组织的关怀对人民群众有多么温暖，多么有力量。"他在这封入党申请书的开头这么写道。

吴文三老家湖北，工作于上海仁济医院重症医学科。他是一名男护士，有17年工作经验。"武汉疫情大暴发的时候，党中央一声号召，全国2000名医护人员不远万里，火速驰援，我作为其中的一员，支援我的家乡，责无旁贷。"

春节长假，为了严控医院的每一道关卡，上海新华医院各党支部数十位志愿者报名前来门诊一线，他们在门诊、急诊大楼，以及住院大楼入口处设立体温监测点，帮助医务部门初筛发热患者。这些党员志愿者每两小时一班轮岗，做到每位进入医院大楼的患者、家属或员工均测量体温，守好医院的第一道关口。

另外，各学科党支部纷纷请缨，急诊党支部书记王海嵘主动报名参加医疗救治市内支援医疗队，党员江少伟、入党积极分子朱升琦主动报名参加援鄂医疗队。

"从1月23日开始，儿科日间病房全部清空，收治发热门诊留观患者。我们的日间病房党支部所有党员护士，全部报名并将逐批去支援发热门诊。"医院党组织安排，整个发热门诊期间，由日间支部的护士轮流值守24小时班制。护士体力不支后，由老年日间大组的护士长轮流顶替。"党员的先锋模范作用，也带动了其他护士，克服科室人力紧缺困难，积极主动报名支援发热留观病房的加强班和后备班。"

2020年2月6日上午10点，经上海市专家组评估，上海又有10例新型冠状病毒感染的肺炎患者痊愈出院，至此，上海共有25例确诊病例出院。

张文宏说，从目前来看，出院病人基本为轻症患者，平均住院天数为7—8天，"目前上海共有254名确诊病例，已经有9.8%的患者宣告治愈出院，目前254例确诊病人中，8例病情危重，8例重症，这意味着危重症比例仅仅只有6%，剩下的患者均为轻症患者。"张文宏强调，我们目前对这个疾病仍然要保持警惕，"目前输入性病例整体控制得不错，确诊病例数在全国范围来看，上海并不算太高，但也面临节后返沪人群不断增多的情况。但大家不要恐惧，我们入驻这里的十多天以来，就已经看到了25例病人治愈出院了。目前来看，这个疾病是可控、可治的。"

张文宏说的"入驻这里"，便是位于上海金山的上海市公共卫生临床中心。他在指挥部大楼里，有间单人宿舍。自他"入驻这里"，前后共住了两个多月。

这是一间小单间，类似标准客房。单人床，床头柜。边上多一张电动按摩椅。一张写字桌，一把椅子。张文宏进房，习惯将双肩包搁在桌上，立马拿出电脑、手机，一股脑儿地连线，上网。

2020年7月29日，张文宏按惯例去公共卫生临床中心专家会诊，早上从上海家中驱车出发，出门早了点，早到了。他驾车在方圆几里的"中心"兜了一圈，车停在指挥部大楼前，便先到他的单人宿舍落脚，坐一歇。

"我在这里住了两个月，忘不了，那时候，经常半夜三更回来，上网，处理一些白天拖下来的微信短信回复之类，有时也会有一些简短的连线。全部事体处理完，大概也是半夜里了。冲个澡，困觉。"

简陋的卫生间，冲淋房，一次性洗漱洁具。全部是几个月前的样子，张文宏随时可以"入驻"。"每天有个阿姨会来帮忙打扫一下。不过，现在我不大住在这里。所以也不大来打扫了。有点乱。"

他忽然感慨："当初的两个月，刚来的时候，是最冷的日子，开空调制热，到开春离开。现在已经是大热天了。空调开制冷了。原来窗外有这么好看的树，碧绿生青。"

这房间里，还留有些吃的——方便面，各种瓶装、罐装的饮用水。

他分别对几种饮用水做出评价——这种比较好，那种还可以。这个人行事细致，做什么都要说出个道道，事无巨细，给人以关照。"喝水很重要。我一直讲，与人的健康密切相关的，一是营养，也就是提高免疫力。再是喝的水要好，起码要干净。你记牢我的话。"

近距离与一个医生对话，经常会被关照"你记牢我的话"。

他继续说："那时候，内心其实是很焦虑的，又不好挂在面孔上。市领导、专家医生同仁、下面的小医生，还有老百姓，都看着你。你不好慌。你看我慌吗？我不慌的。香港有个专家讲，这一次，他真的有点害怕了。我很理解这个专家的心情，疫情的严重性，我们都晓得。慌也正常。人类大祸临头，来得又是莫名其妙，一点吃不准，怎么开始的、怎么结束它。没有一个人讲得清爽。哪能不慌。但慌归慌，不会手忙脚乱。你说是吧。再说，光是慌，有啥用。人总归要想办法的呀。所以，忙是真的。但会有焦虑。所以我会经常出来讲几句。也是有人采访，要我讲。这样的讲话，对我自己的思路，是一次梳理，情绪上，也是一种宣泄。所以，我说话可能会带有点情绪，会有点火气，说话比较直，有时还会有点急。另外，我晓得，有些话，领导讲不一定有用，不一定有人要听，领导也不可能像我这样动不动就出来讲。我来讲，人家要听，听得进。这一点，我是自信的。这是我的专业。"

那时候，最难的是什么？张文宏说："春节后，返程潮到来，人又要开始流动起来了，这在感染病学科里，是最担心的事情。大家吃不准会发生什么。心里一点底也没有。当时我就说，上海仍然会采取严密的管控措施，但这需要大家的配合，如果只是医护人员在奋斗，这场战疫是打不赢的。整个疫情在上海仍然将会维持一段时间。大家要一道努力。"

那时候，张文宏便是敞开来讲，讲真相，和盘托出："在特效的抗病毒药物出来之前，现在的治疗方式和个体化、精细化的管理，以及多学科专家团队的配合，是上海治疗的主要经验。对付这个病，最有效的药物是人体自身的免疫力，我们医护人员的职责，除了帮病人做好隔离之外，最重要的就是帮助进入这里治疗的病人挺过两周。挺过两周之后，病人自身的抗体就起来了，病人自身就对病毒有强大的对抗力量。"

"现在开始每个人都是'战士'，希望大家返城后在特定的隔离点待两周，学生待在家里好好做功课，上班族待在家里或单位好好工作，我们必须依靠'闷'的政策，来'闷'住病毒。闷上两周，病毒也闷死了。"

"如果全社会都动员起来，'闷'住病毒，就是为社会做贡献，我们离战胜疫情的节点就更近一步！"

为什么要这么讲？这样讲，其实是变被动为主动，从全民被动避疫，转化为主动抗疫，打的就是一场人民战争，而不是仅仅依靠专家的精英战争。

2020年2月8日，农历正月十五元宵节。上海派出最大规模的援鄂医疗队，总共350名医护人员，华山医院便有214名。这一次，张文宏率先报名，因为，张文宏自己说过——领导在关键时刻，不能只在后面指手画脚。话音未落，报名是必须的。但最终，还是没能成行。组织不批，考虑到上海本地严峻的防控形势，同样需要他。

回顾2020年上海的早春二月，会发现，上海人是听张文宏的话。没有什么闲话。张文宏说："总归有人会出来讲这些话。如果那个人不是我，也会有别人。"

令人感叹的还有他的精力，不停歇地演讲和接受访谈。会诊，看病。他在宣传，也在探索和追寻。

3月，春暖花开。上海以至全国，很多地方开始有序复工。张文宏提醒大家容易忽略的防疫细节，给出复工指南——防火，防盗，"防"同事；面对面吃饭要减少；彼此讲话要戴口罩。他鼓励大家："最近一到两个月，坚决把同事防住了，我想一切就都防住了！"

这一切，源之于病毒。关于病毒，这个感染病专家，一直有精辟分析。

时光回到两个月前——2020年1月18日。那时候，新冠肺炎尚未宣布"人传人"，但已经发现"不明肺炎"。北京CC讲坛，主题为"和而不同，思想无界"。张文宏出席并以《让流感不再肆虐，你必须知道的真相》为题，发表演讲。

所谓张文宏"金句"，此时初露端倪。只是，新冠病毒尚未被人真正认识，针对的病毒似乎只是流感。那么，便听张文宏当时如何对病毒做医学叙事——

当你每次到医院看病的时候，面对医生的时候，你内心产生的疑虑，是因为你不知道面前这个人要给你带来什么？是使你的生命变得更美好，还是处方会存在问题呢？所以我今天到这里来告诉你们，医生在做什么事儿？我在追逐病毒。你们在医院里看一个感冒，花了几百块钱没看好，但是在我这里，你的每一次发烧，我都在追逐背后的原因。我追逐后获得的是什么？获得的是你的健康。一旦我的追求失败，导致的结果是什么？结果可能就是一个生命的逝去。所以每一位负责任的医生在看病时，他的内心都在非常焦虑地追逐生病的源头。

如果我们把时光倒流到100年前，这是在欧洲拍摄的一个病房的照片，我不知道100年前我的同行是如何在这里工作的。当时在全世界死于流感的人数是多少人呢？5000万到一个亿。按现在的统计，至少是5000万。1918年第一次世界大战刚刚结束以后，全球人类的总的数量是多少呢？18个亿，但却有5000万人死于一种疾病，而且当这个疾病来临的时候，我们竟一无所知。所以，你可以想象当时的恐惧是怎么样的，全世界花了这么多的时间，现在才把这样一个元凶抓到了，元凶是什么呢？是流感病毒。请大家再看这张照片，左上角是 killer of flu virus，一群医生、科学家，我们称自己是什么？我们叫病毒猎手。

流感的全称是什么？流行性感冒跟感冒不是一家人吗？我问你，猫和老虎是一家人吗？很多人想了半天，好像是一家人，因为它们都属于猫科动物，对吧？长得像说明他们在基因的发育上面很接近，所以猫和老虎之间虽然有区别，但还是一家人。但是，如果我今天告诉你们，流行性感冒是老虎，那感冒连兔子都不是，它可能是小爬虫，可能是苍蝇，差得这么远，但是它们取了一个同样的名字，这个谁能够理解？

100年前，流感叫 flu，叫 influenza，这个名字到了中国，我们怎么去翻译它？不就是发烧吗？烧得很高的时候不就是感冒，很多人发烧，很多人感冒，不就是流行性感冒，是不是？所以这个名字就定下来了，定下来以后误解一直延续了100年。今天如果有人因为发烧去医院，最后死掉的话，还花了这么多钱，你说仇恨应该向谁发泄呢？肯定是医生。

2003年SARS来的时候，大家觉得我们毫无还手之力，那死亡率是多少呢？10%。为什么很多人病得很重？因为一个新的病毒来到人世间的时候，大家对它的抵抗力是没有的，那靠什么抵抗呢？靠我们的免疫力。一个新的病毒到我们人体的时候，我们的免疫不会很快就起来，因为我们所有的细胞对新的东西是没有记忆的，所以这个时候我们与病毒发生非常严重地斗争，这个东西就是天然免疫，所有的白细胞都开始攻击，在不知道它是什么东西的时候，就把一些炸弹扔进去，炸得到处都是，我们的肺里就产生了很多炎症。如果我们今天生过一次病毒性感染或者打过一次疫苗，我们就认识它了，下一次这个病毒再来到你身上的时候，我们体内的记忆细胞会一下子出来，弄出很多导弹把病毒给干掉。

对一个未知的病毒，100年前流行性感冒来到这个世界上时死掉了5000万人，因为全世界对它没有任何的抵抗力，这是第一个。第二个是公共卫生，公众不知道怎么去隔离。2003年SARS，我们采用了非常好的隔离把它给控制住了。

流感和感冒完全是两种病，流行性感冒，它是一个特殊的病毒，这个病毒有可能会引起一种极为严重的临床表现，就是肺炎，重症肺炎有可能会死人。中国每年有多少人会生流感？这个数字是中国疾控中心2018年1月份的数据，每年我们上报给中国疾控中心的流行性感冒的数据是一百万不到，八十几万。八十几万里有轻的有重的，流感的所有病人当中30%要入住重症监护室，什么叫重症监护室？你家里人不能陪你的地方。谁陪你？全是摄像头，还有全副武装的医生，我们在这里非常关注的是你的病情，在这里都是特别重的病人，流感的病人当中有10%是重的，重的是什么？是肺炎，流感肺炎当中30%要入住重症监护室，入住的里面死亡率是多少？流感肺炎的死亡率是9%！而当年SARS的死亡率是10%！你为什么不怕流感！因为你知道流感，却对SARS一无所知。

2017年所有的北京市民都看过一个微信，因为这一次以叙事的方式报道了重症流感死亡的一个病例，我们对病人的死亡感到非常的痛惜。

我们每天面对的都是无数的这样的病

人，都是最重的，都在我的病房里。但是每一个病人的离去，对家里人都是一个巨大的打击，所以我在治疗病人的时候，我们的唯一的愿望是什么？我们就希望能够救治有可能会逝去的生命。

倒叙到2013年，在上海有很多人生肺炎，我的同事把标本拿过来一测，完全是一个未知的肺炎，你根本不知道是什么肺炎，2013年我们的水平，只花了一个多月的时间，复旦大学新发传染病实验室把这个病毒给鉴定出来了，大家根本没法想象，原来是禽流感。为什么叫禽流感？因为它只是感染鸡和鸭的，大家都知道鸡会发鸡瘟，鸡瘟里面有一种病毒只会感染鸡和鸭的，不会感染人的，所以所有的病毒只要加上禽这个字，它就是感染鸡和鸭的，不会到人的。那么如果到人了，说明它跨越了一个屏障，一个物种之间的界限，这个界限我们叫物种界限，物种界限一旦跨越了，鸡的病毒都能感染人了。

这是在2013年接受CCTV采访的我，但是大多数时间我是下面这个样子的。这是中国继SARS 10年以后的一次巨大的胜利，在很短的时间里，我们复旦大学的科学家就把病毒鉴定出来了，后来又请中国CTC的科学家一起明确这是一个禽流感，而且知道以后迅速制定了对应的方案，因此，禽流感很快就过掉了。一旦你知道病毒是哪里来的，把它的窝给端了，就没了，这是第一点。第二点，给感染的人用流感病毒的治疗方案医上去，病人就活下来了，所以2013年的禽流感是SARS以后，中国打的最大的一个胜仗，对我们卫生系统是一次大的检阅。

但是大家有没有觉得，怎么今天还叫人感染H7N9禽流感呢，因为人感染禽流感的数量是有限的。假如说，一个女孩子生病了，有可能会感染她的老公，也有可能会感染她的母亲，但是在我看到的病人当中，大多数感染给自己家人的比例是很低的，不高于10%，10%里面大多数感染给自己的母亲，却没有感染给自己的老公，所以在那一刹那，我对爱情产生了怀疑。

在非常密切联系的时候，近距离的护理，包括吐出来的东西，拉出来的东西，你都在近距离护理她的时候，你才有可能被感染，一般程度的接触是感染不了的。所以我们管这个传播叫什么？有限的人传人，是非常有限的人传人，就基于这个原因，我们至今没有把它名字改回来，还叫H7N9禽流感，不叫流感。

如果把时光倒流到1918年，100年前，你会发现最早的流感是哪里来的？2018年，大家都喜欢到法国去旅行，到瑞士去旅行，但1918年给你一张免费的船票，叫你到欧洲旅行，那里就是人间地狱。后来流感蔓延到全球，5000多万人死亡。1918年以前，好像人类社会当中从来没有发生过这么多事情，从英国的工业革命以后，西方的医学已经得到了一个大的发展，这个病毒是哪里来的？难道是哪一天突然从天上掉下来的吗？

我们要做的是病毒猎手。

这时出现一个科学家，我这里必须提他，杰夫瑞·陶本伯格，他居然想到了一个办法，他说阿拉斯加那里好冷呀，在冻土层里的遗迹中的尸体内可能会找到病毒，于是他在一个夏天开始可以挖地的时候，把尸体找到，把所有的基因序列全部分析出来，就发现1918年的流感是来自哪里。现在的技术可以把所有的基因序列全部恢复，然后找到病毒是哪里的，H1N1的风行，今天搞清楚了，人类现今的所有的病毒都来自于禽类，这些病毒与人类社会不断地接触、生活，有一部分病毒获得变异，这个变异使得它可以长时间在人类当中生活。

这个禽流感，就叫做季节性流感，流感病毒每年都在变，从现在开始，我们这个世界上，当你看到一些美好的事物的时候，你看世界的时候，看天空的时候，其实病毒也在跟你一起看了，所以感染的风险其实一直是在那。

世界不会永远静好。有人在守护，就像解放军在保护人民。当然，我们也是。

你肯定在想中国今天到底到什么水平了，那么在我们医院，如果感染的病人是肺炎病人，基本上在我这里。如果这个病毒在世界上曾经出现过，我几个小时内一定能找到。你看，我有这么多武器，这些武器会测出一个序列，告诉你这是什么病。现在的技术已经到了这一点，如果我已知这个病毒，一两个小时搞清楚，如果是未知，比如说发生在武汉的新冠病毒，我们把病毒所有的序列全部恢复，这台机器是深度测试的机器，二代测序的机器把序列全部恢复，然后大数据开始进行拼接，拼接出来，然后记入数据库，这个数据会告诉你这是什么病毒，所以这一次发生在武汉的新冠病毒的全基因组序列很快就全部恢复出来了，我们知道是什么。

有个病人在2016年来到我病房的时候，他的临床表现是病毒性肺炎，但是根本不知道他得了什么病毒，当已知的病毒检测全部是阴性的时候，我们就把它的全基因序列进行恢复，居然是H7N9禽流感，当时大家都认为这个病毒已经消失了，就像SARS一样离开人类社会了。我马上把他送入负压病房，然后我就冲进去开始救治这个病人，最后我们救治成功了。病人感激得不得了，出来的时候他送给我一个牌匾，一般这种牌匾，我是不挂的，但是它至今仍然挂在我的病房，这块牌匾上写了一句话：我只是你们工作中的匆匆过客，而你们是我的人生转折。

讲到这里，我们觉得我们的工作极有成就感。

医生的能力是非常有限的，我们医生能做的事情也是非常有限的，我们没办法把每一个病人都救治成功。健康靠谁？健康完全靠自己，像流感、SARS、冠状病毒，这些都是可以预防的。你说如何预防？那么我给大家讲几个要点，最大的要点是戴口罩。100年，就是这样，戴口罩。也就是说当这个城市如果暴发了疫情，你出去时戴口罩是非常重要的。第二点就是洗手，常洗手保健康。当你坐在剧场的时候，流感病毒一定跟你一起在看戏，所以它就会沾染到你的手上，你的衣服上，在你吃东西的时候，看笔记的时候，你就开始被感染上，所以当主持人说要跟我握手的时候，我拒绝他了，我说我不跟你握手了。

最后需要给大家提醒的就是疫苗，疫苗极为关键，疫苗分两种，一种是强制性注射的一类疫苗，还有是二类疫苗。流感疫苗目前属于二类疫苗，可以预防60%左右的流感感染，所以我今天想问大家，60%的预防能力，你接种还是不接种？全有理由对不对？因为流感每天都在变，每年都在变，所以我预防的概率就是60%，60%，你接受不接受？你如果不接种，一中招，那就是0或者100。那么哪些人尤其应该接种呢？儿童、老人、免疫力低的、肥胖者……

我告诉大家，流感年年有，我们只是不知道下一次全球大暴发的时间，它一定会来。病毒每天在变异，哪一天变异了，那就又是个全新的病毒，大暴发就来了，所以世界卫生组织每天都在预测，但是每次预测的都是错的。我们举一个著名的流感专家的一句话，他说："我们只听到时钟的滴答声，但是从来不知道现在是几点钟。"所以流感就是这样，我们知道它一定会来，但是不知道什么时候来。

世界是不确定的，但是预防的措施是非常确定的，希望大家健康，谢谢大家。

听得明白，感觉长夜变短。是那些医学与日常生活叙事，医者之道。"医生这个职业并不伟大，只不过是一群焦虑的人聚在一起做一些焦虑的事。"

张文宏所在的华山医院感染科的微信公众号，名曰"华山感染"。题注如此："一旦关注，长期感染，无法治愈。"关注后，眼睛睁开便是这句话。感染力，源之于此。

自 2020 年 1 月 22 号，武汉疫情讯息网上流传，张文宏晓得，"感染"被愈加关注，此等舆情，不虚疫情，不容小觑，再忙，他也抽出时间，著实时解读在武汉发生的"不明肺炎"。这意味着，在公众看得见的那些会议、会诊、日常工作以外，张文宏似乎没有时间睡觉。他的同事戏称，"张爸"好像不睡觉的。于是，人们愈加认得张文宏标志性的"熊猫眼"，还有是他喝咖啡"续命"。

微信公众号里，张文宏作为专家，有权威分析，也不乏像家中长者，循循善诱，由表及里，由浅入深。他告诉你，口罩到底能不能重复使用，特殊时期如何维持正常生活。渐渐地，原本阅读量只有几百上千的文章，随着张文宏走红后，点击量最高的一篇已经超过 1500 万，经微博转帖的稿件阅读量过亿。自媒体信息繁杂，但缺乏专业领域的声音，传统网站信息偏少。张文宏坚持做这件事，是想让群众得到最新的疫情消息和他的意见。

"我们是战斗在一线，同时进行科学研究的资深感染科医生。"张文宏总是要表达他的自信。遇到困难时，没有什么比该领域的专业人士做出这种保障更让人安心。他秉承"给老百姓讲真话"的信念，经常"牺牲睡眠时间做科普"：在华山医院感染科公众号上，保持传染病知识的更新，阅读量 10 万+已是常态，阅读量高的可达千万级。其主编的《张文宏教授支招防控新型冠状病毒》电子版一经发布，众多市民便纷纷"打 call"。

疫情面前，除了传染病知识的普及，更需要医疗救治的跟进。尤其在上海新冠肺炎患者收治定点医院，救治工作如何开展，备受市民关注。上海市公共卫生临床中心党委书记卢洪洲教授——张文宏称之为"我的师兄，我的同事"——这时候便担当起临床医学与科学普及之间的桥梁和纽带。集中全市优质医疗资源的上海公共卫生临床中心，在 2020 年 2 月 17 日，首次向媒体开放——这座防疫最前线的上海"战疫堡垒"，第一次向公众展示。

卢洪洲教授带着公众走进上海抗疫战略储备的"应急病房大楼"，一一详解，如数家珍，彰显上海公共卫生体系未雨绸缪的长远眼光。上海最优秀的专业团队——"战疫常规部队"在此集结，包括感染、呼吸、重症、心脏、中医等领域十多名专家组成的高级别专家组，一起对在院患者逐一进行查房。与此同时，重症病房还配备"特种战疫部队"，来自上海顶尖医院的五个重症医学团队为"五大天团"，与高级别专家进行无间隙视频查房、对接，直接在隔离病区开展包括ECMO、CRRT（连续血液净化治疗）、呼吸治疗等生命援救举措。

张文宏和卢洪洲，两位医学"大咖"，以科学、严谨的专业素养，为健康科普增添医学底气，延展防疫知识内涵，实锤上海抗疫专业水准，对健康知识的普及，犹如一枚"强心剂"。众声喧哗，有权威发声，大众倾听，掌握准确的防护知识。

常见的家用消毒产品如何区分？为什么家长要"藏好"消毒剂？2月25日，上海在线教育首节试播课"中小学生防疫公开课"开播，上海市疾控中心传染病防治所消毒与感染控制科主任朱仁义主任医师，打响面向全市142万中小学生的健康科普"第一炮"，让"健康教育进课堂"的梦想照进现实。

早在公开课之前，朱仁义便化身科普界的"消毒卫士"，不仅通过多个媒体平台，及时普及预防性消毒等消毒措施，还针对"全方位无死角喷洒消毒是否有效"等热点话题，提出科学见解，避免"防疫过度"。

"面对新冠疫情，如何做到高高兴兴上班，平平安安回家？"2月21日，上海中医药大学附属曙光医院主任医师崔松，作为上海新冠肺炎疫情防控系列新闻发布会上的首位常驻医生，完成"科普发言人首秀"，推出八场不同主题的健康提示，"金句"刷屏："一米，是爱你的距离""疫情不散，我们不约"……

科普"网红"崔松，"虽然没有被派到疫情的最前线"，却冲锋在"互联网抗疫"第一阵营：通过公众号"医声相伴崔松说"，发布30余篇防疫健康科普；开设抖音号"崔松主任话健康"，通过短视频及直播等形式，从敏锐的视角，以专业的技术，用亲和的语言，把科学防疫知识娓娓道来。在一个多月内，抖音号收获6万余"粉丝"、32万余次点赞，其中一条呼吁大家在疫情期间戒烟的抖音视频，浏览量突破1100万。

主攻健康科普的，还有"口罩达人"——上海市健康促进中心主任吴立明主任医师，以《口罩，五戴三不戴》《重复用口罩，三要三不要》等多篇科普文章，从市民最关心的个人防护用品入手，送上解疑释惑的"及时雨"。口罩科普之外，他还作为"公筷公勺倡议书"的发起人之一，向全社会呼吁："聚餐时请使用公筷公勺"，助力阻断病菌传播，引领健康上海新时尚。在十多个小时内，上海发布、市卫健委官微的倡议书阅读量就超过126万次，点赞超过1万次。

健康科普需要"接地气"。疫情当前，如何以最短时间，让防疫知识科学、通俗、易操作，朱仁义、崔松和吴立明，三位"科普达人"，努力让科普贴近生活，多元多点精准发力，为市民送上"用料"实足的健康"定心丸"。

上海的八位健康传播引领者，与全市健康科普工作者一起，助力构筑上海疫情防控的"铜墙铁壁"，身体力行地为防疫知识"带货"，为健康促进"加分"。

疫情终将过去，人类对健康的渴求，却永无止境。"人人参与、人人受益"和"健康融入万策"的理念，因为疫情而得以深入人心。加大科普宣传力度，扩大社会有序参与，上海终有春暖花开之日，人人共享"健康上海行动"结出的累累硕果。

3. "上海方案"

2020年2月23日上午，上海22名新冠肺炎患者治愈，走出上海市公共卫生临床中心。其中包括3名重症患者。至此，上海治愈出院率已超74%。

张文宏送别病人，与一武汉籍病人高老先生相谈甚欢。高老先生出院，兴致高涨，说："我愿意捐血浆。在这里捡回一条命，我要报恩。"张文宏答："等武汉好起来了，我们一起去吃热干面。"

张文宏无意与高老先生探讨"血浆疗法"的医学价值。他从高老先生的"捐血浆"，言及治疗新冠肺炎的"上海方案"，万众期待。张文宏说，大家都在关心上海方案，上海方案其实已经有了，它并不是写在纸上的，而是体现在病人身上的。

张文宏明白，公众关注最终战胜新冠病毒的医学法宝，一是疫苗，二是特效药。现在都没有，这是事实。他多次普及健康防疫知识，说的也是——第一，靠自身免疫力；第二，靠医生帮你维持最困难的两个星期。目前仅此而已。但这不等于张文宏没有自信。在公众面前，他必须说出自己的自信：

"我们上海展开战'疫'的时间并不长，但七成以上的病人已经出院。在这里，汇聚了上海的一流团队、一流设备，多学科合作，尽最大努力抢救病人，这才是上海方案的核心内容。"

那时候，上海的患者中，高龄者居多，易引发病情本身进展和其他疾病多发并发。这是医疗团队面临的严峻挑战。实际上，重症和危重症的患者，仍是治疗的难点所在，专家组为此花费大量精力。

"一人一策、严密监控"，是上海重症患者治疗成功的主要因素。那些日子，共有7名重症患者相继出院，也是遵循专家组达成的治疗共识，最终获得比较好的疗效。

上海医疗救治专家组成员胡必杰医师，之前便道出上海的医疗救治显现的主要亮点：首先，应对新冠肺炎，尚没有特效药，上海最早根据循证医学证据来选择抗病毒药物的治疗。早期使用过抗艾滋病类的药物洛匹那韦利托那韦片，有些患者会出现腹泻等副作用，阶段性总结显示，其对抗病毒的临床效果不明显，目前已经不再推荐使用，上海更加重视血管内皮细胞的保护与抗凝治疗，掌握激素使用的合适时机以及精准抗感染治疗。第二个亮点在于，上海对出院病人的要求更严格。除了严格遵照国家标准，连续三天体温正常、两次核酸阴性、呼吸道症状好转、肺部明显吸收外，上海的出院病人还需要检测粪便中的病毒核酸，确保为阴性才能出院。

也有专家谈到，上海对病人的分期分型更加细化，更符合上海的实际情况。在"国家方案"中，临床分为轻型、普通型、重型和危重型，"上海方案"更加细化了病人分型，目的在于更有针对性地管理，更精确地用药。上海的重症和微重症病人集中收治在上海市公共卫生临床中心A3病区，病情如有变化随时可转病房。在治疗力量上，上海的医疗团队也分类分组实施救治。比如轻症患者的治疗团队以感染科医生为主；普通型、中型的患者以呼吸科、感染科团队为主；重症患者由于病情复杂、变化快，治疗团队以重症医学科为主要力量。在上海市委市政府的支持下，专门从市级医疗机构调配精兵强将，形成最优组合，对患者尽力救治。

3月7日，下午，由"华山感染"公众号、医道等平台联合举办"走出至暗时刻"首届新冠肺炎多学科论坛，中国工程院院士钟南山、中国疾病预防控制中心教授曾光、复旦大学附属华山医院感染科主任张文宏等在本次新冠肺炎疫情中广受公众关注的大咖们"云聚一堂"，通过网络直播的形式，回应公众疑虑。网络参会人数超过800万。

上海交通大学附属第一人民医院呼吸科主任、武汉金银潭医院上海医疗队的周新，与会前，刚从奋战的新冠肺炎诊治第一线回归。他带来前线第一手经验——针对新冠病毒感染的轻症患者，主要以对症治疗为主。"雾化一天两次，口服阿比朵尔，或者增加抗艾滋药物、利巴韦林静脉点滴。"他说，轻症患者的治疗要点是"尽早用药"，"两类抗病毒药物要一起使用，配合中成药"。这种做法，能在早期抑制病毒复制，避免轻症患者病情加重。

对于重症患者，国家卫健委"第七版诊疗方案"中推荐了一系列正在临床试验中的药物，可以酌情使用。他介绍，从目前临床实践来看，"恢复期血浆治疗"比较"安全有效"，"我们病房里有十几个患者使用，比较安全，输血反应不多"。

上海专家在对危重症患者血浆治疗过程中达成一个共识：推荐同时使用蛋白酶抑制剂。"这是上海的经验，没写进'国家指南'中，大家可以尝试。危重患者毕竟病死率比较高，大家可以尝试一些新办法。"

除了对生理疾病进行治疗，在武汉的上海援鄂医疗专家还发现，心理治疗对患者康复很关键。

上海瑞金医院援湖北医疗队是全国较早将心理医生"配送"至武汉一线的。队长陈尔真告诉"中青报·中青网"记者，亲人离去等因素对新冠肺炎患者的心理造成极大创伤，"一些病例有焦虑、恐惧，甚至消极抑郁的情况，不肯吃药、不愿意接受治疗"。这支医疗队有个心理危机干预小组，专门为病人提供心理疏导治疗和服务。

华山医院副院长、援鄂医疗队总指挥马昕则在方舱医院里见到了动人的一幕——医护人员在防护服上写着"我是某某某，我爱吃生煎""我想来碗热干面"等，拉近了医患间的关系。方舱医院里由患者、医护、志愿者共同组成的临时党支部，也令人动容，"很多恢复得差不多的党员患者主动帮忙打扫卫生、发放物资，还有带领大家跳广场舞、韵律操的"。

张文宏在论坛上指出，多学科（MDT）介入，是这次新冠肺炎疫情中总结出来的"撒手锏"。"轻症患者MDT会少一些，但危重症患者的治疗，我们都是MDT团队，包括呼吸、血液、心脏、ECMO、心血管、肺栓塞团队一起治疗的。"

张文宏说，对比日本、美国、意大利等发达国家的情况，MDT介入是这次新冠肺炎治疗手段中的"核心"，"这不是一个简单的肺炎，而是一个全身性的疾病"。

马昕也提到了MDT的重要性。他介绍，华山医院的第四支医疗队，2月10日全面接管武汉同济医院光谷院区的重症监护室，当时面临着27个气管插管患者，其中3人已使用ECMO，另有14个人需要进行血透治疗。"这支队伍里，有保肝小分队、护肾小分队，有专门的呼吸治疗师、心理医生。"他透露，光谷院区的第一例ECMO就在上海医疗队多学科的诊治下9天后顺利撤机，"MDT介入重症患者救治，是我们下一步重点攻关的内容"。

有记者注意到，早在2016年第五届京港感染论坛上，以张文宏为代表的"华山人"就特别指出，重症感染性疾病治疗的"重点"——建设负压病房和建立MDT治疗机制。

当时，华山医院感染科在全国率先建立了一个拥有18张床位的负压重症感染病房，收治重症呼吸道感染、脓毒血症、中枢神经系统感染等患者。张文宏当时曾表示："重症呼吸道感染诊治水平没有问题，可一旦出现传染，就要求患者一定要入住负压病房。据我所知，北京朝阳医院设有负压病房，但全国很多呼吸科还没有负压病房。"

张文宏还认为，MDT合作机制，不只体现在发热待查、重症感染、肝病诊治方面，而应全面体现在感染领域的任何一方面。

钟南山在论坛上直接将自己与其他国际专家讨论新冠病毒感染的视频同步播放。钟南山用一口流利的英文为公众及医学界同仁指出了"诊断之难"和"诊断之法"。他介绍，最近中国开发的针对新冠肺炎病毒的快速IgM（即免疫球蛋白检测）检测纸和恒温扩增芯片法核酸检测试剂合并使用，对新冠病毒的检测很有效。"快速IgM检测纸通过侧流式免疫层析法实现，能在患者感染7天后，或出现症状三四天后检出，可作为核酸检测的补充。"他说，另一款恒温扩增芯片检测，可实现同步对多个患者进行检测，并区分出新冠病毒和甲乙型流感以及其他病毒。

上海交通大学附属第一人民医院呼吸科主任、支援武汉金银潭医院的上海医疗队队长周新介绍，在现有条件下，针对新冠病毒的诊断建议医院至少做一次针对患者痰液的核酸检测，"雾化几次，（患者）咳出痰来，再做核酸检测，会提高阳性率，'假阴性'会少一些"。

在"新增病例明显减少，存量病人消化，人等床变成床等人"的情况下，中国疾病预防控制中心流行病学首席科学家曾光认为，我国当前正在"走出至暗时刻"。

"但最近世界各地的疫情有扩散趋势，比如美国能不能找到适合的路真不好说。"曾光说，美国有全世界最强大的疾控中心，在公共卫生领域的话语权处于世界领导地位，有很多经验丰富的出色干将。目前美国对新冠肺炎采取"类似流感"的处理策略，"我能理解他们的苦衷，想少花钱多办事"。

针对公众关心的何时摘口罩、是否要打疫苗的问题，张文宏表示，未来只要保持监测，做好可持续性的有效控制就"非常安全"。"大家戴口罩已成习惯，延长戴口罩也无妨。"他建议，本轮疫情告一段落后，老年人和儿童应积极寻求疫苗保护，"只要有序接种就不必担心感染，社区医院就能很好地解决接种问题"。

关于医生，张文宏说了一个小故事：某位从武汉来上海进修的医生，看到家乡遭新冠肺炎病毒攻陷，急于回武汉增援，报名援鄂，却没有被批准。此医生千里走单骑，想方设法地来到距离武汉最近的城市，越过重重障碍，回到武汉与同事并肩作战。

这就是一个医生此时此刻最想做的事情。便如自己,成为"网红",张文宏对此非常意外,因为在他看来,自己也就是做了一个医生"应该做的事",甚至连那个"千里走单骑"的医生都不如,他只是说了一个医生平时经常说的话。

张文宏说,自疫情暴发以来,武汉当地的医护人员连续工作了一个多月,在上海,情况虽非特别紧急,但他发现,很多医护人员的工作量早已超过负荷。张文宏在春节后的两个月里,一直奔波于上海市公共卫生临床中心和华山医院之间。他在金山上海公共卫生临床中心指挥部大楼里,自己的单人宿舍还在,随时"入驻"。他亲身经历医生连续作战下的疲惫,感同身受。

只有医护人员得到基本保障,才能更好地应对接下来繁重的任务。

前线人员必须得换下来,换成谁上又成了难题,按年龄分配?按职级分配?如果只让年轻医生去冒险,未免有失公平。

"我到底应该让有孩子的上,还是没孩子的上?让年轻人上,还是老同志上?大家都争先恐后,但这个时候,我反而没有办法决断了。我只有想到我们的党组织,这是必须作出的决定。"张文宏说,他真的想了很久,后来想到科室里的党员,便临时开了个党组织会议,"共产党员的口号平时喊喊可以,但这个时候,我不管你有什么想法,对不起,现在你马上给我上去。"

张文宏带领戴着口罩的全体党员共同宣誓:"迎难而上,共同战斗!"

张文宏选择让党员换岗,但在抗击疫情的实际过程中,所有医生都在积极参与,与是不是党员其实并无多大关联。这是一场全民参战的"人民战争"。

张文宏劝诫闷在家里的人:"闷两个礼拜,你觉得很闷,病毒也被你闷死了。"

他呼吁争相捐赠物资的企业家:"你不用给我们捐这个捐那个,只要员工在家工作,你算他是上班,这也是对社会做了重大贡献。"

妙语连珠,一扫这个世界许多文人的呆板之气。大庭广众之下,极易产生共鸣,还有些悲壮的仪式感。是大规模、群体性的,口口相传,成为类似于病毒一样的感染。只不过,这不是病毒,而恰恰是抑制病毒的医学叙事。感染力,产生于此。

"医院是战场,作为战士,我们不冲上去谁上去?"这是多年前钟南山院士说过的一句话。这是感染力。

张文宏的党员换岗第一线的决策实行后,其实依然有很多的非党员医生坚守在一线岗位。他们说:"我们既然都在这个岗位,有什么事情就一起承担。"

换岗制度让所有人能够更加井然有序地面对危机,可在医生这个职业面前,本就没有党员非党员的区别。是签下的契约和职业精神,让他们站上前线,履行身为医生的职责与使命。他们会一个接着一个,站在患者身边,义无反顾。这是被感染后,传播的新的感染力。是真正的"人传人"。

张文宏说:"我们在背后默默做着这些事儿,你好像看上去觉得非常伟大,其实没有,我告诉你——我认为这是我们的天命而已。"

"疫情刚刚暴发时,最可贵的是前方的消息。正是我们医院第一批前往武汉的同志们发回的大量讯息,让我们了解到前方发生了什么。"张文宏说,他永远记得,同事们到达武汉的第一个夜晚,发回来一段视频,"武汉的冬天很冷,但是他们也不能关上窗，带去的保暖衣服不够，希望我们能寄一点暖宝宝过去……"那一晚，张文宏说，他流泪了。

还有一次，在上海机场，张文宏送同事去机场出发前往武汉。"前往武汉支援的众多医护人员中，有很多的90后。我送他们去机场时，发现也全是90后，在机场，他们的父母还在给他们喂饭。他们很年轻，年纪和我们的孩子差不多。"张文宏当然理解父母心情，张文宏看到今天的年轻人充满激情与勇气，也看到，那些父母还是会往自己孩子们嘴里塞食物——再吃一口也好。那份疼，那份爱，舐犊之情。"当时我就要落泪了，他们还是孩子，却选择奋不顾身地出征。"

1月21日，上午10点，华山医院紧急召集成立首批赴上海市公共卫生临床中心支援专家组，由张文宏带队，感染科副主任医师毛日成是队员之一。

在隔离病房内，毛日成每天工作16个小时，早晚查房、三次报表，总感觉刚躺下就又要起来了，密切观察、治疗患者，他一刻不敢放松。"作为党员，这是我的责任！"

在上海公共卫生临床中心任务结束、经历短暂的隔离期后，毛日成医生忙碌的身影又出现在发热门诊。之后，他驰援武汉。

除夕夜，感染科徐斌副主任医师主动请缨，终止在日本的休假，参加上海第一批医疗队来到武汉金银潭医院。进入病房后，除了履行好救治工作，徐斌还会用肢体接触和语言来鼓励患者："传染病患者都担心医生和周边的人'怕'自己，而有人拍拍他们的肩膀，他们会很高兴，也更有信心对抗疾病。"

徐斌接到支援武汉任务后，张文宏就打电话询问他是否有困难。后来，他又接到了张文宏电话，"工作时间越是久，越要做好防护，越要坚持。"听筒的那一端，张文宏嘱咐他。

从SARS到禽流感，在重大公共卫生事件来临时，张文宏所在的华山感染科，始终站在"紧急应对"的第一线，这次也不例外——

1月28日，华山感染科护师徐惠，加入上海第二批医疗队前往武汉市第三医院救治危重症患者；2月4日，下午，国家紧急医学救援队奔赴武汉，感染科副主任张继明教授担任队长，主治医师孙峰、护师曹晶磊都是队员；2月9日，华山医院再有214名队员出征，感染科陈澍教授是第一个报名的。为此，他还动用了一点"特权"——因为身兼医保办主任，他在主任群里抢先报了名……

两个月后，上海入春。中国国内疫情从暴发期进入康复期，境外却面临全面暴发，新冠疫情进入全球大流行状态。中国面临严峻的境外输入风险。国际大都市上海，为境外输入第一线。防控态势严峻。

焦点还是在机场。不过这一次，不是当初的"国内出发"的飞往武汉的航班，而是转到"国际到达"的全球几十条来往于各个国家和地区的航线。

2020年3月24日，张文宏至"人民上海会客厅"，接受人民网记者专访。

记者：现在，中国的疫情已经从暴发转入康复期，但是境外却全面暴发，中国由此面临着境外输入的高风险。上海作为一线城市，防控压力尤其大。就目前阶段看，国内特别是上海应如何做好防控？老百姓又该如何做好防护？

张文宏：面对这次疫情，全国人民都蛮艰难的。全国支援湖北，到现在不到两个月的时间，疫情基本上控制住了，全国各地基本没有本地病例出现，中国已经迈过至暗时刻。但现在欧洲突然成为疫情的新中心，给我们带来了巨大的不确定性，后续我国仍然面临较大的输入性风险。上海目前最大的挑战是境外输入，我们要严阵以待，迎接"二次过草地"的挑战。

原来我们预估疫情于4月份结束，后期再拖个尾巴，再控制一下世界的疫情，全球6月份也能结束，我认为这也是合理的。但现在整个欧洲出现了不可控的情况，疫情在今年夏天结束的概率就很低了。特别是欧洲一些国家提出的"群体免疫"，这个过程事实上非常痛苦，势必会有大量的人被感染。因为建立一个"群体免疫"的过程非常漫长，意味着会有60%—70%的人被感染。推算一下，周期基本上会到跨年，所以我预计在很长一段时间内，医务工作者都很难停下来了。

对老百姓来说，防控很重要。别人都感染了新冠病毒，我就是不感染，有没有秘诀？事实上是有的，一定要掌握住传染病里面的一个关键点，就是接触。没有接触，就没有感染。在疫情暴发非常厉害时，我们发现，所有的感染都是密切接触传播开来的。

那么，我们在工作场所如何避免密切接触？不仅要保持一定的社交距离，还要戴口罩、勤洗手。做到这些之后，感染的风险基本上就没有了。有人担心会空气传播？其实，到目前为止空气传播一直是停留在假说之中，我国大多数病例都是在密切接触中发生的。

记者：目前的欧洲国家，意大利情况极为惨烈，确诊病例多，死亡率也高。所以，网上热传意大利的病毒成分与中国的不完全一样，而是毒性更强。这种说法是否存在？

张文宏：意大利病毒的序列分析结果，目前还没看到明确的数据，所以现在还不能说毒性更强。武汉早期病死率也高，现在已经降下来了，也没听说是病毒成分发生改变。病毒成分发生改变一定要有基因测序的结果来佐证。现在最主要的原因是意大利大规模暴发，重症病人就存在一定比例，如果20000多例确诊者，按照20%的重症比例计算，也有5000人，重症病人太多，医院的救治能力就可能跟不上，死亡率就会升高。如果再暴发下去，会越来越严重。

梳理下时间线，意大利最初的3例病例都是输入性病例。在之后的两周内，并没有出现新的确诊患者。正当意大利全国都松了一口气的时候，疫情却逐渐发酵。2月22日，伦巴第大区一名38岁意大利男子确诊感染新冠病毒，成为第4例确诊患者。这名患者近期没有到过中国，1月底与一名从上海返回意大利的朋友一起吃饭，但朋友的病毒检测结果为阴性。

而意大利第4例确诊者之后的70余例，均与第4例有关。这就是通过一个"超级传播者"形成了一个内循环，在意大利造成很多个社区的传播。因为意大利人不太愿意戴口罩或进行隔离，社区活动也较为频繁，这样就会不断在社区中传播，从前面的几十个到几百个，再往后就是指数级增长。

指数增长有多可怕？打个比方，假如

有一张足够大的纸,每折叠一次,纸张厚度就会翻倍,如果能够折叠46次,那这张纸的厚度将达到地球到月球的距离。这样的话,很可怕,四五月份,意大利的病例可能会达到一个非常高的水平。这段时间就是要考验意大利能不能采取有效的防控措施了。

记者:那个时候,海外同胞要不要回国?

张文宏:这要看他们回来后是不是决定再也不回去了。如果疫情要延缓半年,还要不要读书工作?如果不回来的话,一定要做好个人防护,让自己不生病才是最好的办法。有效的个人防护包括保持一定社交距离、勤洗手、戴口罩。这三点都能做到,被感染的概率就会很小。

记者:之前有过一种说法,就是随着天气变热,病毒的传染性会变弱。但问题是,病毒已经在南北半球都传播开了,当北半球进入夏天时,南半球就进入了冬天。因此,病毒会不会成为常驻型病毒?

张文宏:历史上很多传染病都是跨季度、跨年份的,2009年的H1N1就跨了年份。现在看,新加坡、印度都不严重,所以会认为天气变热这个病毒就不大容易生存;但马来西亚却有400多例,说明也不仅仅是天气的原因。不过,这些国家病死率都低,起码说明有可能在天气热的时候,重症病人会减少,轻症病人还是有的,否则马来西亚纬度这么低的地方,不可能会有这么多确诊病例。夏天,病毒可能容易被控制。但是现在欧洲出现了疫情暴发趋势,有些国家在防疫方面只是应对型,可能不会对轻症病人或无症状病人进行筛查,那就意味着轻症和无症状病人有可能在社会上进行不断传播,这样的话,疫情会一直延续下去。有可能夏天终止不了,等到冬天,可能又会带来第二次暴发。

至于会不会变成常驻病毒?如果这个病毒毒性变得越来越低,那就有可能在人群中反复感染,因为症状不明显,也不会致死,就会慢慢适应,在人体中生存。如果病毒毒性变强,就容易被人类清除掉,不大容易长期生存。因为病人一生病就很严重,肯定会进行治疗、隔离,这个病毒就不容易传播下去。但现在说能不能在人类中长期生存还为时过早,要等到一年或两年以后,看看这个病毒还会不会长期生存。

记者:如今,随着青海、贵州、云南等地不断明确开学时间,上海、北京等各大城市的家长也都在翘首以待。

张文宏:复工、开学,都是极大的问题。说实话,我自己觉得这个问题很难回答,因为牵涉面太广。需要我国的专家和政府管理部门一起得出结论。对医疗工作者,还有现在工作在防范输入各环节的工作者们,比如说海关、社区防控的同志等,要做到把输入性的风险控制到最低。

开学需要各省根据各自疫情来定。如果一直没有新增病例的话,原则上就可以开学了。但眼下的问题是,上海、北京这种特大城市,不断有境外输入性病例。这就需要特殊情况特殊分析,看看输入性疫情是否可控。而且现在已经复工了,一般都是先复工,再开学,复工如果有问题,开学就开不成。因为开学后出现问题的话,就会影响一个班级乃至一个学校,可能会造成恐慌,复工相对来说没有这么大规模,要好一点儿。如果复工以后没有出现问题,原则上就可以考虑开学的事了。

记者:网络上一直对中药西药哪个更

有疗效讨论很激烈，这个问题您怎么看？

张文宏：上海的治疗是中西医结合的，而且合作非常愉快。要说谁的疗效好，我觉得分清这个没什么意义。这就如同两口子过日子，日子过好了，非要分清是谁的功劳吗？这也是没法分清的。如果一定要说谁的功劳大，就只能完全不采用其他方式，只用中药或只用西药，然后拿出来比对。做这样的试验，对病人来讲，伦理上也过不去，难不成为了做这样的试验，就置病人的生命于不顾？明明需要吸氧了，但我只用中药，就不给你吸氧，这说不过去。中医西医都是医学，现在中国的治疗都是中西医结合的，取得了很好的效果。

记者：很多人都在关注疫苗的进展，您能介绍下吗？

张文宏：在中国各条疫苗战线上，进展都挺快，也都取得了一些初步成果，但疫苗从动物试验有效，抗体出来，到人体的临床研究，再用于人身上，需要一个非常严格的过程，哪怕再着急，流程也不能缺。因为疫苗是用在人身上，安全性要有极大的保障。最顺利大概要一年左右的时间，到时候中国的病例可能都没有了，又让谁来做临床试验呢？如果这个疫苗是中国做的，拿到国外去做临床试验，人家又愿不愿意接受呢？这些都是问题。所以，我们说疫苗是为了明天而准备的，谁也不知道疫情会不会再来一波。

记者：据了解，您主编的《张文宏教授支招防控新型冠状病毒》发布后广受追捧。随后被翻译成了英语、意大利语、波斯语、越南语等多个语种传向世界。

张文宏：对，现在世界各地都在问我要，我连一分钱版权费都没收（笑）。

记者：很多人希望在疫情结束后，能听您谈谈爱情观，讲讲育儿经，并且跨界再出几本书。

张文宏：这大可不必，我比你们高明的地方，就是对新冠病毒的了解。至于其他的，年轻人都比我懂得多，我已经out了。

记者：采访您之前，心里挺忐忑的，因为之前有记者被您"怼"过，所以稍微有些担心。

张文宏：那件事啊（"喊停记者提问"一事），我不愿意回答，是因为我一般拒绝跟大家直接讨论具体的细胞类型，这种话老百姓听不懂，我们没必要把这个展现在公众面前，因为你不应该讲大家听不懂的语言。

我和记者沟通，实际上是在通过记者与公众沟通。这次疫情非常特殊，要控制好，就必须要发动公众，如果大家不理解不配合，疫情是控制不好的。所以一定要讲老百姓听得懂的话，就是这么个道理。

如果只讲官话，那没人喜欢听，但如果你讲得很有意思，就容易被网友断章取义，都不联系上下文语境。年前疫情刚刚暴发时，我提到上海的风险很大，因为春节期间，每天进出上海的人很多，我这么说，也是想提醒大家认真做好防护，但是年后上海准备复工的时候，这句话又被网友拿出来说了，此时其实语境已经完全相反了。

前两天，我在"华山感染"中发的那篇文章（《张文宏：大流行状态下的国际抗疫与中国应对——国际战疫动态与展望（二）》），短短一天时间内，在微博上的转发阅读量接近十个亿，很多媒体摘了里面的一句话做标题，一下子传播开了。断章取义、标题党，都太可怕了。

记者：您怎么看待自己的这波"硬核"圈粉？

张文宏：我就是个普通人，疫情过后，一切随风而散。

他便是说一些大实话，寥寥几句，脱口而出，却似乎大有深意，神秘地击中世界。一个医生与健康者、病人，或疑似病人的对话，说的是这一刻人世间最重要的话，也很可能是人类走出灾难的密码——说出了人们心里想象的最好模样儿，是那种印象：知识和语言的合体，奥妙与魅力所在。

4. 科技与真心

2020年4月8日，武汉解封。

【武汉解封】

从1月23日"封城"至4月8日，武汉"解封"！武汉的76个日日夜夜，也浓缩了一个国家的战疫轨迹。

——百科词条

2020年4月8日，上午。上海新冠肺炎疫情防控新闻发布会。张文宏再次走到台前，同台就座发布防控策略的有上海市副市长宗明、卫健委主任邬惊雷以及其他防控专家。张文宏谈到上海疫情防控体系时，他问道，这个体系在哪里呢？张文宏此时底气十足——体系就在你身边，就在基层的一点一滴当中。

"你最看得见的这个体系的第一道关卡，肯定是自己身边的医生，有社区的、有综合性医院的。所以这一次的整个疫情的救治，你如果拿放大镜去看，你就会把体系里面一些细节看清楚了，然后就知道老百姓在细节上，是怎么样得益于这次完整的体系对城市的保障。"

"上海今天可以复盘，第一拨的国内疫情蔓延，能否控制，如何控制，是对体系重大的考验。遍布上海的各大发热门诊，是体系的启动。发现病人、隔离追踪、密接者追踪……发热门诊和哨点门诊，布的网越大，我们就能响应更早，捕捉住病人。集中救治原则，最强大的医疗资源在市公卫中心、儿科医院汇总。"

"2003年非典、H1N1、H7N9，这座城市每次都能应对得很好，每一次疫情能留下一些教训，针对不同的疫情都有可更新的环节。"

"在人类历史上永远会有最新的病毒，要有强大的科技支撑。平战结合，强化专病救治体系，急诊、重症医学的救治体系，进一步加强医疗救治体系，我是感染科医生，和疾控密切合作，医防融合，通过高科技全面加强这个体系，使其更加灵敏强大。"

"当有一个新的预警启动的时候，后面的反应体系可能是不完备的，那么我们会招致极大的一个挑战。"

"通过高科技来强化体系，那么将来可以预测，这个事情一定会发生的，我不知道在我退休之前会不会再来一次类似于新冠肺炎，但是我们这个体系始终要保持在非常灵敏、非常强大的水准上。"

"今年这个疫情什么时候结束，没有人可以回答你。我这几个礼拜除了白天在就职，晚上基本上都是和国际上最顶尖的公共卫生专家进行视频连线。我们交流全球抗疫情况，分析疫情，分享抗疫经验。所有人都说——我不知道这次疫情什么时候结束。"

"上海已经回到疫情之前的生活状态，之后依靠逐渐强大的体系来应对输入性病例，我们要时刻保持体系的强大，这就是要建设的主要原因。"

一起出席新闻发布会的复旦大学上海医学院副院长吴凡说："战胜疫情最核心是科技。科技赋能疫情防控，关键在于平时的布局和储备。"在对标国际先进水平、推进疾控机构硬件设施升级的同时，还要有软件。吴凡直言："软件中，人是关键。"对于人才的发现和培养，要"两条腿走路"，一方面要创新人才培养模式，培养既有临床技能，又有公共卫生视野的医防融合复合型人才；另一方面要培养更多多学科融合的人才，医工、医理、医文等多学科交叉融合，培养适应全领域、具备多种岗位胜任力的公共卫生精英。

回顾上海的科学抗疫，张文宏这位"上海市新冠肺炎临床救治专家组组长"感触良多。用科学筑起生命防线，张文宏感同身受。几个月来，他与上海一线抗疫专家，以科技力量，精准施策，足以显示上海疫情防控体系里的"科技含量"。

有故事，谓"华山感染的神预测，原来是这么来的"——

回到2020年伊始，中国各地感染科和呼吸科医生一边按部就班，进行常规的临床工作，一边按惯例，准备应对每年冬季流感之浪潮。

其时，人们懵然不知，一场改变人类历史进程的新发传染病，正悄然蔓延。

在武汉，每天门诊量上万，临床医生们敏锐地捕捉到，有数十例肺炎患者出现不同寻常之处——他们有着非常类似的病毒性肺炎临床表现，却均排除了常见的呼吸道病毒感染。致病微生物到底是什么？很快，中国科学家给出了答案——Ⅰ类新型冠状病毒。

由此，这场疫情与人类的正面交锋揭开序幕。

上海和武汉相距800公里，但对于病毒，不过一二小时的行程。面对这场突如其来的疫情，上海临床医生和防控工作者们丝毫不敢掉以轻心。因为，不知道"敌人"什么时候打到家门口。大家必须严阵以待。2020年1月20日，上海市报告首例输入性新冠肺炎病例。张文宏和他的华山感染团队采用实时荧光定量RT-PCR、CRISPR和宏基因组测序（mNGS）等多种手段，对上海市第一例新冠肺炎患者进行了确认诊断。实时RT-PCR和CRISPR检测均呈阳性。mNGS显示其与武汉分离株核苷酸同源性超过99%。（*Emerging Microbes & Infections*）。自此上海正式加入战斗序列。

2020年2月，国内新冠战事最为胶着之际，抗疫重担落在广大临床医生身上。面对这样全新的疾病，急需快速总结临床经验。复旦大学附属华山医院张文宏教授、北京协和医院李太生教授、上海市公共卫生中心卢洪洲教授共同携手，在EMI杂志分享了新冠患者临床救治心得，其中包括强调重症患者的多学科支持、重症患者的早期识别及早期干预等；提出了小剂量短疗程糖皮质激素的及时应用将减少具有重症倾向患者病情加重等一系列策略。

很快，一线医生逐渐感受到重症新冠患者的治疗难度极高，甚至超过当年的SARS。特别又面对当时层出不穷但效果不明确的各类药物，临床处理变得更加复杂和困难。张文宏和他的华山感染团队随即在 Cell Research 杂志发文，着重讨论了重症新冠患者的诊治要点，并分析了各类药物如低分子肝素、抗病毒药物、激素等的潜在前景。同时，张文宏教授作为新冠防控组成员，积极呼吁多方合作，共击疫情（Clinical and translational medicine）。

事实上，复旦大学附属华山医院感染科研究团队从临床救治到整体防控的各个方面开展了一系列研究，以科研工作推动临床医疗的进展，用临床数据实践科学防控的要求。这也是华山感染团队把人民群众生命安全和身体健康放在第一位的集中体现。

面对新发病原体，一个重要科学问题是——新冠患者和其他肺炎有什么区别呢？张文宏团队迅速开展研究，发现新冠肺炎病毒的不同基因片段在转录层面上表达丰度有较大的差异，该发现为后续病毒各基因功能区的研究提供了理论基础。并且在对呼吸道微生物群落的研究中发现，与非新冠肺炎患者相比，新冠肺炎患者气道微生物群落多样性降低，且有18个类群丰度差异十分明显，提示新冠肺炎患者的气道菌群较普通肺炎更易发生紊乱，潜在的并发感染的可能性更高，该研究发表在 Clinical Infectious Diseases 杂志上。

临床实践也证实了以上猜想。张文宏团队的课题组发现，继发感染与 COVID-19（2020年2月11日，世卫组织宣布正式将新型冠状病毒感染的肺炎命名为"COVID-19"）疾病进展息息相关，并最终将导致疾病预后的显著恶化。课题组纳入了上海地区重症 COVID-19 患者。根据临床需要收集下呼吸道、尿液、导管和血液样本，并同步进行了培养和 mNGS。发现 57.89%（22/38）的患者发生了继发感染，且接受有创机械通气的患者继发感染率更高，而继发感染将导致患者死亡率显著增高。

除患者自身病理生理特点外，病毒学演变规律是临床医生着重关心的问题。课题组通过对新冠肺炎患者系列标本的测定，ICU 患者（重症患者）的各类标本（鼻咽拭子、血液、唾液）SARS-CoV-2 病毒转阴时间明显长于非 ICU 患者（非重症患者），并且鼻咽拭子样本较血液和唾液样本需要更长的时间转为阴性。该研究为新冠患者的诊断方式，以及治疗终点的确认提供了可靠依据（Journal of Infection）。

重症患者的早期识别是后续治疗的关键。其实重症和轻症患者之间差别一目了然。如何从一群轻症 COVID-19 患者中识别出"准重症"患者才是关键。本课题组通过巧妙的研究设计从纷繁复杂的临床线索中找到了血清乳酸脱氢酶水平升高和高龄是轻症患者疾病进展的独立危险因素（BMC Medicine）。可以说，这项发现为上海市整体救治策略提供了重要支点。

糖皮质激素的应用一直是国际上的争论热点，事实上后续被证明是新冠治疗中为数不多可能有效的药物。张文宏团队课题组基于一线临床应用经验，在国际上首次提出了糖皮质激素应用时间窗的概念。研究显示小剂量-短程激素能有效减少处于过度炎症活化早期的患者进展至需要插管的风险，而过早或过晚使用激素受益不确切（Emerging Microbes & Infections）。这一临床结论应用推广后，上海市重症率从初期约 10% 显著下降至后期不足 2%，极大地节约了医疗资源。

无症状新冠肺炎患者作为疫情防控的

"死角",对全球疾病控制提出了巨大挑战。张文宏教授课题组在国际范围内率先对感染 SARS-CoV-2 的无症状患者进行全病程随访,最为客观地对无症状患者的流行病学特征、临床特征、病毒学特征和预后进行报道（Clinical Microbiology and Infection）。研究发现严格科学意义上无症状患者比例仅占总新冠感染人群 3%,且均在入院后 3 周内实现病毒转阴,无慢性病毒携带者发现。此项研究纠正了国际上长期以来对中国无症状患者比例达 20%—30% 的错误估算,提示在做好有症状患者的流行病学调查和溯源工作情况下,无症状患者对于国内疫情防控风险可控,进一步巩固了国内抗疫来之不易的阶段性胜利成果。

回首上海疫情防控体系的科技创新,我们无法决定疫情开始。很长一段时间内,恐怕我们也很难宣布疫情的彻底结束。但幸运的是,我们依靠科学筑起了一道坚固围墙,从而切实地把握住了个人命运和疫情蔓延之间的相对距离。在与新冠并行的这段时间里,上海一线抗疫的科技战队,且行且思,且悟且进。

"实事求是的科学精神,是张文宏所在的华山医院感染科一以贯之的价值追求。"华山医院感染科住院医师李杨说。她是张文宏的女弟子。她也传了发热待查是感染科医生的看家本领。

华山医院感染科是国内公认的发热待查"最高法庭",翁心华教授作为这一"法庭"的"最高法官",李杨曾得真传。李杨的心得是:在临床中要讲求"唯实",不盲从专家或教授的指示或分析,不局限于书本、共识指南,从实际出发,实事求是地研究处理临床问题。翁心华教授鼓励从事发热待查诊治的同道们在疾病诊治过程中要贴近病人,基于自己亲自看到或查到的客观可靠的事实,比如患者的症状、体征、治疗反应等形成自己的综合判断,不可盲目相信书本,亦不可盲从权威。

事实上,正是这样无条件地"实事求是"的科学精神,才可能拥有更加开放的心态去对待可能发现的事实。张文宏所在的华山感染团队,正是带着这样的开放心态,在日常临床工作中不断科技创新。

上海的科技抗疫,自 2000 年以来,有案可稽。那时候,张文宏正攻读博士,人类迈入新千年之际,中国社会经济发展蓬勃,前所未有,但感染病学科的专家医生不敢掉以轻心——传染病如悬挂在人类头上的达摩克利斯之剑,时刻威胁着人民的生命安全。随着社会的发展、科技的进步,国际和国内感染病疾病谱也随之出现了巨大变化,感染病学科面临着巨大挑战。感染性疾病成为人类的头号杀手,其导致的患者死亡占全部死因 25% 以上,特别是疑难感染与重症感染的解决离不开精准快速的病原学检测手段。

新中国成立以来,随着国家在重大传染性疾病防治体系的投入和建设,我国经典传染病如血吸虫病、病毒性肝炎、艾滋病和霍乱等传染病得到了很好的控制,但另一方面,如耐药细菌感染、老年人群感染、院内感染以及免疫低下人群感染和新发感染性疾病等造成的疾病负担则有待重视,相应的感染病防治体系需要强化,以应对全球化带来的感染性疾病挑战和感染学科疾病谱的不断变化。

因此,如何提高感染性疾病的快速诊断率和诊治成功率?华山感染如何能巩固国内领先地位、提升国际地位？中国感染病学界如何提升国际影响力，尤其在国际传染病防治中发出中国声音、发挥重要的作用？这是张文宏从一名医生到一名学科带头人，二十余年来思考的问题。这三个问题贯穿了他的职业发展轨迹。作为学科带头人，张文宏在国内率先将精准医疗概念引入了古老的感染病学科。在强有力的国家力量的支持下，张文宏教授逐渐率领团队搭建起覆盖细菌、真菌、病毒、结核等各类病原体的快速精准病原学诊断平台，可充分满足血流感染、腹腔感染、呼吸系统感染、中枢神经系统感染、泌尿系统感染等全身多系统感染的精准、快速诊断。

事实上，在此次新冠之前，张文宏团队一直致力于新发传染病的鉴定和诊治。2013年，张文宏在国际上报道了首例H7N9病例，获得当年全国"H7N9防控工作先进个人"称号；2018年，张文宏团队通过二代测序技术全世界第一次在病原学水平确认了人感染猪疱疹病毒病例，并于 Emerging Infectious Diseases（美国权威新发传染病杂志）进行了报道，更新了医学界对人畜共患病的认识。2019年，团队在24小时内确诊国内第二例输入性锥虫病例、72小时内与世界卫生组织沟通获得治疗药品。不计成本、不畏艰辛地利用科技力量为每一位患者带来最好的医疗服务。

三十年前，在感染学科进入低谷，最为艰难晦暗的年代里，张文宏甘愿当一次"傻瓜"，怀揣着治病救人的初心驻守在守护生命的战场。漫长岁月，张文宏和他的华山团队曾经无数次站在同传染病战斗的最前线，而他们也一次又一次经受住了严峻的考验，用科技与真心，筑起保障人民群众健康的长城。

这一次，张文宏作为上海市新冠肺炎临床救治专家组组长，坚持把科学防治、精准施策的要求，落实落细，做到迅速行动，及时发声，以科研工作推动临床医疗的进展。张文宏作为通讯作者组织上海专家组积极总结自身治疗经验，率先在全国范围内于《中华传染病杂志》上发表《上海市2019年冠状病毒病综合救治专家共识》，第一时间以专业、可靠的科学论文形式将研究成果应用到战胜疫情中。

"上海方案"基于国家方案，高于国家标准，充分体现了精心、精准、精细的上海特色。"上海方案"是上海市举全市之力精心救治、把人民群众生命安全和身体健康放在第一位的集中体现；"上海方案"坚持"精准施策"的方法论，形成严格规范、有数据支持的救治标准和推荐意见，对恢复期血浆、糖皮质激素应用都进行了高于国家标准的独立探索。充分发挥上海科研与资源优势，强化先进科学技术对指导临床决策的力量支撑；"上海方案"让救治过程更精准，做到病程描述最详尽、临床监测最明晰、早期预警最到位、用药原则最科学；特别是对合并细菌、真菌感染的精准诊治进行了细致指导，在避免抗生素滥用的同时对合并二重感染进行有效治疗。另外，"上海方案"中提出了更严格、严谨的出院标准，为避免上海疫情反扑打下坚实基础。"上海方案"的有效性在上海患者中得到了最好体现，目前治愈率已经超过99%，病死率仅1%。

上海阶段性成功的救治经验更是辐射到全国，深圳市第三人民医院、无锡市第五人民医院、南通市第三人民医院、沈阳市第六人民医院、南昌市第九人民医院、温州市人民医院、怀化市第一人民医院、瑞安市人民医院等新冠肺炎定点救治机构，通过参考学习"上海方案"，在救治过程中因地制宜，极大提高了治疗成功率。

从住院医师李杨的视角看——"在上海市公共卫生临床中心工作期间，我看到所有老师们为每一个新冠患者的治愈都付出艰苦努力。不管深夜几点，所有专家们都随时集合，讨论病人病情，那些业界'大佬'开玩笑说——他们仿佛又年轻了一次，又变回了住院医师，那些病人的生命体征、实验室检查，都记得清清楚楚。我想，这正是总书记'不忘初心，牢记使命，永远奋斗'的真实写照。我相信，如此炽烈情怀，其实一直埋藏于中国医务工作者的心中，在这个最危急的时刻，自发化成一团火焰，照亮黑暗中的战场。原因无他——踏上医学路前那份初心和宣言，是最好的解答。"

一个感染科医学界的后辈，仰望无数先驱者的背影。李杨说："就在我们面对这一个又一个鲜活的生命时，深知这样炽烈情怀之所以光辉灿烂，更在于它真实地化作了治愈患者的力量。医学不仅仅是一门人文学科，更是一门现代科学。越是大敌当前，医生们越是谨慎细致。在和我的老师们讨论疫情时，曾这样说——医生尽管情感炽烈，在患者面前却总是要保持足够冷静的样子，因为心中永怀敬畏，他们明白生命是不能承受之重。其中最早支援武汉的徐斌老师，曾和我们说起，他常常感慨万千，因患者好转而由衷地高兴、自豪，也因为经历拼尽全力后病人却告不治而沮丧、难过。"另一位在ICU的魏礼群医生则说："这里并没有从天而降的英雄，只有挺身而出的凡人。"

在面对如此可怕的新发传染病时，医务工作者们迸发出了前所未有的拼搏精神，在降低感染率和病死率上不断探索不断优化，国家及很多省市及早总结，形成严格规范、有数据支持的救治标准和推荐意见。在未知敌人面前，大家充分发挥主观能动性，把总书记提出来的"科学防治、精准施策"总要求不断落实落细，充分利用科学技术和技术创新来支撑临床救治。正是这样的科学探索和理性思考，才真正让每个患者得到最好的治疗。尽管目前国内疫情取得阶段性重要成果，但仍有很多科学问题有待回答，疫情防控任务依然艰巨繁重。可正如总书记在武汉考察工作时所说，越是面对这种情况，越要坚持向科学要答案、要方法。这也是当代医学生的必然使命，我们既是临床科学经验的践行者，更应该是科学经验的探索者。

理性思考不仅仅体现在个体患者的临床救治上，更体现在疫情的整体防控布局上。我们知道在疫情面前谣言有时比疾病更可怕，医院不仅是治病救人的地方，更应该是回应人民需求、传播正确健康知识的最大阵地。华山感染科室的青年医生在主任张文宏教授的带领下，基于自身丰富的治疗经验与医学知识，不遗余力地进行科普教育。面对不同媒体各种真假难辨的知识和消息漫天飞舞的时刻，"华山感染"微信公众号的青年同志们选择以专业的内核、冷静的分析，为大众正确认识2019新型冠状病毒而不断发声。

2020年1月17日，张文宏团队第一时间编译《世界卫生组织：2019新型冠状病毒指南（中文首译版）》，阅读量为1544万。从1月22日至2月17日，连续更新23篇原创文章，第一时间解读疫情数据走向、封城决策、返工复工注意事项等大家所关心的话题，累计阅读量超过2500万人次。大家知道100年前的那场西班牙大流感，感染人数突破5亿，死亡人数高达5000万，这是为什么？就是因为当时第一波流行带来的巨大心理阴影面积，第二次流行时恐惧情绪让大量发热患者涌向各级医院，交叉感染暴发，并且致使医疗机构功能瘫痪。因此，减少社会恐慌、避免大众因焦虑不分轻重扎堆医院而造成医疗挤兑也是控制疫情的关键。而这就需要医务工作者们的理性思考与科学研判。

3月27日，上海科协组织了一场特别研讨会，闻玉梅、赵国屏、张文宏等二十多位专家出席，就新冠病毒的演化、救治等话题研讨，会议时长四小时，信息量颇大。

"做科普我是业余的，我觉得自己医生做得还不错。"张文宏开头，轻松诙谐，"熊猫眼"愈加明显。之前的一天，完成和在美留学生视频连线后，已经晚上11点。再驱车赶往金山的上海市公共卫生临床中心。那里新近收治了几个新冠肺炎患者，他要去看看。

回到那间单人标房，已是半夜12点以后；27日，一大早，起床，准备下午会议发言内容；28日，要进行十二个国家防控经验交流。做完这些必修"功课"，立即查病房。中午，离开金山赶到会场参加研讨。

"闻玉梅院士常常问我：每一次新发传染病来的时候，你们准备好了吗？说老实话，晚上我是睡不着的，我会给自己灵魂之问：我准备好了吗？"张文宏说，下一步他的工作重点，第一还是要抓临床的救治，现在上海输入型病例还有不少，当下就是

要在前期的基础上，把上海的防控救治做成"铜墙铁壁"；第二点，是把中国前期积累的经验，向全球做介绍，人类共同战"疫"。几天前，他曾经说过一句话，在他迭出的"金句"里，这句话，可能会被忽略——"疫情发展，取决于这个国家是不是控制得最差，而不是控制得最好的国家。"大有深意。控制得最好的国家，不等于太平无事。因为同时有"控制得最差"的国家。在这个地球上，病毒与每个人的距离，仅是"一个航班"。

恪尽职守。从守"家门"，到守"国门"，在以科技为基础的支撑上，上海逐渐做好准备。"我们不希望做救火队员，而是在科技基础上做精准防控。"张文宏说，上海团队会加紧合作，把疫情彻底控制住。"我认为，这是人类历史上最难对付的病毒之一，未来科技支撑显得尤为重要。"

在这个会上，上海公共卫生临床中心教授卢洪洲在报告之前，晒出了一张特殊的合照——他与武汉市金银潭医院院长张定宇等人，拍摄时间是2019年12月。他告诉与会者，12月17日，他应邀在武汉对金银潭的全体医务人员做了三个小时的培训，主题就和公共卫生事件的"院内防控"相关。"这虽然只是个巧合，但也从侧面说明，上海和武汉一直在进行密切互动。"

卢洪洲说，现在上海与世界卫生组织以及其他国家和地区随时进行沟通，时刻将诊疗的经验固化下来。

其实面对一个全新的病毒，我们所了解的仍然是冰山一角，任何一个小进展，都在为全球抗疫积累经验。瑞金医院的团队，根据各类交通大数据发现——从武汉离开的人，乘汽车或开汽车的最多，坐高

铁其次，真正坐飞机的，不多。这个数据为武汉周围地级市的防控，提供了数据参考。

"我们已经把这个信息告诉意大利的同事，应该管控道口，如果想把传播源切开的话，道口是非常重要的传播途径。"上海交通大学医学院附属瑞金医院院长宁光说，这些都是很小的进展，但却与一些重要的命题有关，并且确实能够回答一些问题。

八十六岁的闻玉梅、七十五岁的陈凯先、七十二岁的赵国屏、七十岁的饶子和四位院士，落座于研讨会主席台位置中央。发表完主旨报告后，饶子和院士打开电脑，记录大家的发言；其他院士们呢，埋头，在手抄本上做笔记。几颗白发苍苍的智慧大脑，埋首于手抄笔记本。此景感人至深。有记者拍照，清晰看见陈凯先院士的部分作业——"笔记"。他是本次研讨会的主持人，在主持稿上，写了这样几段：协同、社区动员、口岸、老百姓的防护……他记下的，正是复旦大学医学院副院长吴凡所说的三道关口：口岸措施逐渐升级、个人防护要坚持做好、医疗机构的"哨点"功能更好发挥。

"上海又增加了 180 多个发热'哨点'门诊，希望把我们的监测防控网织得密一点、灵敏一点，真正保护这个超大型的国际大都市，既能恢复常态化的工作生活学习，又能防控住新冠病毒，共同等到疫苗出来的那一天。"吴凡说。

疫情暴发两个多月，科研攻关——科学家们手中的"家什"逐渐丰富，用起来，也日益"称手"：疫苗进入临床试验阶段，病毒基因组序列公布，多种药物正在筛选并有部分取得阶段性结论，诊疗方案不断完善……

在第一阶段的防控过程中，上海科研人员给出这样的答卷：密接者排摸彻底，截至目前上海没有发现一例感染来源不清楚的病人；上海向二十多个国家和地区出口试剂盒和影像设备；本地患者出院率超过九成。

正如上海市科协党组书记、副主席马兴发所言，面对突如其来的新冠肺炎疫情，上海科技战线和广大科研工作者精锐出战，以冲锋的姿态同时间赛跑、与病魔较量，在最短的时间里，集中力量展开科研攻关。

张文宏还发起新冠肺炎多学科论坛，每次都有国内和国际专家参与。4 月 25 日，下午，举行第三届新冠肺炎多学科论坛——"走进常态防控"。张文宏自己当主持，视频连线的有美国、新加坡、中国香港等地的专家，沟通探讨全球抗疫策略，解答众多网友疑问。

4 月 30 日，国务院联防联控机制新闻发布会上，上海市卫生健康委员会主任邬惊雷回顾上海抗击新冠疫情——至眼下，上海已进入常态化疫情防控阶段。但在此前，"对于上海这个特大型城市来讲，我们还是做了很多预案。比如对部分医院考虑要做腾空机制"。

当然，后来这些预案最终并没有启动。1 月 20 日晚，国家卫健委确认上海市首例输入性新冠肺炎确诊病例。随后，上海第一时间启动了集中收治。

上海的集中收治点共有两个：一是上海市公共卫生临床中心，前身是上海传染病医院；一是复旦大学附属儿科医院，在迁建的过程中单独建立了传染病大楼。其中，成人病例收治到公共卫生临床中心，儿科病例则收治到复旦大学附属儿科医院。

从床位配置上看，上海市公共卫生临

床中心有300多个负压床位，同时还储备了200个左右的负压床位。"上海公共卫生临床中心当时建设的时候就预留了一个储备的场地，准备应急响应。儿科医院也是这样做的。"邬惊雷说。

流行性传染病的防控有三方面基本措施——控制传染源、切断传播途径、保护易感人群。只有三方面措施都落到实处，且尽早实施，才有可能以最快的速度控制住它的流行。

全上海各部门的有效配合的总体战疫，由各个局部战疫组成，包括道口查控、社区防控、交通防疫、公共场所防疫、错峰上下班、有序复工等有效举措多管齐下，以及"早发现、早报告、早隔离、早治疗"，上海的疫情得到有效控制。截至4月29日24时，上海累计报告本地确诊病例339例，治愈出院331例，死亡7例，在院治疗1例。没有待排查的疑似病例。累计报告境外输入性确诊病例308例，治愈出院266例，在院治疗42例（其中2例危重）。待排查的疑似病例6例。

"除了定点医院，如果真的发生特大型的疫情，如何（形成）几个机制，比如腾挪、扩大定点医疗机构、组织队伍等，所以我们考虑我们的队伍应该是模块化的、专业化的、能够随时响应的。"邬惊雷说。

张文宏参加了此次新闻发布会。张文宏说，上海在集中救治中遵循了三条：多学科合作、遵循循证医学原则、不断创新。

"这次一开始大家就意识到这是一场非常复杂的战役，如果不采取多学科的精锐部队一起紧密合作，就不能取得最满意的结果。"

张文宏介绍"上海经验"——按照常规做法，重症病人要么收在重症病房，要么在急诊重症。但此次新冠疫情中，上海一开始就采取了集中收治的做法，定点医院汇聚了上海最优秀的感染、呼吸、重症、心脏、中医等专业团队，并由十四名专家组成高级别专家组驻守定点医院，病区里还有一支团队和专家团队进行无缝对接。这个团队里又有大量支持专业的团队，有专门的人工肺（ECMO）的团队，有连续性血液净化治疗团队，还有呼吸治疗师团队、心理治疗师团队。多学科合作是此次上海疫情治疗的一个重大亮点，而且做到实处，多学科团队一直待在救治中心，直到疫情得到控制。

新冠肺炎至今也没有特效的抗病毒药物。那时候，对于治疗方案，只能不断探索和积累。上海医疗救治专家组遵循"一人一方案"的精细诊疗路径，并在诊疗过程中不断调整、优化。

张文宏说，早期上海大量收集了在武汉初步的循证医学证据，包括流行病学、治愈率、病亡率、高风险因素等，并很早就提出来"一人一策"，根据病人进展的不同阶段提出早期阻止疾病进展到危重症，使整体的重症、危重症率降低，进一步降低病死率。

"基于循证医学的团队，我们逐步地推进我们新的治疗策略，阻止疾病的进展。"张文宏说。

2020年3月，张文宏牵头的上海三十位专家在《中华传染病杂志》网络预发表《上海市2019冠状病毒病综合救治专家共识》，在国家诊疗方案的基础上，结合上海本地的医疗资源，以及300例病患的临床研究和诊治，最终形成新冠肺炎救治的"上海方案"。

为了阻止轻型和普通型病人重症化，上海采取了综合措施。其中包括：抗病毒药物、氧饱和度监测、有效的氧疗、免疫维护、维持内环境稳定、尽量避免使用抗菌药物和糖皮质激素、积极抗凝、大剂量维生素C。

张文宏说，上海专家团队在国际和国内也是最早根据抗病毒治疗的疗效提出自己认为最合理的抗病毒治疗方案。同时还提出了抑制炎症风暴的多种治疗方法，以及糖皮质激素的使用。"糖皮质激素的使用在我们的早期、中期和晚期治疗方案完全不一样，所以我们遵循'一人一策'。我们并不是一味的拒绝糖皮质激素的使用。"张文宏说，即使上海的糖皮质激素使用比例只占到9%，但这9%也确切实施"一人一策"。

基于不断地创新，上海的危重病人比例不断下降。从1月20日晚国家卫健委确认上海市首例输入性新冠肺炎确诊病例，经过最初两周的摸索和经验积累，上海实现了重型/危重型病例占比，从22.9%下降到了7.4%——至4月30日新闻发布会止，此后比例下降到只占3%，后来再进一步降低到1%以下。

"这些经验总结让我们对下一阶段的抗疫充满了信心。"

人类历史，有一点令人畏惧——是一个一直被欺负的人类疫情史。"人类是一直被欺负的，但中国的卫生系统已经浴火重生，我们已经有了处置的能力。"张文宏说。

人类还有一些具备牺牲精神的人物，他们讲述人类与传染病的关系——人类身边，永远存在着危险。缺乏的是有危机意识的民众，以及，被历史证明是永久的事实：针对传染性疾病的预防，人类从来没有万全之策。

"岁月是静好的，但风险一直在我们身边，将来我们还会碰到这样的事情。"2009年的墨西哥流感病毒、2003年的西尼罗病毒性脑炎和中国非典、1980年才战胜的天花、1945年几乎灭亡整个欧洲的鼠疫、1918年灭亡了欧洲2500万人的流感病毒……传染性疾病与人类的战争从未停止。只是，每当灾难过去，人们便开始习惯性遗忘。

被治愈的非典患者，尚有后遗症无法康复，2020年的新型肺炎又到眼前。

2003年，"非典"之后，张文宏便和他的导师翁心华教授，以及其他同行一起，撰写中国第一本关于SARS的呼吸感染专著《严重性呼吸综合征》（2003年上海科技出版社）。他告诉人们："新出现的传染病虽然被清除，但人类仍然缺乏对其的深刻认知。"他通过一个个例子，表达他的思想——"传染性疾病没有因为非典的治愈消失，被打败的疫情不知什么时候依旧会卷土重来。"

所幸，2020年的中国已经有了应对的能力。焦虑的张文宏，也许看到了希望，因为那时候他便说："哪怕传染性疾病再度出现，充足的防护设备也能给予医护人员应对的时间与抢救的机会。"

他的思想，总是被他朴素的语言精辟地展开，带着情感色彩，还有酒精和消毒水味道，有时也粗暴，令人紧张。

"13000张床位，不断进入武汉援助的医生，足以消解武汉现在的疫情。"

"中国政府已经做好了长期抗战的准备。"

他分析抗疫的现实情况，告诉所有人，所有可能的结局——

最好：2—4周内，现有病人治疗结束，2—3个月内，全国疫情得到控制；

最差：控制失败，病毒席卷全球；

胶着：病例数在可控范围内增长，抗疫过程会十分长，可能长达半年至一年之久。

他说的三个结局，被后来的事实全部证实——最好的结局发生了，最差的结局也发生了，胶着的局面，一点不差地继续在胶着。

张文宏承认，原来预估疫情4月份基本结束，后期再拖个尾巴，再控制一下世界的疫情，全球6月份也便能结束。他认为这样的预估是合理的。但他没有预判到，整个欧洲和美国会出现不可控的情况。

关于国际抗击新冠疫情，张文宏这样说："我们非常非常幸运，在春节期间，断然通过封城和全社会Ⅰ级响应动员，取得初步抗疫的阶段性胜利。一个多月过去，世界各国的抗疫过程，就像奥运会长跑比赛，前面一圈是看不出来，后来，一圈一圈跑下来，各个国家、各个地区的抗疫成绩，慢慢就拉开了差距。一目了然。"

"我们非常非常幸运。"一个医学专家，从科学和思想深处，如此表达自己的"幸运"，其背后曾经隐藏着的是无穷无尽的焦虑和不安。

张文宏著名的"早餐牛奶鸡蛋论"，引发刨根问底，被过度解读为崇洋媚外。此论换个说法是"早餐不能喝粥"，源于2020年4月15日下午，张文宏出席一个防控新冠肺炎疫情讲座。他说："你家里的孩子不管长得胖，长得瘦，喜欢不喜欢吃东西，这段时间他的饮食结构，你要超级重视。"

"绝不要给他吃垃圾食品，一定要吃高营养、高蛋白的东西，每天早上准备充足的牛奶，充足的鸡蛋，吃了再去上学，早上不许吃粥。"

有人认为，张文宏说的很有道理，只喝白粥营养肯定不够；但也有不少人表示，早上喝粥是中国很多家庭的传统习惯，如今不能喝了？我们喝了几十年了，好好的，怎么了？甚至有人说，"早上不许喝粥"这种说法，是不是崇洋媚外过头了？张文宏表示，很多人批评他，但其中这一点批评他不接受。"我只是针对病毒，针对病毒的抗体产生要靠的物质，什么物质？全部是蛋白质。"

张文宏说过许多话，常会激起评论者的不同反响，有时候甚至是水火不相容的看法，针锋相对。且不管张文宏是不是真的喜欢吃牛奶鸡蛋，真的拒绝吃粥。我们只需看到，他闲话不多，但表达的观点非常鲜明，非常确定，令人无尽解读。

他说，新冠肺炎病人由重症转轻症，最主要的一点就是要保证营养和蛋白质。这时候，如果靠粥和咸菜过日子，就麻烦了。"而且，中国人最喜欢喝鱼汤了，鱼肉也要吃掉，都是蛋白质。"他补充说。

另外，张文宏还强调，鸡蛋一定要保证，肉能够吃就吃一点，维生素C和蔬菜也希望能多少吃一些。

由此，又引来议论——张文宏一定吃得很好。

他其实吃得真不怎样。在他的华山医院感染科主任办公室里，狭小的空间，地上放有两只硕大的塑料袋，里面装的是干乎乎的面饼。他的午饭，一般就是这个，佐以自制的调味酱料。他认为好吃。办公室里间是一个生活间，备有净水器和电磁灶。生活间的那一边，是他的老师翁心华的办公室。

此生活间，小而狭长，沿壁置条案，有一小锅，里面居然还剩有隔夜的面汤水。张文宏随手拎起锅子，到边上水斗倒掉，放自来水龙头下，冲洗一番。他手不沾水，一手拎锅子，悬空转几小圈——上海人叫"荡一荡"。他解释说，昨天下面，吃了忘记洗。"这个面很好吃的。是乡下来的病友送的。对，是他们自己擀面条烘制的。病人硬要送，也不是值钱的东西，我就收下了。我喜欢吃，好吃的。"

他与人一起吃午餐。很客气，到店落座，点套餐，跟人解析鸡肉与牛肉的营养差异。做完科普，给人点牛肉，给自己点鸡肉。

有人要采写张文宏，如实相告："文宏医生，我想写你的英雄事迹，但看来看去，你没有什么壮举，连武汉也没有去过。哪能办？"

张文宏说："我就是要告诉你，我不是英雄。我只是一个普通医生，还是一个很焦虑的、专门看感染毛病的医生。传染病大暴发的时候，这个医生特别焦虑，哪能有空去做英雄。"

有许多时候，最伟大的事，是由一群最平凡的人在做。奔赴前线的医护人员，其实本来就是平凡人。他们也会害怕、会焦虑、会不知所措，可是疫情在前，身负职责和使命让他们变得伟大。

他们比所有人都更早知道，抗击新冠肺炎举步维艰，在对病毒一无所知的情况下，可能会面临糟糕的结局，可在清楚所有后果的状况下，他们依然前行。一个不晓得前面有危险的人，去冲锋陷阵，那是勇士。一个明知前面险象重生，还要往前冲，那是智者，更是英雄。

第 二 章

1. 华山路

每个上午，上海华山医院门口的乌鲁木齐路华山路，是上海几个拥堵路段之一。本埠市民或外来人，接踵而至，汇集于医院大楼。他们各自占据各大门诊室门口的座位，默然就座。病患或家属各怀心事，愁容满面，但依然会保持矜持，等待一次次麦克风和缓的语音播报呼号。间或，白衣医护人士穿梭于此——他们的身影总是美妙，来去无踪，带来一丝安慰，象征希望，也许是绝望。门诊分普通门诊和专家门诊。患者心底记着几个医生的名字，慕名而来。

那些从外地专程而至，却没有挂到专家门诊号的患者，就是张文宏眼里的"乡下人"。张文宏对乡下人真的很好，只要事先寻到他，转弯抹角也可，张文宏会给这些病人加号，让他们放心，有的放矢地前来。初步诊断后，可以确诊为重病患者的，需要立刻住院，华山医院一床难求，张文宏经常会为那些素不相识的乡下人，不断打电话。张文宏面子大，一般都可以帮忙落实床位。有些患者需要随访，但乡下人不方便随时来医院——这样的病患，张文宏会给他们留下自己的邮箱，通过电子信箱及时给出诊疗意见。

大病之人，心里就会装着几个名医，将自己的人生托付。张文宏心里呢，总是会装着几个重症病人，职业使然。他再忙，自己主治的几个重症病人，总是在心里"盘"。张文宏说："看毛病跟写作有一点差不多，就是心里会一直在'盘'——'盘算'的意思。交关（很多）治疗方案，就是一直盘，慢慢盘出来的。你说是'用心'，也没错。做什么事情都得上心，何况还是性命交关的事情。你说是吧。"

会诊和查房，是张文宏日常工作的重头，特别是到重症病房去看病人，张文宏的同事都晓得，"哪天他说去，再晚也一定会去，而且不是走马观花，明显是预先做好'功课'才去的，对每一个病人的情况、指标了然于心，实事求是、严谨负责。"

是"盘"过的。

2020年7月29日，上午10点。张文宏准时抵达上海华山医院西院传染科病房查病房。上五楼，在走廊，已有学生接过他的双肩包，同时将一件白大褂交予他手里，他一路抖开，往后甩，熟练穿上，扣上衣扣。边上的学生，已经向他汇报到第二个病人的状况。一步踏进医生办公室门，伴随一阵"张老师好""张主任好"的招呼声，狭长的办公室里，十几名医生全体起立，然后很快归位，坐回自己的办公桌前，中间留有一靠背转椅，张文宏一屁股坐上去，往左边转一下，右边转一下，跟两边的学生打招呼："你好像瘦了嘛。"他说的是一个女医生，这是张文宏的博士生，毕业留下来的。业务很强。说她瘦，是晓得，这几个月来，特别忙。随后，张文宏指着毛日成医生，说，这个人要说一下，现在大家也认得他，去过武汉。

2020年1月21日上午10点，华山医院紧急动员，成立首批赴上海市公共卫生临床中心支援专家组。张文宏带队，感染科毛日成、呼吸科张有志、重症医学科李先涛三位副主任医师匆匆带上行李，从收到通知到入驻上海市公共卫生临床中心，不到4个小时。投入到抗击新型冠状病毒感染的肺炎疫情中去。

"有武汉旅行史，两天前发烧咳嗽，现在体温38°C，肺部CT提示有重症肺炎……"除夕夜，毛日成是在治疗新冠患者中度过的。张文宏记得，那天，上海市新增确诊病例13例。为了保证安全，这些确诊患者须得于当天下午或者晚上，紧急送往位于金山的上海市公共卫生临床中心。毛日成从询问病情、回顾流行病史开始，到制定治疗方案、完成报表，收治完所有病人，已经是大年初一凌晨两三点了。辞旧迎新。

华山医院感染科连续九年蝉联中国医院最佳专科声誉排行榜榜首。作为感染科副主任医师，毛日成在这里已经工作了十几年。每天接触病人无数，忙碌已成为常态。此次新冠疫情，是真正的一线，每天长达16个小时的工作状态，令人窒息。他有时候会担心自己扛不住，不知什么时候会倒下来。

除了收治新患者，他们每天早晚各需一次查房，询问患者病情、用药情况，制定或更新治疗方案。每天早上6点半、下午4点半、晚上12点半，完成三次报表，密切关注患者病情，随时上报患者情况。

2020年初春的一幕幕，总是会在张文宏内心掀起波澜。张文宏环顾这一房间医师。这些学生、同事、下属……他对他们每个人的情况一清二楚，晓得他们身处疫情一线，所有的人都绷紧神经。那时候，毛日成实在困得不行，往沙发上一靠，眯一会。张文宏看在眼里，心里想，这个人也不晓得自己到底可以眯多少辰光。毛日成对他说，凌晨6点，闹钟响起来，是他最痛苦的时候，感觉才刚刚睡下，又要起来了。

这便是上海抗疫最前线的医护人员最真实的生活。他们师生一场，战友一场，面对新冠病毒，在一线抵抗，身后是自己的城市，自己的国家。他们生死与共，是生死之交。一房间人集结待命，全因了这些人在初中高中时期的学科选择，都倾向于理科，物理化学，配上数学的头脑。任何选择都指向未来。生生死死，都已经在他们手里经过。感知生命力，见多了，也感知生命的平庸。于是，与生命有了一个约定。只要我还活着，我就是一个佑护生命的人。

毛日成说，眯着睡，人经常困似懵懂，半睡眠状态，内心一个声音会唤醒他——责任重于泰山；每一个患者的生命，背后都是一个家庭；每一个家庭的背后，就是一个社会，一个国家，一个民族。

2020年4月15日，中午，华山医院总院感染科的会议室里，也坐了一房间人。一面鲜红的党旗，挂在墙上，很醒目，也很严肃。

张文宏背着双肩包，一路小跑着进来，嘴里喊着："我来了，我来了。"

也是这样——他一边换上白大褂，一边与大家聊起来。不过，这天不是查病房。张文宏在上午结束了上海市公共卫生临床中心的查房工作后，马不停蹄，驱车赶回。最后一批华山医院感染科援鄂的同事、学生归来。张文宏有点激动。

自除夕始，华山医院分别派出四批援鄂队员驰援武汉，均有来自华山医院感染科的医护，他们是——第一纵队：徐斌；第二纵队：徐惠；第三纵队：张继明、孙峰、曹晶磊；第四纵队：陈澍、毛日成、朱娴杰、曹晶磊、乔乔、李瑞燕、孙莉、赵虹、周嘉杨。

70余天，艰苦奋战，昨日——4月14日，结束返沪后14天隔离的援鄂战士们，今天回到感染科大家庭。一场简单又温暖的欢迎仪式，等待战友。

"你们回来了，我就踏实了！全国疫情能控制好，上海疫情能控制住，全靠你们在武汉力挽狂澜，取得决定性胜利！感谢你们！"张文宏的开心，发自内心。他走向援鄂归来的战友们，逐一问候，拍肩，竖大拇指，眼眶里充盈泪花。

稍许平复一下心情，张文宏说："老张去了一次武汉，头发少了，话也少了！"张文宏邀请"搭档"张继明，共同主持欢迎仪式。张文宏是华山感染的"张爸"。"张爸"挂在口中的"张妈"，便是华山医院感染科副主任张继明。

张文宏说，这天，他推掉了很多会，为的就是要赶来参加"欢迎回家"这个会。这群人，对他来说是"最牵挂的人"、"最最重要"的人。

他对他"最最重要"的人的欢迎词，是这样讲的："我当时也请战了，但没批准我去……你们去的人都是优秀的共产党员，讲都不要讲的，我们科室都是共产党员先上,不是共产党员也先上了。"张文宏一贯的语境,大家熟悉,会心一笑。

张文宏口中"最最重要"的人,其中有"华山感染"驰援武汉的六名医生,在结束武汉抗疫工作返沪前,他们六个人在武汉有张合影——孙峰、徐斌、张继明、陈澍、陈轶坚、毛日成。这六个人援鄂抵达武汉后即分手,分别就位于武汉不同的六个医院,直到归期定下,六个上海华山医院的医生,才归拢团聚,留了个影。

华山医院感染科青年医生孙峰与华山医院感染科副主任张继明,随华山医院国家紧急医学救援队于2月4日出征,奔赴武昌方舱医院,张继明任方舱医疗队队长。在武汉所有方舱医院"关舱"后,他俩又转战华山医院另一支医疗队所在的武汉同济医院光谷院区ICU,与华山医院感染科陈澍教授、抗生素研究所陈轶坚副教授"会师"。

张文宏说:"之前我说过,共产党员要先上,经过这次疫情后,我们党员和非党员都冲到了一线,党外人士张继明教授、陈澍教授都在武汉抗疫中起到先锋作用,非常了不起!但疫情还没结束,党员以后两次上、三次再上,依旧冲在前线,比如说——毛日成医生,可能就要再去上海市公共卫生临床中心战斗。"

华山医院党委副书记伍蓉也参加了欢迎仪式。她有感而发:"一踏进感染科楼的会议室,就感觉到很温暖、很正能量。前几日,上海市委领导也至华山医院感染科考察张文宏主任的党支部建设工作,感受到华山感染能有如此深的底蕴、如此强的力量、如此大的影响力,很重要一点就是非常扎实、非常优秀的党建工作,以及非常优秀的党员。今天来看到我们全体感染科的医生护士相聚一堂,欢迎英雄凯旋,非常感动,也更坚信华山感染在未来会一如既往保持昂扬的劲头。"

张继明援鄂期间,瘦了十几斤,近两个月的时间,在武汉方舱投身救治工作。张继明说,自己七十多天没开过电视机,现在,思绪还是常常会回到武汉那里去——那救治现场的点点滴滴,总是令人难忘。

"张妈"去武汉,压力大。"刚到武汉那晚,我们在火车站等了二十分钟,有人来接了,但要去哪里,不知道。""到了一个大会场,才知道,这就是方舱医院,就是我们后来奋战的地方。"

"后来在光谷ICU,我第一次见到在武汉的陈澍教授,差点认不出,他一点不像一个医生教授的样子,更像是家庭妇女,防护衣物是东拼西凑来的,就这样抢救病人,顾不上这么多了。"张继明回忆——在武汉,谈不上经历很多生死,却目睹了医务人员的伟大,面对未知病毒,他也会害怕,"很多人问我,最大的危险是什么,其实,最大的危险就是不知危险在哪儿。但我们是感染科医生,必须冲在前头,还得保证自己不被感染。"

让人感受武汉当时的紧张气氛。

武汉归来,张继明感慨:终于睡了一个好觉,理了发,把不少新冒出来的白头发剪掉了。

新冠战疫一打响,张文宏出任上海医疗救治专家组组长,张继明就成了华山感染"大后方"的领头人,即刻开展医院隔离病房、发热门诊的各项工作,守住华山医院的防控底线。当得知自己要出征武汉时,张继明在简短的出征仪式上留下一句话:"不辱使命,带着所有人平安归来!"

这样的初心体现在每个团队队员身上。华山医院感染科徐斌副教授，是出征武汉时间最久的。除夕夜，提前结束日本休假的他，随上海市第一批援鄂医疗队出征，直奔金银潭医院。

陈澍在"武汉日记"里，慷慨激昂地说："现在已经进入最艰难的'斯大林格勒保卫战'时刻，我们稳住，占据阵地，转而反攻。"一个医生，此刻便是一个军团将领。他是感染科教授，华山援鄂第四纵队的"院感主任"，也是护士姐妹口中所说的"为大家顶天的高个子"。华山医院东院感染科护士长李瑞燕，带领的是护士姐妹，年纪最小的两名护士，1997年出生。两个小姑娘说："担心也是有的，但总感觉天塌下来就有人顶着，我们的陈澍老师，就是一名高个头。他会为我们顶天立地。"

李瑞燕感慨道："被派往并不非常熟悉的重症病房里工作，最初心中有担忧和恐惧，但是有个高的人顶着，比如说陈澍教授，我们不怕，他们帮我们做好院感工作，我们在重症病房最亲密地接触、护理病人，但仍做到零感染，真的非常了不起！看到自己护理的一个个重病人慢慢转危为安，是在武汉最开心的事。"

天，最终没有塌下来，但"高个头"陈澍教授，还真顶着。此去武汉，他重任在肩，负责"院感控制"。不辱使命。陈澍教授交出"华山战队无一人感染"的成绩单。

谈及武汉战役，陈澍教授说话克制："救活多少人不知道，但可以说的是，我们对每条生命都尽全力了，哪怕是逝者，在生命最后阶段，也一定是干干净净的，带着关心与温暖……离开的。"

3月26日，陈澍教授在武汉度过了自己五十岁生日。一个迈入"知天命"的年纪，那天，他许下三个愿望：望罹患者得痊愈，望恐惧者得无畏，望往生者得净土。

在这场战疫中，护士姐妹和医生的工作同样重要。"你们这些90后，是我最心疼的人，你们还什么都不知道，就冲了上去，你们的爸爸妈妈肯定也很担心、心疼，我为你们感到骄傲，平安回来我就放心了！"张文宏对着台下的赵虹、周嘉杨两名90后护士，像深情告白。一个男人最容易动感情的地方，便是对自己家的女孩子。"在这场战疫中，医生有多重要，护士姐妹就有多重要。"

年轻的90后护士们，在武汉便许下心愿："回到家里，一定要和张爸拥抱！"

那就拥抱吧。今天，她们遂愿了。

华山医院内科护士长黄莺带伤参加那天的欢迎会。她坚持走上台，挨个抱着"自己家的孩子"，忍不住落泪。"在武汉前线，你们用爱与奉献，创造了生命的奇迹。"

感染科护士徐惠，在武汉记录下点点滴滴救治细节，令人动容。"病人老刘八十多岁，我每天早上6点为他口腔护理、气切护理、导尿口护理、量体温、擦身、更换床单、吸痰、超声雾化……护理他的十天，我们是过命之交，我们走的时候，他也眼眶里满是眼泪，我知道，他舍不得我们。"

"这次疫情以后，我相信你们都长大了！学会了更多身为医者的道理，以后要继续努力做好每天的工作！"张文宏特意为战友准备了新出版的书籍《2019冠状病毒病——从基础到临床》，挨个签名，亲手送给护士姐妹。

"如今，全上海，全中国都知道，华山

感染是'党员先上',其实,我们不止'党员先上',男同志先上,还有人第二次乃至第三次上了。"张文宏说的便是毛日成。

1月21日上午,华山医院紧急召集成立首批支援上海市公共卫生临床中心支援专家组,由张文宏带队,感染科副主任医师毛日成是队员之一。在隔离病房内,毛日成每天工作16个小时,早晚查房、三次报表,总感觉刚躺下就又要起来了,密切观察、治疗患者,他一刻不敢放松。"作为党员,这是我的责任!"在上海公共卫生临床中心任务结束、经历短暂的隔离期后,毛日成医生忙碌的身影又出现在发热门诊。之后,他驰援武汉一线。

从SARS到禽流感,在重大公共卫生事件来临时,张文宏所在的华山医院感染科,始终站在"紧急应对"的第一线,这次也不例外。

他们仿佛回到一个多月前华山感染科的党员组织生活会,支部书记张文宏带领戴着口罩的全体党员共同宣誓:"迎难而上,共同战斗!"

张文宏回忆,送行时刻,他是"强行忍住泪水",一个没去成武汉的学生,跟他抱怨——"张老师,我就洗了一个澡,没接到您电话,这个机会就没了!"

学生后悔至今。张文宏心里晓得,"整个科室,这时候是到了这个状态——义无反顾。"

张文宏说,他真的很佩服这次战役里的年轻人,"二十出头的年纪,说冲就冲上去了,很勇敢。"言及"年轻后生",张继明悄悄告诉大家,在武汉期间,孙峰医生两次昏倒,依然坚持工作。

1988年出生的孙峰,是华山医院感染科青年医生,师从张文宏,自2020年1月底起,便投身发热门诊、隔离病房的救治工作。2月初,作为疫情防控最需要的专业人员,又是年轻的中共党员,他没有丝毫犹豫,2月4日出征武汉。

孙峰说:"疫情来了,大家都说国家在给老百姓'兜底',其实,我觉得,在我们科室也总有一个'兜底'的人,那就是张老师。"

孙峰了解自己的老师,知道张文宏老师时常为自己"兜底"。还在疫情前,有一次,张文宏因为走不开,在晚上临时通知他代为参加一个在外地的会议,第二天一早出发,时间很紧。"其实我就是感染科的一个普通医生。在我看来,这样的事情,张老师只要一个电话关照下来就行,后面的事,不用他操心。"但是,张文宏为他预定航班,规划出发路线、接机、住宿等事宜,以及在那里的工作如何展开,事无巨细,帮孙峰安排好,并在电话里再三叮嘱一遍。"他就是帮你什么事情都想得清清楚楚,这搞得我成了领导一样。你说这是不是暖男?"

张文宏在科室的工作能力,有目共睹,顶梁柱般,担当起整个感染科。在小事上,却细心周到。疫情暴发,猝不及防,孙峰随华山医院国家紧急医学救援队驰援武汉。临行前,张文宏拉住孙峰,对学生"兜底",一二三四、面授机宜——去武汉后要注意的事,多观察武汉当地情况,看看武汉到底发生了什么,要"注意休息、防护、防护再防护","新冠疫情来袭,作为感染科医生,对病毒理解是最客观的,不会过度恐惧。"孙峰得师长计,循规蹈矩,用八个字概括援鄂经历:学科使命,责无旁贷。

华山医院感染科徐斌教授,经历过抗击非典、H7N9等挑战。他说得更为形象:

"疾病面前，相信没有一个医生会退缩，就像消防员看到火灾不是逃跑，而是冲在第一线。"

他同时强调，医务人员只有在做好防护的前提下，才能真正有效救治患者。而不是说赤手空拳上战场，把自己全然暴露在危险中。"作为感染科的医生，我们知道面前的危险和应对措施。这是一个科学的考虑，而不是一个冲动的行为。"

华山医院党委副书记伍蓉说，她时常思考——"华山感染为什么这么优秀"，党支部很"硬核"是重要因素，华山感染三代人不仅是专业知识的传承，也是文化的传承，学科的文化交叠着华山医院作为红十字医院的"红十字文化"——人道、博爱、奉献，华山精神就是红十字会精神，让华山感染人在每次重大事件里总是冲在前头。

2. 三代人

华山医院感染科，始于华山医院传染科，首创于1955年。由"传染"到"感染"，一字之差，跨越数十载，内含中国几代感染病学专家之智慧与奋斗。《中国新闻周刊》曾以"中国感染病学'华山'路：从戴自英、翁心华到张文宏"为题，做详尽报道。

2002年10月，翁心华当选第七届中华医学会传染病学分会主任委员，副主任委员有李兰娟教授等。以后，李兰娟院士接任第八届主任委员。他们的首要工作，是将"传染病学分会"改名为"感染病学分会"。

一字之改，却是从北京协和医院教授王爱霞开始，到北京大学第一医院教授斯崇文，到翁心华，三任主委接力之目标。

1949年，新生的共和国，医学界师从苏联模式，那时候，建立的"传染病科"，以治疗肝病为主。此时，业内有识之士已有认知——中国的感染病学科应该与国际接轨，与抗生素、公共卫生事业等结合，向"大感染"学科回归。

翁心华的老师戴自英，便是为此努力奋斗之先驱。

戴自英，出生于1914年，幼年丧父，青年时期家庭生活负担重，便认为医学院不像其他大学，毕业后无失业之忧：一名有真才实学的好医生，既可造福人群，又可受到社会尊敬。1932年，戴自英从上海光华大学附属中学毕业，以优异的成绩考入上海医学院。1937年赴北平任北京协和医院实习医生，继又担任一年内科住院医师。1938年，国立上海医学院（新制）医本科毕业，毕业时获得全班第一名。

他在协和医院的工作，获得内科副教授钟惠澜好评。1939年，他回到上海，在上海医学院红十字会第一医院内科工作，很快被提升为总住院医师、主治医师、讲师。三十岁那年，戴自英担任医院的副院长。

1947年7月，戴自英赴英国留学。他本想去医院进修，但事与愿违，报到地点却是牛津大学病理学院。当时，中国流行学（流行病学）家苏德隆正在牛津大学攻读博士学位。戴自英的导师弗洛里（H. W. FIorey）是青霉素的发明者之一。苏德隆便劝戴自英，便在这里，安心攻读博士学位。牛津大学一年三个学期，学费昂贵，幸好弗洛里教授为他申请奖学金并免去学费。他以坚强的毅力，完成研究工作，1949年获博士学位。

牛津病理学院的条件不算好，新的仪器设备也不多，然而，一些病理学家、有机化学家、微生物学家、临床工作者密切合作，共同努力，在第二次世界大战期间取得划时代成就。弗洛里、钱恩（E. B. Chain）与最早发现青霉素的弗莱明（A. Fleming）共同分享了1945年的诺贝尔生理学或医学奖。当时获得的青霉素产量很有限，常常需从一个病人的尿中回收，再提供给下一个病人应用。这些科学家严谨的学术作风给他带来了很大影响。

1950年4月，戴自英从英国绕道美国，然后经香港回上海医学院。1953年，戴自英任原上海医科大学内科教授，1955年，任传染病学教授、教研室主任，创建华山医院传染科。

七年后的1962年，翁心华从上海第一医学院毕业，入"一医"附属华山医院传染病教研室工作。教研室主任是戴自英，翁心华的大学老师徐肇玥为副主任。相比手术科室或心内科等，当时的感染科工作条件十分艰苦，问翁心华，他进传染科，"是主动要求去的还是被分配去的"，翁心华笑道："这说起来有个小故事。我实际上是1962年毕业时被分配在学校里当基础课老师，后来因故改分配到华山医院，人事科科长看到我个子高又是个男的，就想安排我做外科，但是我其实是想做内科，人事科科长很平易近人，当时正好有个已分配在传染科的医生想做外科，我就和她换了，很幸运地加入了戴自英教授的团队，并在这里得到了锤炼，从此和感染病学科结下了不解之缘……这也是我人生中最快乐的时光。"

传染科工作条件相对艰苦，算是全医院条件最差的科室。那时候，便是如此。翁心华记得，戴自英明确告诉他："传染科医生要挑得起担子，经得住考验，放得下名利，守得住清寒。"

戴自英主导下的华山医院传染科，自创建以来，便别具一格，其时，全国其他医院的传染科，基本实行大一统的苏联模式。华山医院传染科实行一种混合模式——既有苏联模式的专门收治传染性疾病的隔离病房，也有西方模式的收治感染性疾病的普通病房。

戴自英是中国临床抗生素学奠基人。1963年，戴自英在上海主持创建中国首家抗生素临床研究室。戴自英的研究生，后来曾任华山医院感染科主任、华山医院党委书记的张永信回忆——全国首创，意味着独步于国内这一学科领域。初始，举步维艰。举个简单例子——抗生素领域涉及许多细菌名与药名，出自拉丁文，发音独特，当时在中国上海，即便是学外语的人，因少有接触，读音不准。戴老师的原版英式英语，令学生诸多羡慕，临摹学舌，却难以真正做到学之用之。张永信探问戴先生——能否录音。先生欣然应之。随后，先生将常用细菌名等口述慢读，个别有点特殊的词语，复述复读之，遂成独版"戴自英拉丁文细菌名与药名录标准语音"。后来此盘正版磁带，被同学们反复翻录。

华山医院感染病学科的整个亚专科建设是国内最齐全、与国际接轨最紧密的。这是因为，一开始他们就是两条腿走路，由感染科和抗生素研究所两条线组成。"有了这两块，你的感染科才真正能叫作感染科。"华山医院现任抗生素研究所所长、感染科副主任王明贵说。

1978年，中国进入新时期，改革开放

令各行各业翻天覆地。中国医学，正逢其时。得益于改革开放，国外医学先进技术的引进，包括诊断技术、仪器设备的引进，以及国家在药物研发和政策方面的大力支持，中国医学随着科技和社会的进步，逐渐走向世界医学的行列，如肿瘤、白血病、器官移植等领域；微观层面，是感染病领域。翁心华认为，这个时期，中国感染学科有三点变化，足以称道：

1. 感染学科医生队伍井喷式扩大。翁心华回忆："1978年以前，感染科基本是各个医院里条件最差的地方，相应的工作人员也少，而改革开放以后，感染学科逐渐受到国家重视，学科地位逐渐提高，工作环境也越来越好，感染学科医生的队伍也扩大了，尤其是2003年SARS暴发后，国家领导更加体会到了公共卫生安全问题的重要性，特地把以前的传染病院做了很好的发展（如空间拓宽）。"

2. 学科发展模式逐渐清晰。1978年以前，我国感染病学科模式主要是照搬前苏联的模式，之后一些留学欧美的老专家又引入了欧美模式，经过风风雨雨的40年历程，我国的感染病学科参考国外经验，创造出具有中国特色的感染病学科模式。

3. 新的诊疗技术及药物的出现，助力感染性疾病防控。改革开放40年以来，得益于新的医疗诊疗技术及药物的出现，一些经典的传染性疾病得到很好的控制，有的已经消灭，如鼠疫、天花等。新的诊断技术的出现，以结核分枝杆菌的筛查为例，从最初的痰涂片镜检、纤维支气管镜检、结核菌素皮肤试验到结核抗体检查，又到结核分枝杆菌特异性γ干扰素释放试验（IGRAs），筛查方法越来越先进、敏感；药物研发方面，以乙肝抗病毒治疗为例，从最初的副作用较大的普通干扰素逐渐向长效干扰素发展，而核苷（酸）类似物（NAs）的出现，更是给对干扰素不耐受的慢性乙肝患者带来了福音，随着药学技术的进步，病毒耐药株的出现，NAs也在不断完善自我。

翁心华长期从事临床工作，是国内首先提出用吡喹酮治疗脑囊虫病的医生。吡喹酮——一种驱虫药，可以用于血吸虫、绦虫、囊虫、华支睾吸虫、肺吸虫、姜片虫感染的治疗，但是对于脑囊虫病，却缺乏治疗的历史资料。翁心华对此有独特记忆，印象深刻。

"我刚进病房时收治了内蒙古的一个女干部，查体发现全身皮下（包括头脑里）多处有囊虫导致的结节，患者主诉头痛非常厉害，颅压高，但是当时我们一点办法都没有，眼睁睁地看到这个病人很痛苦地走了。"翁心华不无惋惜，"和猪肉绦虫一样，囊虫也是把人作为中间宿主，那么其关键点在哪里？这种只能看着病人痛苦而作为医生的自己却无能为力的感觉，真的很难受。当时吡喹酮已用于治疗血吸虫病，我就想那么它是不是也对脑囊虫有效呢？后来我遇到一个武汉来的铁路工人，也是这个病（脑囊虫），给他用了一个剂量的吡喹酮后，患者就突然出现高烧头痛，这个现象很奇怪，但也让我陷入深思——患者用药后高烧头痛，说明这个药可能起作用了！我们知道，虫体死亡后释放的毒素才会使患者出现这些症状——这是一个非常好的启发。后来我们发现在国内其他地区，也出现了很多这种病例，而有了第一次治愈脑囊虫病的经验，我们又收治了很多这类患者。与此同时，我们科另一位教授制定了吡喹酮的用量，做了非常好的临床观察，为脑囊虫病患者的治疗开创了先例，还获得了卫生局的科技进步奖。当然，后来随着我国卫生条件的改善，这类病的发病率得到了很好的控制。"

1984年12月，戴自英退休。徐肇玥教授和翁心华教授陆续接替，担任华山医院传染科主任。翁心华接替担任科主任后，他有意识地请戴老师发表文章，引起讨论，为学科转型做准备。

戴自英提出，厘清"传染"和"感染"的概念，正本清源。国内译为传染病的"infectious disease"，在国际上被称为感染性疾病。虽然两者均由微生物或寄生虫所致，但感染病的概念大于传染病（contagious disease），还包含非传染性的感染性疾病。

这一认识逐渐成为共识。1999年，第六届全国传染病和寄生虫病学术会议一致通过了学科更名的决议。更名需要获得民政部的批准。经过三年报批，终于在翁心华的主委任上获得批准。

翁心华说，学科名称的改动，实际上是学科走向的变革。"这种拓宽是学科发展的必然趋势，也是我们与国际接轨的必然要求。"

2003年，SARS暴发，肆虐全国，时任上海市卫生局的刘俊局长立即召集会议，组成感染科、呼吸科、ICU等多个领域的专家组，时任中华医学会传染病学分会主任委员的翁心华，临危受命，担任上海SARS防治专家组组长。SARS肆虐全国期间，上海地区无一例医源性感染。仅有的8个SARS病例，均来自北京、广州、香港等疫区。当时大家对SARS的认识都很模糊，作为当时上海感染界的主心骨，翁心华同他的两个博士生张文宏和章晓冬，第一时间（2003年5月）出版发行国内最早的一部关于SARS的专著——《严重急性呼吸综合征》，与大家共享SARS抗争中的经验与研究成果。

翁心华说："春季是流感、肺炎的高发季节，普通的感冒发热、肺炎可能都要作为SARS疑似病例考虑隔离，这样就加大了流行病管理负担。所以我当时就坚持一个原则：必须有流行病学病史——患者必须是从（北京、广州、香港等）疫区来的，如果符合SARS的诊断标准，那么对病人加以隔离和治疗就是正确的方针。"

翁心华治病救人，也教书育人。翁心华此生有幸："我比较幸运，带的学生学习都比较刻苦勤奋，张文宏，在病原学方面的研究比较突出；卢洪洲，在艾滋病方面做得比较突出，后来他在埃博拉、出血热领域也做得非常好；朱利平，在真菌感染方面做得比较突出，他现在还是国际人与动物真菌学协会（ISHAM）的会员……另外在病原诊断、抗菌药物应用等方面，我们都有一些专家专门在做这些工作，各自有各自的平台。"

翁心华注重对知识和经验的梳理，自2012年起，翁教授及其团队每年都会出一本疑难发热病例汇总的书籍——《疑难发热病例精选与临床思维》，翁心华希望能通过这种方式，将经验分享给更多的青年医生，让他们少走弯路。

医学学科划分越来越细，感染学科也逐渐细化。总是需要有那么一些人，他们不仅专注于自己的研究领域，对其他领域也有涉猎，而这样的专家，成为某领域的"大家"，翁心华便是中国感染学科领域之"大家"——不管是结核病、乙肝、脑膜炎，还是HIV及真菌感染，各种感染性疾病,他都有些研究,甚至对血液、风湿、消化等其他学科也有所涉猎。又由于他总能抓住蛛丝马迹,找到患者发热、感染的根源,因此又被称为感染界的"福尔摩斯"。

说到自己这个"雅号",翁心华摆摆手:"这个是笑话,为什么呢?因为我每次去看病都带着电筒或者带着棉签,然后我每次给病人查体都要打着电筒照他的口腔,翻开他的眼皮,观察他的皮肤状态等,看上去像在破案子。所以他们就开玩笑地说我像福尔摩斯探案。"

翁心华说:"现在医生都很少挂听诊器了,发现一点小小的体征,就觉得是什么病,譬如有的医生,一看患者高烧,上下眼皮有瘀点,就断定为感染性心内膜炎。还有一些医生,又过度依赖于诊断设备,那么当病理诊断和你预想的不符合的时候,怎么办?诊断设备只是辅助手段,对疾病的认知需要医生的逻辑思维,这种思维须建立在医生的耐心问诊、细致观察以及综合分析临床资料上。"

查房制度是从戴自英先生传下来的传统。那时候,只要不外出,戴自英一定每周查房,且查房前一天,要看病人资料、做功课。1966年后的一段日子,常规诊疗受到冲击,此传统一度中断,很快至1970年代恢复。翁心华说,以前,跟自己这一辈的教授,都会一起查房。这些年,不少人不在了,或者身体不方便了,就成了他这一个"老头",还在查房。

即便现在,查房前,其他医生还是会先通过科里的"微信群",各自上报疑难案例,每周选出其中最疑难的一至两个。其中不少是从全国各地转过来的疑难病例。到周四上午,翁心华先到科里的会议室,跟大家一起做病例回顾分析。科里的医生、进修医生和学生,多时七八十人,少时五十来人,会议室坐得满满的。大家汇报、小结一番,集体回顾诸病例,再一起到病房里去看病人。病房小,只有主治医生等在里面,其他人轮流进病房观摩。

"感染界的福尔摩斯",便经常如此这般地以自己独门绝技,做"发热待查"。华山医院感染科主任医师朱利平说,遇到病人不明原因发热,医生通常压力很大。翁心华告诉他们,发热待查就像爱情故事一样,主题是永恒的,但每个故事都不同。对待发热待查,要像探索爱情一样,有好奇心,压力就能转化为动力。

朱利平记得,有个病人发热一个月,一开始被诊断为风湿性心脏病。翁心华在大查房时,翻看病人的眼皮,发现眼睑上有一些小瘀点。他便肯定地说,这不是风湿性心脏病,怀疑是感染性心内膜炎。随后,病患确诊,用药三天后出院。

朱利平说,自此之后,科室里医生都学会了翻眼皮这一招,居然以此诊断出多例感染性心内膜炎。于是,翻眼皮成为一门绝技。不熟练的医生,有时把病人眼皮翻肿,也翻不开。翁心华笑道,这翻病人眼皮,也是个技术活。

2011年11月29日,一个十四岁男孩的家人抱着一丝希望,慕名来到华山医院感染科门诊,被收治入院。这个男孩已发烧16个月,左下颌痛,右大腿痛,两年来,在家乡江苏和上海的多家医院辗转,都被诊断为"慢性骨髓炎",做了多次手术,用了数十种抗菌药物,但病情仍在发展。男孩来的时候,左下颌骨消失,左颊凹陷,右下肢打着钢板。

翁心华到现在还是对这一"发热一年有余、伴下颌骨破坏"的病例记忆深刻——对其进行详细问诊和查体，听了病史汇报，看了病人，再次仔细询问了病史，他分析："我觉得这个病人不像我们一般看到的骨髓炎患者，我觉得可能是血液方面的疾病，于是请了我们医院几个血液科、外科、骨科的专家一起讨论，他们也都觉得这个病例很特殊，但病理读片还是认为这个是慢性骨髓炎的表现。我们并不同意病理医生的诊断，把片子拿到上海市的血液病诊断中心进行讨论，结果那边病理科医生就非常负责地找到了一个特殊的细胞，最终这个疑团解开了，这个男孩患的是'朗格汉斯细胞组织细胞增生症（LCH）'。经过对症治疗，这个男孩的病情得到了好转。"

此病例令诸多从医几十年的医生感叹——这个男孩患的是血液科的病，隔行如隔山，感染科医生可能根本想不到，就是血液科医生，也很少能想到，因为这个病太罕见、太不典型了。翁心华之所以能做出正确的判断，是因为他的内科学知识很全面，是用老前辈医生那种大内科的整体思维来思考。这种通过多学科讨论抓住疾病本质的临床思维，让年轻医师学到很多。这便是"探案"与"破案"之过程。

翁心华说："感染病是一个非常大的学科，有的时候遇到的病人千奇百怪，疾病好像也不局限于这个学科，骨科、泌尿科、血液科、消化科等都有可能涉及，这就要求临床医生要有很扎实的基本功，同时又有很好的逻辑思维，以及独立思考的能力，不要别人说什么你就觉得是什么，即便有人已经下结论了，你也要全面分析这些诊断到底是否符合自己的想法。"

问及如何看待医生这个职业，翁心华毫不犹豫地说："如果再选择，还是会选择当一名临床医生，一名感染病领域的临床医生。当然，现在好多学生都不愿意学医，其一是，医学专业学习时间长，至少要花七年时间才能毕业，而其他学科的学生这时候都可能抱孩子了；其二是，医学生往往课业繁重，念书多，科目多，压力大；其三是，现在社会对医生的尊重和认可度不够（当然这也有个别医生专业度不够或不称职的原因），医患关系往往被社会误解，因此现在很多孩子不愿意当医生，尤其是医生的孩子。但是，我相信随着社会的发展，医生这个职业和教师一样，是受人尊敬的职业，这是一种必然。因为在任何社会都是这样的。我们这一代，我年轻的时候，在苏联留学，大家对医生（包括护士）都很尊敬，教授查房的时候，所有患者为了对其表示尊敬全体起立。另外，当时念书非常好的学生，大多报考医学专科。"

随着计算机技术的发展，大数据、人工智能逐渐成为各个行业的热门话题。翁心华看得明白："到2030年，站在科技发展的浪潮上，医学肯定也是随着科学的发展不断进步，其医学分支感染病领域也是一样。我们那个年代，非常重视病原体检测，随着科技的发展又出现了很多新的方法，譬如分子生物学和基因检测的方法。"

"感染学界福尔摩斯"翁心华，后来成为张文宏的导师。翁心华凭借细致询问病史的诊疗"诀窍"，解开无数疑难杂症的秘密。而"患者入院先询问病史，要重新问、仔细问"，也成了华山感染科一贯传统。

翁心华刚接任中华医学会感染病学分会主任委员，便遭遇到重大突发公共卫生事件的考验：SARS来了。

2002年11月16日,第一例病例在广东佛山市发生。2003年2月,上海拉开了防治SARS的序幕。

上海市医学会向上海市卫生局推荐,由翁心华来担任上海市防治"非典"(后期改称SARS)专家咨询组组长。2003年3月底,翁心华刚从澳大利亚参加学术会议返回上海,即收到任命。

专家咨询组由上海市卫生局牵头,由二十位来自感染科、呼吸科、临床微生物、流行病学、重症急救等方面的顶尖专家组成。

几乎与此同时,上海第一例SARS患者出现了。3月27日,一位从香港回来的女士来到上海一家区级医院发热门诊就诊,随即转入上海定点收治SARS病人的上海市传染病医院。4月2日,被确诊为SARS。

其中,对北京来上海旅游的一位五十七岁女患者的救治,是最困难的。她的肺部出现继发烟曲霉感染,情况危急。当时国内有两性霉素B可以治疗烟曲霉病,但副作用大,专家组认为,患者当时的身体状况难以承受。华山医院感染病学科终身教授、时任抗生素研究所所长的张婴元提出,可以使用伏立康唑。

上海市传染病医院主任医师、分管临床救治的专家组成员巫善明告诉《中国新闻周刊》,伏立康唑是专门针对深部真菌感染的新药,当时还未获批进入中国。SARS期间,辉瑞公司向中国捐赠了一批伏立康唑。该药上海无货,经市领导亲自批示,向北京紧急求援。20支伏立康唑由东航运抵上海,送至隔离病区的医生手中。患者康复出院,成为上海最后一位出院的患者。

疫情中,中国境内(含香港)累计7000多人感染,死亡649人。其中,北京、广东、香港特区感染人数均超千人。而上海市仅8人感染,2人死亡,其中7人为输入性病例,仅一例属家庭继发性感染,无一例内源性感染,医务人员没有出现一例感染。

之所以有这样的成绩单,翁心华觉得,跟他们牢牢坚持流行病学史有关。

2003年4月14日,卫生部公布了SARS的五条临床诊断标准,包括五个方面:流行病学史、发热咳嗽气促等症状和体征、早期白血球计数不高等实验室检查结果、肺部影像学改变病变、抗菌药物无明显效果。4月20日,卫生部下发调整后的诊断标准,不再强调流行病学接触史,只要同时符合第二、三、四条标准即可诊断为疑似病人。

4月20日晚8点,上海市卫生局局长刘俊在上海市疾控中心紧急召集会议,研究调整后的诊断标准,上海市专家咨询组成员悉数到场。

翁心华明确提出,不太同意删掉"有流行病学史",对于确诊病例和疑似病例,都应坚持流行病学史。这个意见得到与会者的一致赞同。"刘俊局长是非常有能力的一个领导,他非常支持我们专家的想法。"翁心华说。

会议一直持续到11点多才结束。从上海疾控中心出来,正下着大雨。翁心华记得,这天下雨,不是倾盆大雨,是"倾缸大雨"。他搭车,专家组成员、长征医院传染科主任缪晓辉开车。雨势太大,挡风玻璃上的雨刮器来回飞快,仍看不清前方路况,后来竟不知道开到什么路上,车逆向行驶,上了一条单行道,开了一段距离,才发现不对,没有办法,继续向前开。此行坎坷。

第二天上午,刘俊把翁心华和专家咨询组副组长、复旦大学公共卫生学院教授俞顺章请到位于上海市120急救中心的指挥部办公室。当着翁、俞二人的面,他打电话给卫生部,说明上海对于诊断标准的意见。

电话的另一头,并不完全同意。但由于经过专家组讨论形成了结论,刘俊、翁心华、俞顺章都很坚持。对方表示,如果上海坚持意见,需要提交情况说明并签字,要承担以后的责任。刘俊问翁、俞二人的意见,二人均表示愿意承担责任,当场签下情况说明。

不久,5月3日,卫生部再次修改诊断标准,重新将接触史作为第一条标准。

SARS诊断标准变化的这一"插曲",被外媒关注,有"上海沿用自定的苛刻标准诊断SARS,令疑似病人数字保持低水平"的质疑。在当时的防疫形势下,上海方面则否认有过不同标准。真实情况究竟如何,历史可以做出判断。

如今,翁心华觉得,可以澄清了。他说——当时他们确实承担了一定的风险,但大家都认为,坚持这样的筛查原则对于上海SARS防控很重要。因为春季是呼吸道疾病多发季节,患者出现咳嗽高热、肺部阴影等症状十分常见。如果把这些都作为SARS疑似病例隔离,无疑会加大流行病管理负担,真正感染的患者可能住不上院,因此要严把关口。

后来,在上海市科委的支持下,专家咨询组成员、复旦大学公共卫生学院院长姜庆五带领SARS流行病学研究课题组,共从疫区采集了近千份血清标本。检测结果表明,在SARS流行中后期,北方有些地区已被临床确诊为SARS的病人中,有一半左右体内没有SARS病毒感染的依据,即存在"过度诊断"的现象。

张文宏参与这次SARS防治工作,从"重视流行病学史"中得到深刻启发。SARS疫情期间,张文宏与翁心华坚守于治疗"大本营",筛查疑似患者。他按照翁心华的要求,对国内外所有相关资料进行梳理。5月,两人合著的176页的《严重急性呼吸综合征:一种新出现的传染病》即出版,是国内最早一部介绍SARS的专业书籍。

张文宏说,坚持疫源地接触史,是传染病防控最重要的精神内核。"你如果把网撒得太广,反而捉不住真正的大鱼。"这次新冠肺炎防治,上海的防控策略,追根寻源,其实和2003年SARS时是一样的——把来自重点地区的人群和相关接触者"看好了",就能控制住。

新冠肺炎疫情暴发前,每周四,照例是翁心华大查房。翁心华习惯脖子上挂听诊器。他走在几十位年轻医生前面,先生个子高,有鹤立鸡群之感。老远,大家就看见,翁先生查房了。

多年来,翁心华一直致力于搭建平台,为现代感染学科布局。

感染科全然不是受人追捧的热门科室。工作有危险性,收治的病人多来自贫困地区。临床医生待遇却偏低。翁心华长期从事临床,在早期"诊断"和培育临床医生上,翁心华有自己的独门秘诀。1993年,翁心华第一次招收硕士生,报考者中没有达到录取分数线的。

那年3月18日，淮北市人民医院心内科主治医生卢洪洲只身来到华山医院进修。因为心内科进修人多，要排队，一时没有轮上，便进了传染科。这期间，他报考了上海医科大学（华山医院当时为上海医科大学附属医院）心内科硕士研究生。翁心华知道，卢洪洲参加了考试并过线，就问他愿不愿意转到自己门下。"小医生"卢洪洲见识过每周查房被前呼后拥的翁先生，对之仰慕，能得先生青睐，当即答应。两人立刻打车去研究生院。卢洪洲算搭上车了——成为翁心华的第一个硕士生和博士生。

1999年，卢洪洲博士毕业，翁心华考虑在科里加强新发传染病研究，而新发传染病绕不开艾滋病。翁心华手里有一个去美国做研究的机会，便问卢洪洲愿不愿意去做艾滋病研究，卢洪洲接受了。经过闻玉梅院士和翁心华的共同推荐，他来到美国范登堡大学做博士后。

2001年，在美国的卢洪洲对于是否马上回国犹豫不决。一天，他收到翁心华一封长信。

翁心华在信里说，这是自己第一次给学生这样写信。信中，他分析了传染科这批年轻人各自的特点和发展方向，认为卢洪洲很有闯劲，希望他能回国从事艾滋病方面的研究，一定会大有作为，在行政管理方面也会有所作为。

卢洪洲说，当时他有过继续在美国待下去的想法，接到翁老师这封长信后，此念不再，按时回国。"翁老师是一个睿智的人。他就像一个'总策划'一样，进行着布局。每个人都有自己的方向，有自己的亚专科，通过努力在自己的领域里都能成为医学大家。"卢洪洲说。

翁心华发现张文宏，是擦肩而过的事情。只是，"擦肩"的时候，翁心华没有放过，捉牢了张文宏。

1996年，张文宏还在上海医科大学中西医结合专业攻读硕士学位，有次，来华山医院传染科实验室串门，见一位朋友，走廊里，与翁心华打了个照面。翁心华叫住这个活跃分子，问几句，聊上了。这年轻人聪明，思维活跃，知识面广，反应快。先生直截了当，邀张文宏转到传染科。张文宏说，我以后还要读博士的。翁心华说，正好，你就在我们这里读博士好了。好的呀。事情就这样说好了。

经翁心华安排，张文宏进入传染科，于肝病专家邬祥惠教授门下，攻读博士。翁心华是导师组成员。张文宏跟着翁心华，做结核病课题，因此，也是翁心华的博士生。

上世纪90年代，传染科医生收入比较低。新上海人，白手起家。张文宏求学，就业，恋爱，结婚，生子，年轻人的个人生活处于紧张状态。他回顾来路，在世纪末会有个停留，会有记忆——一个医生对于自身的身体或精神的记忆，总是真切。

张文宏说起，华山医院感染科，曾经在做临时用房的"铁皮房"里。

"感染科不大有钱的，你知道吧。但在90年代，我们感染科在全国医院里，还是算比较'狠'的。属于顶尖水准。许多毛病，其他科室看不了，是我们帮着看的。所以，我们实际上不缺病人的。但感染科再怎么样，在综合医院里，不说嫌弃吧，总是不会太受重视。一度，医院还有想法让我们感染科搬到金山去。那时候，翁心华主任不肯。整个90年代,有十年时光,我们感染科要造的楼,一直没有盖好。有一段时间,连简易房都没有。我们就到处跑,随便寻地方落脚。黄浦区传染病医院待过,另外还在武警部队医院待过,在虹桥路那边。有些时候,一个科室的人,会分散在几个地方,但在华山医院,还是给了我们一个病房,收治病人。的确有许多病人需要我们感染科。医院就每月给我们感染科三万元,发发奖金。我们科室的人因为分散,碰不大上,这样下去,队伍几乎要散了。那时候,很多人离开了。"张文宏说,"年纪轻的人,都走了,上海人也走了,留下来的,都是乡下人。上海人聪明来兮的,有能力另外创业或者出国的都走了,当时留下来的,基本上就是老实巴交的,我也算是老实人。"

2000年以后,有了临时用房——"铁皮房"。于是,"我们在临时用房里度过了一段艰难时光"。张文宏的表达方式,打开一个90年代城市创业者的心扉。90年代的物质主义,社会奢靡之风,世纪末情绪,构成那个年代青年的无尽告白。2001年前后,三十岁出头的张文宏也想过——改行吧。他找到翁心华,提出辞职。

张文宏说:"翁老师对我说,很多事情,你只要熬过最艰苦的时候,以后总会慢慢好起来的。我觉得他讲得挺对。"

翁心华话不多,总能说到张文宏的心底里。张文宏说,他有几次,就是听翁心华的话,决定了自己的人生。上一次,张文宏听话,进感染科。这一次,张文宏听话,坚持了下来。随后,到2003年,SARS来了。

此前,张文宏赴香港学习,回来后从事临床工作已有两年。因为病房拆迁,2003年,张文宏就申请了赴美哈佛大学医学院做博士后研究的机会。"那时候,是他们聘任我的,因为他们需要我这样做过基础科学研究的临床医生。给我的钱还不少,一年三万五美金。2003年,这笔钱真的蛮诱惑人的。"

年轻人初闯的时候都是蛮难的。张文宏自己说,没有什么钞票,感觉人生的失败,好像都在那会了,都很失败。第一,1993年本科毕业,分配到医院感染科,同时考研究生,调剂到中西医专业,去了以后,学了三年,三年以后觉得,中医很深,要学三十年差不多。入门太晚。中西医结合科希望他读博士,但是张文宏想想还是上班,要有固定收入,不然没饭吃。就不再读博士,回到感染科上班。

2003年收到美国的博士后工作机会,在美国做基础研究,可以有一份不菲的收入。那边的老板甚至还希望张文宏长期留美。34岁的张文宏当时几乎就这样决定了。

张文宏说:"2003年,SARS来了。老板(翁心华)过来,那时候,他已经快65岁了,还是党支部书记,对我讲——你看,SARS来了。你么,又来了这个(美国工作邀请函),还那么多钞票……怎么办?我晓得老板的意思。我现在做党支部书记,我会讲'共产党员先上'这样的话。那时候,他是党支部书记,他不跟你说这个,他跟你说那个。书记找你谈话,你还是小青年。什么意思,我懂的呀。"

张文宏真的很听翁心华的话。不过,张文宏还是说了自己的一个心思——我说到底,我想做医生的,SARS来了,我们不能说走就走,否则对于感染科医生来说,回想起来会一辈子遗憾。

年满65岁的翁心华,在完成与SARS

一战后，退居二线。时任华山医院党委书记的张永信兼任传染科主任。张永信上任后，提拔张文宏当主任助理（2004年后被任命为副主任）。

2006年，张永信退休。院里考虑，暂不设主任，由副主任主持工作。翁心华向时任华山医院院长的徐建光建议——万万不可，堂堂华山医院感染科，没有主任，会影响科室在全国感染学界的地位。最终，医院采纳了翁教授的意见，比张文宏资历深的施光锋教授担任华山医院感染科主任。

2010年8月，华山医院靠近乌鲁木齐路边门的五层小楼——感染楼——正式启用。感染科从居无定所的"角落科室"，一跃而成为华山医院硬件条件最好的科室。感染科领导层再次面临换届。当年，在新楼里，举行了一次由全科室老教授、医生、护士参加的民意测验，医院派人来监票。投票结果，张文宏当选为新一任感染科主任。翁心华说，是全票通过。

张文宏说，很多跟他差不多或者能力更强的人都出国或者"下海"了，给了他一个锻炼的机会。

翁心华在华山感染科的承上启下作用举足轻重。1997年，朱利平博士毕业。翁心华找他谈话。翁心华说，从趋势看来，以后免疫力低下人群会越来越多，激素治疗、化疗、器官移植……都有可能带来机会性感染（指一些致病力较弱的病原体在人体免疫功能降低时造成的感染）。因此，除了细菌和病毒感染，真菌感染是一个重点方向，我们要派人来关注这样一个方向，你看你是不是能够出来做这个重点关注？

现在，朱利平已成为国内真菌研究的顶尖专家。他说，自己很庆幸。"碰上翁华老师，确实是高人，这样的布局，多少年以后，我才能够慢慢体会到。"

张文宏说，感染科疾病分布于全身，因此要成为一个优秀的感染科医生，只熟悉一个人体器官相关的疾病是不够的，需要具备整体思维能力和多学科合作能力。

"如果每个医院都有这样一批具有整体思维和公共卫生思维的感染科医生，国家就有了第一道防线。每次出现传染性疾病，在蔓延之前，就会被这些有专业素质的医生给识别出来。如果做不好，我们国家就会一直处于风险之中。"张文宏说。

张文宏深切体悟自己的"华山路"，同时，感悟国家的"华山"之路——中国感染学科和国家公共卫生体系的建立发展。

在上海历次重大公共卫生事件中，感染科医生承担起重要责任。2003年，翁心华担任上海市防治非典专家咨询组组长；2009年，卢洪洲担任上海市甲型H1N1流感治疗专家组组长；2013年，卢洪洲任上海市流感（H7N9）防控临床专家组组长；2020年，张文宏担任上海新冠肺炎临床救治专家组组长。

翁心华到现在还记得，1962年或1963年，他刚进科室，徐肇玥带着科室十几个人去戴自英家做客。戴自英家客厅墙上什么都没有，只挂着他的牛津大学博士学位证书。足见郑重其事。戴自英刚从青岛出差回来，送给每人一个国光苹果，这在当时属稀罕之物。其时，戴自英初识翁心华，像对后生一般，看着他，说："刚进来的呀？不要着急，慢慢做。"

现在，翁心华希望，戴自英教授在天有灵，能看到今天——他们华山感染几代人，"慢慢做"，做到现在这个样子。

3. 传承

翁心华说，传染科的工作条件很艰苦，先前，肝炎一直是主要传染病，因为经常要接触肝炎病人，必须频繁洗手，老师告诉我们，至少洗三遍。冬天的水是刺骨的冷，手都洗热了，水还是冰冷的。但是在传染科工作，我还是觉得非常快乐。那是因为，我们华山医院感染科的科室氛围，一直非常好。我的前任戴自英主任，是牛津大学毕业的博士生，副主任徐肇玥教授，他们不仅医术精湛，而且为人非常谦和，他们二人配合得很默契，搭建了一个很好的学科平台。

戴老是我们的偶像。他的临床思维能力超过常人，疑难病人到他的手上，都有方法解决。"文革"结束后，戴老恢复工作，全国各地的进修医生都来我们科学习。小小的办公室里坐满了人，大家都想跟着他查房、学习。他经常受邀去全国讲课。有一次，他到北京的一座体育场讲合理应用抗菌药，年近70岁的他一口气从早上8点讲到12点，整整4个小时，没有稿纸，更没有幻灯片，台下时不时响起掌声。

戴老还是一位医学教育家。华山医院设立博士点后，第一批共有8位博士生，有内科，也有外科。当时他正担任副院长，每个人的博士论文他都仔细阅读、修改。学生们都非常敬佩。

戴老的威望不仅来自他的医术与学术水平，私底下他是一个很真实的人，我很佩服他的为人。

当年，为了治疗血吸虫病，戴老住进农民家里。那里没有自来水，也没有厕所。留英归国、家境优越的戴自英先生，连上海人家的老式马桶都没坐过，农村艰苦的条件，真不知道他是怎么熬过来的。戴自英先生却对人笑着说，做传染科医生，就是要与最穷苦的老百姓打交道。

上世纪五六十年代，四环素是一种常用的抗生素，但生产四环素需要消耗大量的粮食。当时我国粮食供应很紧张，而四环素的耐药情况及不良反应很普遍。戴老对四环素类抗生素进行了系统的再评价，并建议国家限制四环素的使用。这个提议在当时是非常有胆量的，也很有魄力。最终，行政部门采纳了他的意见。

翁心华从戴自英先生手中接棒，一直带领学科向"大感染"的方向努力。2002年后，全国许多医院的传染科相继更名为感染科，翁心华起了重要作用。从"传染"到"感染"，一字之改，意味着整个学科研究范围的扩大，以及与国际潮流的接轨。

翁心华说，1999年，第六届全国传染病和寄生虫病学术会议在上海召开，北大第一医院的斯崇文教授是当时中华医学会传染病与寄生虫病学分会的主任委员，我是副主任委员。我们在会上提议将这个学会更名为"感染病学分会"。经过三年报批，终于在我担任主任委员时获得了批准。我很幸运，大家把功劳记在我的头上。其实这不是我一个人的努力，而是几代人的努力。

面对新冠病毒，有过与SARS病毒抗争经历的翁心华说：新冠病毒的传播力显然比SARS病毒要强，防控难度更大。今年1月24日除夕那天下午，我去疾控中心参加上海市新冠肺炎临床救治专家组会议，那天距上海首例患者确诊才4天，就已经有20个确诊病人，而SARS的时候，上海半年只有8个病人。17年前，我是上海市防治非典专家咨询组组长。17年后，张文宏成了上海市新冠肺炎医疗救治专家组组长。"华山感染"微信公众号上的文章每一篇，我都会仔细读，有时候，我也会跟张文宏聊聊我的想法，但谈不上什么指导。

在除夕那次会议上，翁心华便说："张文宏的能力比我强，肯定比我做得好。"他告诉张文宏："我和我们科都是你的依靠，你不要有顾虑，冲在前面尽力去做。"

对如今"走红"的张文宏，翁心华心里明白：无论满分是几分，我都给他满分。我们华山感染科的传统就是讲真话，做真实的医生。医生要有与大众沟通的能力、传播医学知识的能力，更需要有讲真话的勇气。讲真话，不是哗众取宠说大话，而是要基于专业主义与科学精神。

传承于此。

在华山医院感染科，主治医师虞胜镭被戏称为"大内总管"。有人管她叫"主任助理"，她不好意思——这只是叫着玩的。但她的确"管得宽"，心里有话直说。她对一众追逐采访张文宏的媒体记者说："千万别神化'张爸'，他就是一个科室主任，不会对一个学科的发展有多少了不起的作用。他也就是比较真实，没有架子。这次能够火起来，大概主要就是因为大家听官话听腻了。"

翁心华看张文宏，便更为"实际"——早在张文宏担任科室主任后，在科室利益分配方面，他做得很公平。"蛋糕做大了，大家都有得吃，这是他的一个原则。"

2010年时，科室仅有床位约70张。床位资源紧张，上一届时，有的教授不被安排分管病床，翁心华很痛心地说，这等于浪费掉一个人。张文宏积极争取病房，床位增加到213张。

张文宏说，由于缺乏人手，很多科室都不愿意要或难以要到病房，但"在我这里我就不怕"。因为每年来华山感染进修的医生达到了近两百人，全国各地的病人都会来，目前有85%为外地病例，不缺医生，也不缺病人。

张文宏上任后，提出主治医生的临床任务重，应该拿更多的奖金。因为教授有资历，可以通过会诊等输出医疗服务的形式获得更多的合理收入。他还提出，出现医患纠纷时，如果不是责任事故，需要赔偿的话，低年资医生不用出钱，而由科室赔偿，相当于科室共同担责。

通常，研究生想留在顶级三甲医院，竞争很激烈，一般有不成文的惯常做法——主任的学生，容易留下来。张文宏为此设计一种毕业生选拔机制：学生打擂台，导师回避，由本科室和其他科室的教授、院领导进行评分排名。

2010年，张文宏接任华山医院感染科主任。然而，翁心华等老一辈高超的临床诊疗水平，却让张文宏深感压力，觉得很难做到能与老师比肩。"翁老师对疑难病症的诊断水平可谓'神乎其神'。这完全基于他丰富的临床经验和对疾病的了解所形成的本能的一种反应。我们这个学科翁老师如果退休了不来查房，是不是水平会大幅度下降？"

所以，张文宏上任以后，一项主要工作就是大幅度地把科学研究的能力转化成临床诊断能力，"一定要在技术层面做到跟国际前沿技术零距离接轨。一些疾病即使不能凭经验来判断，也能用高精尖的科学技术来弥补"。

张文宏对于技术储备和基础研究的重视，也源自他在香港大学、哈佛大学做访问学者时的经历。2001年，张文宏前往香港大学微生物学系进修，时常待在袁国勇教授的实验室里，看他们如何进行传染性疾病的研究。当时香港的整个病毒监测、细菌监测技术都处于国内领先水平，包括2003年的SARS病毒，就是由港大袁国勇团队率先检测出来的。

这让张文宏坚定了华山感染的学科技术发展必须在该领域要始终处于世界领先位置的想法，这样才能保证在突发公共卫生事件的关键时候有所担当。这次新冠疫情暴发期间，华山感染的技术优势让全科在处理新冠疫情中举重若轻。他为此自豪：

"比如这次新冠肺炎，上海申报的第一株新冠肺炎病毒就是我们与CDC一起合作完成它的基因测序的。在新冠肺炎的诊断技术上，我们跟国际上毫无差别。我们掌握了国际上目前的最新技术与检测手段，而且我们的病种比国际上大多数的医院还要丰富。所以在这方面，我们具有极大的信心。"

一代又一代的接力传承，奠定了华山感染在中国感染学科举足轻重的地位。如今，它连续九年蝉联中国医院最佳专科声誉（感染与传染专科）排行榜第一名。

翁心华在非常艰苦的环境里，几十年如一日，践行自己的初心。"翁教授这一辈子，最喜欢的就是临床，他对临床永远是充满热忱，带着学生们做了一系列疑难杂症的病例研究，所以，他的言传身教对学生的影响很大。"张文宏说起自己的导师翁心华先生，颇多心得，"我很少看到翁教授对自己的学生发脾气，但为了给下属争取利益，他会跟领导吵架，他做一切都是为了整个学科的发展。"

张文宏待人接物的态度，深得其师之精气神。

张文宏，在某种程度上，已经是华山医院感染科团队的一个对外"形象大使"，张文宏的同事、感染科主任医师兼急诊科主任陈明泉说，华山感染科的基调深沉，不推脱、有担当，自有内生力量，我们不管其他因素，只想把自己的本事练好，只求手上的病人健康。

陈明泉身体力行，对华山医院感染科的实践有真切感知——强调精准诊断，是华山医院多年间积累下来的传染病防治经验，"你如果把网撒得太广，反而捉不住真正的大鱼。"关注重点地区人群——上海对新冠肺炎防治的策略，和2003年防治SARS的时候是一样的。

从1月21日起，华山医院先后派出5批16人支援上海市公共卫生临床中心的临床救治工作，还有4支医疗队273人前往武汉，是上海派出队员数量最多的单一医疗机构。

"华山医院感染科厉害啊，就是张文宏教授那个医院吧？太好了！"华山医院医疗队回来说，这是他们在武汉经常听到的一句话。

其中毛日成、张有志、李先涛等三位首批战斗在上海公共卫生临床中心的专家，在隔离观察期满后，又转战武汉，进驻华中科技大学同济医学院附属同济医院光谷院区ICU，这里收治的病人都是其他病区转运来的危重症患者。

3月17日，华山医院20名医疗队员离开武汉返沪。从上海市长调任湖北省省委书记的应勇，来为他们送行，动了感情：

"之前我在上海送你们，现在我在湖北送你们回去。开慢点，注意安全。"

一路上，武汉公安民警列队致礼。武汉交警个个热泪盈眶，见此，很多队员也忍不住泪眼蒙眬。

那天，在ICU病区的张有志、护士长汪慧娟等，依然和253名队员一起坚守，等到病人清零的那一天。

陈明泉是在2019年12月初，从感染科圈内人那里，听说一则不明原因肺炎的消息。出于专业敏感，他预计可能是新病毒出现，但事关重大，陈明泉不敢下判断。加上冬季是流感高发季节，他决定先把准备工作做好。

12月2日，华山医院急诊科启动了发热疾病排查；12月4日，启动针对传染病防控的准二级防护。

尽管当时大家对病毒的认识粗浅，但通过呼吸道传播的途径明确。急诊科医护人员戴上了口罩、帽子和手套，"当作一个流感对待，毕竟冬季也是一个流感季节"，陈明泉对采访他的《财经》记者说。

防护物资也同步开始储备，从防护服、口罩、手套，到抗病毒药物，可供2周至3周使用的物资，均一步到位。

急诊科行动迅速，但是医院层面从常态到防疫的转变是一项庞大而复杂的系统工程。绝大多数医院的常态，如诊疗流程、人流管理、建筑布局，都不是为一个传染性极高的呼吸道疾病准备的。

复旦大学附属华山医院医院感染管理科主任杨帆在接受中国新闻网采访时坦言，从上到下需要医务处、护理部、院感科、各临床科室、后勤保障部、人力资源部、宣传部门等多个部门联动。

到了1月20日，全院的防控工作正式开启。当日，国家卫健委高级别专家组组长钟南山确认，新型冠状病毒存在人传人现象，上海市也宣布发现首例新冠肺炎病人。Ⅱ级防护随之启动，急诊科医护人员在原先戴口罩的基础上，戴上了面屏、护目镜。

华山医院发热门诊，平时接诊量为60人至70人，1月20日那一天，一下子迎来160位患者，翻了一番还多。华山医院也确诊首例新冠肺炎患者，是一位从武汉执行任务返沪的消防员。

"人一多就不安全，万一医生护士感染，医院就要关门了。"陈明泉忧心忡忡，向院领导请示——启动急诊发热预检。一方面防止病人在急诊大厅聚集，一方面将诊断关口前移。

时近农历新年，新建一个发热预检隔离区，从人力和物力的角度来看，皆非易事。医院工作人员开始动用各种私人关系，从江苏常州一个项目工地，找到彩钢板。货车连夜发往上海，同时，自各处"借"得留沪工人7人。

1月24日，除夕上午7点，材料、工人进场；11点，建筑主体安装完毕，开始调配分体空调、排管布线。总耗时5个小时，一个空气流通的独立急诊发热预检区建起，将发热和不发热的患者物理隔绝，筑起华山医院的第一道新防线。

陈明泉后来知道，他12月初所听闻的"不明肺炎"消息，和新冠病毒并无直接关系。他所做的工作，只是做好基本防护。但一要敏锐，二要自我防护，这是华山医院急诊科常年实践总结出的两条经验。

在感染科的专业排名上，华山医院是全国第一，当仁不让。华山医院感染科强调精准诊断：如果病人被误收，"没病的进了隔离间，反而被感染了。"

基于诊治不明原因发热的长期临床经验，华山医院将发热的标准定得很宽——只要自己感觉发热，或者高于平时体温，就可以去发热预检，不拘泥于电子测温计的数字。

绝大多数患者在发热预检区会被拦下。两个高年资护士值守，负责流行病学调查，标准时时更新：从是否去过武汉、去过湖北，到是否去过国内重点地区，如今则是境外，重点国家或地区。

发热预检是第一道防线，一支由感染科医生组成的院内专家组，时时监控着留观患者的收治——发热门诊医生负责采集信息并上报，6人至7人组成的专家组，24小时随时待命，决定是否收治患者。"很多医院做不到这个，一是责任感，二是有没有专家的人员配备条件。"陈明泉说。

轮到陈明泉作为专家组成员值班时，"晚上两三点也一直接到电话，要帮门诊医生看影像。我老婆都被吵醒了，让我到客厅睡。"陈明泉对《财经》记者回忆道。

院感科主任杨帆，则将这个过程形象地比喻为"抓特务"——人人都有嫌疑，医院要提高防护级别，加强对每个病人入院前的甄别。

近两个月实践，一共有8000多位患者接受发热预检。大部分患者在预检时因为不满足流行病学史，被筛下；1000多位在发热门诊就诊，其中留观、疑似的有400多位；最终确诊6位。

陈明泉现为华山医院感染科主任医师、华山医院急诊科主任，教授，博士生导师。大学毕业后，一直从事感染性疾病的临床、科研、教学工作，多次赴香港中文大学威尔斯亲王医院、哈佛医学院麻省总院访问学习，曾援非抗击埃博拉。

"传染病确实会变得越来越狡猾，因为致病的病毒和细菌在不断地求生。但我很欣赏南非前总统曼德拉说过的话：生命的伟大不在于永远不跌倒，而在于跌倒后总是能爬起来。人在与传染病的斗争中可能会暂时处于劣势，但人类最终一定能战胜它，这个信心一定要有。"这段话，是他的恩师翁心华教授常常对学生说的。

他也是翁心华教授的弟子，一直对老师说过的一句话，满怀感激。"老师说，学生从哪个学校毕业的不是最重要，研究生阶段的学习更需要后发的力量。我看中的，一是天分，二是勤恳，三是敬业。老师对学生特别好，有一次，一位师兄为了取标本淋了一场大雨，结果得了严重的肺炎，老师知道后，特意烧了一锅红烧蹄髈送去慰问。"

陈明泉是我国援助塞拉利昂防控埃博拉出血热第三批公共卫生师资培训队专家。2015年1月21日，离沪抵京，在中国疾控中心接受严格的行前集训，领受任务后，1月27日上午从北京出发，到达塞拉利昂首都弗里敦（Freetown），会同第二批公共卫生师资培训队完成师资培训的收尾工作，并负责继续推进三个行政村的重点培训工作，全面开展包括病例调查、密切追踪和管理、社区动员与宣传、常见传染病监测与诊治等工作，还担任队员的保健医生，制定队员在塞时的疟疾防控措施。在圆满完成为期两个月的埃博拉疫情防控救治任务并经过三周的医学观察后，于4月21日返沪。此次上海共有两位医务人员获得表彰，另一位是上海疾控中心传染病防治所的吴寰宇主任医师。

陈明泉·援非日记【大年初一的援塞身影】

大年初一,我们依然整装待发,为下一个工作重点做社区卫生机构调研。Augestin 听说今日是我们的节日,特意凑上前来给我测量体温,说谢谢中国专家,让我代表塞拉利昂人民向你们表示衷心的感谢,没啥慰问品,再多测一次体温吧!

春节假日期间,塞拉利昂弗里敦的气候依旧炎热。这里虽然聚集了众多中国援助该国抗击埃博拉的医疗卫生工作者,但埃博拉所带来的沉闷气息仍持续笼罩在城市上空,与春节相关的喜庆氛围终究难以寻觅。在祖国人民纷纷寻亲访友的节日里,身居塞拉利昂的我们这些援助人员在夜里通过网络接受来自亲人的问候,在白天则通过忙碌的身影,继续为塞拉利昂人民打造一份健康大礼。

当地时间 2 月 19 日,国内农历大年初一,在驻地食堂匆匆吃过昨晚剩下的饺子后,我们便出发前往位于中塞友好医院附近的村庄,实地调查当地基层医疗卫生机构的现状。

对这次到基层农村"拜年",培训队已经策划了很长一段时间。自从中国公共卫生师资培训队与塞拉利昂卫生部启动埃博拉出血热重点培训项目之后,项目所覆盖的 3 个行政村就成为中国专家密切关注的 3 个"责任田"。"责任田"到底有多大,一开始塞方人员也说不清楚,只提供了该国 2004 年的人口调查数据,大概有 2700 户、18000 名人口。随后,培训队又雇用当地人员进行了基线调查,发现这 3 个行政村总共有 9000 多户、5 万多名人口。

陡然增大的人口数据给我们培训队的工作带来了挑战,也说明在基础信息还不够明确的条件下,我们只能更多地走基层路线,通过实地调研了解塞方的需求。根据塞拉利昂西区卫生局提供的信息,在 3 个行政村内共有 6 家基层医疗卫生机构,培训队将逐一走访,了解这些机构的人员配置、功能定位、技术水平、设施设备条件,然后有针对性地提供援助及开展培训。

Jacoba 向我诉说他家隔壁的埃博拉病人,已经得到了中国医疗队的救助,他家人也被隔离观察了,但尚无症状,他因为一直在外,未被隔离,露出了担忧、侥幸的复杂表情。

颠簸的土路、漫天飞扬的黄尘,每到一家基层医疗机构,我们看到的都是同样破旧的景象。专业人员数量不足,专业技能不能满足工作需要,缺乏基本的医疗器械及药品,是这些医疗机构的共性。我们每到一家机构,都会仔细地对贴在墙上的各种表格进行拍照,从实际情况看,他们不缺乏规范的工作方案,而是缺乏将这些方案落实的能力。

简易的诊疗所,承担着埃博拉的初级防治工作,那露天的焚烧炉,每天焚烧医疗废物,被风吹毁了的隔离房只剩下一条长凳,在顽强地抵抗着。

与看得见的困难相比,潜在的危险更是无处不在。陪同一起调研的西区卫生局负责基层督导的官员奥古斯丁告诉我们,尽管每家机构都在大门外设置隔离棚安置发热病人,"但还是有一些人会事先吃退烧药再来就诊,并非每个人都愿意接受埃博拉是一种疾病的事实。"

华山医院呼吸科副主任医师张有志，除夕，作为专家组成员，支援上海市公共卫生临床中心；元宵节后，再被派往武汉。2月10日，进入同济医院光谷院区，和另外218位医护人员一起，整建制接管重症监护室的30张床位。所收的病人都是其他病区转运来的危重症患者。

华山医院支援武汉医疗队总指挥、副院长马昕介绍，截至3月21日，医疗队一共给5个病人上了ECMO，其中有4人已经成功脱机，12位病人成功拔管，脱离呼吸机。

ECMO俗称"人工肺"，通过将患者静脉血引出体外进行氧合，再将氧合后的血液输回体内，患者的心肺可以得到休息，等到免疫系统、心肺系统等恢复后再撤机。

但ECMO并非神器，比如有基础疾病的患者的肺部恢复并不乐观。"不是每个医院用上了人工肺都能把人救回来"，张有志告诉《财经》记者，华山医院的秘诀是医生不出病区，做到实时监测——在国家指南的框架下，更积极、更提前，对每个病人了解更深，做到关口前移。

因为医护人员的体会是，新冠肺炎患者的病程进展极快，很容易急转直下。张有志对《财经》记者回忆道，一个女病人在查房的时候状态还正常，医生刚走，突然氧饱和度就下来了，"如果没有医护人员在，病人马上就走了。"

与实时监测相对应的是，医护人员的工作强度极高。"我们进ICU污染区是六小时一个班，我了解没有一个医院像我们一样，他们一般时间更短，或者医生不在病区里面、有事再进去。"张有志说，"但是时间越长，医生对病人就有越深的了解，需要补什么、补多少，都很清楚，把有利的措施前移，反映到指挥部时也更精准。"

最繁忙的时候，医疗队负责的30个病人中，有27个病人气管插管上呼吸机，同时有两个病人上ECMO、8个病人进行血液透析治疗。

多学科救治，是"上海方案"里的重要诊疗经验。张文宏多次说，上海的救治方案，就是多学科协作、集中全市优质资源；方案就写在病人身上。

马昕介绍，219位医疗队员中有34名医生，70%来自重症医学科、呼吸科和感染科，另外还带来了心内科、血液科、消化科、内分泌科、风湿免疫科、外科医生。

张有志对《财经》记者举例道，有两位肾脏科医生专做血液透析，可以在病人炎症风暴时，用透析的方式将炎症因子过滤出去。炎症风暴是新冠肺炎患者从重症向危重症转化的重要原因之一。还有一位血管外科医生，因为外科医生对于通路建立和关闭更熟练，而使用人工肺就需要在体外建立循环通路。

每个人穿防护服1套、隔离衣2套、手套3副，再加口罩2个——基于新冠病毒通过呼吸道和接触传播的特点，华山医院感染科为医疗队全体成员量身定制防护措施。

驰援武汉和上海公卫中心之前，医护人员重点学习疾病相关知识，以及如何加强自我防护。华山医院重症医学科护士长汪慧娟，常年在重症监护室工作，经历过SARS时期的急诊，但穿脱防护服，是第一次。

防护太过严实，加之工作压力大，一

些医护人员的身体状况同时遭受挑战。汪慧娟在工作中曾经总是感到胸闷，她对《财经》记者说，每天最舒爽的时刻，就是脱下防护服的那一刻。

对于护士来说，新冠病人的医疗护理本已复杂，而且没有护工帮助，生活护理也是项大工程。在同济医院光谷院区支援的护士季雯婷说："进舱后，我的护目镜就开始起雾，然后就彻底看不见了，护目镜上滴起了小水珠，身体也在不停地滴汗，我只能从水珠正好划过的缝隙看清楚眼前的东西，就凭着这些角度，换补液，吸痰，打针。"

没有人希望医护人员"硬撑"。张有志告诉《财经》记者，医护人员一旦有不适，就立即出病区，医疗队准备了当班的、备班的医护人员，其他人可以立刻顶上来。

关心一线医护人员，也是张文宏心相所致。1月29日，张文宏决定让从去年年底起一直奋战在一线的医生全部换岗，换成科室里的共产党员。他的"大实话"引发了网友的大量转发：这一批都是了不起的医生，在对疫情的风险性、传播性、致病性一无所知的情况下，就把自己暴露在病毒前面，人不能欺负听话的人。

其实大家都忙。张文宏忙，两个眼圈墨黑。陈明泉也没有休息过一天。

这是一个抗击过非典、埃博拉等烈性传染病的团队，他们知道如何维持平衡：良好的心态以及充足的睡眠。就像张文宏所说，要抵御新冠肺炎，最有效的药物只有人的免疫力。毕竟他们还要继续战斗。

这里有一支党员队伍，历经千锤百炼。2003年SARS时期，翁心华担纲上海专家治疗组，率领上海医生打赢那场看不见硝烟的硬仗。十七年后，学生张文宏挂帅，传承前辈师长风范。

疫情初期，才发现苗头，张文宏第一时间宣布：华山感染病房全部腾空，留给可能出现的隔离病人。当晚，感染科49名医生通宵达旦转运病人，为可能到来的"防疫战"做最充足的准备。极短时间内，他凭借精湛医技和成熟经验，优化就诊流程、制定病人留观标准。

哪类病人需要留观、哪类病人可以解除留观，制定标准后，张文宏说："按照这些标准来，出了事我来承担！"掷地有声。

"没有防护，你可以拒绝上岗！"上海战疫开始，张文宏为医护人员划出一条严格的"红线"，感染科年轻医生定心：'张爸'护着我们，我们更要卖力干！"

"让医生放弃所有的生活，扑到工作里面去，本身是一个不人道的做法。对于很多普通人来讲，也就是一份工作而已，你不能用'高尚'去绑架别人。"

春节期间，疫情当前，同事的父亲生病了，内心纠结，想向张文宏请假，欲言又止，张文宏得知详情，说："放心回去吧，新冠防控等你回来可以再加入。"

同事安排好父亲后，转身冲回抗疫前线。

仁爱之心，造就其手下49名精兵强将。他们上前线，"张爸"打理后方，解决后顾之忧。张文宏成就前线医护人员的信心，总是以发自内心的目光注视他们。他看到他们的付出，他替他们发声。

他说前线医护人员最需要也最缺乏的是"防护、疲劳、工作环境"这三点，"如果跟不上，就说明没有把医务工作者当人，只是当机器。"

他划重点，还敲黑板："有一个很容易被忽视的团队，就是我们的护理团队。你认为我们的医生有多重要,我们的护理姐妹们就有多重要。"

通晓人情世故,冷暖相知,但不圆滑,兴之所至;常以赤子之心,讲肺腑之言。上海市政府参事、华山医院运动医学科带头人陈世益教授说张文宏:每年的华山医院各科主任年终总结会,张文宏的发言总是最让人期待的环节之一,"都是干货!非常精彩。"

一次科室日常工作排班,引发万众瞩目。李发红医生是与三位主任共同参与的"排班管理者"。他们连续数小时,完成号称"史上最难的排班表"——从最年轻的住院医师、主治医师一直到副高医师、主任,党员积极报名,非党员也并肩作战在一线。

"我们都是一支团队,很多小姑娘在这个阶段经过历练,成了钢铁女战士。"感染科副主任张继明一一道来:艾静文,孩子那么小,连夜在医院里工作;金嘉琳,索性就睡在医院里……

张文宏对自己团队里的医生们,关怀备至。他查房时,有心帮助病人建立对团队主治医生或年轻医生的信任。哪怕是实习医生。"这个很要紧的。你不好让病人只记得你一个人,只相信你一个人,这样下面的医生怎么办。你说是吧。我也要帮助自己团队的精兵强将建立自信。"张文宏说。

张文宏有意识和病人、特别是新来的病人聊聊,说说笑笑,套套近乎,让患者初入病房的紧张感松弛下来,一边适时将主治医生"隆重"推出。因为是浙江人,如果遇到浙江同乡或者邻近地区的病人,张文宏会讲本地话,像平时做科普一样。这时候,张文宏不会纠结于深奥的医学原理,更愿意用形象的比喻和比较生活化的例子跟病人解释病情,解释用药。一次在华山西院查房的时候,他对一个二十多岁的女孩子说:"你想加大剂量,我理解,我也考虑过,但我有一点很担心的,你不知道吧,我告诉你,如果因为用药太猛,把你好看的面孔毁了,这如何是好。你毛病看好了,面孔难看了,有什么意思呀。"

张文宏特别强调"逻辑",一次在科内,讨论病例,蹦出一句"女孩子,重感性,男孩子,重逻辑"。转头看见身边是某某,医学博士,女性。张文宏立即认真补充道:"但是,某某例外。"众人笑起来。

平时工作中,张文宏对大家既有关心,也有要求。科室里的同事、学生们,喊他"张爸",这样的称呼里,包含情感。张文宏情感细腻,却不轻易表露。"我自己不觉得,其实我在我们科里的沟通方式,都是非常直接的,根本说不上'暖男'不'暖男'的。"

"有时候我也会讲讲他们。比如像'逻辑'问题。"张文宏说,"那天,我说的是实情,我要求医生看病,多了解情况,多跟病患接触,这有好处,帮助你分析判断;这样的分析,当然要有逻辑推理。有些医生不是我带的博士生,我会照顾他们的心理。如果是我带的学生,我随便讲讲没有什么关系。"

他随即掏出了手机,打给一位同事沟通工作。他语速极快,两分钟后就结束了通话。"我们在几分钟里面,要沟通很多很多信息,一般哪有空照顾你的情绪?在我们科里,没有'情绪'两个字,说话非常简洁。但适当说几句,带开玩笑性质的,活跃一下气氛,也好。在我们这里基本上就这样,工作节奏很快,一分钟里面要讲四五件事情。但正是因为能这样互相之间非常信任，所以人跟人之间没有交流的损耗。"

高效的沟通，反映出张文宏所带领的华山感染科团队，有惊人的默契度，高度的自觉性。

1月23日，华山感染的重症团队随上海第一批援鄂医疗队出征。其后又分别派出了三批华山感染精英，驰援武汉。留守上海的张文宏在出任上海市抗击新冠医疗救治专家组长之外，带领"华山感染"团队，还要做很多事情——除了和疾控中心一起完成第一株病毒基因组的测序之外，华山感染科在确诊新冠的第一时间，便依托自己的实验室，建立起整个检测系统。此举，为防疫赢得时间。

"我不会等大家慢慢建，在全国只有疾控具备检测能力的时候，我们自己早已经全部建了。"张文宏说。

不仅沟通效率高，团队还注重信息共享。疫情期间，华山医院感染科兵分三路：一个团队对接国际，把最新的科研成果写成文章在国际上发表，给全球抗疫提供最新的研究发现；另一个团队在公众号"华山感染"上向公众开展疫情科普；还有一个团队，整理完成中国第一本专业的新冠病毒书《2019冠状病毒病——从基础到临床》，融合到现在为止基础的研究、临床的研究、诊断、治疗、共识等。

翁心华曾有过一个形象的比喻，将感染科医生比成了"消防员"。张文宏解释道："这是这么多年来感染病医生的职责所在，因为总归会有传染病暴发的时候，冲在前面的都是医护人员。"事实上也的确如此。

2003年，SARS暴发，翁心华刚从澳大利亚参加学术会议返回上海，即收到任命，担任上海市防治SARS专家咨询组组长。他坚持的"上海标准"，帮助上海实现了仅8人感染的奇迹。

2013年，H7N9禽流感病毒来袭，张文宏团队主动接触十余病例，并蹲守实验室一个多月进行测序研究，最终确定感染源，及时发现H7N9人传人风险，把病源扼杀在摇篮里，使疫情得到及时有效防控。

2014年，非洲埃博拉病毒暴发，张文宏组织感染科医生第一时间报名，亲自带队远赴非洲参加救援，参与当地疫情控制。

2020年，这次新冠肺炎疫情中，除夕夜，华山医院感染科副主任医师徐斌等人参加上海首批医疗队打点行装，出征武汉。

而现在，张文宏进一步认为，当"消防员"还不够，感染科医生更应该做"卫士"。

"消防员是着火的情况下去救火，这就滞后了。现在新冠肺炎这个火把全世界烧得一塌糊涂。我们的医生去武汉，这个就是消防员。"张文宏解释道，"但是如果更早一点，在这个病毒还没有蔓延、暴发之前，就集中地把它给识别出来，消灭掉，发警报，这就是一个卫士的作用。"

事实上，感染科医生不单是"消防员"和"卫士"，还是一支"平战结合"的常规部队。

张文宏曾在演讲中提到，自己是个非常焦虑的人，所以特别适合做感染科医生。焦虑是现代人普遍的状态，但感染科医生特别焦虑的原因和感染科本身具有极大的不确定性有关。

"第一，每一个病来自于各种不同的病原体，所以一旦对不同病原体的识别能力不够，这个病人生存的机会可能就会很少。第二，在感染性疾病里，经常会出现一些突发的事件，像这次的新冠疫情。"张文宏解释道。

选择这个行业就意味着选择了负重前行，因此他积极地接纳了自己"焦虑"。

"没有焦虑就没有准备。我一直在想，如果这次新冠疫情在上海发生，我们会怎么做？你必须为这个事情做准备。"

张文宏认为，只有在技术上和配套医疗设施上的"冗余"，才有面对例如此次新冠疫情之类"公共卫生突发事件"的底气。"所以'焦虑'就势必会成为像我们这种感染科医生的主要特征。"

回顾数十年的从医经历，张文宏觉得自己是幸运的一代。"个人的发展，事实上都是在国家大的发展框架下去进行的，我们60后的成长正好与中国刚刚腾飞的时间也完全契合。而走在我们前面的像钟南山院士、李兰娟院士等一批人，国家复兴刚刚起步的时候，这些学科是他们领导的，他们是很辛苦的，所以我们跟跑的这批人是非常幸运的。对于我来说，只不过就是一个'书呆子'，碰到了一个腾飞的中国。"

4. 相遇

在华山医院感染科，张文宏从三十多岁起，便有"张爸"之称。他所在的华山医院感染科，无论是不是党员，"人人争先，个个肯干"。

年门诊量超过14万人次，年接收转诊患者逾2000人次，华山医院感染科接收的病人之多，面临的病情之复杂，在业内，有目共睹。

几代华山感染人，不懈努力，刻苦钻研，多年蝉联"中国医院最佳专科声誉排行榜"榜首，成为许多传染病患者心目中"最后的希望"。

张文宏说："我们几代人，在华山感染，是一种生命记忆。"

充满感染力。这种感染力，来自于干劲和奉献。他们互相感染。

2018年9月2日至2018年12月2日，华山医院感染科创办"扶贫攻坚，健康同行"——肝炎防治技术骨干培训基地。此为"扶贫"项目。来自全国各地的十五位进修医生，在华山医院感染科度过三个月学习生活。

他们是这样回顾与张文宏和"华山感染"一起度过的三个月，被感染，扩散——

相遇

2018年9月2日，从西部踏入上海，带上翁心华教授的关切和肝炎防治与健康促进项目领导的嘱托，大家在热情洋溢及轻松欢快的氛围中加深了对彼此的了解，提出了共同的期待与愿景，为新一期的肝病培训班拉开了序幕。

相知

华山医院感染科一直是个遍布了"武林高手"的地方，在整个培训期间，学员们充分领略了每位华山老师的风采。培训可以分为四大招：

01　病理到临床，全新视角，解读肝病

疑难肝病的确诊离不开临床医生丰富的诊治经验，但更不可或缺的是病理医生的精准判断。病理医生在国外被称为Doctor's doctor（医生中的医生），而在华山感染肝病团队中，就有着这样一位病理大师中的大师。他就是复旦大学上海医学院教授、全国著名肝脏病理学家，胡锡琪教授。他洞幽察微，见微知著。肝脏病理对于临床医生、对于不同疾病的认识尤为重要。胡锡琪教授精彩的讲解，让各位老师大呼过瘾。

02 知识串联，化零为整

整合已有知识无疑可以取得事半功倍的效果。培训班另辟蹊径，将病理——临床——实践——探索的一次模块串联。帮助学员们理清故事脉络，二次深入挖掘每个有意义的病例。感染科各位老师轮番上阵，给学员们上演了肝病诊疗的十八般武艺。

03 教学相长，互补互助

培训班设置了三次辩论赛，全部由培训班学员参与，针对现在国际上对于肝病方面具有争议的议题进行了热烈的辩论，并由华山感染的老师们进行点评和总结。学员们不仅带来了国际指南和文献的最新论点和看法，也结合自身地域特点和实际情况对每个话题进行了热烈的讨论，也让华山的老师们了解了更多肝病治疗方面的难题。

04 临床实践，学以致用

课程之外的更多时间，学员们跟随着华山的老师们在临床第一线摸爬滚打，过招疑难危重病例；在翁教授的高屋建瓴却又细致入微的点拨中，犹如醍醐灌顶，胜读十年书；在张文宏教授幽默的言语和跳跃的思维中，开拓国际视野，把握感染病的诊治精髓。

惜别

相聚的日子总是短暂，一眨眼三个月的培训班已临近结束。

2018年11月26日，"扶贫攻坚，健康同行"——肝炎防治技术骨干培训基地项目举办了闭幕式。华山医院感染科的张文宏、张继明教授分别致辞，"肝炎防治和健康促进"项目领导对培训班进行了总结，并为各位学员颁布了证书和具有华山感染特色的纪念品。

大家从西部而来，汇聚于上海华山感染科，现在又将各自回归。相聚的时光虽然短暂，但是华山感染给各位学员带去的收获会长久地留在各位的心里，并由各位学员继续发扬光大。

写在分别时——

《感恩华山》

恩师情义胜天涯，

殷殷希冀璧无瑕。

幕幕旋转眼含泪，

暂别长记亲似家。

进修感言

华山医院真的是一个神奇的地方，是个改变人生的地方，是个鼓舞人心的地方，是一个永久难忘的地方，我爱你，华山医院感染科，爱华山医院感染科所有的老师，谢谢老师们！我会永远记着你们！

华山感染科主张精准诊疗，让人印象深刻，通过先进的检测技术（如二代测序、Filmarry等）、多学科会诊协作，显著提高了临床诊疗成功率……这里的病种多样化，临床思维更加开阔，在每周的教学查房中也学到不少的临床经验和思维。

华山医院是一个永久难忘的地方，华山医院感染科是一个可以让我们永远铭记的地方，谢谢老师们！

华山的教授们知识渊博，幽默风趣，又平易近人。不论生活还是学习，华山的老师们都细致周到，让我们收获满满！感动满满！

他山之石可以攻玉，攀登华山之巅靠的是不断的努力学习以及每位老师的精心帮助指导，感谢！感恩！

在华山的每一天都很新鲜充实，快乐地学习着，老师们尽心尽力地教我们，毫无保留。也亲眼见证了老师们在医学高峰不断攀登的精神，非常值得我们学习。

才知道……的

才知道华山医院感染科连续九年全国第一的

才知道华山翁老八十岁，还在临床查房的

才知道张爸的门诊排队要排到长乐路的

才知道陈明泉教授查房时，会为了病人而动情落泪的

才知道邵凌云教授查房很和蔼的，阿姨都竖大拇指的

才知道王璇每天像旋风一样亲自把活都干完了的

才知道飞飞老师查房是要一下午的

才知道打了鸡血的老毛像一个冲锋的战士的

才知道古丽努儿各种穿刺干净利落的

才知道苏然静中心值班的，早晨又要救护车送病人 51W 上班的

才知道 call-11 是要叫会诊的，有些叫了不来的

才知道华山的病史好长的，看病是像破案的

才知道李斯特是个什么鬼，嗜血原来很屌的

才知道稳稳是个男的，和我一个房间的

才知道值班后的清晨是从咏梅送来的一杯咖啡开始的

才知道凶巴巴的护士一晚上喊了无数次的值班医生！却在清晨来了句：辛苦了好吧、你去睡一会好不啦

才知道护士交班每句话都是……的

才知道上海的兰州牛肉面里是有肉的

才知道时间过得很快的

才知道留在记忆深处的并不是南京路上的繁华与璀璨的

再见，上海的……

再见，华山的……

第三章

1. "张爸"

2020 年 3 月 26 日，晚 6 点 30 分。张文宏行色匆匆，赶回华山医院感染科。

他中午参加一场国际视频连线会议。这是上海市政府临时安排的"上海——马来西亚抗击新冠肺炎疫情视频交流会"。他无法推辞，会场设于浦东金桥的华为公司视频会议室内。中午 12 时 30 分，张文宏赶到。视频这端是张文宏与上海卫生领域专家，另一端是中国驻马来西亚大使馆、马来西亚卫生部官员及马来西亚全国二十多家医院的医生。

其时，新冠疫情呈现全球多点暴发态势。应马来西亚方面请求，经我驻马使馆和上海市外办协调，举行本次视频交流会。"我们国家疫情比较严重，已经确诊 1796 例，其中 19 例死亡。"马来西亚卫生部副总监希山沙·穆罕默德·易卜拉欣忧心忡忡。

在一个半小时的视频连线中，上海市

公共卫生临床中心医务部主任沈银忠、同济医院呼吸科主任邱忠民,与马方医务人员就疫情形势、防控措施、救治方案、相关药物等进行交流。"对马方现有治疗流程有什么建议?法匹拉韦的作用是什么?什么时候可以使用激素?如何保护卫生工作者?病人出院判断的标准是什么?"马来西亚医生急迫地提出一个个问题,并用纸和笔,埋头做笔记。

马来西亚国家卫生学院临床研究中心主任吴碧彬说:"我们从这次连线中获益良多,感谢上海市外办与上海市卫健委的支持,提振了我们抗击疫情的信心。"她建议,在未来几周内,上海专家能与马来西亚再次进行连线,给予马方更多的支持。上海市外办表示,愿与马来西亚继续保持沟通,加强国际防控合作,共同抗击疫情。

"之前我们在抗击疫情期间,得到马来西亚政府与人民的大力帮助。"中国驻马来西亚大使白天说,作为朋友与伙伴,中方对马来西亚所面临情况感同身受,并愿意尽我所能提供帮助,"朋友有难时,中国人不会袖手旁观。"白天介绍,中国政府对马来西亚的物资援助本周内就会送到,其中包括马方急需的呼吸机,"我们会与马来西亚一起抗击疫情,直至取得胜利。"

同日,16时,上海专家连线中国驻爱尔兰大使馆,向当地华人华侨留学生作疫情防控视频讲座;20时30分,上海专家向加勒比岛国特立尼达和多巴哥卫生部官员介绍新冠防疫经验。而在之前,上海专家向巴拿马卫生部官员与当地医院分享防治经验。

在这之前的3月17日,中国驻德国杜塞尔多夫总领馆邀张文宏以视频连线方式作专题讲座,在线详解中国与全球疫情防控问题。此次连线,问答一体,几乎是一堂完整公开课。认真做笔记,相当于手头有一部"新冠预防知识读本",死记硬背后,基本可以避免感染新冠肺炎。还可以做个"赤脚医生",走街串巷,宣传新冠防控,有理有据。有海外关系的,可以照本宣读。

目前的欧洲,特别是德国北威州采取的这种防控措施,从我们的医学原理上讲,它是否科学、是否有效,或者是否真的是在对症下药?德国目前的医疗卫生系统能够应付新冠肺炎的这种蔓延的趋势吗?按照目前的这种防控方略和增长幅度看,会不会出现超载?

张文宏事先做过功课。他说——这是非常重要的问题。我查了一下北威州的疫情,截至昨天(3月16日)确诊数是2744,而且最近还在增加。它的增幅都是每天同比大幅攀升。这个增幅比较快的原因,就是第一次暴发点以后,病人现在散落在各个地方。这个时候最关键的一个节点就是要采取隔离的措施,如果不采取任何的隔离措施,后面日子会非常难过。但是现在的隔离措施,北威州跟当时上海对比最大的区别,就是人们还在上班,就是人口之间的流动还存在,这是唯一的一个风险点。但是因为默克尔总理说了60%—70%的人都会感染这句话,事实上她把最坏的情况告诉了大家,整个德国已经引起了重视,也是因为讲了这句话以后,现在采取的措施才能落地。接下来,是不是有潜在的病人,现在还分布在各个地方,就取决于:第一,我们在工作的环节当中,是不是真正地贯彻隔离措施,比如说德国或者英国,年轻人下班以后，有没有跟往常一样到酒吧去喝几杯，聚会。第二，大家都知道这件事后，上班的时候，大家也会保持社交距离，社交活动也会有所减少接触。那么在这种情况下面，我认为这种隔离是有效果的。

这两天增加的病人都是在措施采取之前已经感染的。所以要看采取措施14天以后，它的增速和传播速度。按照现在感染的人数，你不能去预测今天采取的措施有没有效，采取的措施对发病率的影响是滞后的，滞后的时间点就是14天。如果14天以后效果不好，德国就得提高对应的等级。如果应对等级不加大，接下去德国也会面临一个问题，重症病人会增加，重症病人再增加以后，医院可能就应付不了。它的极限是什么？像呼吸机资源的配置可能也会受到影响。但是我相信德国罗伯特·科赫研究所的科学家们每天都在做监测，如果监测到的数据与防控等级不对应的话，他们一定会采取更为积极的手段。

来这里之前，我还做了一些对重症病人的救治医疗数据的初步收集，重症病人的数量跟床位数的相关性。就是说德国现在是不是有足够的病床数来提供给重症的病人，也就是前面提到，80%的人事实上根本不需要住院，在家里隔离。我们最担心的是重症病人不能住院。我这里比较了一些相关数据。就目前患病人数，德国的床位冗余度还是比较大的。

那么，什么时候需要做出调整？如果病例数大量增加，预计冗余可能会被消耗掉，这时就得采取更加强势的防控策略。

也有人问道：德国现在对检测采取了非常严格谨慎的方式，为什么在检测问题上采取目前的这种做法？会不会因为控制检测范围，或者没有放开检测的力度而使更多的潜在的病患依然在水下？

张文宏答：关于新冠肺炎的检测，国内也不是一发烧，到医院就给你检测新冠肺炎，不是这样的，除非是来自疫区的人，或者有聚集性发病的患者。

上海也只对特殊人群检测，即高危的人群，我们定义为疑似人群。在上海我们只对疫区过来的人，比如对现在国外发病率特别高的地区来的航班进行检测。原来武汉病人很多的时候，我们只对武汉过来的人进行检测，并不是对所有的发烧的人进行检测。对所有发烧的人进行检测，在医疗资源上是个巨大的浪费，这是第一点。第二点，检测有时候会产生假阳性，你认为是的，但是可能不是的。假阳性对人也是一个伤害。第三点，在国内我们是应收尽收，早在检测阳性之前就开始对疑似病人进行隔离了，所以在国内只是对疑似病例做检测。任何一个人跑到医院说，我发烧了，我要做新冠肺炎的检测，实际上是没有的。所以中国也不是每个人都过来检测的。问题在哪里呢？如果对想做的人都进行检测，费用是很贵的。如果所有人有事没事都去测一次，就会发生医疗资源挤兑。一万个人去检测，当中有一百个人是重症的，这一百个人就可能看不上病。所以我阐明两点，第一点，在中国不是说发烧就给检测，这是不实信息。中国只对从病例高发区来的人检测。如果是跟病人有密切接触的，直接就隔离观察了。德国的隔离跟中国的隔离也不一样。中国的隔离是集中隔离，德国的隔离是居家隔离。如果大家有一点点伤风感冒就去检测，挂号、预约、看门诊，或者到急诊直接去排队，急诊间就已要排四个小时队了。

北威州现在有约1791万人,到今天确诊病例约为万分之一。但这个季节发烧的人是很多的,所以就意味着大量的检测是没有意义的。你叫医保怎么给你支付?这个钱很贵的。大量的人去医院咨询排队,然后真正重病的人检测不到了。

重症病人检测不到,病情又很重,势必要滞留在急诊间,然后会造成什么呢?急诊间内的传播、医务人员的传播,那就不得了了。

德国在疫情期间,采取的方式是确诊的轻症患者居家隔离,北威州不少留学人员都是合租,所以对此问题特别关注。有人问:德国的这种居家隔离方式科学、合理吗?会不会带来一些我们意想不到的蔓延和扩散?

张文宏说,这个得考虑两个问题。第一个问题,这样的病人是不是需要治疗?我明确地告诉你,这种轻症病人,早期的治疗价值不大的,因为在现有药物中并没有一个药物能一吃就好。事实上大多数(80%)的轻症的病人是自己康复的,可以在家隔离。那么空出来的床位留给谁?留给重症的病人!轻症患者是居家隔离,还是在医院隔离,这是一个分歧点。有一个问题,如果都在医院隔离,医院有这么多床位吗?没有!没有这么多床位,那居家隔离会不会引发更大的疫情呢?那就看居家隔离做得好还是不好。如果是非常有效的居家隔离,就是有效的。这是第一点。第二点,很多跟患者住在一起的人,等到确诊的时候,这些人事实上已经跟患者接触了,甚至已经感染上了,那他在家多待一天、少待一天,有什么区别呢?中国为什么不居家隔离?如果采取居家隔离,我就明确告诉你,有些居家隔离如果不成功的,后面就会出来新的病人。出了新的病人,如果是轻症的,问题还不大。如果重症的就要送到医院去救治了。所以只有居家隔离的成功率能够到达一定的程度,才可以作为必然之选。中国人口多,人均住的地方太小,居家隔离,造成中国家庭内的传播人数就会非常大,这个人数不下来,中国的疫情就不能按所希望地那样在2—4个月内结束。所以居家隔离方案在德国可能是合理的,但德国政府也可能会改变,比如说采取建设集中隔离点的方法等。

留学生多为合租用房,日常生活中的有效的防控,包括共用厨房、共用卫生间等,似乎是个问题,一旦有疑似症状,怎么办?

张文宏说,这种情况下,没有最好的办法,只有更好的办法。为什么说没有最好的办法?因为条件所限,最好的办法是分开住,但做不到,所以说,没有最好的办法。说到合租,自然是有条件单独居住,风险会小很多,如果做不到,那就要降低风险,保持跟他人的社交距离,不在一起吃饭,就可以降低风险。合租是否有风险,与共用厨房没有关系,共用卫生间也没有关系。你只要保持好个人的卫生,手经常洗,错开使用厨房,衣服洗好了烘干,就没有问题了。烘干是最好的灭菌方式。

有人提出,听说一些中药是有疗效的,德国能不能特事特办,在非常时期允许进口中药?

张文宏对此的看法是——事实上,关于中药在德国的广泛使用,一般是要遵循一个对等的原则。今天德国对进口我们的中药,就像我们对进口它的西药一样。在欧洲,包括德国对中药进口是有严格的管制的，就是要对药品进行严格的检测。截至目前很多中药都不在它允许进口的范围。所以在这样的情况下，要想让大批量的中药进到德国来，短时间内是不可能的。

最后，说说戴口罩的事情——在德国，没有倡议普通人戴口罩。对此，张文宏告诉大家——普通人戴口罩到底有没有效？肯定是有效。如果没有效，为什么医生要戴口罩呢？第一，就是感染风险的问题。感染是与我们所有人都相关的事情，做不做防护与你的感染风险有直接关系。如果感染风险大，我们都要做防护、戴口罩。如果感染风险小，就需要评估戴与不戴口罩的利弊有哪些。

欧洲人平时从来不戴口罩，但在日本和中国香港，即使平时不生病，街头也有很多人经常戴口罩，这是习惯。如果今天在德国，满大街的人都戴口罩，会让人觉得好像是世界末日一样，对普通人的精神会造成极大的压力。因此，决定民众是否戴口罩，就需要判断戴与不戴口罩的利弊问题。好处足够大，才需要戴口罩。好处不够大，就如我前面所讲，戴口罩是为了防止别人传染给你，而别人传染给你的概率极小，让整个城市的人都戴口罩，无非就是防止病毒传染给你的这一点概率，那么还是否需要戴口罩呢？如果有感染症状了，应该马上戴口罩，在家里也应戴口罩，因为呼出的唾液中有可能存在病毒。此时戴口罩，防护效率就很高，戴口罩可以预防自己将病毒传染给别人。第二就是医生为什么戴口罩？如果我今天在欧洲接诊的不是新冠肺炎患者，戴普通口罩和N95口罩的防护效率是同样的，就不需要戴N95口罩。但是面对高度疑似新冠肺炎的病人，需要戴N95口罩，因为风险增加。比如你走在马路上，接触一万人当中可能只有一位新冠肺炎的患者，这么低的概率，即使你接触了这一万人，与新冠肺炎患者面对面说话的几率还是较小。对于这样防护效率极低的措施，代价是让整个城市的人都戴口罩，欧洲人就无法接受了。为什么中国人就可以接受呢？原因之一就是亚洲人，比如日本、韩国、中国香港的民众本来就习惯戴口罩。另外一个原因就是很多处于潜伏期的感染者，佩戴口罩就不会传染给别人，防护效率很高。这种做法的好处是什么呢？中国希望能够把风险降到最低，如果大家戴口罩没有觉得不舒服，此时就戴口罩，没什么病人之时，就摘口罩。新加坡就不戴口罩，因为新加坡认为相较于全国700万人口，感染者只有几百人，发病率与德国一样，因此新加坡不戴口罩。进行评估之后，才决定戴与不戴。无论是防护他人传染给自己还是防止自己外传，可以肯定的是戴口罩还是有效的，无非是防护的效率和习惯问题。

最后一个问题，很简单——我们中国人在德国，要戴口罩吗？

张文宏说——我认为戴口罩有作用。戴口罩能够解决的事，还可以通过改变自己的行为来解决。第一，如果疫情发展很快，感染人数增多，此时戴口罩的防护效率就会提高。第二，按照目前德国的情况，一定要保持社交距离。如果上下学，可以错峰搭乘公交，或骑车上学。在工作环境中，讲话保持一定间隔距离，可以用信息技术手段解决的问题，就不要当面接触。第三，德国民众本来也没有佩戴口罩的习惯，建议大家不要试图去改变他们的观念。第四，我们可通过改变自己的行为方式积极预防。比如华人圈内有人群体活动不戴口罩，吃饭的时候距离较近，这样的话，还要抱怨德国人不戴口罩，就不大对头。与其去说服罗伯特·科赫研究所，让大家戴口罩，还不如从改变自己的行为开始。希望大家能够理解德国人民的想法，他们的想法是有他们的道理的。在德国，按照德国的做法去做。如果不认同德国的做法，可以从改变自己的行为做起，比如减少社交，增加交往距离，错峰采购等等。

清清爽爽。仿佛与你面对面交谈，望诊切脉，推心置腹。

这一天，张文宏说——当晚9点，他受中国驻美国大使馆崔天凯大使的邀请，给在美国的留学生和华侨华人做一个视频直播讲座。一般个人应邀参与的视频连线，张文宏会在他的华山医院感染科主任办公室进行。趁之前一个时间空档，正好回来看看科室同事。只是，这个时候，谁也不知道张文宏有没有吃晚饭，在哪里吃的晚饭。

"'张爸'来了。"科室同事看他穿好白大褂，戴上口罩，走进来和大家打招呼。口罩戴着，无法看到他的笑颜。眼睛有黑眼圈，是一对笑眼。同事、属下、学生可以从这对笑眼里看出——"张爸"心情尚好，有压力，但不摆在面孔上。只有在查房，会诊，讲一些要紧的事情时，"张爸"会严肃。这时候，他不是笑眼，是眼光正视，犀利起来，盯牢人看。

全中国的人们，已经习惯看张文宏的这双眼睛。

"张爸"来做啥？阮巧玲医生说，疫情来临，老师更忙。看不到他时，他应该在金山上海公共卫生临床中心，要么在本市各地督导防控工作。只要在上海，"张爸"总是力争隔一天回一趟华山感染病房。"每次他回来，会将最新消息带给我们，指导我们开展后续工作。让我们倍感鼓舞。"还有，阮巧玲医生发觉，"'张爸'应该是不睡觉的，无论何时你给他微信，他都会回。"

那是做科普——华山医院感染科微信公众号"华山感染"——成民间爆款时。无数微信网友每天醒来，盯着更新，看张文宏团队对疫情的最新解读。阮巧玲说，张老师牺牲仅有的睡眠时间，还坚持每晚通宵达旦，写作疫情分析文章。"一旦关注、长期感染……"有权威理性的数据分析，也有调皮诙谐的病例解读，连续十天，"华山感染"科普推送阅读量接近2700万次，最近几乎每篇都是 10 万＋，最长一篇，点击量已超过 1000 万了。

早在武汉疫情初露时，张文宏就关照学生，拉一个微信群，及时跟进、分析疫情。一直跟着张文宏做精准诊治平台的艾静文与师姐喻一奇，以及其他六个师妹，都在群里。

当时，全国各省首例确诊的病例，都要先做出全基因组测序，交国家卫健委审核。上海市疾控中心承担这项工作，同时让华山医院的感染科做平行实验。华山感染做出测序后，交上海市疾控中心。最后上交国家卫健委的，正是这个版本。张文宏和他的团队，做的不仅仅是在上海救治病人，还要服务于全国，特别是武汉和湖北。

张文宏带着这个团队，开始在"华山感染"微信公众号上持续发表疫情分析文章。一开始都是张文宏自己写，后来写疫情复盘、国际疫情分析的文章，需要大数据，便转由张文宏出思路，艾静文负责落地,组织师姐妹们找数据、资料,先写出初稿。最后终稿,大部分由张文宏亲自执笔,因为,其他人"没有那个笔力"。

"华山感染"微信公众号,是由虞胜镭在 2014 年 9 月注册。因为注册为个人号,所以每次谁要发文,都要让她扫码。公号维护,没有专人专职,王新宇、虞胜镭等一些年轻医生,自己写文章,自己排版,没人干涉,年轻人当家作主。当然,也没有报酬。

张文宏也"投稿"。2017 年,张文宏在乘坐的飞机航班上,写就《如何成为一个发热待查高手》。这实际上是他为华山医院感染科开办的为期三个月的"发热待查和感染病学强化训练课程"授课文案。这篇出于几万米高空的"巅峰之作",行文天马行空,病理案例又近距离贴地,仿佛上海人说的"量热度",一只手就贴在人的额头上,体感十足。开场,张文宏如此道来:

有没有可能成为一个像翁心华教授(人称感染界的福尔摩斯)这样的临床高手?是花时间,不断地参加各种会议?是买无数本病例书,和疑难病例死磕?是把网络上下载的 PPT 都学习一遍?

还记得我们上中学语文课,有一篇《卖油翁》的文章,就是说要成为高手就是像倒油瓶,"唯手熟尔"。我们都知道,只要勤奋苦练,就能得到结果。但通过看很多病人,就能成为翁心华教授那样的高手吗?

No! 这种方法不靠谱! 因为很简单,中国医生的病人数量全世界最多,为什么没有都成为翁心华教授这样的看病高手呢?

成为高手有套路,但是很难。

其实,这里有一个成为高手的套路。不过大家不要以为是什么捷径,我下面揭秘的不会是什么心灵鸡汤。

你以为拉小提琴就是一首曲子拼命练习吗?不是,这种练习叫傻练。什么叫真正的练习,是把大的那个知识体系拆碎成为一个一个小模块,成为一个一个小的知识罐头,然后分头去练,这叫练习。

我们在看一个具体的疑难病例的时候,就是让大脑的神经元同时激动起来,逐渐形成一个神经网络,时间长了你的大脑沟回就和真正的高手越来越像了。

为什么非要到华山医院感染科来训练呢?很简单,这里有 200 张床位,70% 的病例来自全国和周边地区的疑难病例,这里有独立的细菌/抗生素病房,真菌病房,重症感染监护病房,中枢神经系统病房,病毒和肝炎病房,综合发热待查病房,有为临床实时对接的分子诊断实验室。这里的平均住院天数是 6 天,那就意味着如果你愿意,理论上将会有机会在三个月的时间内和 1000 个病例过招,六个月的时间可以和 2000 个病例过招。如果你愿意在每个病例上花上 5 个小时,那么你就积累了 10000 小时的有效训练。

但是……

事实上这是不可能的,6 个月,180 天。大家都不是不吃不睡的神仙。可能你学习的时间顶多只有 1500 小时,也就是说,和 500 个病例过招。这可能不能让你成为一个绝世高手,但至少可以独立面对各种复杂病例了吧?

电影《一代宗师》里面的一句话就是这个意思,"功夫就两个字,对的站着,错的躺下"。练功夫,就是需要给你即时反馈。

写到最后,张文宏坦陈:"今天的标题叫《怎样成为一个发热待查高手》,这我承认有点标题党,是虚晃一枪。因为表面上谈的是学习发热待查诊治的方法,但其实我谈的是做一个优秀临床医生的真相。"

而这正是每个福尔摩斯真正追求的……

几年来,"华山感染"公众号一直在稳定地更新。文章和排版像模像样,初始,阅读量仅几千。没有毛病的时候,没有人会关注生毛病的事情。疫情前,毛病有点起势,关注数突破 25000。疫情暴发,公众号将张文宏的"把党员换上去"的视频推上,当天,关注数猛增 13 万。至 3 月,已破 83 万。阅读量最高的《WHO:大众如何预防新型冠状病毒》,阅读量达2043 万。

网络世界,微信流转,各色人等,七嘴八舌。在华山医院感染科,有关"公众号"的话题,多有交流沟通。闲聊时,有人说起,现在微信上有文,对张文宏不利。张文宏冷眼,说:"现在黑我的人蛮多的,我现在微博基本上都不看,不用理会。"过一会儿,张文宏还是会屏不牢,把别人的手机拿来,一个人翻看起来,一边看,一边说,哦,这种文章大家一看就晓得,荒谬。瞎讲有啥讲头啦。没事。

有人问,关于"无症状感染者"主题的微信公众号文章写好了,当天是否推送?张文宏说,此题目敏感,要仔细看过,还要先了解钟南山院士、李兰娟院士等各方说法。"网上还传言说我跟钟南山院士之间有矛盾,实际上我们关系很好,经常通通电话。"

张文宏说,我其实并不是一个公众人物,只是一个专业人士,疫情结束以后,在专业领域,还是会继续发声。

回到科室,张文宏像回家一样。谈及自己爆红,"张爸"直言:"实非我所愿。其实,我只是一名普通的医生。家人也跟着被突然关注,他们睡眠受到了影响。"

感染科副主任邵凌云,与张文宏共事二十年有余,不解:"那些视频走红,社会上都疯转,我还有些想不通,'张爸'他平常就是这样的呀!"

有何想不通。那时候你认识"张爸",人家不认识。人家都是刚刚认识的。便说"张爸"的称谓,有年头,有来历。"这个绰号,老早就有啦。"邵凌云说,"'张爸'三十来岁的时候,就已经是'张爸'了,这个'爸',便是科室里的事情,他样样都要关照好,一起外出,坐车子,谁先下谁后下,他都要管到位。你说他是不是就像家里的爸爸一样?"

张文宏长期执业于华山医院感染科,太平日子,全上海全中国,有几个会来挂门诊、挂专家号的?只有同事、学生,晓得张文宏,既有医生果敢干练,又有"大家长"的细心周到。

"很多人看了网红视频,谈起院内医护'排班',以为我们科室是不是之前的'排班'有矛盾。"邵凌云解释,"这可真是很大的误解。我们团队,凝聚力强大,有张主任在,像定海神针一样,我们都不慌。"

在华山感染,主任张文宏外号"张爸",病毒研究室主任与科室副主任张继明外号便是"张妈"了。这次,张继明是华山医院第三批援鄂医疗队的队长，他与第四批的队长李圣青、护士长张静一道，成为了华山医院的"全国卫生健康系统新冠肺炎疫情防控工作先进个人"。

作为十多年的默契搭档，"二张"经常保持着热线。不过晚上十点后，张继明很少打电话，因为晓得平时张文宏睡得早，一般早上四五点起床，每天早晨六点多就到医院。所以有一种说法——考他的研究生，有问题要问，都在早上六点半。那时点，他脑子最清醒，有问必答，过时不候。但疫情暴发后，张文宏的日常作息节奏完全乱了。有时候赶稿子睡得很晚，"所以经常出现黑眼圈，就不足为奇了"。

与在美留学生及华人华侨代表视频连线，是通过央视新闻平台进行的。张文宏现场释疑解惑。

张文宏本色表达，轻松诙谐、深入浅出，这样的对话风格，甚得在美留学生及其家长、华人华侨好评。细致聆听，与之前的"德国杜塞尔多夫"连线，还是有所区别。源之于两地留学生所处国家不同，生活背景差异。其时，美国抗疫初设摊子，尚未呈一副烂摊子乱象。张文宏表达如下观点：

1. 美国检测速度非常快，显示了美国的科技力量。检测快，降低了传播。

2. 美国人年轻人感染多，因为年轻人不戴口罩，社交活动多。

3. 美国的ICU病床的数量在全世界都是高的，所以就算在美国得了重症，也可以得到很好的治疗。

4. 欧美人都不喜欢戴口罩，是他们的文化决定的。你在美国要求别人都戴口罩，他们很难接受。加州得病率大约万分之一。为了这万分之一的概率，让美国人戴口罩，效率低，而且他们很难接受。

5. 无症状携带病毒不是主流。

6. 在人群聚集的地方，戴口罩是必要的。保持社交距离。

7. 美国各州抗疫在早期不同步，这是正常现象。川普后面有全球最好的医疗团队。大家要有信心。

8. 上海当时我们重点找出来自武汉的携带者。马里兰也是采取这样的做法。

9. 上海的防疫是 shut down，武汉是 lock down，上海没有完全封闭，居民生活影响小。

10. 隔离和检测都做得好，韩国，很快控制住了。

11. 美国现存医疗资源和生产能力都很强。多长时间能控制住，看他们采取哪种方式。我个人觉得美国政府会采取最合适的政策。

12. 留学生就算买的是最便宜的保险，这个新冠也是覆盖的。

13. 中国两个月经验，对美国是有帮助的。80%的人可以自己熬过去的。目前为止还没有确切的有效药品。20%的人需要氧疗，需要去医院。5%的重症更需要去医院。以美国的医疗体制，他们知道自己的极限是什么。意大利发生了医疗挤兑。目前纽约的呼吸机配置是充足的。美国ICU床位超过德国。

14. 发烧了，多吃有营养的东西，鸡蛋牛奶。休息，不要哭泣。国内亲人的关心都是负担。

15. 呼吸困难，走楼梯困难，去医院！年轻人大概率没有问题。如果碰到住院困难，找大使馆。

16. 是否空气传播，要排除其他因素。洗手比口罩重要！99％的病人都能找到传播源。空气传播的概率非常低。密闭空间比如病房给病人插管时有空气传播。如果担心，电梯里戴口罩。电梯按钮用牙签。

17. 回不回国这个问题压力好大，要回来的，不需要三级防护（护目镜、防护服、头盔），穿得像太空人一样没有必要。N95口罩就可以了。

18. 机舱高风险。保证长时间戴口罩。最大的风险是登机前。

19. 上海每天海关进入几万人，海关服务有不到位现象。海关能做到现在这样的服务已经不错了。

20. 去超市挑人少的时候，保持和别人一米以上的社交距离。回家以后立刻洗手。不戴口罩也没问题。保持社交距离，不要聚众吃饭。

21. "宅"和对生病的恐惧，会保护好你。

22. 学生问：纽约大学患病的学生得到了很好的治疗。需要购买什么药物防御？张文宏答：目前为止保健品没有作用。张文宏补充说：不外出闲逛比囤药强。华裔医生自己都不吃保健品。不一定要吃。氯喹的作用还需要临床数据验证，不建议服用。最好的药物是多喝水，多喝牛奶，不出去混。年轻人，这个时候不要到处瞎混。

23. 收到信件处理完，洗个手。上海350个病人，都是有传染源的。所以，其他途径的传播概率很小。

24. 美国医疗条件和人员素质是没有问题的。体制问题，各州防疫不一致。但是他们的防疫是有数据模型推算的，他们非常清楚自己的底线在哪里。留在那里的可以放心。峰值到来之前，宅在家里，不要聚会，勤洗手。全球疫情发展何时终结，事实上取决于控制得最差的国家，而不是控制得最好的国家，也就是常说的"木桶效应"。

张文宏是个医生，留过美，对美国的"现存医疗资源和生产能力"，心知肚明。他对美国社会的"不喜欢戴口罩"了如指掌，所以再三关照，"不要瞎混"。但美国政治，显然超出他的专业范畴，无法预判，"美国医疗条件和人员素质是没有问题的"，但美国政治的问题，后来如此"野豁豁"，没有人会想到。3月22日，福奇在接受《科学》杂志专访时，被问道："你最近怎样？"福奇博士答："有点精疲力竭。除此之外，我感觉还挺好的。我是说，目前来看，我还没感染上新冠病毒，也还没被炒鱿鱼。"

疫情暴发以来，这样的视频连线国际抗疫医学交流活动，接踵而至。中国积极向世界各国分享抗疫经验，专门建立疫情防控和临床诊治领域的在线"知识中心"和国际合作专家库。至3月26日，已通过远程视频的方式，与一百多个国家和地区举办近三十场技术交流会议。其间，张文宏马不停蹄，频繁现身，有"民间大使"之称。世界各国或地区，如英国、法国、德国、孟加拉国等，都有国际连线，只要安排得出时间，张文宏都积极参与，通过网上答疑，给全球华人和留学生提供及时指导。

2. 常识

这是疫情期间，张文宏的典型一天。他几乎总是踏着时钟的一个一个时间点上，行进于这个城市的几条规定线路。在几个地点现身，做一些事情。误差以分钟计——最常规的是，早上6点，如果是在上海家中，离家出发，先驱车一个多小时，到金山上海市公共卫生临床中心查房，协调新冠肺炎患者的救治。下午或者傍晚，尽可能回上海静安区华山路乌鲁木齐路的华山总院。然后，披星戴月，回金山，为第二天早上争取点时间——在防控指挥部东楼，他的单人标房，落脚。疫情初期，他常在此地落脚、过夜。所有的会议、视频连线、媒体活动、报告讲座，诸如此类，穿插其间。

车上，张文宏开手机导航。他的讲述，或者与手机里的对话，经常被"林志玲"语音导航打断。问他——这些路线你几乎每天在走来回，为何还要开导航？张文宏答，我开车的时候，脑子还要想许多别的事情，根本没有时间和心相来记路。像认路这样的事，交给导航了，不会走冤枉路。说着，"林志玲"语音又响起来。过后，他问——我们刚刚说到哪儿？语音导航。再前面说什么？他与对话者努力回想。想起来了，我在打电话，有个项目申报，我们科的，可能过了申报期限，请管申报的"有关部门"负责人帮忙。这种事体，我也有求于人。我张文宏不是神通广大的，什么事体都搞得定的。好在，这些"有关部门"，都是熟人，大家客气的，有商有量。碰到我有求于人的事情，我也会说话寻寻开心，说要请人吃饭。诸如此类。人之常情呀。

日常生活里，社交圈子是不是很大，三教九流各色人等——做医生嘛，接触社会方方面面，结一张社会关系网，驾轻就熟。张文宏说，我人际关系很简单的。的确，如果要有一张属于自己的关系网，做医生的得天独厚，社会上什么人都有可能来求你。但你要晓得，这样的人际关系，那些应酬，会耗费你许多时间，耗费你许多精力，耗费你许多感情。有什么意思呢。年轻人，要出去"瞎混"，还好说说，我这样年纪的人，没有必要了。人际关系，说到底，保持距离，保持清净，这个是最要紧的。你帮得了别人的，不要推辞——你是医生，救人是本分。你要人家帮忙的，是真的有事情，那就不要怕难为情，态度诚恳，请求人家帮忙。人家对你基本上也是了解的——你平时的为人，大家看得见。人家帮了你的，一般不会拒绝。这时候，搞点社交，还来得及的。平时嘛，专注于人际关系，弄得太吃力，太伤身体，或者搞出很多事体，就没有什么意思了。

重起炉灶，开始一个新话题。

3月30日，下午4点多，张文宏回到华山总院，先去往二楼重症病区查房。然后，他抓住艾静文等几位年轻医生，开个短会。艾静文是主治医师，疫情期间，是张文宏"抓差"最多的人，除了看病救治，还客串张文宏助理——协助处理文案、对外沟通、媒体联络等事务。

有许多时候，张文宏忙得像一根绷紧的皮筋。常人几乎要崩溃。张文宏不会。他细致有加，忙里偷闲，弄点情趣出来，调剂气氛。华山医院感染病中心和复旦一所实验室一起，向法国巴斯德研究所捐赠一万个咽拭子。打包，装箱，贴纸。疫情当前，大有人发思古之幽情，在人类互相伸出援手之际，录古诗以怡情。张文宏唤人，取"笔墨"伺候。助手送上黑色马克笔与A4白纸。张文宏一笔一画，行文古朴，自右向左，录苏辙诗：

"艰难本何求，缓急肯相负。故人在万里，不复为薄厚。"

其间，张文宏想起，之前自己手书致中国驻美大使崔天凯亲笔信，遂关照一个年轻医生——明天要么将此信亲手交给上海外办的同志，要么让外办的人来取走。至于此信如何送达崔大使手上，他不晓得。

崔大使对张文宏百忙之中为在美留学生及华人华侨现场答疑释惑，专门写信致谢。信中，崔天凯称赞张文宏，"您的科学态度、务实精神、基于专业知识又'接地气'的解说，对于大家全面认识问题、做好有效防范、避免不必要恐慌，都极其有益、十分及时"。信中，大使还表示，张文宏亲率党员上一线的行为，"是我们学习的榜样"，"我和使馆的同志们会守好我们的岗位，打赢我们的战斗"。文末，崔天凯表示，自己出生在上海，疫情过后，争取能回到家乡看看，并拜访张文宏。

张文宏同样以传统书信体，用华山医院专用信笺，亲笔拟就、誊抄一封回信。张文宏在信中说，大使的信给人"见字如面"的感觉，字里行间从容而温暖。"谁能想到竟是当前的国际抗疫局面最为纷繁复杂与艰难的时刻呢？您在此时展现如此温文尔雅但又坚定不移之决心，彰显了中华民族的文化魅力。"

张文宏称赞崔天凯在疫情危机中坚守岗位，"您的话语不仅仅安慰了在美的留学生，更多的是安慰了这些留学生的父母亲"，"崔大使现在就形同他们的父母，时刻守在他们的身边"。

张文宏还表示，美国的疫情还在蔓延，如有需要，复旦大学感染团队愿意为海外学子开放网络咨询通道，为留学生们提供可靠的解答，"这也是一份来自您家乡的问候"。同时，张文宏希望，抗疫胜利时，崔天凯一定要回家乡，"一起在您家附近的小酒馆里把酒言欢"。

4月30日，国务院联防联控新闻发布会上，张文宏表示，看到崔天凯大使的信后，"我非常高兴。我为我们的科普工作感到非常自豪。这并不仅是因为大使给我写信了，而是觉得我可以帮到在海外的学子、侨胞。大使给我写信，就是告诉我，这些科普工作稳定了他们恐惧、焦躁的情绪，而且让他们了解了防疫知识"。

一个多月后——5月初，有媒体报道，中国驻美大使馆收到张文宏给中国驻美大使崔天凯的回信。这封书信走了传统的邮路，颇返璞归真。大使期待，未来在上海某个小酒馆，两人把酒言欢，"古今多少事，都付笑谈中"。

张文宏说起此事，连称——崔大使的字老好看的。大使是1952年生的，老派人。他晓得，自己不算"老派"，写的字，不管如何，是努力了。"现在是，这么难看的字，也拿出来了。"私下里，张文宏自嘲。

医生提笔书写，病历处方写多了，习以为常，总是要拿出来给人看的。张文宏就"拿出来"——捐给上海图书馆。4月23日——世界读书日。上图策划展览"砥砺前行——2020年各界名家抗疫寄语手稿展"。2月初，馆长陈超便向张文宏发出书写寄语的邀请。张文宏执笔，在上海市公共卫生临床中心住地，用便笺，书写寄语"冬将尽，春可期，山河无恙，人间皆安"，拍照发至上图。当日，即被大量转发。后得知，上图是要一本正经办展览的，张文宏特地用毛笔和墨汁，重新书写一份。这是上图在此次布展前收到的最后一份寄语原件。张文宏一定对崔天凯大使的一手好字印象深刻，遂将大使亲笔感谢信原件，一并捐赠。好看难看，无所谓。

2020年3月31日，上午，张文宏照例去金山公共卫生临床中心查房；午后，没有午休，参加两个连线活动。他的博士生、去年毕业留在华山医院的李杨，一直陪在身边。在李杨设置网络连线的空隙，张文宏喝杯咖啡。做完第一场与复旦的专场连线后，确定下线，李杨再来帮忙连线另一个场子。

张文宏退一边，从自己硕大的双肩包里，掏出领带系上，这是准备与"台湾中天新闻"连线，对此类重大的视频连线，张文宏有点讲究，正装亮相。近年来，他参加类似活动，着装基本是金色纽扣的深蓝色西装，配若干件衬衫。这身行头，凑近看，西装左肩甲至前襟边沿处，长期与双肩包背带摩擦，显旧。

连线后，他启程，去上海市疾控中心参加一个会议。会毕，晚6点钟敲过，开车回华山总院。一边开车，一边用外放打电话。不算违反交通法规。遇堵车，点踩刹车，一边捏手机，看上面的文档。过了堵车路段后，正常行驶，将手机交给副驾驶座上的李杨。李杨读，张文宏听。

再遇到红灯，张文宏打哈欠了，头在方向盘上靠一靠，左手抱胸，右手拇指食指在两眼之间揉压——做学生时代的眼保健操第二节"挤按睛明穴"。他疲惫至极，垂首，闭眼，问李杨"无症状感染者"的研究进度，再追问——要联系的人是否已经联系。

晚7点，回到华山总院。

有许多时候，张文宏的状态很疲惫。于是，便有他"咖啡续命"一说。

他喝咖啡。在他的华山医院感染科主任办公室里，紧挨办公桌的，便是一只咖啡机，他打电脑的时候，胳膊肘时不时会碰上咖啡机出水口。他说，这只咖啡机——老好的，一只口子出来浓咖啡，一只口子可以放出来稍微淡一点的。他这样说着，喝一口咖啡，像煞做咖啡系列产品代言。

"现在人家注意我的生活，连吃咖啡这样的细节也不放过。他们的意思就是，我老吃力的。忙一点又有什么奇怪的。"张文宏反倒有些奇怪，"你选择了这个行业，就是选择了负重前行。"比起那些在武汉一线作战的医护人员——你觉得如果要关注，谁更值得被关注？

有采访的记者，想要探寻他的个人生活，张文宏立即叫停：我们医务人员只想救好病人，不需要讲自己。

张文宏气定神闲，态度不卑不亢，来自他自身以及所带领的华山医院感染科的实力。

张文宏是个医生。医生的情感是不是比较细腻？更注重细节？问他，一边看他的表情，面部反应。他也看牢你。当问他问题他又不大想回答的时候，他就这样看牢你。这是职业医生的样子，就像在对你说：我是医生，只有我来看你的毛病，你看牢我做啥？

还可以吧，他回答。不得要领，但他会做给你看。

一个人的语言魅力，在于他讲给你听

的是生活常识，而常识自有其魅力，便在于"一听就懂，没有人会反驳"。张文宏的话语里有许多重要科普，太常识，常识到是幼稚园的小朋友水准——新冠不仅完全可以预防，而且预防方式简单：保持社交距离、洗手、戴口罩。

"我没有看到哪个人这三点都做得特别好，还被感染的。"张文宏给人一颗基本常识的定心丸。你再听不懂，听不进，你连幼稚园小朋友也不如。

说点大的，大至全世界——每个国家采取的抗疫措施都是合理的，都做得非常好，中国只是采取了最适合我们的方式。张文宏此说法，有别于通常的"我们可以被人抄作业"。低调得太多。心态不同，张文宏表达的是对常识与科学的态度。哪个国家不想在短时间内抗疫成功，过太平日子。但不是每个国家的民众都能配合得非常好，不是每个国家都有以"人民至上""生命至上"为执政理念的政府，不是每个国家的政府都能够这么说话算数，有说得到、做得到的行政执行能力。放眼全球，基本上没有哪个国家可以如中国那样——说闷就闷，说屏牢就屏牢，说上一线就上一线，说捐款就捐款……中国这作业，不是随便可以抄得出来的。

疫情严酷，人易动感情，情绪波动。捐款捐物，人之常情。但也有人比拼，甚至非议不捐助的明星、企业家。张文宏的意思——算啦，这没有什么好攀比的。学生呆在宿舍里学习，boss让员工安心呆在家里，都是贡献。"你老是给我们捐什么东西，捐这个，捐那个，其实我不需要的，你只要自己的员工在隔离点或者自己在家里工作，你就算他上班嘛，那你也是对社会做了重大贡献。所以这个节点，全国没有一个人不做贡献。"

世上最神奇的，不是传说中的神乎其神之物，而是常识。最令人感动的，也是常识。

常识有多种形式，表达也多种多样。钟南山院士是楷模，万众顶礼膜拜，连同钟南山院士八十多岁高龄还有的一身肌肉。张文宏说，你们别期待啊，在我这儿估计看不到肌肉。运动很好，但太累了。买过几次健身卡，一年去两三次，还有一次用了几个月，健身房却关门大吉了。钱被卷走。如此，没有肌肉。

我就爱看"无聊"的连续剧，不会太费脑，让自己可以很快放松下来。

说的也是常识。就像发生在自己身上一样，大家十分体悟。

提倡分餐制，张文宏竭力推广——分餐制解决了公众一起吃饭，把口罩摘下来以后该怎么做，是非常重要的，给生活恢复常态化提供了"武器"。

张文宏说，分餐是一个概念。比如说豆沙甜汤，每个人用自己的勺子去舀，那这锅豆沙汤团，就是一锅洗调羹的水。但是，我们在外面觉得恶心，在家往往就不觉得。还有，拿自己筷子给别人夹菜，在中国认为是好客的表现。张文宏指着同台出席论坛的复旦大学上海医学院副院长吴凡诙谐地说："你说，如果吴院长给我夹菜，我到底吃呢还是不吃？"

张文宏科普——新冠肺炎疫情大部分是通过呼吸道传播，但唾液里有大量的病毒，所以这次疫情有很多情况就是一家人得病。因此从流行病学的角度来说，分餐制是很重要的事情。最可怕的是什么？是别人用自己的筷子给你夹菜。

张文宏当然会说点专业的给你听："我

们读的这个专业，知识面很广，涉及吃饭喝酒，睡觉做梦。所以对用餐的卫生标准更严格。你看到的是菜是酒，我看到的全是病毒细菌，还要夹给我吃，怎么可能？现阶段，吃饭用分餐制，是我们可以做到的。所以分餐制不是倡导不倡导的问题，是你一定要做的事情。你今天不分餐，就是裸奔，很危险。想想就很可怕。睡觉也不踏实。"

复旦大学上海医学院副院长吴凡说，不能封锁生活，生活要缤纷多彩，两者要平衡。公勺公筷分餐制，就是找到平衡点。中国的传统习俗，关系好才一锅吃，分餐感情在哪里？其实不然。吴凡表示，分餐不仅防止传染，还涉及营养问题。分餐好处，吃多少，都在眼前，看到总量，也看到不同菜的搭配。品种上有概念，总量也有控制，对摄入优质蛋白有所帮助。

在大家的想象中，医生博士专家学者都是一派温文尔雅彬彬有礼的样子。张文宏说，不是的。专家到了这份上吧，我看了，脾气没有一个好。每个人都极端自信，吵架是经常的。大家看到医生都是文质彬彬，那都是假的。水平越高的医生，脾气越大。但是有一点，每个人都抱着对病人极端负责任的态度，否则我们吵什么呀，你好我好大家好，对不对？最后达成一致，怎样对病人最有利就怎样去做。

张文宏最让人听得进的一段话，是他对"老实人被欺负"的理解。他说，像我们在社会上，大家经常感觉老是被人欺负。事实上，年轻人成长的历程难免会一路坎坷。等你自己资历变高了以后就要善待比你年资低、权力没你大的人。我们被人欺负的时候，基本上可以做的事只有两件，一是人家怎么欺负你，你就怎么欺负别人，此不足取；另外一个是多读书，成为境界更高的人。当你境界更高，就可以正确对待社会上的竞争，你也晓得善待他人了。

善待他人，是一种做人的基本道理。也是常识。有很多地方、有很多方式可以善待他人，这取决于你是多高地位，有多少权力。张文宏说，我是科室主任，"不欺负老实人"，在我这个不到五十个人的地方，我可以做主，可以做得到。我不是非常鼓励大家加班加点，这本身也不怎么人道。我们没有理由叫"听话的人"抛弃自己的家庭，在这里无休无止地工作。除非你热爱得不得了，但对很多普通人来说，它也就是一份工作。你不能用"高尚"啊这些词来绑架别人。医护人员最需要什么？张文宏说，他们最应该有免于受伤的权利。但放到大社会上，我不能保证老实人不被欺负。社会法则里，没有什么"老实人"的明确界定。在自然法则里有弱肉强食，但是我们人类社会应该努力去避免。

人们听得进张文宏讲话，听得扎劲。张文宏心里晓得——这事儿出来，因为我懂这事儿，所以大家喜欢听我的。你以为大家爱听我讲话啊？等这个事情过了，大家该看电视的看电视，该追剧的追剧，谁要看我啊？等疫情结束，大幕落下，我自然会 silently（安静地）走开。

张文宏之语，大道至简，都是简单的词儿。他说，我讲话，你听得进去。如果全部是我们医生之间说的那些话，你听进去也没用，你不懂。讲给你听的话，是你听得懂的。但你不要以为这些都是常识，小朋友也懂得，你懂了，就不当一回事儿。是啊。都是俗词儿，没有什么特别风雅，当然也无伤大雅。

3. 仁心

3月26日晚，张文宏回到华山医院感染科，作为党支部书记，在很短时间里，开了个支部会议。然后在发热留观病房查了一次房。他召集负责医生，详细了解病人病情、生命体征、用药情况及情绪状态等。常规的查病房，但他一样全神贯注，还不忘安抚留观病人。

周岘医生，曾跟着张文宏抄方。他看到过张文宏一张别样的"处方"——一对年过古稀的老年夫妇来看门诊。张文宏询问病情后，发现老夫妻俩年事已高，听力下降，腿脚不便，身边无年轻人陪伴。于是，取一处方纸，翻过来，在背面一笔一画地写着——

"1. 先去挂号收费处缴费；2. 去1楼抽血；3. 下礼拜一再到1楼拿报告；4. 下礼拜一拿到报告后到××号诊室给我看；5. 不要再挂号！"

众人皆知，医生写病历写处方，字迹潦草，俗称"天书"，是医生写给医生看的，病人看不懂。为了争取时间接诊更多的病人，张文宏的病历书写得也快，甚至有些潦草，一般人基本看不懂。但这一次，不一样。

周岘医生称："张老师平时门诊病历写字还是很快的，字迹也有点潦草，但他写给老夫妇的这张便笺上，字写得很大，很清楚。那一刻，我就被老师暖到了！"

张文宏待病人很好。刘其会医师说，三甲医院的门诊，向来嘈杂拥挤，但恰恰是在这个不足四平方米的空间内，张文宏用实际行动诠释什么是"好医生"。

他查病房问诊的时候，大多会坐在会议室中央，听汇报，一边在想。仿佛在想象病人的样子，或者病毒的样子，还有对付病毒的方子。

病案逐一汇报，症状分析，病情趋势，其间有诸多逻辑推理——讨论用药剂量，甚至还包括病患与家属心理、家庭成员、社会关系、家庭经济状况分析……一番"纸上谈兵"后，张文宏要去病房。

"我要去看一看。"他说，"我们医生经常讲要做'临床'，什么叫临床？就是临近病床。"在他眼睛里，每一个病人都是有新意的——他的意思是说，没有两个完全一式一样的病象。来一个，是一个。

2013年，一名男孩在苏州被查出患罕见腰椎嗜酸细胞肉芽肿，历经手术和13次放疗仍然高烧不退、昏迷不醒。

束手无策的当地医生辗转联系到正在出差的张文宏，希望张文宏"过来看看"。张文宏连夜赶到苏州医院，为男孩"看看"，他提出调整用药，并帮助孩子转到华山感染科住院治疗。终于转危为安。

时临春节，孩子因为用药敏感，引发双脚剧痛，再进华山感染科病房。张文宏主动帮助联系各科专家前来会诊，一次次地调整用药。

某夜，患者睡着了，陪护的家属睡眼惺忪，懵懵懂懂看到张文宏的身影，他们都不敢相信——这么晚，大专家张文宏还会来查房。

张文宏说，我过来看看，看到孩子病情稳定后，我就放心回家。

前几年，某男去外国沙漠地区旅游回来，手肿如蹄。投医华山医院感染科。张文宏晓得，传染科"怪病"多，大多数看也没有看见过。眼前便是一个。轻轻触摸其手，此人疼得眼泪直流，说话带喘。"看着心里非常难过。"张文宏说。病人告诉张文宏，曾辗转去美国诊治，那里的医生会诊后说——截肢。老干脆了。心有不甘，再回来，求医，边说边哀求："帮帮我，我不想成为残疾人，家人还指望我。"

张文宏说——你这是马拉多纳的上帝之手啊。是一只冠军的手哦。人家左手摸右手，没有感觉也要白头偕老。你如果一只手没有了，另外一只手摸不着了，白头偕老也要完结了。就为这，我也要保牢你的手。

病人一听，忘记疼，笑起来。

"有点像创伤弧菌引起的。"张文宏心里有点底。抓紧时间，时间就是"一只手"。他与同事们连夜加班，做无数次的求证，最后，次日上午便证实病因，探讨医疗方案，对症下药。患者的手奇迹般地保住了。病人复诊的时候，连声道谢。张文宏说，不用感谢我，是你的左手太太舍不得跟你离婚。你现在摸上去，感觉老好的。

病人再次被逗乐，说，医生是再生父母不假，是千年难觅的"超级红娘"也对。

有病人，知识分子，喜翻书，会"百度"，自己身上的毛病，先按图索骥般地自查。看医生，什么都要问，要"知情权"，什么都要弄得一清二楚。张文宏带着团队医生去查房，老先生问肺炎重症的医疗过程，用什么什么药，是否有效，其他什么药，是不是更有效。医生见其"很懂"，便很专业地解释一番，言毕，老先生摇头——我一句没听懂。张文宏一旁插话："就是现在临床试验结果没出来前，试用药就是你的女朋友，等结果出来后，你就知道她是不是你的老婆了。"

老先生听后，笑出声："我懂了，我懂了，就像我跟我家老太婆谈恋爱，没有结婚之前，一切不作数。"

查病房至尾声，像一次涤荡一切的清扫。"扫帚不到，灰尘照例不会自己跑掉。"疑难杂症也许还是有疑难，病毒犹存，细菌还在，但先可以做点什么，杀菌消毒。收起一点眼泪，点起一点希望的火苗，成为慰藉病患和家属一个方法。不要轻信手到病除，或者药到病除。大多数可以看好的毛病，其实不算毛病，是人体本身的免疫力丧失，再得到恢复，医生不过是帮助做到了恢复。大多数看不好的毛病，人体本身的免疫力衰减，直至医生也无法恢复。

类似生死之间的话语，医生不一定都会说给人听，其实平时已经说过很多，听者没有毛病的时候，万众一心，听过算数。但现在我们要记得，什么叫"仁心"——这是尊重每一个生命，既不俯视，亦非仰视，以真诚的心态，平视世间万物。

用不着数据，也不是全写纸上的病例或处方。每个人都是活生生的、掌握着自己的编年史的个体。他们是人民，是国家，是整个地球。

关于查病房，有一段子——张文宏查病房，事毕，有记者从旁询问："这次查房还顺利吗？"张文宏回道："你吃完一顿饭，会问自己今天吃饭顺利吗？"

家常便饭。张文宏如此硬核喊话，底气十足。在日常医疗救治是如此，疫情暴发的非常时期，亦如此。此等自信，源之于"我们团队，医生护士都很优秀，经验丰富，非常令人放心。短短几天时间，已经梳理形成了大量的流程、标准，同时根据国家发布的最新指南不断地在更新，部分也是为了供同行参考"。

张文宏还说："其实也不是非要我查房，但我为什么坚持一有空就去病房？主要是为了给我们的团队鼓鼓劲，加加油。"

私下里，张文宏说："我喊出一线岗位全部换上党员，没有讨价还价。我自己呢？我要为我讲出的话负责，也就是，要做出样子来。"

许多年来，医生拿红包，似乎天经地义。说老实话，身患顽疾，病家给主治医师递个红包，有许多时候，也讨了个心安。许多人还为送不上红包犯愁。这是事实。

张文宏是这样看待这个事情。"我理解病家的心情。但作为一个医生，无论红包多厚，我都不会因为它毁坏掉医生的形象……"

话似乎讲得太严肃。张文宏又说一句："很多病人其实经济并不宽裕，本应把钱用在治疗上。"

这话真的不是口头说说的。几年前，张文宏接诊一个男孩——脑外科手术后合并中枢神经系统感染。华山医院感染科会同相关科室医生精心准备治疗方案。男孩病情得到控制。张文宏查病房，他一贯做法是——看病情，也看病人的心情。这一次，他发现病人与家属似有不悦。不解，细询之，病家道出真相——原来病人是家中小弟，其治疗费超出预算，将其姐上大学的一万元学费给开销了。由此将造成姐姐辍学。

不读书，这哪能可以！张文宏当场与参与救治的华山医院神经外科主任医师秦智勇商议——就一万元的事儿，我们俩包揽下来，如何？我捐 5000 元，你也捐个 5000 元。

张文宏当然心里有数——秦智勇，这人心肠好，跟他开这个口，出 5000 元，非伤筋动骨，不会回绝。秦智勇医师当即说，你先给上一万元，我马上打 5000 元给你。这两人一拍即合。好人合伙一道做桩好事，岂非快意。张文宏记得，两人前脚讲好，后脚张文宏还未回到自己的医生办公室，手机转账信息通知——5000 元到账。

有老年病人出院。一家子，提大包小包，要赶火车，在华山医院门口候车。张文宏开车出院门，看到后立刻按下车窗，"快点上来，我送你们去火车站。"病人一家老小感激不尽。

"那病人的老家是盱眙。"张文宏记得，"当地盛产小龙虾，后来还专门快递送到华山医院。有时候病人看好毛病，送点水果鸡蛋之类的土特产，我还是收下的。人家也是一番心意。再说也不用很多钱。你看到我办公室地上放的两大包面饼，也是乡下人送的。乡下人用他们自己朴实的劳动方式向你表达朴素的感情。你硬要拒绝，我觉得不大好。这正是乡下人好的地方。所以，我对乡下人一直老好的。"张文宏说这话，态度严肃认真。

唯大英雄能本色，是真名士自风流。张文宏自有其抱朴守拙之古意，朴实无华，名士之风，景而仰之。网络世界，万人称颂，互联网上，通常做法是——点赞，留言。其中不少是张文宏曾经的病人或病患家属。他们会想起来——

"十年前张主任给我孩子看过病，不但医术好，人也非常绅士儒雅暖心，一边看病一边夸孩子聪明，让我们不要紧张。知道我们是外地的，还主动把自己的手机号留给我们。"

有人称张文宏为"神医"、"仁医"——

一场疫情，公众熟识张文宏，已如自家亲人一般。街谈巷议，见识其对疫情的精准分析，领略其口才风采。张文宏和他的话语，他的人品，甚至相貌特征，均为谈资。是一个热点。网友讲述——一个偶然的机会，旁听得知张文宏医生经手一治疗案例，啧啧称奇。

"病家不用开口，便知病情根源。说得对，吃我的药，说得不对，分文不取。"现代京剧《沙家浜》台词，流行于半个世纪前。剧情与医家无关，乃中共地下党县委"程书记"，为解救受困于沙家浜芦苇荡的新四军伤员，扮行医郎中，至春来茶馆，与阿庆嫂、沙奶奶接头暗语。那些上了年纪的网友，便是在咖啡店闲聊，不经意间，聊起张文宏，随口念白，兴之所至，起唱腔，西皮二六："病情不重休惦念，心静自然少忧烦，家中有人勤照看，草药一剂保平安。"故事由此，细细道来——

当年黑龙江"插队"同学，多年前大病一场，不幸中之万幸，死里逃生，称其运气好，命大，逃过一劫。其实当时病重，自述肝腹水已压迫至胸腔。原来担任主治的主任医师，束手无策，一帮"黑兄黑妹"，深为担忧，似乎此番在劫难逃。事情反转，是有一位国外回来的主任医生，接手治疗。数月后，竟硬生生地将此病患从死亡线边缘拉了回来。这些年来，活得很好，忙里忙外，一点看不出是鬼门关里转了一圈回来的人。老同学透露："你们可知，给我治疗的医生为谁？""是谁？""乃张文宏也。"众人惊道："张文宏不是华山医院传染科吗？""我的肝病正是属于传染科的。"同学说，原来自己所在的医院主治的主任医生，最后想到张文宏，力荐，并当即联系张文宏过来会诊。张文宏接了电话，说正在开会，会后即到。下班以前，张文宏如约而至。还记得，那时候，张文宏是骑自行车的，从华山医院到与华山医院有协作关系的地段医院来。过来以后，闲话不多，当场查看各种资料，安排查体。对病患说，按我的办法治疗，有50％治疗成功的希望。病家暗喜，又存疑，一般碰到这样的疑难杂症，医生不大会打保票，百分之五十的保票也不会打。张文宏敢这样讲，对一个濒临死亡之人来说，几乎是重生之曙光。就此可以看出，张文宏之坦诚、自信。不同凡响。接着，张文宏医生开处方，吊上各种药物，还关照，每天要检查排尿数量，排尿够数量了，就有希望了。另外，张文宏告诉病家，尽可能弄一些球蛋白针剂。张文宏说："我这里只有两针，今天先用上，其余的，希望你们通过一切办法去搞。"张文宏最后关照，要准备持久战，这是一场大战役，论持久战，晓得吗？就是先战略退却，然后战略相持，最后战略反攻。到了反攻阶段，光明就在前面了。一番幽默之语，同时鼓舞人。令病家感动万分。按照社会通行惯例，也是对张医生的真心感谢，病家取出红包。不料，张医生一口拒绝——

你们治病买药需要很多钱，你们给我红包，老实说，我也会交给医院纪委的。对我来说，这只是增加我们医院纪委工作的一个记录，有啥意思呢。对你们来说，这是救命的钱。张医生如此坦诚，病家作罢，心里还是忐忑，不知张医生能否尽心尽力。啥人晓得，自张文宏接手后，除了忙于华山医院日常工作，每隔一天，准时骑着自行车过来查房。从未耽误。有一天，张文宏便说——第三阶段也胜利了，大功告成，你可以迎接解放了。病家看到一片光明。待张文宏走后，其他的医生告诉病家，你们可晓得，此次治疗成功，全靠张医生，他开出的处方，用药剂量之大，换了其他医生，想都不敢想。人说，艺高人胆大，由此可以看出张文宏医生的精湛医术。网友留言道：

"这是发生在我身边的事，我觉得一定要将它写出来，以颂扬张文宏医生，也颂扬一大批在医疗战线类似张文宏医生的医护人员。原来我准备的题目是《神医张文宏》，后来一想，这只是颂扬了他的起死回生的精湛医术，还不能包括他的医者仁心的医德，我想到，在抗疫期间，他一句将第一线的医护人员都换成共产党员，感动多少老百姓，也激励多少共产党员的责任心和不忘初心。这一句话，不是平白地喊出来的，是他内心的真诚表达。'水管子里流的是水，血管里流的是血'，这一刻，我对他在疫情中能喊出这样的口号，更能深刻理解，也升华了我对此文标题的认知。所以我决定用《神医和仁医张文宏》，不仅颂扬张文宏医生的精湛医术，更想赞扬他医者仁心的医德。"

作者还特意备注：我是旁听者，由于感动，就写了这篇小文，如有不实之处，文责自负。

网友说的这个故事，引众人好奇，又发掘出张文宏另一个故事——有人在电视台的一个节目里，看到有中国援非员工，得怪病，求医不得。无助之际，张文宏所在团队的卢清医生得知，判断这可能是一种罕见的感染性疾病，随时有生命危险。后经张文宏如福尔摩斯一般的推理、验证，得出患者被"布氏冈比亚锥虫"感染，随后，他们从瑞士日内瓦进口特效药，在72小时之内，患者得到救治。

有一位网友，挂过张文宏的门诊，留言称："我因为长期发烧，去看过他的门诊，他直接给我说，你没病，你就是最近生活有点不顺。"

另有女性网友，在"被医生误诊是一种什么体验？"的问答里，提到张文宏——家人在被误诊后，转院至华山医院，主治医生恰好是张文宏的学生——"我们的主治医生更赞，效率高又很专业，同样没架子，他给我老公做腰穿，一直开玩笑拉家常，又说让我老公改变生活习惯戒烟戒酒"。网友接着说：他们（整个医疗团队）都很优秀，听病人说他们都是张文宏教授带出来的，百度一下，搜索出的只是说——很厉害的感染科教授，病友口碑更好，我们病房有个家庭条件很差的，张教授免了很多检查费。五一劳动节那天放假，张教授还过来查了房，病友看到他都很开心很激动，毕竟是救命恩人。听病友说，大年初一他也会过来看病人。

这些温暖人心的事，张文宏经常在做，但他总说："这些都是医者本分罢了。"

三十多年前，有个医生到上海徐家汇枫林桥，进上海第一医科大学，查询本人研究生考试成绩。校园内徘徊，正遇冷空气突袭，气温骤降。此医生便找到学生宿舍避寒，在楼梯口，碰到一位学生模样的，此同学看对方面孔陌生，晓得是外面来咨询的学生，冷得有点吃不消，忙回宿舍内，取自己毛衣送给素不相识的"准同学"。

现在晓得，这个送毛衣的学生，是张文宏。

"我将牢记尽管医学是一门（严谨的）科学，但是医生本人对病人的爱心、同情心及理解有时比外科的手术刀和药物还重要。"此语出自希波克拉底誓言，每个医学生读书辰光便奉为圣言。对张文宏而言，贯穿于他每一次问诊，及至整个职业生涯。

有许多时候，张文宏很严肃。他的学生多有领教。"病人的要求，我们就要尽全力去做！你耽误一两天也不行，赶快给我出方案，出结果，什么时候出，现在就定下来！"

"你在做全国耐毒药结核多中心研究，现在病人就在你身边，我们为什么不给他最精准的治疗？"

在华山西院查病房的时候，分析一个脑部感染的病人病情发展态势，张文宏忽然发问："你们有谁知道这个病人是怎么到我们华山医院来的吗？"众人不解，面面相觑。"我告诉你们，他是自己开车从杭州到上海来的。这只有我晓得。但这说明什么？说明一点，他之前的病灶，没有明显症状。做医生，当然是看病，但更要紧的是，看人——看这个病人，理解他，尽可能地了解他的全部。"

这便是"张爸""凶"的时候。在学生的记忆中，这些刻骨铭心——"张爸"凶，百分之九十九是因为病人。学生就此也记住，"张爸"眼里，"病人永远是第一位"！

2018年初，重症病房曾发生一起抗耐药菌交叉感染事件。之后，很长一段时间，张文宏查房时，总是手拿着手机，看到什么，随手拍照、录视频，一番操作。有护工在给病人翻身擦背时未按规定穿好隔离服，他录下来了，发给护士长周蕾。他随后下死命令——绝不允许耐药菌感染病人发生交叉感染。不然……他要采取严厉措施。所谓"严厉措施"，后来他常板着脸，一句话挂在嘴上："扣三千块钱。"挂在嘴上。实际上从没有人真被扣过钱。

张文宏在科室还有一句话经常挂在嘴上，那便是"有谁想当主任的，赶紧提出来，我当个老教授就好了。看门诊，看专家（门诊），皆可"。感染科的每个医生护士护工，听得耳朵出茧。

自诩"老教授"的张文宏，看门诊，独有妙招。

疫情之前，张文宏的常规是，每周一，出华山医院总院的特需门诊（挂号费318元），半天。每周四，出感染楼里的专家门诊（挂号费50元），半天。这两个门诊，均限号，每次20人。张文宏想多看点病人。2018年，他在周一下午，主动给自己加了一个普通门诊。普通门诊不限号，挂号费为50元。来看病的，85%以上都是外地人，感染病又是一种"穷病"，张文宏最见不得这些人为了挂号被医院门口的"黄牛"宰——作孽啊。他接诊，看毛病，第一件事情，便是提醒病人——下次来复诊时直接找我加号，不要挂号。

他还有"分身术"——同时在两个诊室摆开门诊接诊，各配有学生从旁相助，他从门诊室后面的医生通道，两边跑。张文宏脑子活络，脚头也快，两间诊室都不耽误。效率翻番。

艾静文读大学，是临床八年制的。大六的时候，实习轮岗，随张文宏出门诊。有时碰上病患难缠，便没有心相，嘴上嘀嘀咕咕。"老教授"张文宏心相好，告之："你知道中国人平均工资是多少吗？这百千把块钱，你也许觉得没什么，但对这个人来说，可能就是很大一笔钱。"

"感染科的岗位是很艰苦、很危险，但必须要有人去做。因为这不仅关系到一个病人，一个医院，还关系到一个城市，甚至一个国家。"张文宏说。一位同事这样点评张文宏——

"他就是个'超人'，为病人，为团队其他人都可以安排得妥妥当当，最后才会想到自己。"

"我只是你们职业生涯中的匆匆过客，而你们却是我的人生转折。"很多患者给华山感染科送过锦旗，这一面，被张文宏留下来，挂在了墙上。他经常会看上一眼。

同为复旦大学教授的著名作家王安忆——当然是中文系教授——回忆一次担任本校研究生面试考官的经历。一个报考临床医学的女生说，安乐死是一种"奇怪的人道主义"。王安忆问，是因为关系到亲人的感情吗，女生说："生命本身就有价值。"王安忆希望，本校不要错过这样的考生。

有许多人喜欢将王安忆与张爱玲作等同比较。王安忆对此女生以及"生命价值"的肯定和珍视，是她觉得自己与张爱玲之间的根本不同之处。"我和她的世界观不一样，张爱玲是冷眼看世界，我是热眼看世界。"

张文宏是临床医生，也是一个"热眼看世界"的人。他说过，他对每个疑难病例，都会在心里"盘"。有许多时候，他便是这样在"盘算"——思想。语言会变少，思想就出来了。这是他的原话，也是他的经验之谈。经验是需要反复思考来夯实的。所以，他对于如何走出狭小的生命体验这样的课题，不会太焦虑。令其焦虑的是，作为医生职业的"临床"——面对生死在自己手中翻云覆雨之间，一双热眼——对生命价值的肯定和珍视。一个作家与一个医生不谋而合。

临床经验就是这样。他在内心"盘算"，并非仅仅是推进治疗，而是完善治疗，以及沉浸于此的感同身受。对于医生来说，张文宏与大众有超强共情力。这是他得到大众热烈欢迎的关键。他大多数的语言，是在梳理自己工作和生活中感悟到的东西，以及由此产生的困惑，但有些时候，纯粹与写作一样，为了完成一个精彩的叙事。医学叙事与文学叙事一样，将生活和一个人恢复到原来的样子，也就是健康与快乐的样子。

4. 瑞安

1969年，张文宏出生于浙江省温州市瑞安县。

县城，城乡接合，农工商学混杂。动荡年代，辅以三教九流、五行八作人等，构成一种农商为本的城镇生活。

张文宏的父亲，本城某工厂的"技术员"。有点出类拔萃。"我父亲是浙江大学毕业的，也算知识分子，但那时候，在我们小县城，没有什么职称的概念，一般就叫'技术员'。我母亲，是个普通的小学教师。他们都是老实人。"

城镇一户老实人家，由工而学，由教而知识化、革命化，而后，以求学之路的故事为主线——张文宏标记自己少年青春记忆的地标，是瑞安一个叫城关镇的地方。一个记忆宽泛的小镇——老街、小桥、平房、院墙……一些地名——小东门街、水心街、文化巷、道院前街、堂横巷……"打铜担"穿街走巷，一路发出很独特的声音——嘭咔、嘭咔……去了来，来了去；脚踏车，手扶拖拉机，夹在慢吞吞的行人当中；街面房子和道路，整日湿漉漉；常年雨量充沛，还有台风；一番雨过，江头绿涨。这是张文宏曾经生活的一片区域。有许多时候，甚至不是一个地域概念，更像是一种生活方式。

瑞安有山，有海，有江，有河，有湖；主客交集，水光山色争妍。人物关系自然交织，于张文宏童年生活，纵横密布；有故事，有话语，诗情画意。单就"瑞安"之名，起于祥瑞之地，成于文化之功。千年文脉，人文渊薮，大家垂范，素有"东南小邹鲁"之誉。

清嘉庆《瑞安县志》载："天复二年有白乌栖县之集云阁，以为祥瑞，更名瑞安。"清乾隆《瑞安县志》载："唐天复二年有白乌栖于集云山，诏改安固为瑞安。"梁沈约《宋书·符瑞下》记："白乌，王者宗庙肃敬则至。"汉昭帝元凤三年，有数千白乌集中泰山，皇帝认为，是对施政方略之肯定，遂赐"瑞安"为地名，沿用至今。

白乌，白羽之乌，自然界所罕见，历代史书常有提及。白居易诗："此乌所止家，家产日夜丰。"比白乌作瑞物，赋予祥瑞之意。《东观汉记·王阜传》记："甘露降，白乌见，连有瑞应。"

1976年，张文宏入城关镇第一中心小学，开始其求学之路。这一年，中国结束"文革"十年动乱。百废待兴。

城关一小——如今的瑞安市玉海中心小学，其前身，可追溯至1902年，由孙诒让倡导，书法家池志澂、乡哲洪炳锵创办的县城西南隅蒙学堂。校址设在所坦街关帝庙；1931年，被定为县辅导小学之一；1940年，迁往马西桥宫，改名城厢西南镇中心国民小学；1950年，定为瑞安县城区西南示范小学，校长许冶荪，腾出自家住宅作学校分部；1956年春，与城区东南小学合并，改称城区第一小学。此时，学校已具规模，设分部5处，46个班级，3000多名学生；1963年，学校划分为城关一小和城关四小（今虹桥路小学）；1980年，一小更名为城关镇中心小学。学校从2000年改称安阳镇小，后更名为玉海中心小学。

一个小学堂，百年校史，数风流人物。名人校友榜上，可以看见这些名字——中华人民共和国国旗设计者曾联松，中科院院士孙义燧，著名发明家温邦彦，科学家张世演，博士生导师邵汝椿、周庭阳，高级工程师王监三、陈引亮、缪成夫，全国劳模洪景椿，男高音歌唱家张梓轩，著名歌手李慧珍，年轻一代的名家有——博士、学者张文宇、张文宏、陈增淦。

1976年至1981年，张文宏接受人生启蒙教育。小学毕业班主任兼语文老师周筱玉，概括儿时的张文宏：勤奋、好学、专注、上进、聪慧。

2019年1月，张文宏携家人回乡探访，与昔日老师们重聚。这是他离开家乡许多年以后，重回母校。他说："无论走到哪里，我都是玉小人！"他用粗水笔，在一张白纸上留言：

祝玉小的同学们　努力学习　成为国家的栋梁！

81届校友　张文宏
2019.1.1

一年以后，疫情暴发。玉海中心小学发动全体师生积极参与抗击疫情行动，"张文宏校友"是他们的榜样。体温测量和登记、隔离留观室、物资储备、卫生保健室建设、校园安防措施等，一应俱全。还有"张文宏启蒙学校医疗救护志愿者联盟"，非常瞩目。更有"玉小"之小同学，给"张文宏伯伯"写信。言语稚嫩，童心纯真，可感可亲。人道疫情无情，人有乡情，藕断丝连。须时常相忆，旧词便换新诗，赋就时，复寄吴笺。

敬爱的张文宏伯伯：

您好！

这段时间，我常常在新闻上看到您，看到您戴着口罩，给大家讲有关新冠肺炎的事情。

我悄悄地告诉您，我很怕这个新型冠状病毒，好几次晚上做噩梦都梦到这个"戴着王冠"的病毒，真希望它可以早点消失！还有，我听钟南山爷爷和您的话，一直"闷"在家里和疫情作战，寒假去北京旅游的计划都取消了。

现在，我们都在家上"空中课堂"。有一节数学课，只要我们算对算式，电视里就会发出"嘭"的一声，消灭一个病毒，我觉得有趣极了。还有一节课，老师让我们画一幅消灭病毒的图画，我画了戴口罩的您，写上"武汉加油"，并把它做成了一只小口罩。

昨天，妈妈说，我们瑞安市所有得新冠肺炎的病人都出院了。我听了开心地跳起来。妈妈还说，病人都治好出院，不仅是因为我们瑞安的医护人员很厉害，还因为您是他们的后盾。我虽然不大明白"后盾"的意思，但我想一定是很厉害的词语，是"英雄"的意思。我想，我们不久就可以回学校上课，还可以和好朋友一起玩耍啦！

说了这么多，不知道您还记不记得我。去年您回母校探望，我还是一名一年级的新生，您告诉我，要好好学习，长大以后为祖国做贡献。现在我真正明白"做贡献"的意思了，我要向您学习，以后也做一名英雄！

敬祝：身体健康，万事如意！

玉海中心小学二年级曾子轩

（指导老师：项怡华）

小学毕业后，张文宏以优异的成绩进瑞安中学读书。此中学堂，创始于1896年，百年历史之重点中学，培养出诸多院士，我国国旗的设计者曾联松，也毕业于此。

百年前，瑞中校训为"甄综术艺，以应时需"——1896年3月，瑞安中学创办人，年近五旬的孙诒让，亲笔写下这八个字。

此宗旨，百年树人，影响数代瑞安后生。

1884年，中法交战，瑞安沿海戒严，孙诒让与里人筹办团防。1894年，中日甲午战起，孙诒让负责瑞安筹防局。战败，痛心疾首，谓："时局多艰，此后恐无复仰屋著书之日。"山河破碎，最怵之念，读书著书。

1895年，马关条约签订。孙诒让闻之激愤，力倡兴儒救国之论，撰《兴儒会略例》二十一条并叙。

如此世道背景，他觉得，以往所读之书，恐无力解决新问题——他将瑞安算学书院改为瑞安学计馆，以致用为本——"甄综术艺、以应时需"。此为瑞安中学前身。

便有无数小镇后生，踩在先人肩胛上，往前走。

有人自称是张文宏高中同学的孩子，在网上留言回忆："张文宏是城关镇的，不住校。我爸住校，爷爷去世时我爸耽误了几天，他主动过来给我爸补习。"张文宏亲口证实："这个人讲的是对的。我有个同学，家里有事情，奔丧去了。回来后帮着给他补了课。他们农村来读书的住学校，我们镇上的，不住校。"

张文宏读高中，毕业时只有四个班。两个文科，两个理科。那时候，没有民办学校，没有出国留学。上世纪80年代，高考是他们走出去的唯一机会。

张文宏说："我父亲也算知识分子，80年代，中国进入邓小平倡导的改革开放时期，知识分子慢慢就有了职称，我父亲从技术员变为工程师，后来再做个副厂长什么的，管生产。我读书的确是蛮好的。如果读书不好，我可能就在瑞安，顶替父亲进工厂。那时候，有子女顶替父母进工厂的政策。我哥哥比我先考进大学。我如果考不上大学，也就顶替父亲进工厂，搬砖头。我读书的时候，身体不好，有哮喘毛病。身材单薄，肯定没有什么肌肉。你叫我怎么去搬砖头？只有好好读书。你说是吧？"

张文宏青年时期的模样，的确有点瘦弱。生涩之相，青葱岁月，跑步带喘的样儿。说"哮喘"，张文宏说："我生病，不好怪我的，是那时候的医生，没有看好我的毛病，后来自己做医生，先把自己的哮喘毛病看好了。"

很难说，张文宏因为要看好自己的"哮喘"毛病而确立学医的志向。但张文宏立志学医，做一个看毛病的医生，与"甄综术艺、以应时需"的瑞中校训，与瑞安百年来的乡学习俗，有密切关联。

玉海，得名于玉海楼——坐落于瑞安古城东北隅，是中国东南著名藏书楼之一。清光绪十五年（1889年），由太仆寺卿孙衣言创建，庋藏古籍甚富。孙氏父子因仰慕宋王应麟博极群书，遂以其巨著《玉海》名斯楼，以示藏书"若玉之珍贵，若海之浩瀚"。

孙诒让对人生是有要求，对读书，更有所求。长此以往，瑞安人心有灵犀：第一，要读书；第二，学以致用。

玉海楼由东往西，自金带桥起，沿忠义街，均有明显的标识建筑——林庆云宅、利济医学堂、心兰书社、陈葆善宅等，十余处古迹和历史建筑，分布于这条历史文化街区。自古至今，此地聚居达官贵人、文雅之士。历朝经代，碎步之间，旗亭酤酒，常发思古之幽情。小城尘封往事，文气浸润，书多文笔，记镇东街西。

瑞安建县，忠义街尚无型。至汉末，安乡侯蔡敬则，有功于民，去世后，吴帝孙权赐谥"忠义"，乡人建"忠义庙"祀之，因以名街。

利济医学堂，系陈虬、陈介石、陈葆善等为推行改良维新主张所办的我国新式中医学堂。创办于清光绪十一年（1885年）。办学十八九年，对中医事业的发展起卓越作用。陈虬，奉乡哲先贤学以致用，身体力行，手订《习医章程》，培养优秀中医师三百名有余。利济医学堂由此为中国第一所采取欧美办学制度和方法开办的新式中医学校，集教学、医疗、科研为一体。

学堂于1896年创办学报《利济医学堂报》，是师生倡议变法维新，开展医学争鸣的园地，深受各界重视。利济医学堂，由门屋、厢房、主楼、中草药圃组成，建筑风格中西混合。主楼面阔五间，西式构筑。与宋都桥、矮凳桥、塔桥、塔儿头……相辅相成。

如此点滴，记载忠义街兴衰遗痕，浓缩千百年来瑞安历史、文化乃至情感，一山一水，一城一池。一个地方的人，总有一种精神衣钵，历代相传。

旧友回忆，张文宏高中时期，便有意于医学——想当看毛病的医生。张文宏和他的家人——一家子老实人，耳濡目染，觉得这是一条实实在在的人生之路。瑞安人骨子里心得，读书有用。

1987年，张文宏高三毕业，考进上海医科大学（现复旦大学上海医学院），十三年本硕博连读，专修临床医学。一个青年"从小镇来到了大上海"。

这一年，瑞安撤县建市。城关镇，为瑞安市政府所在地。

上海医科大学的前身，可以追溯到1927年，在上海吴淞创办的第四中山大学医学院，这是第一家由中国人自办自教的医学院，创办者颜福庆，中国近代著名医学教育家，也是耶鲁大学第一位获得医学博士的亚洲人。1959年，上海医科大学就被教育部确定为全国16所重点高等院校之一，最早的一批海外归国的医学家都集中在这里。2000年，院校改革，上海医科大学和复旦大学合并办学，组建成为新的复旦大学，上医成为复旦大学上海医学院。

张文宏说："我一个乡下人，当时能够冲到上海来读书，也是蛮激动的。"他用一个"冲"字，诠释奋力冲刺之心。"知识改变命运"，在瑞安，文风兴盛之地，体力不好拼智力，也是硬碰硬的。

2019年高考，浙江省高考考生31.5万人，复旦大学上海医学院在浙江的招生名额仅三人，都属于八年制本博连读的临床医学专业。

选择学医，张文宏也许真的经过深思熟虑。他说，在中学里，我一直担任学习委员，好像是个"书呆子"，但也不全是。其实我语文挺好的，作文也挺能写，但要考中文系，我估计有难度。理科的数理化都不错，但没有在全国级别的竞赛中获奖。上世纪80年代，崇尚"学好数理化，走遍天下都不怕"。我的文科和理科成绩都不错，都不算太拔尖，但是，综合能力还不错，而医学，就是一门整合了文、理、社会学的综合性学科。张文宏说："学医，做医生，是在我看得见、可以理解的范围内，比较适合自己的。"

医学生的求学生活，不同于其他大学学生。张文宏是上海医学院招收的最后一届六年制本科生。本科六年，硕士三年，再加上博士四年，十三年苦读，"人家大学生，最多读四年，出来，赚钞票了。我要整整多读九年。这九年，是没有什么钞票的。"张文宏说起来，这些年苦头吃足，但也奠定了扎实的医学基础。

1993年，张文宏24岁。上海医学院毕业后，进入华山医院感染科，再转而读研究生；2001年，获得医学博士学位。之后因为临床医学深造的需要，他又分别到哈佛大学医学院、香港大学微生物与免疫系从事博士后工作。

张文宏说，他最艰苦的也最珍贵的一段进修经历，是在美国哈佛大学医学院的日子。

哈佛大学医学院拥有全美第一流的教

学和研究条件，每周有"诺奖"级别的一流学者，至医学院讲演厅演讲，医学院从来不会对演讲者的到来做高调渲染，反而是演讲者，常以能登哈佛讲堂演讲而骄傲。

演讲一般都在午间。学生和听者进入演讲厅，厅内免费供应咖啡和小蛋糕之类点心，取之，寻一个地方坐下，边吃边听。张文宏常来听演讲，尽可能多了解来自医学界顶尖学者的最新研究成果和观点，也省了午餐钱。每次讲座结束，还有学生与教授的讨论时间，再大牌的教授，也没什么架子，知无不言。张文宏说，这种"学术午餐"，很划算。

2020年4月26日，中国疫情防控情势，一路向好。瑞安开"两会"。瑞安市委宣传部邀请瑞安老乡张文宏接受瑞安市融媒体中心记者独家连线专访。

在专访中，张文宏特别赞扬瑞安当地大力推广实施"公筷公勺"的良好社会风气。一个小地方，在这件看似很小的事情上，走到全省、全国的前列。2020年2月25日，瑞安市委宣传部就向市民发出公筷公勺分餐的倡议。3月10日，瑞安上线"公筷行动"，成为浙江省率先实施公筷公勺的试点城市之一。

张文宏倡议——最好的相聚，就是从公筷公勺开始。疫情当前，戴口罩、勤洗手、勤通风、少外出，已经成为瑞安市民的好习惯。然而，还有一个细节往往被忽略，那就是和亲朋好友聚餐时，喜欢用自己的筷子给人家夹菜，帮朋友喝掉喝不完的酒。

"其实，唾液中含有许多病毒和细菌，许多可以传播的病毒最喜欢大家'敌我不分'。如果有无症状感染者或无症状携带者，大家聚在一起吃饭、互相夹菜，就会造成几个人传播的较大风险。使用公筷公勺，就不会通过口腔传播疾病了，等于把互相之间的距离拉开了。"张文宏从专业角度进行分析。

在瑞安，倡导"公筷公勺"，有典故。

中国人进餐使筷，始于何时，无从考据，至少已有三千年历史，但筷子之兴，得益于宋，此为史实，遂成华夏饮食文化的标志之一。一头圆、一头方，对应天圆地方，现国人对乾坤之解。高宗赵构南下偏安，带来筷子，一双不够，还设"公筷"。（明）田汝成《西湖游览志余·帝王都会》记："高宗在德寿宫，每进膳，必置匙筯两副，食前多品，择取欲食者，以别筯取置一器中，食之必尽，饭则以别匙减而后食。吴后尝问其故，对曰：'不欲以残食与宫人食也。'"

高宗皇帝一顿餐食，菜品样式丰盛。一人吃不完，剩饭剩菜按规矩，赏有头有脸人享用。宋高宗讲卫生，看到旁人面对沾有自己口水之剩饭剩菜，张嘴就吃，感到恶心，便派用"公筷"——"必置匙筯两副"。应是中国历史上乃至世界使用公筷之"第一人"。

2019年1月，张文宏携家人回乡探访。元旦，张文宏出席在瑞安人民医院瑞祥分院举行的"在外瑞中校友名医馆"开诊仪式。张文宏的中学母校瑞安中学校长陈良明先生，也是瑞安市政协副主席，介绍创设"在外瑞中校友名医"工作平台的背景和宗旨。

瑞安人民医院创办于1937年，创办人洪天遂，时为瑞安中学校医兼卫生课教师。

医院创办时，缺蒸馏器，便是由瑞安中学提供。瑞安人民医院在新中国成立后的首任院长王湘衡，和瑞安高中部创办人王超六校长为两兄弟。两人同时出任瑞安文教卫生系统的两家大单位负责人，在瑞安地方，一时传为佳话。

瑞安人民医院很多知名医生，均为瑞安中学校友。瑞安学医，同道者甚。瑞安中学在外校友名医亦多，除了张文宏教授（87届，复旦大学医学院内科系主任、上海华山医院感染科主任），还有吴继敏教授（89届，火箭军总医院胃反流中心主任）、章建梁教授（80届，海军医科大学附属长海医院心血管专家）、周雷教授（90届、北京中日友好医院外科副主任）、吴应盛教授（94届、浙一医肝胆外科专家）、陈俊教授（92届，杭州艾维齿科董事长、留德牙科博士）等瑞中校友。

百年名校，为社会培养大批栋梁之才，他们在各个领域，贡献自己的智慧与汗水。瑞安在教育上出巨人，却乡情绵长——重来言语相宽，簌簌泪珠无数。中科院院士孙义燧，1954届的瑞中校友，亦曾回母校。回想瑞中读书生活，他的老师唐赟、余振棠、李方成、张德坤等，当年对他的宽容、爱护，让他无限感怀，情至深处，几度哽咽。

孙义燧谈到瑞安中学的素质教育，说当时学校实验室对学生开放，他在实验室里解剖自己抓来的青蛙，以此了解动物之心跳。用灯泡玻璃、铁丝和马粪纸，自制显微镜，观察苍蝇的带菌情况。如此启蒙，科学实验，培养其好奇心与刨根问底之品质，让他终生受益。

他说，坚持这种教育，瑞安中学一定会培养出更多优秀人才。

孙义燧，是孙诒让的曾孙。

2020年5月31日，张文宏做客"情系游子心 防疫共此时"——浙江关爱海外侨胞和留学生等科学防疫专家直播活动，接受世界温州人云社区《乡贤讲坛》栏目视频连线采访。

"温州老乡们，大家好。"张文宏以瑞安方言开头。

"还记得我身后的这座西岘山吗？"

"等疫情过后，你能抽空回来看看老同学吗？"

"老师带你去景德镇领奖的照片，你还保留着吗？"

……

看着高中时期的老师和同学录制的视频——屏幕中，老师和同学们对他说话。张文宏笑得像个孩子，恍惚之间，仿佛回到童年。

"青年时期离开家乡，到现在已有三十多年，想念那里的每一个人。"张文宏说，书生气十足。

"那天，我蛮激动的。看到家乡的一草一木，看到曾经的教学楼，很有感触。非常想念老家的老师和同学们，对家乡也是深深地思念。对于很多人来说，家乡无所谓高大上，不论来自小镇，还是农村，'家乡'两个字，都是美好的存在。生长在江南水乡，小时候，镇里的一条条河流，是我对家乡最美的回忆。随着城镇融合发展，现在的瑞安，已然成为一座现代化城市，小时候的那些河，不晓得流到哪里去了。都没有了。让我高兴的是，瑞安的玉海楼，保留得不错，每次回到老家，我都要去那里看看。"

"常有人会问我，瑞安外出的学子，有

今天的成就,源自哪些影响。我认为,这是一个长期的过程,我们做人做事的点点滴滴,离不开小时候成长环境的影响和文化的滋养。这在小时候,是感受不到的。只有长大后,回过头来看,才发现,那段时光,留下了时代的烙印。"

张文宏的高中老师,会提到张文宏文科成绩很优秀,当时一篇论文《论温州模式》,获得华东六省一市中学生政治论文竞赛一等奖。后来他怎么会想到放弃宝贵的保送资格,参加高考呢?

张文宏说:"我比较幸运,因为这篇获奖文章,加上高三全省统考时拿了当地第一名,就有了保送知名大学和挑选专业的资格。但是我当时一门心思要学医,计划报考上海医科大学(现复旦大学上海医学院),然而,这所学校并没有提前来我们学校招生。那我怎么办呢?我只能'裸考'。所以,在没有保送也没有推荐的情况下,我参加了高考,最终被这所大学录取,我记得,当年这所学校医学专业在浙江省一共只招八个人。"

张文宏的一位高中时的学妹,说张文宏在中学时期,就会特别大胆地纠正其他同学的一些不文明行为,还会同人理论,学妹说,张文宏从学生时代就有一种"耿直基因"。

张文宏说,所谓的耿直,是能够把最专业的东西,以浅显易懂的语言表达出来,让广大民众能够清楚。对防疫专家来说,只有把真相告诉民众,才能让大家免于恐慌。耿直是一个表面现象,它的核心是科学。我在想,将来的日子里,倒不是说一定要维持耿直的态度,但是作为防疫专家,持续维持科学的态度,才是问题的本身。有些专家,像李兰娟院士那样,表现耐心一点,说话轻柔一些,把科学的东西,一遍遍讲给大家听,也能说服人。

张文宏说过,"我这种小镇青年,来上海摔过很多跟头"。还有很多小镇青年,依然待在小镇,于是,他们很想知道,这一路走来,张文宏都吃过什么样的苦头。

张文宏说,前几天,有一个偶然的机会,我听到马云先生在上课。他提到,公司里招员工,如果没有三年以上工作经验,一般不会去招。原因是什么呢?因为这些人没有吃过苦,没有受过挫折,很难成为一名优秀的员工。我作为一个小镇青年,在上海吃过苦,栽过跟头,我个人觉得,这是一种福分。没有吃过苦头的人,不会锻炼出坚强的心理,面对困难时,也不可能有足够的忍耐力。所以我想对现在的年轻人说,要拥抱挫折,要拥抱"吃苦头"。把吃苦、挫折当作常态,关键要维持一个好的心态,把心态调整过来,一切就都好了。

温州瑞安,著名侨乡,走出无数人。温州现有245万人在全国和世界各地,疫情期间,张文宏关于防疫的视频和宣传报道,在世界温州人群体引起强烈反响。温籍乡贤,张文宏自然对全世界温州人下一阶段的防疫工作提出建议——

"温州人永不言败是写在基因里的传统,无论国际形势如何恶劣,相信温州人能走过这道坎,并且迎接更美好的未来。说到世界温州人,我特别感谢他们。在疫情发生的第一阶段,温州人全世界买口罩,为祖国抗疫做出重大贡献。他们走出温州,靠自己的双手,脚踏实地做事情,从而赢得全世界人民的认可,作为他们的家乡亲人,我感到非常自豪,更希望可以服务于他们。目前国际疫情还处在连续的进展之中，整体来看欧洲疫情已出现了好转迹象，在下一阶段复工复产的时候，希望大家继续保持第一阶段的防疫策略，相信我们最终一定能取得防疫的成功。

"到时候，我们大家再来看看瑞安——祥瑞之地，看看玉海楼，看看忠义街。"

留 白

2020年6月5日，张文宏主编新书《2019冠状病毒病——从基础到临床》海外版发布会暨捐赠仪式，在复旦大学图书馆医科馆举行。张文宏开诚布公：

"中国国内的疫情管控非常好，我在镜头前的作用越来越小了。接下来，我们下一阶段的重点是将中国的经验与世界交流。正如当初，我们也虚心接受了很多国际医疗界的意见。人类是命运共同体，全球抗疫是一盘棋。"

张文宏随之告诉大家——下周二（6月9日），将会恢复感染科普通专家门诊，挂号费为50元。在普通专家门诊和特需门诊之间，张文宏先恢复前者——每周二上午，挂号费50块。"我曾说过，等大家忘记得差不多的时候，我的门诊会开出来。现在是时候了。我的门诊也预示着上海对疫情的信心，如果对疫情控制没信心，我就整天待在新冠救治医院不回来了。"

一个月前的5月2日，张文宏在电视访谈节目《可凡倾听》中说："等到大家忘记得差不多的时候，我的门诊再开出来。

我也希望后阶段，民众迅速地回归常态化，我也回归常态化。"他直截了当，"我最幸福的事情，就是看你（主持人）做节目，而不是我坐在这里做节目。"

暮春，中国抗疫，走过最艰难的时刻。"常态化"，成为上海抗疫主题词。张文宏认为，控制疫情的核心，就是两个字——"科学"。他的新书，讨论和记录的关键在于，当我们处于一场传染病大流行的开端，到底有没有可能做到完全控制，又是如何做到的。"既然我们做到了，就有责任总结背后的经验，总结举国之力、团结一致背后的科学力量到底是什么。"

翁心华同时现身发布会。他如此看后辈——以张文宏为代表的感染科医生，是"坐绿皮火车"的人，他们"耐得住寂寞，守得住清寒。高铁很发达，但总还有人要坐绿皮火车"。

张文宏接过老师的话头，回应："我和老师最大的区别就是，你总是把很差的学生拼命带到合格，就像我这样的。而我只能带最聪明的学生，在'华山感染'这面旗帜下，这些聪明的年轻人愿意坐上绿皮车一起去旅行。"

张文宏一直仰望老师。他迷恋寻觅病毒与传染源之源头，最吸引他的是，各种疑难杂症与解谜的过程。"当初翁心华大夫查房的时候，他会从扑朔迷离的疾病里面找到它的线索，真的像福尔摩斯一样去破案。"

2020年5月8日，"致敬仁心，因爱共生"公益论坛，暨"陈春花知识实验室"向"一健康基金"捐赠仪式，在复旦大学上海医学院举行。

北京大学国家发展研究院BiMBA商

学院院长陈春花，在疫情期间，推出义卖课程《化危为机》，与各企业共同筹集了403万善款，捐赠给设立在上海复旦大学教育发展基金会下面的专项基金——"一健康基金"，用于支持病毒疫苗的研发，以及鼓励疫情前线的医护人员和科研工作者。

论坛上，闻玉梅、张文宏和复旦大学附属中山医院副院长、援鄂医疗队领队朱畴文等医务工作者，畅谈后疫情时代的生活思考。

闻玉梅院士，中国病毒学泰斗，躬耕科研六十余载，从一手创办医学分子病毒学实验室，指导建立生物安全防护三级实验室（P3实验室），到中国感染学科战乙肝、抗非典，再到此次抗击新型冠状病毒，已届耄耋之年，仍以一己之力，为中国医学发展倾尽全力。"一健康基金"，是由闻玉梅院士和宁寿葆教授在2013年捐赠50万元发起成立。基金成立七年多来，在社会各界的关心、支持下，数额不断增加，影响不断扩大。

论坛上，张文宏笑道，自己到处东讲西讲，不想管他人如何揣测，但永远秉持善意。医学不只是科学，还是一个社会事业，需要整个社会支持，需要基金的赞助，才能有发展。

张文宏说："1927年，颜福庆老先生留学回来到处筹措资金，建立了国立第四中山大学医学院（复旦大学上海医学院前身），在此之前，我们都没有教学医院。许多知名医院在最初，都是在一个个基金会支持下得以建立发展。和颜福庆老先生、闻玉梅老师这样的人比起来，我做的一切都不值一提。而社会上需要用钱的地方很多，让大家把钱拿出来支持医学也不是一件容易的事情。"

张文宏还提及自己"吃粥还是吃牛奶"之言，有争议，借此论坛，张文宏回应："前几天我看到了颜福庆老先生的毕业论文，他在耶鲁的毕业论文居然是结核病，这个病到现在都没有结束。闻玉梅老师做的是慢性乙型肝炎研究，是肝炎病毒。但是大家要知道，只要涉及传染病，这些医生的视野一定会超出疾病本身。那么，有时候，我说说吃粥还是吃牛奶的问题，大家不用奇怪，这就是一种健康的精神，需要整个社会一起参与的。今天上午，我们和哈佛大学公共卫生学院对话，如何回归常态生活，美国也要回归常态。美国病例数还是很高，他们就搞不清楚为什么中国说没有就没有了？这并不是说我们的整体医疗水平就超过美国了，而是我们全民参与了。说隔离，我们就隔离了，说继续在家闷两个礼拜，就闷两个礼拜。大家搞清楚了没？这就是一个'全健康'、'一健康'的理念，是每一个人都参与了这场与疾病的斗争。"

张文宏说，这次支援武汉，他唯一一次掉泪，就是在机场为医护人员送行。"全是90后，甚至是95后的孩子，我自己也有90后的孩子，在机场里，有的父母追着给他们喂一口饭。医护人员奋不顾身地往前扑，我们后方给他们一切所需要的补给。上海的这支医疗队，所有装备从家里带过去，瑞金医院前去支援的医生，装备是用直升机送过去的。"

中国逐渐回归常态，但现在要面临的是，将来全世界重新开放以后的输入性病例。"最终解决这个问题要靠科学，'一健康基金'就是做科学。我们的医护人员很可爱，但打仗不可能每次都靠肉搏，最终还是靠科技。我们的药物筛选平台有没有做到世界一流？病毒学研究有没有做到世界一流？疫苗研发有没有做到世界一流？还有救治方面，公共卫生预警平台方面，数据追踪方面……这些都还没有结束。今年6、7月份，输入性疫情仍然会来，上海的科研支撑是重中之重。公共卫生体系是靠大家的点滴（努力）堆起来的，不是光靠我们医生的肉体，把我的肉堆在这里都卖不出多少。所以在这里感谢给'一健康基金'捐赠的所有企业家。"

张文宏便是实在。中国的社会生产正在逐步恢复常态，后疫情时代，我们应该保有怎样的生活的态度？张文宏引用习近平主席的一句话："全球是个共同体。只要有一个国家没有结束抗疫，实际上中国就没有结束。"

张文宏说："中国能控制住，一方面是我们国家在各个方面大家群策群力，从政府到民众。但另外一方面，我们国家也很早就看到，武汉如果不控制好，将来如果有十个武汉同时发病，我们会怎么办？这是非常艰难的，所以政府、党中央，作出的决定就是举全国之力，武汉安定了，湖北就（安）定，湖北（安）定全国就（安）定，这个政策现在看起来是非常合理的。虽然在这次疫情中，全球采取的方式是一模一样的，但每个国家国情不一样，不同国家执行程度有限。"

"我们也面临着新常态，为什么说新常态？因为一旦世界重新打开（大门），人家也新常态，别人的新常态跟我们不一样，可能继续有不少的病例。所以当输入性的病例增加时，我们不要去怪别人，这种新常态是没有办法的，要学会与病毒共同生存。最好就是通过非常强大的公共卫生体系以及科研的支撑，在全球范围内尽早一起把疫情给控制住，我相信这个时间点不会太远。大家应该有信心，无论是中国还是世界，熬过去以后，后面的生活一定也会更加美好。"

此时，距离2020年高考，还有三十多天，很快将迎来高考志愿填报。在最高学府，张文宏想到——今年因为疫情的关系，会不会有更多的高三学生报考医学专业呢？张文宏提醒——欢迎，但不要盲目报考医学。最好是文、理科都不错，还有就是，要真正喜欢。

5月初，张文宏曾寄语高三学生："同学们要迎接高考，希望更多人报考医学专业，成为我的同行同事，成为拯救生命的人！"5月31日，张文宏接受采访时，再次对学子提出具体建议："首先你要想清楚，不是为了赚很多钱来做医生的，医生的职业也非常辛苦。"

张文宏说，医生是一个治病救人的行当，既有高技术含量，整体上也比较稳定，也非常受人尊重。你如果喜欢做这样的事，那么这个职业是非常好的。但是，这个职业的要求非常高，既需要强大的专业本领，又要跟社会有广泛的沟通。如果你的文科也不错，擅长与人沟通，理科也不错，自然科学的素养好，总之就是要综合素养强，那么，医学是个非常好的选择。

张文宏客观表达，坦言："我也不希望因为疫情一来，我们医生都像英雄一样的，事实上我们医生最喜欢做的还是普普通通的，能够服务于大众，让我们的专业得以体现，同时能够获得一份应有的报酬，我觉得这就是非常好的职业了。"

对于家长，如何帮助孩子选择专业？张文宏说，如果你想让小孩子找到自己喜欢的专业，一定要让他多看书，书看得多了，见过世面多了，他会越来越有可能确定自己长大要做什么。"医学这样非常严肃和神圣的专业，我希望大家是通过长期的了解，能够真正喜爱这个专业，才去从事这个职业。"

正如张文宏所说，医生是个神圣的职业。但学医只是"看上去很美"，并不是人人都适合的。学医是一条漫漫长路——现在本科五年，硕士生三年，再连读博士二年，住院医师规范培训三年。前前后后加起来，十三年。

如果没有足够的耐心，没有坚定的决心，不是真正热爱医学，而只是为了有一份看起来令人羡慕的工作，那么，他劝高三学生，还是不要踏进医学的殿堂。同样，如果你是个心理承受能力比较差的人，也不要学医。医生需要随时做好应对不良医患关系的准备，虽然，现在比以前好了，但医患关系紧张的案例仍屡见不鲜。

如果学医，不仅要有专业的知识，还要有过硬的身体素质。你的身体素质，不仅要能抵得住熬夜加班的基本需求，还要能足够应对来自某些病人的恶意。

所以，如果选择学医，还要修身养性，锻炼脾气，修炼一颗包容的心。

6月6日，在这个周末，张文宏参加世纪公园"公益跑"，这个自称"没有什么肌肉"的男人，还是希望通过自己的运动和力量，告诉全世界——中国已经开始正常化的生活。

6月9日，周二。张文宏门诊恢复开诊首日，来看病的大多数是老病人，接下去的两周，门诊号已约满。

当晚9点，上海市人力资源和社会保障局打造"留·在上海"（Make Shanghai Your Home）全球直播对话留学人员特别活动，张文宏现场直接为"留在上海"广而告之——

"经历了第一波疫情，中国的公共卫生体系已经变得更为强大。随着中国的大门重新打开，我们会发现很多在海外生活的中国人会陆续回来，为这个回来，整个上海的公共卫生防控体系做了充分的准备。未来可能会出现疫情的反弹，而我们这个体系里的每个团队会持续工作，为整个上海创造一个安全的环境，这就是 normal life。"他表示，在上海不断建设完善公共卫生体系的进程中，欢迎更多的"海归"人才参与其中。

"我有无数次机会可以不在上海，但是最后我变成了上海人。"张文宏在分享自己海外访学与上海工作生活的经历时谈到，对于一个留学人员来讲，尤其是在海外待的时间比较长的留学人员来讲，一个舒服的环境、宽松的环境，对自己的人生来讲最为重要，"哪怕我创业不成功，至少我还有生活，我还可以舒服，是不是？"

张文宏告诉大家，上海各方面给自己最大的感受是舒服。上海的很多方面体现了包容性，海纳百川，让每一位有一技之长的人在这里都能感觉到舒服。所以对于一个海外人才来说，"上海将是一个非常值得拥有的城市"。

张文宏还说，他个人觉得，上海这个城市不怎么欺负老实人，并且做事情托关系的几率很低。"上海不需要这样，上海的整个系统运转很有序，和你是否认识'局长'没有关系，这就是这个城市的可爱之处。"

他还说，上海永远给大家的感觉是不

那么强势，什么事情都不会"急吼吼"，但是，城市的各方面工作又做得比较到位，整个社会都崇尚一种工匠精神。"整个城市的各行各业中，你只要是精英，在社会上一定有你的一席之地。你如果不是精英，上海这个城市也会让你生活得舒服。"

6月25日，端午节，静安区安义路开放夜市。晚18点左右，上海市血液中心停在"安义夜巷"的流动献血车上，上来一位头戴鸭舌帽的中年男子，他向护士表示献血意愿后，便开始填写献血登记表。随后，取下帽子，还戴着口罩。随车的血液中心的护士和同在的其他献血者，从登记表格和来者的一双熟悉的眼睛，认出张文宏。

此时，张文宏已经撸袖，橡皮管扎紧了手臂。张文宏笑称：大家多献血，病人才安康。别的暂时不多讲了。默然间，血液汩汩流出。

那天，张文宏在华山医院总院工作，忙完后，要回家，从华山医院出来，沿华山路往静安寺走，想到开放的"安义夜巷"，便顺路去看看，感受上海疫情后"常态化"的夜市烟火气息。见到"流动献血车"，想到自己，几天前，6月14日——世界献血者日，"代言"上海义务献血活动，呼吁市民"不能屏牢不献血"，自己也应该有所行动。专门跑一趟献血中心，好像不大有空，现在正好，上车献血。

献完血。袖口撸直，戴上帽子，再逛夜市，经安义路63号——毛泽东故居。高楼林立，玻璃幕墙间，一排老式民居，十分显眼。张文宏驻足。1920年，毛泽东来上海，在此地居住，按毛泽东的说法——此处奠定其马克思主义思想基础，就此成为"马克思主义者"。整整一百年啊。想上海，十里洋场，百年沧桑，却有红色故事，血色豪情。出安义路，往家里去。这一段，上海市中心最繁华地带。张文宏有感于，大上海风云际会，为有牺牲多壮志，敢教日月换新天。多少外来人的脚步，在此留下足迹。

是夜，梧桐浓翠，榴火殷红，夏风凉细。

2020年7月18日，周六，上午十点。张文宏出现在华山医院感染科五楼电梯口。出来，往自己的办公室走。地上有一条黄色油漆线，标示：半感染区。外人跟进来，到此，迈出的脚在空中悬着，不晓得是不是该跨过去。张文宏说——过来好了，没事的。跟着我，我晓得，哪里有病毒，哪里是安全的。

休息日，五楼办公区域没有什么人。他开门，进主任办公室。门口墙边，斜靠一辆自行车。宽胎，变速，很粗犷的样子。他说，我的脚踏车，老早经常踏，到不是太远的地方去，老方便的。现在长远不踏了。啥地方还有空啊。

上午10点，张文宏视频连线上海市公共卫生临床中心新冠肺炎专家组，查病房。半个多小时。结束后，下线。张文宏用手稍许整理了一下头发。他一头乌发。眼睛有点凹陷，黑眼圈。形状很好看的眼睛，不大，很生动。常人经常看到的，便是口罩上方露出来的那双眼睛。印象深刻。

随后，他系上领带。在自己办公桌正前方，摆有一盏管状落地散光灯。他去打开，对准自己的座位，随后坐回办公桌前，再整一下衣领。灯光在他面部均匀洒上淡淡红晕。他说，这样在视频里会好看些。

不然，面色显苍白。经常做视频连线，出镜，总要注意点形象。这个灯，是央视做采访时带来的设备，张文宏用过后，觉得好，央视的人把灯留给他了。

11 点半，心血管医学国际会议视频。张文宏发言，谈中国与世界新冠疫情。先是与主持人用英文对话，一番交流后，说，下一个便是自己的发言。视频里，一个外国人还在发言，说外文，叽里呱啦。张文宏听上去，晓得还有点时间，便喝杯咖啡。身旁的咖啡机，会不断碰上他的胳膊肘。

他发言，都很明白。言毕，下线，忽然来一句玩笑："就这点花头，你都听到了，都是老一套。很多观点和立场方法，不会轻易变的。对不同的听众虽然内容有不同，但是科学核心不会变。"

当晚 8 点 48 分，张文宏在其微博中，就中国香港地区和新疆近日陆续出现的新发病例，发表自己的看法。张文宏表示，乌鲁木齐市近日出现新增确诊病例和无症状感染者，引起了大家的关注。事实上，中国局部地区出现小规模聚集性病例，是疫情防控常态化的特点之一，之前的北京也是如此。同时，我们可以看到，在疫情发生后，北京和乌鲁木齐市都迅速重拳出击，开展了大排查，结合流行病学调研和全面排摸，快速开展了精准的"应检尽检"。这样一种主动、快速、精准的防控，其背后是我国政府"零遗漏"、"持续接近零病例"的决心。

同期，中国香港也出现了新一波的疫情，单日新增病例波动于 20 至 40 余例之间。张文宏对此说，这不同于北京和乌鲁木齐市，香港早前采取的策略是"应症就诊"，并没有像北京一样在出现第一例病例后，迅速扩大检测，开展大排查和普筛。

这背后，是基于香港将病情控制在"低水平"而非"清零"的理念。这样的措施，虽然对于短期医疗资源的耗费是相对少的，但是，由此带来的疫情长期波动导致的"社会经济成本"可能会更高。

张文宏提醒公众，"疫情清零"和"疫情长期低水平存在"，这背后所耗费的社会、医疗、人力、经济综合成本，可能需要专业人士的整理和分析，背后也有着各个方面复杂的社会因素。但从目前北京、乌鲁木齐市的经验来看，我们目前所采取的快速反应、精准防控与动态清零的防控措施，已经能够保证当地在三至四周后，基本恢复正常生活。而这，目前对于我国来说，肯定是最优的解法。

"零星病例虽然仍有发生，中国一直在探索'最佳的解决方法'，国际上也会逐步探索全球的解决之道，相信中国基于扩大检测的快速清零方案会给国际抗疫带来贡献。"

张文宏进一步阐明——总之，我想告诉大家的是，基于我国强大的防控体系，大家还是应该在不松懈的心理下继续正常的生活。生活要继续，吃好、玩好、睡好、防控好，这就是我们每一个人都能做出的一份贡献。

张文宏个人微博，开于 2020 年 5 月间。资料显示，张文宏微博注册日期为 5 月 11 日。刚开始，虽然没有发布一条内容，但"粉丝"已过两万。张文宏首发微博，文字是这样的："上海这座城市，不仅仅医生、护士，包括居委会干部、民众、警察，无数抗疫民众组成的抗疫屏障，阻挡了疾病的传播。每个人都是战士，这才是真正的群体免疫。"这引发轰动——"张文宏发微博了"七个字，"热搜话题"标签下，六小时阅读量超两亿。

次日，7月19日，周日。张文宏与境外专家连线，探讨中国经验：世界疫情高峰还未到来，控制基本上要两年左右。

与专家对谈，或者圆桌对话，张文宏会有即兴表达。同一天，由复旦大学管理学院推出的"瞰见"云课堂系列线上公开课，邀请张文宏与复旦大学管理学院院长陆雄文教授，复旦大学管理学院管理科学系、弘毅讲席教授胡建强，从医学、管理学、决策学等多个角度，探讨全球疫情态势、平战结合之下的精准防控，以及疫情下的全球化之路。

管理学院教授陆雄文提问，中国的疫情得到有效的控制，但是受全球疫情的影响，还在对外防止输入，对内防止反弹，目前形势和未来趋势如何？

"这次疫情最大的问题，就像我们当时预测过的一样，到了夏天以后它还消停不了。"张文宏说，"原来大家有预测，这次疫情是不是像SARS一样，到了夏天以后，会有一个低潮。但是目前，新冠疫情还是处在持续的传播过程，所以世界上的疫情高峰到现在为止没有到来。没有高峰，你就永远不知道它的低谷在哪里，它还没有形成一个转折点。"

从全球来讲，疫情的第二个特点是不均匀性。张文宏表示，疫情的不均匀性，就意味着世界之间是不平衡的，不平衡的不同地区之间如何进行沟通，这会成为一个大的问题。

张文宏认为，按照病毒的传播链，事实上现在很难停下来。一般来说，疫情持续流行两年就下来了。大多数城市里的人获得了一个接近群体免疫的水平，它的流行力就下来了。农村地区因为大家比较疏远，不受影响，所以这个流行病就下来了。他称，就全球来讲，病毒可能会无休止地存在，但是疫情最终会得到控制的，基本上也就是两年左右，它的流行率一定会下来的，这个疫情不结束，疫苗很快也就会出来了。

各国防疫抗疫的策略不同，有没有最好的模式？国际抗疫和中国模式的内在差异和背后机理如何？

张文宏说，各国在疫情起来之后的反应速度可以做一个沙盘推演，就会发现，中国这一次的决心比他们大。"一开始就采取封城，在城市里彻底隔断，隔断以后使得病毒失去了传播的机会，这是武汉。在其他地方扩大检测，检测以后立刻隔离，这些事情都做到了百分之百。"

疫情也考验着社会治理能力。张文宏说："在武汉，我们把整个城市shut down——就是整个外面封掉，里面关掉，关掉以后再涉及各个经济的小的区域里面，我们要小的区域能够继续存活。这个事实上对于社会的要求是很高的，物资输送到每一个社区，这么多人全部都不工作，然后要能够安全生活下来。"

与此同时，国家放开，这也是一个很大的挑战。参与对话的教授胡建强表示，这也是在研究的一个问题：是否有些模型和数据能够帮助政府做出比较好的决策。

一个很实际的问题是——到底放多少人进来，是我们可以忍受的？张文宏表示，世界上其他国家也在做这一模型。

中国目前采取"熔断"措施，"你好我就开，但是如果每一个航班进来超过5例以上，对不起，我就暂时关掉，等你好了我再开。"

张文宏称，最大的一个问题是，世界上到底忍受的限度是多少？"我们熔断基数是5例，5例是不是太严，是不是给它10例呢？"张文宏认为，这个会成为很大的一个数学问题，但是也是一个防控的问题，所以这个问题非常艰难，是一个多学科的问题。

目前，世界上可以总结出哪些抗疫经验、教训？

张文宏称，目前到了夏天，疫情还在拼命地往上面奔，这个情况对全世界来讲，超出了很多人的预想。但他仍表示，很多经验可以总结。

第一个可总结的是中国的经验，对于暴发的城市，像武汉，彻底封城，最终两个月内把病毒搞定，但是大多数国家很难对社区的管理达到这个水平。

如果做不到，第二个策略也值得学习，像欧洲是值得学习的。它的做法是，一旦有病，在家隔离，但是如果病得很重，医院收治。

"它的一个平衡点在哪里？重症病人的数量不要超过医疗负荷，如果不超过医疗负荷，整个病死率可以降到很低的水平。"

所以策略就出来了，只要医疗没有达到瓶颈，就可以开放社会。轻症的病人在家隔离，不需要到医院去。如果加重，就到医院，但是只要到医院，还有足够的床位，那么病死率就降到很低的水平。张文宏表示，在美国、欧洲，现在大多数死亡的都是85岁以上的人，或者80岁以上的人。

还有第三种策略，像中国、日本现在控制得那么好，仍面临着世界疫情不断输入。

"我们的策略就是北京这样的策略，一旦出现局部的暴发，立即进行精准的防控，但是只在这个区进行精准的防控，其他区继续上班。"

"精准防控，其他地方不停摆，这个策略也是非常好的。"张文宏说。

8月17日，下午，上海总工会"五一讲堂"，张文宏主讲2020年下半年疫情发展趋势与个人防护要点。

张文宏上来就表扬上海市民。在张文宏看来，抗击疫情中，上海全民动员，全民参战，是这次战役取得成功的主要原因。"厉害的是我们上海的市民，我觉得这一点是非常明确的。"

前两天，外地有一个到上海核酸检测复阳的病人，大家很关心。张文宏说——他第二天查房，特地把这个病人的病历调出来，一看，他已经连续三个月以上是阴性。"这次在上海被查出阳性，也说明上海的核酸检测是极为认真的。"张文宏说。

"我因为要去北京，到一些重要场合，或者去一些地方参加会议，被上海做检测的护士用棉签在鼻孔戳过好多次。我发现她们极其认真，戳得很深，还要在里面刮几圈。其实在这个过程中，就会把一些留在里面的死掉的病毒残渣刮出来，核酸检测可能就是阳性。但其实已经不具备传染性。"

武汉当时全民检测，检测出300多个隔离很长时间的阳性患者，其实都不具备传染性，这就证明了一件事，这个病毒只要隔离时间够长，隔离四个星期以上，如果免疫功能正常了，哪怕是核酸阳性，它的传染性基本上微乎其微。张文宏告诉观众——复阳是非常常见的，核酸检测再次出现阳性的情况，和不同时间的采样有关系。"如果再出来一个复阳的病人，大家不要一惊一乍好不好？不要紧的。"

张文宏还判断了2020年下半年，中国以及全球疫情发展趋势。他认为，在未来的半年里，无论疫苗是否出来，全球疫情的蔓延之势会继续，不会有非常大的消停，因此，防控措施不会改变。

张文宏提请大家注意——目前我国所运行的医疗卫生防控系统仍然需要保持高度的警戒水平，社区需要保持高度的工作状态，海关和各隔离点等防疫工作不能松懈。与此同时，市民们可以恢复正常的生活，但是外出时须佩戴好口罩。

他还表示，疫情还没到胜利时刻，但全中国已经营造了一个非常好的"尊医重卫"的大环境。"我希望这个大环境维持得更久一点，大家对医生更加体谅一点。你要相信我们对病人是充满爱心的。我希望社会各界都能互相谅解，一同战胜这次疫情。"

面对疫情，个人如何做到有效防护？张文宏以专家的视角就"单位防疫工作常态化""职工日常个人卫生、防疫工作"等方面，现场解答观众的提问。

一个金融单位员工问，窗口营业员需要注意什么？

张文宏答："我也到银行排过队，看到一些客户老是怕对方听不见，对着窗口拼命往里面喷口水，喷得桌子上都是的。所有的窗口单位可以做一个玻璃隔板，然后前面有一个扩音器，就可以把这个问题完全解决了。这种问题还要我这个医生来想吗？应该你们单位早就想出来了！"他举例——比如说银行，如果客户没有戴口罩，不妨就告诉他防疫期间每个人都要戴口罩。"他在你这里存了这么多钱，你发人家一个口罩不过分吧？人家出于面子也会戴上。所以，永远不要责怪自己的客户。"

现在国内旅游已经放开，关于市民关注的外出旅游的问题，张文宏给出建议——住酒店要多带一些卫生相关的用品，包括个人卫生用品、睡衣睡裤、拖鞋，以及酒精等日常消毒用品。如果住民宿，最好不要睡"大通铺"，两人一间还是可以接受的。张文宏表示，目前国内90%以上的地区没有本土病例，大家外出旅游没有问题，但是不代表可以不采取非常好的防疫措施。

2020年9月8日，最先遭受疫情侵袭的中国，经长达数月的"抗疫大战"，国内疫情防控形势趋于稳定，各行各业复工复产，学校正式复课。中国宣布——中国的这场抗疫斗争取得重大战略成果，创造了人类同疾病斗争史上又一个英勇壮举。

8日上午，全国抗击新冠肺炎疫情表彰大会在人民大会堂隆重举行。大会揭示中国抗疫五大"制胜密码"：其一，在面对突如其来的严重疫情时，中国政府统揽全局、果断决策，以非常之举应对非常之事；其二，中国人民风雨同舟、众志成城，构筑起疫情防控的坚固防线；其三，广大医务人员白衣为甲、逆行出征，舍生忘死挽救生命；其四，中国人民统筹兼顾、协调推进，经济发展稳定转好，生产生活秩序稳步恢复；其五，中国同世界各国携手合作、共克时艰，为全球抗疫贡献了智慧和力量。

中共中央总书记、国家主席、中央军委主席习近平向国家勋章和国家荣誉称号获得者颁授勋章奖章并发表重要讲话。习近平总书记对中国人民伟大抗疫精神的概括与阐释，深刻阐明了我们党团结带领全国各族人民进行这场惊心动魄抗疫大战的精神实质，深刻揭示全国抗疫斗争取得重大战略成果的力量源泉。中国人民和中华民族铸就的伟大抗疫精神，同中华民族长期形成的特质禀赋和文化基因一脉相承，是爱国主义、集体主义、社会主义精神的传承和发展，是中国精神的生动诠释，丰富了民族精神和时代精神的内涵，筑起了中华民族伟大复兴征程上新的精神丰碑，成为中华民族最可宝贵的精神财富。

生命至上，集中体现了中国人民深厚的仁爱传统和中国共产党人以人民为中心的价值追求；举国同心，集中体现了中国人民万众一心、同甘共苦的团结伟力；舍生忘死，集中体现了中国人民敢于压倒一切困难而不被任何困难所压倒的顽强意志；尊重科学，集中体现了中国人民求真务实、开拓创新的实践品格；命运与共，集中体现了中国人民和衷共济、爱好和平的道义担当。

表彰大会上，张文宏获得"全国抗击新冠肺炎疫情先进个人""全国优秀共产党员"称号。

当天一早，张文宏在人民大会堂门口向《第一财经》记者发来语音感言。张文宏说："今天我是代表我们科室远赴武汉和留守本地抗疫的兄弟姐妹们来这里领奖，这个奖属于大家，这场疫情以来，无论是援鄂还是留守抗疫的兄弟姐妹们都付出了很多。"

张文宏表示，这是新中国历史上从未经历过的蔓延速度最快、涉及范围最广、防控难度最大的新发传染病，但是我们的医疗体系经受住了考验，广大医务人员和社会各界一起，在最短的时间内控制住了疫情，交出了完满的答案。

"今天全球范围内疫情还没有结束。我们要慎终如始，再接再厉，在世界疫情没有得到全面控制之前不麻痹、不厌战、不松劲，毫不放松抓紧抓实抓细各项防控工作。"会后，走出人民大会堂，张文宏如是说。

全球仍处在新冠肺炎疫情持续蔓延的特殊时期。统计数据显示，截至北京时间9月9日6时30分左右，全球累计确诊新冠肺炎病例超2769万例，累计死亡病例逾90万例，其中91个国家确诊病例超过万例。全球疫情防控形势依旧十分严峻。

在张文宏的电脑里，存有一份采访提纲。对于那些提问，张文宏曾表示一定会好好"交卷"，一一作答。但后来，张文宏一直没有"交卷"。现在看此"提纲"，显然，当时采访者犯了一个低级错误——拟采访提纲时，想当然地以为，张文宏去过武汉援鄂一线冲锋陷阵。其实张文宏没有去过武汉。提纲里有关一线援鄂的问题，令张文宏无语。

采访张文宏提纲

1993年，张文宏毕业于上海医科大学医学系医学专业，曾分别在香港大学、美国哈佛大学医学院以及芝加哥州立大学微生物系从事访问学者以及博士后。现为复旦大学附属华山医院感染科主任，同时担任复旦大学附属华山医院感染科党支部书记，兼上海市肝病研究所副所长。

（一）

来自媒体："关于个人，张文宏不愿多

说。有媒体询问，他迅速转移话题：'聊我就不用了，我只是农村孩子，毕业留在上海，就这样。'"

这里面是个故事。您生于 1970 年代，生长于 1980 年代，与中国改革开放 40 年同步发展。一个青春与学习成长的岁月，长身体、长知识的年代。

一个人的成长经历，是值得珍视的。您的少年、青春的深刻记忆是什么？

在这样的成长背景（1980—1990—跨世纪—新世纪）下，您对国家、乡村、城市的年代感是什么？

您处于一个大变革、大发展的时代，这个时代对您产生的影响是什么？您的生活观、世界观形成的主要成因是什么？

在您的青春岁月里，有什么令您难以忘怀和值得终身记忆的往事？

您有崇尚的青春偶像吗？什么样的人物成为了您的偶像？

除了专业学习，您有业余阅读或艺术欣赏吗？您曾说"你也追剧"。什么样的书籍或艺术形象令您感到生动或感同身受？

（二）

对我们这群人，给他一个标志就是焦虑。我就是这一群焦虑的人，一群叫做医生的人，我每天在为人类而焦虑。

——张文宏

来自媒体："1993 年从上海医科大学毕业后，张文宏就进入复旦大学附属华山医院感染科，至今已经干了 26 年。"

谈医生与职业，专业精神。关于词语——"焦虑"，我甚至感到一点震撼。

"焦虑"的表现是什么呢？这里面深层次的内在原因是否是对人类生存环境的不安，忧国忧民，忧患意识，诸如此类？

这样的"焦虑"情绪是不是很早便潜在地影响到您的职业选择？拯救人类，成为您的人生终极目标？

您当初进入大学的志愿是您的第一志愿吗？

这还让我想到鲁迅先生年少时候的"弃医从文"的故事。先生看见精神麻木的中国人面对侵略者无动于衷的时候，觉得拯救人的灵魂比拯救人的身体更加要紧。您有过这样的思考吗？

不管怎么样，您选择了一个拯救人类身体的职业。值得尊敬。您觉得一个医生救死扶伤以外，是不是还应该对人类做些其他什么贡献？您除了职业医生，还有其他特长或爱好吗？

除了治病救人这个职业，您最想做、最愿意做的事情是什么？

这次疫情初始，便有专家表示"这一次是真的感到害怕了。非典的时候还没有这种感觉"。

您在整个疫情暴发的时候，作为专家，有没有感到紧张、恐惧？

您在疫情初期的感受是什么？焦虑是肯定的，但更多的一定还有别的什么，是什么呢？

类似这样的职业生涯里的紧张的恐惧感，在您的记忆里还曾有过吗？如果有，那是什么样的情况？

（三）

来自媒体："疫情就是命令，1 月 21 日上午 10 点，华山医院紧急召集成立首批赴上海市公共卫生临床中心支援专家组，由张文宏带队，感染科副主任医师毛日成是队员之一。"

当时出征武汉的心境是怎么样的？

您对武汉最初的状况有什么基本判断？

到了武汉，您感觉是"不出所料"还是"出乎意料"？

从医多年，您是不是第一次面对这样的疫情？

到武汉，您作为上海援鄂医疗队的领队，一开始感到最艰难的是什么？

那句"共产党员先上"的话，感动无数人。我想问的是，这样的党员"身先士卒"的理念，在您的所属党支部里，应该是党员的共识吧。您所在的党支部一共有多少党员？占全员医护比例多少？

您在回应各方好评时，提及"网友不要过分解读，我就是班排不下去了"。您这样回应，是希望把党员安排在一线之举，不必作太拔高的解读。这我很理解。这让我想起，美国前国家安全事务助理基辛格博士，那位上世纪70年代初打破中美关系坚冰的90多岁的西方老政客，曾多次访问中国，他在《论中国》一书中说过这样一句话："中国人总是被他们中最勇敢的人保护得很好。"我读到这句话的时候禁不住热泪盈眶。

国家总是有那么一些人在守护。现在是70后、80后、90后成为社会中坚。于是，我注意到，您接着说了一句大实话："入党的时候讲好的。"

您是什么时候入党的？

所谓"讲好的"，朴实，真实。我理解，广义上可以有很多解释，也会理解为十分响亮的口号。我无意拔高，我只是想，的确会落实到许多真切的实际工作上；落实到您个人，您觉得是什么呢？

（四）

来自媒体："2003年，张文宏就参与到了抗非典的工作中，他的老师翁心华当时是上海市'非典'专家咨询组组长。2013年，他参与到H7N9的病人治疗中。2014年的埃博拉病毒，他参加了援助西非的紧急救援队。"

"翁心华教授是张文宏的导师。"

一些影响您人生的重要人物，像导师，或者启蒙老师，或者父母，家人……这是个漫长的人生过程。您在自己的人生经历中，有哪些人对您产生重要影响？他们是怎么影响您的？

1996年，您与翁心华偶遇，促成您转到传染科攻读博士，成为他的学生。2001年，您曾有过改行和辞职的想法？当时是基于什么原因产生这个想法？后来为什么放弃了这个想法？

您的人生楷模是怎么样的人物？这不同于"偶像"。"偶像"更多的是寄予一些浪漫或虚幻的人生情怀，而"人生楷模"更接近于实际，与职业有关，与生活经历、经验有关，与未来有关。

（五）

来自媒体："他还这样'畅想'疫情后的自己——'当新冠大幕落下，大家该追剧追剧，我自然会 silently（安静地）走开'"……

网红是个意外。我相信，这不是您的初衷，您也不需要这样的爆红。没有想到会有这样的"网红"经历，但已经发生了，您也要面对。疫情结束，您会安静地离开，用您的话说"那个沿着墙根走路的人，就是我",很生活,很形象,太生动了。真的很棒。

但好医生,一个习惯于安静的人,不是一天养成的。这与性格有关,与脾性有关,与家庭教育有关,与经年不改的为人处世的生活方式有关。

您的为人处世的一些基本原则是什么?源之于哪些生活体验与经验?

您平时对人际关系一定有自己的把控,您有自己的"距离感"。关于人际关系的距离感,您有什么见解?

低调,与您眼下的所谓"网红"的高调,反差太大。那种当下的"网红"现象,您持什么看法?

网上什么人都有。您对别人对您的各种赞誉,或者误解,甚至曲解,有心理准备吗?您该对这些说些什么呢?

您对网红的"张文宏"和安静的"张文宏",各有什么看法?

(六)

来自媒体:"每年的华山医院各科主任年终总结会,张文宏的发言总是最让人期待的环节之一,'都是干货!非常精彩。'"

您的语言,是您特有的一个亮点。

您善于表达。这有益于我的采访。您认为自己一直是一个有语言天赋的人吗?

您平时生活中是以普通话为主要交流语言吧?

除此以外,您还会经常说家乡方言吗?

上海话也会说吗?

我想说的是"干货"。"非常精彩"的干货,我从媒体上听到或看到这样的来自于实际生活,与工作、生活休戚相关的"干货"。这些干货,我觉得更来源于您的另一个特点——细心。

您平时的细心,是您一以贯之的个人生活习惯吗?

您是个特别注重细节的人吗?

我想您应该是注重细节的人。所以我想问您,您的情感是不是也很细腻丰富?

有什么事情会让您流泪?

温情是人类共同的情感。一颗情感丰富、温和善良的仁者之心,是最值得珍视的。您说是吗?

我也有医生朋友。他们大多表现为温暖细致,善解人意。我儿时曾因眼疾去儿童医院看医生,那个女医生自始至终戴着口罩,我从未看到过她的脸,就看到她的那双会说话的眼睛。我到现在还觉得,这是我看到的最美丽的女人。我也看到医生的冷峻刻板、铁石心肠的一面。他们视死如归——当然是视别人之死如归。但这也是他们的职业使然。医生总有这样的两面性。救死扶伤,妙手回春,但同时也有救不活的时候,束手无策,冷若冰霜。

您作为一个医生,您平时对病人说得最多的话是什么?

您也会有面对病患束手无策的时候,也不可能处处药到病除,起死回生,面对疾病与死亡,您内心想得最多的是什么?

(七)

来自媒体:"上海的救治方案,就是多学科协作,集中全市优质资源,'方案就写在病人身上。'张文宏说。"

关于治疗新冠的"上海方案",您一直是很自信的,是吗?方案就写在病人身上。这是自信的来源?我们一般大众应该如何理解这样的自信?

113

您对提高新冠的治愈率也很自信吗？

您觉得最终战胜这个疫情靠什么？

还有一些问题比较"大路货"，关于我们这个城市。因为我一直觉得，一个人在一个城市生活，与城市会建立一种情感联系，还有精神联系。不管是老上海人，还是新上海人。

您对上海这个城市的印象是什么？

您喜欢上海吗？

您喜欢上海的理由是什么？不喜欢的是哪些？

您在上海居住于哪个区域？每天上下班的常规路线是什么？

您在上海工作和生活的基本社交圈是什么样的一些人群呢？

说说您在上海的衣食住行的生活感受，您能说几条您熟知和喜欢的上海马路路名吗？能说出几个喜欢的上海品牌商品吗？

（八）

我们非常非常幸运，在春节期间断然通过封城和全社会一级响应员取得初步抗疫的阶段性胜利。

一个多月过去，世界各国的抗疫过程就像奥运会长跑比赛，前面一圈看不出来，后来各地抗疫成绩慢慢拉开了差距。

——张文宏

这是一个值得关注的命题——全球抗疫的国际合作。人类命运共同体。

因为眼下的疫情，我们真的要开始为人类命运不断焦虑、煎熬下去吗？

这场疫情的发生，从您的专业角度来解析，人类真的就是那么不堪一击吗？

面对新冠疫情，人类到底还有多少看家本领？

外行看热闹，内行看门道。我当然不是内行，就看不到门道。比如，我看到您和乔纳森·菲尔丁教授（Dr. Jonathan Fielding），美国加州大学洛杉矶分校（UCLA）公共卫生医学院教授，美国国家医学院院士，以及论坛主持人美国亚洲协会南加州分会董事、在太平洋两岸积极开展抗疫募捐工作的宋海燕教授的视频对话。

您介绍了传统的中医药在此次抗疫中被运用在临床治疗中。但接下来外国人给您的问题是：来自中国的数据是否真实可信？您能否就此发表您的看法，诸如此类。您不得不花很多时间说明这里发生的事实。对此，外人似乎都抱着难以置信的态度。

我不是对这样的国际合作抱有疑虑，我是想了解，这样的国际合作，技术援助，可以得到多少医学上的效果？

疫情初期，今年1月中旬，我也在国外，国内疫情起势，内心不安，更多是因为人在外面，不得详情，21日回沪，内心觉得，上海是安全的。我也不知道这样的安全感来自何处。后来疫情加剧，也未有更多的紧张，总觉得上海会很安全。直至国内疫情向好。但随之欧美崩溃，我倒开始感到紧张不安，我不是医生，但也用得上您的一个词语"焦虑"。有许多时候，我真的很焦虑，觉得这是全人类要面对的一个坎。人类的好日子恐怕要到头了。我也许过于悲观。一般来说，这个坎，总归过得去，过去了以后，怎么办？我现在根本不知道。潜意识里，我总觉得，全民抗疫，这样的事情，中国好办，上海好办，但到了外国，常常会一塌糊涂。这些欧美大国沦陷，似乎验证了我的直觉。您甚至也提及，疫情倘若再在印度和非洲肆虐，那真的要一塌糊涂了。

您有访问学者和海外留学经历，多次参加各国合作抗疫的工作，对全球先进的医学水平和医疗体系有深度的了解。正因为此，我想请教您的最后一个问题是，我想知道，我们帮得了别人多少？我指的不仅仅是物资上的援助，是指在医学技术、医疗手段、药理学、免疫学等科学领域，我们有多少话语力量？我们能够做些什么来帮助人家？中国还能为人类做些什么？

谢谢张文宏医生。

2020/4/20

像一段留白。张文宏没有作答。但是，从张文宏的表述中，几乎可以找到所有答案。

张文宏冲锋，没有陷阵。在抗疫前沿阵地，张文宏更像个号手，他吹冲锋号，也吹集结号、吹熄灯号、起床号、出操号、开饭号、上课号……

张文宏说，他还是会经常打开这份文档。看一眼，想一想。

9月16日，张文宏接受"抖音"和中信出版集团之邀，作为"都来读书"全民阅读计划的领读人，携新书《张文宏说传染》，至直播间，发起"未来会好吗"公益直播，向网友介绍新常态下的抗疫防控知识，畅谈作为医者对人类命运的思考。

"我们和病毒之间，只隔了一个航班的距离。世界上任何一个地方的传染病，都有可能在很短的时间内来到我们身边。"张文宏开场的这句话，令许多网友心有余悸。确实，正如张文宏所说，在新冠疫情之前，几乎没有人觉得应该特地去了解传染病相关知识，因此，所有人被病毒"打"了个措手不及。到中国的疫情已经得到有效控制，生产生活逐渐恢复，防控开始进入常态化，人们心中依然存在困惑，面对与传染病共生的未来，普遍怀有强烈的疑虑和担忧。

其实，不仅是新冠，人类生活一直存在许多由病原体引起的传染性疾病。回顾历史，1918年的西班牙大流感，夺走了5000万至1亿人的生命。张文宏介绍——其实单从病毒毒力上来看，新冠病毒与那场流感病毒不相上下。之所以当年有如此高的死亡人数，一是因为当时公共卫生策略没有完全建立；二是因为当时没有抗菌药物治疗继发感染。可以说，当年的卫生条件和医药能力，都与今天有着天壤之别。张文宏认为，从某种程度上来说，人类技术的进步，目前已经超越了病毒对人类的威胁。

直播中，张文宏回忆了2003年"非典"时期的情形。张文宏感叹——他曾经设想过，如果今年的疫情发生在2003年，又会是怎样的局面？他坦言，对比当年，今天的我们可以说是幸运的。这十几年间，中国的科技飞速发展，我们比病毒跑得更快。"中国现在的病例数凭什么是零？因为我们的检测能力、隔离能力、治疗能力可以做到'动态清零'，这个动态，就是说明我们比病毒跑得更快，总是跑在病毒前面。"

那么"未来会好吗"？张文宏强调，我们必须清楚，我们与病毒是共同生存在这个世界上的，谁跑得更快，谁就能生存，"就像非洲草原上的猎豹和羚羊"。今天有新冠，明天可能还会有其他病毒，病原体永远不会离我们而去。在漫长的后疫情时代，想要与病毒长期"和平相处"下去，唯一的办法就是去认识它。张文宏表示，人类只有更加了解传染病知识，更加尊重自然规律，才能在病原体肆虐的时候永远跑在前面，继续生存下去。"也许新冠对我们的启发，就是要对自然更加谦卑，才能走得更远。"张文宏说。

张文宏曾多次在采访中坦言，自己并不喜欢站在聚光灯之下。"当新冠大幕落下，我自然会非常 silently（安静地）走开。你再到华山医院来，你也很难找到我了，我就躲在角落里看书了。"

张文宏喜欢看书。全民居家隔离时期，他便建议网友看书，以此缓解焦虑。"在这个特殊时期，可以读一读科普方面的书。"如今，他的医学科普书籍《张文宏说传染》出版，他幽默回应："疫情一旦结束，你们就可以追剧了。平时我这本书呢，放在旁边，也只能给你垫桌子而已。"话虽如此，读书人晓得，全球疫情远没有结束，读这本书，正当其时。

张文宏过去没有想过要写一本有关传染病的书。多年来，做医生，看病。他晓得，对大多数人来讲，他们最惧怕癌症、心脑血管疾病、老年痴呆症，为此保健养生、药补食补……诸如此类，成为热点，传染病几乎被遗忘。人类对传染病习惯性遗忘。现在有钞票了，富贵了，就生"富贵病"，传染病是"穷病"。2020年，新冠病毒突发，席卷全球，彻底扰乱全世界的生产生活秩序，人类着实被吓了一跳。吓得不轻，成为人类历史上一件骇人听闻的史实。随着新病原体降临的还有——人们对未知的恐惧，还有多少骇人的事情啊。如何抵御此等恐惧？写一本零门槛的硬核科普读物，便是张文宏要做的一件事情。他必须给出自己的回答。

二月，疫情肆虐，有记者问张文宏"上海方案"的治疗特点，他当时回答道："我跟你讲你一定听不懂，因为我们读的书不一样。"

现在，大家来读一本一样的书——这本书的写作力求面向大众，让人人都能看得懂。在书中，张文宏将28种常见传染病按不同生活场景划分为7大类别，并从"传染病的前世今生""传染病知识小科普""张爸敲黑板"等视角，介绍每一种疾病的历史、特性和防护手段，内容专业但文辞通俗，足以解答普通人对传染病的常见疑问。

在"抖音"上，张文宏还用短视频对这本书"剧透"："夏季被蚊子叮咬，小心这些传染病""人类已知7种冠状病毒，新冠是最狠的吗"……在张文宏娓娓道来的讲述中，普通人望而却步的医学原理显得不再艰深。有网友评论道："听了您的科普，感觉很多事都不怕了，因为人总是怕自己不懂。这本书我已经下单了。"

至于这本书的版税，则将以一个特殊的形式捐赠。张文宏表示，所得版税分文不取，将全部用于购买本书，捐给医院、公共机构和中小学等单位。谈及如此做法的原因，张文宏说——即使在后疫情时期，我也没有理由把公众对传染病的关注度转化为自己的收入，但我又非常希望更多人了解传染病知识，希望每个人都为公共卫生体系构建出一份力，这对下一步的抗疫将起到积极作用。

当疫情防控成为新常态，我们要做的就是理性、科学地补上这堂"健康常识课"。张文宏认为，让更多人看到这本书，就是让更多人了解我们今天所面对的"敌人",了解人类的未来,让全社会多一层免疫。此谓"用知识,做善事"。

书卷气。一个读书人,学以致用。做医生,悬壶济世。有一天,张文宏不响。语言少了,思想就出来了。太平世界,环球同此凉热。再去华山医院门诊大楼,看张文宏。看到他戴着口罩,上方露出那双熟悉的眼睛,眸子清澈,中有英雄泪。不言英雄自苦,生死事,大致如此。什么时候再听你讲讲啊?张文宏摆手,自顾贴着墙根离去,朝着自家门诊室,渐行渐远。再回首,历史在高处,深情凝望。

[特约编辑:余静如]

编后记

余静如

2019年冬天，新型冠状病毒随着人流从武汉迅速蔓延到全国各地，短短几日，人们的心态从无视、困惑、怀疑到恐慌，而后在恐慌中止步。网络是大众信息来源的重要渠道，此时，更成为闭门不出的人们获知最新讯息、关注疫情动态的主要渠道。一时之间，无数人通过网络发出声音，紧张、恐惧、愤怒、悲哀的情绪混杂，新闻中抗疫井然有序地进行着，人们在消极中不断寻求希望。而一段短短数十秒的视频，让一个叫张文宏的医生在网络上爆红，因为他说的两句话："人们不能欺负老实人""把年底到现在为止的医生全部换掉，换成谁，换成科室的所有的共产党员"。

张文宏的几句大白话刺激了广大网友敏感的神经，这一段视频被疯狂地传播起来，很快，大家都知道有一个张文宏，说过"让党员先上"。人们似乎第一次感觉出这样一些平平无奇的话语中蕴含的力量。更何况，张文宏还是一名身在一线的感染科医生。他很快就出现在公众的视野中，既然已经有了关注度，他可以给大众传播现阶段更重要的事情——如何预防新型冠状病毒。"华山感染"公众号，随之点击率暴增。

2020年春至今，国内疫情已经逐步得到控制，在这期间，张文宏依然时刻给大众预防病毒、强健身体的忠告和提醒。"早上不能喝粥。"这句话又莫名地火了起来。张文宏在人们眼里的形象更加鲜活，在恢复日常生活秩序之后，大众也有了进一步了解张文宏的欲望。由此，便有了这样一部作品——《张文宏医生》，作家程小莹整理了关于张文宏的数量庞大的资料，对张文宏做了细致的采访。

面对大众的好奇，张文宏似乎并不打算展现出更多私人的一面。他说："我就是个医生，感染病学科专家医生，因为新冠肺炎，因为这个病毒，我无法隐身于幕后，无法袖手观望。我需要站到前台来，说一些话来让大家听明白，但我也不是一个说书人，现在也不是回忆往事的时候……"

张文宏的态度并不让人意外，事实上，他曾表达过类似的意思，2020年2月26日，在 China Daily 对他的专访中，他曾说："当新冠大幕落下，我自然会非常 silently 走开。"

张文宏是一个医生，但医生于他而言并非只是一个职业。他对自己有着高要求，但并不严苛于人。他体谅他人的辛苦，也包容他人的恐惧。我想，他是一个有着赤子之心的人，才能真诚地面对病人、面对大众，也因此，才会在新型冠状病毒造成恐慌和不安的时候，不由自主地站出来。在人们认为自己深处险境的时刻，比起慷慨激昂的演讲、声泪俱下的抒情，最简单的话语才最能直达人心。

最紧张的时刻已经过去，在这个注重数据与流量的市场经济时代，张文宏并没有像大多数人那样想要将其变现。他的医学科普书籍《张文宏说传染》出版，他表示，所得的版税分文不取，将全部用于购买本书，捐给医院、公共机构和中小学校……张文宏对于自己的"走红"有一种十分清醒的认识——"即使在后疫情时期，我也没有理由把公众对传染病的关注度转化为自己的收入"。

张文宏所做的一切，似乎并不值得神化，但如果一个人一直遵从自己内心的原则，把自己职业内的每件事做好，又能够在社会范围内倾尽可能地贡献出一份公民的力量，他便已经不再是一个普通人。

金枝 ■ 邵丽

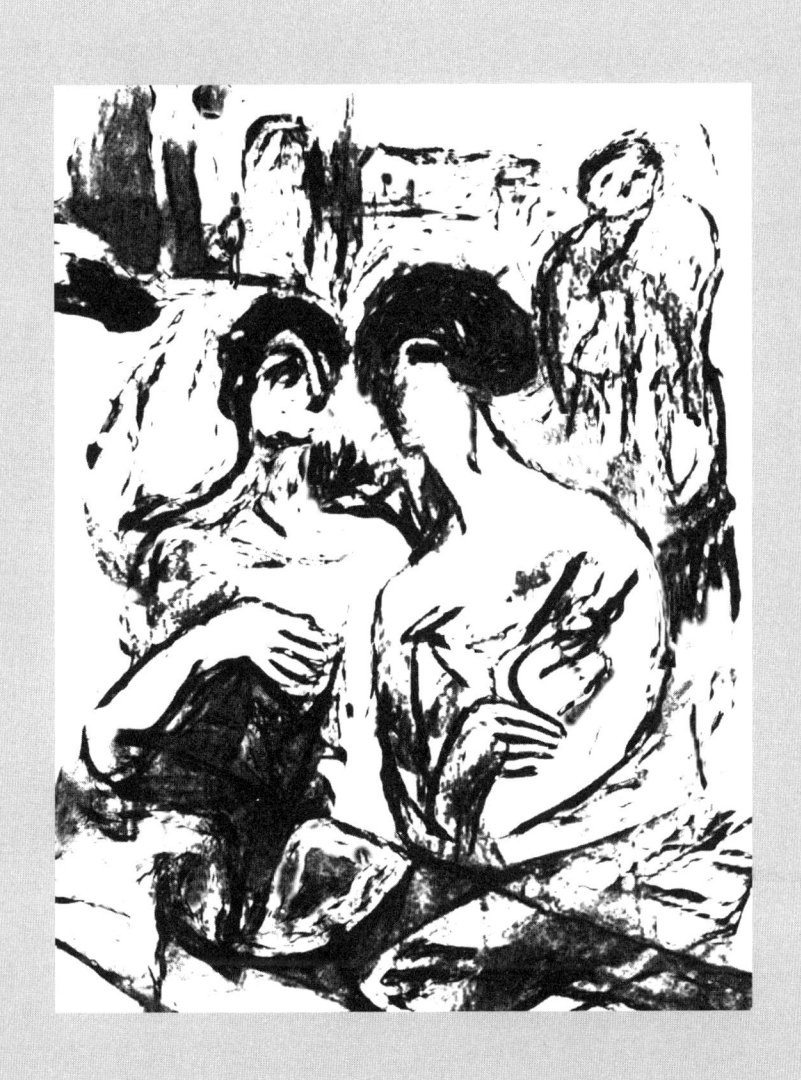

上

一

整个葬礼，她自始至终如影随形地跟着我，吃饭坐主桌，夜晚守灵也是。我守，她就在不远处的地铺上斜签着身子，用半个屁股着地，木愣愣地盯着我。我去宾馆休息，她立刻紧紧跟上，亦步亦趋。她根本不看我的脸色，也不听从管事人的安排。仿佛她不是来参加葬礼，而是要实现一种特殊的权利。这让我心中十分恼怒，不过也只是侧目而视，仅此而已。

人来人往，没有人会多看她一眼，甚至没有人关心她是谁。一个笨拙的乡村妇女，臃肿、肥胖、衣着邋里邋遢。也没人想到她跟这场葬礼的关系。

哪怕是在葬礼上，火热的七月天，我也丝毫不懈怠自己。我精细打理妆容，沉稳、得体、腰板挺得笔直，哀伤有度。我是父亲的长女，是个在艺术界有影响的知名人士。这是父亲的葬礼，我的存在，拓展了父亲死亡的高度和宽度。怎么说呢，总体看来，父亲其生也荣，其死也哀。这样的结局，对于我们周家这个大家族来说，也是一种莫大的安慰。我的两个体面的哥哥，高大俊朗，玉树临风，侄子侄女们个个皆是漂亮出众。我们以成规模的体面，接待四面八方前来吊唁的亲戚和宾朋。父母亲的朋友和同事，我们兄妹的朋友和同事，父亲家族里那些我认识和不认识的尊贵或者贫贱的亲戚……他们鱼贯而入，又鱼贯而出。一切都有条不紊，迎送、安抚、感谢。一遍遍地重复，潮水般起起落落。

那个要与我站成一排的女人只是个乡下穷亲戚而已，没人介绍她。有一些来吊唁的客人偶尔看她一眼，会向我们投来疑惑的目光。她彷徨着一张脸，面目模糊，目光呆滞，还有一条腿微瘸。总之，与我们这个令人尊敬的家庭格格不入。

她就这样坚持着，站不住了就蹲一会，不停地喝着果汁、酸奶、矿泉水。有时手里不知什么时候会多出一些吃食，比如一根黄瓜什么的，她咔嚓咔嚓的咀嚼声几乎把我的神经割断。还有更出格的，她若是看见休息室里新送来了新鲜的水果点心什么的，会暂时放弃对我的追随，快速挪动脚步走过去，将两只手抓得满满的，或者干脆把衣服的前襟翻上来，一股脑地将食物兜进衣襟里。一截臃肿虚白的肚皮和裤腰上冒出来的一段花裤衩一览无余。她可不在意这些，快速挪动一高一低的两条腿，准确地找到她要找的几个孩子。她最大的女儿已经二十多岁了，第二个女孩也十七八了，她们已经在上大学，模样倒是清秀齐整。还有老三老四。老三是个男孩子，黢黑瘦小，猴着一张不安分的脸，相貌远不及他的姐姐妹妹。她朝他们走过去。女孩混在亲戚家的孩子们中间，看见母亲一瘸一拐地过来，早已羞红了脸。尤其是大女儿，她根本不接妈妈递过来的东西，或者接过去便狠狠地丢在席子上。可以看出她的羞愤，在内心里，她应该为这样的母亲羞愧难当。

眼前发生的这些事儿，丝毫不能惊动父亲。我的父亲大隐隐于市，他躺在水晶棺里处乱不惊，神态安详，皮肤一如既往的细腻白净，面颊上尚留有红润，是化妆师的慈悲。他高大的身躯将水晶棺占得满满的，像他年轻的时候将家庭撑得满满的一样。可以伸手触摸到他的脚，白底子的黑色布鞋是我母亲一针一线亲手做的。还有崭新的送老衣服，妥妥帖帖的七件套：白色的棉布衬衣衬裤，老蓝色的棉袄棉裤，外面另罩了藏蓝色的罩衣罩裤。上衣是中式对襟，扣子也是我母亲用罩衣布编成的布绳盘出来的，一粒粒缝在对襟处，像是七个梅花骨朵。父亲清瘦，棉衣服外面再穿一件灰色的呢子大衣，丝毫不显臃肿。

父亲穿得得体而暖和，还有什么不放心的呢！

只有没有外人的时候，我才单独去看父亲，而唯有那个时候，他才是我真正意义上的父亲，我也才是他真正意义上的女儿。不管是默默流泪，还是突然而至的痛哭，我们俩都还原成了自己——也许永远也达不到那样吧，但至少他不再惧怕我了。抑或，那只不过是我自己的认知，他从来就没有怕过我。就像现在，他用沉默对抗我。我跪在棺木旁，像一个乡下女人一样嚎啕起来。我对父亲说，对不起！对不起！那一刻，我发自内心地哀伤，为了他，也为了我。真的对不起！

他充耳不闻，镇定如常。

父亲离休已经二十几年了，他和我母亲跟着妹妹一家人在深圳生活。我始终清楚父亲偏心眼儿，一直到死都是这样。他一会儿看不见我妹妹就会一声一声地喊她的名字，喊得我心慌。我偶尔去深圳看他们，即使坐在他跟前他也视而不见，仿佛他只有一个女儿。

离休之后，他好像失去了倚仗，越来越怕我。我总是呵斥他的种种不良习惯，不容分说，就像小时候我怕他。那时候他端坐在那儿，像一尊神佛，不说话就能令我心惊胆寒。什么时候我们俩倒了个个儿呢？我父亲的人生，生生活成了两截，前半截风云激荡威严有加，后半截波澜不兴俯首帖耳。他甘愿被时代和外力绑缚，这样的生活于他是一种别样的轻松，他不用太费脑子，只需顺流而下。现在他老了，活成了孩子们的玩具。我女儿和几个子侄都喜欢逗弄他，他反而甘之如饴。我最后悔的事情是曾经把女儿交给他们带，女儿上幼儿园跟着他们生活了两年。一日三餐，父亲都像老奴才一般地伺候着，或下着大雨撑伞去端一锅生氽丸子，或为买几个刚上市的沙果跑几条街。有时候那个被他们宠得上天入地的小毛丫头会因为时间稍微慢一点而拍桌子嚎啕，有时候我父亲汗津津地跑回来，她早已对那个东西失去了兴趣。他不但不生气，还现出一副巴结的神态。那时我非常惊讶，这是我的父亲吗？

是的，这的确就是我的父亲。

我女儿就是这样生生被他和我母亲惯坏了。她不吃青菜，我母亲就把青菜包在饺子里。我父亲在一旁央求她，吃一个，再吃一个吧，吃一个奖励五块钱！我女儿那时才上幼儿园大班，每顿饭都能挣到一张大钞。这样一个慈祥得像一尊泥佛的老父亲，我和他之间并没有半点亲昵。我任由他一天天老去，像一盘丢弃的石磨。他行动迟滞，拖泥带水。我看着妹妹给他剪头发剪指甲，给他洗脚。我从来没有做过，也从未尝试去做。但我知道，如果我这样做他一定会拒绝。他是真的怕我，或许怕这个字不够准确。他怵我，那是一种无从表达的、既司空见惯又小心翼翼的缄默。他不和我说话，却招呼我妹妹，压低声音吩咐，你姐爱吃鱼，你买菜时买条新鲜海鱼，清蒸。他悄悄地对她说，惟恐我会听见。这样的小伎俩我早已经习惯了，睥睨地任由他表现聪明。我大口吃掉半条味道很不错的新鲜石斑鱼，貌似一点儿也没想到这条鱼是由他安排给我蒸的。他吃饭慢，我用筷子点着碟子里的菜，让我妹妹往他碟子里分一点。妹妹仔细地剔去鱼骨头，我便指挥，淡了一点，浇点汤汁在上面。我一句句说着，自己却不肯动手。

父亲死得一点都不突然，他决绝地要求从深圳回河南，我的劝阻完全不起作用——在此之前，我已经以健康为由数次劝阻他回来。但他这次没有屈服于我的强势，一脸笃定地要我妹妹订机票。我妹妹小心地问他跟我商量好了没有。他说，跟她商量什么？你要不买，我走着也得回去！

他回来了，自然是带着我母亲和我妹妹，他离开她们俩犹如鱼儿离开了水，会窒息。他们回来了，但我也没有彻底妥协。我说，既然回了郑州，就在这里好好住一段，不能回颍口了！他没看我，静静地看着远处，并不畏惧，一副听天由命的样子。自从他离休之后，在我面前，或者在所有人面前，这样的姿态还是第一次。

颍口是他工作和生活了一辈子的地方，一直到离休。

我让他们住在我另一处老房子里，他同意了。虽然他一直生活在深圳，但我知道他骨子里喜欢河南。这里四季分明，热天也是干爽的，不像深圳那么潮腻腻的。他惬意地半躺在沙发上，竟是一脸童真般的满足。咱们家的天真是好受，他无限感慨地对我母亲一遍遍地絮叨。我对此一脸不屑，觉得他这样夸张只是为了强调他回来的决定是多么英明。他心情大好，孩子们都去看他，他越发地表现他的慈祥。给他们包包子吧，要大肉白菜。他大声说。牛肉馅的，不知道自己血脂和胆固醇都高吗？我也大声说。就吃大肉的，掺白菜粉条，去买两斤五花肉。他断然地吩咐我妹妹。他的这种笃定竟然真的震住了我。

他本是个吝啬的人，他和母亲退休后的工资，一定要自己存着，存折也是他亲自放着，过几天就要掏出来看一看。他说，你妈不会算账，一辈子也没攒下什么钱，存折不能让她管了。我妈苦笑着，她的确一辈子不会管钱。我讨厌算账，算来算去还能多算出一些吗？与其说她不会算，不如说每个月的收支让她心乱不已。母亲生性不会抱怨，她几十年如一日，每天照看一大家子人的吃穿用度。如果再让她算计资金来往，还不得把人愁死？怎么算能多出一些来呢？索性花一张算一张，剩下的钱用橡皮筋一扎，花到哪天算哪天吧。没离休的时候，父亲是完全没有钱的概念的。可晚年他却把钱管得死死的，不到万不得已一分钱都舍不得取。他们长期在深圳小女儿家生活，一住就是几十年。我半开玩笑地提醒他，钱存着干什么，总得自觉点，给人家点生活费。他充耳不闻，要么面无表情，要么顾左右而言他。

回到郑州的那一个月，他一反常态，不停地要我妹妹替他取钱。然后他对着一个小本子念念有词地精心计算，一笔一笔煞有介事地写下来，后来我们才清楚他是在合计每一个孩子应该分多少。形式要衬托得了内容，所以一定要现金，还要红色的大信封。从银行取出来的钱，他蘸着唾沫一张张地数了一遍又一遍。每个孩子都分到了钱，从万精确到元。我女儿和大侄子那一年高考，他一直等到他们考试结束，把他们叫到跟前，亲手分给他们每人一个大大的红包。这是你们自己的钱，日子长着呢，一定要省着花。他自己激动得声音颤抖，仿佛这巨额的财产足以支撑孩子们此后的生活。

钱很快分完了，我父亲长出了一口气，似乎完成了最后一件人生大事。他和我母亲离休后，他开始攒钱。养老金从最初的几十块、几百块涨到了几千块，这让他异常满足，存折上的数字每个月都在上升。其实，几十年下来也没几个钱，只是他从不消费，不知道手里的钱到底意味着什么，拿如今的几千块和过去的几十块钱比较，睡梦里都有一种诸事圆满的成就感。要说这本是他和我妈两个人的养老金，把这钱分下去，至少应该和我妈商量商量。但他没有，直接替她做了主。我妈似乎也不在乎，分就由他分了去，他说啥就是啥，不同他抬杠。我妈总是安详地说，我怕啥呢，我有四个儿女，四个儿女就是我的四个银行。

给我女儿和侄子分了钱几天之后，他再次坚定地提出要回颍口。凌晨五点，他便唤醒我母亲。他说，起来，我要回咱家去。我母亲睡得正好，有些气恼地爬起来，看看天还未大亮，本想呵斥他再睡会儿。突然觉得有些异样，她看见父亲衣服穿得好好的坐在床尾的椅子上，目光炯炯有神地看着她。平时他穿老头衫，裤子也不甚讲究。今天他穿着中式对襟的亚麻短袖上衣，他总是系不好那些盘扣，要喊我妈和我妹妹帮忙。可是今天，扣子一个个扣得规规矩矩，裤子鞋袜也都穿戴齐齐整整。母亲打了一个激灵，有了某种不祥的预感，赶紧给我大哥打电话，她要他赶紧带车来接我爸回家——他们离开颍口二十多年了，那里仍然是家。我大哥也从我母亲的口音里听出了异常，鬼使神差地，他要了一辆救护车过来。后来他说他有种直觉，母亲这么早打电话，又是那种语气，肯定有问题。

大约早上五点半钟，大哥在路上打通了我的电话。我带着女儿在鸡公山度假，那时还在睡梦里。听了关于父亲的消息，我有些烦躁地说，他是不是又在撒娇？你们不要助长他，等两天我们就回去了。我听到电话那端我哥哥叹了一口气，然后就沉默了。大哥不像我们别的兄姊，都随了父亲家族基因里的神经大条，他敏感而又谨慎。大哥没说父亲要回颍口的事儿，他做不了我的主，但他大约预感到了一个无法控制的局面。挂了电话，到底是睡不着了。父亲回来这些日子就像个任性孩子一样，总是要找个事由让我们去看他，每次我妹妹替他打电话催促，都像有要紧事。我们去了，他又没什么事儿，只是磨磨蹭蹭不想放大家走。他目光游移，手足无措，好像做错了决定的孩子，一副欲言又止的样子。但无论如何，不至于早上五点钟发神经啊！我喊女儿起床，她比我脾气还大，嘟囔着不肯起来。这才几点，你带我出来是过假期还是拉练？我给妹妹打了个电话，我妹妹一秒钟就接了。她的情绪是紧张的，但她说爸刚才喝了半碗奶，吃了一个鸡蛋，并且说，大哥已经安排好车子来接我们了。我说，去哪？她说，爸要回颍口。我一下就上火了，问，谁答应他回颍口？不是不让他们回去吗？妹妹迟疑了一下说，他想回去就让他回去吧！我气得一阵烦心，忍了一下，长长地吐了一口气。人老了，比不懂事的小孩都难缠。

　　我安慰自己，他还是像往常那样，只是任性一回而已。于是，挂了电话，就倒头又睡了。

　　但是躺在床上，心里头沉坠坠的，一种没有来由的恐惧攫住了我。我万分烦恼地坐起来，打开窗户呵斥了一通窗外的鸟。它们一个个比赛花腔似的没完没了地聒噪。山上的空气极好，也很湿润，七月的早晨还有点儿微凉。凉而腻甜的气息让我接连咳嗽起来，女儿烦躁地把头埋进被子，好像我也成了一只讨人厌的鸟。我起床收拾东西，并强行把女儿从被子里薅起来。我说，我们得走，你姥爷不太好。一个多小时后，我们已经坐在回去的车子上。

　　飞驰在高速公路上，突然而至的手机铃声惊得我魂飞魄散。其实我知道，那电话正是我所恐惧和等待的：妹妹在电话里泣不成声，她说，姐，爸没了！

　　父亲的死成为我一辈子无法抵达的去处，但我也未必想抵达。即使我赶回去，甚至根本没离开，那又如何呢？真的见着了，只要他一息尚存，我们父女之间的关系永远就是那样，不会有什么煽情的告别。我不会抚摸他，或者拉住他的手。他亦是躲避我，根本不会给我这样做的机会。我们很早很早的时候就习惯了漠视对方。

　　能校正这一切的，只有死。

　　我看到他的时候，他还躺在医院的病床上，已经穿上了母亲一年前便亲手缝制好的寿衣。我哥哥说，爸刚上车的时候精神很好，路上一直都在说话。后来他说有点累，就躺着不动了。同大哥一起跟着车过去的宋大夫将他头部的枕头尽量放平，他要求他闭上眼睛休息。宋大夫是父亲多年的朋友了，父亲在颍口的时候，每年都是宋大夫带他体检，他几乎算是父亲的私人医生。真的，即使后来父亲住在深圳，大小有点不舒服他都要给宋大夫打电话，宋大夫不发话他就拒绝看别处的医生。那天我父亲闭眼休息时，宋大夫例行公事般地替他把了把脉，说，输一点营养液吧。他是退休后又返聘回医院的专家，比父亲小不了多少，已经满头白发。他让护士给我父亲扎上了点滴。父亲对他完全信任，任由他安排，不像对其他医生，恨不得打问十万个为什么。但宋大夫也感到异样，父亲这回见着老朋友，神情明显不像过去那么激动和热络，甚至可以说有点淡漠，寒暄了几句就不再说话了。快到颍口时，宋大夫碰了一下我大哥的胳膊，说，先别回家了，去医院检查一下吧！

　　救护车直接去了医院。父亲躺到病床上的时候，还很清醒。他等待着他的子子孙孙到来，最后一次查点了他们。除了我们一家三口，别的全在。他努力睁着眼睛，坚持着，他变回了他自己，像一个忍不住打瞌睡的老人那样。我设想，他那会的心事一定拥挤而又有秩序，他或许想拣重要的说点什么，但没说出来，只如释重负地吐出一句，到家了，我睡了。我妹妹说，爸爸爸，您别睡，我姐他们就快到了。父亲的眼珠晃动了一下，张了张嘴，最终还是什么都没说。然后，他的眼睛像一扇门那样缓慢而沉重地合上了——虽然说悄无声息，但妹妹给我转述的时候，我觉得父亲上下眼皮碰在一起沉沉关上时，一定会是电闪雷鸣，噼啪作响。

　　一直守在父亲病床边的宋大夫摸了摸父亲的后背，说，走了。抓紧时间擦洗换衣服吧！

然后，他站直身子，立在父亲身旁，好像被自己刚才的言话吓着了似的。他望了望我母亲，像个手足无措的孩子一样不安地搓着两只手。虽然死亡这种事情他经常遇到，但毕竟他和我父亲有着几十年手足般的交情，他也不能相信他就这么走了。

好在母亲并没有惊慌失措，她无声地哭泣着，匆忙地安排两个儿媳妇赶去家里取来他的送老衣服。她说，要快，不然身子变凉就不好穿了！衣服就在卧室立柜左边最上边那一层，蓝花布包裹着的。一年多前她亲手放进去的，她记得清清楚楚。

原来，虽然我们从来没有商量过，但是父亲随时都会离开我们这个念头，深埋在我们每个人的心里。

交代完父亲的后事，我母亲像忽然想到什么似的在屋子里寻找着。大哥说，你找什么呢妈？

她说，语同她们呢？她们去哪了？母亲问的是我。

大哥已经泣不成声，他觉得母亲是被这突然而至的打击弄糊涂了。但他什么都没说，把母亲搀到一旁坐下。母亲的脸晃白得像一块肥皂。

一个多小时的工夫，父亲就穿戴好了出发的行装，像个新崭崭的新郎官，面带笑容，从容不迫。不过他这一趟将是一次漫长的旅途，漫长得永远也走不回来了。我的小姑哭泣着在他手里塞了一块馒头，另一只手里则放了一根刚刚收拾好的小榆树的嫩枝条。树枝被哪个孩子仔细地剥去了外皮，新鲜白皙，散发着沁人心脾的清香。姑姑哭着说，大哥，路上要是遇见狗就用棍子打它，要是打不过，就把馒头扔给它，记住啊！

我就是在那一刻走进房间的。我以为我会紧张。可是没有，我甚至可以说有点不用面对告别的轻松。我看了看我的家人，他们也正看着我，我一瞬间为自己的不紧张而紧张起来。我轻轻地走到父亲身边，迟疑了一下，好像验证一下他是真正死去了还是一次恶作剧。我小心翼翼地握住他的手。父亲的手干爽而绵软，皮肤白皙，指甲干净整齐。我握紧又松开，确认他不在了，是真不在了，尽管父亲的手还有点余温。

父亲的嘴一直张着，怎么都合不上。我表姐一直帮他按摩也无济于事。我姑姑小声地对我说，他是在等你呢，你去跟他说说话吧！我被她推着俯下身子，脸几乎贴到他的脸上。从我五岁时我们之间疏离开始，这是我几十年来第一次这么靠近他。我将手掌轻轻地抚在他的嘴上，我说，爸，你一辈子都偏心，就这么一会儿都不肯等等我？他的腔子里似有一丝响动，一口气若隐若现地哈在我的手心里，嘴慢慢合拢在一起了。他是真的在等我！我登时大恸，抱着他的头大哭起来。母亲命令妹妹把我从他身上拉起来，她说，别让她把你爸的衣服弄脏了。我母亲几十年都是如此，仔细地关注着我父亲的干净整齐，连死都不放过。姑姑也拉了我说，眼泪不能滴在老去的人脸上，他来世会多有伤心事的。

那时是上午十一点的光景，阳光灿烂，树叶子绿得耀眼。一只喜鹊飞向另一只喜鹊，它们没有因为我父亲的死而停止欢娱。蝉鸣叫得凄厉，它似乎是懂得的，叫声更似哭声。我在病房里一棵栀子花边上枯萎下来。

我的父亲没了。即使我再大声呵斥他不能喝酒，不能抽烟，不能不吃青菜，不能光着膀子睡觉……他固执地闭着眼睛，嘴角微微上扬，好像在嘲弄我，好像说，去你的！我再也不会听你的了！我看见他的嘴唇翕动，是的，他完全不听我的了。我再看我的母亲，她却一眼都不朝我这边看。她是个大度的人，不会因为我的迟归而生我的气。满屋子人影幢幢，她只看得见我的父亲，看了一辈子都没看够。我发现我母亲的头发还是油黑的，茂密得不像一个七十多岁的老人。哀伤让她的脸显得楚楚动人。我母亲是一个好看的女人，一辈子都是。

二

穗子是用八抬大轿抬进周家的，送亲的队伍排得老长老长，在飞扬的尘土里好像一眼望不到边似的。凹凸不平的乡间土路上，铺着一层细面似的砂土，人欢马叫，尘烟四起。镇上响器班的唢呐李拿了两边的赏钱，脸憋得通红，吹得甚是卖力，一个高潮接一个高潮。《百鸟朝凤》里真有一百只鸟叫？看热闹的孩子们吵嚷着。大公鸡打鸣的时候，小孩歪着头去看着唢呐，眼睛都不敢眨一眨。声音太过真实了，他们担心老李那只铜管子里会不会伸出一支翅膀。嫁妆总得有十几担吧，前边是用红绸子捆扎结实的柜子桌椅、被子衣物，后边是几大食盒馃子点心。管事的婆子一路走一路给孩子们撒些吃的。马蹄酥馃子个个炸得比马蹄子都大，两个孩子才给分一个。

穗的娘家也是颇有实力的大户，打发闺女丝毫不肯将就。当地娶媳妇高兴抢点，一个村里若是有两家同时迎亲，谁家上路得早就占了好儿。有些心急的，夜里过了子时就吹吹打打出发了。村子里已经过了几拨队伍，穗子她妈差人看了又看，一次次都不是奔她家来的。一直等到日上三竿，周家的花轿才终于来了。让穗子的爹妈更不高兴的是，新女婿未来迎亲，骑在马上的是新郎家捡的一个孩子，说是叫庆凡。穗子娘暗想，这庆凡倒是生得人高马大，好个周正模样。庆凡下了马，来到堂屋便对着二位老人噗地跪下磕了三个响头，嘴里忙不迭地连声道歉。满面堆了笑说，大伯大妈，我奶奶让我代他赔礼了，我启明兄弟兴许是慌着娶媳妇肠胃积着火了，上吐下泻，昨夜闹了一宿没止住，根本起不了床。

二老听了，只能是大眼瞪小眼，心里虽然气得不行，但是嘴上却说不出来。天到这般时候了，婚嫁的日子是两家出的大价钱请大师看的好儿，七月二十七，婚嫁大吉。日子提前半年就定好了，何况两边都准备得旗鼓停当，总不能因为生气改日子吧？穗子爹倒沉得住气，让庆凡赶紧起来。穗子娘慌忙问道，替接媳妇倒是有先例，也不犯什么忌讳，姑爷总是能下地拜堂？庆凡稳稳地说道，这个请二老放心，我奶奶说了，就是两个人架着，堂也是一定要拜的。穗子娘斜睨了一眼庆凡，见他礼数周全，落落大方，倒像个正经少爷。心想，那生病的女婿若是这般懂得礼法也就好了。转而一想，人家捡的孩子都这般懂规矩，何况那头等着的还是一个少爷呢！

下午，送亲的人回来回话说，那个叫庆凡的没有说诳话，新女婿果然自己起来拜了堂。不过下面的话他们没有敢说：新郎拜堂也是潦草行事，看着还是个十几岁乳臭未干的娃娃，面红耳赤地被主婚人指使着匆匆行了礼，就拱别的屋里了，喜宴上也没出来敬酒。

娘家爹妈也算是松了一口气，无论如何闺女是顺顺当当出门子了。他们又哪里知道，行礼后的事情送亲的人是看不见的。新郎被人强迫着牵了红绸，看也不看新娘一眼，只把她送到新房门口，丢下就走。他在耳房里扯去了长袍马褂，一头钻进庆凡的房间里再也不肯露面了。

庆凡一夜没睡好，正要躺到床上歇会，看见新郎进来便打趣说，你来我这干嘛？还不快去和你媳妇说说悄悄话儿，好好亲热亲热？新郎跺跺脚，半认真半生气地说，哥啊，谁让你去接的？你接的你要！庆凡嘿嘿地笑着说，奶奶说，我只是去把人接回来，别的没我事儿。新郎也噘嘴瞪眼道，奶奶也说了，我只陪那女的磕几个头，别的也没我事儿。顿了一顿又说，我晚会就和奶奶说去，把那媳妇给你！庆凡起来挠他的痒痒，两个人叽叽嘎嘎地滚在床上。那时候，新郎真的觉得这就是一场玩笑。

新媳妇是由两个本院的嫂子扶进洞房去的，虽然她脚小，步子却迈得稳稳当当。这新娘出奇地倔强，从娘家到婆家十几里的路，愣是一滴眼泪不肯落。临上轿的时候，娘家嫂子递给她一块手帕子，悄悄说，要哭的，出门子闺女上轿时要狠狠地哭，哭透了，往后才能把日子过亮堂！

周家这边是祖母当家。新媳妇还没坐稳，洞房还没闹开，老太太就进新屋里来了，说是要跟新娘子说会子话。她像相面一样上上下下看了半天，然后又拉了拉新媳妇的手相看。手上皮肤细腻白皙，却是大而结实，一看就是做活的好把式。问了针线，回答嫁妆衣裳还有鞋子都是自己做的。奶奶借口看鞋子，就去看那脚。裹得是真好，到底是富贵人家的小姐。普通人家的闺女，哪有功夫裹得尖笋一样的一双好脚？用手比了比，禁不住笑道，还不足三寸！身量不高，腰细屁股大。祖母非常满意，这孙媳妇是她托媒人挑的，看这身段，指定好生养小子。

新郎周启明没想到奶奶是个说话不算话的，哪里是磕几个头就了的事儿？他被她关在新房里锁了半个月，酒肉饭菜都是用托盘从窗口送进去的。任他砸门叫喊，外面一个应声的都没有。他在门缝里提着庆凡的名字大声喊叫，哥快来救我！哥你过来放我出去！周庆凡，你再不吱声等我出去拧下你的头当尿罐。他的喊叫声越来越凄惨，到了后半夜越发似鬼哭狼嚎。天亮的时候他坐着睡着了，一觉睡到晌午都过了。老妇人着人去门口吆喝了他几声，半点动静都没有。屋子里终于消停了，他嗓子也哑了。不是喊不动，是他明白再喊也没用。

周启明在黑檀木椅子上靠了三天，骨头都靠断了。后来又累又饿实在坚持不住，就狼吞虎咽地吃了些一日三餐照点送进来的东西，鸡骨头啃了一地。吃饱了又实在觉得心里沮丧，索性拿起酒壶猛灌自己。到底是个没经见过世面的毛孩子，哪里知晓酒的厉害，喝着喝着就找不着北了。他也不知道自己昏睡了多久，一觉醒来发现自己枕在新娘子的臂弯里，两个人浑身上下都赤条条的。他想挣脱，却被女人的软玉温香弄得浑身乏力，手脚像被捆住了一般。穗子娇小，一对乳房偏生得奇大，比刚出笼的新鲜馒头还喧腾。周启明被馒头包围着、挤压着，他觉得浑身燥热。就像游泳的人一头扎进水草里一样，他越是挣扎，那水草缠得越是紧。最终，是他自己放弃了，任自己的身体顺流而下。一次又一次，他重复着这种蒸腾，力气大得如一头牛犊。他几乎分不清到底那是梦，还是醒。直到穗子在他身下嘤嘤地哭出声来，他才如梦初醒，惊出一身冷汗。

　　穗子那年二十一。媒人说，她大周启明三岁。三岁是个吉祥数，女大三抱金砖。其实她比周启明整整大六岁。

　　周启明是夜晚翻墙离去的，他没有回县城继续读书。一场突如其来的婚事，把人都丢死了。他怕同学听说了笑话他，更怕奶奶再去学校弄他回去。他趁黑摸进厨房，往书包里装了几个馒头和一块熟猪肉。他事先打听好的，出门朝南走，直接奔竹沟而去。周启明去竹沟寻找他爷爷去了，爷爷在那里闹革命，寄回来的信封上有地址。他不懂得革命，也不知道竹沟是"小延安"，是中国革命的摇篮。他更不知道这次南下寻亲，会改变他和穗子一生的命运。

　　路途的遥远超乎他的想象，腿脚都快走断了。过去他在城里读书，三十多里的路程都是庆凡驾着马车接送的。他在学校一关就是个把月，见了接他的庆凡，兴奋得像狗打摞一样。两个人总是说说笑笑，一路上偷瓜掠枣，摸鱼洗澡，只嫌路程太短。周启明真后悔没拉了庆凡一起走，要是哥俩一起该多好！他为此后悔了一辈子。馒头和肉很快吃完了，幸亏他口袋里装有几块钱，一路上马不停蹄。鞋底磨穿了，睡车马店里还弄了他一身虱子。他并不知道能不能找到爷爷，若找不到该怎么办？忽然有那么一刻，饥寒交迫的他失去了最后的勇气，偷偷躲在店家人牲混居的房间里呜呜痛哭。他想奶奶，想奶奶擀的香喷喷热乎乎的茄子面片。面盛到碗里，再搁点油，撒一撮香葱和荆芥叶，他能吃三碗。那天夜里，庆凡追上了他，给他带的

馒头夹肉还是热的，他想着吃饱了就跟他回去……梦是黑白的，但他醒的时候唇齿还有着煮肉的香味。赶路的人都已经收拾好上路了。他癔症了一会儿，待梦中的香味逐渐淡去才突然清醒过来。我不能回去！我不能回家去了！

　　那个时候，他离祖父还剩半晌的路程。

　　祖父周同尧很容易就找到了，他可是队伍里响当当的团长，参加过长征。老家人都说他在外头当了大官，又娶了新婆娘。周启明找见了爷爷，却没见着爷爷新娶的女人。后来听别人说打仗的时候牺牲了。他只字未提及奶奶给他娶媳妇的事儿，万一爷爷问起来，他相信撒一个谎就过去了。他觉得不回去，家里人找不见他，便没他什么事了。可是爷爷根本没打算问他这些，看着胎毛还没退净的孙子，高而瘦，面皮白净，连右耳朵上的拴马桩都跟他一模一样，一眼看去就是他们老周家的种。很多事情不需要打问了，只淡淡地问了一句，家里都还好吧？就再也不提及别的家事，更别说问起奶奶。这让刚离开家就万分想念奶奶的周启明热络络的心里多少有点失落。但很快他就明白了，爷爷现在是公家的人。爷爷就住在团部里，人来人往，说些他听不懂的话语。爷爷一会儿喜一会儿忧，一会儿严厉一会儿开怀大笑。祖孙俩之所以没有时间唠多少家常，是因为爷爷的每一件公务都比他周启明和他们周家的事情重要。爷爷说，他是公家的人，活着就得一直闹革命。

　　爷爷着人给孙子弄了半盆肥肉片炖白菜粉条，放了红噜噜的一层辣椒。祖母每年都让人辟出两亩地种辣椒，那时他搞不懂家里人为什么都称辣椒为秦椒。秦椒长红了，一筐筐摘回家来，雇几个年轻婆娘

连明扯夜用细麻绳将它们串起来，一挂一挂地吊在钉子上，每一面屋墙上都挂得满满的，好看得没办法。可不只是好看，祖母会做一罐子一罐子的油泼辣子。先把秦椒炒焦碾碎，放在一只只陶罐子里，加一点碎盐，然后用熬制好的热猪油泼到辣椒面上，那种油椒香气要好些日子才会从屋子里散去。热馒头掰开，挑一疙瘩猪油辣椒加进去，香得跳脚。周启明在学校网罗了一大帮狐朋狗友，一半都是馋他的辣椒罐子。村子里别的人家鲜有种辣椒的，也不大习惯吃，他们顶多嘴口实在寡淡时才到周家寻一点。老家有句土话，辣椒解咱穷人的馋。说起来周家是高门大户，为什么喜欢种辣椒呢？周启明听他姑姑说的，因为在西安念书的祖父爱吃辣椒，一家人都跟着吃辣椒。辣椒种子也是祖父从陕西带回来的，所以叫秦椒。祖父出门多年不归，祖母依然是一年不拉地种，她是等着他随时回来，他回来不能缺了辣。周启明想着秦椒的事，有点可怜奶奶。爷爷到底是没问她一句。

伙夫将菜盆子搁在桌子上，另有一个黑乎乎的白布袋子里装着几个大馒头。爷爷看着他，自己坐一边抽着烟。周启明给爷爷让了一下，爷爷点点头让他先吃。周启明虽然这些天来饿坏了，但肚子里并不缺油水，只捡了一点瘦肉和白菜叶子吃，馒头也是勉强吃了两个。爷爷撅灭了烟，把剩下的几个馒头一起掰碎扔进菜盆子里，端起来风扫残云，汤汤水水都吃了个干净。他用手背抹了抹嘴说，奶奶，快一个月没吃到荤腥了！老家人都说爷爷在外面当了大官，吃香的喝辣的，眼前的情形让周启明心中涌起说不出的怜惜。他出生就未曾见过爷爷，说不上有什么感情，但看见他的第一眼就觉得心里亲近。打小就听村里老人说他长得像爷爷，到底是根上亲。他想，爷爷要是在家，保准奶奶天天安排人杀猪给他吃。

你是跟着我闹革命呢，还是给你点盘缠让你回家？爷爷又点上烟，以公事公办的口气问道。

周启明一时有点糊涂。他不知道什么是革命，也不知道是好事还是坏事。如果是好事，干嘛要闹呢？但看着爷爷严肃的样子，他也不敢打问。家自然是不能回的，就这样吧！先跟着爷爷闹一阵子革命，摆脱了家里的那件事情再说。

我留下闹革命！周启明半是清醒半是糊涂地点着头，他那时还完全体会不到一个月吃不到肉的滋味。

周启明虽然只有十五岁，却生得高大俊朗。他有文化，正念着师范。爷爷试着让他写了两次简报，对孙子的能力甚是满意。那时候部队正缺文化人，他丝毫没考虑到避嫌，直接留他在团部当文书兼文化教员。可没过几天师长发觉了此事，他带人闯到团部大声嚷嚷，老周这里可不是你周家庄，你亲孙子来也是要报告的，你老小子是带头违反组织纪律。说着扯了周启明的衣袖，相牲口一样上下相看了，说，瘦是瘦了点，一顿加个馒头准能壮实起来。接着他问了周启明的功课，小子倒也不怯，对答如流。他递给他一截子粉笔，再让他在他们研究作战规划的小黑板上写几个字。这周家可是门里出身，人人生下来都能写一手大气周正的好字儿。师长严厉批评了爷爷，说当下正是用人之际，你这算是截留人才。师长发完脾气，饭也不在这里吃，直接将周启明带去了师部。走在路上他哈哈大笑，对周启明说，我不用这个办法，还真不好把你这个小秀才从他手里抢过来！周启明悬着的一颗心终于落了下来。这个面阔口方，剑眉星眼的山东大汉实在是个有趣的人，一路上给周启明说了许多他爷爷的笑话，你这个爷爷可是个大情种，当年为了追求我们的战友梅翠屏，一天写一首诗，跑几公里去看人家一眼。唉，他也够苦的，和梅翠屏同志结婚七八年，聚少离多，好不容易调到一处，翠屏同志却在战斗中牺牲了，他这些年都还没放下这段痛心事。师长说的这些话，让周启明半个多月来的疑虑慢慢消解了。原来，干革命的人也是人，也有个人感情呢！可他又想起自己在家苦等的奶奶，我奶奶在爷爷心中算什么呢？奶奶不识字，爷爷和她结婚时不会给她写过一封信，写了她确实也看不懂啊。可无论怎么样，奶奶的心也一样会疼痛的，爷爷他想过吗？对于这一点，周启明还是有点怨着爷爷的。

就这样，周启明只跟了爷爷没几天，就到师部跟着师长当了秘书。一直到解放，他始终跟在师长身边，跟师长比跟爷爷还亲。解放后师长到地方当了地委书记，他仍然跟在他身边，这已经是后话了。

周启明的老家解放得比较早，是1948年的年中。那年的年底，快过阴历年的前夕，已经跟着师长转战过鄂豫皖地区的周启明给家里写了一封信，要求跟穗子打离婚。他先是恳求奶奶要有新思想，理解干革命的人。他读了这么多年书，又闹了几年革命，不可能再回老家跟一个不识字的小脚妇女一起生活，这种包办婚姻必须彻底解除。然后又威胁说，要是奶奶不答应我离婚，我就永远不会回去见你们了！

他哪里知道，自己控诉旧式婚姻的这种说辞，正一脚踹在奶奶的心口上。奶奶不也是一个不识字的小脚妇女？莫非爷爷抛弃他几十年也是对的了？祖母一夜间好像瘦了许多。也不完全是因为马上要过年的原因，她藏好那封信，让唯一知道的庆凡不能走漏半点风声。周启明离家三年多，穗子的女儿拴妮子已经过了两岁，会满院子跑着玩儿了。周启明并不知道这个孩子的存在，不知道自然就可以视作不存在。

代周启明迎亲的庆凡是祖母收养的孩子，说起他来是有故事的。当年庆凡的母亲带着儿子要饭，很晚才走进了上周村。有热心人给她指了条道儿，她就带着孩子走进了周家。周家奶奶是个远近闻名的活菩萨，她看着这孤儿寡母在夜色里走进院子，便站起来迎着他们。母亲虽然寒衣素服，但干干净净的，说是带着儿子出来要饭，神情里头却有一份尊贵。儿子大眼愣眉虎头虎脑，也是忠厚之相。来不及多问，祖母连忙安排人给她娘俩做饭。热腾腾的馒头香喷喷的菜，汤汤水水像待客一样周到。

母亲带着儿子住在周家的偏房里，一连几天，天还未亮就爬起来自己找活儿干。洒扫庭除，烧锅倒灶，洗衣拆被兀自忙个不停。第四天头上，趁天还灰着，母亲自个儿出去了，让庆凡给奶奶带话说，先把庆凡托付给她。她出去寻个亲戚，也可能时间会长一点，别着急等她回来。

去就去吧。奶奶并没太多心，她觉得那女人是个实诚人。谁知两天后在几里外的颖河岸边发现一具女尸，有人过来报信说，像是来这里讨饭的女人。祖母心中一惊，料想这女人是寻了短见，便带着庆凡赶去认尸。庆凡的母亲已经泡得不成样子了，衣服和大致模样却是认得的。庆凡没有走到母亲跟前，便扑通跪倒在地嚎啕大哭。周老夫人也不管他，待他哭够了，便揽过他往回走，不让他再看母亲不堪的尸体。老夫人安排人把尸体拉回村里，把自己过年的新袍子从箱底翻出来给她换上。外面已经有人寻了一副现成的棺材，就在自家的地边上挖个坑给埋了。

那时庆凡尚未满八岁，他被这突然而至的打击弄得傻一般。初省人事的他，自己还不会拿主意，也没有更多的路子供他选择。他像丢了魂儿一样紧跟着奶奶，寸步不离。奶奶心疼这个没了娘的娃儿，处理完后事，便把他喊到跟前说，孩子，你要是有处投奔，我给你拿点盘缠，安排人将你送过去；你要是没处去，就在我家待着吧。有我们一口吃的，就不会让你饿着！

庆凡想也不想，扑通就跪下，磕了三个响头，脑袋都磕出血来了。奶奶平静地看着，也不去拉。

孩子，奶奶严肃地盯着他，男人膝头有黄金，可不是随便跪的！你真想好了？

想好了！庆凡低着头，闷声闷气地说。

站起来，去洗洗吧！

上周村的老周家留不住男人，周同尧和周启明从部队转到地方时，周启善恰好高中毕业，死活闹着要跟着爷爷在城里工作。那周启善实在是可爱，一双大眼睛乌溜溜的，勤快，且嘴巴贼甜。爷爷刚开始还嫌弃这个小孙子秀气得像个假妮子，他却一句一个爷爷，亲热得毫无陌生感。早晨爷爷刚起床，漱口水洗脸水就端跟前了。晚上就更不用说，打了热水让爷爷烫脚，他在跟前又是捏脚又是摁背的，愣是把爷爷这个几十年远离亲人的硬汉，弄得心窝子软乎乎的。爷爷身边留下了这个小孙子。

一个接一个的出走，祖母眼前只剩下庆凡一个。他成了周家留守的男人，而且是几十年里唯一的男人。村里有人说庆凡是周家捡来的，只不过是个长工，他做了地里的活儿就做家里的，从来不闲着。但周老太可不这么看，她疼这个没娘的娃，有啥好吃好穿的都给他头一份，哪一个亲孙子都赶不上这祖孙俩的感情。

庆凡知道好歹，家里的力气活他都是主动争着做。祖母安排让他和两个孙子一起上学。可他偏不喜好读书，地里的庄稼活儿一教就会，往课桌上一坐就打瞌睡。好歹跟着念了一年，也粗识了几个字，死活不肯到学堂去了。奶奶打也打了，骂也骂了，他就是拧巴着不肯再迈进学校的门。他跟奶奶说，过去我娘也送我去过学堂，怎么都学不会。我就不是读书的那块料儿。我现在只有奶奶一个亲人了，您就把我当成您的一条狗吧，只要每天让我跟着您，干啥都行，就是别让我念书了！祖母看着他每天上学时的那张脸愁得能滴出水来，只好作罢，说，不念就不念了，免得像那些龟孙们一样学出魔障。打土坷垃不也照样活人？

庆凡知道奶奶话里有话，自打他进周家，就没见过老东家。岂止是老东家呢，老东家的儿子少东家他也没见过。时间长了，家里的什么事儿他差不多都知道了。老东家在外面做官，娶新女人，他样样清楚。老夫人性格刚强，哭泣的时候从来不让人看见，唯独对庆凡不瞒着。偶尔有信回来，她便让庆凡替她念。庆凡站在她面前，像捧着一道圣旨，连读带猜磕磕巴巴总算也能弄明白。信本来就短，没几行，多是不痛不痒的陈词滥调，只是外面活着的人向家里活着的人报个平安而已。有几次写信还是为着要些钱去，在外面也总是会遇到难处。祖母哭了骂了，改天仍让家里人多卖几口袋麦子，着人把钱给他送去。

冬天夜长，有时候晚上吃了饭没事，祖母就让庆凡陪她说话。她会絮絮叨叨地说古论今，然后就讲到那个外面的人、当初嫁进来的情形。周家男人狠心肠，一家子的收成都供他们念书，念着念着就不回来了。丈夫走了，儿子也走了，现在孙子又跑得没个影，剩下一个女人操持一大家子，带儿带女的艰辛。说着说着便会伤心地哭，说，死光了倒也省心了！奶奶哭泣的样子很不好看，眼泪鼻涕弄得衣襟上水痕斑驳。她伏倒在床头，像一摊污泥。但是到了第二天，她仍然将自己收拾整齐，大清早起来给菩萨上香，大慈大悲的观世音菩萨，保佑我周家外面和家里的人都平平安安！

作为被奶奶带大的孩子，庆凡心里自然替奶奶抱不平，他恨这家里的老爷，恨老爷的儿子。周启明逃离家的时候，只有他一个人知道。周启明劝说哥哥和他一起走，他拒绝了，他从给奶奶磕头那一天就认定，他这一生都不会背叛她老人家。他远远地看着周启明消失在夜色里，他比谁都明白，也深知这家人的秉性，走了，就再不会回来了。

他想起穗子，心里的恨就格外增加了一层。既然不想要人家，何必看着他热热闹闹地代他接回来呢？他觉得这不是一个男人的做法儿。要跑，也得趁人家过门前跑。把人家明媒正娶地弄进家，还在一个屋子住了半个月，这让人家怎么活？依着他自己，哪怕是娶个妖精，也得自己承受着，跑，就是不厚道，就是欺骗。再者说，这事儿也把他庆凡搅裹进去，他也成为这场欺骗行为的同案犯了。这让他心里别扭得像吃了蛆一样。

既然穗子是他庆凡骑在马上接来周家的，他就对穗子有了责任，对她格外地好。私下里，他们之间几乎很少开口说话。可他心疼她，关心她的一切，所有该男人担当的力气活，他样样都做得周全。穗子不用开口，她洗衣服他就给她挑水，她拣粮食他就给她备磨，她回娘家他就牵驴。

拴妮慢慢长大了，穗子告诉她，你爹叫周启明，他在外面干大事。拴妮子懂事了，她不知道爹在哪儿，不知道爹什么模样，更不知道爹有什么用。她觉得有没有无所谓，有庆凡大大就好。她和庆凡在一起很开心，捉蚂蚱，扎风筝，骑在他脖子上赶集。她对庆凡说，大大，咱们俩才是一家的。

庆凡很想把周启明写信的事儿告诉穗子，可他怕奶奶发脾气。奶奶一天不让说，庆凡心里就一天纠成一团，神魂不安。

转眼间，全国各地都解放了。周启明跟着师长转业到地方工作。他没有回家，只是再次给家里递了信来，要和穗子打离婚。要不答应他，一辈子他都不再回来。祖母自然知道周家男人的性情，实在是拖不下去了。晚上吃过饭，待长工们散去，她把庆凡和穗子喊到自个儿屋里来。昏黄的煤油灯映照着一屋子的森然，火苗子忽闪忽闪跳着，看不清楚人脸，山墙上的影子却似一个个庞大的怪物。

祖母拿起灯罩子剪了一下灯花，从枕头底下拿出事先准备好的一个旧信封，放在桌子上摊开来，用手一点一点地抚平。

庆凡，你从进咱家，就是咱家的一口

人，对不？她头也不抬地说。

庆凡憨厚地笑笑，看着她，一个劲地搓着手，一时没转过弯来。

不是吗？她的声音严厉起来。

是，是啊！庆凡赶紧哈腰点头。

穗子啊！祖母拉过她的手，用两只手轻轻地揉搓着，你是我一手选来的孙媳妇，也跟我最亲。今后你不管到哪里，都是我的孙媳妇，也是我的亲孙女儿！

穗子看了庆凡一眼，发现庆凡也迷惑地看着她和祖母。

我已经是土埋到脖子的人，活不了几天了。奶奶放开穗子的手，从椅子上站起来走到床边，盘腿坐在床沿上。咱家田地本来就多，你婆婆从娘家过来，又陪送了一百亩好地。你婆婆一辈子不省事，她带的这地怕回头没人照管。将来你们好生替她养老，这地的事儿由我说了算。我不偏不倚，你们俩人一人一半。庆凡，明天你赶车，拉着我和穗子去办地契！

想来这是奶奶思虑很久的事，她像背书一样一口气说出来，没有一星半点的迟疑。

庆凡和穗子都不说话。

祖母就把那个信封交给庆凡，让他把里面信纸上的字念念。

庆凡接过信封，拿出那封信装着看了看，说，奶奶，不用念了。

然后他把信递给穗子。穗子接过信，好像一时之间没有弄明白是怎么回事儿。她不识字，眼睛直愣愣地盯着祖母。

启明要跟你打离婚！庆凡涨红着脖颈，瓮声瓮气地说。

祖母在炕上，伸手把穗子拉到怀里，拍着她说，你要哭就哭出来吧！不哭出来，会把人憋坏的。

奶奶！穗子没哭，但奶奶明显感觉出来她浑身在发抖。奶奶，他跟我离婚就离吧，我没啥可说的。您也要用五十亩地把我打发了？

好孩子，我要为你做主！奶奶说。说完这话，她却拍着小脚，失声恸哭。她一辈子连自己的主都做不了，还能做了谁的主呢？

那天晚上穗子回到自己屋子里，蒙着被子杀猪般地嚎啕了一夜。庆凡一直陪着奶奶，听着穗子在隔壁折腾得死去活来。没人过去劝她，奶奶不让人过去。让她哭吧，哭够了就活过来了。没经历过疼痛的人是不可以说疼的。祖母和这个孙媳心连着心啊！

在祖母的坚持下，第二天他们还是去乡里办了地契。回来之后，祖母一下子就老了下去，简直像秋天的草，经过一夜霜冻就打蔫了。她坐在门槛上就着太阳缝衣裳，举着针线就睡着了。她常常拿着一只鞋找另外一只，四处转圈儿。她不再像过去一样每天梳头洗面换上干净衣裳，她的头发又白又乱，像一堆枯草。

这让庆凡看着心惊。一向威风八面的祖母，成了活尸游魂。她总是絮絮叨叨地对庆凡说，我死了要埋在周家的坟院里，按着辈分，埋在你太爷爷太奶奶下首。周同尧死了，要拉回来和我合葬！

土改开始了。土改工作队的人大部分是和周同尧周启明祖孙俩一起革过命的下属和战友。土改结束，周家将外面出嫁了的人口都算上，只划了个富农，而穗子和庆凡倒成了地主。穗子娘家也因为富庶，一样划成了地主。她娘家哥半夜过来偷偷找到她，问能不能找找周启明，把成分降降。穗子说，找他？有那口气不如挖坑把

135

自己埋了！娘家哥又去求祖母。祖母说，咱们去哪里找他们？如今穗子都这样，他们哪一个会管咱的事儿？祖母的眼睛红得怕人，滚滚流淌的泪水好像也被润染成红色。她绝望得犹如一头垂死挣扎的母兽。

待穗子的哥哥走后，奶奶才喊来穗子。

反正我是不离开这里！穗子没头没脑地发狠道。

奶奶哀哀地说，好孩子，你可别学我，空守了一辈子。你把拴妮子留下，趁年轻再走一家吧！

穗子说，死我也不会走！我是周家八抬大轿抬来的，生是这家的人，死是这家的鬼！我死了也要跟奶奶一样，埋在周家的坟院里，埋在你们的脚头。周启明死了，也得拉回来跟我合葬！

婚终是离了，离婚文书也发下来了。穗子把文书撕得粉碎，说，婚可以离，但是家不能离！

在上周村，穗子还是周启明的媳妇。

孙子离了婚，像要了祖母的命。她守了一辈子活寡，又亲手把穗子娶回来陪她守活寡，自己心里无论如何都过不去这个坎儿。如果再算上儿媳妇，这一家三代媳妇都守活寡，这是造了什么孽才该遭到的报应？那儿媳妇倒是个省心的，日日将自己关在佛堂里悄无声息，凡事都像是与她无干。

从此祖母晨昏颠倒，茶饭不思，很快就油尽灯枯。

在一个深夜里，庆凡乍然听到奶奶喊他。等他披上衣服赶到奶奶的房里，穗子已经跪在床前。奶奶那时气若游丝，几乎是用尽平生的力气将两个人的手拉在一起。奶奶望着他们，却一句遗言都没留下。俩人一直跪着。天亮了，奶奶的身体渐渐冷去，她大睁着眼睛，死有不甘地咽了气。

穗子虽然还有一个影子一样的婆婆，但她是个不管事的，后边还要专门说到她。婆婆不管事，穗子就成了周家的门户。

三

母亲二十岁上相遇了我父亲，父亲那时是一个县的县委书记。有一天他陪着他的老首长在县里视察。老首长萧景华是个传奇人物，解放战争时期就是解放军的作战师长，能打仗，善谋略，深得上级首长的喜爱。到地方亦是能力超群，什么难搞的事情到他手上都削铁如泥，高歌猛进。

全国解放后，萧景华之所以没能当高官，据说是因为屡犯作风错误。他在解放战争打得如火如荼时，看上了文工团《花为媒》剧中扮演张五可的女演员刘小凤。每次打仗间隙都跑去看戏，痴迷得夜不能寐，也没与参加革命前娶的乡下媳妇解除婚姻关系，就对刘小凤展开疯狂追逐。上级领导找他谈话。他说，我是人，又不是机器。打仗是打仗，生活是生活。领导说，你在家有老婆，毕竟还没有离婚！他脖子一梗，说，那也算老婆？我们还没有结婚证明呢！领导权衡半天，最终还是怕影响他指挥战斗，先同意他登报和前妻解除婚姻关系，再反复出面做刘小凤的工作，让他抱得佳人归。

刘小凤原本是有对象的，他是团里的小提琴手，是个城里生城里长的大上海人。萧景华武将出身，感情粗糙得跟砂砾一样。刘小凤尽管不是心甘情愿，但组织上安排了，她也只得服从。刚开始还有点骄傲，觉得找了个首长，还是个战斗英雄，挺有面子的。时间久了却发现萧景华不甚会宠女人，心里有点懊悔。她戏演得久了，分不清台上台下戏里戏外，天生一个娇滴滴，时刻需要被人捧着哄着。萧景华开始还觉得新鲜，心甘情愿地配合她。告别要拥抱，重逢要亲吻，行夫妻之事之前还要肉麻地甜言蜜语哄上一阵子。外面枪炮打得隆隆作响，她却腻着卿卿我我，恨不能唱上一大段，而且动不动就使性子，不知哪一句说不好就生气了，生气起来作势不让丈夫碰自己。老萧没有时间陪她玩，又哪里是个耐得住性子陪女人风花雪月的人？小性子耍一次，耍两次，耍三次，耍得没完没了。萧景华实在忍不住就爆了粗口，老子娶的是老婆，你嫁的是俺不是王俊卿！不能在台上演、回到家里还演！从此不肯再迁就她，小资产阶级就是要改造。再加上前方仗打起来，一个月还见不着一回，好不容易回来一趟，他心里想着战事，哪有时间顾得上缠绵？疾风暴雨把事儿办了，然后倒头就睡，或者提上裤子便走人。为此刘小凤不知道哭了多少回，回头想想还是小提琴手的爱情更细腻，更奈何两个人朝夕相处，于是旧情复萌，以致于趁着萧景华去前方打仗，他们在后方被人捉奸在床。

萧景华回来知道此事后，并不声张。赶着晚上演出结束，他绕到后台，拔枪打断了小提琴手的右手，又一枪把子砸人头上，吼道，滚！赶紧滚！饶你一条狗命！

事情闹得不可开交，但因为事出有因，也算是出于义愤开枪，情有可原。组织上对他进行了宽大处理，他只受了记大过处分。残了手的小提琴手彻底毁了饭碗，又日日胆战心惊，害怕萧景华再行报复，给上级打了报告要退伍回上海老家去。

小提琴手最后的怂样子倒是让刘小凤看不上了，一个大男人就该敢作敢当，纵使是斗不过，哪怕枪再抵住脑袋，腰板还得挺得直直的，不能让千恩万爱的誓言遇到点风波瞬间就折了。她觉得只要他肯挺起腰板宣誓爱情，纵使是残的伤的，她也一定会死心塌地的跟他去了。却哪知他夜晚偷偷摸摸离开了，别说跟她见个面，连封道别的信都没敢留下。刘小凤想来想去，觉得萧景华虽然粗糙点儿，但关键时候还是靠得住。于是迷途知返，回头恳求丈夫原谅她。萧景华眉毛一拧，对她爆了一句粗口，从此再也没碰过她一下。两个人压根就不是一路的人。其实，萧景华骂刘小凤分不清台上台下，自己不也是鬼迷了心窍？他爱上的分明是张五可，而不是她刘小凤。

转业到地方后，萧景华遇见了英姿飒爽的女法官薛剑秋。巧的是薛剑秋也敬慕潇洒威武的萧景华，两个人一见如故，相见恨晚。萧景华提出离婚，刘小凤却死活不离，拿着告状信四处奔走，状告萧景华作风腐化，始乱终弃。当时正值萧景华提拔省委副书记的关键时刻，组织派人与他谈话，问他是要前途还是要爱情。他竟毫不迟疑地回答，老子不知道什么爱情不爱情，我就要薛剑秋！

我父亲陪萧书记视察工作，汇报工作的人民公社女社长正是我未来的母亲朱珠。我母亲谈吐大方，正是如花似玉的好年华，齐耳短发，明眸皓齿，得体的列宁装掩不住窈窕身段。萧景华一眼就看上了这个女社长，他直言不讳，指着旁边的周启明说，朱珠同志，你看你们周书记这人怎么样？不等我母亲回话又挥了一下手说，要是觉得可以，你们俩就一起过日子吧！

首长看上是次要的，其实我未来的母

亲也早已看上了我未来的父亲。过去在开大会时远远地见过，讲话不用稿子，扩音器一开就放开了讲。他不像别的工农干部，靠大嗓门吼。周书记讲话大家爱听，有激情，也有章法，以理服人。这会儿在近前看了，和台上讲话的人比起来，又别有风度。虽然不够壮硕，样貌却是异常俊朗秀气，尤其是皮肤，比女人都细腻，脖子上的灰色毛线围脖让他看上去十分潇洒儒雅。我父亲后来也说，我母亲从头到脚没有让他不满意的地方，就连高鼻梁上几颗淡淡的雀斑都让他头晕目眩。他读过《红楼梦》，大美人鸳鸯的鼻梁上不也有几颗可爱的雀斑？

母亲隔着那么远的距离，竟然闻到我父亲身上有一股异香，不是花香也不是庄稼草木之香，是她从来没闻到过的味道。她只是很诧异，这么优秀又有地位的男人，为何竟然是未婚？父亲比我母亲大七岁。

母亲第一次受邀去我父亲的单身宿舍，发现他床头有一只光滑的象牙色的原木箱子，质地细腻，做工精良，几处黄铜锁片镶嵌得严丝合缝。那箱子是香的，味道和我父亲身上的味道一样。除了香气，我母亲也闻到了其他味道，那是一种让人血脉偾张的味道。母亲羞怯地低下头，她不敢看我父亲。我父亲表现得太过热切，掩藏不住兴奋。我母亲只好专注地抚摸那箱子，她怕被我父亲的目光烫着了。我父亲见我母亲羞怯，怕吓着她，只好顺着她说那箱子：这是我祖母留给我的樟木箱子，用了几代人了。我母亲爱不释手，我父亲说了一句很煽情的话，你喜欢，将来这些都是你的。我母亲是赤贫的农民家庭出身，家里盛衣服被褥都是用荆条筐，况且也没有更多的衣服可以置放。我母亲半是叹息却又半是自豪地说，我家解放前是很穷的，我几岁时还跟爹妈去陕西逃过荒呢。我父亲带点含糊地说，我出身革命家庭。我母亲说，革命家庭是什么成分？我父亲说，我十几岁就跟着爷爷参加革命了。我们……他略微迟疑了一下说，我们家成分还算好，富农，但我母亲的娘家还有姑姑姐姐们嫁的人家，都是地主出身，社会关系比较复杂。这是那个年代相对象必须要交待清楚的问题，许多人相中了人，一问成分却又反悔了。可我母亲被那只樟木箱子的气味蛊惑着，哪里还能听见别的？而且站在眼前的，不但是她要相的对象，还是她的顶头上司。她觉得跟着他，一定不会有什么问题。

一年后，父亲和母亲结婚了，婚礼极其简单。母亲把仅有的几件衣服被褥搬到我父亲的宿舍，玻璃窗上贴了囍字，称了二斤糖果发给前来贺喜的人们，就算在一个窝里结婚过日子了。组织上给买了个热水瓶外加一只搪瓷脸盆。萧景华工资高，他们夫妇送了一条毛毯和一对枕头，这在那个年月是天大的礼物。我母亲捧着那么贵重的东西不知所措，连声谢谢都忘了说。生命里还是第一次见到毛毯，她被华丽的色彩惊吓到了。

那时候也没人闹洞房，结婚当天两个人把在机关食堂打的饭菜合到一起吃。吃到一半，我父亲的弟弟周启善提了一瓶古井贡过来，这是当年他们那里最好的酒。弟弟已经在县财政所上班，一个月十几块钱的工资，买一瓶酒三块多。母亲洗了两只搪瓷缸子和一只粗瓷碗，陪他们兄弟俩喝。她第一次喝酒，一口就闷倒了。

母亲当夜被我父亲破了红，我父亲很疯狂。我母亲怕疼，她担心丈夫把自己弄坏了。父亲坚持说就是这样，男人和女人就是这样的。他要了再要，饥饿难耐，弄得一个被窝都是痕迹，床单上的血迹洗了多少遍都洗不掉。我母亲怕羞，只好把新的太平洋床单收起来放箱子里，换上我姥姥织的土布床单。我父亲那么通晓男女之事，让我母亲好奇了许久。你怎么就知道那事是那样儿的？母亲问道。我父亲很狡黠，他只回答说，男人和女人之间有一种本能。而我母亲，对男欢女爱之事一窍不通，她也仅仅是出于娇羞和甜蜜。其实我父亲也不懂，他们哪里知道说什么甜言蜜语呢？生活的简陋和单一，让情话都变得匮乏。好在日子是过出来的，我父亲从不指望我母亲去读《红楼梦》。我母亲初中毕业，没读过任何浪漫的书籍，即使读过，也跟过日子无关。我母亲不是林黛玉，父亲也不可能是宝二爷。书本里的人物是仙女和神灵，他连做梦都不能将其和生活联系到一处。

他们只是相互喜欢了，在该相见的时候相逢。

他在被窝里保证，我一辈子都会对你好。

她躺在他的怀里，觉得那就是地老天荒。她也极认真地说，我伺候你一辈子！

父亲的精力真是旺盛。他们结婚的第一个月我母亲就怀孕了，不到一年生下了我大哥。我大哥生下来两个月，母亲说她生了头生，月事还没来，就又怀上了老二。后来说起来，有老人说那叫暗孕。那时她什么都不懂，只知道奶水突然没了，又一轮的头晕恶心。以为是害了大病，去医院检查，医生说又怀上了。我母亲又气又急，背着人嗔怪我父亲，都是你，让人看笑话！我父亲也不辩解，只是嘿嘿地笑。

我母亲坐完月子就继续上班了。与我父亲结婚后，她调到县妇联做妇女工作。那个时期妇女干部少，妇联又是个重要部门，解除包办婚姻、邻里纠纷、夫妻闹离婚、甚至强奸案都找妇联断案。为了不影响妇女干部的工作，组织负责找奶母，并负担奶母费。他们给我母亲寻了一个奶母，一个月补贴五块钱。

我刚刚一岁多的大哥就寄养在奶母家，一直长到上小学。他吃人家的奶，长得也像人家的孩子，性情与这个家庭不相像。他七岁那年被接回到家中读书，邻居家的孩子们都指指点点，这个是要的小孩！他怯生生地看着他们，也不辩解，但心中的疑虑却与日俱增，一天到晚都想着回他的家，奶母才是他的亲妈。这让我母亲自责了很多年。等我们有孩子的时候，她总是反复交代，无论多难，孩子一定要自己带着！

这是题外话。

二哥两岁那年过生日，母亲中午下班后给他买了些零食，急急忙忙往家赶，到家她还要给一家人做饭。东西还没放下，二哥就在她身下抱住腿哭闹。母亲赶紧把吃食塞给他，趁他吃东西的时候匆忙做饭。她恨不得多出一只手，帮她和面切菜。我父亲完全是一个局外人，一如既往地捧杯热水看他的《人民日报》《参考消息》。母亲这边还没消停，外面突然来了客人。一个三十多岁的乡下汉子带着一个十好几岁的女孩儿，嚷嚷着要找周启明。父亲看见他们过来，神色大变，站起来走到门口压低了声音问，你们怎么来了？母亲抬头看他们，那女孩看起来有十好几岁了，长得胖胖的，衣服穿得簇新而土气，显得越加臃肿。母亲还感叹着，乡下有乡下的好，

139

不缺粮食，看人家这孩子养得白白胖胖的。那汉子指着我父亲对女孩说，拴妮子，快喊爸呀，你不是整天想找你爸吗？我父亲手中捧着的茶缸子哐地一声掉落在地上，急赤白脸地说，我每个月都寄了钱，不是说好的不来找我吗？父亲往家寄钱的事儿我母亲也知道，他每个月都往老家寄二十块钱，说是给我奶奶的抚养费。

父亲一边说一边试图要把大人和孩子往外边推。我母亲也不顾我二哥的哭闹，手脚麻利地制止了我父亲的企图。她把那两个人让到房间里坐下，然后把给二哥买的吃食给小姑娘和二哥分了，说，吃饭的时候把客人往外赶，这多不合适！一边说，一边给客人盛了两碗面，每碗面里还卧了两个荷包蛋。她以做妇女工作的熟练能力，一碗面的工夫，案情了解得基本清晰了。那个又黑又干的男人叫庆凡，他比父亲大不了几岁，却活活像个老头儿。母亲也知道有这么个人，是我父亲的兄弟。父亲见我母亲这样冷静，心里也踏实了些。他竟然觍着脸说，珠珠，煮几个咸鸭蛋吧，再炒盘花生米……还有，再生拌个萝卜丝。家里也只有这些东西了。他很有气势地交待完，在屋子里转了两圈，从床底下摸出瓶白酒，说他这个哥哥第一次到家里来，一定要好好喝几杯。

看我父亲激动得手足无措，母亲赶紧按他安排的去办。我父亲只是喝酒，几乎没吃什么菜。他替庆凡剥鸭蛋，剥一个庆凡吃一个。吃到第七个庆凡不吃了，他说，启明，太咸了。两个人孩子一样搞怪地笑了起来。

父亲拿过庆凡的面条碗，把碗底的汤水倒在地上，然后倒了满满一碗酒，说，哥，都十几年了，咱兄弟痛饮一次！说罢，他先端起来喝了半碗，然后把碗递给庆凡。庆凡低头接过碗，一饮而尽。

父亲对庆凡的亲热，感动了母亲。她觉得弟弟周启善每次过来，我父亲也没这么激动。所以庆凡喊她弟媳的时候，她竟羞涩地笑了。庆凡黑着一双大手，从黑棉袄口袋里掏出一把炒花生，塞到我二哥的肚兜里。他还要伸手去抱他，被我二哥狠狠地推开了。我二哥大声地说，我不知道你是谁！我父亲呵斥他，他是你大伯。庆凡尴尬地笑了笑说，弟媳，你看孩子都这么大了，你也没回老家去过，我和婶子（我奶奶）都想得很哩！我母亲想说什么，话到嘴边又咽回去了。我父亲一直以老家偏僻、不通汽车为理由，每月只是往家寄钱，自己也极少回去。我母亲真的没去过婆家，两个孩子也从来没回去过。城里有爷爷，还有小叔子周启善，除此之外，她并未见过别的婆家人。但我父亲的理由让她深信不疑。父亲说他的母亲吃斋念佛，基本不出佛堂，在老家由庆凡兄弟照料着。庆凡这个名字她是听他多次说过的，一个锅吃，一个屋睡，一起下河游泳，一起看瓜也一起偷别人家树上的桃杏……大家伙闯了祸都赖在他头上，他厚道，从不辩解。有一次他们为了打赌，把邻居家拴在树林里的牛绳解开，牛跑了，村里人找了半夜才弄回来。周启明周启善两兄弟一口咬定是庆凡解开的，庆凡自己也供认不讳。祖母明知道不是他，却真的打了庆凡几扫帚疙瘩，并罚他一天不许吃饭。那哥俩偷偷把夹了腊肉的白面卷子给庆凡吃，祖母只当作看不见。兄弟二人却从此再不敢惹事，他们怕庆凡挨打。

家里的这些事我母亲耳朵都听出茧子了，对与众不同的婆婆也充满了想象。她从来没有想过，父亲并不遥远的家乡，为什么对她讳莫如深？也许这个问题已经远远超出她思想的边界之外，繁忙的工作和家务也常常阻断她的想象。她没有可能看太远，也没有太远大的目标。即使再给她十个脑袋，也想不出父亲老家住着个离婚的女人，而且离婚不离家！她哪里会知道，那老家的村庄不属于她，那个女人牢牢占据着周家的那栋老宅。这么庞大的问题，让我父亲都恐惧到不敢面对，更何况我单纯透明体一样的母亲？这双重的难题压迫着我的父亲，让他苦不堪言。后来我想，父亲对亲情的逃避，一辈子小心翼翼地躲闪，应该与这段经历有很大的关系吧。

我母亲对庆凡照顾得极周到，当着他的面一句都没为难我父亲。后来母亲虽然几十年没回过父亲的老家，上周村的人都知道我父亲在外边找的女人是个文化人，长得好，又极善良贤惠，这大概和庆凡有关。我真心佩服母亲的沉着冷静，这天大地大的一个谎，躲闪不及地突然呈现在她面前，她内心该震惊到何种程度？

我父亲喝了许多酒，搞不清他是见到老家人兴奋还是拿酒压惊。送走了客人，我母亲把二哥哄睡，出来看到我父亲也趴在桌子上睡着了。她搬了把凳子，直瞪瞪地坐在他对面看着他，一直等到他睡醒。

父亲睡了大半个下午才醒来。他看到坐在面前的妻子，愣了一下，想笑但没笑出来。我母亲这时站起来，泣不成声地指着他的鼻子，你说……为什么骗我？这么大的事！

我没骗你，父亲嗫嚅道，你没算算我当时才多大点儿？是我奶奶逼婚，她替我找的……

我母亲气得像头暴怒的狮子，伸手脱下一只鞋朝他砸去，被父亲挡开后，又甩过去另一只。这么大一个闺女，也是你奶奶替你生的吗？

我父亲不敢再说话，只是低着头，一脸的愁苦。

老天爷！那会儿你才十五岁，咋那么不要脸！十五岁就能跟人生出孩子来。呜呜呜……周启明你个骗子，你不是人！天天做妇女思想工作的我母亲，活活被逼成一个怨妇。

两天后，萧景华的妻子薛剑秋被父亲请了来。这女人是城里生城里长，跟着父亲在开封念过大学，见过大世面，又天生的洋气和尊贵，她头发浓密乌黑，皮肤白皙，一身平常的棉布衣裤被她穿得仪态万方。

母亲听见她进门，从床上坐起来，不自觉地拢了拢头发。她要去开炉子烧水。薛大姐冷冷地看着她忙活，也不搭话，兀自在凳子上坐了下来。

母亲用搪瓷缸子端了开水，放在薛剑秋的面前，看她脸色不对，便嗫嚅着说，大姐……

薛剑秋扭头在自己肩上捡起一根头发，用手弹掉，然后拍了拍自己的手，说，谁是你大姐？我还有脸当你大姐？

我妈站在她跟前，低下了头，一粒一粒地摸着自己睡袄衣襟上的盘扣。

我还以为你真尊重你大哥，拿我当大姐！薛剑秋故意气鼓鼓地，原来我们在你眼里都是些不要脸的人哪！

我妈的脸一下惊得煞白，慌忙说道，大姐，我可从来没说过这样的话啊……

薛剑秋点着她的额头道，你没说过？你不是刚刚用这话骂过启明吗？

他是他，你们是你们！他怎么能跟你

们相提并论？母亲坚定地回嘴道。

薛剑秋腾地站了起来，拍了一下桌子说，还嘴硬！怎么不能相提并论你说说？要说你也是个工作多年的妇女干部，连这点事儿都想不通？启明同志是旧社会包办婚姻的受害者，他隐瞒你当然不对，可当初他就是把实情告诉你，你会为此不嫁给他吗？你大哥离了两次婚，我不是依然非他不嫁？看你把自己弄得这样子，和一个乡下不识字的怨妇有啥区别？你要真有囊气要脸面，带着俩儿子，去跟周启明离婚！

去呀！这样闹不是不打算过了嘛！看我母亲低头不语，她更加严厉了。

说罢，薛剑秋一眼也不看我母亲，站起来头也不回地走了。

我母亲愣了好大一会儿，竟然没哭。她照照镜子，倒真的自觉没意思起来。她先洗了脸，后来索性连头发也一起洗了。她换上了干净的衣服。两天没吃饭，人瘦了一圈，眼睛却大了许多，看上去竟然比以往神气了不少。她并没有想过离婚，为什么不能活得像薛大姐那样理直气壮呢？

我母亲就是从那时起开始悄悄打扮自己，家里家外都精精神神，仿佛和谁较着一股子暗劲儿似的。

四

我一直在说周启明的祖父祖母，一直未说周启明的父亲母亲。其实，周启明的父亲真的没什么可说的，若不是留下几个儿女，他几乎像这个家族里虚构的人物。他缺失了太多年头，甚至他的相貌都渐渐被人忘记了。他一直在外面念书，结婚头几年还曾往家乡来来去去，后来又去读了黄埔军校。周启明说他幼年时看过父亲的信，见过父亲穿军服的照片。父亲念的是黄埔军校第十七期，毕业之后去了重庆，就再也没有回来过。传说他在外边新娶了女人，那女人是一个大资本家的女儿，那一家没有儿子，他算是入赘，给人当了上门女婿。其时其地，入赘这种事情在家乡还是一桩很丢人的事情，他再也没有回来是否与此有关，也未可知。还有传言说他在外面的婚礼很奢华，新郎新娘穿洋装婚纱的照片登过报纸。真实的情况也许只有祖母知道，也或许连祖母都不知道。解放前夕，他就与家人失去联系。后来有人说是打仗打死了，也有人说去了台湾。解放后周启明试图通过正规渠道查寻他，被祖父严厉地制止了。祖父说，咱们周家的社会关系已经够复杂了，何苦再多一个污点！

周启明的父亲叫周秉正，他在家族中就只剩下一个名字了。

周启明的母亲周庞氏在周家是被尊敬的女人，她嫁到周家，带来一百亩地的陪嫁，生了两儿两女。周家上下大小都敬着她，有她在，大家说话都敛声屏气，好像口气大一点就会把她吹跑似的。她的存在的确像是一个影子，飘忽得让人发愁。

周庞氏有个好听的名字，她叫裳。她像长在周家院子里的一棵树，相时而动，无累后人。裳在周家生活了几十年，几乎不怎么与人交流。她不会聊天，更不曾与谁发生过一星半点的过节。她总是笑眯眯地打理自己的那点事，浆洗自己爱惜的白绸布衫子，种一种叫小桃红的花。花开了再开，她将那些花朵和种子收起来晒干，用白布袋装起来。床头、枕畔、窗棂、房梁上，到处是这些精灵一样的布袋子，一个屋子里终年都是干花的香味。她一辈子喜欢白色，花红柳绿的颜色与她无涉。

她喜欢在太阳底下梳理头发，用桃木梳子蘸刨花水，梳一把蘸一下水。她的发丝永远都是亮闪闪的，发髻子盘得纹丝不乱。岁月在梳子的起落间缓慢地流淌，她将一头青丝梳成银白。

裳生下来就死了母亲，她和她的双胞胎姐姐耗尽了母亲的气血。裳的父亲随后又娶了一个，来年生了个儿子。但是裳的父亲和继母过不到一起，整日里斗气，伤了心，索性弃家当和尚去了。临走丢下口信，两个女儿，爷爷奶奶和姥爷姥娘各领养一个，他是害怕女儿在后娘那里受委屈。裳的姥娘坐了马车亲自将裳抱了回去，她心疼她那死去的唯一的闺女，极尽奢华地宠养着闺女用生命换来的孩子。

她的双胞胎姐姐却没她幸运。爷爷奶奶在时，还有人疼爱。他们去世后，她还是落在后娘手里，整日受苦受累伺候一家人，也没落个好儿。裳说她姐姐嫁人后一口气生了六个儿子，先是伺候婆婆，后是伺候儿子孙子。她说起姐姐，总是一脸的惊悚。姐姐的苦，她能说得出来，却想象不出来，那是她从来没有经历过的。她说，我姐姐生生是干活累死的！但这只是在转述别人的话。其实在内心里，姐姐的苦难和她的福分并无多大区别，她无法理得清楚这些俗世的东西。

裳在姥娘家里被娇养着，除了裹脚时受了点苦，姥娘几乎是把她捧在手心里养大的。她不会做饭不会做针线，吃饭都得有人捧到跟前。姥娘给她的嫁妆是一百亩好地，条件是夫家必须一辈子着人伺候好她，不能让她受苦受累。裳刚嫁过来时，婆婆并不喜欢，她觉得自己儿子娶了个不省事的女人，囫囵话都难得说一句。这个不通晓人事的女人，即使不傻也缺点儿心眼。但婆婆与她相处时间长了，却又觉出她的好。这儿媳妇能生能养，举止得当，不生任何是非。别人家的婆媳都处得疙疙瘩瘩，三天两头起纠纷。周家婆媳和睦，婆婆指东西，说啥是啥。媳妇温顺有加，一辈子和家人连句重话都没说过。再说了，家里人多，也不缺一个会做活计的。她愿意那样活着，婆婆索性也就由着她按自己的性子生活。

裳信佛，她一辈子只和佛说话，家长里短似乎都与她无关。对待长辈晚辈都是笑眯眯的，丈夫在时她与他温柔地相处。丈夫不在，她依旧是温柔地安详待着。裳夏天怕热，一整天都不出屋，穿着白布衫子，端端地坐在佛龛面前，好像活在另一个世界里。来来去去做活计的人看见她前晌什么样子，后晌仍是什么样子，不由得心生敬意，从她屋前过都轻手轻脚，觉得她倒更像尊佛。

婆婆待裳好，小姑子待裳更好，儿女也都孝顺她。她在周家就是个活佛，一家子人都小心地供着。周家虽不是钟鸣鼎食之家，但在当地也是响当当的大户。裳的姥娘的意愿在周家实现了，照顾裳成为一种制度，晚辈们依样沿袭既往。

周家祖母死了后，孙媳妇穗子成了当家的。祖母眼里的穗子是个有分寸的少奶奶，通情达理善解人意，家务活也是无可挑剔，所以祖母格外体恤她。祖母死时，她哭得死去活来。祖母在丈夫就在，她是祖母做主娶回来的，与其说她是嫁给了丈夫，还不如说她嫁给了祖母——只有祖母能确定她的身份。祖母便是她人生的戏台，戏台塌了，她再也演不成个角儿。她任着自己的性子过活，在愈积愈多的怨恨里，一日日地刁蛮起来。

解放了，地也分走了。庆凡仍然留在这个家里，自从给奶奶磕过三个响头，他就认定自己是这家的人。他跟穗子不一样，他小时候曾经跟奶奶说过，他是奶奶的一条狗。这可不是一句玩笑话，在内心里，他觉得自己就是这个家的一条狗。奶奶待他好，周家人待他好，兄弟姊妹之间都亲如手足，他回报周家的是忠诚，比狗还忠诚。对自己的出生地他几乎完全记不得了，其实他是宁可忘记。他怎么可能什么都记不得呢？离开家的时候他已经快八岁了，他依稀记得原本的家庭生活也是很好的，有田地有瓦屋，村子后面是条大河。后来父亲突然暴病而亡，他记忆里全是母亲哭泣的脸，吃饭的时候哭，睡觉的时候哭，有时候半夜醒来，看见母亲坐在床头哭。族人为了家产，合伙要赶母亲走，半夜里一伙人抬一顶破花轿堵在家门口。母亲是带着他从后院翻墙跑出来的，顺着村南边的河朝东走，一路要饭来到上周村。如果不是遇到周家祖母，他真不知道他和母亲会落到谁的手里，想想就后怕。因此，庆凡在周家长大成人，待他明白了事理，就越来越理解母亲的死。母亲用生命替他做了人生选择，母亲给他寻了一个好人家，他热爱这个家。周庆凡是奶奶给他的姓，也是奶奶给他取的名字，他跟在奶奶身后一天天长大，过着过着就糊涂了。过去的记忆一天天淡忘，他觉得他生来就是这个家的人。

有人给他说媳妇，他也不说不见。晃晃荡荡很多年过去了，却一个都没相看上。奶奶活着时为了给这个孙子张罗媳妇也是操碎了心，但庆凡总是不长不圆，不说行，也不说不行。奶奶安排他去见见，他就去见见，只是见了之后就没了下文。吵也吵过骂也骂过，平时千依百顺的庆凡，只这一件事没有依从老太太的旨意。奶奶晚年的那些时日，常常拉着他的手哭，说你要是肯听话，我重孙子都长老高了。你个鳖孙子呀，你娘把你撇给我，你不娶上媳妇我死了怎么好去给你娘交代？庆凡跪着老太太，陪着她哭，仍是一句实落话都没有。拴妮子那会儿已经满院子疯跑了，她有时瞧见庆凡大大陪着老太哭，就会对着他做鬼脸。庆凡望见拴妮子，抹抹眼泪又笑了。他捉住她，轻轻一举，就将这个女娃扛在肩上。拴妮子搂着他的脖颈说，大大我想吃鱼！他就说，走啊闺女，咱们捉鱼去。拴妮子想吃鱼，这可是个大事儿，他不必向老太太搜寻理由了，扛着拴妮子到村后的河湾里捉鱼去了。老太太在后面长长叹口气，眼睁睁地由着他们去了。

家里的土地分了后，长工短工都走了，里里外外都是庆凡一个人操持。后来那些日子，奶奶吃喝全由庆凡和穗子轮流伺候，一直伺候到老太太闭眼。上周村全姓周，周家是个大家族，再加上家里在外面做官的多，虽然成分划得高一些，也没受什么委屈。周家人的生活虽然不像过去那么富贵了，但到底还是一个体面人家。

祖母去世后，很多人都说，她收养这么一个孙子也算是善有善报。她死的时候亲生的儿子孙子都不在身边，只有周庆凡和穗子守在跟前。所以周围十里八村没人不称赞庆凡的仁义。老人不在了，下周村有个独女的人家看上了他，托了媒人说合，想让他当上门女婿，把整个家业都交由他掌管。穗子听着觉得蛮合适的，就自作主张，张罗着给他置办衣服鞋袜。穗子把衣服做好拿给他，庆凡眼皮都不带动的。穗子将衣服放下，也不劝说。恁多年里，两个人也都是这样过来的，不交待家事不说话。几十岁的人了，不会还装害臊吧？穗子哼了一声，好歹奶奶的心愿了结了。第二天穗子被猪的嘶吼声早早惊醒，她跑过去看，发现她做的那些衣服鞋子都扔在猪圈里，棉袄还用剪刀豁出几个大口子，棉花白花花地翻出来，晃得瘆人，任猪们撕咬。

黑心肠的憨子！且不说那布和棉花，我搭了多少个日日夜夜！穗子捡了已经不成样子的布片，气得几个月不搭理庆凡。奶奶在时，她觉得家里凡事少不了庆凡。奶奶不在了，她反倒觉得家里好像多了个人，心里有种说不出的别扭。

她的女儿拴妮子却很高兴，她去找庆凡，说庆凡大大，没有新衣服你就不去娶女人了吧？

庆凡看看她，憨厚地咧嘴笑了一下，那笑比哭都难看。

庆凡大大，你要是敢离开咱家，我永远都不喊你大大了！拴妮子气鼓鼓地嗔他。

家里没了佣人，穗子给婆婆做饭也没个正点儿。还好有个庆凡，干完地里干家里，上顾着老下顾着小，小心不让她们受委屈。穗子则彻底变成了一个怨妇，整天骂天骂地，好像谁都欠着她似的。她的生命空间也越来越小，满世界只有自己的女儿拴妮子了，她是她活着的理由。可拴妮子并没少挨娘的打骂，她常常把拴妮子身上掐得紫一块青一块的。她责骂她，为什么你不托生个儿呢？然后又搂着她哭，说，苦命的儿啊！

拴妮子怕着娘发狠，却更怕娘和她亲热。她和她亲热的时候，往往预示着更强烈的发作。每次剧情都差不多，最后总是落脚到一句台词：你要有种，就去找周启明，找你那不靠谱的爹，他不让你活好，你也不能让他好活！

日子稠密而单调。秋去冬来，寒冷更让人难耐，人待在屋子里的时候越来越多。有时候穗子实在熬不下去了，她盘腿坐在床上哭嚎，大放悲声，口中絮絮叨叨地诅咒，眼泪鼻涕甩得到处都是。他个天杀的打仗时咋没伤了残了？伤了残了没人要，他就得回家。他是个瘫子瘸子，躺床上不会动我也伺候他！拴妮子看见妈的鼻涕拖得老长，从床上拖到床下去了。她手里拿着一块手干巾，却不敢走过去替擦。远远地戳到她手里，没防备好，手一把被她揪住，骂声呼啸而至，你个死丫头片子，丫头片子也有有种的，你去城里找他去！你是他的闺女就得他养着，福都让一个外人平白享了？你去找他去，你不去你娘就上吊！拴妮子的手霎时青紫一片，她疼得大声尖叫，妈，妈，妈啊——我去找我爸！不！我去找他去！穗子松了手，却哭得更凶了，他压根就不是你爸，他个天杀的，没有他这样当爹的。啊啊啊——我的苦命的儿啊！

她的哭声在村子里飘荡，天长日久，成了上周村日常生活的一部分。那时拴妮子已经十三岁了，她在娘的哭骂声中长到十三岁。仇恨的种子终于发了芽，但她不恨她娘，她恨那个叫周启明的男人，捎带着，她连周家的人都恨。给奶奶送饭时，她会把她的恨意带上，故意看着正在入定的奶奶，咚的一声将碗放在桌子上，把她惊醒。她有时使坏，故意不给她拿筷子。你不是从不进灶屋吗？没有筷子，我看你怎么吃！奶奶明显感觉到了威胁，只要拴妮子在跟前站着，那顿饭她宁愿不吃。她的目光随便落在一件什么东西上，不喜不怒，一脸茫然，依旧是活在自己的世界里。

幸亏家里有个庆凡，他小心地看顾着婶子，不让她受委屈。庆凡带拴妮子去过城里见过她父亲后，周启明开始经常回来探视母亲。但他很匆忙，回来一趟像掏个火一样。他让庆凡守着门，不让外人进来，好让他好好看娘。他在娘跟前坐上半晌，两个人相对无言。然后，他从帆布提包里掏出点吃的用的放下，就又走了。他从不和穗子照面，像不认识这个人。给拴妮子带回来的，也都是她捎信要的东西，几尺布或者两双袜子，一双胶鞋。

穗子倒也奇怪，整天价骂天骂地、千刀万剐的诅咒的人回来了，她却匆忙地躲到自己屋里，不哭不闹，也不让拴妮子去跟他闹。开始庆凡防着她出来找事儿，但她没了声息，倒让他起了疑心，莫不是想不开？他招呼拴妮子，让她守着娘，万一有啥不好了喊人。拴妮子憨憨地咧着嘴说，大大，我妈不会有事儿。

庆凡哪里会懂女人的肚肠？他觉得按照穗子平日里的疯狂样子，看见她日思夜想的男人，还不上前撕他扯他挨到他？估计她发起疯来谁也拦不住，庆凡哪是她的对手？她敢拼出去拿刀捅他，或者捅伤自己。

其实是她自个儿怕了，这个世界上穗子只怕一个人，就是这个叫周启明的人。这个时候，她怕暴露自己，她怕他看见自己的脏，自己的丑。别说撒泼胡闹，她连哭喊的勇气都没有了。她把自己关在屋子里，静静地探听着外面的动静。很多年了，她一直等待着那样的动静，满心里都是希望，她盼着他有一天会心甘情愿地回来。谁敢保证他永远不回心转意呢？听人说外面的世界糟乱一团，人都跟斗红了眼的鸡似的，总有不顺心的时候，谁不叶落归根呢？周启明挨斗的消息她也时有耳闻，那样的消息总是让她亦喜亦忧。喜的是他在外面待不下去了，自然会回到村子里来，这毕竟是他最终的家。忧的是他会带着现在的女人回来，那她和拴妮子在上周村的地位也有可能保不住。他最好是在外面混不下去，最好是一个人孤独着，念着老妻旧时的好，心甘情愿返回这座老屋。所以她不能在他面前胡闹，让他彻底死了心他就再也不会回来了。她幻想让他记住的仍然是过去的她，风姿绰约，桃红柳绿。

弟弟周启善倒是常常回来住两天，不须哥哥安排，他自是不放心他娘。地里有粮食有蔬菜，院子里养了猪和鸡，还有周启明周启善每个月寄回家的钱，足够她们生活得很好了。可是两个儿子哪里知道，娘不晓事，钱都攥在穗子手里。穗子一分钱也不给婆婆花，她领着拴妮子场场赶集，买烧饼夹肉，吃饱才回来，有时候饭都不给婆婆做。

穗子不让拴妮子上学，她觉得读书才会使人学坏，才会跑出去不回来。周家三代媳妇都守寡，还不是跟她们的男人读书有关系？她对拴妮子说，你们周家没一个好东西，我要是让你上学识字，没准连你也学坏，跑出去不回来了。

拴妮子开始还反抗自己的娘，但她一天天长大了，倒更可怜起她来。她觉得，母亲的所有不好，都是周家的人带来的。自己的一切不幸，她所忍受的打骂，也都是周家带来的，她恨自己姓周！

穗子想办法打听到周启明的女人叫朱珠。她不识字，更不知道这两个字怎么写。其实也没人知道怎么写，只是听说她的名字而已。她撕破婆婆的白布衫，扎个小布人，找了两个算盘珠子缝上当眼睛，捞把锅底灰画个三角的鼻子和下弯的嘴。小布人朱珠身上扎满了针，她咒她头疼死烧心烧死，咒她吃馍噎死喝水呛死。她咒她的孩子，不死也成残疾。她当着婆婆的面，故意在佛龛前面做这些。婆婆迷惑地看着她，脸上依然是宠辱不惊的茫然。穗子不知道自己的符咒应不应验，她恶狠狠地跟庆凡说，你答应我一件事，想办法弄到朱珠的生辰八字。要是能弄到那坏女人的生辰八字，我的诅咒一定会灵验的。

你是疯了吗？

庆凡对穗子言听计从，但对找朱珠生辰八字的要求，他断然拒绝。

拴妮子也跟着娘恨那个叫朱珠的女人，她是她的后娘。每次被娘打完，拴妮子就在山墙上划一条线，一声声地咒骂朱珠。不是这个坏女人，我咋会挨这么多打！娘打她是心里苦，谁不知道娘疼她？拴妮子是村里穿得最好、吃得最好的。那时候生活艰难，别人家的孩子长得像猴精一般瘦，拴妮子吃得粗腿大膀。娘打了她，总是变着法儿给她吃。拴妮子挨打损耗了体力，能一口气吃掉一整只鸡，还捎带两个白面馒头呢。

有一次，拴妮子和小孩们玩耍的时候起了争执。那孩子打不过她，就指着她的鼻子说，你再厉害，也是没爹的孩子，我娘说跟你玩儿霉气！拴妮子哭着回家告诉穗子，娘，娘，她们骂我是没爹的孩子。穗子抓起笤帚疙瘩，重新打了她一顿，说，你个死妮子，你没有嘴吗？你去告诉她们，你有爹！你爹叫周启明！你爹在外面当大官，你爹迟早有一天会把你接出去吃香的喝辣的，让她们馋得眼珠子掉土里！

那天逢着穗子来月事，头昏脑胀，越发地懊恼。趁拴妮子去奶奶屋里送饭，她跟着过去，毫无道理地拿着笤帚揪住她就打。拴妮子疼得吃不住，躲到坐在佛灯前打坐的奶奶身后。穗子假装是打拴妮子，借机狠狠地给了婆婆几下。婆婆脸上立时青了一大块。她不知所措，只是本能地死死护着孙女不撒手。

庆凡刚好从地里干活回来，他上前夺过笤帚，一手掂着笤帚，一手掂着这个疯子走到了院子里，把她和笤帚都丢在地上。他恨恨地指着穗子的脸说，你也作够了！我真受够了！从此以后，你要是再打拴妮子一下，再碰婶子一下，我就揍扁你！他回到屋子里，找到穗子缝的小布人，扯得稀碎，说，我兄弟离开你十多年才找的朱珠，他不找朱珠还会找牛珠马珠，你个死脑壳女人，就会往死里作，他找谁都不会找你这样的！

说完，他自己蹲在院子里大哭。一个大男人嚎得像杀猪一样。

从此之后，穗子再也不打拴妮子，也不骂了。她头不梳脸不洗，有一点布就给拴妮子做新衣服新鞋，四十岁不到就活像个老太太，举止怪异，目光凶狠，孩子们看见她像看见了鬼。这反倒让庆凡后悔不迭，他知道穗子心里有多苦。她活得任性一点，才能化解那苦。现在她这样一蹶不振，让庆凡有了双重的愧疚，毕竟她是他接回来的女人。只有他庆凡记得，当年那个八抬大轿抬来的新媳妇，一身大红衣裳，钗环满头，粉面桃腮，小脚扭得一摇三晃，把个人心都晃得地动山摇。

那次进城，庆凡本来是要把拴妮子送给周启明的。兄弟俩喝了一场酒，他又把拴妮子带回来了。见了兄弟媳妇朱珠，他打心眼里觉得只有她才配得上自己的兄弟。

家里发生的事很快周启明就知道了。他把弟弟周启善叫过去，兄弟俩的眼圈都红着。他带点哽咽着说，你回去把母亲接城里来吧，往后娘跟着我一起生活。

周启善是在庆凡的背上长大的，他和庆凡的感情更深。接走母亲之前，他找了本家的奶奶去说合，想让穗子和庆凡合一起过，他觉得应该给庆凡一个交代，庆凡娶个媳妇也是母亲未了的心愿。那奶奶摇晃着小脚去劝穗子，说这样也好，本是一家人，又知根知底，在一起过了几十年，再怎么说，老了也是个伴儿。

穗子坚决地摇了摇头，说，这事儿不说。

奶奶笑着说，这有啥不说的呢？反正已经这样了！

穗子急了，啥样啊？

奶奶更是急得摇头摆尾，不是那样的，不是那样的……

那是哪样的？你得给我说清楚！穗子冲到人家跟前暴跳如雷。看着你是长辈的份上，我喊你个奶奶，不然你说这话就是满嘴喷粪！就他那样的吗？她指着蹲在院墙根的庆凡，你们还觉得我会夹他一眼？一家子坏瓜秧子！真不够恶心人的！他们家不要，还把我撂给别人，往我头上堆屎！他们再不顾及我们娘儿俩，也不能把我们扔给一个捡来的人吧？他们只管黑心烂肺去过日子，死了这份心吧！我生是周家的人，死是周家的鬼！死了也要进周家的坟院！你去告诉周启明，他死了还得跟我埋一个墓坑里。我是周家用八抬大轿抬来、明媒正娶的，不是他在外面寻的野女人！

穗子一股脑儿只图自己骂得痛快，哪顾得着在一旁听着的庆凡的心情？但庆凡好像没听到一样，自始至终眼皮都不动一下。他反而安慰过来劝他的周启善，家里有我，你只管带婶子走吧。

反正是听习惯了，权当穗子还是像过去那样烦闷时骂一回街而已。

周启善实在听不下去了，但以他的身份也不好发作。毕竟他还是喊了穗子好多年嫂子，她给他烙过饼擀过面条，也给他洗过衣裳做过鞋。他把庆凡拉起来小声地安慰道，哥，咱娘跟我走，你也跟我走吧！有我吃的穿的，就绝不让你饿着冻着！

庆凡想起母亲死的时候，奶奶也是这样说的，心里难免一阵伤感。但他还是摇了摇头，站起来苦笑了一下又蹲下去。这样的生活是他自己选择的，他不怪别人。

婆婆上车的时候，穗子哭天抢地地拦住车，她拍着车门说，走可以，把拴妮子一起带走！她姓周，是你们周家的骨血！

庆凡走过去想把她拦下。他没想到的是，拴妮子也帮他阻拦母亲。庆凡还没走到穗子跟前，她像躲蛇一样缩回了身子。

庆凡不但没跟着走，他再也没去过城里周启明两兄弟的家。可家里没有了娘，穗子从此也和他分锅吃饭了。周家留在上周村最后的家土崩瓦解了。

地里的活仍然是庆凡一个人干。有时候穗子做点好吃的，也会让拴妮子往地里送一碗。她就是不说，拴妮子也会自作主张送过去。赶到三夏三秋大忙的季节，穗子娘俩也去地里搭把手帮忙。平时庆凡和穗子都是故意躲着，谁也没再搭理过谁。

五

一九七一年，我五岁多，离六岁生日还差几个月。到处听大人们在说，一个叫林彪的人在什么"温度而寒"摔死了。我两个哥哥有点兴奋，飞机爆炸飞机爆炸！

那年头飞机是个多么神圣的怪物,我们偶尔在天空看见,会追着跑,大声地喊叫,飞机飞机你真快,赶紧赶紧落下来。飞机听见小孩子的一路呼喊,跑得更快了,一次都没落下来过。它怎么会爆炸呢?

炸死的都是坏人,小孩子出去不许乱说话!我父亲简单而粗暴地终止了我们的喧嚣。他紧张的神色让我们知道,这是一件大事,连我父亲都被吓到了。

那年真是流年不利,怪事多,先是我在秋后的菜园子里寻找霜后的果子被蜜蜂蜇了一下,嘴唇肿得比鼻子还高。肿还没完全消退,我又从主席像的水泥围栏上跌下来,摔了一个狗趴。我大声地哭喊道,我的下巴跌掉了!我的下巴跌掉了!我母亲用一块纱布擦去我脸上的血,小孩儿家,知道哪是下巴啊?当然,下巴是不会轻易摔掉的,只是下边还没来得及换的两颗门牙磕断了。他们带我去医院拔掉牙根,否则新牙生不出来。

等我好了,我母亲便说,这孩子不省心,没人看着不行,送学校吧!

母亲说话从来不留虚头,我竟然真的背着母亲连夜缝制的阔大的花布口袋,跟着哥哥们上了小学一年级。那年头,大人小孩都参加批林批孔。我从哥哥的口中懵懵懂懂地知道,林彪是个谋害毛主席想夺权的坏蛋。但一个小孩子却在许多年里一直糊涂着,批判林彪,为什么要跟孔老二联系在一起呢?大人们说他死了几千年了,又不姓林,革命也好反革命也罢,批他干什么呢?更不懂的是,为什么批林批孔还要批我父亲呢?一个已经被各种运动数次降级使用的小官员,他怎么能与林彪还有孔老二扯上关系?相比这些天大的人物,我爸爸算什么呢?这点连我的哥哥们也死活看不上。小哥哥比着自己的手指说,咱爸,跟林彪比,官太小,跟人家一个小脚指甲盖儿都比不上!

满大街都贴着周启明的大字报和打倒他的标语,他与林彪孔老二不但有关系,还明明白白地晒在大街上。我站在寒风凛冽的街上,对着外墙上的标语一个字一个字地念:打倒孔老二的孝子贤孙周启明!我哥哥看见了就冲过来,气得满脸通红,一把把我推个大跟头。若是旁边没有人,他会把周启明三个字撕掉,三下两下就扯碎了,丢弃在地上,那些碎屑瞬间被风吹得满大街飘荡。这些字不复杂,我全部都认得,为什么不让我念呢?那时我已经识了很多字。两个哥哥上学后在屋里屋外的墙上写满了上中下,人口手,赵钱孙李,周吴郑王,毛主席万岁!共产党万岁!我父亲不让我跟着他们在墙上胡画,就让我在报纸上画圈,认得的字就画个圈,认得越多奖励我的小分钱就越多。我渐渐能在一个版面上画一大半。我两个哥哥,一个上二年级一个上三年级,他们会的我差不多都会。我大哥背乘法口诀老是出错,我在旁边更正。连一个没上学的都会!我父亲气得为此打了他一巴掌。

我成了爸妈的跟班和间谍,把哥哥们圈在父子亲情之外,他们该有多烦我啊!他们俩偷偷地商量好:出去玩把她领远点,然后我们俩跑掉,最好让她找不到家。他们真心恨不得让人贩子把我领走算了。因为在父亲面前得宠,所以我越发爱逞能,一年级的课本发下来,薄薄的一本,我一个小时就学完了。贫农出身的乡村语文老师,上课常常念错字,《水浒传》被他读成水许传。他父亲是学校"贫农管委会"的主任,他因为读过"水许传"而在学校里骄傲自大。我纠正他读错了，应该读水 hǔ 传。老师非常生气，他用教棍指点着我对全班同学说，看吧，"革干"子女就是比人家特殊，识字都比贫下中农的孩子早！知识越多越反动，不打倒他们打倒谁？仅仅因为这个，我几乎成了一个小反革命，这事一度在学校成为一个事件。

"革干"可不是指革命干部，我几乎是一点点大就懂得这些事情。家庭出身是贫农的，才可以理直气壮出来混。无论你当多大的官，家庭出身是地主富农，子女填表时都灰溜溜的。后来不知是谁发明了一个新的家庭成分，类似我父亲这样的，青年时代就走上了革命道路、与封建家庭很早就划清界限的，子女可以在成分栏里填写"革干"。但是这个特殊身份，在所有人眼里都是个敏感的字眼，"革干"是出身不好的代称，也是打入另册。土改工作队进村前，父亲的祖父和父亲都是打了离婚证明的，离婚后财产全部归对方，早已分割清楚了。但是他们还是足够倒霉的，因为种种原因，祖孙二人未曾回老家亲自分配土地，父亲的祖母只是出于愧疚把他母亲带过去的一百亩地分给了孙媳和家里收养的孩子，可老祖母给他们留下的土地实在还不算少。地方干部已经很照顾了，家庭仍是被划成了富农成分。其实我父亲对这事儿倒是很想得开，他读书看报多，自以为政策吃得透。他说，富农怎么了？富农有什么不好？毛主席还亲自给家乡写信，要求给自己划分为富农呢！

不过，父亲家的社会关系也太过复杂。叙述解放后的事情，我一直没写他的祖父周同尧。周同尧可是个地道的老革命，参加过长征，打过鬼子，驱赶过老蒋。解放后曾任平原省的首任机关党委书记。可是在一次政治运动中复查档案时发现，长征途中他有三个月的时间脱离了部队，去向无法向组织说清楚。他的解释是因为枪伤得了败血症，差一点没死掉，在深山老乡家里养病。每每说起这个，他便搂起上衣给人看他肋巴上子弹留下的伤疤，像只核桃一样闪着铜色的光泽。那是他的军功章，让看的人心生敬佩。可是，他的说辞因为无人证明而未被组织认可。上级领导和战友们也都跑散了，唯一的证明人就是他参加革命后娶的妻子，女战友梅翠屏。但是，梅翠屏早在抗战期间就牺牲了。周同尧被撤销了一切职务，组织上出于帮助自己的同志的思路，指给他一条生路，让他重新参加革命，重新入党。他是个解放前的大学生，又有多年的部队工作经验，能文能武。与那些大字识不了几个的工农干部比起来确实是棋高一筹，很快又被提拔到领导岗位上，当上了地区法院的院长。那时候的革命者从不计较这些进退得失，反正一切都听从组织安排，很少提个人要求，所以我祖父对他的遭遇并无半句怨言。他在新的革命工作中干得热火朝天，又娶一个比他小差不多三十岁的城里女学生。我父亲称呼她花奶奶。那时候，生活好像突然打开了另一扇门，让祖父走入一个轰轰烈烈的新天地。若生活一直这样继续，他的后半生可能会过得蛮不错的。

一个偶然的机会，父亲的祖父去京城参加法院系统的表彰大会。在会上，他见到了某位领导人，长征时他跟着这个领导当警卫排长，正是这个领导批准他在老乡家里养病的。解放前，领导用的是化名，解放后他恢复了自己的姓名。难怪这么多年，他在报纸文件上无数次看到这个名字，却丝毫不曾想到会与自己有什么联系。他无比兴奋地认出了他，急切地想挥手招呼他，但又不敢太造次。领导与出席会议的代表合影时，却一下子认出了他。照完相，两个人便激动得紧紧拉着对方的手，久久不愿意放开，好像有几天几夜说不完的话，但又激动得不知道从何说起。

不等会议结束，那位领导便安排好了，一定要拉着他在小餐厅吃顿饭。吃饭的时候二人总是忆起过去，但一时又理不清头绪，千头万绪不知道从何说起。物是人非，九死一生，活过来的也大都风烛残年。他激动得哽咽落泪，领导也泪眼婆娑。问了一圈过去战友的情况，他并没想起说自己的遭遇，后来还是领导问到了他的职务和待遇，他才把重新参加工作重新入党的事情讲出来。说起这些的时候，他甚至还有点庆幸，半认真半玩笑地说了，绝无半点委屈的意思。领导听了，也只看了他一眼，没有什么态度，只举着满满一杯二锅头，说，今天只管喝酒，看你还活着，比我自己活着都让我高兴，其他啥事儿都是小事！说完仰脖子干了。领导还是过去的那个样子，一点也不装腔作势。

会议结束，他回来一如既往，跟谁都没提过见到老领导一事。后来省委主要领导找他谈话，说组织上已经调查清楚他那段历史，上面有位领导亲自出面给予证明。组织对他的待遇和级别重新进行了调整。级别调到行政十三级，工资涨到一百四十多块钱。职级虽然是高级干部中最低的一级——地师级，但也跟地委书记平起平坐了。不过地委书记的工资可跟他差一大截子，一百多块钱工资在五六十年代可真是个天大的数目。

这事写出来像编故事一样，可真真的就发生在我的亲人身上。父亲晚上喝几杯酒兴奋起来，倒是经常会提起他的爷爷，说他喜欢穿灰色毛料中山装，披着老蓝呢子大衣，走到哪里都威风八面。按现在的话说，就是气场很强。

好日子过得很快，又一轮新的革命忽然间开始了。父亲祖父的领导被打倒了，领导的证明反而成为他的罪证。领导被打成叛徒，他自然也成为叛徒。他被反绑着手，头上戴着纸糊的高帽子游街。开始他还很坦然，觉得这种运动就是走个过场而已，很快就会拨乱反正各归其位的。但翻来覆去地斗了几十次之后，他感觉到不是那么回事儿。过去枪林弹雨、出生入死都不胆怯的他，这次却被漫天飞舞的垃圾和臭鞋子砸晕了。参加了地区组织的几轮群众批斗会下来，他的精神就彻底崩溃了，一会儿清醒一会儿糊涂。清醒的时候就说，我要找毛主席告状，我不是叛徒，我的首长也不是叛徒！首长那么好的人，对革命那么忠诚，他怎么能是叛徒呢？糊涂的时候他就到处走，既不认识别人，也不认识自己。我父亲和叔叔常常出去找人，有时候要到离家很远的地方才能把他找回来。

父亲口中的花奶奶，平日里那么柔弱，关键时候倒是能挺身而出，该她出来说话的时候她绝不退缩。平时活泼泼的她不再多言语，只埋头做事。不卑不亢，对老伴不离不弃，细心地看护着她心目中的英雄。花奶奶是个进步青年，她是学国文的，爱好写作。当初嫁给周同尧并不是图他的身份地位。她被他的英雄事迹鼓舞着，感动着，义无反顾地走进了他们的婚姻。父亲的爷爷喜欢少妻的天真、单纯和执着。她风华正茂青春貌美，又是一个知书达理的可人儿，他哪里会不疼爱她？他对她怜惜娇宠。她对他言听计从。不管别人看着多不般配，他们自己过得却是如胶似漆。

父亲跟我们讲起他祖父的事儿，然而在故事里，我最关心的是花奶奶。父亲的爷爷去世多年之后，我曾经特意去看过她，我心目中一个神秘的单身女人。那时候我已经大学毕业，走上了工作岗位。我去看她的时候，她的丈夫自然已被平反昭雪。但那只是一个形式而已，她的英雄在她心里的形象从来没坍塌过。说起他，每一个细节都鲜活。他活在她的生命里，她依然一脸的向往，好像随时听从他的召唤。

父亲的弟弟周启善，我的叔叔，每次见面也会给我讲他爷爷的故事。他说他死在一个四面透风的小火车站里，穿着中山装和呢子大衣。那天下很大的雨，天像是漏了一样，哗哗地往地上泼。他爷爷身上沾满了泥水，湿淋淋地站在火车站入站口，不买票却非要进站。火车站的工作人员拦住他。他说他要去北京，找毛主席告状。他的领导不是叛徒，他也不是叛徒。

当进站遭拒绝后，他就挺直身板，气呼呼地坐在火车站粗糙坚硬的长椅上。最后，他便是以那个姿态咽了气。

我父亲兄弟俩被派出所通知去认领尸体。父亲说，他和叔叔都没有哭。花奶奶也只是默默地流泪，不敢哭出声音。但跟我讲述的时候，父亲和叔叔都会哭。父亲总是从口袋里掏出皱巴巴的灰手帕胡乱地擦拭眼泪，仍然觉得眼泪有点丢人。那时死了人也不兴哭，说是属于四旧。

我相信，父亲和叔叔的眼泪不仅是为了他们的爷爷，也是为了自己和那个时代。

我的太爷爷周同尧是怎么从家中走出去的，一直是个谜。花奶奶说，她一直在厨房里剥他爱吃的毛豆，准备做青豆米饭。她一直小心着外面，始终没看见丈夫有任何动静。但他悄无声息，在她眼皮子底下溜走了。当她做好饭去喊他吃饭时，已经找不到人了。

有一个叛徒爷爷和一个失踪的身份不明的父亲，我父亲兄弟俩最好的几十年都被拖累了。无论他们工作多么积极，表现多么有能力，注定不能得到重用。然而，祸不单行，更加严重的事件还在后面。父亲的老上级萧景华上吊自杀了。萧景华被打倒是有预兆的，他跟我父亲，还有父亲的爷爷同属一个部队，是第四野战军，林彪曾经的部下。他的罪名更多，叛徒、流氓、走资本主义道路的当权派，且生活作风腐化堕落。他性子刚烈，死不认罪。斗来斗去斗狠了，留下誓死捍卫毛主席、誓死捍卫共产党的一纸遗书，以死证心。

萧书记吊死的时候我们都跑去看了，我心里着急，所以比别人跑得快，但赶到的时候他已经被人从办公室里间的门框上弄下来了，粗麻绳还留在脖子上，门框上还有被割断的另外半条绳子。绳子在风中自由自在地飘摇着，并没有一点沉重感。那时候房子建得高，要不然萧书记怎么会在门框上被吊死呢？他脚下也没有凳子，他是怎么把自己吊上去的呢？若干年后，我父亲还留着这样的疑问。但在当时他不敢说，也不敢问。

父亲说，萧书记死的时候身上都是被学生打的伤痕。他们是真打，皮带木棒都敢用，衣服也扯烂了。他哽咽起来，也不看我，眼睛死死地盯着窗外。我也跟着他朝窗外看，妹妹家住在27楼，只看得见傍晚的天空，没有鸟，天空寂静到荒芜。后来我在想，如果不是因为写作，我们之间会说这么多话吗？其实更多的时候，我们的交谈公事公办，很少掺杂个人的感情，即使有个人感情,也是各归各,我们之间很难产生共情。我追问这些事情的时候,父亲的身体已经变得很虚弱了,眼睛也是濡湿的,每分钟都像要哭。他老了,每天眼巴巴地想要喝一点酒,被我严苛地把控着。父亲的晚年,我总是以医生的交代布局他的生活,哪怕他们与我相隔千里之外。

我母亲说,萧书记那么讲究的一个人,死的时候也没给自己换身干净衣服。当时正是动乱最厉害的时候,他死了也没人管,主要是都不敢管。她一边说一边掉眼泪,最后还是你爸解开他脖子上的绳子,找几个人给他弄到火葬场的。我妈说,看见薛大姐哭的那个惨状,铁人都忍不住落泪。唉,你爸就是从那时起开始喝酒,喝晕了才能睡觉,否则就整夜整夜睡不着,坐那里一根接一根抽烟。

我的眼眶硬得生疼起来,我不再看窗外,站起来走到橱柜边上,给我爸倒了一点酒,53度的茅台。他有固定的杯子,能装一两多酒,我母亲每天会给他一杯。他眼巴巴地在旁边等着,仿佛生活对他的吸引就只剩下那一杯酒了。看着他急不可耐的样子,我的心差点软下来,想对他说往后你想喝就多喝一点吧。可是话到嘴边我又咽回去了。他肺部做了肿瘤切除,虽然说是良性的,但医生是严禁他吸烟喝酒的。

我母亲看着我父亲喝了那杯酒。她一辈子怕酒,一小杯酒就能醉倒。她咽了一口唾沫,接着说,薛大姐那么刚强的人,到底还是扛不住这样的打击,带着她和老萧的几个孩子回老家江西去了。我记起很多年后,父母去看过她,便问及此事。我母亲这才有点快乐起来,她说,薛大姐比以前还有风度,没发胖,衣着讲究,老了也还是个大美人!他们的儿子后来在江西

一个地市做了副市长,长得可真像他年轻时的父亲,一模一样。我父亲喝了酒,精神显然好了很多,声音也突然高起来,他断然打断她,说,哪里啊,不一样!仔细看还是有很大差距。

是啊,肯定有差距,任何一个父亲的人生都是无法复制的。

我母亲在小城市工作一辈子,没见过什么世面。薛剑秋无疑是她的人生榜样。我一直认为,母亲从她身上学到了不少东西。母亲一辈子衣着朴素,但她气质非常好,遇事宠辱不惊,从容淡定。

他们那一代革命者,怎么说呢,骨子里头满是忠诚。我在许多年里都很惊奇,我父亲亲眼见证亲人朋友们惨烈的死亡,自己也经历了十几年的批斗折磨。但他从不怀疑什么,一如既往地听组织的话,从不减弱对党和领袖的热爱。一直到他死,若谁胆敢在他面前说领袖丁点儿不是,他立刻就拍案而起,甚至会与此人反目成仇。

童年的日子寂寞而单调,我的记忆却是繁复的,天高地阔,自由无羁。天空、河流、花朵、鱼虫,一切自然界的存在都会让我惊奇。在孩子们眼里,生长的过程不比任何时代缺乏色彩。有一次我一个人跑到城外的公路上,偶尔有一辆卡车从远处道路的一端缓慢地、一点点地移动到眼前,驮着巨大的喧嚣,破败而疲惫。它不会因我而停下来,开车的人坐在高大的驾驶室里,他很可能看不见我。它轰鸣着,毫无感情地驰来,又毫无感情地驰去,它只是路过。我睁大眼睛,看着这庞然大物一点一点地变小,直至变成一个小黑点,最后连小黑点也消失不见了,它消失在道路的另一端。远处的路越来越狭窄,我总

觉得那里会是路的尽头。大人们都在睡午觉，四处空旷寂寥。一个小女孩似乎突然有了独立的思维意识，我在寻找什么呢？天地空茫，杨树叶子哗哗地响起来，像是一万个鬼在拍手。我不由得害怕起来，拼命地逃回家去，从此再也不敢一个人走到荒凉的地方。

父母忙着革命或者被革命。两个哥哥带着五岁多点的我天天去上学堂。他们被父亲的威严镇压着，嫉恨我在父亲跟前受到的那点宠爱，只要一出门，他们就捉弄我，要么把我甩掉，他们去下河玩水；要么就是飞跑着四散而去，故意让我跟不上他们。很长一个时期，我做梦都会吓得惊叫起来，我一次次被丢在荒无人烟之处，找不到回家的路。对我而言，那是一个极不安定的童年，严重缺乏安全感。其实他们两兄弟也团结不到一起，在很多事情上都故意撇清，以表达自己的独立姿态。其中一个和人打架，另一个绝不帮手。他们彼此使用的声明是相同的：你们打吧！打掉头我都不帮锤，只要不提我们爸妈的名字。到今天我都想不明白，小时候为啥那么怕别的小孩知道自己父母的名字。大家吵架最狠的时候，就是喊出对方父母的名字。小孩们个个对自己家长的名字讳莫如深。但我们不行，父母的名字可是满大街都是，批臭，打倒，名字上还打上红叉黑叉，让我们丢尽了颜面。

我不但年龄小，个头也小，比同龄的孩子小一号。我母亲说，怀我的时候工作忙，胃口不好又顾不上休息，我生下来只有三斤七两。我姥姥说，老天爷，这能养活吗？我后来问她到底有多小，她说，能装进你爸的鞋壳子里。

我的女儿上学之后，我最忧心的事情就是校园暴力，害怕她在学校里会不会被别的孩子欺负，甚至受人威胁。儿时的恐惧和无助会影响一个孩子的一生，甚至改变孩子的性格。也许那时太小，无数倍地放大了恐惧感，比如一群比你高出半头的男孩子，突然拦住你吹口哨或者怪叫。你被吓哭了，他们就非常开心地呼啸而去。再比如有两个厉害的女生，她们要你手里的糖果，你不给她就对你吐唾沫，另一个突然怪声怪气地喊出你爸爸的名字。我还曾经被一个郊区农民的女儿控制。下午上学时给我拿一个白馍吃！她命令我，见我迟疑她又说，不拿我就把你的书包扔到厕所里去！面对这种暴力，我不知道为什么不敢去报告老师，也不敢跟家长说。甚至我都做好了充分思想准备，如果老师或者家长问我，我会像宁死不屈的刘胡兰一样，替她隐瞒这一切。

很长一段时间里，我每天都要在书包里给那女孩装一个馍。我当然知道拿家里的馍给别人吃不是好事。我家的粮食也不宽裕，姥姥有时会从百十里外送一袋子面粉给我们，她也是千方百计省下来的。户口本上供应的粮食顾不住几个成长中的孩子。每天给别人拿一个馍，搞不好母亲发现了会打我。尽管我母亲从来没打过我们兄妹之中的任何一个，但我们都很害怕她，因为不知道她打起人来会是什么样子。主要是心里感觉到挨打是一种耻辱吧，我看见院子里别人家的孩子挨打，好几天都躲着走，害怕他们会羞愧。

我在这种屈辱中觉得日子太过漫长，有时候实在忍不住就会回家哭一场。我说，他们喊我爸的名字。我父母互相对视一下，竟然嘿嘿嘿地笑起来，说这有啥可哭的，名字不就是让人喊的吗？有一回我的白衬衣被一个女孩故意甩上墨水,我回来哭得很凶。我母亲一边洗一边吵我,哭啥哭,你还有理是吧?你不会躲那些坏孩子远一点?你不惹事,事就不会惹你。她说得那样不容辩解,那样简单,好像我是在没事找事儿。她们忙碌着自己的事情,不肯多看我一眼,对我的忧惧视而不见,我的所有的个人需求都是多余的,也许连我本身也是多余的。我惊魂甫定,眼睛里充满恐慌。他们无暇看这些,无暇体会到孩子所经受的伤害,更不知道一个孩子心里的疼痛。我委屈着,在学校越来越孤独,而且觉得自己越来越丑。别人作弄我,哥哥发现了会躲得远远的,他们嫌弃有我这么个弱小的灰溜溜的妹妹。一直到今天我都不明白,为什么我不敢大声说出我两个高大威武的哥哥的名字?哪怕只是吓唬吓唬他们,谁敢欺负我,我哥哥会揍扁你们!或者我的哥哥们若是肯站到欺负我的人跟前说一句,不许欺负我妹妹,就足以把他们吓尿。这是多么简单的事情啊!

事实上,我们以父亲的名字为耻,我的两个哥哥以有我这样一个妹妹为耻,他们彼此也以对方为耻。我们在路上见着了彼此从不说话。也不光我们兄妹这样,别人家的孩子也都是这个样子。我们学校有一个男生下河洗澡淹死了,大家蜂拥着去看死人。这个孩子的弟弟恰好和我一班,他站在尸体旁边等待迟来的父母,非常得意地维护着秩序。他指着已经死了的哥哥说,这是我哥,我说了算,让你们谁看才能看!让你们看多久看多久!你们别挤,后边排队去!他学习成绩很差,衣服总是穿得脏兮兮的,平时都不太敢大声说话。那天他那么理直气壮,不知道底气来自何方。在我的记忆里,那可能是那个孩子在我们读书时最出色的一次表现。我早已经忘记了他的姓名,却记住了那个夏天的下午,和他忙碌跳跃的身姿。午后初晴,太阳蒸烤着潮湿的地面,人人都热得汗流浃背。他的神情和挥舞肢体的形态被定格在记忆之中,比看过很多遍的电影里的男主角的印象都深刻。

六

周启明十六岁时稀里糊涂地有了一个女儿,又过了十多年,他三十岁上娶了我妈朱珠。我父亲比我母亲大七岁,这样掐指一算,我妈比那继女也大不了几岁。

也许是春天,万木葱茏,天气祥和,我会被光和花朵迷惑,心中异常感动。我不生是非,是非就不沾染我。这是我母亲的信条。我母亲提着一竹筐从集市上买来的槐花,象牙色的花朵衬托着她灰色的涤卡布外套,整个人都鲜亮起来。童年的记忆里,母亲是足以称得上美人的。我追着她回家,和她一起择拣花朵中的树梗。就要吃到这新鲜的花朵了,我咯咯地笑得发出声响。母亲将它们洗干净,拌入面粉蒸出来,捣半碗蒜汁,多多放些麻油,吃得一家子人口吐芬芳。心情像五月的天气一样明媚。生活还是蛮不错的。

那个女的又来了!

那个女的!我们好多年里都这样称呼她。

自从庆凡带她来过我家,她就常常不请自来,时不时地出现在我们家里。我听见哥哥们嘀咕着她又来了,脸上立刻就愁雾弥漫。我那时只有几岁,矮小瘦弱,严重的营养不良。她像一头怪兽,差不多二十岁了吧,发育得肥硕丰满。她其实长得并不难看,只是一脸愚蠢蒙蔽了五官,令她丑态横生。大院里的孩子都知道怎么回事,渐渐地,别处的孩子放了学也来看热闹。她们指指点点,嬉笑道,大老婆生的!她毫不羞怯地看看他们,有时候还会陪着别人笑出声来,显得更加愚蠢了。

她很快便能和左邻右舍以及这些看热闹的人打成一片。她不识字,也不知廉耻,看见人就能跟人家聊几句。她大大咧咧地告诉他们,周启明是我爸,朱珠是我后妈。她穿着簇新的衣服,硕大的牡丹花鲜艳欲滴,操着家乡拗口的土话,活脱脱一个带着绿叶的大笨红皮萝卜。

她差不多毁掉了我全部的少年生活。我父亲是离过婚的,而且前边还有一个女儿,这是多大的一个丑闻?无论父母带着我们换多少个地方,搬多少次家,她总是能及时出现,在我们家一住就是好几天。她喜欢串门子,有事没事到各家各户串串,完全把这种农村习气带进了城里。邻居们吃过饭正闲得无聊,她突然不请自来,讪笑着,扭动着,像一只饱食终日的大虫。邻居们喜欢这种带着乡土味道的喜兴,他们正无聊,日常里就缺乏这种意外之喜。他们热情地给她让座,给她递上稀奇的零食。她一边毫不客气地大吃大嚼,一边讲着乡村的鸡零狗碎,然后,故事进入高潮,千篇一律的是例数后妈的种种不好。后妈让她爸跟她妈离婚,却不让她进城。她们娘俩在乡下种地,没人管没人问。她妈是裹过脚的小脚女人,种地很苦很累。她在家帮妈妈干活,学都没上过一天……邻居们不由得严肃起来。但他们不便多说,只是在她面前堆了更多的零食。他们动了恻隐之心。也有邻居逐渐被她带入故事里,唏嘘着,感叹着,有时还陪她一起流泪。

在她语言的反复侵蚀下,我母亲从她日积月累的形象里抽离出来,变成了一个坏女人。她表面上是一个端庄正派的妇女干部,整天做别人的思想工作。自己却勾搭一个结了婚的有妇之夫,并虐待前妻的女儿,不但不让进城,学都不让上。这年头还有不识字的孩子!大家的感慨,有着道德的沉重和一吐为快的轻松。

还有我父亲,领导干部抛妻弃女找小老婆,简直是腐化堕落。后来这样的内容也出现在大字报里,被张贴到大街上。我感觉到每次那个女的来了之后,我父亲再和人交谈时,似乎心虚了许多,话说到一半会忽然烦躁起来。那些人目光里的犹疑让他痛苦。虽然从没人问起过他,但我知道,他所遇到的痛苦比我在学校遇到的要大得多。

从那时候起,我开始理解父母和周围发生的一切。他们说我早熟,懂事了。

我真奇怪母亲怎么会有那么好的耐性,无论心中是怎么不快,从未见她埋怨过,更不会对任何人解释。作为一个十几岁参加革命的妇女干部,她有咀嚼和消化屈辱并以此喂养自己坚强的能力。她任凭这样一个继女在我们的生活中自由出入,任凭幼小的我背负着沉重的伤害,丝毫不为所动。我的两个哥哥是怎么想的我至今不清楚,但至少在表面上,他们对她竟然充满善意,甚至会讨好她,在她面前示弱。我有时还会觉怀疑,为了制服我,他们跟她是不是一伙儿的?这让我在伤心之外,平添了愤怒。凭什么呢?她凭什么?他们凭什么?成人后我才慢慢揣摩出,大约除了良善,他们更多是怕,是希望息事宁人。

那个女的又来了!

那些年她频繁地来去她住进我们家里,

好多天都不离开。她自由散漫，吃过的花生壳和瓜子壳撒得满屋子都是，端起碗放开吃饭，任意一张床上都敢睡。她不洗脚，晚上脱掉的鞋子熏得我一整夜都像陷在下水道里，无处可逃。

打我记事起，我和祖母就睡在一个房间里。她一如既往地不涉世事。她无须适应，天然地接纳一切。她把儿子的院子当作他处的家。她在哪儿生活，虽然都是轻飘飘的，但也是扎扎实实地，像一棵可以任意移栽的树。一个洁净的老太太，端端地坐在屋门外。她微笑着，好像有话要说，却又不甚言语，因此显得很有些尊贵。别人家的老人都喜欢穿黑，唯有她穿白布衣衫。她亲手洗衣裳，洗一洗对着太阳光照一照，一点灰星儿都休想躲过她的眼睛。她在太阳底下梳理头发，白色的发丝闪着缕缕银光。花盆里种满小桃红，花开盛了她就摘下来晒干，装进白色的布袋子里，屋子里布满了花的气息。我喜欢家里有一个老人，连父亲的脸色都和悦不少。更重要的是祖母身上的仙气，不属于人间的洁净。我悄悄凝视她，看她的指甲在太阳光里闪烁，手指比葱管都整齐干净。

然而，那个女的又来了。她把我们祖孙俩的房间弄得一团糟，她抬腿就上我的床，脏兮兮的袜子有时候就伸在我枕头上。我拒绝和她说话，躲得远远的。她当仁不让，将屋子占得满当当的，好像这是她的家，不是我的，心虚的反而是我。她亦不和我祖母说话，仿佛她根本就不存在似的。

我母亲心里忍着怎样的委屈，她是断然不会给包括我的父亲在内的任何人说的。在这一点上，她非常像我乡下的姥姥。姥姥一辈子没有抱怨过任何人任何事，她只是顺天应时，生儿育女，日出而作日落而息。她仿佛不知道什么是烦忧，也因此远离了烦忧。

母亲下了班就赶紧往家赶，她要买菜，然后赶回家做饭。她的婆婆不吃荤，得单独给她烙一张葱花油饼。那个女的在这，不能不依客人的标准，面条里怎么也得多放点儿肉丝。母亲一向严苛地对待子女，我一点点大就会洗衣服，打扫房间，在厨房给她打下手。她擀面条我就得帮她洗菜，她洗衣服我就得帮她晾晒。那个女的却什么都不干，她就是来做客的，如果不出去串门，就任意地躺躺坐坐。我父亲更是什么都不说，他不知道该怎么对待她。在他眼里，她不是他的孩子，而是一颗炸弹。他害怕她爆炸伤害了我们，更怕她伤了她自己。我试图从父亲对她的没有态度里读出他的态度，我想知道他心里是爱她还是厌烦她？也许，没有爱也没有厌烦，只是视而不见故作轻松？但我只是从他的表情里看出无奈，看出他在躲避她。她已经足足是个成年人了，没有为这个她称呼为爸的人洗过一次袜子，端过一次饭。她坐在我们家里吃喝玩乐，她要新衣服，要新袜子新鞋，理直气壮地一样样地讨要。有时候她会要到我父亲脸上，爸，我要一件新罩衣，灯芯绒的。爸……父亲听她呼唤他为爸，总是像被烫着似的，急惶惶地申明，我不管家里事儿，这个家你们妈当家！他那语气，分明是讨好，或者是求饶。但"你们妈"这三个字在深深刺痛我的同时，也暴露了他的态度——他这是把她当成我们家的孩子了吗？

我恨我的父亲，他面对一个每每过来闹事的乡下野丫头，竟惊慌失措，如此的不堪，几乎不像是我逞威武敢担当的父亲。我相信，她在的时候，如果能够不回家，他可能就不回来了。他要把这个包袱甩给我母亲,甩给这个家庭。我恨我的两个哥哥,他们若是拿出对我一半的凶狠来对付她就足够了。我希望他们打她,来一次打她一顿,让她从此再不敢踏进这个家门。他们却是那般地畏惧她,畏惧到讨好,以便让他们不再面对难堪。这样一来,等于是我一个人孤军作战,既没有友军,也没有掩体,我要赤手空拳面对这个庞然大物。

我决心替我的母亲复仇,没错,是复仇。我母亲历来没有表达过,可我觉得她心里对她是充满怨恨的。可巧那天我放学稍早了一点,看见她把自己关进我父母的房间里,她打开了我母亲的木箱。那是母亲和父亲结婚时我父亲的樟木箱子,后来成了我母亲的爱物,无论添置了多少个柜子,我母亲一直将她的细软放在那只箱子里。户口本、粮票、布票、肉票等各种票据,还有每个月的工资。我母亲将这些压在她的几件好点的衣服下边,需要用的时候就打开盖子摸出一张。箱子没有锁,除了我母亲,家里不会有人动那只箱子。那里面是一家人的吃喝用度,关系重大。此刻箱子被打开,她粗暴地翻扯箱子里的衣物。我进去时她没看见,她抓起我妈的一件浅色衬衣擦她的鼻涕。她的鼻子似乎有毛病,一年到头堵塞着,以至于说话瓮声瓮气,擤鼻涕的声音时不时地充斥着整个屋宇。她对着那件衬衣擤鼻涕的声音巨大,铆足了愤恨,让我吓得差点儿夺路而逃。我扶着桌子颤抖着呵斥她,你在干什么?我因为害怕,嗓子发出陌生的声音,干哑而凄厉。她吓了一跳,看见是我一个人,神色由惊慌变成了仇恨。她摸出我们家的户口本,大约也就认识那几个字。她说,看见没有,要不是你妈,这本上应该写的是我妈和我的名字!她用另一只手挥舞了一下,她的力量太大,犹如一股旋风,一下子搅动了屋子,整个房间的东西都动起来,我接连后退了好几步,被震得想呕吐。她霸道地咬着牙拨拉着箱子里的东西说,这些,还有这些,都该是我和我妈的!我的手不自知地挪动着,瘦小的我拼上全力抱起了桌子上的开水瓶。水瓶中午刚被我母亲灌得满满的。她丝毫没感觉到我动作的危险,继续说,你妈是个坏女人,她抢走了我妈的男人!我的一只手已经打开了瓶塞,热气溢出来,烫了我一下。正当我使足力量要动作的那一刻,身后伸过来一只手,稳当而又用力地夺走了那只热水瓶,盖子也被夺过去旋即盖好。是我母亲。我看见她进来,憋着的劲一下子散了,我委屈地大哭起来。我说,她……我母亲不看我,好像什么事都没发生。我妈用家长的姿态说,你们小孩子家,在这胡闹什么?

我仰头看着我妈,心中暗暗恨她。我恨我妈的言不由衷,这都说的什么啊?她还能算个小孩子?是谁在胡闹?你为什么不任由我拿开水泼她?我幻想她被开水烫得皮开肉绽抱头鼠窜的样子,该多么解恨!她在这里干坏事,你干嘛不抓住机会好好训她一顿呢?难道我妈心里真是什么都没有吗?我记得姥姥说过她,启明他离婚八百年才娶了你,别心里总是过不去!我妈说,话是那样说,谁不是一辈子啊?

对啊,谁不是一辈子啊,为什么就我们该受屈辱?

没等我说其他的,母亲就用手势坚决制止了我。我妈对她说,这是你爸的家,也是你的家。你随时可以来,想住多久就住多久。但是,大人之间的事情你大约也不很清楚,你也到了要成家的年龄了,凡事总得多想想，你爸是给你生命的人，他和你妈离婚是他们的事情，你得明白，我和你之间是没有仇怨的。

我不知道母亲为什么要说这些，她为什么要这样憋屈着？与其这样，还不如和我爸离婚算了。

但我母亲当时就说了这些，一句重话都没有。母亲的语气一如既往地平和，甚至还有点刻意的字斟句酌，害怕哪一点说得不妥当。对于这个比她还高大的继女，其实她完全可以不接受。她有自己的妈，她妈又不是死了。她父亲和她母亲离婚后，她断给了她母亲。她没有道理管我们的母亲叫妈，我妈亦没有责任照顾这个已经成人的前妻的女儿。我希望她把这些道理说出来，让这个女的清醒。可我母亲情绪稳定，态度诚恳，嘴角甚至微微上扬，好像面对着她的工作对象。她这样的神情是她最好看的模样，她在微笑，甚至有点抱歉。

这个时候，我的两个哥哥也放学回来了，他们很可能已经在门口听了一会儿。我哥哥说，我爸的通讯员刚过来送信，爸晚上去地区开会了，后天才能回来。然后，他们俩也站在门口看着那个女的。她还在敞开的樟木箱子前站着，大概也不知道该如何收场了，索性扑在地上撒起泼来。她弄乱自己的头发，脸上身上滚的都是土。她哭着说，我爸不在家，你们一家子合着伙欺负我啊！

我第一次看出了母亲脸上的不耐烦，我宁愿相信那是厌恶。但肯定不是，母亲一辈子都不会那么恶毒。母亲说，你要是想哭就哭一会吧。然后，扬手招呼我们都出去了。母亲洗了手，照常做一家人的饭。那天晚上吃的葱花油饼，一张饼里扑一个鸡蛋，一人一张，那厚饼大得像锅盖一样。

我祖母那一张只放了葱花没放鸡蛋，她不吃荤腥，连鸡蛋和牛奶都不吃。那个女的像没事人一样，吃了一张，虎着脸说她没吃饱。我母亲把自己的饼推给她说，你都吃了吧，我不饿。我看着母亲一直坐在那里，只喝了一口汤水，连筷子都没动一下。

像往常一样，那个女的走之前提了一大堆要求，一件格子布上衣，一条绿围巾，两双袜子。她还要一条羊肚子毛巾，要素的。她强调说，我妈下地干活顶头用的。她跟我母亲说着，母亲只管做她的活儿，不接话，也不朝她看。她一天到晚都忙得像只陀螺一样。但是她的这些要求，第二天依然一一得到满足。

接下来的日子就很难熬了，肉票没了，布票没了，剩下的供应粮票连面粉都不够一家人吃的。我真的回想不出来那些日子是怎么熬过来的。很多年后，我问母亲这些事儿。她想了好一阵子，说一点印象都没有，可能忘记了。

"忘记"是母亲对待苦难最好的武器。我觉得她满足现在的日子，宁可将过去屏蔽。我母亲算是个大智慧的女人。

年底下，母亲才肯给我添一件新罩衣。但我从小到大她都不肯给我做格子衣服。莫非是因为那个女的喜欢格子衣服吗？上大学后，我婶儿去上海，给我堂姐买了一件格子呢半大风衣，我十分喜欢，对母亲说了。我母亲却让人给我捎了一件卡其色的，我一直穿到婚后许多年。我老公也很喜欢，夸奖我着装大气。我喜素衣淡妆，是我母亲多年驯化的结果。我母亲没见过什么世面，却知道天然最好。她不喜欢扎眼的色彩，从来不允许我和妹妹穿红戴绿。

我的花季年华，母亲一年才给我添一两件新衣服。那个女的和她的母亲大概永

159

远都不会相信，我们这些城里的孩子，远远没有她们过得宽裕。

我有多么恨她啊！

但为什么只有我一个人恨她呢？大家为什么要一味的妥协，我们欠她什么吗？虽然我满怀着一腔愤怒，但在她面前，我和他们一样不敢说一句硬气的话。我惧怕她，是那种厌恶的怕，就像怕一条蛇或者一只癞蛤蟆。我只是幻想着，能刮一阵大风，把这个女的刮跑才好。

那个女的，她一次次大获全胜，她得意洋洋地把她的战利品裹进包袱的时刻，我展开想象的翅膀，有一种药粉可以撒进她的包袱里，无色无味。她回到自己家里，最好和她的妈妈一起，打开包袱，闻一闻就死掉好了。

单独跟我在一起的时候，祖母就变成了一个真正的祖母，或者是，真正的女人。我能唤醒她，让她回到现世人间。也许，她忧伤着我的忧伤，孤独着我的孤独。她的目光是我看到过的人类眼睛里最诚恳、最纯净的光，明朗、安静、和善、一览无余。后人评说她无爱无恨，他们不懂得，有这样目光的人，她内心里指定有着大爱。

她会教我梳辫子，帮我剪指甲，在夏天有星星月亮的夜晚给我的指甲染色。小桃红的花朵在蒜臼里捣成糊，搅拌进一点白矾粉末。每一个指甲都被花泥糊上，用梅豆叶子裹好，缠上白棉线。右手的星星指头（食指）是不包的，包了会烂眼。我一脸稚气地看着她轻轻翕动的没有血色的嘴唇。奶奶，你给我包上，我试试会不会烂？我祖母连忙摆手，极为神秘地小声说，不中不中，我小时候见过邻居家的小闺女烂眼，一年到头红瞎瞎的。我缩回了手，但我忘了问她，烂眼睛的小闺女是不是包了红指甲呢？

我的祖母轻声细气地给我讲她小时候的故事。后来我回忆她讲的那些故事，常常让我联想到《红楼梦》里的贾母。她姥娘是个大家族的当家人，她不甚疼爱一群孙子，独疼她这一个外孙女儿。而我的祖母，活脱一个没了娘的林姑娘。她说她有很多玩意儿，她脖子里有金锁，脚腕子上有金脚环。她姥娘过年时请金匠银匠来家里打玩意儿，打的金磨盘会转圈儿，连推磨的小人都是金的银的。按理说，该男孩是金，女孩是银，她姥娘偏把女孩打成金的。

我们祖孙俩在黑夜里并头躺在床上，像乘着一条船，一起划向她故事里的世界。后来那些玩意儿呢？我一脸神往地睁大眼睛。玩意儿后来都丢失了，她轻轻地说道。我再问，她也不能说得更明白。她说，金子会跑，会在夜晚跑进它喜欢的地儿去。金子喜欢谁，就会夜里跑到那个人的家里去。我没见过金子，她讲故事的时候我就悄悄把头伸到床下去看，我期盼看见一团闪光的东西。我下决心从此做个好孩子，我这样乖巧伶俐，金子肯定会喜欢我的。

我十五岁那年祖母去世了，无病无灾地走了。她两天前明白无误地告诉儿子，她要回老家去——几十年后，她的儿子也是这样做的——并且一辈子唯一一次提出要我，她的孙女儿送她回去。

那时，除父亲外，我竟然是我们家唯一一个回过父亲老家的人。我母亲从未回去过，两个哥哥也没回去过，后来出生的妹妹还小。从一开始，我父亲的老家便不属于我们，他那里有一个离婚不离家的前妻，还有一个女儿。老家的房子和土地都属于那个前妻和她的女儿。

我想，之所以我母亲和哥哥们都不回去，这就是母亲的态度吧。我母亲虽然一路妥协，但她有自己的底线，这底线任何人都触碰不得，包括我父亲。事实上，是我父亲态度很坚决地拒绝我们回去，他将恐惧传递给我们，仿佛老家是一口深坑，会将我们吞没。

我送祖母回到了老家。走之前，祖母自己梳了头发，换上了新的衣裤。白色的，她连送老衣裳都是白色的，单裤褂外面罩一件长夹袍子。袜子也是白的，她只是让我姑姑给她做了一双红棉布绣鞋。她特意交待了，鞋面布不能用缎子。在乡下老家，缎子就是断子的意思。谁说我的祖母不省世事呢！

现在想来，我祖母的一生，过得是多么的智慧和清醒。她从小没娘，她以不变应万变，躲避了世间的一切繁琐。她一生简单明了，有道无术。临终，她将双手合在胸前，像是睡着一般去了。她什么都未曾交待，连我也不敢再喊醒她。

我十六岁的那一年冬天失去了我挚爱的祖母，我到今天依然还热爱着她。

葬礼是我叔叔周启善安排的，他把仪式搞得很隆重，有上百口子亲戚朋友来送殡。长长的队伍，从家门口一直排到坟院。我的两个姑姑哭得惊天地泣鬼神，苗条的身段裹着全身大孝。大姑姑小脚，走起路来真的犹如戏台上轻移莲步的旦角儿。她们漂亮，沉稳，低调，一直到老都肤白貌美。很多人赶来观看，估计大部分都是为了看我姑姑们哭丧。

父亲老家的规矩，人去世了要停灵三天。我在那个从未生养过我的村庄住了三天。它坐落在一条河的臂弯里，绿树环绕，空气澄明，鸡犬之声相闻。我父亲日思夜想，恨着爱着，割舍不掉的土地与河流，载着周家几代人的记忆和梦想。村后的那条河叫沙颍河，河的下游途经颍口。我的祖上和我，都是喝着同一条河的河水生活。

我被安置在隔壁一个新媳妇家里住。我家在村子里辈分高，她喊我小姑奶奶。哪有这么小的年纪就给人当姑奶奶的？我羞红了脸，再三拒绝，她仍是一句一个小姑奶奶。都说我们老家的水土好，尤其是颍河的水好。新媳妇长得俊，皮肤又红又白。她那么得体，每一句话一件小事都把握着分寸，轻拿轻放，但又透着庄重。新媳妇勤快，天蒙蒙亮就起床，洗衣做饭，洒扫庭院，屋子里收拾得比城里都亮堂。谁能说乡下人缺乏教养呢？那是属于这个地域天然的文化教养，跟她在一起，让人心里说不出来的熨帖。我后来曾经设想，若那拴妮子如她一般，善待我的父母，我和她的关系该会是什么样子呢？

凡事没有如果，只有结果。

那时是冬天，我梳着一条大辫子，穿着卡其色的毛呢长外套，围着长长的白色毛线围巾。我让新媳妇陪我去河边散步，我们从村街里走过。村里人吃罢饭三五成群地立在自家门口闲话，直愣愣地盯着新媳妇和她身边的我。我不敢与那么多陌生人对视，只是低着头走路。隐约听到有人指着我说，这是启明外面那个女的生的。另一个说，可真像周家的人，和她奶奶年轻时候一样样！

谁和谁一样样？我长得竟然像我年轻时的祖母？我第一次也是最后一次听人这样说起。

猝不及防地，在从村街往家拐弯的岔路口，我遇见了拴妮子和那个叫穗子的女人。我第一次见到她，心突突地跳，一身的血都涌到脸上。她已经老得面目模糊，神情让人憎厌。看见我，她丝毫没有陌生感。也许我在她的脑海里已经出现了千百次，她见到我只是其中的一次而已。她用奇怪的尖利异常的嗓音和我招呼着，像是埋怨一个久违的亲人，咦，这妮子可回来了，早该跟你姐回老家住几天。我一时惊得答不上话来。她却又说，这老家也是你的家，我不待见你妈，又不关小孩的事，你怕我做什么？

天！什么狗屁逻辑，她凭什么不待见我妈？好像我们的生活是她施舍的一样。我又为什么要回这个和我没有一丝瓜葛的老家？我满脸愠怒地避开她，她却不知羞耻地追上来，肆无忌惮地摸我的衣服。我表面淡定，内里心惊肉跳，她再嘟嘟囔囔地说些什么，我基本上没听明白，但有一句话我听得清楚：唉，福都让你们享了！福都让你们享了！但她说她的，我装做听不懂，完全不搭理她，也不理她的女儿。她却大声地叮嘱女儿，跟上，快跟上你妹子，她走哪你跟哪！

凭什么要跟着我呢？

为什么要跟着我呢？

像有人把一把冰碴子塞进我裹得严实的衣服里，我在她的话语里恐惧得毛骨悚然。那是一种对未知的恐惧，我不知道接下来会发生什么，也不知道该怎么应对。

好在那个新媳妇跟着我，她不温不火地笑着跟她们说话，然后揽着我的腰往回走，算是把我从这个危机里解救了出来。但是我们刚刚到家，那个女的就跟过来了，果真是一直黏着我，我吃饭睡觉她都紧盯着，一步不拉。我来时带有自己的毛巾香皂和润肤露。新媳妇借给我一个新脸盆，早晚都给我打来热水，我用它洗脸擦身子。每当我打来水，那个女的便扑过来抢着和我一起洗，她用我的毛巾擦脸，厚厚地涂抹我的润肤露。我几乎要叫喊出来，我素来洁癖，在家里连母亲她们也是不能动我东西的。我恨不得想把毛巾扔掉，连脸盆也一起扔掉算了。但是在这穷乡僻壤，丢掉了这些东西我连个脏的都没有了，我用什么呢？我想端起盆子朝她身上泼去，寒天冻地的季节，冻死她才解气。我却似乎听见我母亲在来之前告诫我的那些话：你去了那边，可不似在家里，不能由着自己的意儿。母亲是在明示，父亲老家那边不是我们的家。母亲说，凡事一定要忍，不能让村里人挑了理去。我哭了，哭我自己，我为生命里的软弱而恼羞成怒。新媳妇却咻咻地笑着，并不帮我去劝说或者阻拦那个女的。其实后来想想，我怎么能指望一个和我相识两天的人帮我主持"公道"呢？也可能在她眼里，我们原本就是姊妹俩呀！或者，这就是乡村智慧的一种，她们知道什么事情该拿捏到什么分寸，毕竟我与那个女的之间，比跟她关系更近一些。我们同一个父亲，打断骨头连着筋。

我悲愤莫名，但也得时时在我妈的告诫里隐忍着。到了祖母出殡那一天，我终于借机哭了出来。你们欺负人！你们欺负人！你们欺负人！我对那个躲在暗处像鬼魂一样的老女人喊道，我对不离我左右的胖大虫一样的那个女的喊道。我其实真正伤心的远不是这些，整个葬仪期间，穗子一直都跟在我父亲身后，亦步亦趋，充当长媳的角色。我似懂非懂，这个叫上周村的地方是她的戏台，舞台的边界甚至在不断地扩大蔓延。漫长的几十年里，虽然她蜗居在此处，但她一直控制着我父亲，并企图通过父亲操控我母亲和我们的家庭。她知道什么时候该出场，什么时候唱红脸或者白脸。她玩弄我们于股掌。难道不是吗？这个疯子一样的女人，她在岁月里衰老，亦在岁月里沉淀，她变得如此衰微，却又如此强大。她已经不再害怕我的父亲，她的坚持显得从容不迫。

家乡、土地、村庄、河流。院子里我老祖栽种的树木，粗壮而挺拔，它见证着周家的荣辱兴衰。我父亲说，那树的名字叫柏，柏树。

很多年了，父亲没有主动跟我拉过家常。可是在故乡的土地上，他有话要说。但终究，我也不是那个他可以说话的人。很快，我们便又拉开了距离。

我骤然清醒，我不可能替我的母亲争取到什么，这里的一切，都和我的母亲没有任何关联。她不属于这里的时间，也不属于这里的空间。

我母亲属于哪里呢？我母亲该怎么办？

在故乡，我父亲走完了送母的程序。我觉得，他完全是按照穗子的剧本在演出，可能有很多年里他不会再回到这里，但终究像他母亲一样，最终他还是得回来。这是穗子剧本的一部分。像过往一样，我父亲始终还是没有态度。对待穗子，像对待穗子的女儿一样，他不与穗子搭言，也不干预她的任何行为，他不想为她们多说一个字一句话。他一辈子都不曾爱过她们，但他一辈子都欠着她们、怕着她们。

我极为担忧，将来穗子死了真的会进周家的祖坟，会埋在我父亲的身边吗？

我可怜的母亲呀！

葬礼上的事情我一点都没敢告诉母亲，但她也从来没问过。她坚持着自己的生活哲学，人不惹是非，是非就不会惹人。其实当时我已经暗暗打定主意，即使她问我，我也会说很多事情、很多人，我不认识，也记不住。我怕她难过，我愿意替母亲承受这一切，为她而担忧。忧愁在漫长的时间里像一盘石磨，沉沉地压了我几十载。

七

我女儿用手指着那个女的，问，那个女人是谁？她的目光充满了好奇，除了研究偶像剧，她一向懒得过问任何闲事。她已经快过十六岁生日了，我想了想，应该让她了解家族的事情。我看着这个孩子的眼睛认真地说，她是你姥爷和他前妻的女儿，是我同父异母的姐姐，她叫周拴妮……

哇！我姥爷还有个前妻耶！她表现得一点都不吃惊，甚至还有点儿幸灾乐祸。我无奈地望着她，像她这般年纪时，我觉得我已经成年。她和我们，不像是一种人类。我说，你应该喊她姨。她淡漠而又不屑地说，可别让我喊她姨，也别让我认识她！她是谁，跟我没有关系。我是不会认你们家这些化石亲戚的！我想再说点什么，她已经戴上耳机找她的表姐表哥们去了。

第二天是我父亲的追悼会，仪式结束后再行火化。把所有的环节都安置妥当，已经是晚上七八点钟了。虽然宾馆提前备好了一桌饭，但没谁有心情吃。想想父亲明天将投身火海，化骨成灰，大家连说话都是轻声轻语，害怕惊吓了魂灵。帮忙管事的朋友劝说道，饿不饿都要吃一点的，否则怕身体顶不住。别的亲戚朋友都早早吃完了自助餐，剩下我们兄妹几个一起，刚好再捋一下有关仪式的细节。让我特别不高兴的是,我的那个姐姐拴妮子,却仍然坚定地等待着,她已经先我们坐到餐桌上,而且还带着她的大女儿。过了暑假这个孩子就要读硕士了,同济大学本科毕业,顺利通过了硕考。对这个眉清目秀的大姑娘,我还是礼让三分的。以她的努力和智商,将来保不准会是我们家族的一个人物。对下一代的期许是近年来我最心心念念的一件事儿。女儿嘲笑我说,这是我衰老的象征,这是我退出江湖的预兆,我将被时间和时代所抛弃。

最终我还是和她们坐在了一起,我拿起筷子招呼她们,说,吃吧!我的这位一向吃饭迅捷果敢的姐姐却迟迟不动筷子,她看了看我,再看看我两个哥哥,目光如炬。我感觉像被烫了一下,仿佛不小心与一条蛇对了个眼神,那种恶心与恐惧翻上翻下,我恨不能将手中的筷子变成刀枪。因为这几天朝夕相处而增加的那点儿亲情,突然之间又不翼而飞。

明天咱爸就要火化了,今天有点事情咱们几个要说说。

是她在说话,我心中震了一下。别忘了有一盘磨一直沉沉地压在我心底。我都这岁数了,还依然脆弱不堪。想想父亲的另一个女人,还有他坐在我跟前的这个女儿,她们在我心底留下的是何等浓重的阴影!我看着她,做好随时发飙的准备。父亲选择火化后葬回老家,葬在他母亲的脚头。这是我父亲的安排,父亲不在了,后来的事情将由我们来安排。这些事情,我们不用她们管,她们和我们一点关系都没有。所以我做好了心理准备,她提什么我都不会答应她!是到了该清算的时候了!我面如铁,心似钢。

可是,她说出来的事情却让我们哭笑不得。她说,咱爸明天就要火化了。他活着的时候,每个考上学的孩子都给两万块钱学费,年节里还会给个红包,算是生活费。咱家河开接到通知书几天了,算不算再考上一次大学?咱鹏程在武汉上大学开销也大,将来还有老三老四的钱……她叹一口气,留了一个很长的间隔。我一直想说说这事儿。趁着咱爸还没埋,今天咱们就说开了,好歹给我们一个话儿。

我长出了一口气,几乎想大笑一声。我的笑声肯定会声振屋瓦,把几十年心中的积郁震得粉碎。但我忍住了,不等哥哥们开口,便睥睨地看着她说,既然我爸这样做了,我们自然不会改变他老人家的初衷。你这样着急,是怕人化了我们不认账吗?那就按我爸的标准,这两万我来出!我从包里拿出三万给父亲处理后事备用的现金拍在桌子上,看都没看她一眼,然后从包里掏出湿巾仔细地擦了擦手,拿起筷子夹了半碟子凉拌木耳和桃仁。我吃得很细心,好像面对的所有问题,就是眼前盘子里的菜。吃了一会儿,我见大家都迟疑地看着我,好像在等我的下半句话。我放下筷子,冷笑一下说,没什么事儿了吧?就这样了,既然你把爸抬出来,就按照爸的先例办。别的,请免开尊口。我补充说,你若是觉得不行,我先收回。我边说,边看着那三沓钱。她看看钱,又看看我,脸像被暴雨袭击一样张惶起来。大家就那样愣住了,不知道接下来话该怎么说。估计这个事儿在她心里不知道翻滚了多少次,她没想到会是这样的结果。她想要的和所得到的难道不是这些?大家都傻了。反应过来的周拴妮说,别!她把钱迅速收进她阔大的裤子口袋。她穿着一条皱巴巴的肥得布袋一样的棉布裤子，钱塞进口袋像是掉进了一个无底洞。

我面带笑颜，轻蔑地看着她。正要重新拿起筷子，她的大女儿突然瞪着我说，姨，我们不是来要饭的！

谁说你们是要饭的了吗？我并没有停下手里的筷子，头也不抬地说。

那大女儿异常激动地站起来，愤愤不平地说，姨，您是个体面人。您这样做合适吗？你姓周，我妈也姓周！你爸是你爸，也是她爸。凭什么这个爸挣的钱该留给你们，不该给我妈和她的孩子？

天！她们一直在算着这个账啊，算了几代人了。

那好吧，是到了该说清楚的时候了，那就正好借这个话头算一算账！我把筷子啪地一下拍在饭桌上，用手指指她，再指指她妈。我想起我黑暗的童年，想起那个下午，想起户口本的事情，想起她恶毒地朝我母亲的衬衣上擤鼻涕的下午。我低沉而又严厉地说，你妈的爸，不，我们共同的爸，只不过是个离休老干部，他这一辈子挣的钱也只够养活几个孩子，其中也包括你妈和她的孩子们。现在，我爸死了！他也算你妈的爸？我爸给了你妈生命，这没错，可你先问问你妈，她到底孝敬过她爸什么吧？

我的两个哥哥同时站了起来，他们护着桌子上的东西，生怕我抓起什么朝她们砸过去。我也舞动着胳膊，将他二人划拉开，继续对着这个叫周拴妮的女人嘶吼，你一直都在向他索取，父亲给了你生命，这是他的错吗？以我看这是一个天大的错误，因为他生了你，他就欠了你的债！这债，他一辈子都没还完，还得他的孩子接着还，是吗？我的声音高起来，脸憋得通红。你觉得，你爸抚养你一直到他死，都是理所当然的？作为女儿，你给父亲还报过什么？哪怕洗一双袜子端一碗水，有过没有？你对你的这些孩子们说说，你尽过一分钱的孝道吗？凭什么你们就该得到？

我还没说完，几十年的话说起来太长了。压在心底的是包括我哥哥都不知道的秘密，关于那个老女人的誓言，关于父亲去世后和谁葬在一起。这盘石磨，我找到了卸下它的支点，此时此刻，我只能任由情绪倾泻而下。但我只顾着自己痛快，却没看到我女儿和侄子侄女几个小孩从什么地方冒了出来。

没有人看不起你们，因为，根本就没人看你们！

这是我女儿的声音，这孩子说话从来口无遮拦，没心没肺。大哥不想让事情变得不可收拾，他想息事宁人，急忙站起来轰孩子们出去。大哥说，去去去，大人说话，哪有小孩插嘴的地儿？我侄女指着那个大女孩说，是她先说的啊！她们也算周家的人？凭什么算？

大哥一下变了脸，大声喝道，都出去！

估计我女儿从来没见我这么气愤过，她神情更加刻薄起来，走出门口了，她又突然回头对着那女孩补了一句，贱！

几个孩子笑起来，像一群鸟一样吱吱喳喳。拴妮的女儿，那个已经考上硕士的孩子，哇地一声哭出声来，疯了一样地朝黑暗中冲了出去。我两个哥哥见状也连忙跟了出去。那一刻，我并没有感觉到女儿的话有多刻薄和恶毒，心里反而有一种快感。这孩子的表达总是那么准确，她说出了我多少年一直想要说的那个字。

可当我回头看看与我相邻而坐的她，连日的疲惫已将她煎熬得面目不堪，明亮的水晶吊灯更是放大了她的丑陋。如此熟悉却又如此陌生，无论我承认不承认，她都是我同父异母的姐姐。她委顿着，似一朵衰败的残花，不，是一坨破旧的棉絮。她塌在椅子上，茫然、丑陋、孤立无援。她就那么坐着，一句话都没有，她的模样却着实让我心中翻起惊涛骇浪。

我们是同一个父亲的孩子！

我们是吗？

我们不是吗？

天！我好像从未认真思量过这个确切存在了几十年的问题。

我心中突然生出一阵伤悲，我们斗了一辈子，分出什么输赢了吗？或者说，即使分出了输赢，胜利者真的胜利了吗？而且那大约是父亲最不愿看到的结果。如果父亲还活着，看到今天的场面他会作何感想呢？她恨我，或者我恨她，说到底，不就是我们共同绑架了一个父亲，在拿我们的父亲撒气吗？父亲走了，我们之间再也无法通过伤害一个共同的亲人而互相仇恨了。难道，父亲的死还不能消弭我和她之间的一切吗？

那一瞬间，心里竟然涌出某种温情。是的，我无论做什么，都无法改变"那个女的"是我的姐姐这样一个现实。我收敛一下情绪，朝她努了努嘴，意思是还不去追？她完全不看我的眼色，突然坐起来，重新抖擞精神，好像什么都没发生一样，拿起筷子大口大口地吃起东西来。两万就两万吧，鹏先交了学费再说！天，这事儿远远没有算完？她掰开一个馒头，狠狠地塞进去半碟子卤牛肉。她的斗志仿佛一下子又苏醒了，要么她从未放弃，要么是我再次激活了她。

那一刻，我们俩各自心知肚明。其实，"贱"这个字，我几十年未曾说出口。原来她一直是在等待着，一直在构筑着这道心理防线，等待着这最后的一击。我们都知道，那是我最后一颗子弹。

然而，如果是她这样骂我呢？我还能若无其事地咽得下东西吗？

她强大如斯。我脆弱如斯。这是我这几十年的病根。

我低估了她的智商。

那么多那么多的花圈，挽联上挂满了哀思。来来往往的人群和车辆，空气里漂浮着周而复始的安慰话语，甜腻得像蛋糕边上的奶油。这宏大的仪式只不过是表示我的父亲死了，他从此在喧嚣的世界里消失。

我母亲说，父亲的追悼会是她参加过的所有去世的老同志里最隆重的一次，不但来了那么多领导，还有很多不认识的老百姓。她暂时停止了哭泣，一时的自豪掩盖了伤悲，她脸上甚至露出满意的神态。来参加追悼会的人，只要认识我母亲，都会拉着她的手赞许，你们老两口人缘好，大家都念旧情，怎么也得过来送送老领导。我母亲感动着，差点忘记自己丈夫的秉性。她守了他一辈子，一辈子就是老倔头，说话像刀砍斧劈一样，竟然会有这么好的人缘？

难道不该有这样好的人缘吗？仔细想想，我父亲虽然脾气差，对待下属要求严苛，但从来都是对事不对人。而且谁要是遇到为难的事求到他，他从不推辞，能使十分力决不用九分半。他性格干脆利索，解决不了的问题他会直接告诉你，绝不说虚话套话。

父亲躺在棺木里，淡定而从容，毫不

谦虚地承受来自四面八方的各种赞誉。他的秉性，表现出来就是耿直、朴实、直接。

他有多直接，没有谁比我更铭心刻骨。

而我母亲又哪能不知道，许多人是为着他的孩子们而来。有一句老话怎么说来着？三十年前看父敬子，三十年后看子敬父。我两个哥哥在小地方上算是很有头脸的人物了。至于我，在艺术界也算功成名就，有一定的影响力。人，活的就是个面子，所谓奋斗，不过是一己虚荣。我们是父亲的荣耀，儿女是我们的荣耀。朝深处想，不得不承认我之所以在父亲的葬礼上接受了拴妮子，难道不是因为她生出一堆争气的孩子？这几年她出尽了风头，孩子们不是省状元就是市状元，十里八乡都传为佳话。她已经不再是旧日那个大字不识几个的拴妮子，也不再是给我们带来耻辱的父亲前妻的女儿。她变成了周家的女儿，给周家带来了荣光！

追悼会结束，父亲被送进了火化炉。那一瞬间骨肉分离的疼痛，每一次写出来都不尽相同。你眼睁睁看着自己父亲饱满的肉身瞬间成灰。而就在三天前，他还能说话，能吃一个鸡蛋喝一杯牛奶。死亡是多么决绝，残酷得不留丝毫余地。这最后的告别，能衍生出一百种感触，别以为日子久了就淡了，淡的只是表层，内心的伤痛轻轻一触就让人痛不欲生。等待骨灰出炉的那一刻，我匍匐在殡仪馆灰尘满布的地上，哭得声嘶力竭。我名贵的焦糖色真丝衬衣和白色牛仔裤委身尘土，体面丧尽。

在生死面前，体面又算得了什么呢？

父亲的葬礼隆重而克制，这是我两个哥哥的功劳，他们是能让我父亲满意的儿子，体面，但作风谨慎而且低调。而我姑姑的儿子、父亲的几个外甥，企业做得都很大。他们是改革开放的受益者，少年时因为家庭成分吃了不少苦。但他们头脑灵便，吃苦耐劳，抓住了时代给予的机遇。他们出生时背负着富裕阶级后代的污名，成长过程穷困多难。幸而他们赶上了一个新的历史时期，他们赶上了高考，赶上了个体经营，他们通过努力，重新变得和先祖们一样富足。他们成全了母亲的想法，雇了几辆大轿子车，拉着亲戚们浩浩荡荡地送他回老家下葬。一向与世无争、低调内敛的母亲为什么坚持给父亲这样操办，她始终没给我们说，只是反复强调不想让父亲的骨灰被移来搬去，入土为安。我们兄妹几个都没提出异议，我们得依她的意思办，否则她会醒睡难捱。

父亲去了，现在只剩下一个母亲了，我们不想再留下遗憾。

谁能想到，那是母亲和两个四十多岁的哥哥第一次回到父亲的故乡。他们因为安葬他，别无选择地踏入他的故乡上周村，我们填写籍贯照例要写上的一个地名——某某省某某县某某乡某某村。它如此陌生，也如此坚固。我偷偷窥看我的母亲，她面容忧伤却极其平静，处变不惊，哀婉动人。我看不透她的内心，她是一个穷苦人家的女儿，一个以革命的名义存活于世的人，她或许一辈子都弄不清楚革命是什么东西，但她非常清楚，她拥有了我父亲完整的人生。我的母亲是我父亲朝夕相处的爱人加同志，这还不够吗？她陪伴了丈夫一辈子，为他生养四个儿女。反过来说，我父亲是我母亲革命一辈子唯一的成果，其余的，还真不好说。

前边说我父亲管钱却不肯花一分钱，险些漏过一件我们家庭生活里的大事。我父亲享年虚岁算八十五岁，在他七十五岁那年，突然给家乡的官员写了封信，申请一块宅基地。他的申请因为不符合政策没被批复。但是地方领导回信说，他们家的老宅子还在，原本想辟为红色教育基地，因为其中被一些村民占用，再加之资金问题，所以一直没能动工。他们答应为我父亲要回一部分宅基地，并随信寄去了半亩宅基地的新村规划书。对于此事，父亲母亲意见高度一致，没有征求我们兄妹任何一个人的意见。父亲给我的叔叔周启善汇了五万块钱，他让弟弟委托村里管事儿的，在那半亩地上盖一座屋。这对于多年没花过钱的他来说是一笔巨款。等我知道此等奇事的时候，工程已经在很久之前就结束了。我那时觉得他完全无厘头，我们几个孩子大约一辈子也不会去他乡下的屋子住一次。有一刻我甚至觉得他盖这个房子是想留给拴妮子，作为对她的补偿。饶是如此，我母亲态度为什么也这么积极呢？

最终，我觉得父母亲的考虑还是比较有前瞻性的，如果没有这个房子，父亲真是连挺尸的地方都没有，真的要放在穗子住的老屋里了。自以为是的我，从来未曾想过安葬父亲是要有屋舍停放灵柩的。而这一切，父亲和母亲分明已经预谋长久。

父亲的灵棚就搭在了他新建的院子里，三间阔绰的正房，两间东屋。我叔叔不知从哪里竟然移栽来一棵硕大的香樟，据说有三十年的树龄。大树的两侧种了两棵小腿粗的樱桃树，看房子的乡人说，今年的樱桃好，一棵树结了十多斤果子呢，可甜了！太奶奶明年可以回来吃樱桃。那年轻汉子虽然长着一张精明的脸，但是看起来很憨厚。这称呼显然是我们家族哪一支上的晚辈。我想象着那一树的甜樱桃，果季早已经过去了，树却像是分娩后的年轻媳妇，轻盈而舒展，叶片柔柔地在炎热的光照里闪着翠绿。院子的中央青砖铺地，两边菜畦里生长着旺生生的应季蔬菜。边角处散落着几株茎干粗大的小桃红，枝冠阔大，狭长的叶子上托举着一树艳红的花朵。眯上眼睛，仿佛能看见我的太祖母、我的祖母笑逐颜开的身影。这绝不可能是五万块钱所能完成的工程。对于我父亲，我叔叔一辈子都在查漏补缺，努力成全着这个不谙世事的哥哥。这次也肯定在我父亲的愿景里下足了功夫。眼泪陡然间无可遏制地流淌下来，父亲这些年一直想回老家看看，一次次被我粗暴地制止了。他的身体如何能承受长途劳顿和乡村生活的粗糙？这是我一次次无懈可击的理由！

我父亲的屋，大约是他平生为自己干的最大的一个工程，他却一眼都未能看见。那一刻我跪在棺木前哭得撕心裂肺，对待父亲，我一辈子还能有多少忏悔？

灵柩停在堂屋的正中央，我母亲端坐在父亲的右侧，满意地目视着里里外外的一切，那院和屋看着竟然是她所熟悉的。是的，她陪伴丈夫一辈子，老家的一草一木她都耳熟能详，她用耳朵将所有的一切镌刻在心里。

那个叫穗子的老妇人已经九十多岁了，她还活着，依然住在不远处的老宅里。拴妮子已经另盖了二层小楼，她母亲却拒绝搬迁。当年祖母亲自监造的老屋几经翻修仍然完好，它令我父亲无比自豪。一九三八年，蒋介石炸开花园口以阻挡日军的进攻，全村的房子都被冲垮，唯一未被毁坏的就是生养他的那所砖瓦屋。我奶奶请的是亳州的工匠，他们用蒸熟的黏米汤砌墙。房梁和檩条用的都是原木，一块砖比别人家的贵一分，屋墙加厚了足足半尺，冬暖夏凉。父亲的祖母盖房子的时候就发狠，得让子孙住一百年都不坏……一家人团聚的时候，父亲喝了酒，一遍遍絮叨此事。直到我母亲终于不耐烦了，他才觉得失口了。他险些忘记了，那老屋里还住着一个曾经属于他的女人。于是，立马就闭了嘴。他醉得很清醒。

穗子坚守着老宅，守着她的执念。她二十出头进入周家，七十多年里坚守着一个执念，其实是妄念。为了守住她户主的地位，她给唯一的女儿招了一个上门女婿，坚决让女儿的孩子都姓周。她恨了老周家一辈子，可也极为忠诚地守护了一辈子。

其实，认真想想，她不过是我的另一个母亲，或者说是我母亲的另一个面相。她们二人用一辈子的生命维护的，不是同一个人，同一个目标吗？

从开始知道父亲要跟她离婚时起，穗子就坚信父亲一定会回到老家安葬。而父亲也坚持回到老家葬在母亲的脚下，是不是一种默契呢？饶是如此，我母亲将置身何处？父亲死了，很多问题不是得到了解决，而是永远都无法解决了。他到底是怎么想的？他把这个难题交给了活着的我们。

如穗子所愿，她从一而终的男人终于是死了，终于是拉回老家埋进了祖坟。如果她像安葬我祖母时那样，霸拦着她的上周村的位置，我们将如何面对？我的内心不是没有恐惧。但她却自始至终没有露面，她太老了，老得爬不起来了。她的脑子还清醒，她就在不远的老宅子里。我想象着，她歪仄在床上，时时刻刻听着孙子孙女们传递回去的葬仪的消息，还有那一家子的风光。儿子正是壮年，器宇轩昂。女儿说话掷地有声，威风八面。连县委书记都亲自出面代表家乡表示悼念，三乡五里的人都来看葬礼。而他后娶的那个女人，就是那个叫朱珠的女人，是个很气派的妇人，哀而不伤，不言自威。那个气势，真像戏里的佘老太君呢！

她被接踵而至的消息煎熬着，也抚慰着。她把周启明熬死，却也被周启明的死、周启明葬礼上的各种消息揉搓着。她像一棵河边的老树，紧紧地抓住身下的泥土，但还是免不了被生活的洪流冲得载浮载沉。或许就在哪一天，她突然就松手了，认命了。她不是屈服，是认命。

一年后她才撒手人寰，死前叮嘱拴妮子，把她葬在自家的田头。隔着一条田埂，埋着一个叫庆凡的人。他原本不姓周，但我们都叫他大大。两个人的坟墓相距一步之遥。周庆凡一辈子未娶，他的心思在上周村无人不晓，拴妮子为人妻，为人母后，她能懂吗？庆凡一辈子除了种自家的几亩地，就是牲口一样为那母女俩卖命。后来拴妮子有了孩子，都喊庆凡大姥爷。按年龄排，我父亲在庆凡之后。大姥爷一辈子的积蓄，全都留给了拴妮子和她的孩子们。庆凡得的是肺结核，父亲和叔叔把他接到城里，结核治好了，却死于心肺衰竭。我叔父周启善安排了庆凡的后事，他给庆凡打了一口好棺，丧事办得也极为隆重。他的地紧挨着拴妮子家的地，他也是死前，特地叮嘱把他埋在自家的地边上。

拴妮子对庆凡的感情，远远超过了父女感情。几十年里，她在我家出出进进，从未见她掉过泪。我父亲的葬礼她也始终是一滴眼泪不落。可是村里人说，庆凡死时，她哭得地动山摇。棺材下墓坑那会儿，她往墓坑里跳，几个人都拉不住。她还逼着自己的丈夫给庆凡大大当孝子摔老盆——拴妮子为丈夫生了四个孩子，在丈夫跟前,她说一不二。

我有时候在深夜里陡然惊醒,我梦见少年的我,将满满一瓶开水掼向拴妮子……我梦到拴妮子躺在我的床上,我母亲那时已经老了,拴妮子大声对她喊叫,给我烙一张油饼!给我烙一张油饼……我梦见我奶奶的葬礼上,我将拴妮子打倒在地,所有认识我的人都在为我加油喝彩……

父亲死了,穗子死了,庆凡也死了。他们各有所归,他们之间的恩恩怨怨就这样了结了?我当时就是那样想的,我们家再不会和拴妮子她们有任何联系了。

办完父亲的后事,走之前我母亲亲手交给拴妮子五万块钱,说这是你爸交代了的,给下面俩小孩的学费。其实,父亲根本没有交代,我们都知道。但我愿意看到我母亲那样的姿态,当她向拴妮子伸出手的那一刻,像生命最奋力的一次腾跃,那英勇而光辉的图景,抹去了她一辈子所受的屈辱。

八

如果你所期待的遂你所愿,也未必是你想要的结果。比如拴妮子,她渴望父爱。如果她一直跟他生活在一起,他又能给她多少爱呢?

拴妮子的母亲恨朱珠和朱珠生的儿女。是朱珠夺走了她的丈夫。而朱珠儿女所拥有的父亲,原本应该是属于拴妮子的。穗子和周启明一生的交集,总不过是十几天而已。那时的周启明才十五岁,几乎心智都不曾成熟。他会是一个什么样的丈夫?又会是一个什么样的父亲呢?

事实上朱珠从来不曾指靠过丈夫,或许是指靠过,靠不上才放弃了的。周启明比朱珠整整高出一个脑袋,他肩宽背阔,高大俊秀。以现在拍婚纱照的比例,两个人靠在一起该是和谐而浪漫的。他们俩做了一世的夫妻,在人前手都没拉过一个。我敢保证,绝对一个都没有过。明媒正娶的夫妻,一起走路都会撇得远远的。再说了,朱珠同志也非常忙碌,她没有时间和丈夫一起走路。她忙得像个陀螺,她和他一样要工作,甚至她所要承担的工作比他还要琐碎繁杂。有那么几年,我父亲一而再再而三地被打倒,母亲也被他连累,被下放到市场去卖过菜,到食品厂做过糕点。她安之若素,并不觉得委屈。她承担了家庭劳动的全部,但那是她该尽的义务。她是妻子,她是母亲。没有谁会觉得要对她心怀感激,连她自己都接受了,家庭是她的责任。一家人的一日三餐,衣服鞋袜,都得由她一一想办法解决。完全可以说是她独自一人拉扯大四个儿女。她没有生过病,是没有时间生病。夜晚头疼欲裂,她爬起来给自己冲一碗红糖生姜水,蒙住被子发发汗,早上还得准点起床做早饭。有的要上学,有的要上班,仿佛只有她一个是无业人员。当然可以想象,饭菜的简单粗糙,衣服的粗枝大叶。我一个正在花季的女孩子家,有时候脱了棉袄就是小布衫,或者把棉袄里的棉花掏出来,改成夹袄,春秋两季就对付过去了。她做的鞋子永远都是黑色蓝色,男孩女孩都用同一块鞋面布。她没有时间挑选花色,而且这样可以节省很多,老大穿过的,老二还可以穿。老二如果也没穿坏,就轮到我了。有时候我赌气问她,谁见过女孩家穿双黑鞋子?她就一本正经地教导我,不就一双鞋,有啥好看不好看的?穿花穿红土气得不得了,不适合咱们这样的家庭。

可是，我们这样的家庭又是怎样的家庭？跟别的家庭到底有什么不一样？

有一年，家里来了个巧手的姨姥姥，给我做了一双洋红方格子的方口带襻鞋子。我爱惜得很，天阴下雨都舍不得穿。可毕竟是双布鞋，鞋底子不耐磨，脚底板上很快磨出了个洞，但从上面看不出来。我就坚持着穿，看上去无碍，但是不能跑，稍微走快了就不行。有时候一粒石子钻进来，就得脱下鞋子弄出来。当着同学的面又不好意思，就忍着痛让它硌脚。

上了中学我才有了秋衣裤和毛衣，毛衣是母亲自己亲手编织的。我的编织技术就是那时开始练成的，九岁学艺，从袜子手套开始，到了读高中那会，一个礼拜能织成一件品质精良的毛衣。那时大商店里开始有衣服卖了，我们学了一个新名词，成衣。但母亲没有舍得给我们买过一件成衣。家中只有一辆自行车，是我父亲平时上班骑的。他把车座调得很高，我母亲骑不了，只好推着去粮店买面粉。她只有一米六多点的身高，一袋五十斤重的面粉怎么放到车架子上都是个事。她推着车子摇摇晃晃地走在路上，我父亲迎面走来，夹着公文包，若无其事地过去了。其实再走不远就到了家门口，他可以回身帮她一把。他不是不帮，是完全没有帮她的意识。父亲并不知道孩子们是怎么长大的，他对我们的关注，就是高兴了喊过来问问作业，表扬几句或者呵斥几句。反正表扬和呵斥都不过如此，只是一种履行父亲职责的形式，没什么大的差别。我比哥哥们运气稍好点儿，我是女孩儿。妈妈做饭的时候，父亲会牵着我的手在家门口附近溜达一圈。有时候他看完报纸，也会教我认识上面的字。他让我拿根树枝在土地上划，周语同。那是我的名字，我父亲取的，随了他祖父一个字。我还没有上学，整版的报纸几乎能囫囵吞枣念下来。

父亲的口袋里总是装着一点零钱，每天给我几个分钱，让我一个人去买糖果。我像个小旋风一样旋出去再旋回来，五分钱可以买五颗硬糖球，也可以买三块牛轧糖。父亲一次次考我，我的完成度显然让他洋洋得意。练习算数就这样从学习花钱开始。我的糖足够分给我的哥哥每人一颗，但是我把它们全部吃掉，因为那是我拿算数成绩换来的。哥哥们眼睁睁地看着，我在父亲溺爱的呵呵笑声里得意忘形，他那时很像一个慈父。

我常常去他的办公室玩耍。两个哥哥是没有这种待遇的，他们不敢去，他也不允许他们去。直到有一天，趁他们无休无止在会议室开会的时候，我极度无聊地用蘸水笔在他的报纸上涂鸦。版面上有一张很大的合影照，我给里面的好几个男男女女戴上了眼镜，有眼镜的添上了胡子。照片上是谁我完全不认得，后来还是我哥哥说，里面好像有江青和其他几位国家领导人。他也是偷偷听到大人说的。江青是毛主席的亲密战友，是全中国最了不起的女人。我似懂非懂，噢，亲密战友。我小哥哥气急败坏地说，就是一起干革命后来一起生小孩那种！反正说了你也不懂，你就是猪脑子。那天父亲带着秘书回办公室后，发现了我画的那张报纸。他拿起报纸，迷惑地看看我，神情僵硬，像是审视一个陌生人。然后又紧张地看了看秘书，随即雷霆万钧，立即安排秘书通知召开党委会。据说，他拿着那张报纸，在会上做了深刻检讨，说没有教育好自己的子女，甚至难过得流下了眼泪。他让秘书将报纸存档，附上亲笔写的检讨书，报告给了上级。

那天父亲回到家时，天已黑尽。我蜷在祖母的被窝里已进入梦境。我梦到了金子，火苗一样地闪闪发光。金子真的会跑，它活泼泼地跳跃着与我周旋。就在我快要捉到它的瞬间，我被父亲从床上捉了起来。我惊恐万状，不明就里。那是完成度很高的一顿暴揍，没有留下任何伤痕，甚至不记得有多疼痛，可童年的哀嚎在我的记忆里长啸不衰。那时我才五岁多一点。我父亲算是中年得女，奉若明珠，白天我还在他的膝上背上纠缠不休。不过是生命中片刻的光阴，钟摆动了一两个格，我的幸福童年便戛然而止。那灾难来得太快，迅速穿透我的身体和心灵，以至于只是让我感到了麻木，而不是疼痛。

麻木过后才是疼痛。长期的疼痛之后是新的麻木。这是我以后几十年的心得。

从此他将我视为犯过严重错误的人，再不肯和我亲近交流。

许多年里，我一次次设想，如果父亲当时没带秘书，会不会也是这样处理这件事情呢？我觉得答案是肯定的，一辈子他就是个这样的人。我还清楚地记得若干年后我大哥被组织提拔的时候，回家来报告喜讯。他不但没有表现出高兴，反而极为严肃地说，现在社会风气不好，如果我发现你们跑官送礼的事儿，我会带头去告你！

我被挨打后的羞耻心压迫着，一下子长大了十岁，脑门上生出细小的皱纹，一夜之间学会了看大人的脸色。我父亲余怒始终未消。他面对我时厌弃的神情，如同他面对的是一个阶级敌人。我从此看他一眼都是偷偷摸摸的，我觉得一直到他离休前我看他都是如此。

成长漫长得无边无涯，我八九岁上，家里又添了一个小妹妹。小妹妹比我漂亮，看见她的人都这样说。我父亲对她宠爱有加。在我孤独而缓慢的成长里，妹妹迅速地一天天长大。父亲没有任何过渡和铺陈，他直接地、毫不拖泥带水，将他的亲子仪式全部转移到另一个女儿那里。父亲对她淋漓尽致的表达，让我确定我被彻底抛弃了，而且永远不会再被他所拣选。

物质逐渐丰富起来了。父亲出差回来会给孩子买一个玩具，那种橡皮娃娃、一双小鞋子什么的。我知道那些都是她的，我妹妹的。我离得远远的，几乎没有过去看一眼的勇气。我这样一个自小就不学好的孩子，怎么配得上看呢？

我母亲呢，她就是那样一个人，她的感情粗糙得很。她觉得让我们冻不着也饿不着，就已经很知足了。父亲是她请回来的一尊神，她心甘情愿地供奉他。她骨子里崇拜我父亲，他的一切言行都是正确的。父亲不理睬我，她便也觉得这个孩子不省心，对我有了某种疏离。其实，后来想想，母亲永远都忙着，她完全顾不上我。有那么几年，我像置身在四面空旷的荒野里。在我渐渐长大的日子里，常常孤独到绝望。

有一年除夕，我帮母亲包饺子。那天父亲也不知道怎么来了兴致，他用清水洗干净两个硬币，让我们包到两个饺子里。他难得和颜悦色地笑着对大家说，我奶奶说的，吃到钱的人会有福。一锅盖饺子煮进锅里，母亲一碗一碗地盛出来，谁能知道吃到哪个？连续两个却都被我吃到了，我将钱吐在手心里，兴奋得脸色通红，好像干了一件多么值得骄傲的事情。我渴望得到他的认可，哪怕朝我笑笑。他无动于衷，看都没看我一眼。这时候我妹妹哭闹起来，我要吃到钱，我为什么没有？我要吃有钱的饺子，我要吃有钱的饺子……她像个复读机，反复哼着这几句话。我父亲端着自己碗里的饺子走到一边，然后很快又走了回来，从碗里拨出一个饺子给了她。他竟这么用心，把钱塞进了一个饺子里。平时连水烧开没都不懂的他，可想这么做有多难。他对我妹妹说，我看真正有福气的是这个饺子。你姐吃到也没啥福。你有福，她有豆腐！

他很可能只是想讲一个笑话，逗我妹妹笑。我父亲一辈子不会讲笑话，也不会听笑话。赵本山的小品都逗不笑他，不是他笑点高，他是真的听不懂。

从始至终父亲一眼没有看我，好像我根本不存在似的。如果他朝我笑笑，暗示一下，不过是哄哄小孩，他这一句话也不会对我造成太大伤害，但没有。我更坚定了他的话是不怀好意的，是讥诮我。我并没说什么，可是那天我伤心得一个饺子咬了一半，再也咽不下去，偷偷跑出去吐了。后来我趁人不备，干脆把剩下的饺子全部倒在下水道里。直到今天我还清楚的记得，那天的饺子是我最喜欢的，酸白菜猪肉馅的。

从幼年起，确切地说从父亲打了我之后，我就没再指望过谁。母亲一如既往的忙碌，累得爬不动时才躺下来休息。父亲依然是不理家事，报纸填充了他全部的家庭生活。偶尔会在饭桌上说几句，像饭前祈祷似的，告诫我们要好好学习不能惹事，做一个好孩子之类的。他的口气严肃认真，大而无当。他的话音在屋子里嗡嗡嗡地像蚊子似的飞翔，压迫着我。我觉得，他所有话语的重量，都压在我心里。

我那时一心想着要走出去，不为理想。我没有理想，只是想离开自己的父母，离开这个冷漠得没有一丝温暖的家。我不想和他们在一起。

我忌惮着"坏"，说话办事更加小心翼翼，内心里有着深深的负罪感。我觉得我有原罪，比那些坏孩子还坏。自卑和颓丧压迫着我，感觉一切都糟糕透了。我孤僻，敏感，从小学一年级一直到高中毕业，只和一两个女孩子玩。那时候，有早熟的女孩子已经开始偷偷恋爱了，她们穿着漂亮的裙子，举着一张粉脸，四处招摇。我不好看，甚至觉得自己很丑。我穿着几乎很难看出性别的颜色单调的衣服，单薄的身子，平胸，细胳膊长腿，脸色惨白。后来看张爱玲的小说，我觉得那时的我大约就是张爱玲《红玫瑰与白玫瑰》里振保妻子烟鹂那一种，有良好的家庭和受教育的背景，却是无趣的，即使将来结婚也是被嫌弃的。没有男孩会喜欢我，我也没喜欢过任何人。我考上了一个美术类中专。院子里有同年级的孩子考上了北大。父母觉得我应该再复读一年，可我一天都不想待在家中，我要离开他们，义无反顾！

过完十六岁生日，我的身体开始发育。身材苗条，肌肤晶莹白皙。一个暑假的工夫，我像是变了一个人，不断得到赞美。心情在平静的日子里平复，也在成长中开始慢慢找到自我。我一遍遍地照镜子，反复审视镜中人，难以相信自己真会是个漂亮的女孩。很多人都异口同声地说我长得像陈冲，哪哪都像。阿姨们见了面，都喊我小花。我遗传了我父亲家的高挑，皮肤细腻白皙。也遗传了我母亲的一点瑕疵，鼻梁和脸颊处散落着一些淡淡的雀斑。我母亲皮肤也很白，记事起倒没看见过她脸上有雀斑。母亲说，当姑娘的时候有，结了婚就突然没有了。真的是这样，我结了婚，也或许是生完孩子，雀斑突然之间不见了，皮肤愈加细腻白皙。这应验了我母亲的话，家族遗传基因相似度百分之百。

那一整个暑假，我都关在屋子里照镜子，对比着《大众电影》杂志上陈冲的照片。她没我白，嘴总是笑得很开的样子。她比我健康，眼睛也比我明亮坚定。那是自信，目空一切，君临天下。她有骄傲的资本，与这个相貌和我相像的女孩比起来，即使她拥有的不起眼的一丁点儿，也是那么值得骄傲啊！我没有任何奢望，我就是一个极普通的小城女孩。想成为自己，竟然是如此之难。简直像做贼一样心虚。窗外梧桐树上知了叫得让人心惊肉跳，院子里稍微有人大声说一句什么，我就神色大变，如同惊着了一般。我伏在床头柜上写了一封信，让在北京当兵的舅舅给我买了一条洋红色的百褶裙，千叮咛万嘱咐央求他不要告诉我妈妈是我要的。否则，这又会是我"坏"的一条铁证。

这算是我青春期的一次叛逆吧。我换上色泽柔和明亮的洋红裙子，配了合体的半袖白衬衫，三公分无色塑料凉鞋，迟迟疑疑地走出门去。对了，那天我戴上了胸罩，是平生第一次戴胸罩。我用攒了两个月的零花钱买的，机织的细白棉布胸罩，妥帖地拱卫在胸前，托一点点细嫩的肌肤，像两片玉兰花瓣。我强作淡定地走到外边，母亲看了并没有说什么，而且没有制止。也许她心中是觉得好看的，但她绝不会夸奖自己的女儿。她只会说你什么不好，绝不说你什么好。她一辈子都不会说一句柔软得像一个母亲该说的那样的话语。

邻家的阿姨看见穿上新裙子的我，嘴巴都张大了，说，我的娘，是小同！我还以为是从电影上走下来的！我坚持着表面的淡定，穿着那身衣裳帮母亲干活，内心却忐忑不安，煎熬着等待我父亲下班回来。

快中午的时候他终于回来了。他只不过斜睨了我一眼，立马就表现出极大的反感，说，你出去上学时不能带这样的衣服，你要穿给啥人看？他一脸愠怒，眉头拧得能打着火。我愣了一下，转身跑进里屋，哭了。那天晚上我没出来吃饭，这是我在家第一次公开表示抗议。我以为母亲肯定会过来找我，批评我，但她没有。我觉得他们妥协了，第二天起床我仍是穿着那身衣服，其实我一夜都不曾脱下来。但我妈没等我走出门口，便眼疾手快地把我又推了回去。说，他不让你穿，你犟个啥？别大清早就惹大人不高兴！

其实，我完全可以把衣服打在行李包里带到学校再穿，为什么要得到他们的允许呢？我的妥协到底是遗传自我的母亲还是已经彻底被他们驯化了？

除了上学，我还有一次很好的离开家的机会，那就是当兵。

当女兵，是那个年代所有女孩子梦寐以求的事情。那时县上一年也就走一两个女兵，只有县上主要领导的女儿，或者有特殊才能的才有可能实现梦想。征兵办就设在县委院里，每天进进出出就能遇到那几个军人。带兵的首长一眼就看上了我，他们赶着我问，你是谁家的孩子？你想不想当兵？我被突然降临的惊喜砸得眼冒金星，急切得说不出一句囫囵话，只是使劲地点头。简单地聊了几个问题，他们在小本子上记下了我的名字和家庭成员的情况，并说会尽快与我父亲商议。

我夜不能寐，半夜里跪在床上祈求，大慈大悲的观世音菩萨，请您保佑我！我还悄声呼唤我的祖母，奶奶呀，你在天上帮帮我吧，我多么多么想当兵啊！记得哥哥写信回来说，部队很苦很累。我不怕，在部队苦死累死我都愿意，再苦再累都抵不过那身漂亮的女军装。更重要的是我想离开家，越远越好。

我每天盼星星盼月亮一样盼着他们到家里来向我父母说明有关征召我的情况。我等得忍无可忍，忍无可忍地等待，却不主动向爸妈询问。我得装作是人家找上我的，不是我自个儿的主张。整整半个月，醒时梦里都在煎熬中度过。一直到招兵就要结束了，我实在忍不住，就趁吃饭时说出来了，征兵的说要带我走，是他们说的要招我！我看着父亲，眼睛里祈求能感动天上的鸟地上的花。我不待他回话，眼泪先哗哗地流下来。那时两个哥哥都已经先后离开家，一个当兵，另一个上了大学。我父亲看都没看我一眼，只是低着头吃饭。吃完一整碗手擀芝麻叶杂面条，那是我父亲一辈子最爱的食物，胜过他爱任何亲人。他头上渗出热汗，我妈递一条毛巾给他，他擦了汗，这才轻蔑地说了句，他们说了不算！他这样说时，如果看看我，给个事出有因的表情，我可能会好受一点。但他没有，他不屑于看我一眼。我五雷轰顶，悲伤转成了愤怒，第一次狂怒了。我愤怒地质问他，为什么不算？谁说了算？我想当兵也是不学好吗？我妹妹被我吓得哇哇大哭。我妈怕我把事情闹大，抢先批评我道，你哭个啥，有啥好哭的？不让你当兵也是为了你好！

我父亲没搭理我，站起来就走了出去。我们十几年就没好好说过一句话，这次也不会。他出去之后我母亲说，你爸已经把事情都告诉我了，不让你去。人家体检已经结束，人员已确定，再哭也没用了！

简直是晴天霹雳，我像疯了一样冲出家门，直接去了征兵办，我一定要为自己争取一次权利！我一下子就在院子里看见那个首长，他刚吃过饭，正带着一个小战士散步。我跑到他跟前大声冲他喊，你不是说要带我走吗？你不是记下我的名字了吗？怎么你们解放军怎么也说话不算话？那首长也就四十多岁，他被我逗乐了，嘿，我就说吧，可惜了，部队要的就是这种性格。他伸手拍了拍我的头，再要拍第二下，被我躲开了。回去问你爸爸吧，是他不让我们带你走。

我这边哭得稀里哗啦的，他却呵呵地笑着在院子里转圈子，好像只是终结了一出游戏。但他再一次走到我跟前的时候，停下来看了我好一会儿，像是要替我做点什么。很有可能，是我内心太期待他能替我做点什么。他停了那么惊心动魄的一大会儿。我盯着他，紧张到无法呼吸，生怕一口气会把好运吹跑。他却仍是摇了摇头，又继续散步去了。

就那么一瞬之间，一眼之间，一个陌生人的一丝怜惜。我对他的气一下泄了，我似乎懂了，我知道他应该为我做过努力的，不让带我走是我父亲的决定。我父亲绝不会心疼我怕我去部队吃苦，他不让我当兵是一个谜团。

我病了一个伏天，不出门，吃一点饭就想吐。等我咬着牙起身准备出门上学的行装，镜子里的人已经瘦了一圈，脸上的婴儿肥不见了，锁子骨翘得犹如一对翅膀。镜子里哪有什么陈冲？简直就是陈香莲，一脸的幽怨。但也显得成熟了。我自己都感觉到，我越发地出挑了。

若干年后我才从妹妹的口中听到真实

情况。妹妹有一阵子也想当兵，我妈私底下跟她讲，别折腾，你姐当年闹得干啥一样都没让去。我妹妹问为啥。我妈说，你爸开始还是同意你姐当兵的，就因为征兵办的人说，你闺女是个大美人。你爸想想害怕了，他在队伍上待过，乌泱泱清一色都是男的，就几个女的。一连男人盯住一个女的，这孩子不是个能让人省心的，万一出了啥事一辈子就完了！

这像是我父亲说的话。

更像是父亲眼里的我。

下

九

那个河南姑娘叫周河开，据说名字是她不识字的姥姥给取的。老二是个男孩，取名鹏程。隔了老长几年，生了老三，是女孩雁来。姥姥就觉得会插着花生一定再要个老四。老四盼着是个儿子，早早取了个万里等着，结果生出来还是个女孩，就降了一格，叫千里。老三老四的名字是爸爸起的。爸爸是高中生，人极聪明，长得也精神。因为他是地主成分，不能当兵，更上不了大学。爸爸家里兄弟四个，他排行老二。哥哥娶了个瘸子，父母再无力给他娶媳妇了，三十岁上倒插门给周家当了上门女婿。都说周拴妮的运气是聪明过人的上门女婿给转过来的，谁知道呢。

家里的事情，周河开是决然不会在学校说出来的。她一口气读下了同济大学的本、硕、博。可不是连读，是她一级一级考上去的。女孩子学桥梁设计，她的野心可大着呢，理想是一生拥有几座用她的名字命名的大桥。

周河开活得很独立，也非常尊严。除非必要的交流，她几乎不与任何人打交道，这就让人产生了一种神秘感。依着她的出身和来路，似乎不应该有这样的自信。但也曾有只言片语的传言说她祖辈曾经是共产党的高官。传说并不清楚来自何处，其中的种种，自然也没人说得清楚。她任由闲言碎语自生自灭，日复一日独往独来。她没有朋友，不要说男朋友，连女朋友都没有。她回宿舍仅仅是为了睡一觉，其他时间都泡在教室和阅览室里，礼拜天就更加神出鬼没了。同学们对她好与不好，她好像并没觉得有什么区别，一概保持着一样的距离。她有一种天然去雕饰的能力，能把极普通的衣服穿得好似量身定做，在一堆争奇斗艳的同学之间，她既不富贵亦不贫贱，一派天然，我行我素。

周河开在同济大学读书的前几年，真正是把自己投身在知识的海洋里，书本滋养着她，知识让她显得更加卓尔不群。理工科女生本来就少，多少双眼睛盯着她。盯来盯去，谁都不曾有个眉目。她就越发地显得神秘。到了第八年她读博士的时候，竟然和导师传出了故事。

周河开的导师姓余，单身，比她大二十岁。关于两个人的关系，学校里都在疯传。其实他们之间手都没拉过。余教授是学界的领军人物，德才兼备。他先前的夫人是病故，乳腺癌扩散不治。所有认识他的人都对他评价甚高，丧妻十几年，一个人带大了儿子。儿子前些年去了美国，学成就没再回来，好像也不打算回来了。夫人刚走的那会儿，他正风华正茂，再续娶个年轻貌美的学生也属正常。可不要说娶，他连一星半点绯闻都不曾有，作风正派得让人觉得不可思议。有人说他对已故的夫人情深义重，又有人说他是苦行僧，感情上的事都看透了。有人曾经拿这话问他，说，你真是看透了？他半开玩笑半认真地说，我不是看透了，我是想开了；光看透想不开也不行，否则还不把人给闷死？说是这样说，其实他是没时间，家里针尖儿大的地方摆的都是书，床上也全是书，晚上睡觉的时候扒开一条缝，能挤下个身子就行。他是真正的书呆子。

周河开不但学习勤奋，从大三开始她就出去做家教。读了硕士，也能承接到一些设计单位的活儿。所以她经常去导师办公室，偶尔也去家里探讨一些学习和工作中的问题。去家里的次数多了，也就熟不拘礼。单身男人的家肯定是杂乱不堪的，而老师的家简直就是图书馆的仓库，她看着哭笑不得。但她有眼力见儿，先把各种书籍归拢归拢，整出公共空间，慢慢的就成了习惯。家里渐渐有了秩序。她不单打扫卫生，衣服也开始帮他洗。再后来，有时候两个人探讨问题错过吃饭时间，就在家里自己做饭吃。有时候为了图省事儿，周六周日周河开去老师家时，直接买好菜带着，讨论完功课便下厨做饭，然后一起吃。时间久了，老师也习以为常了，接受了这种方式。这余教授本来就是个性格坦然的人，没转过别的心思，他干脆把钱放在厨房的抽屉里，让她按需要自取。长达一年的时间里，她几乎成了老师家里的一口人。但关上门，两个人泾渭分明，仅仅是师生关系。

那天上午，周河开逛了趟街。她走在路上，惹来路人艳羡的目光。她剪了头发，新买的白T恤和牛仔半裙衬得英姿勃发。她高而瘦，两条大长腿直溜溜的。那天不知怎的，她心情大好，买来一条活鱼和很多老师爱吃的菜。等周河开拎着菜进门，看见老师正呆呆地坐在客厅里，看见她进来没有像往常那样喜笑颜开。她换了鞋转身要进厨房，余老师却招呼她先不用忙，让她在客厅里坐下。余老师迟疑地看着眼前熟悉而又陌生的姑娘，似乎从来不曾认真地打量过她。周河开也疑惑地看着老师，站在桌子前，并不坐下。老师说，河开，是我太疏忽了，我一直拿你当个孩子。他有点歉意地望着她，眸子里是真正的爱惜。周河开没待他往下说，拿起菜起身去厨房洗菜。她说，我知道您要说什么，我早就听到有人嚼舌根儿，我们自己清楚不就行了，有啥好介意的？余老师伸手比划了一下，是想阻拦她。他说，你先别忙活，等我们把话说完。我们自己清楚别人不清楚，这可不是别人嚼舌根儿的事，今天领导和我谈话了。说到此他自己先红了脸，迟疑了一会儿，好像词穷了。周河开没有答话，就站在那里看着他。气氛略微有点尴尬。唉，领导也是好意，说我是个正派人，大家都是爱护我的名誉。其实，我更应该爱护你才对，你年轻姑娘家，有些事情一定要避嫌。毕竟我是单身，而他们不了解，你，这样单纯的一个女孩子，我们经常这样相处确实不太妥当。

平时妙语连珠的老师结结巴巴说了这许多，周河开却仍是一脸从容。她不待他说完，转身进了厨房。河开？老师追到厨房门口，像个做错事的孩子一样乞求地望着她。周河开哗哗洗菜，足有十多分钟。

她把水龙头关上，转过脸看着老师，说，那你说怎么办？要不我写个声明？老师说，你看你，这事儿怎么能耍孩子脾气？周河开用审视的目光看着老师，发现他的眼神忽明忽暗，一脸的脆弱和希冀。这不是老师跟学生谈话，分明是等着要她来拿主意。于是她淡然说道，怕什么，索性就结婚算了！省得他们再胡乱猜测。一边说一边把菜切了。刀和菜板之间发出的声音密实而稳妥，没有一丝慌乱和不安。老师怔了一下，再次如梦初醒地说，河开，好孩子，你说的可是真心话？他的声音都颤抖了，岂止是声音，整个身体都稳不住似的倚靠在门框上。

周河开先将鱼上了蒸锅，然后将切好的菜一样样码在盘子里，说，原本确实没这么想过。不过已经说出来了，肯定不是赌气，也绝不是妄言！老师朝她跟前挪了两步，又退了回去。他伸着双手说，河开，老师可是老了，我怕我……周河开打开燃气灶，往锅里倒了一点橄榄油，拿手在锅上晃晃，温度刚刚好。哗地一下把切好的肉丝倒进锅里，翻炒片刻，入葱姜丝，最后把辣椒丝倒进去，半熟时加了一勺生抽。那天晚上的菜做得异常的好。

余老师只吃了半碗饭，坐着看她吃。她吃了半碗，再加了半碗，把剩下的菜全部扒拉进碗里，一口一口地全部吃掉。她很能吃饭，一直比老师吃得多。吃完，把锅碗洗干净收好，到洗手间拢了拢头发，给手上涂了些护手霜。她临走时对老师说，明天开证明吧，我们结婚！

博士毕业照合影的时候，周河开的肚子已经微微隆起。老师带的几个学生里只有两个女的，另一个读博前就已经结婚了。周河开是滋润的，她双手护着凸起的小腹，脸上一如既往的淡定。余导师却笑得有点失态，甚至有点猥琐。人被幸福击中，有时会面带蠢相，周河开后来看着照片想。其实导师也不算太老，勉强算也才五十来岁。那时候，同学中间甚至有人羡慕，说周河开的婚姻是高攀。当然也有竞争者诋毁她，说她太有心机。周河开表现得波澜不兴。她没有朋友，不与任何人谈及这场婚姻，到底也没有人知道她是怎么想的。

周河开作为余教授明媒正娶的夫人，在分配时，理所当然地受到了照顾。二十九岁那一年，她留校任教了。

两年后，周河开公派去了英国做访问交流。她给女儿请了个比自己大一点的保姆，是她亲自去家政公司选的。保姆相貌秀丽，温婉可人，是个她能放心的女人，相信能照顾好女儿和老公。

到了第二年圣诞节，她突然回来接女儿了。她给老师买了一年四季的衣服，各是两套。给保姆也买了好几件，她希望她能继续留在这个家里照顾老师。到了晚上，她说要给英国那边的同事说工作，在家里害怕打扰他们休息，就去了学校招待所单独开了个房间。夜里她发信息给老师，说，对不起老师，离婚吧，我不能再继续了！写了再另加一句，我相信您会同意，我是真不敢再回到这个地方来了！发完她哭了，眼泪哗哗流。她自己都不知道为什么哭，只知道哭了以后，有说不出来的轻松。

余老师是她女儿的父亲，但她常常糊涂着，在异国的时候做梦梦见他，分明觉得他是自己的父亲。她设计过无数次分手的情景，甚至找出一百条离开他的理由。她甚至想，自己是独立的人，有理直气壮地追求感情的权利。到了跟前，却又狠不下心来。一来她毕竟放不下这么些年老师对她的好，再者，她觉得如果这时候离开，她再也不可能有脸面回来了。

她爱过他吗？她不爱他吗？

从始至终她都称呼丈夫为老师，从未喊过他老公。老师是她永远的老师。

周河开哭够了，一口气睡了十多个小时。她时差还没倒过来。当她像一个客人那样重新走进家门的时候，看见老师在客厅坐着，仍是像过去那样满眼爱怜地看着她。

河开！老师温情而又平和地说，我一直觉得你该有自己的生活，毕竟我老了。我想了一夜，其实从你出国那一天我就一直在想，怎样才能让你去追逐属于你该有的幸福。只要你快乐，怎么都好。然后，他朝外面指了指说，保姆带着孩子出去玩儿了。你住家里吧，可以多陪孩子几天。他迟疑了一下再说，我希望你别把女儿带走，等她长大了让她自己选择。毕竟，我只有她了。

她看着他，想对他笑一下，但是笑不出来。她从来没看到老师这么苍老过，好像一夜之间老了一百岁。

他是她的父亲。

她是他的孩子。

或许从娶她的那一天起，他就有着足够的心理准备，孩子迟早是要离开家门的。

周河开搬回了家，天天跟孩子泡在一起，有时三个人还一起出门。直到周河开离开家，很多人还不知道这场变故。

至于离婚后的各种批评，甚至有谩骂，周河开能想象得到，但她听不到。她没有任何朋友，余老师也从来不跟她说这些。余教授没有再婚，像过去一样，他完全把自己的精力投入到学术中。有一次周河开发现老师的照片登上了美国学科杂志的封面。照片上的他神情安泰，心无旁骛，好像又回到周河开刚做他研究生的时光。老师才五十几岁，正值盛年。周河开心中竟然为她的老师感到骄傲。

又一年，周河开和一个年轻的英国小伙子结婚了，他是周河开在英国交流期间的学校同事。

他们的结婚照传回来的时候，林树苗说，哇噻，我这个表姐夫英俊得真像传说中的王子！

十

林树苗大学念的是北大中文系。她是妈妈的骄傲，也是一个家族的骄傲。

林树苗曾经是周家下一代里最叛逆的孩子，她上大学那几年，傲娇到眼中无物。家世好，学习拔尖，情商又极高，并未见她怎么用功，出手即是好文章，很快在学校的文艺圈子里小有名气。她漂亮，独立，洒脱，如同她的名字，像一棵小树，屹立在青春的校园里，英姿飒爽亭亭玉立。有男生在背后喊她芭比娃娃。很快，仿佛满世界都有人在窥看这个芭比娃娃。她是那样骄傲，眼睛几乎长到头顶上去了。她活在自己青春恣肆的光芒里，几乎看不见周围的人。亦有很优秀的勇敢者追求她，她充耳不闻，视而不见。她说，三十岁之前，不会遇到这个问题；三十岁以后遇到这个问题，还得遇到对的人，否则宁可一辈子不婚不嫁。

第一次误打误撞被"相亲"，是跟着爸爸和他的朋友一起吃饭。也是机缘巧合，爸爸在北京开会期间，一个祖籍河南的部队首长请吃饭，首长的儿子是作为父亲的司机参加了那次晚宴。那孩子在饭局上见着了林树苗，就像贾宝玉遇到了林黛玉，简直像被施了魔法一样，被她迷得魂都没了。林树苗一直在低头玩手机，只是在他们说到她的时候才抬头笑一下，她几乎没看见跟前的人长啥模样。她随性地跟大人交流，自我，散漫，言辞犀利，刁钻古怪，顽皮起来完全不拿首长当事儿。首长指挥着服务员给大家分一条苏眉鱼，他用命令的口气说，大家都得吃掉，一块好几百块钱呢。林树苗实在吃不下了，她看出大家都吃不动了，却勉为其难地强吃。她一边玩手机一边神情认真地说，伯伯，你告诉我还有哪道菜值钱，我省下给你打包，待会你给我发个红包变现吧？说完做了个鬼脸。小姑娘童言无忌，把大家逗得哈哈大笑。首长笑得最响亮，儿子却暗暗想，这话换了我说，怕要罚站一小时军姿的。这种桀骜不驯目无尊长，通通成为吸引首长儿子的独特魅力。他家一门俩将军，爷爷是参加过解放战争的将军，父亲是中越战争的功臣。他的同学朋友，哪个看见他父亲不毕恭毕敬？他自己毕业于国防科大，自幼就被父亲当战士管教，长大后又经过较为严苛的军事训练，知道规矩的力量。他从未见过这样一个美丽智慧的古怪精灵，她像一道光，照进了他按部就班一成不变的生活。他已经二十七八岁了，是家里的独子。父母着急让他成家，九十多岁的爷爷等着抱重孙子。被安排相亲的次数多得数不胜数，他自己说，没有一百也得有八十次。之所以没有如愿，是那些女孩千篇一律，她们作风严谨，穿戴整齐，一本正经地对他的父母展示自己的优秀，对他的家庭似乎比对他更感兴趣，这让他一度对婚姻极端消极。

那天他为这个女孩子动了心，等不及到家便对父亲说，就是她了，不是她我就不娶！父亲很震惊，他呵斥儿子，简直是胡闹。也太不靠谱了，俩人年龄差了七八岁，那孩子还不满二十岁呢。的确，林树苗看上去还完全是一个不谙世事的小姑娘。如果这样，你爷爷还能抱上重孙子吗？

过了几天，儿子再对父亲提起这事，父亲几乎有点震怒了。儿子一向对父亲言听计从，这次却像吃了秤砣一样强硬。吼也吼了，桌子拍得手疼。但儿子一脸固执，丝毫不肯妥协。

儿子怕老子，老子也怕儿子。他家祖传的一根筋，倔起来没办法，儿子认真了，老子也真的无可奈何。更让首长为难的是，他与林树苗爸爸的关系还没熟悉到可以无话不谈的地步。后来煞费苦心，找了一个与林树苗的爸爸共同的熟人，请他出面当说客。他跟人家自嘲道，妈的，这哪是找儿媳妇，分明是找个妈嘛！对方打趣道，你现在是找妈，过两年还得找爷呢！他不无得意地炫耀，你看看，我爷爷今年四岁了，天天拿我当马骑！

电话里，两个人哈哈大笑。

事情到了林树苗的爸爸这里，果然不出所料，他万分为难地说，我女儿年龄比人家小那么多，小姑娘还特别任性，俩人怕是不合适。咱们别因为孩子的事儿伤了大人之间的和气，不然连朋友也做不成了。那人说，咱们先不提这事儿，只管见见，行不行就看他们自个儿的缘分了。他越这样说，林爸爸越是心里没底儿。他比谁都知道自己闺女的秉性，尽管他记得那小伙子高大威武，玉树临风，但太过规矩端正，一本正经的样子，完全不是女儿的菜。只是无论如何躲不过这关系人情，便打电话和夫人商量该怎么办。林妈妈说，有啥可犯愁的？你还不了解你家闺女的厉害？索性对她说明白，让她耍一次威风。她见人面儿手起刀落，未必是坏事儿，我们也好就坡下驴。

林树苗听爸爸说了，笑得手机都掉地上了，纯粹是抱着帮助爸爸渡过难关的心态，痛快地和爸爸搞了次交易先把新款苹果给买了，并且用新手机和妈妈视了个频，挥挥手扔给妈妈一句，老妈放心，陪他们吃顿饭，又不是上刀山下火海，不就俩小时嘛！林树苗只想耍弄那大哥哥一下，所以这第二次吃饭才第一次认真看了看他——完全吻合解放军叔叔的正面人物形象。吃完饭换了茶水，大人们去一边聊闲话，有意让俩人聊聊天。林树苗何等聪明，既然是答应帮爸爸过人情关，面子总要给够。她扑闪着一双大眼睛主动逗他，大叔，听说此前相了无数次亲，招一招相亲经历呗。那孩子倒也不惧，真的一脸诚恳，把先前的相亲经过娓娓道来。说者一本正经，听者前仰后合。她被他各种奇葩的故事乐到死去活来。那孩子把所有人都蒙蔽了，表面一本正经，其实骨子里是北京人的冷幽默，离开长辈，活脱脱一个段子手。

林树苗和大哥哥互留了电话，第二天那哥哥就急不可耐，连打了几个电话，约了开车去学校接她出来吃饭。说好了下午五点半，依他的判断，怎么着也得晚半个来小时。幸而他准点到了，齐刷刷六七个大姑娘在校门口站着。她可真够狠，招招手，五座的车子愣是塞了八个人，她把一宿舍人全部带出来集体赴宴。一桌子女孩子个个收拾得花枝招展，各种搞怪动作频出。林树苗说，哥哥，给你加点料，在饭桌上来次唐伯虎点秋香，相上哪个可以奋起直追，不必征求我的意见。并且向大家宣布，本姑娘给大家请了个专职司机，你们可不要放弃机会，加个微信，往后随叫随到。一干人看他老实，都想逗他玩儿。谁知却发现完全占不了上风。人家完全是辩论赛冠军的水平，兵来将挡水来土掩，谈笑间樯橹灰飞烟灭。林树苗说，行了，你通过了科目一，今后考试的大头儿还在后面。自此林树苗对他呼来喝去，刁蛮任性，奇思妙招，狠辣无敌，把个军哥哥折腾得言听计从。这些事情，爸爸妈妈都不知情，没有听闻有什么动静，就料定此事已经翻篇。林妈妈也是大意失荆州，听了丈夫的描述，觉得那孩子太过老实了，完全没怎么把这事儿放在心上。

大学毕业那会，林树苗回了一趟郑州。同学要么着急找工作，要么准备考研。她仍然是过去的老样子，要么玩手机，要么戴着耳机听歌。妈妈笃定是要女儿考研的，她在吃饭时说，林树苗，爸爸妈妈在你跟前，你视同无物，最起码你要对我们尊重一点。拿掉你的耳机，我要和你谈谈！林树苗摘了耳机说，正好啊妈妈，我也要和你们谈谈。你要没其他事儿，我可要说正事，我要结婚了！妈妈正好喝了一口汤，惊得差点儿被一口水呛得背过气去。天呐，和谁结婚？

哎呀！我娘亲，您老何时阿尔茨海默了？她口中哼着《欢乐颂》，用手指在桌子上敲出一段整齐的旋律。爹地，不是你们给我找的对象吗？

我们给你找对象？你是说部队那个哥哥？你从来也没跟我们说过啊，这么大的事，这么短的时间，你真的觉得你和那孩子合适吗？

合适！林树苗斩钉截铁地说。

那也得提前跟我们知会一声吧，林树苗？

林树苗道，跟你知会什么啊？是我跟他结婚，又不是你跟他结婚。我觉得他挺好的！莫非那时你是明明知道不行，还非要把女儿往火坑里推？

妈妈正色道，你才第一次谈恋爱，还不知道什么是爱情。况且时间也太短，双方未必真正了解。就这么结婚了，你不觉得太唐突吗？

林树苗说，你看你说的好像自己还谈过很多恋爱！你不也是第一次恋爱就结婚了？哪有那么啰嗦？所谓爱情，无非就是他想见我的时候我也想见他。都不想见的时候，OVER就是了嘛！

林妈妈想说，你若是今年考研，两年后读博，将会是中国最年轻的文学博士。但她把话咽了下去，她知道女儿的秉性，不说还好，说了她就手起刀落给你个下马威。从进入叛逆期她就没能做过她的主，她决定了的事情，十头牛都拉不回。她深深地叹口气，自己亲手栽下的苦果，无论如何得咽下去。妈妈愁得几天都吃不下睡不着，这些年用所有的心血搭建起来的通天塔，被她一个小指头给轻轻捣毁了。

林树苗是妈妈周语同精心规划的作品，十岁就考过了钢琴十级，十二岁就能给爸爸做谈判翻译。爸爸在省会当部门领导，招商和对外贸易是他的主要工作任务。

林树苗十四岁随大学生去英国参加教育交流，在那里待了三个月。那些被派去的品学兼优的大孩子们都规规矩矩地在指定的学校里完成教学课程。她独身一人，走遍了大半个英国。带队的老师说，林树苗同学如果到英国留学，从语言到生活习惯根本不涉及适应问题，过来就能接上茬。林妈妈暗自得意，但还是煞有介事地批评了女儿，你没有严格按照老师的要求做，今后一定要增强组织纪律意识。

除了完成学习任务，周语同还无微不至地管理女儿的衣食住行和言行举止。小小的年纪就与众不同，穿衣有风格，举止应优雅。林树苗希望拥有的，不管是需不需要，只要对她的生活、学习和成长有利，妈妈百分之百地满足。单凭这一点，就足以让她的同学羡慕得要死。

但别人看到的都是光鲜的一面，林树苗的成长真的是如此轻松快乐吗？有一次，林树苗的堂妹过来度假，两个人边看电视边聊天。堂妹从小学习芭蕾。那孩子说，你没学过芭蕾不知道芭蕾有多苦，我每天流的泪水比汗水都多。林树苗说，你没学过钢琴不知道学钢琴有多残酷，我钢琴上的每一个琴键都被我的眼泪浸泡过。妈妈在一旁听见了，想笑，却现出一脸的尴尬。林树苗和妈妈心底隔着一条很深的沟壑，母女俩站在沟的两边，彼此都绝望地想，也许一辈子都跨不过去了。

周语同始终觉得自己有强迫症，但这种自觉意识不但没有缓解她的症状，反而让她变本加厉。外人谁能想象得到呢？周语同是一个著名画家和美术评论家，国际国内一大堆奖项拿到手软。她气质优雅，谈吐不俗，性格温柔可爱。她的外在表现，不像是个在艺术界举足轻重的女强人，甚至有一点柔弱。语焉不详，胆怯，迟疑，目光迷离。林树苗每每看到妈妈在公开场合的表现，都禁不住在心里冷笑，她觉得她是在表演。哪一个才是真实的她？她觉得妈妈是一个虚伪透顶的人。比如她和爸爸生气的时候,她会痛不欲生,脆弱得如一摊泥水。她哭泣,发呆,口中絮絮叨叨地伤情。但只要擦干眼泪,她就立马变成另一个人,典型的女汉子,对女儿歇斯底里地控制,以爱的名义任意对她施暴。她不但严苛地管束,还会动手打她,尺子、铅笔、衣撑,随处都有她施暴的工具。十几页琴谱,弹错一个音符她都听得出来。她抽她、敲她、拧她。皮肉的疼痛是微不足道的,心底的伤痕却随处可见。她让她一天背五十个英文单词,背完了她一个字母一个字母让她拼,错一个,她就拿铅笔戳她的手。林树苗的时间,是按分钟计算的。她在一栋楼上住了五六年,能分辨出楼下玩耍的孩子们每一个人不同的声音。她们的笑声,她们的喊声,她们凶狠的吵闹声……她似乎熟知他们每一个人,她认识他们所有人,但他们从来没在一起玩耍过。她在孩子们的眼里高高在上,神秘莫测。有时她的姥爷姥姥过来住上几天,妈妈会管得稍微松一些,功课也会有所减少。林树苗的妈妈是给自己的父母面子,但林树苗能看出妈妈的烦躁,妈妈希望她的父母尽快离开。他们的出现,破坏了她的时间规划。她发现了这个秘密,越加拼命地央求姥爷姥姥留下,以改变自己的处境。只要脱离妈妈的视线,她撒娇任性,对作业敷衍了事,刻意破坏她被要求遵守的规则。姥爷姥姥也帮她对抗来自妈妈的压迫,帮她扯谎,帮她拖延时间。姥爷更甚,可以为她放弃全部原则。周语同关上门在书房训斥她,声音稍大一点,姥爷会一下子撞开门冲进来对她吼,她才是一个不到十岁的孩子,你像个当妈的吗?有你这样当妈的吗?

这不关你们的事儿!周语同头都不抬,我教育孩子,你们少掺和!

这样不行,你太过分了!姥爷不依不饶地说。

林树苗亲眼看着妈妈像一颗炸弹在眼前爆了。她撇下林树苗,冲到门口对她的父亲狠狠地说,你们说,怎么样才行?是没有我这样当妈的。你,还有你!她指着父亲和父亲身后的母亲,你们知道怎么做父母吗?现在我是在我自己家里,我管教我的孩子,看我过了几天自己做主的日子,又觉得我错了是吧?这是不是你们眼里的"坏"呢?林树苗瞧见了姥爷的惊愕,然后是哀伤。他仿佛是被子弹击中的一头老熊,那样的疲惫和伤感,眼眸里的光亮片刻暗淡下去。这还不算完,妈妈加重语气瞪着两个老人说,你们差点毁了我的人生,我不会容许你们再毁掉我孩子的人生!

林树苗看到姥爷眼里的泪水止不住地涌了出来,扑嗒扑嗒落在地板上。姥姥拿了一把餐巾纸,试图堵住丈夫的眼泪,但她的手也哆嗦起来,把纸屑弄得他满脸都是。林树苗跑过去搂住姥爷,说,姥爷不哭,你们等我长大好吧?我要你们跟我一起生活,我去哪里都带着你们!说完,她恶狠狠地看着妈妈,眼睛里简直能喷出火来。她一字一句地对她说,我恨你!我长大了再也不想看见你!

周语同那次不但没有生气和伤心,反而觉得心里有些东西放下了,有一种莫名其妙的、恶作剧般的快感。

对于林树苗的妈妈周语同,这样的场景不是第一次,也不是最后一次。妈妈活得那样努力,那样决绝,好像在跟谁赌气似的。她是在拿女儿押注,但最终她是赢家,她就这样十年如一日,完成了此生最完美的一部作品——她造就了女儿。

周语同的女儿林树苗考上了北大中文系，这是一个经久不息的传说。在别人眼里，周语同的女儿是个小神童，也只有她们母女俩清楚其中的艰辛。在女儿高考之前，她已经带着她将大学语文提前预习了一遍。

她所渴望得到和不能实现的，都将在女儿身上实现。周语同对自己很满意，依照她的设想，她的女儿前程似锦。那时，她将放下压迫了她半辈子的重负，与世界和解。她觉得可以暂时松一口气了，把女儿上了大学之后的时间交还给了自己，绘画、读书、写作。她觉得此刻才真正握住了自己的人生，纵横驰骋，游刃有余，一切都还不算太晚。周语同变成了一个祥和的人，仿佛把握住人生就把握住了世界，那种阔大而熨帖的安慰，让她很是安心。有时候，她在睡梦中醒来，会刻意找寻过去那种凄惶的心塞感觉。但是没有，一点儿也没有。她觉得她正被某种力量托举着，护持着，让她在梦里醒里都心无挂碍，无有恐怖。

十一

那年冬天格外的冷，画室里虽然开足暖气，但还是有点冷。我在画一幅画：天高地远，无边无际的草地上有一个奔跑的小女孩儿，草绿到逼人的眼睛。我将颜色用到了极致。而那个女孩儿是那么的柔软，她的小小的身体散发着一种柔和又圣洁的光。她饱满圆润，张开的藕节一样的双臂像是一对小翅膀。她奔向的前方有一片灿烂的云霞。这画里寄托着生命里全部的美好，更是我对未来的期许，我要把它送给我即将面世的外孙女儿。我对我的学生们说，对于创作，用情何其重要，你用饱满的感情去拥抱一幅作品，它所呈现给你的会比你想要创造的还美。

连着三天，一个来自日本的满头白发的老先生在这幅画前流连忘返，他想带走它。那天，老先生在我的工作室坐了整整一个下午。他就静静地坐在那里，满含深情地看着这幅画。西窗下的斜阳透过薄纱晕染着一地的静物。是一天，亦是一年，抑或是一辈子。我注意他端坐的体态，除了轻手慢拈那只我手绘的细瓷茶杯，他的脸和身体几乎没有怎么移动。通过年轻的女翻译，他给我讲述了发生在他家的故事。他有一个女儿，漂亮得像一个天使。她聪慧过人，五岁开始作画，十岁已经小有名气，在日本画界是一个神话。可上天不想让他独享一个人的美好，没有让她活过二十岁，她死于白血病。

动画一样美丽的女孩儿在我眼前飘浮，父亲眼中的天使。

年轻的女翻译深吸了一口气，有点哽咽地道，女儿的死让他的妻子悲痛万分，一年后因悲伤过度，心脏停止了跳动。

讲述的时候，老先生并没有眼泪，他缓慢地娓娓道来，好像在讲述另一个世界的故事。他有日本人的隐忍，相信天国。他说他的妻子和女儿一定是活在我的画里，她们在天国很幸福。老先生开价很高，最后甚至说多少钱都可以。我终是没有卖给他，我说这不是钱的问题，不能卖。后来他提出让我再复制一件这个作品。我没有答应他，我说很抱歉，我不会那样做。我不能拿没有感情的作品欺骗老先生。我说，这个画中有你梦想的天国，也有我对一个新生命的挚爱。这个世界任何东西都可以打上价签，唯独爱不能。

最后他请求与我在那幅作品前照了一张合影。临分手的时候，我告诉他我被他的故事所打动，让他把太太和女儿的照片寄给我，我承诺创作一幅让他满意的作品。

我刚把老先生送走，在画室里坐下，就收到一个叫雁来的女孩子的短信，她称呼我姨。她写道：

姨，我是周拴妮的女儿周雁来，我还有半年就要从广州外经贸大学会计学专业硕士毕业了。那边的大公司我进不去。我现在郑州一家公司实习，毕业后想留在郑州。今年郑州的天太冷了，我们四个女孩子挤在一间十多平米的宿舍里，没有暖气，早晨起来洗脸盆里的水都结着冰。

周雁来，我见过这个孩子吗？想必在父亲的葬礼上应该是见过的，但也只是"见过"而已，况且我见过的人太多了。对周拴妮的孩子，即使见过我也会刻意忘掉，几十年里我一直这样做。不过，"会计学专业硕士毕业"这几个字，还是让我多看了好几遍。周家的后代，倒是周拴妮这一支越来越成气候，而我们兄妹几个的孩子，怎么都有一种越扶越倒的尴尬。

我那阵子感觉特别困乏，社会活动繁杂，心中的创作冲动很多，夜里想到什么，着急上火的想画下来，隔两天却又找不到感觉了。而为了找那种感觉，我又会彻夜睡不着，搞得自己身心俱疲，靠大剂量的安眠药维持睡眠。我已经年过五十，有点力不从心了。想想儿时，父母不过是四十多岁，在我们眼里已经是老人。而我们被营养丰富的饮食和高级化妆品滋润着，以至于忘记自己会老。我有家族良好的基因，不需要控制饮食，身材好到会让小姑娘们羡慕。而且我多年在衣品上从不肯将就，装扮起来还是很有范儿。出席活动总被一群年轻女孩子簇拥着，她们喊我女神姐姐……其实她们哪里知道，到了这种年龄，外强中干，私底下狼狈不堪。但我的虚荣心愈发被调动起来，常常真的就忘记自己的年龄了，好像老的只是别人，自己永远不会老。只有累狠了，疲倦感来袭才骤然清醒，我不放过岁月，岁月亦不曾放过我。

我现在的生活状态是我父亲难以想象的，真应该让他活过来一次。不过认真想一想，父母那一辈人倒是活得从容，什么样的日子来了都能承受住，对眼前的一切从不挑不拣。不是不想挑，而是不懂得，上面给什么就要什么，只是伸开双手用力接受，承住承不住都甘心情愿地捧着。那一代人，活得艰苦，但也简单和坦然。我一次次试图描摹我的父亲，他一辈子都好似一个心智简单的儿童，长大了变成大儿童，长老了就是老儿童。但他又不是现在所谓的巨婴，他除了承受，还有担当，还有底线。当你触碰到他的底线的时候，你才会知道它有多坚固。他的日常，包括工作和生活，是靠信念或者信仰支撑起来的。他此生只信上级文件，至于他自己，个体命运被改变成什么样子，我的父亲，他可曾思量过这个比一都简单的问题吗？我家先生总是与他辩论，言辞犀利。而我父亲已经老了，思维不再敏捷。即使他思维敏捷，可能思想会更顽固。我先生是法学院毕业，律师出身。我父亲不是他的对手，有时候俩人说着说着，他便恼羞成怒起来，说，过去就是好！人的思想境界什么都好，哪有现在这么乱七八糟的龌龊事儿？我先生说，爸爸，我家的成分是地主，在那个年代里，我不管多努力，也不可能走进这个家庭，跟您的女儿成为一家人，跟您坐在一个饭桌上吃饭和辩论吧？我父亲怒不可遏，把筷子啪地砸在桌子上，喝一大口酒，愤怒到浑身发抖，一言不发。他气急了的时候会语言滞涩，这一点我深受遗传之拖累。我先生放低了声音，说，爸，我不是存心让您生气，您想一想，如果没有改革开放，如果不是恢复了高考制度，以我的家庭成分，怕还得在家种地，媳妇都娶不上。别说娶您的女儿，估计每天饭都吃不饱！

我先生那时才三十几岁，已经做到政府部门的一把手，从他的年龄和经历看，前程远大。他不满十六岁就考上重点大学，毕业后先是进高校，然后又被组织选拔，由学术转入行政。事业太顺遂了，难免盛气凌人。在他这个年龄，我父亲也已经是这个职级，但家庭出身，让我父亲在这个职位上盘桓了一辈子，起起落落，到末了也不过如此。我先生话语锋利，立场坚定，并不是触怒父亲的根本原因，而是他冒犯了父亲一辈子的信仰。于是，他偷换概念结束了辩争，恼羞成怒地说，看看你们这些人，一说到过去就是吃，就是饿死人！如果仅仅为了吃喝，我们周家是可以不革命的！这一句话，似乎说到点子上了，但他自己并无察觉。

周雁来的短信，让我想到了父亲。父亲死后，我也不断反思和调整自己。对周家，对周拴妮和她的孩子们，都有了另一种理解，至少不再那么抵触了。父亲一生耿介，却也固执不化。两袖清风，却也明哲保身。他所留下的，只有这分成两部分且在他的有生之年从未融合过的五个子女。莫非真的会像我当初预想的那样，父亲死后我们可以视同陌路吗？估计这是我父亲不愿意看到的吧？但我没有把握，我父亲可能从不愿意思考这个十分简单却又万分复杂的问题。他的一生，被组织所固定，也被家庭所绑缚——他的两任妻子和五个儿女，尤其是她的两个水火不容的女儿。想一想，他得有多累、多挣扎！

晚年的父亲，目光总是看着别处，固执着不与我们对视。他让我们猜不透他的想法，他一贯靠逃避来解脱。对于他而言，仅仅是斩不断理还乱的家庭关系，便是苦海无边，但回头也找不到岸。

我该理解他，还是迁就着同情他？

但无论如何，经过一番内心的挣扎，我还是给周雁来回了短信，告诉她我家的具体位置。到底是个沉不住气的孩子。两个小时后，她便迫不及待地找来了。

周家的孩子，大多都遗传了我们家族的血统，模样大致都不错。我用艺术家的目光迅速将她扫视了一遍。周雁来不丑，红白的一脸的婴儿肥，眼睛黑而亮，披着黑黝黝的长发，光光的额头处结着两根细细的发辫。衣裳遮蔽了她身材的优点，她只是太不会料理自己。在广州读书这么多年，竟然没改变她农村大妞的形象。她提着大大的一挂香蕉，估计是认真挑选了的，品相还不错，和她的衣着相比，着实很不相称。我让她换拖鞋。她脱了鞋子，袜子脏而破。我只不过是漠然地打量她，她抬头看我一下，是自己突然有些不好意思了，说，姨家真暖和。说了，索性将袜子脱了塞进笨笨的廉价的毛靴子里。我让小妹给她送了一杯热水。她以为是我女儿，赶紧站直身子讨好地看着她，不知道该怎么称呼。我摆手让她坐下，介绍道，这是佳佳，在这给我当助理。佳佳虽然也出身农村贫困家庭，但在我家已经两三年了，是经我手调教出来的孩子，举止打扮都已经很有品位。我家里活少，怕她闲得着急，给她报了一个舞蹈班，刚刚上课回来。佳佳漂亮，黑眼仁湿漉漉的，个头儿细高，挺拔得像棵春天的小树。我喜欢这个孩子，也舍得给她添置衣服。平常领出去，十有八九都被当成是我的女儿。

周雁来比佳佳基础条件好，她有文化，稍加调教肯定也会很出众。我心里闪过一丝善念。

我看着发呆的周雁来，指了指桌上放着的一盘车厘子，说，想吃什么就自己取，我家里没有让人的习惯。那盘车厘子被盛在一个白色的细瓷果盘里，色泽明艳动人，好看得像是幅静物画儿。她迟疑地说，这是什么水果？没吃过呢。我想了想，还真不好回答她，便说，算是进口的樱桃吧。啊？我就说长得像，个可真大！她拈一颗放在嘴里慢慢咀嚼，一粒一粒地拈，似乎抗拒不住味蕾的急切，这让我看得有点心疼。我说，你在这做什么事？她老实说，来了快一个月了，在一家上市公司实习，在财务室帮人家粘贴票据、打打杂。我问你学的是会计专业？她说会计学。我笑了笑，很不错了，还能让你进财务室贴票据。她说的那家公司是一家很大的上市公司，我跟他们董事长也还算熟悉，他收藏过我的作品。但我没说这些。她又说，实习期间只给一千块钱的生活补助，公司管吃住。

条件也算不错啦！她歉疚地看着我，脸红了一下，憨厚地笑了。

这样的笑，一瞬间打动我。那种潜伏在心底的、叫做亲情的东西突然覆盖了我，让我周身热烘烘的。那天晚上我没让她走，我让佳佳在客房给她收拾了一张床。第二天她也没走，她自己决定不再去公司上班了。我认真地看了一下她的简历，还真不错，在学校一直是前三名以内的成绩，还是学生宣传部的一个干事。我觉得她的路子很宽，可以去大公司，也可以参加公务员考试。以她的成绩，考试应该没有问题。

那一阵子，但凡我有时间就带她出去参加各种活动，想让她见见世面。闲暇时间我便带她剪头发，补营养，去洗浴中心做身体护理。莫名其妙地，我跟这个孩子亲近起来，她也是我们周家的未来呢！我忽然间生出这样的觉悟。我带她吃遍各种菜式，川菜、海鲜、牛排、日本料理。她在广州念了六年学，竟然没吃过粤菜，一个人能吃掉半只烧鹅。这孩子肚子里缺油水，她常常吃得我的眼睛湿湿的。

她跟着我的那一个月，我在她身上花了不少钱。莫名其妙地，我好像觉得是欠了她们的，这也算是对她家补偿的一种方式吧。我让她去取回丢在公司宿舍的行李，她只是把她的证件拿了回来，别的直接打包寄回老家了。晚上看电视，我们也会聊聊天。她说，姨，从小到大，我从没穿过一件百元以上的衣服。见我惊讶的样子，她便又说，有时我姐会给我一些旧的，比我买新的质量还要好一点。她姐是周河开，那个时候周河开已经去了英国。我问她，你为什么不像你姐姐一样接着读博？她迟疑了一下说，没收入，不想受苦了，想早点上班。然后她说，读了博又怎么样呢？只是说起来好听。她说话的时候四处张望着，在我这住了这么久，眼睛里仍然布满了好奇和羡慕。我让佳佳在她面前多摆了几样新奇的水果。她不停地吃着面前削好的芒果肉，一根牙签穿起两块，又稳又狠。姨，你看我姐那日子过得累的，不知道什么时候才能拼到头。

你说的是周河开？你说她累，我还真没看出来。我觉得她过得挺从容的，每次树苗给我看她发回的照片，我都很为她骄傲的。我不是说客气话，我每一次都真心会被这个姑娘的神情所感动。她脸上的那种自在从容，在我们家其他孩子脸上还真没看到过，即使在周围的人中也很难见到。那自信是透明的，清晰可见。

唉，我姐结婚后随我姐夫留在了英国，入了英国籍。在英国连生两个儿子，都自己带着，还得工作。她让我们看的全是笑容，可是私底下，她该有多累？

我说，不能用你的标准衡量英国人。英国人跟我们的理念和生活方式不一样，福利待遇也不一样。孩子是上帝赏赐的礼物，他们带孩子是不会抱怨苦累的，况且他们的福利制度很好，孩子基本是国家给养大成人。我曾在英国待过半年，要达到那样的生活状态，我们还有相当长的路要走。

话说完，我突然意识到了什么，觉得脊背一阵发冷——她在用她的母亲做参照系，四个孩子，她是怎么带大的？包括我亲历自己的父母养大我们，我们有谁曾经过问过这样一个浅显的问题？

但她似乎没听见我说什么，自顾自地讲述说，有一回我妈打电话让我向我姐要钱，我姐不知怎么就恼起来，怒吼吼说，我每天躺下的时候都觉得是世界末日，累到有一觉会睡死过去的感觉。

她忽然转移了话题，说，姨，你是不知道，我妈只给我们第一年的生活费，后来就不管了。我十分惊讶，你们考上大学，姥爷不是给每个人都有两万块钱吗？问完又觉得有点心虚，那点钱，养个大学生，实在不够多。

你不知道，我妈偏心，大部分钱都给了我哥。

啊，那你们怎么办？

打工。我从上大学的第一个学期就开始打工，端盘子洗碗什么都干。我还替一个环卫工人扫了一年多大街呢！

替环卫工人扫大街？

有些环卫工人是关系户，他们只是占个领工资的名额，再把活儿转给别人干。

我虽然不是第一次听说这个，但发生在眼前这个孩子身上仍是很惊讶。生活在食物链不同的位置，都得有各自的空间。存在的，都是合理的。

你姐也是这样吗？

我姐比我们有本事，也讨人喜欢。她后来找的家教啊、设计之类的活儿根本干不完。还常常补贴家里呢！她是老大，小时候挨打最多，本事也最大。对刚才还不以为然的姐姐，她露出仰慕的神情来。

我好久都不曾这样动容过了。忙碌使人麻木。但在那一刻，从她们姊妹几个的奋斗史里，我感到了周家的历史画卷呼啦一下被展开了。谁说我们周家一代不如一代呢？我激动得有点眩晕，也有点轻微的战栗。

我说，雁来，我决定替你做主，你不要着急上班了。即使你考个公务员，一个月也只有两三千块的工资，你去北京跟着你树苗姐姐帮两年忙吧。雁来说起来也只比苗苗小几个月，她比这个小姐姐上学晚，又读了研究生。年龄只差了一点点，我只是认为她的见识太可怜了。我说，你帮你姐姐带带儿子，做做家教。她家里事情也不多，一来可以在首都开阔开阔眼界，二来我想让你继续考博，或者你直接考注册

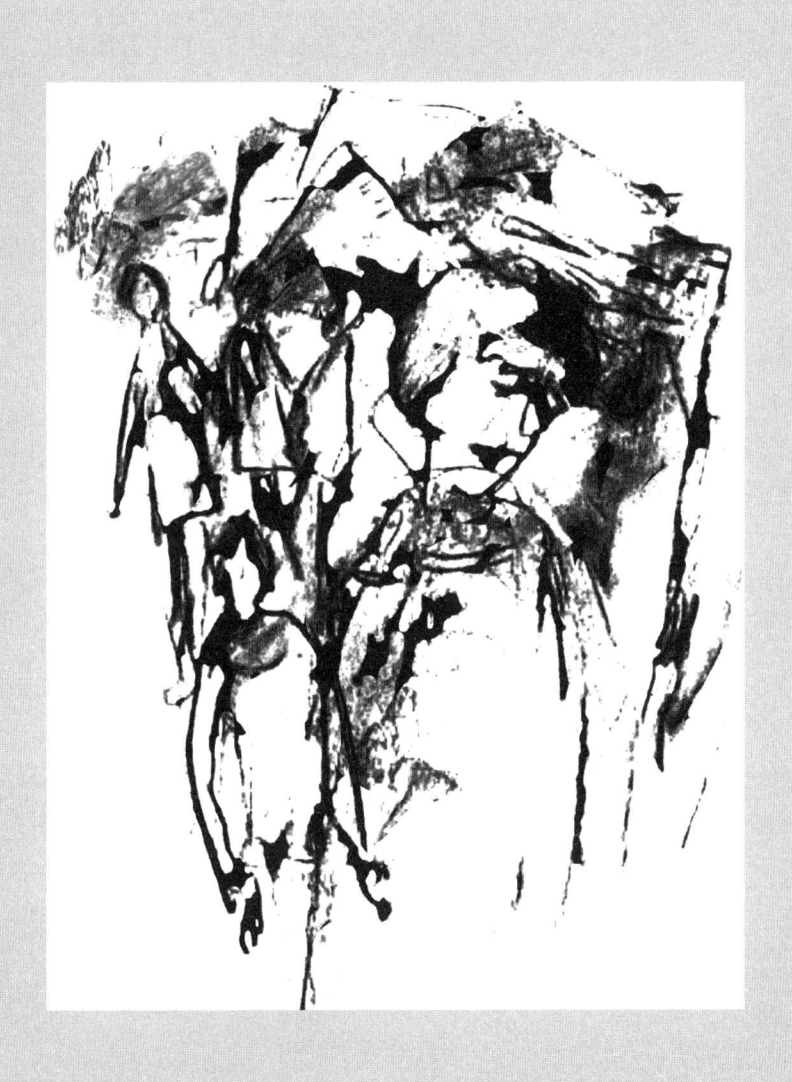

会计师。你的所有费用全部由我来负担，将来我可以直接推荐你进大公司，这样会少走很多不必要的弯路。

我带周雁来去了北京。去的时候我还有点不放心，林树苗的脾气，会容忍得了他姥爷"前妻"的后代吗？父亲葬礼上的那一幕，像一道伤疤重新被揭开，认真看看，还是鲜血淋漓。所以我提前给林树苗打了个电话，用试探的口气说了这个事情。哪知她听了以后，轻描淡写地说，妈，你们这些老人，天天都背着个大包袱，活得不累吗？

我们忐忑不安地到了她家。是我多虑了，林树苗对周雁来出乎意料的好。也许她也想到了姥爷吧，姥爷过去是怎样的疼她！她也想用这种方式还报姥爷？也许已结婚生子，她对生活有了新的理解。过去这些年，每个孩子都有了翻天覆地的变化。林树苗是个生来只知道享受的小孩，她没有被生活为难过，这样的孩子看世界往往是简单的。她的情绪，好与不好全写在脸上。她给周雁来的见面礼，是她结婚的时候亲戚送的一块欧米茄贝壳女表。她这样做挺出乎我的意料，血缘关系真的会是亲人之间的密码吗？

周雁来最享乐的时光大概就是在姐姐林树苗家的那些日子了。开始还不错，她晚睡早起，谨小慎微地做事。但日子久了，她的毛病就显露出来了。她贪吃，从早到晚嘴里不停地嚼巴。早晨不再吃保姆煮的鸡蛋，她爱睡懒觉，起来就给自己蒸虾仁鸡蛋羹。她不再吃猪肉，只吃进口牛肉和海鲜，特别爱吃龙虾，肉多，剥着也省事。她也不再吃香蕉，太占肚子了。比起香蕉，榴莲更能满足她的味蕾。每天捧着一碗进口水果杂拌看电视。林树苗倒是很宽容，说她受苦多，是该弥补一下过去的损失。反而鼓励这个妹妹有所改变，学会接受新事物。

周雁来像一块厚海绵，给再多水都能吸进身体里。两个月的时间，真的有点小姐做派了。但是，家里的阿姨实在看不下去了，她忍无可忍。她跟林树苗诉苦道，变脸变得也忒快了吧，挑吃挑喝，恨不能拿自己当家里的二小姐。不都是穷苦人家出身，装什么大尾巴狼呢？林树苗对她嬉笑道，阿姨，你可不能这么损我妹妹，她可不就是家里的二小姐？在咱们家就是一家人。不过，阿姨您也不用客气，哪不合适尽管教导。阿姨说，你看看她使唤我的派头，我哪里教得了她？阿姨说不通苗苗，她直接给我打电话，说咱们家里从来没这样子的人，苗苗待我都客客气气的，周雁来简直太惯自己了。她一点家务都不分担，对小孩子完全是应付，反而让孩子也跟着惹一身阳奉阴违的毛病。我在电话这边笑出声来，说，你要好好带带她，她从小到大也没接受过什么家教。阿姨满腹义愤打断我说，我带她？您是没看见，她对我颐指气使，稍微不如意就训斥我。她用过的杯子碗筷就没动过地儿，我替她收了她连声谢谢都没有。我还没说她两句，她就理直气壮地训斥我，我姨让我在这待着是学习的，你拿家里的工资，我不能总替你干事吧？你听听啊，好像我的工资是她给发的。

我电话这边笑得眼泪都出来了，完全可以想象这个野蛮生长的孩子粗鲁的样子，不愧是周拴妮的女儿！但我相信，与她妈比起来，毕竟她是个有知识有见识的人，不会太过不堪的。我耐心地对阿姨解释，她刚刚进入这个家庭，还不适应。你们要慢慢引导她。先别指望她做事，等她学会约束自己就好了。

为了周雁来和谐地与这个新家庭愉快相处，我特地给阿姨多发了两千块钱的红包。

周雁来住在表姐林树苗家里差不多有五个月。这中间她频繁地去广州考试或者完成毕业答辩什么的，我一个月给她三千块钱，免得她不好意思向姐姐林树苗讨要路费。谁知道每次她仍会央求家里其他人订票，比如林树苗的丈夫。她会毫不见外地说，哥哥，帮我订一张去广州的机票呗。林树苗可能觉得她老是伸手要钱太尴尬，干脆给了她一张工资卡副卡，让她需要钱的话直接支付。林树苗能这样做真是不容易，她可是一个毫不利人、专门利己的人。我对她甚是满意，觉得这是一次真诚的接纳。我们打开了大门，满心满意地欢迎这个叫周雁来的孩子。

到了五一，天突然热起来。放假期间我去林树苗那里待了几天，主要是想看看孩子们。年龄大了，在孩子们跟前，竟然变得柔情似水。我想起了那时候的父亲，他不也是老了便在孙子孙女们面前像突然变了个人，被孩子们所要挟，温情得一塌糊涂吗？想我那时的愤怒，那样呵斥我的父亲，我真的是太过分了！

今天的我，竟然在不知不觉间活成他的模样。我会完全被一个四岁多的大宝所绑架，他的任何合理不合理的要求，我都会无条件地妥协。我帮他扯谎，帮他掩盖所犯下的错误。比如带他去超市，趁我拣一袋青李子的工夫，他把超市里的红豆绿豆用铲子铲到大米里，然后唱着七个小矮人的嘿吃歌，搅动铲子。他可真能干，在短暂的时间里，成功地把几种粮食掺和在一起。纯粮变成杂拌儿，可以直接做八宝饭。我先是吃惊，继而变成了欣赏，索性把一袋子杂拌儿全部买下来。我为了那点粮食，假装很开心地拎回家去，告诉阿姨是我特意买的，却累得颈椎病一个月都没好。阿姨很讶异，说，姐啊，家里的米还有杂粮，不是你朋友刚从东北寄来很多吗？

再一回，我带大宝去商场，他眼疾手快，我晚了一步，他已经把滚动着的手扶电梯关停了。那么小的一个摁键，又在下方很不容易看到的位置，他偷偷研究过多少次了？幸好那会儿电梯上没人。幸好！两天后我才意识到这个问题的严重性，主动对林树苗坦白了。林树苗立时就怒了，不行，必须得教训他！大宝几乎完全忘记自己干了什么，林树苗把他摁在凳子上使劲打他屁股的时候，他委屈地望着我。我控制住自己，已经犯了一次错误，不能再犯一次。可大宝流着泪哀求的目光让我觉得我成为一个告密者，我背叛了他，辜负了他！此时，外孙对我的信任，是我生命中何等重大的事情。我陪孩子一起哭，他妈妈每打他一下我的心就哆嗦一下。突然再也忍不住了，我脱口而出，他还这么小，有你这么狠的妈妈吗？说完之后，我自己先呆住了，这不是我父亲的话吗？怎么从我嘴里说出来了？我吃惊地看着林树苗，等待她发作。她愠怒而轻蔑地看着我，你装什么狼外婆？我这才哪到哪？你现在知道他还这么小了是吗？我五岁学钢琴，一年弹四本汤普森，课程拉下一点儿就打，你那时知道我才五岁吗？我说，这不是学习……她怒火冲天地瞪着我，你不知道电梯上若是有人，摔下来会要命的吗？

我活成了过去的父亲，而林树苗活成了我。也许，人生就是如此的轮回吧！

林树苗让儿子每天认五个汉字、五个英语单词，读英语绘本，错一点都不允许。林树苗的呵斥声狂风一样穿越楼层，让我坐卧不安。我真受不了，觉得自己的心脏病都要犯了。但我也不想再争吵，吵来吵去处下风的肯定是我。我哀求她道，林树苗，你应该知道，孩子学多少东西和以后的生活关系不大，别让孩子有超过他年龄所能承受的负担。她明白我指的是什么，突然就变了脸，愤怒地冲我喊，他是男孩，男孩长大是要养家的！现在你可以惯着他，可你能管他一辈子吗？我说，我管，我管得起。她语气更加激烈，他是我的孩子，他的人生不劳你规划。我不能，不能让我的孩子输在起跑线上！

我脆弱得像个孩子，反而挤出一脸的讪笑，我说，苗苗，注意你说话的态度。她翻我一眼，嘲弄地回应，我的态度和你比好太多了。终于，我的眼泪流下来，委屈地说，我老了。说那句话的时候，我的眼前一片模糊，我看到了满脸粘着碎纸屑的父亲。

老半天她没再说话，总算给我面子调低了音量，半嘲讽半开玩笑地哼了一声说，你会老吗，超级无敌女强人一个，你什么时候示弱过？

我俩吵架的时候，大宝就跑过来偎进我怀里，他用被铅笔粉弄得脏兮兮的手替我抹眼泪。他说外婆不哭，外婆我爱你！

我的眼泪更汹涌地滚落下来，面前这貌美如花却蛇蝎心肠的辣妈，是我一手调教出来的孩子。这就是我的杰作，真应了一首歌，多年之后她成了我。我输了，我真的已经对付不了她了。不知从什么时候

起，我们俩的位置彻底掉了个个儿，我成了被呵责者。

我也真的是有点伤心，赌气买了第二天的高铁票，要回我自己的家去，再不用看谁的脸色。

就在我要出发的前半个小时，雁来对我说，姨，我考到郑州的一家银行了。我想好了，我还是想提前上班。

我正在愤恨交加的当口，听了这话登时就翻脸了。我问她，已经参加考试了吗？

考上了，收到通知半个月了。

天啊，她在这住着的几个月里，只是为了找一个避难所，为了考进一个工作单位？

周雁来，我声音颤抖着说，你做决定前为什么不能提前和我说一声？

我怕您忙，不想让您操心。她完全用面试的表情和口吻对我说。

那我这几天休假，一直在这里，你为什么不说？

我忘了。

忘了！这话说得如此轻率，简直让我忍无可忍。我几乎用高八度的嗓门吼道，收拾好你的东西，立马走人！我不认识你，从此不要再登我的门！

姨，我……

多一句都不要再说！我说，我不是你姨，也当不了你姨。你太厉害了！

她还是不温不火地说，姨，我买了月底的车票，我想再在我姐这待几天。

你立马给我走人！她不是你姐。我们如此待你，你怎么可以这样做事？你是不是觉得我们欠着你的？请马上离开，再不要踏进我们的家门，一次都不许！

那天她走了，我没走。她像没事人一样，一脸镇静地收拾东西，然后，就那么

走了出去，头都没回一下，而且自始至终竟然没落一滴泪。

林树苗说，妈妈，你做得有点过分了。

我说，我做得过分吗？你经历过什么？

那一刻，我不是在吼一个叫周雁来的孩子，我吼的是一个叫周拴妮的女人。过去的那些往事，全都一丝丝涌上心头。那种苦涩，我咀嚼了几十年，心态刚刚平复，又被搅乱了。

事情过后，我自我反思，对那孩子是太狠了点。我完全可以呵呵一笑，成全她。找到一份好工作，难道那不也是我所希望的吗？我之所以生气，不是因为她没告诉我，而是因为我最终没能掌控住她的人生。对，就是掌控，当时我难道不是企图设计一个人的未来，来满足自己的精神虚妄吗？我在谴责她的时候义正辞严，我并不曾要求她在我面前感恩戴德。但我的潜意识里，难道不是试图通过这个孩子，洗却几十年来周拴妮对我造成的伤害，塑造我的以德报怨的拯救者的形象吗？

是她跳出我的设计，伤了我的自尊。而我的尊严高于一切。

如果她提前跟我商量，哪怕提前一天，我都能接受。

其实，无论怎么样，我都不会容忍。还有一个问题让我不胜其扰，她不是周家的孩子吗？她所挣来的，难道不是周家的荣光？在我心里，真正接纳过她吗？

后来据说周雁来上班后拿三千来块钱工资，自己租房子住，过得很紧巴。由此看来，也许这个家庭，尤其是我对她的过分亲热，让她感到有种被捕获的不快？也许另有原因，她在学校里原是谈好了对象的，对象已经在上海工作了。她工作了，收入显然是应付不了各种花费，吃、穿、用还有和男朋友定期约会。我问过好几次，她从来都说没有谈对象。她担心什么呢？无非就是怕我不承担她那个时期的费用。她在对我、对我们设防。

我们之间的隔阂，在代际传递。这比事情本身更可怕，决不是几个月的温情可以解决的。

林树苗倒是很淡然，说她谈对象的事她一直都知道。她拿着我的卡，说是去广州办学校的事儿，其实有时候是买的去上海的票。林树苗的副卡每刷出一笔钱，手机上都会有提示。周雁来那时不知道，自以为瞒天过海，每来However去还故作姿态地说一些学校里的新鲜事情，林树苗对她是真的给足了面子。周雁来的对象，已经签在上海，以我的人脉，可以给她在那儿安置一份工作的。

真是说不出来的窝火。但已经不是对错的问题了。

周雁来后来给我发过好多次短信，想当面对我解释当时的种种。我置之不理，却一直没有拉黑她。林树苗说，她也一直给她发信息，想通过她做我的工作。

我斩钉截铁地说，你不要掺和！

林树苗说，为什么呢？

不为什么，我说，什么都不为！

十二

对周家后代的提携，是周语同站稳脚跟后心中最大的执念，她恨不得把所有周家的后代都收拢到自己手下，一个一个点拨他们，让自己的心血，换算成周家的荣光。没有来由的，她觉得应该对自己的祖辈有一个交代。

侄女周小语自幼跟着她学画人物画，

十几岁上就能给杂志画插图。后来她考入中央美术学院，姑姑觉得根据她的性情和天赋，让她改学平面设计。她缺点灵气，但有足够的耐心，她的踏实和做事认真的态度，让她的老师们很满意。周语同颇为自负，周家的人，都有点艺术气质，也有做成事的毅力和格局。

周小语大二的时候，课业也不是十分紧张，姑姑周语同在北京给她找了个老师，刻意让她跟着画了一段工笔花鸟。工笔拼的就是个耐心，能磨性子，也比较适合她。周小语细致，坐得住，临摹作品有模有样的。至于创作，姑姑说，画到一定时候自然会有的。周语同非常笃定，这个孩子自小就品学兼优，样貌又端庄周正，富里生贵里养，自己又肯努力，调教好了肯定前途无限。与别人的看法有别，周语同始终觉得，艺术更多的是靠环境和天赋，而不是只靠刻苦努力。艺术也好思想也罢，那都是靠富贵养出来的。在他们那个小圈子里，她经常这么直白地说。

但她并不否定刻苦努力对成就艺术的作用。有时候，她布置的作业稍重，周小语便露出畏难情绪，但她也不顶撞姑姑。周语同看出她的情绪，便会严厉地对她讲，画画哪有什么天才？天才都是一笔一笔磨出来的，少一笔都不行。你以为姑姑能耐就比别人大？我年轻时付出的是怎样的努力你能想得出吗？冬练三九夏练三伏，很多时候在屋子里一关就是半个月，方便面一买就是几箱。这都不是最重要的，那时就只是朝前奔，可压根不知道前面等待我的会是什么。没人指点我，更没人帮我，你爷爷奶奶连一句鼓励的话都没有。我那时的条件什么样？你现在什么样？天壤之别……你只要好好听我的，自己肯努力，至于你的未来，我会替你安排……

姑姑念经的时候，周小语安静地听，她端端地坐在距她一米开外的某个地方，像一幅画得很精致的仕女图。长睫毛大眼睛，鼻梁高挺，唇线与生俱来的明朗。轻轻一个微笑，脸颊上的酒窝就美美地溢出香甜来了。

好看能当饭吃吗？周语同自己跑神了。她烦恼地质问她，我说这么多，你听到了吗？周小语点点头，每次都轻声细气地回答，听到了，大姑。但她知道，在她面前她总是错，从来没有对过一次。不管她怎么做，姑姑都有教训她的理由。

这个世界往往事与愿违。

若干年后，周小语离婚搬回了娘家，还带着一个刚刚五岁、张皇失措的女儿。

那个时候她特别无望，此时她已经丢弃专业差不多十年了，活得极为颓废。她整天闷在家里，不出去交往，也不与家里人交流。她把孩子丢给妈妈照顾，要么躺在床上，要么卧在沙发上，像一具僵尸，一挺就是半天。这让她本来就不开心的妈妈更加烦躁起来。周小语的妈妈刘青明是个心智单一的人，她从来不会和孩子谈心，更不知道该怎样鼓励女儿振作起来。她表现得比女儿更绝望，好像女儿的苦难都压在她一个人身上。她整天木着脸，就是有一点笑意也是勉力的，像是被人强迫着借来一个表情粘到自己脸上。这个母亲，她真实地发着愁，她的愁怨把自己淹没了。举目四望，苦海无边，回头也找不到哪里是岸。她是真不知道该如何安置一个带着孩子离了婚的女儿，这个怎么都不应该出现的问题，突然横亘在她的生命里，让她而对于周小语而言，这场意外就更是始料未及。从小到大，她都是活在别人的规划里。虽然这场婚姻是她自己做主，但多被动只有她自己清楚，这苦窝在心里无处表达，没人知道她临近悬崖般的绝望。如果说结婚是一个故事，离婚则真真是一场事故。周小语魔怔了，有时候，她一天不说一句话，有时候又像暴发的洪水，逮到一个人，尤其是陌生人，她能将自己的遭际倾泻一空。也不知道哪来的劲头儿，不管人家说什么事儿，要不了几分钟，她就能成功地把话题掰扯到她的离婚事件上，一会儿伤心欲绝一会儿义愤填膺，先是控诉，后是悔悟，过一会儿就又扯到她的母亲头上。听的人都糊涂了，她是仇恨自己的前夫还是在怨愤自己母亲？

家人都认为她是自己找的对象，其实这样说也没错儿，她百口莫辩。不管怎么样，已经走入婚姻了，很多事情很难再回头一笔一笔算出来。老公是她的同学，一个小老板的儿子。小伙子长得帅，待人接物礼貌周全。可在妈妈眼里，哪哪都不顺眼，完全不配做这个家庭的女婿。女婿畏惧岳母，在她面前逆来顺受。但他越是忍让，她就越是看不上他。周小语带他回一次娘家，小两口就得生一场气。他坐着，岳母嫌他懒。他伸手帮忙，她又责怪他什么都不懂，尽是添乱。看一个人不顺眼，无论他做什么事情，不管做好歹都不会被认可——叙述这些的时候，周小语重重地叹着气，语无伦次，琐碎、繁杂、意气难平。

周小雨的妈妈刘青明是公公周启明张罗的儿媳妇。刘青明的父亲跟着周启明做了几十年下属。对未来儿媳妇的家庭，周启明是了解的。但他并不十分了解下一代，只是儿子到了婚娶的年龄，同事说起刘家这个在外地读书的独生女儿是个实诚孩子，生得好看。未来的公公听了，觉得这家人的家庭情况比较单纯，知根知底，所以随口就包办了这门婚事。这是周家的传统，父母做得了儿女的主。好在儿子相看了之后，自己也觉得满意。周语同难以想象，若是哥哥那时不同意会有什么后果。父亲会就此善罢甘休吗？很难说，他的两个哥哥的婚姻都是如此。他们对父母的安排逆来顺受，没有表现出一点异议。

刘青明从外省的一家银行学校毕业的时候，周语同的父亲还当着县长。她之所以回到家乡的小县城，就是跟这桩婚姻有关。对她而言，丈夫不但家世好，而且生得高大帅气，这让她的同学和亲戚非常羡慕。后来就更好了，多年之后她的丈夫也一样成了一个县的县长。但表面上荣光无限的她，每每说到自己家的事，总是觉得好像走对了方向却搭错了车。世上没有后悔药，可她就是想找到这样的药方。女儿离婚本来是件很正常的事情，可在妈妈心中却是一道耀眼的疮疤，这疮疤明晃晃地亮在全县一百多万人眼前，让她羞愤欲绝。但她最大的权力，也就是抱怨几句，别的无能为力。她越来越喜欢抱怨，习惯于把抱怨揉进生活里，把光亮的日子弄得一团晦暗。

周小语离婚搬回了娘家。刘青明的母亲那段时间也在女儿家住着，周小语惧怕她的姥姥。姥姥原来是县食品公司的会计，退休后百事不顺。先是丈夫因癌症病逝，而后自己又查出了乳腺癌。一次次的手术把她折腾得心力憔悴，也将她对生命的热情耗尽。她开始信命，觉得眼前的一切都是命运不济。老妇人整天唉声叹气，连累得一家子人的脸色都暗得像阴天一样。刘青明自己都觉得母亲就像冬天的坏天气一样，总是把身边人弄得潮湿阴冷。开始她还批评母亲，哪有什么命？现在都到了高科技时代了，还拿命说事儿不怕人家笑话？后来女儿的婚姻出了问题，她自己走不出来了。有个附和她说话的人好歹是个情绪出口，不知不觉，竟然不由自主地信服起这个神神鬼鬼的老娘的道法了。

命运之中，难道真的有一种超自然的东西在支配？

对于女儿的皈依，刘家妈妈更是觉得自己厉害。她特地去找到算卦的给外孙女占了一卦，回来后煞有介事地对女儿说，我找人看了，小语这孩子就是命不好！四十岁之前做什么事情都犯冲。人家看了八字，说她婚姻不好，结了也得离。刘青明眼睛都睁大了，事情可不都给说准了吗？

家里有这样一个迷信的姥姥还不够，又加上一个糊涂的妈妈。小语心里烦着，可听得多了，她似乎只能认命了，毕竟把挫败推给命运是最简单的逃生路径。再与人聊天时，她会像她的姥姥和妈妈一样叹着气，唉，不管我如何努力也无济于事，我就是个苦命人！

周小语的名字是祖母起的。有一次，一个人随口跟刘青明说，这名字没起好。你看，小语，就是一辈子细声细气，永远不能敞开了大声说话。不能敞开说话的人命能顺吗？她听完，越想越不舒服，真的就让老娘找那个算卦的算算女儿的名字是不是没起好？豆大一个小县城，那算卦的哪能不知道老太太的身份，上回说了那些已经有些后怕，这回反而劝说道，三分在命还有七分在做，运气再差的人，到你家都能改变命运！

每每听到侄女说起这一家子的怪力乱神，周语同就异常愤怒，如何把侄女从那个家打捞出来成了她的心病。什么是命呢？周家的人是从来不信命的。前辈从这个家庭出发投身革命的时候，有谁考虑过命？而当他们的后代遇到了问题，就把它归结到命上？这既对不起祖宗，也是周语同最不能接受的。

刘青明的婆婆一辈子不算卦，也从来不认命，日子过得十分敞亮。她与儿媳妇恰恰相反，从来都满足现状。有一点好她就很开心，遇到难处也都咬牙扛过去了，日子能不好吗？她耐心地劝刘青明说，日子是自己过出来的，感觉好，它就好。感觉不好，吃肉还嫌腻得慌呢！算卦的说了能算吗？算卦的说谁谁会死，就真得躺到床上等死？

刘青明像一个受气包，把无法对婆婆排遣的不满全撒在女儿这里，说，不怨命怨啥？谁谁家的孩子原来还没你学习好，现在在北京大单位工作。谁谁家闺女长得远不如你，却偏偏嫁得好。她叹着气，人家女婿开公司，一家人都跟着移民加拿大了。

妈妈这样说，让周小语觉得生不如死。结婚时，妈妈死活看不上女婿。后来闹离婚，却又是妈妈百般阻拦。妈妈对她几乎是恼羞成怒，对象是你自己找的，婚是你要结的，现在又要离，让我怎么跟别的亲戚交代？小语的爸爸平时不干涉孩子的事情，关键时候更是袒护女儿。听见老婆这样说话，他忍不住说她道，你一辈子就是太虚荣，孩子找的对象你嫌弃人家出身，怕人笑话，现在孩子离婚又碍着别人什么事了？凭什么要给他们交代？

这些争吵，已经远远离开了事件本身。小语婚姻的失败，像推倒了多米诺骨牌，打翻了这个家庭原有的生活秩序，很多原本遮掩得严严实实的东西，都一览无余地暴露了出来。

刘青明很郁闷，她小心翼翼地生活在这个大家庭里，维护着少得可怜的话语权。丈夫忙得一天到晚不进家，其实是他宁肯在外面忙着，也不愿意进家。这让她内心的忧惧与日俱增，她的慌张和不安都写在脸上。过去饱满的面颊，很快就松懈了下来。女儿刚刚结婚的时候，她常常盼着女儿多回来陪陪她。现在女儿彻底回来了，她却被这个现实致命地一击，整个人都垮下来了。

周小语回到这个家原本是想寻求点温暖，但她现在遇到的环境比她的过去更加冰冷不堪。女儿记忆里有妈妈年轻时的样子，她懂得打扮自己，身材高挑又爱穿高跟鞋，走起路来风摆杨柳，搅得一个小城都响着哒哒哒的声音。这才几年呢？她从一个漂亮女人，变成了一个既絮叨又邋遢的中老年妇女了。妈妈每天必须重复的一句话就是，周小语，你离了婚，一个人带着个孩子，得为以后的日子打算啊！在母亲语言的轰炸下，周小语觉得走入了死胡同。她恨不得堵上自己的耳朵，每天望着妈妈开开合合的嘴，心里便不得不想，我离婚了，要有个离婚的样子！

周小语不是没有挣扎过，有时候偶尔和同事逛个街，每每想换一件喜兴点的衣服，立刻从妈妈疑惑的眼睛里读懂她所要表达的：你一个离了婚的人，穿这么漂亮，是有事儿吗？周小语就泄气了，是啊，她一个离了婚的人，为什么还要打扮自己呢？

你一定得低调低调再低调，千万不能显露自己。这样，才能吻合自己的身份，才能在大众场合将自己最大限度地遮蔽起来，不让人家说闲话。

是的，一个离婚女人的身份！

周小语将她的工资卡交给妈妈，请求她替她收起来，她花的每一笔钱都要让妈妈知道。她早请示晚汇报，无论因为什么事情离开家，一定事先告诉妈妈批准。这个家好像不是在面对一次婚姻的变故，是要面对快到来的世界末日。

周小语曾经是多么漂亮！即使眼下，她也才三十出头，正是繁花似锦的年龄。她在姥姥和妈妈的絮叨里一天天委顿，慢慢的，她也变成了她们，整天木着脸，不说话也不打扮。她害怕别人提及她离婚的事，可人家真的不提这事儿，她又赶着要解释点什么。她怕人家记住她，也怕人家把她给忘了。

周小语是从什么时候开始坠落的还真不好说。那时她刚从中央美术学院毕业，留在了北京的一家专业杂志做美编。她工作干得好，人又踏实，竟然不断地被猎头公司追逐。后来从杂志社又到央企。不管到任何一个单位，都是众星捧月，一拨一拨的跟着介绍对象。但她一个都不肯去见。

周小语每次从北京回到姑姑这里，姑姑但凡有机会就会带着侄女参加各种活动，她想让她进入艺术圈子长长见识。姑姑的朋友自然也有给小语介绍对象的，她迫于压力也去见面，见了几个，回来只说不行。周语同觉得侄女有点异样，便问她是不是在学校谈了对象。周小语矢口否认。她的谎言被表妹林树苗给拆穿了，林树苗告诉妈妈，我姐她是谈了男朋友的，已经交往了好多年了。男孩是她的发小，自幼儿园起两个人就是同学。家里做点小生意，也算有点钱。那个男孩为了追她，工作也不要了，就在北京租个房子，买了辆车，天天送她接她。

林树苗说的没错，就是这个男孩儿，开始周小语不肯跟他交往，但他天天死缠烂打，让她为难。一来她害怕同事们议论这事儿，二来只要她一说拒绝，那男孩就寻死觅活的。她心太软，害怕伤了人家的一片真情，后来俩人竟然就在一起了。事实上，是那个男孩用感情绑架了她。从头到尾，周小语并没有找到爱情的感觉，但她似乎也并不知道爱情的感觉是什么样子。她彻底被这件事情困住了，既要一边提心吊胆地应对着父母和姑姑，一边又要小心翼翼地对待那个男孩。

在周家的后代里，周语同对侄女周小语是寄予厚望的，曾经她觉得她是周家唯一的希望，她听话，其他孩子要么任性倔强，要么软弱得扶不上墙。但女儿林树苗却对这个从小一起长大的姐姐不怎么看好，特别是姐姐的婚姻，她觉得简直是在做游戏。像是三十年代的旧故事，女主角被富家公子控制着，又贪图安逸又心有不甘。可是，姐姐找的这个人，又算得上哪门子富家公子？顶多也就是租个房买辆车，连买套房的能力都没有，那时北京的房价并不算太高。开始林树苗就告诫妈妈，千万不要在我姐身上太用力，希望越大失望越重。她说，你别看你侄女儿长得像模像样的，关键时候根本不行。表面上聪明通透，内里却是个没有主心骨的怂包。

周语同不容许女儿这样评说周家的人，但嘴巴刻薄的林树苗看事情确实入木三分。周小语性格中的缺陷，在这场恋爱中表现得淋漓尽致。她对这个男孩也不能说不喜欢，但也并没有共同走入婚姻的热情。不结吧，总是觉得说不过去，毕竟人家等那么久了；下决心结吧，又觉得不是太合适。至于错在哪里，即使到了后来离婚，她仍然没掰扯清楚。

林树苗对妈妈说，看看，我没说错吧？你们家周小语就是个这样的人，有点浪漫的心却没有浪漫的能力，想要的，没坚持的勇气。想舍弃的，又没放手的胆儿。林树苗又说，那男孩长得确实是好看，像个韩国小明星。但最后却再补一句，我姐脸盲，她并不看重这个。

她不是脸盲，只是茫然。她既不知道如何去爱，也不懂得如何拒绝。她甚至到最后都搞不明白，她要什么她不要什么？

在周小语的婚姻问题上，她的爸爸始终如一地支持了她。他骨子里很守旧，是他知道女儿与男朋友已经交往那么长时间，主动敦促两家商量着把婚事办了。

我们只是交往！

其实，结婚这个问题，周小语很是茫然。

周小语是回县城举行的婚礼，男方家亲戚众多，他们从四面八方赶来祝贺，以娶了县长家的千金为荣耀。据说场面很盛大，但周小语的爸妈未出席典礼，他们借口尊重当地的风俗习惯，嫁闺女亲爹娘是不来送行的。周家参加婚礼的人甚少，更不要说周语同。这侄女是她当掌上明珠一手托大的，她却连一句祝福的话语都没有。婚礼之后，周语同才知道周小语已经辞了工作，不回北京了。小语怯怯打电话说，北京生活节奏太紧张，她适应不了。他们决定留在县城里，跟父母一起过慢生活。说完，她怕烫着似的急忙挂了电话。周语同差点气晕过去，她再给她打过去，用高八度的声音质问,周小语,有你这样自己往坑里跳的吗?周小语和新婚的丈夫在一起,她对两边都很是尴尬。连忙说了句,姑姑,电话上说不清楚,我回头去家里说。便再次匆忙挂断了电话。

周语同再也没打过一个电话,她真的是太失望了。

周小语的妈妈对女婿不满意的态度是直接摆出来的,爸爸倒是个明白人,婚都已经结了,再给女婿使性子不是断女儿的后路吗?所以每次女儿女婿回娘家,他表现得比任何时候都热情,每每招呼着弄酒弄菜,赶着和女婿喝一阵子。但毕竟这个女婿不是读书人,俩人并没有多少共同语言,酒喝着喝着,味道就寡淡了。这样一次次反而让女婿觉得难受,这么客套,不明明是不拿他当自家人嘛!天长日久,女婿越来越不肯走娘家,他怕和岳父喝酒,更怕看岳母的脸色。

婚是女婿提出来离的。他提出的离婚理由有两条,听起来也确实荒唐。一是他认为周家人看不起他,让他的心理受到了极大的伤害。二是周小语作为一个妻子不合格,且不说家庭生活指望不上她,即使是夫妻生活,她也是中看不中用。他说他们谈了十多年的恋爱,又结了婚,从来没有享受过一个丈夫所应该享受的风情。他用了"风情"两个字,让男调解员忍不住笑出声来。旁边那位女调解员却皱起眉头厌恶地看着这个目光飘忽、魂不守舍的男人。女调解员没依照程序进行调解,她私下里鼓动周小语,赶紧跟他离了,你这么好的一个人,怎么找这么一个下三烂?

男方在外面有了外遇,一个乡下出来在美容院打工的女孩。那女的家境贫寒,人不够漂亮,更没有多少文化,但就是对他好。除了顺从,他觉得她身上有股子劲,热烈得像一团火一样,把他烤得热烘烘的。

周小语比起她来只能算是贴在墙上的画,虽然好看,但没有温度。没有女儿时,俩人还偶尔浪漫一下,看个电影,一起出去吃个饭什么的。后来有了女儿,手忙脚乱的,夜晚也不肯与他同房了。老公在外面厮混了一年有余,周小语竟浑然不觉。我跟她在一起越过越凉,他对男调解员说,不信你们跟她在一起试试!一块好看的木头。谁愿意跟一块木头过一辈子?

那个乡下出来拼生活的女人颇懂温柔,她进城后,经历了一些男人,挣了一些钱,但肯定没挣到感情。恰逢这个被婚姻压得透不过气来的男人,一个人出来找痛快,开始进洗脚店也仅仅因为无处可去。这个男人有他自己的处事方式,他不大言语,这样便遮掩了所缺失的教养,而且他帅气的外表和忧郁的样子打动了这个女人。她几乎是有点仰慕地对待他,这让他尝到了被女人敬着爱着的滋味。他渐渐地感觉到了一个有血有肉的女人的好,下了班便带她出去玩儿。到酒店开房是女人主动的,第一次事情过后,他把身上所有的钱全部掏出来给了她。她拒绝了,说她不是为了钱才跟他在一起。再约了几次,女人哭了,她说她爱上他了。她第一次说爱,让他着实吃了一惊,这样的交往也可以说爱?女人发誓说,她是认真的,是真的动了感情。她的话让他感动,想起来出去吃饭开房都是她买单。他想给她买个礼物表达一下,但这个女人体谅他在婚姻里的不得志,不管说到什么,她只说不喜欢。后来她对他说,等你有钱了再说吧!这话说出来更让他感动,这是多大的体贴和期待啊!他觉得她是个过日子的人。交往了一年多,他没给女人花过什么钱，她却给他买衣服买手表，袜子内裤样样都操心。

一个乡下进城讨生活的女孩子，尚能识得感情，知道该把它放在哪里，该怎么护爱它。而周小语呢？她精致的躯壳里面，却端着一颗漠然的心。走入婚姻不但没有暖热她的心，反而越来越冰凉，这让他更是感觉到了气愤和悲哀。他觉得，在这场婚姻里，他才是受害者，他付出了许多，最后什么都没得到。

凭什么？她和她的家人凭什么这样对待我？

事情就是这样，周小语的前夫遭遇到了爱情。他义无反顾，决定和周小语离婚，他要对得起那个在别人看来身份低贱的女人。他要娶她！

出了这样的事儿，周小语娘家这边倒是没有什么动静。倒是她的公公婆婆跟儿子闹得天翻地覆。公公破口大骂，说我们家人老几辈子积的阴德，才娶到一个县长家的千金？家说毁就能被你毁了？话没说完，公公掂着酒瓶子朝儿子砸去。瓶子砸在脑门上，血顺着脸颊落下来，落到眼睛上，鼻子上，落到嘴巴里。他舔舔嘴唇，梗着脖子咽了，说，你只要不打死我，这婚我是离定了！

关键时候能拿得起放得下，这倒让刘青明对这个从来都没正眼看过的女婿刮目相看了。她有点反悔，极力劝说女儿和解，毕竟孩子都好几岁了。可对于一向洁癖的周小语，再接受这样的男人，简直比杀了她都难。她毫不迟疑地办了离婚手续，转身离开，一分钱的东西都没要。她最后的表现，让姑姑周语同稍稍有点儿安慰，无论如何，她还有点周家人的气节。

再次见到侄女周小语，周语同简直认不出她来了。她彻底坠落成了一个乡下大妞，说起话来颠三倒四。她不知道世俗的力量毁灭一个人会这么容易。周语同看着她，一句话也说不上来，胸中却是一腔悲凉。她是多么的失望啊！她恨周家的孩子，一个比一个不争气。但周小语这样迅速坠落，真是把她打了一个趔趄。

事已至此，看着憔悴不堪的侄女，她也不忍心再说什么。她希望，她还能从一堆灰烬里涅槃重生。于是便耐着性子劝她道，离了就离了，现世的婚姻脆弱易碎，哪一家没有离婚故事？摆脱了这些羁绊，只要你肯努力，你的未来只会比过去更好。说罢，她认真地看着周小语的眼睛。她想用尽自己的力量，挽救周小语继续下滑的姿态。

但周小语躲避着她的目光。从小到大，她都被家人捧着哄着，但她似乎从来没有感觉到被娇宠的温暖，抑或是她不能感知人世间的冷暖？她从不索要温暖，也不会温暖别人。这让周语同想到了自己的祖母。这么多年来，天啊，周家人只是在原地兜兜转转！

周小语是周启明第三代人中的第一个孩子，当然，如果他与前妻生下的女儿家的孩子不计算在内的话。在自己的意识里，周启明的确就是这样认为的，他一直觉得周拴妮跟他没什么关系，他对她比周围的亲戚朋友还陌生。自始至终，他与她完全没有衔接起感情的链条。之所以还能承认她，是社会和家庭强加给他的，而不是发自本心。

周小语的降生让祖父喜不自胜，周启明历来重女轻男，至少在态度上是如此。这个第三代小女孩的降生，几乎让周启明脱胎换骨改换了性情。下班回家第一件事就是着人把孩子抱来，满眼满目就只看见一个小可人儿。他并不会和小孩说点什么，也不会抱她，只是拉住手，一遍一遍地呼唤她的名字，语啊，语啊……若是碰巧被外人听了去，还以为这老同志在祈雨呢。

小语长牙了，小语会走路了，小语会说话了……小语像是一棵心爱的小树苗，每天被捧在手心里。家中所有的人都睁大眼睛，看着她长出一片新叶子，又长出一片新叶子。这孩子生得好，五官端正得像是被工笔仔细描上去的。大而圆的眼睛，挺直的鼻梁，线条分明的嘴唇，团脸笑眉，皮肤干净若玉。最重要的是与生俱来的贵气，小小的人儿就一脸端庄，从来不哭不闹。也会有不如意的时候，伤起心来就默默流泪。和小孩子玩耍，也是一副凛然不可侵犯的小模样儿，似乎生出来与人就有一份天然的距离感。安静地吃，安静地玩，到了读书的年纪就乖乖地念书识字。家里所有人和她说话都轻声细语，仿佛这女娃是个纸人，大声哈口气就能将她吹跑。别人家的小孩考八十多分家长会处罚，周小语考了八十多分，自己会先掉眼泪。一家子人反而赶着安慰再三，下次仔细一点儿，下一次就好了。周语同那时还没有结婚，她将她一半的收入都花在这个可人的侄女儿身上了。买衣服买玩具不说，只要她成长需要的，周语同都在所不惜。

周语同那时刚刚崭露头角，她用了一个多月的时间给侄女儿画了一幅肖像画，明眸皓齿，天地一新。她给画取了个名字——《金枝玉叶》。她渴望周家的女孩儿实现自己不曾实现的，完成自己不曾完成的，拥有自己不曾拥有的一切，真的活成金枝玉叶。

金枝玉叶一旦遭摧折，比普通的一枝一叶更不堪。

姑姑开始还好言相劝，想让她振作起来。看她日复一日的萎靡，有时便忍无可忍，劈头盖脸地一通骂。你有自己看得那么重要吗？恨不得把离婚俩字刻在脸上，除了你自己，你以为谁还会有心记挂你的这点糗事儿？该长点儿骨头了！你这么年轻，这么漂亮，这么优秀。现在又是一个人过日子，多好啊！可以安安静静搞你的艺术嘛！

"艺术"——姑姑加重了语调。周小语连忙抬头，连忙点头，好像突然才睡醒，目光茫然。

过了一会儿，周语同看到周小语满脸的迷茫，又觉得这个孩子打小养得太精细了，话不能说得太狠。她给周小语泡了一杯玫瑰花茶，只一朵，正宗的云南墨红玫瑰。看着那被抽干水分的花朵慢慢在水中二次舒展绽放，香艳异常，周语同的信心又激起来了。她觉得自己的侄女也会像这花一样重新绽放。

周小语喝水的时候小心翼翼，一点声音都没有。她端庄的举止让周语同非常满意，这孩子还有救。姑姑非常耐心地教导她，你的人生路还有很远，你一定放下个人感情，先把心搁在事业上。你一定要努力，你成功了才有天地广阔，才有资本重新建立家庭。周小语那会儿或许是明白的，姑姑是不会任由她再过普通人的日子了。姑姑准确的意思应该是，你在很长一个时期里不可以再谈个人感情。你的目标比过日子更远大！

我能成吗？

我能成为一个什么样的人呢？

周小语有点累，她神情恍惚，想要说

点什么。她知道，姑姑是不会容她表达个人意愿的。

你的婚姻失败了，你的人生已经错了一次，我不会再给你机会错第二次了。

周语同没有看到周小语的异常，她极其耐心地继续着她的说教。你知道吗，你比起你姑姑我，简直好到天上去了。我从小到大爹不管娘不问的，你爷爷是个有性格缺陷的人，他对我比对一张报纸都缺乏耐心。他一辈子都不知道，我是他的女儿！即使是这样，我不也立起来了吗？

说着说着，周语同竟然真的难受起来。她始终觉得自己是家里最受歧视的那个。可每当她这样说时，两个哥哥都异口同声地表示反对，他们各自都认为自己才是最被忽视的那一个。

周语同话语越来越稠密，在你爷爷眼里，我也是屡犯错误的人，最严重的错误是我自己谈的对象。女大当嫁，当然不触犯王法。你也是一样，可以有自己的选择。只是，我找对了人，而你误入歧途。周小语大睁着眼睛迷茫地望着姑姑，手中的杯子已经变得冰冷。她没弄明白姑姑这话是什么意思，莫非婚姻也是一场豪赌？您押对了，我押错了，胜败论英雄吗？但现在已经没有翻牌的机会了，姑姑的"错误"成为了美谈，我的错误却永远无法纠正了。

天黑得如此缓慢，周小语太想去睡一觉，最好睡得长久一点，几十年后再醒来。城市灯光不知不觉间铺满了一整个世界，但还是有光线照不到的地方。远处钟楼上巨大的钟摆在强光的照耀下清晰可辨，标示着这个世界被时间宰制。周小语煎熬着，钟声终于悠远地飘过来，她定了定神，已经晚上八点了。姑侄二人就这样相持着。

你不知道我所经历的暴戾，我男朋友写的信，你爷爷竟然丝毫没有想想合不合规矩，天经地义地就拆开看了。你爷爷只看了"亲爱的"几个字，立马让你奶奶把我叫过去。我午睡刚起，睡眼蒙眬，完全不明白发生了什么事。他暴怒之下，一句话不说，劈脸给了我一巴掌，说，你竟然背着大人跟小流氓胡来，从小到大都不学好！我那时已经二十岁了。我怒视着他，女大当婚也是胡来吗？别人给你女儿写信称呼一句亲爱的，就可以定性为流氓吗？他的手掌有多大、手有多重你是知道的。是他一巴掌把我打出了家门，我直接去找我男朋友去了。

后来虽然是你爷爷妥协了，他让你奶奶把我找回去。但是我结婚的时候，他对我和你姑父正眼都不看一下。我不是个令他满意的女儿，我找的对象自然也不会是个令他喜欢的女婿。

就那样坐着，十二月的北方，暖气十足。客厅的每一个角落都置放着名贵的绿植。周小语身边的小茶几上是插在水晶瓶子里的满满一束红玫瑰，厚厚的花瓣儿像金丝绒一样质地精良。周语同发现，可能是因为暖气的原因，坐在自己面前的这个女孩儿好像满血复活了，看起来真的很美很美。她是否应该带她去吃顿西餐？明天带她去逛逛精品店，好让她重找回另一种生活！

但是，周小语深深陷在自己的情绪里，不能自拔。

那一年，我怀着苗苗回来走娘家，恰好你舅爷爷一家从西安来咱们家走亲戚，带了一台照相机。一家人在院子里照呀拍呀。我站在旁边看，忍不住提醒摄影人，布局、角度、背景。这是职业病，就像美容师不能看见别人脸上的黑头儿。你爷爷不耐烦地朝我挥挥手，说你不在屋里待着，你在这里干什么？他的手那样决绝，似乎要把我挥出这个世界，似乎我从来就是一个多余的人，根本不是这个家的一份子。我什么时候是过呢？或者是我想严重了，我那时就快要生了。女儿扛个肚子站在人前，他大约觉得是一件很丢脸的事情。

我所要接受的就是如此的冷遇，必须接受，我甚至已经习惯了那样的轻视，并不觉得委屈。如果你爷爷真正变一个态度，对我和蔼可亲了，我还真害怕呢！可是你呢？你爸爸妈妈还有全部家人，都在小心关照你的情绪。你奶奶那么疼你，她已经八十多岁了，现在都不敢提起你。她一辈子都不爱发愁，可是现在说起你，眼泪就没干过。

周小语，你怎么就不能学学我？怎么就不能继承点咱们周家的血性？

说到此，周语同自己忽然疑惑了，她倒真没有思量过这么个问题，周家人都是什么样的血性呢？

是啊，周家人是什么血性呢？！

周小语，我告诉你这些，就是让你明白，我这半辈子为什么如此努力。我就是想让你爷爷他们重视我，我必须证明他们对我的轻视是多么不公允。我就是要混出个样子来。后来你知道的，我是对这个家付出最多的、最孝顺的一个。我是要用我的好，证明他们有多不好！

在这句话出口的那一时刻，她再一次疑惑了，在他们眼睛里，我好过吗？父亲一直到死——他可曾认可了我的好？

转瞬之间，父亲已经死去好几个年头了。周语同拿起杯子准备喝水，低头的那一刹那，眼泪突然汹涌而至。她在心里恼火起来，今年清明烧纸，我一定得问问他！

周小语啊周小语，你是如此金枝玉叶，你为什么就不能活出点尊贵呢？她泪眼婆娑地看着周小语。

周语同很自信，她确信这次涕泗横流的深谈会对周小语有所触动。她决定要周小语重新拿起画笔，从工笔开始，让她收收心。

周语同除了亲自传授技艺，还给她在颍口找了个工笔画老师，是她的学生，也是个年轻的工笔画全国获奖作者。

那学生看了看她的功底，刚开始的时候还信心十足。可过了一段日子，他专门去给周语同汇报，他说，老师，我教不了，她心不在。

周语同那时候才真正明白，周小语的心丢失了。

十三

周鹏程读的是武汉大学测绘工程专业，从本科到博士，成绩都是名列前茅。读博期间在核心期刊发表过几篇有分量的论文，毕业后顺利进入铁道部第四勘测设计院。周鹏程人长得不够帅气，甚至算有点丑，眼睛狭而长，像两个隐形车灯。嘴大唇厚，皮肤黝黑，个头勉强过了一米七，敦实得像个可乐罐子。厚厚的嘴唇一咧开就露出两颗长门牙，嘴角向上眼睛向下，自带喜感，却又给人一种骨子里的憨厚实诚，让人见了会觉得莫名的好感。都说丑人离我们更近，此言不虚。他的长相影响了太多人，从上学到就业没人不知道他是个实诚的乡下孩子。

如果说周鹏程丑，那么胡楠就是怪。胡楠只读了本科就工作了，比周鹏程小了好几岁，胡楠一米六八的个头，不胖，白倒是白，一张长方脸像个剥了壳的银杏果子，寡淡。她的眼睛略微有点斜视。骨骼宽宽大大的青春女孩，却喜欢穿怪里怪气的服装，让人有着琢磨不透的偏中性感觉。不过，毕竟是城里生城里长的女孩，神情总是带着混不吝的自负，时间久了倒也能习惯她的做派。胡楠是个二流大学的毕业生，专业也完全不对，没人知道她是怎么进的设计院资料室。人才济济的地方，并没人上心这么个不怎么出众的女孩。

周鹏程去资料室查了几回资料，就和胡楠熟络起来。开始的时候，聊天总是漫不经心。胡楠很小心，她觉得她藏得很好。周鹏程却从她的漫不经心里，迅速捕捉到某种气息。一个月后两个人开始约看电影，胡楠大咧咧地走在前面，周鹏程低眉顺眼，像个盯梢一样远远地跟着。两个人出去吃饭购物，十有八九是胡楠付账。这姑娘不缺心眼，她是不稀罕占人便宜。这样交往了一年多，胡楠提出要周鹏程跟她回去见家长。周鹏程也是个不知道什么是怕的主儿，见就见吧，还能把我吃了咋的？况且，连见面的礼物都是胡楠提前准备好的。他觉得胡楠虽说不上是故意做小伏低，但最起码垫这么一脚，让他觉得自己也并没有攀附。

进了门，周鹏程着实吓了一跳。真没想到打扮得普普通通的胡楠，生长环境这么优越。房子特别大，家具的高级程度远远超出了他的想象。进屋，到底有点儿手足无措，行动免不了不自在，仿佛走进了电视剧里。一个四十来岁的女士忙里忙外的，长得体面，穿得也周正。周鹏程起初还以为是胡楠的妈，赶着叫阿姨。被胡楠一胳膊肘子顶坐到沙发上，说，哪里是阿姨，喊姐！周鹏程跌坐在沙发上。胡楠拿来拖鞋要他换上。胡楠玩手机，周鹏程喝茶嗑瓜子儿。他适应能力极强，只一会儿的工夫就融入到家庭氛围里，到书架前翻了翻书，又打开电视看了一会儿新闻。他一般不肯像胡楠那样玩游戏，缺时间。如今到了别人家中，更是注意自己的言行。隔了差不多一个小时女主人方才回来，说是出去做护理了。周鹏程并不懂得做护理是什么意思，只见这胡妈妈肤若凝脂，发如青丝。不高不低，不胖不瘦。她极妥帖地冲客人打了个招呼。胡楠低声对周鹏程说，我妈。周鹏程赶紧站了起来，恭敬地喊了声阿姨。胡妈妈朝他微笑，并未过多客气话。她脱了外套和高跟鞋，换了绣花软缎的拖鞋，又进里屋换了质地精良的家居服出来。周鹏程怎么都想不明白，他呆呆地看着，这么精致漂亮的妈怎么生出胡楠这么个粗枝大叶的女儿呢？他小声地问胡楠，你是你妈亲生的吗？换来的又是一胳膊肘子。湖北女孩凶，胡妈妈却是和气，她坐下来，跟周鹏程聊了半天周家的父母兄妹，连连地赞叹，寒门出贵子，真不容易啊！坐下说了一会儿话，饭菜已经停当。在周鹏程看来，饭菜准备得太过奢侈，热的凉的精细得像艺术品。说是在家吃便饭，这不经意的用心，很是让他心里熨帖和感动。他看了一眼胡楠，胡楠若无其事地在看手机。

待碗筷摆齐全了，胡爸爸张天酬才从书房出来。他看起来矮小瘦弱，眼镜片比周鹏程的还厚。他也不说话，旁若无人地坐到餐桌上，拿筷子点了点周鹏程又点了点旁边的座位。胡妈妈朝他笑道，你看看你这礼数，也不怕人家孩子笑话！张天酬也不理她，等着周鹏程入座。周鹏程恭敬地喊了一声张总，倒真有点胆怯起来。他自然认得他，张天酬是设计院的总工。胡楠和他一样，随的是母亲的姓。

坐吧！张天酬摘下眼镜，看也不看他。

哪里还需要介绍，恐怕档案都是提前审过的了。所以那天的饭周鹏程开始吃得忐忑，后来越来越踏实。食勿言，冷场面里却是热络。让他进家，自然是已经核准通过了。

周鹏程娶了胡楠。胡楠是独女，本来应该跟着父母住在家里。张天酬嫌闹，把过去的一套老房子重新装了装，换了家具，小两口白天回父母家吃饭，晚上回小家里去住。

婚后很久，周鹏程还犯着迷糊，这就是传说中的鲤鱼跳龙门啊，过去怎么敢想象有这样的生活？但越是这样想，他越是矜持，脸上一副见惯不惊的表情。胡楠与他交往一年多，哪里不了解他的小九九？但这却是胡楠喜欢他的原因，虽然出身低微，他却有着超强的适应能力，而这种能力会让男人显得不卑不亢。

婚礼过后，周拴妮才被儿子接了过来。这也是周鹏程的世故，他可不想让母亲在婚礼前过来搅局。但婚后即让她过来认门，也是向胡楠亮一下态度，他的父母在他心里还是有位置的。原本是想让爸妈一起过来，是周拴妮决定自己一个人来，好省一张车票钱。刚下火车她便大模大样地问儿子，头回见面，肯定要给儿媳妇个红包，五百块少不少？儿子斜着眼朝她笑了笑，说，多了。她说，那就给三百吧？二百拿不出手呢，现在咱村里都二百了呢！儿子递给她一个大红包，说，就这吧！她捏着那么厚一沓子，约莫着不会少于五千，神色有点儿不快。她说，这够你妹妹一年的学费了！周鹏程正色道，就这样吧，别多说话了！

周拴妮见了胡楠，先把红包捂在胸前，说，咱老家的规矩，头回见儿媳妇要给你个大见面礼！胡楠乐呵呵地看着婆婆，调皮地问，多大呢？周拴妮认真说，可大！说着就把红包朝胡楠怀里塞。胡楠并不接那钱，用手拒了说，跟你开玩笑呢妈，我们有工资，怎么能要您的钱呢？周拴妮听了便把钱抓在手里，转头去看儿子。周鹏程从母亲手里抓过红包来递给胡楠，说这是我们老家的规矩，一点小心意，图个吉祥！胡楠只得接了下来。隔天跑商场给婆婆买了一大堆衣服鞋子。周鹏程告诉妈妈，这可都是名牌，仔细着穿。周拴妮用手掂掂那些衣服，说，城里的卖得贵，一件怕能买乡下三件。她言外之意，买这些不实用的花里胡哨，还不如给她现钱。周鹏程瞪她一眼低声说，这是城里的规矩，儿媳妇见婆婆也得表达个心意，你收起来就是。周拴妮可惜那些钱，满心的懊悔，情绪都带在脸上，晚饭少吃了一个馒头。她又哪里知道，这一堆东西，那个红包是远远不够的。

儿子媳妇去上班了，婆婆在家片刻不消停。该吃吃，该喝喝，各种零食都要打开尝尝。冰箱里汽酒可乐酸奶什么的，都是些年轻人爱喝的饮料，她也可着胃喝了几罐。儿媳妇的洗漱用品和化妆品也一一试过。胡楠回来看见卧室和卫生间乱成一团糟，倒也不吭声。婆婆见媳妇这般听话，骄傲着儿子本事大，越发要逞强，对儿子指东拿西，颐指气使。有时周鹏程尴尬得不得了，故意当胡楠的面说她几句。胡楠反而一一替婆婆拦下。

周末，胡楠对周鹏程说，爸妈想请婆婆回家吃个饭。周鹏程这回坚决不同意，说那可不行，爸那么忙，不能再给他们添麻烦。其实他是清楚地知道母亲上不了台面，担心这样个妈会让他们轻看。胡楠自然知道他的心思，说，你也别担心，我爸妈就那种性格，对谁都一视同仁，何况一家人不用拘礼！不过也别让咱妈计较，他们对人再热情也不会表现在脸面上。既然同意我嫁给你了，我爸妈不会挑剔女婿的家人，他们接受了你，就会接受你的家人。

见老婆这么说，周鹏程反倒不好意思了。他心里热了一下，脸上却未表现出来什么，只是淡淡地说，我也不是那个意思。

那天的饭吃得还算愉快。周拴妮毕竟到父亲家里去了那么多次，多少也懂点规矩。现在进了大城市，也不知人家什么底细。待进门看到家中的吃穿用度，惊得话都不敢多说，所以一举一动并没有太出格。母亲的表现虽然让周鹏程一颗吊着的心终于落了下来，但胡楠父母刻意的热情和谦让，倒让他有一种说不出来的感觉。他们一会儿给她夹菜，一会儿给她盛汤，一会儿又给她递餐巾纸。这是他第一次见岳父母这么客套，肯定是胡楠已经提前做了功课。他想起第一次去他们家，他们那么平平淡淡，更有一种让人温暖和踏实的亲近。过于亲热了，反而是一种逃避和嫌弃。但人家做到这种程度，周鹏程也无可挑剔。

去胡楠家吃完饭回来，周鹏程又让母亲住了两天，就赶紧给她买了返程票。周拴妮欲说不走，儿媳妇胡楠却并不挽留。儿子不容分说，买了些路上吃的，临走又塞了一大把钞票，连哄带劝把母亲送走了。

周拴妮从儿子媳妇那里回来了。她烫了头，穿了儿媳妇买的新衣服新鞋，每天在村街上来来回回要走很多趟，笃笃笃的鞋跟声响彻一个村子。儿子娶了个大官家的闺女，住上了大房子。我的娘哎，跟电视上的宫殿一样排场！

那听的人便站下来，半真半假地说，让儿子回来呗！回到老家来，镇镇那些不知天高地厚的狗官！

周拴妮笑得直不起腰来，撇着嘴笑道，老天爷，让他回来？他要是肯回老家，给个县长他也不会干！

周拴妮说到县长，那些人便嘿嘿嘿地笑，也不好再接话了。毕竟她的父亲在老家还是有威望的，从来没人敢拿他当笑话说。

周拴妮穿戴齐整，特意去城里两个兄弟家走了一趟亲戚。父亲周启明去世后，周拴妮倒是照常去两个同父异母的兄弟那里走动，和父亲在时一样，这倒让人生出某种敬意来。人见面活，树扒皮死，假亲戚都能走成真亲戚，更何况到底是一个爹生养的亲姊弟，世俗的亲亲之道竟然是有道理的。两个弟弟本来就不像妹子那样不待见她，甚至还多有可怜她。见她在几十年打拼里把日子过得结结实实红红火火，也真心敬重她了。他们认真地接待这个喜气洋洋省亲归来的姐姐，一大家子亲戚在饭馆里热热闹闹请了两回。他们是真心替她高兴，看着姐姐几个孩子都成器，打心眼里盼着她好。

周拴妮也不见外，大刺刺地说，你们俩当舅的，有啥事只管找你外甥去！娘舅大如天，啥事看他敢不办？两个兄弟笑着连声说，好好好，一定去。他们自然不会去找外甥，河南到武汉八百里远，怎么可能会去那里办事儿？但他们知道姐姐心里的高兴和自豪，也就刻意成全她。吃饭的时候，周拴妮拨通儿子的电话。两个舅舅

206

轮流在电话里对周鹏程说了许多赞许和鼓励的话。明亮柔和的灯影里，人声鼎沸，亲情弥漫。一切物什都虚幻飘渺，时间滤尽了杂质，久违的亲情在刹那间被激活了。

说来也算凑巧，大舅的儿子周天牧去武汉出差，倒是给周鹏程打电话约了一顿饭。周天牧学的也是工程。他这学上的，说起来都是泪。说是他一个人读书，其实是全家都在读书。为了他考大学，全家人有钱出钱有力出力。妈妈请长假陪读，他念初中就在初中旁边租房子，念高中就在高中旁边租房子。一个孩子花了人家几个孩子的力气，才勉强上完本科。姑姑周语同催着让他考硕，承诺念书期间所有的费用都由她出。他却死活不肯念了。全家人都下手，四处托关系找门子，好歹分配到省会一所二级学院当辅导员。周天牧人倒是生得高高大大，举止文绉绉的，就是个中看不当用的。

周鹏程对这个表弟很是客气，两个人先喝了一瓶茅台，他还要开第二瓶。周天牧怎么都拦不住。酒是胡楠从家里拿的。一向稳重的周鹏程那天意外喝大了，酒把他带回了过去，带回了那些灰暗的日子。他想起了母亲周拴妮瘸着腿干农活的样子，他想起了他智慧却生活得像贱民一样的父亲。母亲还算挣出头来了，父亲呢？周拴妮一辈子很少让丈夫进父亲的家门，要么是家里地里走不开，要么仅仅是为省一张车票钱，要么是觉得他跟着尽是碍事。其实她心里最明白，即使他跟周拴妮生了四个孩子，周家那边的人似乎也没谁接受这个周家的上门女婿……周鹏程突然眼前模糊了，泪水不争气地流出来。在周天牧面前，他喝多了酒，大有翻身农奴把歌唱的自豪，或者是，我胡汉三又回来了的霸气。

而且，他的根底还未曾在胡楠面前炫耀过。毕竟，他的家世，他的姥爷和太姥爷，都是共和国的功臣啊！他也该算是名门之后吧！但他不知道该从何说起，他站起来，摇摇晃晃地，在自己面前画了个大圈，豪气干云地说，我姥爷要是活着，我请他吃遍整个武汉城，顿顿都是这样！顿顿都喝茅台酒！

豪气过后，他颓唐地坐下来，醉态毕现地望着一桌子菜，一杯一杯地喝酒，一句话也不肯多说了。他嫉妒他的表弟，即使他博士毕业，即使她娶了胡楠，他仍是觉得意难平。周天牧可以不读硕不读博，他敢于任性，那是因为他有任性的本钱。他们这些含着金钥匙长大的人，金钱和名利都无所谓。即使输了，也是惬意的，是他们自己愿意输。他周鹏程呢，他是周拴妮的孩子，他输得起吗？稍微一失脚就会跌入万丈深渊。他的被周家抛弃的亲姥姥让他们都姓周，可他算是周家的孙子吗？小时候年年跟着妈妈去姥爷家，妈妈一心炫耀她生的这个儿子。而在家里，特别是在倒插门丈夫跟前，她开口闭口说的都是她城里的爸。可那个姥爷只看得见那边的孙子孙女，他每次都像个弃儿一样缩在角落里，没人在意他的存在。春节他那亲姥爷发压岁钱，每个孩子都是厚厚的一个红包，发到他跟前像是突然发现还有这么一个孩子，胡乱地塞两张给他了事。在他们眼里，能让他周鹏程进入这个家庭，已经是开了天恩了。

在一个孩子心里，屈辱和卑怯来自亲身感受。周拴妮从来不知道儿子心里想什么，儿子也从来不和她说什么。从小到大他都是乐呵呵的一个人，他打心眼里瞧不起妈妈，但他可怜她，他所有的努力都是为了让妈妈有一天能够在周家活成个人样，活得有点尊严。

周鹏程醉了，一度痛哭流涕。这让胡楠看得目瞪口呆，她第一次见周鹏程如此不体面。再看看这个比丈夫小了好几岁的周天牧，沉稳有度，不疾不徐，礼貌周全，一直微笑着安慰表弟，也顾及着胡楠的感受，一看就是大家调教出来的孩子。

两个人把周鹏程安置在边上的沙发上躺下，开始聊起了家常。胡楠好似这才知道，表弟和弟媳妇都在高校工作，刚得了个儿子。在胡楠的恳求下，周天牧拿出全家福照片。胡楠看见表嫂可真是个大美人儿，瘦高个儿，长发及腰，穿着白色的连体衣裤，一张清水脸漂亮得像张曼玉似的。她一边为周鹏程刚才的行为开脱，一边努力把话题转移到周天牧和周家其他几个孩子的家庭上，成功地把刚才的尴尬演变为一家人的热络，倒让周天牧对这个大城市生长的表嫂子心怀敬意。

应胡楠的请求，周天牧把她拉到了周家的微信群里，并把她介绍给大家。在虚拟世界里，历史已经漂浮远去，留下的只有现世的美好和对未来的期许。没人再介意过去的事情，小时候的不愉快，反倒成为一种有趣的回忆。

后来，在这个群里，胡楠熟识了林树苗、周河开、周雁来和一众兄弟姐妹。胡楠从他们的只言片语里，更加了解了周家的枝枝蔓蔓和她的丈夫周鹏程。

胡楠看到林树苗晒出的照片和视频，大儿子要么在练习高尔夫，要么在骑马。女儿才一岁多，已经开始学游泳了。她对周鹏程说，北京到底比武汉大，你这个小表妹过得可真自在。周鹏程说，我这个妹妹打小就优越感强，性格像我姑姑，说话直截了当，倒是不盛气凌人。胡楠说，你的意思是你姑姑盛气凌人？周鹏程笑了笑，没再往下说。胡楠说，苗苗倒是不做作，率性而为，我看她比河开姐姐更简单，我很喜欢她。周鹏程假装嫉妒地反问道，莫非你不喜欢河开大姐？

唉，胡楠佯装叹了口气，你们周家的人啊，都太敏感！

有一次，胡楠和林树苗私聊，说着说着就扯远了，不知道为什么聊起了周河开。林树苗问胡楠，旁观者清，你和鹏程聊过他姐姐周河开吗？你们觉得河开姐姐当初嫁给她的导师是带有目的吗？

胡楠说，可爱的苗苗，你也读过大学。你知道在大学里这样的事情很多，不仅仅是师生之间，同学之间也有啊。不能因为发生在河开姐身上，就变成利用了吧？很多人，很多事情，都不能离开彼时彼地，去单纯地理解它。胡楠还说，鹏程特别能理解姐姐，他觉得姐姐并没有做错什么。的确，很多事情是很难用对错说清楚的。离开当事人，离开当时的环境谈这些，确实很难，尤其是我们这些外人。然后她反问林树苗：我看你写的小说里，有这个家族的影子。你是想全方位地探索这个家庭吗？

全方位？我的天！林树苗说，这个家庭的复杂程度，我们是无法想象的，我觉得没有任何人可以全方位地描述。但是，我怀念我的姥爷，我真是想多写写他。其实讲真的，把他写出来了，也就基本上说清楚了这个家族。他留给这个家族的是一个背影，在每个家族成员眼里是不同的人设。我妈妈、鹏程的妈妈、包括我的舅舅们，甚至周家的这些亲戚们，他们每个人叙述的我姥爷都不一样。我想了解姥爷的过去和现在，然后将这些故事写出来，我想用这种方式表达对姥爷的纪念。

胡楠说，这个家族确实值得一写，它的所有故事都是基于婚姻展开的。好和坏，都是基于婚姻。那么你仔细想想看，我们追逐婚姻，依赖婚姻，到最后却因为婚姻恨了一辈子。这样的人生，有着怎样的复杂和怨叹啊！

林树苗说，我亲爱的嫂嫂，感谢你这么善解人意。你是我们群里唯一一个愿意和我心平气和地讨论周家的人。说实话，从小到大我都很有优越感。不过现在我才觉得自己是盲目自负，在咱们这个群里时间长了我发现真的是藏龙卧虎啊！我妈一辈子都在纠结周家的后代争不争气，那是因为她不屑于了解我们。她端着架子生活在云端里，不肯纡尊降贵，多看咱们一眼！

胡楠笑得两眼泪流，她饮着果汁，呛得差点儿背过气去。她说，周鹏程就说特别怕他这个姑姑。除了你，没有人敢这样冒犯你的妈妈吧？

的确，林树苗在这个家族群里显然是个核心人物，借助写作的由头，她似乎把握着话语权。有一次过年，大家都在发红包抢红包，她突然对周河开玩笑道，河开姐姐，我想现场采访您一下。

河开也笑道，愿闻其详。

林树苗说，您能给我说说您和老师之间的感情吗？

周河开说，现在？在群里？

林树苗发了一个笑脸，后面是一大串感叹号。

周河开说，说就说！我还真想当着大家的面说道说道呢！我和老师的感情啊，那还真不是一句话可以说清楚的。但我永远敬重我的老师，他于我而言，亦夫亦父。

我们结婚也是经过慎重考虑的。当然，那时我择偶的标准不一样，我首先得考虑自己活下来，然后才能考虑怎么活。

那后来呢？

你是说我和后来的丈夫吗？

是的，你觉得是找到了真正的爱，还是赌气做给别人看的？

周河开说，你后面这句话，冒犯了你姐姐我。而且我非常敏感你的这个观点，好像咱们周家人都是为了赌一口气才如此生活。咱们一代一代人都必须是活给别人看的吗？

林树苗说，河开姐姐，您别想太多。其实也可作此解，从某种意义上说，每个人的生活都有展示给别人看的动机。

周河开说，你这未来的大作家，什么事情可以这样抽筋剥皮地打探？我告诉你，我和你一样，虽然你有一个好父母，虽然我不能拥有你那样优渥的物质基础，但我一样有感受爱情的能力。

林树苗说，河开姐姐，您别说我。我跟你们都不一样，我还没懂事就开始叛逆。

哈哈哈！周河开笑道，叛逆也要成本啊，任性和叛逆，都需要安全感很足才可以吧？如果没人纵容你，你第一次叛逆就失去一切，你还敢叛逆吗？

林树苗说，我只是想了解一下，您和后来的姐夫是真的爱吗？

我说我是真爱，我和他一见钟情，我豁出去离婚，就是想要和爱情生活在一起，你相信吗？

林树苗说，我信。可你那么决绝，不怕你的女儿恨你吗？

周河开那边可能忙着，过了老大一会儿才回复道，待她为人妻为人母时，我想她会理解的。

林树苗说，其实，我是想到了困惑这个家族几十年的问题：你又留下一个缺失亲人的女儿，真的不曾担心过，她会像你妈妈那样在怨愤中过一辈子吗？

周河开说，你所说的怨愤，我可能会理解成冤屈。我也不觉得我妈妈有什么错，甚至包括你姥爷他们或许都没什么错，说句俗话吧，是时代的错。现在我们已经不是那个时代了。我的老师是个好人，也是个能跟上时代的人。我相信他在代际间只会传递爱，而不会传递恨！而且我觉得在这一点上，你姥爷，当然也是我姥爷，是一个好榜样！

十四

有一天，在群里常年潜水、几乎不怎么露脸的会计师周雁来，突然给林树苗发了一个私信。她说，树苗姐姐，我看你常常在群里和胡楠嫂子聊写作，要写写周家的历史什么的，我写的有个小东西，你看看对你的写作有没有用处？

林树苗说，我只是那么一说，现在还没开始写，一直不知道该从哪里开始。不过，我相信你会写得很好，河开姐姐说你的作文曾经在高考时拿过全市第一名。

周雁来道，那都是过去很久的事情了，现在也不怎么写东西。我写的这篇东西，虽然是有感而发，但说小说不是小说、说散文不是散文。你有时间就看看吧！

说完，她就把文章给林树苗发了过来。

周雁来写的文章的题目就叫《穗子》。

穗子女婿的大名叫刘复来，家庭成分是地主。他叫复来，他哥哥叫复盛，想来他爹给他们起名字的时候，心中对眼前的窘困该有多少不甘。

第一段读下来，林树苗感觉自己的心跳突然加速。她把文章迅速转给了妈妈、周河开和胡楠，然后给周河开发微信说，想哭！

林树苗给周雁来回复信息，亲，我都要哭了。谢谢你。你这个开端，让我找到了作品的调性，知道了我的小说该从哪里下手了。

周雁来没有回复。林树苗一口气读下去：

那会儿穗子听媒人说了这家人的情况，一味撇了嘴不说话，眼里满是对媒人的不屑。把我们家看成什么啦？虽然都是地主，地主跟地主能一样吗？况且这刘家弟兄一拉溜四个大男人，只老大娶了个腿脚不全的，剩下的全是光棍儿！屋还是土坯房，房顶上的麦秸每年不爬上去苫一苫，怕是屋里院里没啥区别。老大娶了媳妇住堂屋西间，剩下这三兄弟就挤在偏屋柴房里。一年累死累活也就分那点儿粮食，几张嘴吧嗒半年就见底儿了。就这样的家还想着娶我们家拴妮子？不笑话人吗！

媒婆见穗子这个样子，也不好说什么，揉了揉鼻子，站起身尴尬地说，刘家这孩子，还真不好找。本来就穷，还非念个高中。多读了几本子书，就眼高手低，高不成低不就，也真是活该！

"高中生"这仨字入了穗子的心，高中生？穗子脸上刹那间显出不一样的神情来，他家穷成那样他爹还让孩子念完高中？

高中生在当时的农村孩子是很少的，那时候虽然上学并不花什么钱，但读那么多书对于一个地主崽子来说有什么用途呢？

210

但这个文凭偏偏对于穗子就有了作用，她眼里看重这个。

刘复来的确是个名副其实的高中毕业生。穗子看了相片，模样还是蛮周正的。于是，她叉了腰对那媒人说，我看这样子吧，你回去说，我家拴妮子不要一分彩礼，只一个条件，男的过来当上门女婿，将来生的孩子都跟着周姓！她眼看着那媒婆笑得脸上开花，便黑了脸恶狠狠地补充道，要是这条件不中，就不跟他们瞎扯白了！

她话说得斩钉截铁。一个村里住着，媒人是知道她的性情的。穗子说的没错儿，虽然他们与刘庄那家一样都是地主，可上周村穗子这个地主婆比一般的贫下中农还要硬气，因为她是周启明家的。这地儿管谁的媳妇不喊名字，都是称呼谁谁家的。穗子自从嫁到上周村，就被人称呼启明家的。后来周启明在外面做官和穗子离了婚，但离婚不离家，穗子一直到死都还是启明家的。在上周村，别说让她挨斗，村干部打她家门口过都是敛声屏气的。明摆着照顾还蛮有说辞，孤儿寡母挺可怜的。村里人全都姓周，打断骨头连着筋，所以也都没人吭声。谁看不见，虽说是离了的，那周启明不照样得寄钱寄物伺候着？那周启善每次回来不照样得嫂子长嫂子短地喊着？谁敢招她惹她？指不定哪一天，就有求人家周启明周启善的时候。地也是周庆凡帮着种，人家母女俩寸草不沾。拴妮子还时不时地去城里她爸那儿住两天，吃得好穿得好，回来还大包小裹地带一堆东西，连走路都是鼻孔朝天。

媒人给刘家回了话，那家的爹妈连人家闺女长啥样都没问，就着急慌忙地应下了。二十大几的人了，下面还有俩弟弟，都树桩子一样杵在几间破房子里，真娶家来住哪呀？别说让孙子姓周，就是让儿子改姓周，他们也是打着灯笼没处找的呀。

倒是吃饭的时候，哥哥刘复盛表示反对。他的理由是，倒插门哪是找媳妇儿？这是去给人家当媳妇！人家那女家才是娶亲。这丢人打家伙的事儿，明白给家门上抹屎，今后还怎么让我们底下这俩兄弟寻媳妇？他话还没说完，爹猛地啐了他一口，说，你是饱汉子不知道饿汉子饥！日你娘，就是去给周家当媳妇，能轮到咱也是修了八百辈子福了！

拴妮子见了刘复来，中等个儿，四方排脸，白净，穿着哥哥结婚时的不合身的衣衫都藏不住几分书生气，打心眼里就欢天喜地了。她也不看她妈的眼色，跑厨屋里打了一碗鸡蛋茶，十二个鸡蛋愣往一个碗里装，白玉样的荷包骨碌碌地只朝碗外滑。穗子看见，脸子拉下来，瞅个空悄声骂道，一辈子没见过男人？我看你魂儿都丢了！拴妮子才不管这些，找个高中生，城里那几个弟弟妹妹，不会再嫌我没文化了吧？

刘复来却是不卑不亢，也可以说是心灰意冷。他只求解决问题，哪有心情认真计较别的事儿？全依了爹娘的意思，到了该娶媳妇的年纪，找个女人而已，能给家里减轻负担，才是最主要的。他几乎是没心思看那拴妮子长什么样，反正不聋不哑，全胳膊全腿，是个女的就行。隔了几日，寻个赶集的日子，刘复来他娘相看了拴妮子，倒是喜欢得紧。高大白胖的一个大闺女，那个富态，哪是穷家小户的孩子能比？况且她也不扭捏，见头一面就叫人妈，眼泪都给老人家喊出来了。到底人家是大官家的闺女，大方。

待女婿上门，穗子对这个姑爷也是挑

不出理的，话少，干活舍得下力气，对拴妮顺从，对她更是恭敬。不过比起周家的男人，甚至包括周庆凡在内，他还是缺少了一种气，至于是什么气，她也说不上来。周家男人哪一个不是生得高高大大的汉子，而且个个都是娘胎里带出来的贵气。这女婿却是秀气了点，看人的眼神也不够实诚，总好像有心事藏着似的。不过，真要和他面对面说起话来，横竖挑不出毛病。不去理会这些吧，内心深处分明有个硬硬的东西，夜间像个老树根一样扎在怀里。细细想来，穗子恨得牙根疼，拴妮子不能再拖下去，这高不成低不就地悬着，眼看着拖成了一个老闺女。若不是这地主成分若不是周启明那个混账无情无义，咱家这拴妮子还不是打着灯笼找女婿？你刘复来若是心里还有委屈，可真是不识好歹了！家里穷成那个样子，结婚时里外三新的衣服都是拴妮子给张罗的，布料怕都是他家见都没见过的。结婚的时候，周启明虽然没回来，但是给买了一辆自行车。自行车难道是谁家都能有的吗？别说上周村了，就是满公社看看能有几辆？他进了周家，顿顿饭都是端到脸上，可他愣是不咸不淡的表情。瞧拴妮子那个巴结样儿！不过反过来想想，穗子心里倒又有几分看重，毕竟是家里唯一的男人，要真是舔皮上脸、做小伏低的，她倒是看不上的。她们家在村里，不就是缺少一个不卑不亢、能往人前站的男人嘛！穗子看任何男人都是用周启明作标准，念过书，长得气势，说话办事斩钉截铁，对人和气的时候却又软和得像个绵羊。尽管周启明从来未对她和气过，就是后来见着她，也像是旁若无人，但他一句狠话也是没对她说过。穗子之所以看不起周庆凡，是她看人的标准一开始就框定在周启明身上了。周庆凡长得高大周正，也识大礼，但他少了周启明身上的书生气。虽然同在一个锅里吃饭长大，但他的过于谦和和忍让，怎么看都还是一个下人。自小到大，穗子眼里的人和人都是不一样的。她穗子嫁的是一个少爷，哪怕过一天，她也是周家的少奶奶！

都说穗子是个苦命人，没有男人缘，但她自己可不那样认为。村里人都不知道，连周庆凡和拴妮子都不知道，曾经有一阵子，镇上有个开胡辣汤店的小店主死了婆娘。穗子和拴妮子是店里的常客。人家待她好，每次赶上她娘俩去喝汤，那店家都是兜底捞一碗稠的。有一回另一个喝汤的人和他吵起来，说看看人家，花一样的钱，我这汤稀得都能照见人影儿了，人家的能插住筷子！那店主被叨叨烦了，说我高兴，我想把店送给人家，你管得着吗？后来那店主真托人找到穗子的娘家哥，要说合说合，他看上穗子了。要是愿意，过了门全依她，就连拴妮子也会当亲生的待。穗子的哥哥觉得是个求之不得的好事儿，上门去和穗子说了。穗子还未听完，就提着她哥掂来的点心匣子和几块花布扔到门外，恨恨地骂道，真是猪脑壳子，有你这样瞧不起自家妹子的吗？我就是饿死，也不会嫁给一个卖汤贩水的吧？若干年后，拴妮子的闺女雁来在郑州工作，回来说镇上有一家在郑州卖胡辣汤的发大财了，儿子后来又投资做房地产，家里有多少多少钱。穗子听了只是冷笑，她早听人说那家发达了。她并不后悔，再有钱，也不还是个油渍麻花卖饭卖出来的？让他见见县长试试，还不照样得腿肚子转筋嘴打膘！

穗子娶了女婿，也把自己收拾得周正起来。她真正在周家顶起了门户，是周老夫人，做每一件事情都照着当年奶奶的样子。她从来没吵过女婿，但言来语去却透着威严，不容置疑。她活一天，这个周家就由她说了算！

恢复高考那一年，拴妮子家的周河开已经一岁多，开始牙牙学语了。有一天，一家人在饭桌上吃饭，刘复来很郑重地对岳母说，现在可以考大学了，不限年龄，也不讲出身了，即使结了婚也可以考试。他几句话就说明白了，妈，我想参加高考。老太太还未搭话，拴妮子已经激动得碗都端不住了。穗子一看就知道小两口提前没有过话。这么大的事，他都不跟媳妇言一声，他心里把拴妮子当事儿吗？穗子的脸顷刻间拉下来了，把筷子放在碗上，耷拉着眼皮子不说话。拴妮子也不看她妈，只顾自己激动着，好啊好啊好啊，我支持你考！从今天起，家里地里的活儿你都不用做了，只在家念书就行了。

穗子嗯了一声，好似嗓子里有痰似的，干咳两下，清了清喉咙。俩人知她情绪不对，都拿眼睛瞧着她。穗子说，那大学，不是谁想上就上的。不考也罢！

咋啦？拴妮子直愣愣地瞅着母亲，眉头皱得像两条豆虫。

穗子重新拿起筷子夹了一口菜，说，不咋，说不让考，就是不让考！

刘复来低着头看着自己的脚尖，不再说什么。拴妮子看看他，又看看自己的母亲。啪地一声脆响，碗摔地上了，面条撒了一地。一群小鸡听见动静冲进屋里抢食，拴妮子一脚一脚踢过去，鸡们嘎嘎嘎地叫着逃出去了。她气得喉咙都细了，尖着嗓子嚷道，妈，你咋不能盼人个好儿？我小时候你不让我上学，害我惹人笑话一辈子。我不能进城，你赖我爸，这事就不说了。现在复来能考学，你还霸拦着不让去，这事儿还赖我爸吗？好歹他考上了，我们一家子都搬到城里去住，不也给你争口气？

穗子凶着一张脸坐在那里，说，啥都别说了，我活着复来就是不能考学，不信你们试试！他前脚走，我后脚就拿绳勒死自己！

拴妮子面孔红得像鸡冠子，大吼道，你不讲理！

穗子说，我就不讲理了，你能咋着？

拴妮子的脸由红变紫，好像要沁出血来，吼道，怪不得我爸不要你，我要是个男人我也不要你！

穗子愣了一下，抓起一只碗朝闺女扔了过去。复来伸胳膊挡了一下没挡住，碗砸在拴妮子的腿上。小河开吓哭到没有人声，拴妮子赶紧去哄孩子。一群鸡趁机嘎嘎嘎地冲进来。这边小的还没哄好，那边老的拍着一双小脚，也大放悲声，我活活养的混账闺女，我这就死了算了！

拴妮子说，谁还怕了你，这家不能待了！她抱了孩子招呼刘复来，咱们走，先回刘庄再说。复来站起来杵在那里，走也不是，留也不是。拴妮子把孩子硬塞在他手里便要去收拾东西。也就眨眼的工夫，穗子一头撞在堂屋门上了。血流下来，虽然不是很多，头皮估计给撞烂了，人倒地就不动弹了。

穗子在医院住了差不多一个月，人瘦得只剩一把骨头了。刘复来考学的事儿没人再敢提起，他爹娘倒是赶着一趟趟过来赔不是。生气的时候，竟然不知拴妮子咋又怀上了。让人家算算日子，这一胎该是个男孩。穗子听闻此事，一骨碌坐起来，浑身的劲儿顷刻之间又回来了。她也不再躺床上装死赖活了，收拾东西让女婿立马接她回了家。

拴妮子害喜，躺床上不能动弹。穗子也不装病了，抱着洗衣服做饭，对刘复来也是前所未有地示好。她生病的时候，小叔子周启善还专门回来瞧了一回，给她撇下了一些钱。周启善看完嫂子，走之前很严肃地跟侄女婿谈了一回话。谈话内容不得而知，只是周启善走后，刘复来对待穗子更加恭顺，对拴妮子也渐渐有个自家男人的样子了。岳母娘不计前嫌，舍得拿钱每天好吃好喝地伺候一家老小，鸡鱼肉蛋没断过顿儿。刘复来看看这，想想那，心里的冷似乎开化了。闹了一场事，他却胖了几斤。原先家里的日子与这边比，真个是天壤之别。就是苦情巴力地上个大学，也不就是求个吃饱穿暖？虽然未必是饱暖思淫欲，但人只要饱食终日，心渐渐就会懒了。

九月里拴妮子生了，真的是个儿子。穗子煮了整整两百个红鸡蛋，村里人见者有份。

孩子满月时，已经是冬天，刘复来要回自己家一趟。拴妮子换了新衣裳要和他一起走亲戚，她生了儿子，在刘复来跟前仗势了不少，说话都和往日大不一样。咋啦，还不让孩子去看看他爷爷奶奶！拴妮子和丈母娘这样说话，其实让刘复来很受用。按照道理，你倒插门女婿，本质上就是周家的媳妇儿，孩子应该喊穗子奶奶。但她娘俩从来不计较这些，真是把他当一家子男人相待了。于是，他好言相劝，说天冷，孩子太小，她身体还未恢复，等开了春儿，再一起回去不迟。穗子不但帮他拦下了拴妮子，还备了几斤鸡蛋几盒子点心让他带着。女婿临出门，她竟然又翻出自己新做的细洋布夹袄，要送给亲家母。

刘复来骑着周启明给买的自行车，车子前后挂满了东西。但他没有直接回家，而是先去了一趟县城。县师范学校在城北郊一个破落的院子里，这里原来是个寺庙，后来修整成为党校，县师范也放在这里。院子里，树叶子都凋落了，满地的枯黄更是让人心里发冷。他在校门口等了两个时辰，终于等到有学生出来，求人家捎个口信。约莫又等了大半个时辰，出来一个细细瘦瘦的姑娘，看见刘复来也不说话，直接往学校外面的菜园子里走去。地里的萝卜白菜还在等霜，霜打过了才好收了过冬。那姑娘在一个没人的地方站下，仍是不说话，也不朝刘复来看，只是拿鞋尖踢那菜畦子。

刘复来把车子停好，走过来搓着手说，我不考了。

那姑娘头也不抬，咕哝了一声，知道。

刘复来又说，我就是考上也离不了婚。

那姑娘仍是俩字，知道。

她衣裳穿得好，碎花布上衣配了古铜色的灯芯绒裤子，围一条白毛绒围巾，皮肤白净，模样算是中等，显然是有些老相了，举止却是看着得体，一派天然静雅。

刘复来等了好大会儿，人家再无一句话。他看看她，看看天，看看天，看看她。后来叹了口气说，那我走吧？

姑娘说，好！

这一声说得爽利，仿佛说慢了他会反悔。两个人都松了口气，到了这一刻，刘复来神情才落实下来。他取下车把上挂着的网兜说，这鸡蛋你留着在学校吃吧！姑娘像被火烫了似的，赶紧去拦他。刘复来没防备，车子倒了，网兜掉地上，鸡蛋碎了一地。他下意识去捞，抓了一手稀糊糊，便索性红着脸把袋子扔了，顺手捋了一把萝卜缨子胡乱抹了抹手。姑娘也不帮他,只是冷冷地瞧着。他益发手忙脚乱地恼起来,总算扶起车子把东西归拢好了,低头说声,走了,也不看人家一眼。

那姑娘任他一步步走远了。肩背厚实了不少,穿了新衣服,倒更像一个乡下汉子了。她想不出,当初在学校如何为了这一个人受了那许多罪?

这姑娘是刘复来数学老师的闺女,吃商品粮。刘复来学习好,相貌又好。是女孩主动追的他。老师本来因为他聪明又好学,对他很关照,发现自己闺女跟人谈恋爱,气得把闺女吊在房梁上打。一个农村孩子,家里还是地主成分,这不简直是往火坑里跳?却不料想,越打越热乎,临毕业那年俩人差一点就私奔了。是刘复来的爹发现不对劲儿,儿子不声不响地领个大闺女回家来,让他娘给蒸馍,说是两个人一起要出去看看。爹看这女孩子衣着打扮也不像是农村的孩子,三问两问,就问出了破绽。原来是老师家的闺女。他偷偷嘱咐老伴看好了,千万不要让俩人住一屋,连夜去镇上的学校。费了好大劲才找到那姑娘的家。人家爹听到他是刘复来的爹,二话不说,劈面给了老汉一个大耳刮子。你养下的贼小子,才十几岁的毛孩子,就敢拐带人了?我到公社告你们,他这一辈子就别想出来了!刘老汉也是羞愤交加,骂着儿子不学好,赶着给人家赔不是。当爹的又喊了自己俩亲戚,跟着刘复来的爹直奔他家。

那姑娘姓施,叫施红升。她和刘复来好了三年,为他割过腕,喝过杀虫药。他爹每一次打她都是先往嘴里塞条毛巾,怕她喊出来丢人。她倔犟,说,不让我嫁刘复来我就一辈子不嫁人!她爹更犟,一辈子不嫁人,我养你一辈子!

高中毕业又拖了好几年,那姑娘还来过两回。她来一回,刘复来的爹就去找一回老师。他知道这事的危险性,一个地主的儿子,哪有这么大福分?人家老师歪歪嘴,咱可不就吃不了兜着走?后一次,老师真的要去派出所告他们,被刘复来的爹求爷爷告奶奶地拦下了。刘复来的爹娘后来失急慌忙地把儿子婚事了结了,就是怕他再无端惹事儿,也好让那家闺女死心。

其实,当时刘复来对这段感情也已经意兴阑珊了,他有自尊心,不能再看着爹娘跟着他受屈辱了。娶拴妮子也是自愿的,他认命了。高中毕了业,他也仍是个种地的,况且还带着黑五类的帽子。他们之间的距离太遥远了,换成谁是施红升的爹,也不会容许闺女嫁到这样一个家庭。饶是如此,不但是她,包括她父亲,都有可能受牵连。平心而论,他也不能再害她了。

高考开始时,仍然是施红升先找的刘复来。有个大闺女骑着车子在村口等刘复来,穗子和拴妮子都听说了。拴妮子问是谁。刘复来说,是他庄上的,路过,他爹娘托人家带句口信儿。拴妮子抱怨道,那你也不让人家来家喝口热水?

那一阵子刘复来神色慌乱,吃不下睡不安的。穗子什么都不问,就觉得家里要出大事儿。她内心的紧张一直没有消除,那种紧张和敏感,甚至已内化为她的性格。她表面上淡定,心中可是失了火一样恐惧。河开才一岁多,她的拴妮子是个没心眼子的东西,这家里的魔咒还要再来一回吗?夜里躺在床上,她大睁着眼,万念俱灰地想象着将要到来的厄运。这一次,穗子头一回求了庆凡,要他留心着,有啥事儿赶紧去找周启明报信。他个天杀的,亲生的

215

闺女他总不能眼睁睁看着卷进漩涡里。

刘复来走亲戚回来像是变了一个人，变得更加踏实和勤奋。心疼老婆，孝顺岳母，对一双儿女疼爱有加。他把精力都用在教育孩子上，河开没上学就认识了一千多个汉字，算数更是了得。他教女儿珠心算，多大的数都是一口清。儿子周鹏程也是，刚刚学会说话，他就教他背唐诗宋词。听着屋子里的读书声，穗子暗暗得意，有点钱就杀鸡宰鹅，尽拣好的让他们吃。

拴妮子生了儿子鹏程那会儿，计划生育开始严格，超生款他们掏不起，只好暂时戴上了避孕环。穗子不死心，一直唠叨要他们再生个儿子。待鹏程十岁那年，拴妮子真的偷偷取掉了环，来年便怀上了，生出来却是个女儿。生个闺女罚了四千块钱，穗子越发觉得吃亏，卖了自己藏了几十年的金耳环和金簪子，逼着拴妮子再生。拴妮子生老四时，已经四十二岁了，生的仍是个女儿，老太太也只能死了心。拴妮子家的老大和老三，年龄上差了十二岁，俩人同一个属相。老四和大姐则错了十四岁，这在乡下，也不算个稀罕事。

乡下的日子虽然一天天好起来，但四个孩子念书，靠他刘复来一个人种地是供不起的。家里稍有困难，拴妮子抬腿就进了城。城里她爸家生活渐好，好歹年年能帮衬着。穗子看好女婿，知道他这个文化人会给这个家带来什么，因此也格外敬着他。小两口生气，她从来都是向着女婿，有好吃好穿的都是让着爷们。穗子后来还做主，把她娘家的堂侄女说给了刘复来家的老三，亲上作亲，两亲家和睦得不得了。再后来，刘复来家的老四考上了中专，是穗子托了周启善给安排的工作。

拴妮子家的老三周雁来在城里读高中时，施红升是她的数学老师。施红升的女儿和周雁来是同学，俩人玩得打铁一样火热。周雁来到施红升家去玩耍，老师也留她吃饭。雁来回到家，总是施老师长施老师短的。刘复来听着，脸上一点表情都没有，仿佛压根儿就不认识这个施老师似的。

父母不想听施老师的事儿，雁来就跟姥姥穗子说。施老师一个人带着女儿过，她总跟人说她老公死了。可学校里都知道，她老公辞职去省城做生意发达了，就跟她离了婚。施老师老公不是个东西，离婚时跟人说，施红升嫁给他的时候不是大闺女，头回合房没见红。穗子听了，不禁恼怒起来，骂道，小妮子家，咋知道恁多？看你们一个个还敢不敢不学好。闺女家坏了事，后半辈子吃苦也是活该！

雁来说的这些事，刘复来不知道听到了还是没听到。他家的河开已经考上了上海同济大学，儿子学习也好得很。他心无旁骛，一切心思都在孩子的学习上。这些年养儿育女的劳作，让他彻底变成了一个乡下老汉，年轻时白白净净的一个人，老了皮肤都变成了酱紫色。他只能用时间和事实证明，自己是一个忠实的男人、厚道的丈夫和称职的父亲。

也许是因为时差，周河开很久之后才给林树苗回信息。她问林树苗道，哭？哭什么？这就是生活。

林树苗说，我说想哭，不是因为这篇文章。我觉得文章背后的东西更多。

周河开说，如果我理解不错的话，雁来写这篇文章的主要目的，是害怕你写这个家族的时候，会曲解我的姥姥，更怕你忽略我们的父亲。

林树苗发了一长串省略号，然后说，是的，我们差点就会信任了我妈妈的感觉。我觉得我们家族的每个人都是一部小说，这也是我久久不敢动笔的原因。

俩人说话间，胡楠也给林树苗发来私信，说，我也要哭了。

林树苗把和周河开的聊天记录截屏发给她。胡楠发过来三个哭脸。

林树苗把文章编辑之后发到群里，郑重地写道：雁来，我不想拿罗曼罗兰那句"世界上只有一种真正的英雄主义，那就是认清生活的真相后依然热爱生活"来安慰你，我只想说，这个家族的每一个人，都没辜负这一生！

十五

周语同这些年的脾气越来越坏。她心情真是糟糕透了，真是恨铁不成钢，周家的孩子，简直是一个不如一个！她想起李鸿章晚年的那句话，我就是个裱糊匠。她呢？不也是个周家的裱糊匠吗？往大处说，她想把这个家撑起来，不能辜负那些出生入死的祖辈。往小处说，无论如何人得往高处走才能被人家看得起嘛！可是，这冠冕堂皇的理由令孩子们不屑。林树苗甚至一针见血地讽刺她说，其实你想什么我们都知道，你不就是想要我们一个个超过周河开她们吗？成功是无法复制的，人各有命，我劝你死了心吧！其他孩子对她的态度也很微妙，每当她煞有介事痛心疾首地说起这些，他们表情各异，等她说完便四散开去，完全当成了耳旁风。就像攥在手心里的流沙，她攥得越紧，流失得就越快。

母亲朱珠生了四个儿女，四个儿女又生了共四个儿女。那乡下的穗子只生了一个女儿，一个女儿却生了四个儿女。而且，穗子那边的孩子，是一个赛一个强……她都不愿想下去了。

周鹏程带着媳妇胡楠来过郑州一次，说是专门回来看看姑姑。近几年，她与他们的关系也渐渐趋于正常化了。"正常化"，想起这个词儿，她觉得既温暖又伤感，"中美关系正常化""中苏关系正常化""中日关系正常化"……争斗了上百年的国家关系都正常化了，骨肉亲情还不正常化？况且，老人已经死去和正在死去，是到了该放下的时候了。

周鹏程很在意周家，更在意有这么个姑姑撑门面，这让周语同心里很是受用。

电话里，周语同只随口问了问侄媳妇的情况，周鹏程便用微信几乎把人家全家的简历发了过来。周语同心里难免咯噔一下，她总是忽略小孩的认知，以为上一辈人的事情他们不明就里。现在看来，过去留下的隔阂到底还是在的。

对于胡楠的父母都是高知身份，周语同心里有了莫名的好感，她愿意给这个外甥面子，愿意让他将周家的荣光展示给外人。

开始周语同在小区附近订了个饭店，想请他们在外面吃顿客饭。到了跟前，想了想不合适，又换到了新区最高档的西湖春天。她也说不清楚为什么，竟然为这个侄子，觉得有点儿底气不足，唯恐露出什么破绽来，让人家轻看。功成名就后，这是她第一次感到心里没底儿。她给侄媳妇准备了礼物，几万块钱一颗的天然坦桑石吊坠，她出国时买的。周语同百度了一下胡楠的父亲张天酬，那可是学界的顶级人物。我们周家的孩子做了人家的女婿，学术上是能帮到他的。不能小看这个年轻的外甥，未来的前程也是不可限量。

怎么说也是我们周家的孩子！一时之间，她心里莫名其妙地激动起来。

那天吃饭前，周鹏程打电话向姑姑提出要喊上表哥周天牧和妹妹周千里。周语同立马就答应了，人多了热闹，有什么不愉快也好遮掩。那时周雁来已由郑州转去了上海，听说是结了婚，至于工作还是读书，周语同没问。若是她在，恐怕会有些尴尬。不过若是周鹏程请求，她也会同意把她喊来。她不反对他把能够喊来的周家人都喊过来。过去她喜欢清静，现在她喜欢热闹，尤其是和周家的后代在一起。

周天牧带来了媳妇李雪。这侄儿媳妇是周语同瞧得上的，前年怀着孩子都能把硕士读下来，可见她多么上进。而且这媳妇漂亮，举止也得体，是这边的亮点。周千里正在河南大学读硕士，竟也带来一个男孩。虽说是乡下孩子，模样倒是周正，言谈举止也知道分寸。这也让周语同高兴。周千里生得娇小玲珑，皮肤白得像一块瓷，身材凹凸有致，这倒不像周家的人。她温柔柔地坐着，话极少，目光里却有一股子疏离感。周语同打量着她，突然被一种年代久远的想象击中。这个孩子，莫不就是当年的那个穗子？

两个男孩喝的是白酒，周语同拿来的陈年茅台。她又开了一瓶原装进口的拉图蓝爵，跟几个女孩子喝。孩子们都说姑姑拿的好酒，估计也不知道价值几何。

在这个姑姑跟前，周鹏程规规矩矩地坐着，礼貌周全，与在周天牧跟前那种张狂判若两人。他这次的表现让胡楠很是满意，她觉得收敛起来的丈夫，与周家的亲戚们相比并不差，甚至有些地方更优秀，毕竟有那么多书铺垫着。

胡楠当初和周鹏程谈对象，原以为是个地道的乡下土孩子。这周家的历史，还真是令人刮目相看。她和林树苗一样大学念的是中文，她心怀浪漫。周家目不暇接的传奇故事，让她觉得惊喜。她喜欢跟周家的孩子们在一起，尤其是表姐林树苗。林树苗经常口中讽刺挖苦的妈妈，想象里是那么的不近情理，可走近了看，却是如此可以亲近，她觉得真心喜欢她。

孩子们轮番敬酒，周语同很快就有点喝高了。开始的时候，她那强大的气场让孩子们都很拘束。其实她已经是刻意放下身段了，但是她越刻意，孩子们越紧张。有点微醺的时候，竟是真的松弛下来了，主动与孩子们聊天，脸上的慈祥也有了人间的味道。

胡楠问嫂子为什么不把小侄子带来？李雪笑了说，不敢带，才刚刚会走，抢筷子夺碗，能搅合得一桌子人吃不好饭。等你生了才知道，一顿安生饭都吃不成了。她抱怨着，脸上却甚是得意。

周语同满意周家添了这个重孙子，有事没事也要他们抱到家里玩一会儿。有时候她仔细想想，心里也就放下了。不管周天牧怎么不争气，给周家生这么个孩子也算是干了件人事儿。孩子的出生对母亲朱珠该增添多大安慰！父亲去世后，母亲好几年里都抑郁寡欢，家里这几年连着添了几个重孙子孙女，她像打了鸡血一样精神起来。周小语的女儿已经十岁了。周语同算好了，母亲才八十几岁，若能活到九十岁，就有望见到周家的第五代子孙了。

不知怎么的，周语同突然叹了口气，感慨地说，你们总是抱怨父母，父母养大你们容易吗？养儿方知父母恩。胡楠啊，你也要抓紧了。

218

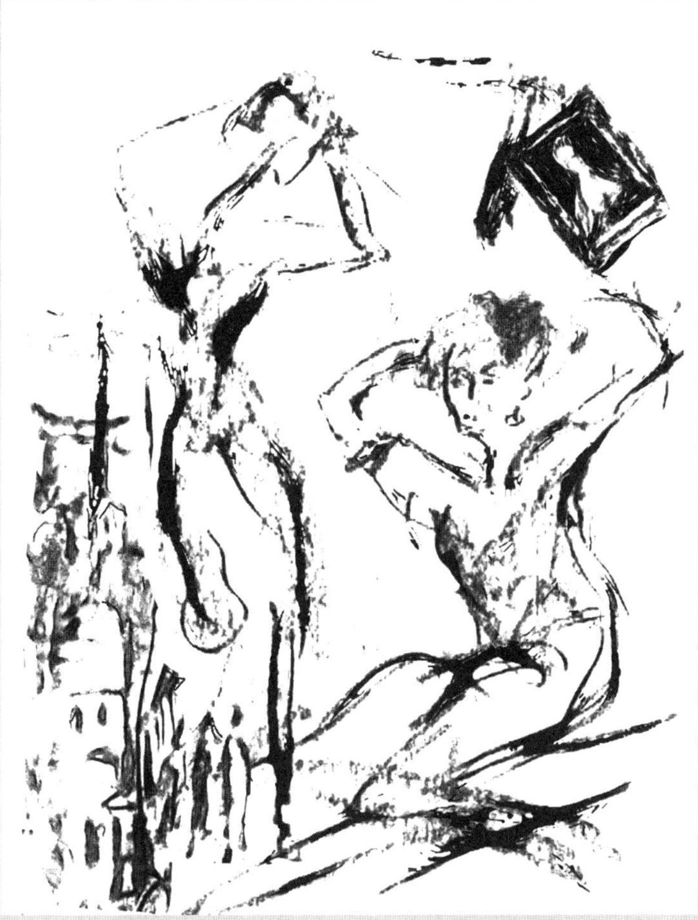

胡楠乘机说，已经怀上了，才三个月。她不显怀，不说大家还看不出来。怀了孕的胡楠反而滋润了，体态也丰满起来。她穿了古铜色暗纹加长宽袍，脚上配宽宽的驼色系带平跟休闲鞋，头发随意地披着，并不似照片里那样刻板。周语同带着欣赏打量她，她的不秀气，反而给人一种高端的时尚感。这样的宽袍过去周语同也喜欢，可这几年架不住了，宽松的衣服年轻时是飘逸，年龄大了就显得臃肿。她常常跟人家店里的小姑娘解释半天，不是你们衣服不好，是我人不好了。

大家都举杯祝贺胡楠。胡楠小小地抿了一口，说她来之前在网上看了姑姑的画，很喜欢。周语同就笑道，等孩子生下来，我画一幅送给你们。周鹏程说，楠楠，你知道咱姑姑的一幅画值多少钱吗？他是笑着说的，大家也只当玩笑听了。胡楠到底是名门闺秀，极为得体地说，不管姑姑的画值多少钱，她给我们的都是无价之宝！周语同不置可否，微微地笑着，她对这个外甥媳妇很是赞许。

她转头问侄子，周天牧你准备考研了吗？周天牧假装低着头喝酒没听见，也不回答她。她便大声地问了一句，周天牧，问你呢？周天牧也不看她，小声说，小孩还小，我等等再说。周语同忍不住绷着脸说，你就是个不争气的，小孩小也成了你不努力的借口了！家里还用得着你带孩子吗？本是无话找话，说着说着，竟然认真起来。那认真里有伤感，也有嗔怒。她猛地喝了一口酒，叹口气说，你看看这一帮姊弟，哪个只念到本科？就你条件好，也就你不争气！整天无所事事，我也真是奇怪你了！她这个动作，还有这句话，让气氛又陡然紧张起来。周天牧嬉笑着，不长眼地回嘴道，我姐她们不也都没读吗！

周天牧和林树苗同岁，却还小了几个月，所以他在表姐弟里排第三。周语同的大哥要孩子晚，二哥的孩子和她的孩子反而是先出生的前面两个都是女孩，虽然国家不重男轻女，她这个做姑姑的还是格外期待这个侄子更争气点。

这个缺乏争胜心的孩子几乎是点到姑姑的死穴了。周语同待要发作，却又收回去了。毕竟有胡楠在，她得给客人面子。她忍着气白了他一眼说，你姐是女孩子，你也是？说完又觉不对劲，这周河开几个姐妹，哪一个不如男孩呢？说了竟然认真伤起心来。周千里有眼力见，赶紧拉着男朋友起身给姑姑敬酒。姑姑浅浅地喝了，她自己则喝了一大口，眯着眼睛陶醉地问，姑姑这是什么酒啊这么好喝？她的脸喝得红红白白的，更像一朵不胜娇羞的白莲花一样美丽。

周语同已经有点晕了，听了这话，转而把杯中酒一口喝完，说，姑姑还有几瓶好酒，什么时候再聚时拿给你们尝尝！说完，心情到底还是被惆怅淹没了，索性一杯接一杯地喝下去。醉了，人心就大了。心里却仍是叹息，比起穗子她们，母亲这一边算是败了。回头又有点怜悯起葬在老家的父亲，这周家也真的是没指望了！可是认真想一想，周家什么时候有过指望呢？话再说回来，再不济还有周拴妮的一窝儿女，不管怎么样，在父亲的上周村，周拴妮算是给周家支撑了门面。

一顿饭，让周语同吃得左思右想五味俱全。

饭吃到半道，周鹏程举着手机说，我姐又生了个男孩，这已经是第三个了，全是男孩。他举着手机给大家看照片。照片

220

上，周河开抱着新生儿，依偎着老公拍了个全家福，三个混血洋娃娃，看起来是那么饱满健康。周河开在国外待久了，留一头披肩长发，大气开朗，神情淡定自若，竟也有点洋人的味道。周河开的英国丈夫傻傻地笑起来没心没肺的样子，一口牙齿又整齐又白亮。这样纯粹的笑容，中国的年轻人很少有。

周语同认真地看了一会儿，并没有说话。少顷，她高高地举杯敬大家，说，你们都长大成人了，各自的路各自一定要走好！姑姑祝福你们！

周语同没想到一顿饭会吃得这么圆满。真的是，亲戚亲戚，越走越亲。喝了酒后酝酿的那种温情，竟让周语同生出一丝留恋。西湖春天的饭菜的确是一流的，周鹏程吃得满面油光，他指着那道招牌东坡肉说，姑，她们怕胖，我这是第五块了，真香啊！他感怀着，我小时候，一个月还吃不上一回肉。刚上大学那几年，吃碗热干面都心疼钱。第一次跟两个同学去看长江，来回走了三四个小时，舍不得两块钱坐公交。他说得让周语同眼圈红了，她觉得，从自己这边一家人看起来，给予了他们已经很多。其实对于一个穷家庭来说，不过是杯水车薪罢了。她突然觉得有点发冷，一种说不出来的情绪让她激灵了一下。世界该是什么样就什么样吧，不能计较太多。她这个晚上格外的慈悲。

告别的时候，周千里没有和哥哥嫂嫂一起回宾馆。她试探着对周语同说，姑姑，我看您喝得有点多，我和小宋送您回去吧，我们刚好也去认认门。周语同看看她再看看那个小宋，她的家不习惯让外人进出，但也不好意思拒绝，只得带着他们回了家。到了家门口，两个人站在她身后，丝毫没有说要走的意思。这个不大爱说话的孩子似乎有什么话要说，欲言又止的样子。周语同迟疑了一下，只好招呼他们进屋，吩咐保姆重新沏了茶来。她这阵子脾胃有点湿，白牡丹里加了一点陈皮，又去腻又解酒。周千里喝了一口，脸上露出惊羡的神情，她说小宋你快尝尝姑姑家的茶，好香甜！以前我还以为茶都是苦的呢？小宋喝了一口，也是说好，却不知该怎么赞美，他几乎没怎么接触过茶。他们只是夸赞茶，却不入正题。松懈下来的周语同已经有点累了，她没有体力一直耗着。又坚持了一会儿，她只好主动地说道，你们是不是有事儿？有啥话尽管说，不要拘束。周千里看看小宋，小宋只看着杯子里的茶，像是要从杯子里看出一朵莲花来。周千里自然明白指不上他，但还未开口，先自羞红了脸，站起来嗫嚅着说，姑，您能不能帮帮我，我和小宋准备结婚。开封这几年的房价还不贵，我们算了算账，买房还贷款比租房合适。我们想借钱付个首付，贷款慢慢还。说完她就站在那里，定定地看着她的这个第一次见面的姑姑，目光里竟是不容置疑。

周语同有点意外，头回见面就开了这么大的口，可见这个孩子的胆量。开封的房价是比郑州低一些，可再小的户型，首付不也得二三十万？对于两个刚刚工作的人来说，他们还贷款怕都吃力。她有点恼怒，一时之间完全不知道该如何回答。她迟疑了一下说，我刚买了一间工作室，款还没付完。再说，这钱的事我是得和你姑夫商量的。你们也别寄太大希望，回去还是要再想想其他办法。

笑容在周千里脸上一点点淡去。她坚持着把手里的半杯茶喝下去，和小宋轻声道了谢，慢慢走了出去。周语同关了门，站在玄关处半天没动。如果这事儿她吃饭前提出来，她肯定一口拒绝了。但是刚才周鹏程吃饭时说的那番话，还堵在她胸口没消化。

不过她又想，这周千里虽然看起来是个腼腆的孩子，但心里有数，是个真正的狠主儿。对这种性格，她是又爱又恨。爱的是他们老周家的血脉，那种勇猛精进的性格还没绝迹；恨的是，为什么是周拴妮的孩子，而不是自己的亲侄侄女提出来的呢？如果他们有这种劲头，花多少钱她都在所不惜！

她洗完关灯躺在床上，翻来覆去不来睡意，于是重新开了灯，认真给周千里发了条信息，让她把银行卡号发过来。她决定明天先打十万块钱过去，给了，就不想这钱还上还不上，她本也不打算让他们还。

十六

那年春节，我和林树苗带着孩子去深圳看望姥姥。我母亲已经八十六岁了，这些年一直随小妹一家住在深圳。小妹和小妹夫都是律师，收入颇丰。她们刚来深圳的时候，房价正低迷，两百万在莲花山附近买了个两层的复式楼，顶层还送了个花园。这该是深圳最舒适的小区了，它的前边是阔大的市民广场，背后是著名的莲花山。我们母女几人坐在29层的楼顶喝茶，远远的风光一览无余。母亲生活在这样的环境里让我心安，虽然老人家更在意的是亲情和陪伴。在这方面，我自愧弗如。妹妹孝顺，凡事都顺着母亲。我的控制欲太强，总是想干预她，穿衣吃饭都需要依照我的心思。所以母亲不愿意跟着我，我也理解她的心情。每次去我会给母亲买一些大牌子的衣服，前一年买的，再来时仍挂在柜子里没拆吊牌。她更习惯穿她自己缝制的棉布衣裤。她的这个习惯是我最不能容忍的，一个十几岁参加革命的老干部，活了一辈子，骨子里还是个乡下人，心劲儿还不如一个乡下女人！我忍不住责怪道，住在高端小区，穿成这样子，知道的说你喜欢，不知道的还以为我们这些儿女不孝！

母亲一脸安然地看着小妹说，我闺女每天出门进门都牵着我的手，寸步不离，还能怎么孝顺？

唉，不仅仅是父亲，在母亲心目中，我和他们另一个女儿还是如此不一样。虽然母亲并没有责备我的意思，但我心中还是挺不是滋味的。

母亲只有和小妹在一起才是安心的。她一辈子不会煽情，对小女儿却是例外。她爱看电视剧，看到母女情深的戏份总是感慨，我那时亏得生了这个小女儿，要不然半条命都没有了。若不是妹妹当笑话说给我，我真不敢相信这话是从我一辈子作风硬朗、生活态度极端严肃的母亲嘴里说出来的。父亲不在的时候，我遗憾自己未能尽孝心，发愿在母亲这里再不能留遗憾。可是一年又一年，我总是忙碌着，开始还能请假去陪她几天，越往后事务越缠身，很难挤出时间来。有时强迫着把她接来我这里住一段，她还未住稳，我却随时又要出差。即使在家，也基本上每顿饭都在外面应酬。我把她扔给保姆，觉得好饭好菜有人管就心安了。母亲从不抱怨什么，但她心里一定是不快乐的。即使有保姆，母亲仍改不了下厨房帮忙。那天我打电话说回家吃饭，她慌着要做一个咸鱼茄子煲，是我从小到大最喜欢吃的菜。她切咸鱼的

222

时候刀滑了一下,食指顿时血流如注,她捂住手瘫在地上,因为紧张竟然晕了过去。小保姆吓得失声尖叫,拍了好一会儿才清醒过来。出了这么大的事儿,她却再三告诫小保姆不要告诉我。小保姆说为什么?她说你阿姨太忙,没时间管我,等我回深圳再检查。那次在我的再三逼迫下,她坚持住够了半个月。我把她送到飞机上,联系好妹妹在那边接她。过了很久我翻看妹妹的博客,妹妹写道:母女情深——接到妈妈的那一刻,她就紧紧拉住了我的手,直到坐在回家的车子上,直到车子开到家,她始终没有松开。进了屋,妈妈长长地出了一口气,说,可是到家了!看完,我的眼泪立刻流了出来,心里不知道是恼怒还是伤心,莫非我不是她的女儿?我的家不是她的家吗?看着妹妹和母亲的亲昵,我突然悔悟,为什么我总是从我的角度想问题?如果从她的角度去看呢?我给母亲的只是可以容身的一间房子,而不是一个儿女情长的家。既然我给不了,就应该放手交给我妹妹,不能连孝顺也强迫着让她接受。

十六岁离开家,我就觉得自己解脱了,而且一直在朝外的这条道上狂奔。我不停地抱怨他们,他们的确不能算是好父母。可是,我算是一个好女儿吗?一生尽顾着闯世界了,到老了才发现,世界大得没有边际。像那时我对着拴妮子怒斥,说她只是索取,从来不懂得对父亲回报。我自己呢?我成名了,我挣钱了,我给他们买了很多无用的东西,每次见了都给一把钱。他们需要的是这些吗?我强迫他们接受我的孝顺,强迫他们承认我对这个家的贡献。他们应承着我,顺从着我。他们收了钱,我走后父亲便去银行把钱存起来,过一段时间见了林树苗就又把钱转给她。这中间的种种,不深思也就罢了,细想起来确实让人羞愧不已。

我们三代人难得聚在一起,我此时既幸福又伤感,没有什么比一家人守在一起更重要的。我那一刻诚心地悔悟,尽管我明天还是会一如既往地离开。我想起了拴妮子,她母亲穗子一生都不让她认字,她要拴住她。她是将她拴在了身边一辈子,拴妮子却为此恨了她一辈子。后来我听周雁来说起旧事,她妈老是和姥姥吵架,说你那时要是让我上学,保不准外国我都去了!拴妮子一人养了四个孩子,几乎是拼着命供孩子读书。可现在呢?四个孩子都走出去了,她因为劳作落下满身的病痛,却只能和丈夫留守在乡下,相依为命。的确,她的孩子都很孝顺,他们给她钱,满足她的物质需求。但她的儿女哪一个会把父母带在身边,哪个能跟他们一起生活呢?

我突然很心疼拴妮子。人生其实很绝望。

母亲在绣一双老虎头鞋子,她用三根针穿三种颜色的线,只一会儿的工夫,那虎娃的眼睛就水汪汪地亮了。她这几年开始练习刺绣。我怕她累着,极力阻止她做这些无用的东西。妹妹摆了摆手说,你别管,得让她有事干,这样才能提劲活着。妹妹说着从屋子里搬出母亲的杂物筐,把母亲做的鞋子和包包摆了一片。我第一次发现,那些活计美得让人惊讶。还有母亲信手画的一叠子花样子,花是花叶是叶,线条流畅,枝叶丰满。花枝上的蝴蝶,个个翅膀都是舞动着的。我突然有点感动,母亲绣的这才是艺术啊!我和小语的艺术基因,难道不是源自于她?

我的母亲把她的一生都给了丈夫和孩子,她一生都劳作不辍,完全停不下来。

若是换一种活的方式，谁说她不能成全自己成为我这样的艺术家呢！我妹妹说得对，其实无论做点什么事情，但凡上心，信念就存在了，无所事事只会令人虚空。母亲的精气神是靠信念支撑着，她此刻绣花做手工亦是她的信念，小语身上缺少的正是她身上的这股子劲儿。

恍然间，似乎有些事情是明白的。长此以往，支撑这个家的并不是父亲，而是这个被我们忽略的、一生对我父亲和孩子们千依百顺的母亲。

妹妹的儿子铮铮也回来度假，他在澳大利亚麦考瑞大学刚刚读完会计学硕士，正准备考博——我觉得，他是母亲这边唯有的一点安慰了。

林树苗这次把儿子带来，也是想要他和铮铮舅舅处一段时间，锻炼锻炼英文的口语和交流能力。小家伙才上一年级，已经掌握一两千个英语单词了。见了面林树苗就交代表弟，这段时间你们俩不允许用汉语交流，所有的事情都说英语。

孩子们闹了一会儿，被妹妹哄着出去逛书城了，剩下我们娘儿几个坐着喝茶，有一搭没一搭地说着闲话。林树苗一直在低头玩手机。她突然说了一句，真的想不到，周河开带着三个孩子，竟然还会成为理特管理顾问的高级雇员，太厉害啦！看她整天拉着箱子满世界飞，真让人羡慕！

姥姥说，理特公司是干嘛的？

林树苗说，说了你也不懂，是一家咨询管理公司，排全世界前几位呢！

嗯，这个孩子一直都挺有主见，也是真的很能干。你们都应该向她学习才对。我说。

又来了！林树苗朝我吐了一下舌头。

羡慕人家干吗？我一辈子都不喜欢管闲事的母亲突然说话了，一个人有一个人的活法。她干到联合国，不还是个打工的？她哪有苗苗享福呢？

我心头的火儿一下冒起来了，我说，妈，我们老周家的后代之所以没出息，就是跟你们这种教育理念有关。不管什么事儿，总是比上不足比下有余就心安理得。我指了一下林树苗，说，她除了天天混吃等喝，翻翻手机发发朋友圈，享这样的福有什么意义？

母亲看看我，说，她不是把两个孩子养大了吗？再大的业绩都不如养几个孩子好。我和你爸要是不养你们，干一辈子工作，一句都写不到墓碑上！

我刚要再说什么，林树苗不愿意了，她抢白我道，你张口老周家闭口老周家，老周家跟你什么关系呢？再一个说了，是我姓林还是铮铮姓周？你在我姥面前装什么姑奶奶？对于老周家，你又了解多少呢？

我是觉得自己的话有点过分，但女儿的话我同样接受不了。我指了一下林树苗不耐烦地说，看你说话还有一点规矩没有？然后又抱怨我母亲，看看你们，把这些孩子一个个都惯成什么样子了？

罢了吧！我母亲正色道，我觉得孩子说的是对的，老周家跟你什么关系呢？你过你的日子，他人过他人的生活。况且，你觉得你们的祖祖辈辈折腾得还不够是吧？日子是一天天安安生生过的，不是让折腾的。你太爷爷、爷爷、你爸，都苦拼了一辈子，死了是留下什么还是带走了什么？就说你爸吧，这才走了短短的几年，上个月十号是他周年，除了我给他烧烧纸，念叨念叨，你们谁还记得这事呢？

我和妹妹互相看了一眼。林树苗又低头玩儿手机去了，网络是她的命，这一代

224

人跟我们不是一个人种，她可以迅速抽身到另外一个世界里。

母亲叹了口气，继续说道，你啊，你的眼睛不能只盯着别人，也看看自己！你心气这么强，整天拼死拼活的，又是头疼又是失眠的落一身病，也不见得比人家过得好到哪去，还总是操着别人的心！

天！我自以为是的成功，父母他们认可吗？这不正是我想追问父亲的问题吗？我父亲自然是不准备回答我了，母亲却不期然给了我一个答案。

我满脸惊愕地看着这个叫朱珠的老太太，好久都没有认真打量她了。快九十岁的人了，头发还是黑黝黝的，身板挺直，面容光洁。她一辈子似乎都与世无争，但是，谁又曾赢过她呢？我呆呆地盯着她看，她一如既往云淡风轻的样子。一瞬间，几十年的日月像黑白电影那样在我心中回放。我想到了父亲背后的另一个女人，穗子，那个也曾经青葱一样、后来却衰败不堪的老女人。我突然明白了，母亲一辈子所谓的贤良大度，与世无争，其实是以不变应万变，以不争赢万般。若她似我一般激烈，当年与穗子和拴妮子拼个你死我活，岂不是两败俱伤自降身价？还有，我们这个家还能被护佑得如此完整吗？

陡然间我自惭形秽，第一次崇敬地打量着这个生我养我的老妇人。她是那个活在我记忆里，被我责备无能的母亲吗？可她不正是以这样的姿态，不动声色一点一滴把日子过得扎实绵密吗？她的胸怀到底有多大才能容下其中的沟沟壑壑？这几十年来，她真的就是静水深流心怀慈悲吗？饶是如此，那她真的是什么都懂，什么都明白。她用她的智慧固守一个男人，通过一个男人固守一个家，通过一个家固守整个世界。而我却浅薄地以为她是被蒙蔽、被欺骗、被伤害的那个人。殊不知，她正是用她隐忍，用她的智慧，不战而胜。

所有的一切，都在一瞬间拨云见日。

然而，仅靠我母亲一力支撑，我心心念念的周家会有今日的辉煌吗？如果没有穗子，没有她的抗争，事情也不会是今天这个样子。说到底，我母亲和穗子不过是一体两面的同一个人。她们的争与不争，就像白天和黑夜的轮回，就像负阴抱阳的万物，孤阴不生，独阳不长，不过是两者的姿态和位置不同而已。

而我和拴妮子，不也是一样吗？我虚张声势的强大，她无所畏惧的坚韧。她不屈不挠地跋涉，我无可奈何的退让。一个父亲衍生出的两个家庭，高低贵贱，谁胜谁负，最终的成败又有多少意义呢？

那一瞬间，我觉得母亲和穗子年轻时的故事，更像是一个传说了。

她们也曾经年轻过吗？

穗子生来就是那个老旧如陶的女人。

朱珠生来就是我们经年不变的母亲。

恍惚记得有那么一次，那时候我刚上小学，暑假她送我和两个哥哥去姥姥家。下了小火车，还要走几公里的土路。走到村庄前的小河边，她说走累了，要下去洗洗脸。洗完脸，她索性把鞋和袜子脱下来，把脚放进河水里。沉静了好大一会儿，她突然嘿嘿嘿地朝我们笑起来。她说，脚好痒痒。我小时候，就喜欢跟着你姥爷出来网鱼。那时候，鱼可真多啊！

那一刻，她的笑是那么年轻。

[特约编辑：吴　越]

父之名：前世今生辨金枝
——评邵丽的长篇小说《金枝》

程德培

> 我并不是出于自私才用"我"这个第一人称，只是因为第一人称是快速叙事的最好方式。
>
> ——司汤达
>
> 小说是一种死亡，它把生命变成一种命运，把记忆变成一种有用的行动，把延续变成一种方向、有意义的时间。
>
> ——罗兰·巴特
>
> 福楼拜"感到现实主义是一种宗教苦修，他鞭打自己的皮肤，以便钻进别人的皮囊"。
>
> ——詹姆斯·伍德

一

两年时间，邵丽的小说都涉及父母亲的故事。从《天台上的父亲》、《黄河故事》、《风中的母亲》一直到眼下的《金枝》，长中短篇皆有。轮番轰炸，从不同角度演绎讲述同类的母题，这绝非偶尔为之所能解释。如同那篇创作谈《说不尽的父亲》中所言："一个时期以来我热衷于写父亲，我的父亲和父亲以外的父亲。但他们不是一个群体，也毫无相似之处。他们鱼贯而入，又鱼贯而出，在光明之处缄默不言，又在遁入黑暗后喋喋不休，像极了胡安·鲁尔福的小说里那种人鬼之间的窃窃私语。"①

其实，"说不尽的父亲"可以追溯得更远：《瓦全》（2006年，原名《水星与凰》）中，"我"的父亲是一位市级领导，在外雷厉风行，脾气暴躁，作报告滔滔不绝，回到家里后立马就变成了一只温顺的羊；《城外的小秋》（2011年）写的是"小秋初中毕业没考上高中，而且，她拒绝了随爸妈到城里生活。反复做工作无效，妈就生气地骂她，命贱，天生不争气。看着女儿一脸纯净地站在那里，爸说，算了吧，考不上咱不上，不来城里就在乡下待着"。于是，两代之间，关于是留在城里继承祖传的手艺还是到乡下陪奶奶的故事上演了；《河边的钟子》（2011年），在钟子很小的时候，就知道爸爸不要他和妈妈了，他很早就开始仇恨爸爸；《我的生存质量》（2013年）讲道：她六岁之前，一直都是父亲的宝贝，但是在六岁那年，生活中的一切都改变了。最亲密的父女关系在一场风波之后突然变得冷淡，于是，一直无法忘记这一创伤的女儿在很长时间内不能原谅父亲……作者甚至在小说《糖果》（2012年）中写下这样的感慨："每当我叙述父母故事的时候，我会常常陷入漫无头绪的回忆里。那回忆虽然是因为父母而起，但是过程中往往没有他们，他们是主角，但更像是背景，模糊的、懵懵懂懂、若有若无，或者说是可有可无的。他们的身影被那个时代冲洗和稀释得日渐稀薄，然而又非常沉重，他们虽然生活在历史里，但真正的历史又往往与他们擦肩而过。"

不止小说，就是跨文本的诗歌和散文，邵丽也有不少对父亲母亲的追忆笔墨。散文如《你的母亲还剩多少》《姥爷的渔网》《我的父亲母亲》《三代人》等；诗歌则有《父亲的稼穑》《父亲四周年祭》《给父亲上坟》等。所有这些文字无不穿越被遗忘所淹没的真情与假象、怨恨与挚爱，作者用严厉的眼光俯向记忆的万花筒，看到那斑斓的色彩无一不是稍纵即逝，那片刻的深刻则是永恒的铭刻，血缘和亲情无一不在岁月的颠簸中被碾碎得真假难辨。

仿佛是一种提前预告似的，《三代人》中作者告知我们，"我一直试图分析我们家三代人。我觉得这项工作有标本意义，因为这样的三代人，不但于我，可能与很多家庭有相似之处。第一代人是我的父亲，他生在万恶的旧社会，活在崭新的中国。第三代人是我的孩子，她生在上世纪八十年代末，活在全球一体化的互联网时代。第二代人就是夹在他们中间的我——我出生在十年动乱期间，经历了中国历史过山车般的起起伏伏"。这

---

① 邵丽：《说不尽的父亲》，载《小说选刊》，2020年第7期。

不，快十年时间过去了，长篇小说《金枝》就放在我们眼前，这部小说在世代上追溯得更远，何止三代人，可谓是四世同堂、五代同书。

二

《金枝》开首："整个葬礼……"父亲之死，这既是人生的终结，又是小说的开始。临终前的父亲异常平静，既出人意料又谋划许久地要求回到河南老家，颍口是他工作和生活了一辈子的地方，"这里四季分明，热天也是干爽的，不像深圳那么潮腻腻的。"父亲更是有点未卜先知，早早地问村里要回了老宅的半亩地造了屋子，以便回归故土有个停灵的地方。对父亲来说，老宅既是他的出生之地，也是其当年逃离被逼成婚的地方。从老家出逃参加革命，历经磨难到最终的回归落葬，其命运可谓回到原点。起点和终点本身并没有多少故事，重要的是人生艰辛的旅途。现象学的基本原理告诉我们，对象在某种事实状况下被给予我们，因此我们在定义对象时，必须把这种事实状况包括在内。正如去度假地的旅途是度假的一部分一样，通往对象的道路也是对象的一部分。

这不禁让我们联想到古老神话《奥德赛》，奥德修斯是一个终归成功的受苦受难者的形象，而正因为如此，他才遭到了柏拉图主义者、但丁以及大多数蔑视"大团圆结局"的现代人的诟病和修正，认为他的漫游就是一个可能神圣完美世界的征兆，而应该间接地看到"西西弗斯的幸福生活"。奥德修斯叶落归根，返回故园伊色佳①，显然再也无法同他自己遭受的无穷痛苦相称；人生在世的基本运动已经为逃离世俗使命安排意义的举动之一，所以不言而喻的是，同回归出发地的意义相比，这种世俗的意义几乎毫无意义。但是，这个形象依然如故奋力飞往目的地，恰恰在更崇高的意义上被公认是他的出发点。因此远游也仍然是还乡。为了回避那喀索斯的凄惨命运，即误认为水面的倒影就是现实生命而纵身深渊的自溺身亡，他就必须逃离阴影，却不得不追求荫护。

和《黄河故事》有所不同，《金枝》不再以记忆父母为主旨，以身心内外安葬父亲为完整剧情。记忆和安葬父亲仅仅只是《金枝》的前半部分，全书16个章节分为上下两部分，结构上的用意是明确的。更不同的是，此次人物关系呈开放状态，前后上下都有所延伸，角力的重心伸展为因父亲的两次婚姻而造成的两个家庭子女的分分合合，互为怨恨的对立又有着割

---

① 又名伊萨卡，海岛，奥德修斯的故乡，位于希腊西部海岸外。

舍不断的血缘亲情。他们都是些尊严被冒犯的人群，彼此间都拥有一个共同的父亲是其前因后果，怨恨又产生了心灵的自我毒害。过去的历史事件所产生的残像余韵像发芽的种子，培育了各自不同的爱恨情仇。其间不乏父女间留下的童年创伤，也有因父亲缺失所产生的仇恨情绪。无法回避的机遇和荒诞，难以忘却的记忆和历史支配，叙事者清楚地知道这一点，知道混杂是现实的另一种说法，明白父亲的默认是最明白无误的回答。子女们的情感与动机是复杂的，他们对所谓故乡、家族、血缘的认知受到局限，是相对的，彼此间各据优势但只能隔岸相望。沉默失语的父亲更是此一时彼一时，"父亲的人生，生生活成了两截，前半截风云激荡威严有加，后半截波澜不兴俯首帖耳"。两边的亲人阵营分明，水火难容，而唯一的父亲则分身乏术，有时难免身在曹营心在汉。"像过往一样，我父亲始终还是没有态度。对待穗子，像对待穗子的女儿一样，他不与穗子搭言，也不干预她的任何行为，他不想为她们多说一个字一句话。他一辈子都不曾爱过她们，但他一辈子都欠着她们、怕着她们。"

几近沉默而又无处不在的父亲真不好说。根据心理分析的基本原则，我们在谈论"父亲"或"父权"的时候，尽管与现实中的父亲息息相关，却已经超越了具体的父亲本身，而是进入了父亲意象的范畴。因而，我们所寻找的，也并非仅仅是个体的父亲，而是父亲的意象、父亲的象征意义。倘若我们根本就不理解父亲的真正含义，那么，我们就无法满足我们孩子的期待，尤其是内在心理上的期待。这也让人想起在《黄河故事》中，"我"听了二姨言说起父亲后感慨道："我在她的叙述里慢慢地、小心翼翼地还原父亲，真害怕稍微多用一点力，父亲就消失了。"

三

"整个葬礼，她自始至终如影随形地跟着我，吃饭坐主桌，夜晚守灵也是。我守，她就在不远处的地铺上斜笼着身子，用半个屁股着地，木愣愣地盯着我。我去宾馆休息，她立刻紧紧跟上，亦步亦趋。她根本不看我的脸色，也不听从管事人的安排。仿佛她不是来参加葬礼，而是要实现一种特殊的权利。这让我心中十分恼怒，不过也只是侧目而视，仅此而已。"这才是《金枝》完整的开头。同一个父亲的两个女儿的对峙，一个是"笨拙的乡村妇女，臃肿、肥胖、衣着邋里邋遢"；另一个则是"沉稳、得体、腰板挺得笔直，哀伤有度。我是父亲的长女，是个有在艺术界有影响的知名人士"。她们分属两个母亲，分别来自农村和城市的两个阵营。为争夺父姓的权利而积怨已久。其实，这才是贯穿全书的主轴。

值得关注的是后者周语同，作为叙事者的"我"，占据着叙述的高度和出发点，也即是小说的视角。视角构成小说，它使现实发生了变化，它本身就是小说。当小说发展时，视角需要不断更新。视角是一种难以界定为主体或客体的事物，它以客体为焦点，却以表达主体为目的。一个主体对另一个主体说话时，同时也是对自己说话，重要的并非是信息，而是"我"与"你"这种位置的结构，"我"与"你"可以是同一的人，也可以是不同的人，但任何情况下都可以通过语言塑造成型。视角不能被看成是感知主体、观察感知对象的一个角度，而是对象本身的一个性质：视角对"我"来说，并不是对物的一种主观歪曲，相反，是它们本身的一个性质，或许是它们最根本的性质。正是由于它，被感知者才在它自身中拥有隐藏着的不可穷尽的丰富性，它才是一个"物"。父亲既是对象，也是一种视角的视角：我记忆父亲，同时也唤起父亲对我的记忆；我看父亲，父亲也在那里看我；我诉说过去，父亲也在沉默中诉说。死去的父亲如同幽灵般地活着，他是两个家庭同一支血脉的节点，一个既存在又缺失的节点。何况，作者的惯性思维经常构筑的是二元组合，诸如两个时代，两代人，两座城市，父亲与母亲，"我"作为女儿总还拖着个妹妹等等。

"我"不仅是叙事者，而且也是叙述的对象。从父亲的女儿到为人父母的周语同才是那个承上启下，夹在中间的人物。将过去从遗忘中拯救出来，使我们能够从过去读出现在，呼唤我们身在家庭走入历史（这种被唤醒的意识就像酣睡的特洛伊人群中的希腊一样巍然屹立）这位叙事者不但观察对手也观察自身；她的叙述既有他者的观察分析师，又是自供状的提示者。总之，她是提携带自传契约的叙事者，既描摹他人的人生又演绎自身的成长史。从这个意义上说，她才是小说的时间节点。

"我"的形象来自"我"的叙述，而"我"的内省和记忆则源自父亲之死。一个人在父亲死后将焦点集中于自身的做法是常有的事。弗洛伊德在父亲过世后，开始了《梦的解析》一书的写作。弗洛伊德说，这本书具有"一部分自我分析，我对父亲之死——也就是说，对一个最重要的事件，人生最痛苦的损失的反应"。因此，当弗洛伊德的父亲去世后，他自己对人生的探索正式开始了。同样，罗兰·巴特也是身有同感地联想到了马塞尔·普鲁斯特。他在《文学杂志》上指出："毫无疑问是母亲的死奠定了《追忆逝水年华》的基础。"普鲁斯特在四年中犹豫着是写成论著还是小说。他是从论著《驳圣伯夫》开始的。1909年7月，他把手稿交付出版社，一个月后手稿被拒绝了，9月，他开始进行他伟大作家的创作了。对于这一作品，他将付出他的全部,直至1922年去世。

四

在缺少男性的周家,女性开始登上舞台。祖母当家,实则行使的是父权。为了延续香火,才有了那段父母之命的婚姻,才有了18岁的周启明夜晚翻墙出逃,才有了新婚之夜遗留腹中的女儿。参加革命后的周启明追随新思想新时代,依据新律法与旧婚姻作了切割,组成新家庭的子女中便有了叙事者的"我"。而在祖母主持下的家乡老宅,穗子连同"三寸金莲"和女儿拴妮子留守周家,凭着一丝血缘关系,凭着那名存实亡的祖制家规,凭着业已消亡的信念,渴望着没用的东西,坚守在那已没有男性的残缺家庭。应当承认,这是一个常见的家庭悲剧,但由于其紧扣时代变革的历史语境,从而为虚构提供了坚实的基石和支撑点。就像希利斯·米勒所说的:"在我看来,这意味着,一部自称是小说的小说,不是化为一片云烟就是堕入深不可测的深渊,就像一个人丧失了自己的立足点、自己的基础和自己确认的地位。'最严肃的讲故事的人'的实质在于,他必须有'某个地方',也就是有一个假定的历史真实性来作为背景或场景,只有在这样的语境之下,作为叙事基础的各种换喻都能转换;也只有在这样的语境下,才能使特定叙事的故事具有连续性,才能使人们对叙事所讲的故事的阐释具有完整性。"这是米勒针对亨利·詹姆斯一段言论的解释,他坚持说,"恰恰因为小说不是历史,所以它必须小心谨慎地保持它虚构的本质。尽管奥兰治的威廉和阿拉瓦公爵确有其人,巴尔扎克笔下的人物并不真实,但小说家必须坚持虚构,只有这样他的人物才具有真实性,否则他就'一事无成'。"[1]

邵丽的小说擅长家庭婚姻的叙事伦理,最近以来更强调代际之间的情感纠葛及个人的教育成长的反省,注重语境的时代特色和历史影响。《金枝》往上走甚至延伸至祖孙四代,无论是新旧冲突、时代变迁、伦理纠葛和历史机缘上,也无论是言说和空白的层面上都留有了足够丰富的想象空间。许多地方如果脱离历史的语境都是难以阐释的,无论是穗子的婚嫁信念,还是周启明和其祖父离家出走;无论是周启明父亲的离奇"失踪",还是那不管家事,一心信佛的母亲。他们都是时代的产物,不是存活于明处就是隐匿于深处。一方面,在昔日的背后隐藏着某种结构化的东西,它抗拒着我们;另一方面,一种结构化的东西隐藏在我们自己的成见或者现实

---

[1] [美] 希利斯·米勒著:《重申解构主义》,郭英剑等译,中国社会科学出版社,2000年,第52页。

意愿里，并决定我们最初对他们投去的好奇目光。

女性叙事，尤其是以父亲为名所开启的几代母亲形象都是《金枝》得以立足的基石。无论是满含深情与怨恨，在修辞上掌控着叙事进程的"我"，还是"我"的母亲，父亲的母亲和祖母；抑或是另一个母亲穗子以及穗子女儿等，她们为人子女都是金枝玉叶，为人父母却又承担养育下一代的职责，所谓一种天然的道德承诺。从这个意义上说，代际关系与生命传承无疑是《金枝》的时间线索。为了找出生命的意义，尼采提出了来世轮回的存在主义神话，人生便是你目前所过或往昔所过的生活，将来会不断重演，绝无任何新鲜之处。然而，每一样痛苦、欢乐、念头、叹息以及生活中许多大大小小无法言传的事情皆会再度出现，而所有结局也都一样——同样的日夜、枯树和蜘蛛，同样的这个时刻以及我，那存在的永恒之沙漏将不断反复转动，而你在沙漏的眼中不过是一粒灰尘罢了。

人终有一死，代际传承更是与死亡休戚与共、密不可分。这也是为什么"我"的祖母和父亲回归故里下葬是那么重要的缘故。周启明的祖母是旧家族的守护人，也是这场旧式婚姻的监护人。"孙子离了婚，像要了祖母的命。她守了一辈子活寡，又亲手把穗子娶回来陪她守活寡，自己心里无论如何都过不去这个坎儿……从此祖母晨昏颠倒，茶饭不思，很快就油尽灯枯。"命运成就的总是囚禁和远去的意象，在来世和今生之间充斥着紧张的气氛，就像在不息的历史传统和不确定的未来之间的喘息。一代又一代人的成长和角色轮替，是一个暧昧的地方，一种来回的摆动，一头通往无奈的屈从，另一头则通往持续不断的反叛。

五

《金枝》的组合结构不止于表面上的人工制品，更为重要的是它试图揭示出人类情感难以摆脱的爱恨情仇。如同小说中所言，"爱会在代与代之间传递，恨也一样会。"和解是暂时的，或者只是内心漩涡的迂回；变化是永恒的，抑或前世今生的差异则是必然的。一种差异在缩小，另一种叛离必然会放大。这也是书写为什么存在下去的理由。面具是他者给戴上去的，在人生的舞台上，我们不是角色又是什么呢？我们无法离开自身的阴影去面对它。叙事总是努力揭示出种种征兆，但时不时地也会陷入一己的幻象之中。征兆是一个意指构成，可以说，它"追赶"其阐释，这就是说它是可以分析的；幻象是一个不能分析的惰性建构，它抵制阐释。父性的缺失是家族的不幸，是妻子的忧患，是孩子的创伤，也是社会的忧郁。如今布鲁姆那套世代交替的"影响的焦虑"已转换为身份的焦虑,父性的缺失已沦为父性的迷失。所谓返老还童,既可以看作一种浪漫的乐观,也可以看作是人生轮回和倒行。这也是为什么父亲离休之后,越来越怕我,我总是呵斥他的种种不良习惯,"就像小时候我怕他";这也是为什么把女儿交给父母,让"我"心生焦虑的原由。

人的自我在其认知功能上并不是一面透明的镜子,可以把现实原则直接传达给本我;它具有一种更为积极主动的歪曲变形作用,而这是由于它无力接受当前的人生现实所造成的。人的认识活动在形式上的出发点是失去所爱的现实。建立起检验现实的制度,其基本的先决条件是:从前给人以现实满足的那个对象现在已经丧失。因此,人的意识从根本上讲有一种回忆过去的目标。如同莱昂内尔·特里林一贯假定"敌对的意向,客观颠覆的意向,它构成了现代写作的特色",他信奉的是"艺术和思想的一个初步作用就是把个人从他所处的文化专制之中解放出来",还有诗人非得破坏无穷的"金玉其外的善"。特里林认为,"如果说该小说一方面信任世界,另一方面又不愿给出赞成的态度,那么它就确立了道德或精神成功的现实;而这是通过排斥世界价值观而得到界定。""一方面给予信任,另一方面又拒绝赞成:在一段时期里,小说与世界之间形成了一种非常有趣的对峙局面。在小说相对较为短暂的历史中,具体来说,是本世纪最初的二十五年时间里,我们突然意识到小说曾取下的成就是多么伟大,小说所发挥的功能是多么重要。"[1] 特里林这里所指的文学的黄金时段距今已一百多年,但其新意依然如故。爱恨矛盾的情感并非仅局限于叙述对象世界的某人某事,它更是涉及小说艺术与世界认知的关系。弗洛伊德曾完全同意 W. H. 奥登的俏皮话,奥登认为道德法则是毫无价值的,它只观察人类的天性,而后塞进一个"不"字,我们所拥有的道德处于一种永恒的自我异化的状态;每个人类主体都受到外来的统治者亦即自身内的第五纵队的殖民统治。为了战胜自我,文明通过扼杀本我的倾向来复制自己,通过处于如无意识的生活那般的毫无节制的压抑状态中的自我的替代物,文明使得那些内驱力缩回自身。

"现在"自以为驱逐了"过去"并欲取而代之,在这种"过去"里,有令人不安的熟悉的身影。《金枝》告诉我们的是,死者令生者挥之不去、悔恨不已,这是一种暗自不断的咬噬;由此,历史变得可以吞食一切,记忆变成了封闭的场所,此间发生着双方的对立:一方是遗忘,它并不意味着

---

[1] [美] 莱昂内尔·特里林著:《知性乃道德职责》,严志军、张沫译,译林出版社,2011年,第454页。

被动或损失,而是对过去的一种抗衡;另一方面是记忆的留痕,它是被重新唤起的曾经遗忘了的东西,从此往事不得不改头换面而发生作用。《金枝》分上下两部分的结构,除了代际的分隔和传递外,重要的还是这两方面的角力和争斗。爱恨矛盾如同心理分析般展开了明暗双方在同一位置上的矛盾纠葛,它还可以诊断同一方位的歧义和多义性。说到底心理分析就是一种小说类型,《金枝》当属其中。

六

家庭和教育成长小说密不可分,它几乎就是后者最为重要的来源之一。特里林曾经尖锐地指出:"我们可以肯定,十九世纪的家庭是一种精致的谎言,违背了自然规律。的确,几乎所有的二流小说都会表现一位优秀的人物形象,表达对幸福家庭的向往:宁静的家园、可爱而令人心满意足的孩子;的确,家庭位于我们社会和经济生活的神话的中心,成为我们积累和消费的良好而充分的理由,而保持家庭的和睦也成了我们心理学的研究对象,但是在我们的文学作品中,家庭却只是一种理想,一种有关宁静、秩序和连续性的,可望而不可及的象征,它并不存在于现实生活中。"热衷于思考我们的物质生活和生存质量的小说家邵丽也许更乐意听一下特里林下面的议论:"我们失去了受条件制约的现实性,事物的真实,以及纯粹具有外延物质的事物所具有特殊可靠和权威性。关于这一点并非意味着失去一种物质事实,而意味着失去一种精神事实,因为精神具有这样一种事实意义,即它必须存在于一个连找房子这样一种令人沮丧的事情都需要精神参与的世界里,对精神和受制约的事物之间的矛盾关系的了解可能在文学作品中引发巨大的喜悦,因为它如此罕见,如此难以理解;与它相比,关于纯粹精神的了解就相对容易了。"①

危险来自外部亦来自内部,而从这些危险中便产生了恐惧,使儿童修正他最初的、原始质朴的内驱力。从自我与对象的分化中产生了防御与适应。它们像一把双刃剑,既可以使人成熟并获得个性,亦可以造成病态与愁苦。艺术与生活、病症与逻辑推理、笑话与哀诉、爱与恨,几乎我们生活的一切都由内驱力与防御这两个强大的对立面的某种妥协。对立术语统一成盛大的辩证法舞会,在舞会中,倘若没有伙伴的舞步,任何舞台都是毫无意义的。

---

① [美]莱昂内尔·特里林著:《知性乃道德职责》,严志军、张沫译,译林出版社,2011年,第215、216页。

来自同一家族血缘的两个家庭便是这样的舞台。虽然它们各自生活相差甚远：成长环境、城乡差别，甚至所受的教育也各不相同，连历次运动所受的冲击和苦难也是各具特色。差异让他们彼此形同陌路，唯一联系的血缘关系又让他们彼此仇怨。"我"的童年创伤来自记忆和自我审视，而拴妮子的创伤则来自缺失，我们难以走近她的内心，她的存在来自被他人审视、评价和少得可怜的转述。两个家庭的对立，在"我"的审视下延续至下一代，或许是风水轮回和机缘巧合，结果是远离故土一家的子女，皆"不争气"地纷纷回到家中固守；而原本留守老家拴妮子的四个子女，皆纷纷远离故土而变得有"出息"。在现象学领域内，视角既反讽，是以行动、情境或事件来体现的。反讽就是看待同一事物不同侧面的不同视角相冲突而生的，也许隐藏在黑暗之中的画鸟能看到你看不见的东西，这时你要当心谨慎将自己的盲视绝对化。我们必须意识到我们最美的希望中埋藏着危险，强扭的瓜会令人大失所望。对《金枝》来说，人生的微妙之处在于，"我"的每一步满怀希望都夹持着"出息"的标准，带着"争气"的欲望，去渴望"一己"传承的抱负，去实现所谓的真实可呈现的理想实现时，而事实上往往事与愿违，离充满生机的现实渐行渐远。

应当明白的是，艰难写作的背后是失落感和变迁感，最终"我"总是被拽到了自己的情感极限。还是特里林说的："小说从来不是一种完美的形式，它的缺点和失败比比皆是。但是它的伟大之处和实际效用在于其孜孜不倦的努力，将读者本人引入道德生活中去，去邀请他审视自己的动机，并暗示现实并不是传统教导引导他时所理解的一切。小说教会我们认识人类多样化的程度，以及多样化的价值，这是其他文学体裁所不能取得的效果。"[1]

七

我注意到，《金枝》中的某些细节，在作者的其他文本也有重复出现，比如，讲到从不管家务事的父亲，"父亲的自行车，我母亲骑不了，只好推着去粮店买面粉。她只有一米六多点的身高，一袋五十斤重的面粉怎么放到车架子上都是个事。她推着车子摇摇晃晃地走在路上，我父亲迎面走来，夹着公文包，若无其事地过去了。其实，再走不远就到了家门口，他可以回身帮她一把。他不是不帮，是完全没有帮她的意识"；又比如，五岁多点

---

[1] ［美］莱昂内尔·特里林著：《知性乃道德职责》，严志军、张沫译，译林出版社，2011年，第119页。

的"我",在父亲办公室用蘸水笔在报纸上涂鸦差点连累父亲,结果夜晚睡梦中招来父亲一顿暴揍,从此以后很长一段时间里父亲的掌上明珠便失去宠爱,"我"的幸福生活戛然而止,加上幼年时期不断"运动",父亲挨批,使得小时候的我特别害怕别人的小孩知道自己父母的名字,经常生活在恐惧与屈辱之中,"我们甚至以父亲的名字为耻",以致"很长一个时期,我做梦都会吓得惊叫起来,我一次次被丢在荒无人烟之处,找不到回家的路。对我而言,那是一个极不安定的童年,严重缺乏安全感"。

童年时期的创伤性记忆是无法抹去的,它不断地重复出现以至暗含着隐喻和转喻,成就是意象和象征。就像小说中所明示的,"儿时的恐惧和无助影响一个孩子的一生,甚至改变孩子的性格。"轮到"我的女儿上学以后,我最忧心的事情就是校园暴力,害怕她在学校会被别的孩子欺负,甚至受人威胁"。《金枝》夹忆夹叙夹分析的叙事很有特色,它既让人有身临其境之感,又给人以冷峻的距离感,以至避免落入第一人称叙事过于主观的陷阱。

按照拉康所揭示的拓扑学原理,真相就附着在事物之上。在事物与真实之间,或者在"实际"与"真际"之间,只有一层薄薄的纸,因为一旦捅开,真相的恐怖就显现了:人们一直在寻觅的东西,只是人们早就知道的东西,或者说,人们总是在掩耳盗铃、自欺欺人。就此而言,真相是个纸枷锁,一个可及不可触的纸枷锁。纸枷锁是不能撕碎的,撕碎它就是撕碎人们自欺的面纱,就是否认他们的实际和毁灭他们的生活意义。实际上心生恐惧夜有噩梦,心存孤独而依赖纸枷锁的状况人皆有之,小说的周氏家族中也并非作为女儿的"我"一个人所有。

弗洛伊德发现了人性中的另一个方面,那就是破坏的本能,不光是对外部的破坏,而且还有对自身的破坏。当然,这种破坏并不是一般意义的罪行,而是对文明苛刻要求而作出的反应。文学有时会记录自我的破坏性行为,即在自身的毁灭中发现自我的确定。"晚期弗洛伊德最主要的关切点是文化如何约束侵犯性,一个最值得注意的方法,是通过内化,把攻击情绪导回心灵之中,回到它们的起源之处。这个行动,或一连串的行动是弗洛伊德称为'文化超我'的基础。起初,孩童害怕权威,并且只会在他们估算到会被父亲施以什么样的处罚的情况下才乖乖表现。一旦当他们把大人行为标准化之后,外在的权威变得不再需要,儿童自身的超我会让他们的行为保持规矩。爱与恨之间的挣扎,是超我的基础,如同它们在文明中的作用,个体的心理发展常常会复制社会的历史。这是非常矛盾的状况,被宽大对待的小孩往往成就严酷的超我,一个可以从想象的侵犯中就得到的罪恶感,并不亚于实际表现出来的侵犯后果。不论这些侵犯的起源是什么,罪恶感,尤其是潜意识的变化,即是一种焦虑的类型。更有甚者,弗洛伊德再一次为他提过的一个论调辩护,这个论调认为并非所有的经验都是来自外面的世界。内在的秉赋,包括种亲的遗传,都在俄狄浦斯情结作乱过程中占有特殊地位。这个过程在于建立内在的警察制度,借以规范这个个体以及他的文化表现出什么样子。因此,他在文化分析里引入焦虑,如同在个体中引入超我。他说明,攻击的作用如同爱的作用,再一次反映心灵在成长过程中,内在天性以及环境对心灵共同的作用。弗洛伊德在《文明及其缺憾》中,把他的思想轴线交织在一起,这本书由此可以看作一部集其一生思想大成的著作。"[①] 需要说明的是,《金枝》虽写的是父亲,但其塑造一系列不同时代女性的心路历程也是有目共睹的。我在这里重点讨论晚年弗洛伊德的见解,无意于依附弗洛伊德在上世纪20年代关于两性心理的观点。"阉割焦虑"和"俄狄浦斯情结"都已招致其他心理学家和女性主义者的质疑、抵制和不满;而"黑暗大陆"和"神秘夏娃"之类也大有附会历史上惯用的陈词滥调之嫌。

八

在两组家庭之间没完没了的恩怨情仇的缠斗之中,《金枝》塑造了各个不同时期的女性形象,波及城市和乡村,从旧时代的裹脚女人到革命时代的新女性,一直沿袭至改革时期开放年代。随着代际之间的交替,随着时间的推移,任何激进的情感都会转移和淡化,岁月无疑是和解的亲善大使,这如同"我"终有一天的大彻大悟一样:"我的母亲,她和穗子不过是一体两面的同一个人。她们的争与不争,就像白天和黑夜的轮回,就像负阴抱阳的事物,不过是角度不同而已。""而我和拴妮子,不也是一样吗?我虚张声势的强大,她无所畏惧的坚韧。她不屈不挠地跋涉,我无可奈何的退让。一个父亲衍生出的两个家庭,高低贵贱,谁胜谁负?最终的成败又有多少意义。"值得指出的是,用"一个父亲"和"最终的成败"来抵御这个没完没了、出尔反尔,变化不变的现实多少有点乏力。如同隐喻和真实的世界所在依然是一个非常大的问题,其界限似乎永远有待确定;就像德性和伦理貌似同一,其实还是有所区别的一样。德性是属于个性的一种内在品格,而伦理则是发生在人与他人之间的关系的规范。如果颠倒是从正转

[①] [美]彼得·盖伊著:《弗洛伊德传》(下),龚卓军、高志仁、梁永安译,刘森尧校订,鹭江出版社,2006年,第209页。

到负，那么抑制和否认就会取消它们的作用对象，这种内心现象好比逃跑，它能使焦虑的对象变小、变远，如果可能的话，化为乌有。回归取代另一种逃跑，通过时间来逃跑，这也可以颠倒为一种行进，或是正常的，或是病理的。

世上不是每个人物都说得清楚的，但这并不妨碍他能让我过目难忘。哪怕他们留给我们的只是一个背影或阴影，甚至是一闪而过的瞬间，比如"我"的那位信佛的祖母，消失得不知所踪，身份都不明的祖父；还有父亲的祖父与花奶奶的传奇故事等等。这些人物以瞬间的留影，却让我们终身难忘，他们生活的年代离我们是那么的远，但作为人物形象又是那么鲜明，仿佛就在眼前似的，哪怕他们的故事就像神话与传说。

同逃跑的命运相反，穗子的命运则是囚禁。"在漫长的几十年里，她蜗居在这里，就是为了她那永远无法得到的名分。"她活到九十多岁，依然住在不远处的老宅子。女儿拴妮子已经盖了二层小楼，穗子都拒绝搬迁。"她二十出头进入周家，七十多年里坚守着一个执念，其实是妄念。为了守住她户主的地位，她给唯一的女儿招了一个上门女婿，坚决让女儿的孩子都姓周。她恨了老周家一辈子，可也极为忠诚地守护了一辈子。""她像一棵河边的老树，紧紧地抓住身下的泥土，但还是免不了被生活的洪流冲得载浮载沉。"穗子的人生，简直就是中国版的"阁楼里的疯女人"。她等待了一生，等一个永远也等不回来的男人，唯有来世，来世也只是一场虚幻。曾经也是金枝玉叶的她，如今成了整天日天骂地的怨妇，好像谁都欠她似的。但在整部小说中，我们能听到的也就是那有限的三五句话。"她的生命空间越来越小，满世界只有自己的女儿拴妮子，她是她活着的理由。可拴妮子并没有少挨娘的打骂。她常常把拴妮子身上掐得紫一块青一块的。她责骂为什么你不托生个儿呢？然后又接着她哭，说苦命的儿啊！"这些文字真让人沮丧，但绝不影响文学形象的吸引力，我们对穗子的人生充满着好奇心，希望能多地聆听她的故事。

第四章中那一段周庆凡阻止穗子打拴妮子和婆婆的故事让人撕心裂肺，典型的邵丽叙述，是无法概述和转述的——"庆凡刚好从地里干活回来，他上前夺过笤帚，一手掂着笤帚，一手掂着这个疯子走到了院子里，把她和笤帚都丢在地上。他恨恨地指着穗子的脸说，你也作够了！我真受够了！从此以后，你要是再打拴妮子一下，再碰婶子一下，我就揍扁你！他回到屋子里，找到穗子缝的小布人，扯得稀碎，说，我兄弟离开你十多年才找的朱珠，他不找朱珠还会找牛珠马珠，你个死脑壳女人，就会往死里作，他找谁都不会找你这样的！说完，他自己蹲在院子里大哭。一个大男人嚎得像杀猪一样。

"从此以后,穗子再也不打拴妮子,也不骂了。她头也不梳脸也不洗,有一点布就给拴妮子做新衣服新鞋,四十岁不到就活像个老太太,举止怪异,目光凶狠,孩子们看见她像看见了鬼。这反倒让庆凡后悔不迭,他知道穗子心里有多苦。她活得任性一点,才能化解那苦。现在她这样一蹶不振,让庆凡有了双重的愧疚,毕竟她是他接回来的女人。只有他庆凡记得,当年那个八抬大轿抬来的新媳妇,一身大红衣裳,钗环满头,粉面桃腮,小脚扭得一摇三晃,把个人心都晃得地动山摇。"

全书中最让人悲戚揪心的一个人物无疑是周庆凡,这个和老家周姓家族中唯一没有血缘关系的人,是仅剩下的唯一男人。他的童年创伤和母亲的"牺牲"有关:母亲为了让周家能收留他而投河自尽。小说中周庆凡的话语几近为零,上面的摘引可算是他讲话最多的一次。周庆凡"原本不姓周,但我们都叫他大大,两个人的坟墓相距一步之遥(指和穗子),周庆凡一辈子未娶,他的心思在上周村无人不晓,拴妮子为人妻为人母后,她能懂吗?庆凡一辈子除了种自家的几亩地,就是牲口一样为那母女俩卖命。后来拴妮子有了孩子,都喊庆凡大姥爷"。还有,"拴妮子对庆凡的感情,远远超出了父女感情。村里人说,庆凡死时,她哭得地动山摇。棺材下墓坑那会儿,她往墓坑里跳,几个人都拉不住。她还逼着自己的丈夫给庆凡大大当孝子摔老盆——拴妮子为丈夫生了四个孩子,在丈夫跟前,她说一不二。"为报养育之恩,周庆凡一生可谓"仁义"二字。但他的一生也是"替罪羊"的一生,也许,从一开始替代周启明去迎亲就预示他一生的角色。作为周姓老家唯一的男性,他什么责任义务都承担,甚至包括那顶地主的帽子,独独身份是缺失的。他的一生是付出和承担的局外人,是进入生活的被驱逐者。就身份而言,他的一生就是一种"留白"的艺术,尽管支撑他的并不是什么新思想,承继的反倒是传统的痼疾,而我们喝下的则是一碗碗苦涩的汤药。

身份危机一直伴随着我们,而且可以看作是"斗争方式"的一个很普遍的特征。身份危机的焦虑给我们提供了研究动态文化的最佳体会。认同与身份是两个不同的概念,认同是指在意识到意象与事实、自我与被摹仿对象之间的区别的条件下的思想活力,而身份则是指本能存在的一种不把意象与事实加以区别的现象。幻想本质上是退行性的,它不仅是一种记忆,而且是对记忆的幻觉式的复活,是一种用过去来取代现在的自我认同。幻想的世界乃是一个不透明的盾牌,自我凭借这一盾牌来保护自己和避开现实,与此同时又透过它来观察现实。父亲的缺失既是众多人物身份焦虑之根，又是幻想这一盾牌之源。这些人物既是命运的囚徒，也是作品情节的囚徒，他们几乎没有自己的台词，他们又是言辞的他者，是沉默的信徒，是两个时代夹缝中的失踪者。

九

《金枝》分为上下两部，全书以周语同为人子女到为人父母为转折点。就叙事视角而言，上下有一个对称性的变化。上部以第一人称作为支撑，个别章节有摆脱第一人称叙事之嫌，比如第二章；下部则以第三人称为主，其中又有第十一章和第十六章分别以第一人称叙事。如此看来，重心转移和视角轮替构筑了全书的结构模块。我们不是结构主义者，但结构又是我们无法回避的。我们注意到，最近一个时期，不少长篇创作均引入了人称视角的转换机制，这是个有趣的现象，其中的成败得失，需另外撰文研究才行，这里暂时搁置。

一部长篇小说，如果在视角上呈现出重大转折时，其有意的或无奈的情势必然作为逻辑支柱而嵌入其中。随着代际推移，两个家庭的子女增加，上半部那种因"父亲缺失"所造成的家庭对峙，也会随着"人去楼空"而得以减缓。司汤达曾认为，他之所以用第一人称的方法，不是出于自私，而是因为第一人称是快速叙事的最好方式。我过去对这一说法不以为然，现在对比上下两部分的节奏，还觉得真有道理。《金枝》的下半部按序将两个家庭的八个子女平行铺陈，一一道来，犹如"散点透视"般地回拢到周语同残存的执念中。"我"的成长史变成了对子女们的教育史，"我活成了过去的父亲，而林树苗活成了我。也许，人生就是如此的轮回吧！""对周家后代的提携，是周语同站稳脚跟后心中最大的执念，她恨不得把所有周家的后代都收拢到自己手下。没有来由的，她觉得应该对自己的祖辈有一个交代。"

而子女们各有自己的天地和"出息"观：无论是周河开的独立和孤独，林树苗的叛逆和傲娇，还是给周语同带来失望的周雁来和"心死"的周小语；无论是中看不中用的周天牧还是具有超强适应能力的周鹏程等，他们都有自己的不幸和幸福，运用各自不同的评估体系在互联网时代进行着无差别交流。岁月冲淡了两个家庭间的怨恨，血缘亲情展示了无法阻挡的亲和力，也模糊了周语同心底的分界线。除了感叹世事轮回、冥冥之中的认同外，还有什么设计和自尊能抵御子女们的前程和自主呢？

还有周鹏程的老婆，那个粗枝大叶的胡楠也充满好奇心跻身于周姓家族的微信群里。当胡楠和写小说的林树苗探讨真相时，一种借机的元叙事便诞生了。胡楠问道："我看你写的小说里，有这个家族的影子。你是想全方位地探索这个家庭吗？""全方位？我的天！"林树苗说，"这个家庭的复杂程度，我们是无法想象的，我觉得没有任何人可以全方位地描述。但是，我怀念我的姥爷，我真是想多写写他。其实讲真的，把他写出来了，也就基本上说清楚了这个家族。他留给这个家族的是一个背影，在每个家族成员眼里都是不同的人设。我妈妈、鹏程的妈妈、包括我的舅舅们，甚至周家的这些亲戚们，他们每个人叙述的我姥爷都不一样。我想了解姥爷的过去和现在，然后将这些故事写出来，我想用这种方式表达对姥爷的怀念。"胡楠说："这个家族确实值得一写，它的所有故事都是基于婚姻展开的。好和坏，都是基于婚姻。那么你仔细想想看，我们追逐婚姻，依赖婚姻，到最后却因为婚姻恨了一辈子。这样的人生，有着怎样的复杂和怨叹啊！"

第十四章是一次重要的镶嵌。"几乎不在群里露脸的会计师周雁来突然发了一篇网文"，题目叫《穗子》。它以另一种视角，讲述了穗子家庭的故事；以穗子家的上门女婿刘复来的爱情悲剧为重心，掀开了这拉拉扯扯的亲情血缘、说不清理还乱的婚姻家庭、养儿育女、成分边界和阶级关系的层层迷雾。生活中暗藏着一种秩序，在线索杂乱无章的纠缠中暗藏着一种结构性的东西是我们难以摆脱的，但这是一种难以名状的网络和纹理，要解释它的意义是不可能的，但要放弃解释更不可能；由混乱的线索所组成的整个关系似乎都在期待着一句会让它变得清楚、明确和直白的话语，这句一锤定音的话似乎就在嘴边，但却从未有人宣之于口。刘复来无疑是周家老宅中的另一个周庆凡，后者没有身份却承担了一切，前者则是承受了超越身份的重压，"这些年养儿育女的劳作，让他彻底变成了一个乡下老汉，年轻时白白净净的一个人，老了皮肤都变成了酱紫色"。网文的出现是对叙事者话语霸权的一次挑战，是对过度主观视角的一次矫正，它以对立的视角使得《金枝》产生了结构性的重组，也许，这种视角的转换便造成了小说的事件性时刻。它同时告诉我们，视角如同情感一般也是充斥着悖逆的，只有不同视角的矛盾对立，才能给生活本身加冕。

小说的最后一个章节又回到了第一人称叙事，完成首尾的呼应。小说结尾的审视和思考，又回到了作者曾经用过的小说题目："生活质量"和"生存质量"，体现了书写的一脉相承，当然也包含了其中令人惊叹的变异。《金枝》的意义并非止于纪念，纪念可能是启动虚构的部分原由而非全部。卢卡奇曾在讨论悲剧时说过："悲剧主人公总是幸福地死去，并在死亡中仍然活着；然而在这里，死亡并非是对生命的纯粹提升，并非是沿着生命的正确方向将之笔直地延长，而是从现实的压抑和杂质中被折取出来的东西，是心灵从陌生的生活向自身的回归。"① 从这个意义上说，前世今生是一体的。它鼓励我们去承认这个世界的真实时间那令人畏惧不可逆转的连续性。换句话说，自我意识在希冀与现实中画了一条线，并以此将人性那令人渴望的品质传递给了我们。不论真相和现实多么可怕，它们在某种程度上还是令人欣慰的。正如虚构所昭示的那样，时刻作为永恒意义的历史时刻，要逃避过去的我并不是现在的我的基础，正如现在的我也不是将来的我的基础：要做到这一点，就势必要沉入自欺的虚构之中。总的说来，《金枝》的优势在于，其故事总是如火如荼地展开，情绪的对峙呈现剑拔弩张之势，可惜的是让人喘息的机会少了一些。能否在风风火火的叙事中，增加些和风细雨的委婉，能否在直率的倾诉间，有些迂回的侧应？这些都是可以考虑的。当然，此类大而无当的提醒，总是说说容易，实践起来又谈何容易。

最后，我想对小说的首尾呼应来一个笨拙的摹仿，辩解一下文本题目中的"父之名"，因为有朋友提醒我"父之名"的语法问题。这一说法的借用，还得回到拉康。吴琼在其颇具影响的著作《雅克·拉康——阅读你的症状》一书中解释道："父亲对母子关系的介入其实就是父法的介入，拉康把这称作是'父之名'。熟悉西方文化的人看到这个术语可能会立即想到基督教中常说的'以圣父、圣子、圣灵的名义'，拉康曾在某个地方提到他的用法是受了宗教的启发。'父之名'这个短语的首次使用是在1953年的《罗马报告》中，在讲到象征界和主体的象征性认同时，拉康说：'象征认同的这同一功能——它使原始人相信自己是某个同名先辈的再世，而在现代人身上，它甚至决定了某些性格的交替重现——在遭受父子关系紊乱的主体身上可导致俄狄浦斯情结的解体，在那里，必定可以看到其致病效果的持久源头。确实父亲的功能甚至在由某个人来代表的时候，其本身也集中了想象的和实际的关系，这些关系总是或多或少无法应对于本质上的构成它的那种象征关系。'"吴琼甚至还进一步指出："要注意，在拉康那里，'父亲'、'父之名'、'父性功能'、'父法'这些说法大约是等义的，它们都意指一切权力，一种功能或律令，一种社会的象征法则和象征秩序。它们都是以父亲的名义宣讲出来的。"② 于我而言，题目中引用"父之名"也只是一个大概的引义而非照搬，因为拉康的东西，其晦涩难懂是出了名的。

---

① [匈] 格奥尔格·卢卡奇著：《卢卡奇论戏剧》，罗璇等译，北京师范大学出版社，2014年，第147页。
② 吴琼著：《雅克·拉康——阅读你的症状》（下），中国人民大学出版社，2011年，第530页。

也难怪吴琼提醒我们,"菲勒斯和父之名,而其幽隐的逻辑行进,尚需我们以超乎经验的'野性思维'方能明了。"

2020年9月26日于上海

[**特约编辑:吴　越**]

和唯一知道星星为什么会发光的人一起散步　　蒋方舟

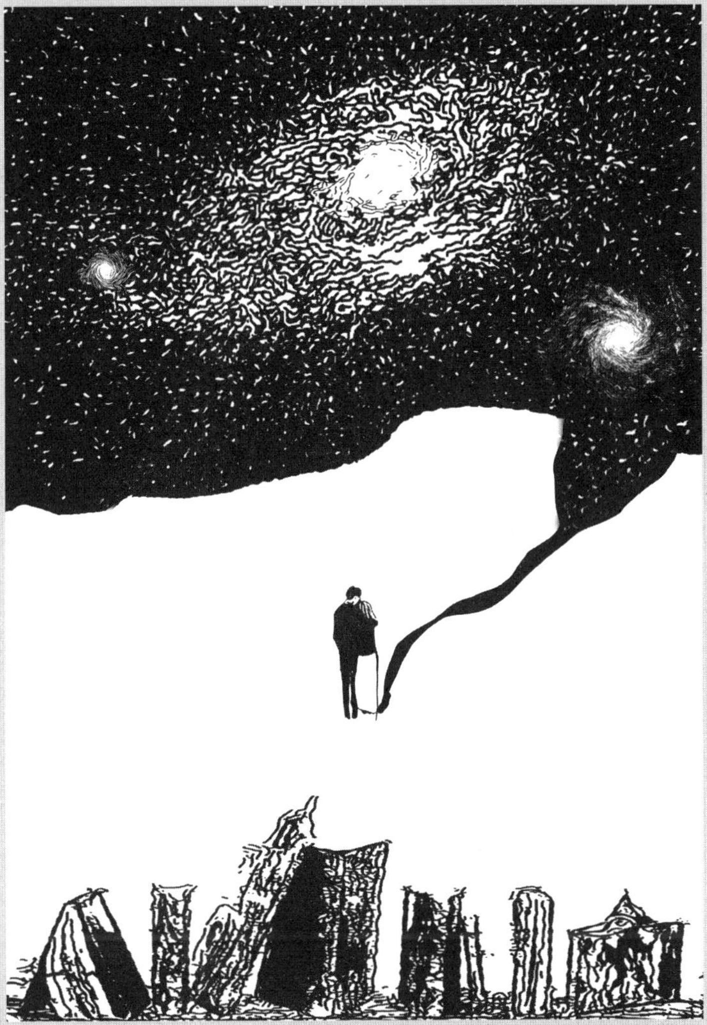

如果我们居于闪光中，它便是永恒的心脏。

——勒内·夏尔

一

在几十年的相遇里，他从未第一眼就将我认出。

他站在马路对面，用怀疑和好奇的眼神看向我，然后慢慢地举起手臂摇晃。

而我却总是第一眼就能认出他，虽然他样子已经变化了很多。每次我见到他的时候，我的身体里仿佛发生着一场海啸：心脏剧烈地震荡，视觉和大脑之间的信息传输被切断了，日光清晰地照在他身上，我却不知道他穿着什么衣服，瘦了还是胖了，衰老在他的脸上和头发上留下了怎样的痕迹。我对他的样子毫无印象，我只知道：就是他。

"好久不见。"我们的开场白总是这一句，大多数时候都是我说，这次却是他说的："大科学家，好久不见。"

全世界只有一个人这样叫我，我笑着向他伸出手："傅歇，好久不见。"

他一把将我拉入怀中，我身高只及他的胸口，他的下巴轻轻地放在我的头顶，我头顶的白发被他看得一清二楚，但此刻，我并不在乎。

他说在这条街道的尽头有一家咖啡厅，邀请我一起去喝点东西。

走在这条浅浅向上延伸的斜坡上，昨夜的秋风把树叶吹落，天气却还是很热，街道非常安静，太阳发出日光管的嗡嗡声，远处的海浪催生泡沫的破碎。

我把这条街道与自己记忆里的样子做比较，街道并没有变窄，但是车辆少了很多，行人也少了，街道两侧灰绿色的建筑便显得不合比例地高大。

建筑的墙上还刷着没来得及涂去的战争标语："哪怕付出千万人的代价！哪怕城市成为废墟！哪怕文明倒退一百年！"

傅歇用手抚摸着建筑物，他是否和我一样，也在猜测那些建筑物里发生过怎样的故事，那些旧的墙纸是否目睹了绝望的人如何死去？那些已经破烂不堪的地毯是否浸湿了瘦弱的母亲的泪水？那些岌岌可危的墙壁是否像是看不进的窟窿，无言地吸进许多人的生命？

建筑上的金属牌上写着这个城市的名字。字符被涂改了很多次，粗暴地被涂白，然后写上新的名字。

每次改名都意味着它有了新的主人和臣民。

城市的肌理就像是森林一样，街巷的名称就像是每棵树长成的独一无二的形状，从每个半掩的窗户中透出的光是汩汩的溪流，城市中的人脱帽问好窃窃私语的声音是枯枝清脆的响声。然而，一个新的统治者就像一个伐木人，把这森林中的树砍个干净，还放了一把火将野草也烧尽。

从金属牌上看，这个城市至少有过五个伐木人。

"这场仗打了太久了。"我说。

"这半辈子像是什么也没做，打了一场仗，就这么过去了。"傅歇说。

"你多久没有回来了？"我问。

"二十年？也许不止。"傅歇说。

我们路过的大部分店面都是关着的，

只有少数门店还开着,一个老奶奶站在一家小店门口,朝我们笑笑,那笑容我再熟悉不过,在战争结束之后,所有人见面时嘴角肌肉运动的痕迹都是一样的,那是我们作为幸存者的庆幸,也是作为幸存者的惭愧,因为最高贵和勇敢的人已经死了。

我轻轻拽着傅歇的袖口,我们停在这家店的橱窗前,玻璃里堆着铜制的烛台、刀叉,还有一些蒙尘的陶瓷盘子。橱窗里映出傅歇的脸。他瘦了很多,脸庞凹陷下去,额上的头发明显稀疏了,只有眼底还和少年一样清澈。

他入神地盯着橱窗里的古董餐具,它们残破得并不能激起人购买的欲望,傅歇却看得十分入神,像是想钻进它们尚且闪闪发光的旧日子。

闪闪发光的旧日子。我每次见到他,都会把我们相遇的过程从最初的最初开始回忆,就像是从头讲起的故事。

我们第一次见面的时候是大一的假期旅行。

那时的大学很流行联谊,今天为了电影聚会,明天一起烤面包,今天刚刚离别,明天又是为了下一次离别而相聚。我们刚刚从家庭的围栏里出来,步入自己的生活,第一次一大把时间抓在手里,不知道怎么挥霍才好。

对于那次旅行我已经没什么印象了,大部分时间我都在摇晃的大巴上、沙滩上、篝火旁捧着一本物理学讲义。

和所有因为家境贫寒而早熟的年轻人一样,我看不起我糊里糊涂的同龄人,误以为自己已经设计好了这一生:我想学习,学习到学校已经教不了我什么,我将成为一个科学家,一个孤独的、唯一洞悉宇宙秘密的人。

我学的是物理,而我最感兴趣的是天文。兴趣的起点是八岁的一个下午,我用家里的卫生卷纸用完后的纸芯筒望向天空,在蓝色天空中发现淡淡的小白点,像皮肤上的小伤口掉痂之后的白色斑点,像给天刷上颜色的油漆工不小心漏掉的缝隙。到了晚上,我惊讶地发现这些小白点还在原处,变成了一颗颗星星。

当后来老师在课堂上说:"到了晚上,星星就出来了。"我反驳:"老师你说得不对,白天星星也不会离开。"

老师有点不耐烦地说我"有想象力",同学开始发笑,我心跳加速,但并不是因为难堪,而因为兴奋,我意识到自己处在和星星的私密约定中。

"它在等着我看它。"——得到邀请的只有我。

那天之后,我的生活无法和过去一样,我如常上学、游戏、在杂货店打零工,但我意识到,蓝天之外有着巨大未知的世界,它的尺度远远超过我能认知的边界。当我头脑中有了宇宙的概念,它就永远地成为了我所有意识的底色。

我愿意去大一那次假期旅行的唯一原因是那里海拔略高,是观星的绝佳场地。

旅行的最后一天,我们入住半山上的连栋别墅。到达的时候已是黄昏,夕阳在白色流线型的房子上罩上光晕,各种形状的窗户交织成建筑平面上美妙的图案像是交响乐的曲谱。

别墅有十个卧室,两人一间,刚好能装下所有人。我生平第一次见到如此豪宅,步入客厅要经过一段走廊,走廊两边是锦鲤池,客厅以岩石和木材装饰,大得无边。

但少年们对这用心的内装并无兴趣,

全扑向冰箱和橱柜，把能吃能喝的都找出来，又惊喜地发现了地下室的酒柜，把贮藏的红酒都拿出来，宣布今晚要全部喝完。

"主人不会生气吗？"我拒绝了女同学递来的酒，小声问她。

她已经有点微醺，脸红红地说："当然不会，这个房子就是他家的。"

我顺着她的目光看，一个男孩坐在大露台前的台球桌上，不知道从哪儿找出来一个吉他，正在摇头晃脑地唱歌。

他穿着皮衣、牛仔裤，赤着脚，低着头，看不清他的脸，只能看到旁边的小酒吧台上一排射灯的光打在他柔滑的头发上。

那是我第一次对傅歇留下印象。

"即使我爱过千百回，如果另一个人也在爱，那总是一个新的奇迹……"我轻声地哼唱道，声音在荒凉的街道回荡。我以中年喑哑的声音复刻当年少年的歌声。

"哈，几十年前的歌你竟然还记得。"傅歇说。

"这是 SX10 的曲子，当年最红的乐队。"我说。

"好像有点印象。"他说。

"SX10 是一颗星的名字。"

"我忘了，你是大科学家。"

我没有说话，只是凄然地笑了。

我和傅歇认识那一年，失窃多年的世界名画在一个大学生窃贼家找到；几千年前刻在石板上的世界上最古老的字母表被鉴定出来；在非洲出现了世界上最后一头白犀牛；在南极发现了失踪接近一百年的远征的船；在我国与 M 国的交界发现了一个墓穴，也许是曾经称霸世界的第一个王最后的安息之处；人们在狐狸座的南边和天鹅座的北边观测到了 SX10 星，它美极了，可能有水或者存在过水，温度适宜，也许有过生命的出现。

那是很美好的一年，世界范围内都没有出现什么极端的天气，几个重要国家在探索太空的议题上开始合作，人类开始认真讨论把生物送进宇宙的可能性。

世界的运行前所未有地平滑而顺利，像是物理模型中的"理想状态"。

然后，它忽然停摆了，地球永恒不断的转动戛然而止了。

在停滞中，有幸在美好年份生活过的人总是时不时地掉入了对往昔的无限怀念中，被回忆的黑洞所吸引，就像此刻的我和傅歇。

我说："当时那个房子真漂亮。"

傅歇笑道："是我父母当时去旅游，被人忽悠买的，一共没去过几次。"

"你现在还去吗？"我问。

"那个房子已经不在了。"傅歇说。

我沉默了，不知道该如何继续话题。

傅歇笑道："我那时候是个很讨厌的人吧？"

我说："反正有很多关于你的传说。比如说你进学校第一天就开车撞了树，还有和不下一百个女孩子睡过觉。说嘉莉为你剃了光头。"我说。

傅歇因为这些被编撰的过去大笑起来，就像是在一件久未穿过爬满虱子的大衣口袋里翻出了一笔意外之财。

第一次把傅歇的真人和那些传说对上号的时候，我决定讨厌这个人，讨厌他在众人的注视下理所当然。

然而出于某种我无法解释的原因，我没有上楼睡觉，视线也没有离开他。

几曲过后，傅歇扔下吉他，与屋里最漂亮的姑娘跳舞。他们一样高挑圆润，在越来越快的节奏中近身拉锯，他脱掉上衣，匀称的肌肉显然不是运动练就的，而是和他的财富一样来自于世袭的幸运。女孩的手大胆搭在他裸露的腹部，房间里迸发出的欢呼盖过了音乐声。

"我要去睡觉了。"我宣布，并没有听众。

音乐声一直没停，小床如小船，在音浪中一阵阵荡漾，我很快就睡着了。醒来时是半夜，音乐声早就停了，不知道什么时候回来的室友和衣躺在床上，我蹑手蹑脚下床打开窗户，想驱赶房间中的酒气，外面是窄窄的阳台，漫天星辰亮得不真实，像是罗密欧求爱那一晚侧幕后面的灯光师调出的布景。

"嘿！你在干吗？"一个声音从底下的黑暗传来。我慌张地低头，却只能看见一个小红点，是烟头上的火光。

"我透透气。"我说。

"你下来透气啊。"那声音继续说。

我立刻认出了这个声音，是傅歇。

"太晚了，我看看星星就去睡了。"我说。

"楼下看得更清楚。"他说。

我披上毛毯，拿上望远镜来到别墅后的庭院，高大的棕榈树在凄凄地泛着些许的绿色微光，夜黑得压迫我的眼球，湿雾舔着我裸露的脚踝，我仿佛身处童年时读过的一个恐怖故事里。

"你在哪儿？"我小声问，没有回话。

我又喊了几声。一个易拉罐瓶重重地砸在了我的小腿上，瓶子掷来的方向传来笑声。

我走过去，悬铃木下有一排石凳，露水把石凳子浸湿了，傅歇却不在乎，几乎是半躺在石凳上。

"你冷吗？"我问，递给他我从房间里拿的浴巾。

他不声响，拽着我的手腕让我坐在他身边，"这儿你的视野最好，你试试。"他说。他的手有分寸也有力，隔着毛毯我也能感觉到他手指的温暖。

我抬头，四周的树叶刚好将天空圈出了一个长方形，就像一块荧幕，星星是演员。

我拿起望远镜，视线在黑暗中摸索，从北斗七星的勺底出发，到角宿一，再到狮子座中最亮的轩辕十四，但我最爱的是它旁边的橘红色小伴星……我熟练地看着这些星星，就像是和一个个老朋友打招呼。

忽然，我感觉我的望远镜被傅歇抢走了，他用它看了半天，说："什么也看不见啊。"然后开始研究我的望远镜。

我顿时尴尬，这望远镜是从旧货市场以极低的价格买来的一个坏了的船用望远镜，目镜是从学校淘汰的显微镜上拆下来的。

我抢回望远镜。傅歇感到我在默默生气，过了半晌，他说："你看那些星星在往中间移动，就像是知道有人在看，所以都跑过来。他们知道这儿有两个傻子，都来围观。"他笑道。

"最亮的那颗是参宿七。"我说。

"它可真显眼。"傅歇说。

"它就是喜欢在派对里脱光衣服惹人注意的那种星星。"我说。

身边传来一阵笑声和微弱的辩解："我只是脱了上衣。"

"你是谁？"他接着问。我感觉到自己脉搏加速，我一方面失望于他并不知道我是谁，我对他来说只是一个有体温有心跳的陪伴；二来窃喜我讥诮的回答引起了他的兴趣，我猜他对女人的兴趣就像大海一样，任何一点细微的动静都能泛起涟漪。

幸而黑暗遮住了我并不漂亮的脸蛋。

我没有回答他。

忽然，他温热的身体整个扑在我身上，他太高大沉重了，我根本推不开。

"我不舒服。"他的手臂像是树懒一样环抱着我的肩膀，他的头垂在我胸口，带着酒气的呼吸贴着我的脖子，他没有什么歹意，只是像个撒娇的孩子。

"你喝得太多了。"我说。

"不喝酒晚上还能干吗呢?"他反问道。

"你看星星，它们一晚上都在努力地发光。"我想开个玩笑，小心地动了一下，他柔软的卷发让我的下巴有点痒。

他的整个身体离开我，双手抱在脑后，仰头看着星星讽刺地笑道："你在教育我?"

我的脸一下子红了，我是从小受"有志者事竟成"教育长大的孩子，对于人生绝大部分的事物，我的答案是握紧双拳，挥动双臂，忍耐，严格编制自己的心脏与肌肉骨头，努力追赶。追赶什么？我要跑多久才能到我身边这人的起点？

"没有意义。"傅歇的语气忽然认真起来。

"什么没有意义?"我问。

"一切。"他说。

我被他轻巧的虚无激怒了，他觉得一切无意义，只因为他得到的太容易。

"那你怎么不去死?"我冷漠地说。

"既然是没有意义的旅行，那就得有点'来都来了'的精神。"他说。

"不是这样的。"我焦急地反驳。

"那是什么?"他反问，语气里已经有点不耐烦了。黑暗中这个看星星的搭档已经让他觉得无趣了。

我不想说话，却也不想起身离开。过了许久，周围的空气一点点冷下来，星星也识趣地散去，稀疏了很多。我们之间的沉默变得死气沉沉像石头，但在某个时刻，几颗星星又开始卖力地闪耀，像是为了取悦感到沉闷的观众，我和傅歇同时笑了，沉默的空气又柔软了。

我说："你知道吗？我们肉眼能看到的最远的天体是仙女座的星系，它离我们有250万光年。"

"这么远?"

"250万年前，我们的祖先刚刚能够直立行走，我们看到仙女系的时候，看到的是遥远的祖先们穿越非洲大草原时候发出的光。"我说。

"当我们看到星星发的光的时候，它们很多已经死了吧？我们看到的是它们的遗体?"他问。

"应该是这样。"我说。

"你看，星星越来越少了。我们不能指望它们一直为我们燃烧，有一天，它们会厌倦的。"他说。

"到时候会怎么样?"我问。

"到时候，宇宙就一片黑暗了。"他说完便起身离开，没有回头看一眼，留下我一人在黑暗中。

1

平静的海平面忽然剧烈上升，如同海中的怪兽复苏，海啸席卷大陆。

超级火山暴发，野火烧过原野，然后铺天盖地的火山灰覆盖一切。

惊惶的鸟试图飞得更高一些，但却迷失了方向，像被困在了一个透明的小盒子一般反复掉头。

这颗蓝色的星球变成红色，它内部的红色果核瞬间膨胀。

一颗小行星子弹一样笔直地射向它，在它表面留下了一个巨大的伤口。

然而这颗小行星只是更大伤害的探路者，一道强烈的光柱击中这颗星球，溃烂的伤口迅速扩大，抹去了所有动态或静止的生命。

破坏在蔓延，一颗黄色星球由水冰组成的螺旋状动人光环开始倾斜，很快，这颗行星就像瘸了一样重心不稳，偏离了自己的轨道，还未转半圈，就和一个体积比它大三倍的星球撞上。

疯狂的撞击游戏开始了，星球在野蛮和无序地相互碰撞，宇宙的空间中全是碎石头与粉末。

那个最大的燃烧着的恒星慢慢黯淡了，成为了一颗白矮星。

最后是黑暗，一片黑暗。

演示结束。

所有图案消失了，只剩下无限延伸的透明，映出外面闪耀的星星，刚才的一切仿佛只是幻觉。

"这就是我们要的结局。"怀特星结束了发言，它是一个透明的球，外表又软又轻，但那是整个宇宙最坚硬的材料。

我们所处的"房间"是一个更大的透明球，在空中微微漂浮摆动。

我环绕四周，发现了很多星球的代表是新的面孔。上一次这些星的代表聚集在一起已经是十个劫之前了，对于很多生命周期短暂的智慧种族，这意味着好几个世代之久，他们也许在跋涉到怀特星的过程中就已经精疲力竭而死。

而我是整个房间里最老的代表。没人能说得清南十字星是什么时候存在的，所有星球都认为我们南十字星是宇宙初始的见证者，有时也会有星球偷偷问我："宇宙的起源的时刻到底什么样子的？"

我从来缄口不言。

怀特星说："茂星，你说说看我们应该怎么做。"

房间里的视线都集中到了茂星代表，私下里，我们都叫它凶星，因为它是这场灾难的始作俑者。正是因为它此刻放射的极具危害性的气体在毁掉整个宇宙。

"我不喜欢你话里的暗示。我再重复一遍，茂星是最大的受害者，事实是清楚的。修建兔子洞的时候发生了一场事故，把一颗小行星甩在了我们身上，那该死的火球把我们的地表温度提高了五百倍！我们整个都被蒸干了，裂开了，那些气体才会被带到宇宙中。至于气体里到底有什么，我们也在研究。五百倍！你们哪个星球受过这种苦！"茂星的表面全是一个又一个的小孔，此时那些小孔正在渗出绿色的液体。

它附近的星球代表都下意识地往后了几步，虽然各个星球已经通过增加外部气体厚度的方式抵挡了有毒气体的危害，但鬼知道那液体里藏着什么致命的东西。

茂星忽然把视线转向我，"对了，这次修兔子洞是南十字星负责的吧。"

我没想到矛头会一下子对准我，慌乱地说："修兔子洞是星球会议一致通过的，当时，你也都投了赞成票吧！"

"那次会议来的是我的前任，它已经死了，我们星球百分之九十的生命都消失了。"茂星冷冷地说。

大家的记忆都回到了决定"修建兔子洞"的那一天，那仿佛是1度（宇宙间通用的最小的时间刻度）之前的事情，如果兔子洞修成，星球之间的交通就不必通过飞行器，而是直接钻进洞里就可以瞬移，只要钻进钻出几次洞口，最远的星球之间也可以轻松交通。

"宇宙的无限未来在我们面前展开！阻挠我们合作与前进的物理法则终于也无法阻止这一切了。从今以后，没有误会，只有理解；没有争抢，只有机遇。我们不再是虚空中一个个孤岛，宇宙是一个大行星。不再有边疆！"怀特星在决议通过后的演讲中慷慨激昂。

"现在相互指责没有意义。"怀特星显然也想到了自己曾经的演说，尴尬地说道，"而是应该想想怎么办。"

我说："我们南十字星愿意提供一切帮助，一起研究这个气体里到底有什么，毕竟我们星球的技术是大家都承认的。"

"施工的技术吗？"茂星讽刺道，"我们不会接受南十字星的帮助。另外我提议立刻停止兔子洞的修建。"

"永久停止。"比格星补充了一句，它是离茂星最近的星球。

怀特星说："我不能同意。一个愈发团结联合的宇宙是我们星球会议的宗旨。没有兔子洞这一切无从谈起。"

比格星说："团结联合的目的又是什么？"

怀特星说："当然是平等和繁荣。"

它的字符刚刚飘荡出来，房间立刻安静了。我立刻辨别出这安静中很大的组成是被压抑的愤怒。

怀特星没意识到他掉进了比格星挖的坑，或者意识到了但毫不在乎。当它最早提出修兔子洞这个议案时，星球之间就流传着一个说法，认为它是想借此成为宇宙交通枢纽，坐享威望和财富的快速增加。

被我们称为"狂暴行星"的 T2 星球代表开始微微震颤，它是一团正在燃烧的火球，没人知道火球之下是什么。它们的生命非常短暂又不稳定，十个从 T2 出发参加会议的代表，九个都死在了路上。它说："你们现在又胡扯什么平等？我们星球不断被旁边的行星辐射，每一刻都在损失宝贵的质量。谁来补偿我们的损失？"

茂星补充道："看看你们干的好事。你们要建的所谓通路，就是切我们的物质管，更方便你们掠夺罢了。你们的繁荣是我们的贫瘠，你们的平等是我们的屈服。"

它在说这话时一动不动地看着我。我感觉到自己身体有点升温——最新版的我是无数超微机械的集合体，而其中有一部分材料正是来自于茂星。

"好吧好吧。那就永久停止兔子洞或其他一切道路的修建。"怀特星妥协了。

"这还不够。"比格星继续说，"我们经过计算，茂星已经偏离了它的轨道，可能很快就会脱轨撞上我们。"

"比格星被撞得还少吗？"有星球小声笑道。比格星是所有星里体积和质量最大的，是宇宙间有名的活靶子。

"这次不一样。茂星的液体蒸发之后，密度发生了很大的变化。以它现在的超密度，比格星是扛不过这一次的，至少三分之一的表层会被削去，到时候碎末撞着谁我们可就不管了。"比格星说。

"那你觉得应该怎么办？"怀特星问。

"我提议所有星球之间运行的距离在现有基础上无限扩大，并且暂停一切星际间的往来，只是暂时。"比格星说。

我问："停到什么时候？"

"当然是到危险结束。"比格星说。

"什么叫危险结束？"我追问。

"当然是对所有星球来说危险结束，我

们不是共同体吗?"

一片沉默——这不是什么好的迹象,这表明所有星球在认真考虑它的疯话。

"宇宙很危险,我同意。但它也是勇者的乐园,在座各位不都是残酷游戏的赢家吗?比格星,你外面那层水雾状的光圈漂亮吧。它曾经是你的冰川伴星,因为被你的引力束缚吸进了,整个星球烟消云散,成为了你环绕旋转的光圈。要说起来,大家都背负着输家的尸体。这没关系,我并非是在指责,现实就是这样,我们在一次次撞击之中活了下来。我们不必伪装和平,和平不过是永恒斗争之间的间隙,但为什么这次,我们觉得自己活不下来呢?"我说。

"你们南十字星体积小,又偏居一隅,当然可以这样说。你们号称自己技术发达,不就是因为逃过一次又一次的撞击吗?"比格星说。

"不,南十字星存活到现在不是靠躲避。"我说。

"那是靠什么?"T2星球追问。

"对啊,是靠什么?你们又是背负着哪些输家的身体?"T2星球附和道。

连怀特星也靠近了我,但我相信它只是单纯地好奇:宇宙的太初之始究竟发生了什么?南十字星又扮演了什么角色?

此时已经非常接近秘密的核心,我知道闭嘴是最好的选择。

"说吧,南十字星存活到现在从来不是靠躲避。"比格星讽刺地复述了一遍我的话。

"嗨,宇宙之初不就是大爆炸嘛。"有星球替我结尾,"我们现在要讨论的是下一步该怎么办吧?"茂星说:"对!网道关闭之后,还有星球要私下往来,给别的星球

带来危险怎么办?"它朝我看了一眼。

"我提议所有星球都关闭自己的聚变反应堆。不再发光,不再提供自己的位置。"比格星说。

星球再次陷入了激烈的讨论之中,只是这次不再是讨论是否接受这个方案,而是在讨论它的可行性——如何在关闭聚变反应堆之后依然维持自己星球的正常运行。

我没有加入讨论,怀特星也同样在热闹之外。它像往常一样轻盈空无,看不出任何意图与情绪,但当它身后深蓝色幕布下的闪烁星光从它体内穿过的时候,我忽然被一阵伤感袭击:我所认识的那个宇宙结束了。

二

天色渐渐暗下来,傅歇说的咖啡厅还没有找到,他有些焦虑:"这些街道我都不认识了。"

那时候,我们记这些街道也不靠名字,而是靠某家唱片店的收藏,某家餐厅便宜又好吃的披萨。过去的这个时间,一条街的餐厅外都站满了年轻人,他们——不,我们刚在酒吧咖啡厅喝了半价的啤酒,然后等着吃饭,餐厅外摆着高高的小圆桌,上面放着蘑菇状的小圆灯散发着橘色的光。那时候怎么会有那么多的话说呢?争论某句歌词都可以到半夜。

而现在,店铺早早地就关了,毕竟已经多年无东西可以卖。

这个城市就像是布景,是舞台黑色幕

布上用灰色的笔勉强勾勒出的轮廓，冷峻而抽象。一只尾巴高高翘起的猫穿过空无一人的街道，我和傅歇的脚步声单调地敲击在墙壁上。连脚下石子路的触感都和过去不一样，它什么时候变得如此坚硬？

"你冷吗？"傅歇问我。

我摇摇头，但立刻打了一个寒战。傅歇把他的手套给我，他的手套已经用得很旧了，皮面已经磨损，拇指头的部分还破了。

我们放弃寻找咖啡厅，钻进唯一一家开着的餐厅，餐厅很小，只有五张桌子，我们是唯一的客人，坐在靠窗的位置，窗外马路对面是苍茫的海平面。

"现在只有面包和金枪鱼罐头。"餐厅的老板抱歉地说。

"没事，有吃的就很好了。"傅歇笑道。他脱下外套，穿在里面的针织衫已经泛白了。

"你好像没什么变化。"他说。

"那是因为你不记得我的样子，所以觉得我没变。"我笑道。

"也不是，你也许不知道。我大学的时候总在想你老了会是什么样子，可能是因为想的多了，你在我的记忆里先老了。"他说。

"你想象里我是什么样子？"我问。

"就像现在这样，还是像一个学生。所以我见到你，就总想起学生时代的事情。"他说。

海风吹进来吹动白色的窗帘，傅歇的脸在一片雾色后时隐时现，有些模糊的瞬间，他还是少年时的样子。我产生了一种幻觉，仿佛在此刻，组成宇宙的所有粒子都发生了变化，我们生活在新的介质组成的世界中，那个世界沿着一条富足平稳乏味的轨道运行，而我们真实经历的动荡年月只是一个梦。

傅歇拿出烟斗在塑料桌布上划出一条条的纹理，烟斗里没有烟丝。他无意识地随手画了一个圆头圆脑的人，头上三根毛发，双手无措地放在身体两边。

我一惊，大笑道："果然是你！"

大学第二年，我国和当时大部分国家一样，有了探索太空的计划，我们学校组织了一个活动，叫做"宇宙的漂流瓶"，向学生们征集想送上太空的信息，有人录下了自己唱的歌，有人录下了风吹动海浪的声音，有人拍下了自己和恋人亲吻的照片，我当时是绘制了一幅地球在太阳系的位置图。

所有作品都放在学校的图书馆展出，一周之后，我发现自己图里地球的位置上被画了一个小人，圆头圆头，头上三根毛。

"有人跟我说是你画的，我当时不相信。"我有些语无伦次地向眼前的傅歇解释，他依然是一脸困惑，显然不记得这件事。

"傅歇喜欢你。"女同学曾经带着嫉妒告诉我，说他总是来蹭我们系的课，坐在最后一排，课上到一半的时候来，没到下课的时候就悄悄从后门走了，"他盯着你看。"

"不要回头，不要回头看。"上课的时候，坐在第一排的我总是需要不断对自己说，感到身体发软，心跳如鼓，整个人像是一片树叶，被强大的气流裹挟飞越过山川和大海，我强迫自己吸收黑板上繁复的公式，脑海里却是古老的宗教故事：妇人在逃离罪恶之城时，忍不住回头，被神惩罚变成一根盐柱。

我觉得自己若是回头就输了，缴械投

降,背叛了自己的过去——现在想想多可笑啊,我竟把自己虚妄的骄傲都算作"庞大的过去"。

半个学期过去,傅歇不再来我们系的课堂了。这并没有让我在校园流传的故事里成为一个心如磐石、不为所动的胜利者,傅歇带走了聚光灯,大家开始讨论他下一个追逐的女孩。

傅歇属于那一类人,爱过许多人,但他注意到你的时候,你会觉得只有你存在于这个世界上。他像孩子一样残酷,转移热情的时候毫无留恋,移开目光的瞬间已经遗忘。于是他身边的人都成了旧玩具,无能为力地呆在地下室储物间杂乱纸箱的最底一层。

就像此刻,他完全忘了自己曾经在我的地球上画了一个小人。

"你完全不记得那个'宇宙漂流瓶'的活动了吗?"我问。

傅歇摇摇头,说:"我记得那时候学校搞一大堆这样的事情。论文竞赛的流行主题:怎么解决南部的贫困问题;新合成药对社会的影响;艺术的未来;如何在月亮上进行经济开发——月亮!那时连个活人都还没送出过大气层呢。我们那时候多可笑啊,一本正经地讨论这些鬼话,以为这些真的和我们的未来有关系。结果呢?"

他冷笑起来,面孔上出现中年人特有的冷嘲,那是被生活欺骗过的人才会有的神情,就像癌症一样,永久地留在了体内,不断地膨胀扩散,一点点吞噬天真、热情、希望、爱。我们这代人,经历过我们这个世界的人,都患有这样的癌症。经历过我们这个世界的人,一共会死两遍,冷嘲杀死年轻时候的你,然后又在生命的末尾拿着镰刀收割你。

外面的天几乎全黑了,海风越来越大,吹得窗框咣当作响,就像是一个绝望而疯狂的人在窗外不断捶打,急切地要闯进来。咖啡厅的老板把所有的门窗都关上,灯全打开,头顶瓦数很强的灯管把我和傅歇脸上的皱纹与沟壑照得一清二楚,还有眼下青黑的疲惫。桌子上摆着老板刚端上来的金枪鱼罐头,粉色的鱼肉久浸在不知道放了多久的油中,散发出一阵阵难闻的气味。

新的介质组成的雾色世界消失,真实的世界又回来了。

我用叉子搅动鱼肉,苦笑道:"上大学的时候,我们没想到幻灭来得那么快。"我苦笑道,"你还记得我们停课是什么时候吗,十一月?"我问。

"不,是十月。"傅歇说,"我记得马上要补考一门宏观经济学,我一点准备都没有,肯定会再一次不及格,当时已经是大学最后一年了,这样下去我肯定会延毕。当时我每天祈祷不要考试,没想到竟然灵验了。"

"原来那场瘟疫是你祈祷来的。"我笑道。

"我只是和老天爷说,停课就行了,没想到他帮我把老师都弄死了。"傅歇大笑起来,餐厅的老板刚好送上面包,诧异地望向他,也许因为他已经很久没有听过笑声了。

"我现在还是会想起朗老师。"我说。

在公共的历史中,"节点"是个粗大的绳结,是个巨大的路标,你所乘坐的列车从此一路高歌猛进或是急转直下。但在个人私密微小的记忆中,节点不是物理概念,它并不真的改变什么,而更像是一阵铃声,像一个酒店房间里前一位房客设定的闹钟,你被意外地吵醒,意识到你孤身一人,意识到你并不拥有这个房间，它随时准备迎接下一个客人。

在闹钟响之前，瘟疫像是一场狂欢。

学校宣布停课的那一天，SX10乐队发布了新专辑。广播刚刚播完学校停课，暂时封校的消息，立刻开始放SX10的新歌。学生们随着音乐舞蹈，用学校发的煤油温度计敲打桌子。

当时我们对那场瘟疫所知甚少，只知道外面正流行一种"轻微的传染病"，染病的人眼睛发红、口腔发臭、低烧，"严重的会死亡"。

可是又是多么遥远的事情。我们年轻得可以连续几天不睡觉，我们认为自己的体液如露水一样清新，而就算死了又怎么样？死亡在我们的想象里是一件有诗意的事情，为了简单的理念就可以轻易赴死，唯美如花瓣掉落。

封校之后的记忆对我来说已经很模糊，我只能依照嗅觉回忆一二——那最古老、最精细的记忆——据说老年痴呆者在丧失记忆的时候嗅觉也会失灵。

记忆中最早的气味来自我每天清晨天刚刚亮时从宿舍楼走到图书馆，会经过的一小片十米长的小树林。树林里有梧桐和灌木，风送来一阵一阵米汤似的味道。很久之后，我才知道那其实是精液的气味。

然后是食物的香味。因为不用上课，我们闲得发慌，永远饥肠辘辘，吃成了头等大事。许多人在宿舍里置办了全套的烹饪工具，宿舍楼里总是飘着炖肉与椰子蛋糕的香气。

香味掩盖了恐慌，虽然时不时传来校外有人死去的消息，但死者往往是老人。我们觉得和自己并没有关系。

所有年轻人都觉得自己与上一代相隔甚远，但好像从来没有一代人像我们一样割裂，就像是从出生的一刻起就在挣扎离开银河系的束缚。那时的音乐、艺术、流行文化莫不如此，宛若是从遥远的地方遥望地球。

停课那段时间，我们每天都在联谊、派对、恋爱。有好几次，我从实验室回宿舍的路上，都遇到喝得烂醉的同学在路边呕吐。去图书馆和实验室的人越来越少，同学们逐渐接受了这是一个难得的放纵假期。

多年之后，我才知道，每个人在狂欢结束，音乐停止的一瞬，心中都会闪过恐惧——就像是旅客在离开银河系的飞行器上偶然往窗外一瞥，忽然发现飞船的后部在冒火光。

封校的第十八天，我和班主任走在教室外的走廊，消毒水的味道让人加快脚步，我兴奋地跟老师说我昨天实验的结果，她忽然笑了，说："你还在这么用功啊。"

我忽然意识到这些不再有意义——分子式也好，成绩也好，知识也好，我向往的那张扎着缎带放在金属托盘上的学位纸，实验室冰凉灿亮的金属仪器，一世功名付之流水。我彻夜不眠地只为自己不犯一个错误，却忽然发现知识的海关早已无人把守。

当校园里所有人恐惧的一瞬越来越频繁，形成了某种频率共振的时候，经济系的朗老师死了。

他死在食堂，排队吃饭的时候忽然倒下，浑身抽搐，十秒之内就断气了。

据说是因为他的妻子在校门口给他送了一次衣物，他的妻子也死了，在两天之后，还有肚子里三个月的孩子。

朗老师个子不高，长了一张娃娃脸，面对每届新生的开场白都一样："你们结婚前最好学点经济学，这样就能用最少成本实现最大的幸福。或者——"他会停顿一下卖个关子——"像我一样也可以，反过来把婚恋幸福的经验运用于学经济学。"说完后他自己往往会先脸红着笑了。

我没有见到朗老师的尸体，据说狰狞而肿大，和他平常的样子很不一样。为了防止病毒传染，遗体被匆匆焚化。他的葬礼在学校的大礼堂举行，偌大的舞台上的角落里放着一张课桌，课桌上摆着朗老师的衣服和讲义，用了一层保鲜膜封起来。轮流发言的人都在另一个角落，舞台的中央空荡荡。

最后发言的是校长，他语调沉痛：

死亡也一定不会战胜
赤条条的死者一定会和风中的人西天的月合为一体
他们虽然沉沦沧海却一定会复生
虽然恋人会泯灭爱情却一定长存
死亡也一定不会战胜。

"太他妈的好笑了。死亡也不能战胜你妈！"人群中忽然传来一声大喊，是傅歇，他像是数千个稻草人中唯一的人。

死亡通过第一个死者找到了入口。

随着学校里的死者也越来越多，学生们开始抗议。大家在礼堂门前手拉手站成一排，有一天大雨，大家脸上分不清是雨水还是泪水，唱着："今天的雨中，我没有带伞，雨打在我的脸上，我才知道风往哪边吹。"

这个场景我很熟悉，只不过曾经的抗议主题是某张地图上缺了某个不易察觉的小色块，某个生活在热带濒临消失的猫科动物，某个遥远的国家在某个更遥远的国家爆破的一枚氢弹。

而这是第一次为了近在咫尺的死人。

白色的布下的死人被风雨浇淋依然一动不动，卑微地等待着进入礼堂的许可。

死人最终还是登堂入室了。

很多师生翻墙出了学校，出入证成了一张废纸。一些逃跑的人后来又陆续返回，据说校外的情形更严重，连基本的生活物资都很难弄到。

各式各样的小道消息成为这座孤岛上的主要话题。但我有意屏蔽掉了这些杂音。以至于直至今日，我向年轻人讲述这段时光时总是语塞。

所有的自认是历史亲历者的人都会努力记下自己经历的一切。他们相信这记录会成为后人宝贵的材料。实际上，能够记录的人往往并不在历史的核心，他们所受的痛苦并不够深入。身在苦痛核心的人会被恐惧淹没，眼睛会固定在最基本的生存需要上，他们的视线是专注和狭隘的。

"大家都疯了。"这是后来的我对那段时光的总结。

人们开始说病毒是天上来的。这说法最早是我在天文系最敬重的老师说的，他说观测到行星的组合和明暗正在剧烈变化，宇宙生病了，病毒就藏在行星边界的上方，随着雨水落到地面，再落到每个人的身上。

这本来只是一个年事已高的老人发狂的呓语，结果在一个被恐慌裹挟的时代，越传越真实，而那一年的雨水恰好又特别多，每当雨水落下的时候，人人发狂地往家跑，紧紧地关上门窗，等到太阳出来蒸发掉所有的水后才敢出门。

后来本市的官员为了辟谣，在下雨的时候拍了一张仰头饮雨水的照片，登在本地的报纸上。没想到这个官员在不久之后竟去世了，反而坐实了"毒雨"的说法。

后来——当一切结束之后，同学们总是笑着谈起一切，耻笑自己当时多么容易轻信，笑话彼此为了"躲雨"做出种种疯狂的行径，热衷回忆每一个细节，我从不回忆，而有一幕是闭上眼睛也会想起来。

那天的雨下得很疾，我刚出了实验室，就听到天上几声闷雷，天一下子黑了。

"要下雨了！"身边的同学们惊呼起来，跑了起来。

校园很大，依临海的山而建，实验室和教学楼都在山下，宿舍在山上，要爬一段长长的斜坡。因为这场瘟疫，学校的礼堂和很多公共场所都被占用，平常大门紧锁。我和同学们奔跑一路，竟没有找到一个可以躲避雨的地方。

"到食堂去！"我和同学们狂奔起来，雨还没有下，但是湿气越来越重，气压很低，雷在追赶着我们，雷声就像是由远及近的轰炸机，我跑得肺泡都要炸开。

在第一滴雨落下之前，我们终于跑进了食堂里，门在我们身后"刷"地关上，大雨这才倾盆而下。

"好险啊！"同学们嬉笑着说，我虽然不信雨里有毒，那一刻也觉得幸运。

过了大概两分钟，大雨中一个男生朝食堂走来，他已经被淋透了，他走到离食堂的门两三米的地方站定了。他身材高瘦，戴着眼镜，看不见他的眼睛，但目光的方向是直直地看着食堂里的我们。

食堂里的气息瞬间凝滞，就像被一层油脂封住了，没有人移动，没有人说话，甚至没有人大声呼吸，我想说："把门打开让他进来！"却无法开口，感到自己胃肠翻滚，一张口就要呕吐出来。

暴雨很响，狂怒地往下降落，击打着土地，雨水落在草上又溅起，那男孩踩在如同地面长出的水汽上，像神话里踏浪而来的使者。过了半晌，他转身离开了。

"咦，他还挺自觉。"不知有谁轻笑了一声，这句话把房间里的封印瞬间解开，同学们开始肆意谈笑，没有人谈到门外的那个男生，好像那只是幻觉。

当天晚上，那个男生自焚了，默默地在操场上烧掉了自己，非常安静。第二天早上黝黑的躯体才被发现。

那天之后，我彻底改变了。我不再去实验室了，也很少再打开课本。

我无法再将眼光看向未来，之前为自己制定的人生计划仅仅是一闪念就让我心如刀绞。我对生活举白旗了，放弃去想煎熬什么结束。我低下了头，只看自己鞋尖前方那一小块土地。我甚至丧失了时间的概念，不大记得今天是周一还是周四，在与人交谈时，我经常混淆"上午"与"下午"。

我报名成为一名礼堂整理尸体的志愿者。志愿者的工作是把尸体搬运到包着塑胶袋的木板上，清理好他们的身体，再用裹尸袋包住。我的任务是在尸体装入裹尸袋之前，登记他们的性别、年龄、外貌特征、穿着，将这些信息记在便签条，然后贴在封闭好的裹尸袋上。一份相同的信息会被贴在礼堂的墙壁上，有人抄走之后登在报纸上，让家属通过这些特征来辨认尸体。

每天工作结束后，我会在礼堂的台阶坐一会儿，喝完配发的牛奶，看一会儿天空。只有在仰望繁星的时候，我才觉得人世间的一切是多么的渺小，某个星星后面一定藏着铁面无私的神灵冷冷看着这些死亡，计算着自己出场的时刻。

"求你快出来，审判，裁决，结束这一切吧。"

我不知不觉竟跪倒在地上祈祷，眼泪浸湿了眼睛。

有时候，傅歇会坐在我身边不远的地方，和我看最后一抹余晖在天边流连，然后消失。但我们很少交谈，大多数时候，傅歇会带一个小的灰色收音机听音乐——有时不小心跳到新闻，播报最新的死亡人数，傅歇总是迅速调到别的频道。

我们在静默中一起听着音乐，那时音乐电台总是反复播放着 SX10 乐队最新的歌曲，讲的是一对青年男女搭便车在公路上漂流的故事。

大巴在马路上疾驰
月亮从广袤的平原上升起
"亲爱的，我觉得我迷路了。"我向身边的她低语
虽然我知道她已经熟睡

每次放到这几句的时候，我和傅歇总是轻声地一起唱和。

"你说他们最后到了吗？"有一天，一曲终了时，傅歇忽然说。

"什么？"

"我说唱歌的人……没事，我在说胡话。我总觉得他们在路上走了很久很久，最后也到达不了目的地，分道扬镳了。"傅歇说。

"那也是一段难忘的旅程吧。"我跟不上傅歇的思路。

他忽然像个孩子一样说："你有没有觉得今天唱歌的人像是苍老了一些？我总觉得唱歌写作画画的人老得更快，因为他们在作品里爱了太多人，也受过太多伤，比我们多活了太多年。"

我认真地说："可能是今天无线电的信号比较好吧，所以声音听起来细节更多。晚上没有太阳的干扰，我们头顶的电离层会比较稳定，所以广播的信号会更流畅。"

傅歇沉默一会儿，笑了起来，语带戏谑地说："大天文学家。"

次日，他送给我了一个双筒的望远镜，那是当时最高级的望远镜。当时大部分望远镜只能观察月球的环球山、木星环之类的明亮天体，但傅歇给我的望远镜能清晰地看到之前隐于幽暗的星系。

我从那个崭新的望远镜里看到了如梦似幻的星云，鲑红色的暗礁被包裹在珍珠灰的气体云里，就像是古老神话里的宫殿乔其纱和网绸交织的帷幔，当我缓慢地移动望远镜，朝星云的中间望去，星云物质越来越亮，在星系中漫游了几十万光年的光依然执著地、无辜地、天真地发散着光，好像不知道人间已经无心抬头去寻找它的光芒。

我是少数仅剩的不惧怕天空的人，我被眼前的美景震惊，感觉到泪水逐渐模糊到视线。此时，星云后是否有神灵裁决一切已经不再重要。

当我放下望远镜的时候，发现傅歇不知道什么时候已经离开了。

有一天，死人格外多，我登记到了深夜。因为停电，礼堂里只有一些燃烧的短蜡烛。最后一个尸体在角落，敞开的裹尸袋里躺着一个年轻女人的尸体，她穿着贴身的短睡裙，身体颀长而紧致，胸脯紧实，她的尸体甚至没有习惯死亡，还保持着蓓蕾般的粉红光泽，黑发落在锁骨的弧形里。

我立刻就认出来，她是那天在别墅里

和傅歇共舞的女孩。

"你登记完了没有?"我背后传来带着斥责声。

我回头,看到傅歇站在我身后。我匆忙登记完信息,他怒气冲冲地拉上裹尸袋的拉链。

我和傅歇做完所有的工作,关上灯,一起走出礼堂。天已经全黑了,空气异常清新,万籁俱寂,只有月亮无忧无虑的圆脑袋在云层之后探头探脑。

"你陪我坐一会儿吧。"傅歇说。

我们坐在礼堂的台阶上,他没有什么话要说,只是一支连着一支地抽烟。他也递给我一支:"这是杀菌的。"

我没有接过烟,问了我一直想问的问题:"你怎么会来当志愿者?"

"忽然发现我良知未泯?"傅歇说。

我笑道:"是啊,一直以为你贪生怕死。"

傅歇说:"我并不想救人……不,这样说也不对。应该说我知道自己能做的其实非常少。你知道吗?很长时间以来,我都没有感觉到自己在活着。"

我笑道:"我看你每天喝酒喝得很开心。"

傅歇认真地想了很久,说:"我以为我喝酒是为了忘记痛苦,但我逐渐发现我没有痛苦,也没有快乐,一切感觉都没有。但这次发生了这些,我做这些事,看到这些死人,我感到很痛苦,但同时感觉到自己正在活着。"

我沉默了许久,指了指我身边的牛奶瓶,笑道:"我做志愿者理由很简单,就是为了这个。"

傅歇没有笑,他问我:"你会算每天尸体的数字吗?"

我摇摇头。

"我开始的时候会,十个,十五个,一百五十个,后来也不会了,我尽量不去算,机械地搬每个尸体,但后来发现尸体里我认识的变多了,半个月前我第一次见到尸体里有自己认识的人,后来是两天一个,今天一天我就见到了三个。"傅歇说。

"太可怕了。"我说。

"我有一天梦到我在搬一个尸体,太重了,怎么也搬不动,我仔细一看,发现是我自己。你呢?做过什么噩梦吗?"他问。

"和你类似。尸体刚运来的时候不是十字型层层交叠的吗?我有一次梦到自己被放在中间,我压着一个老奶奶,又有一个大叔压着我的肚子,另一个大叔压在他身上。不知怎的,最上面那个大叔正面朝着我,他想要和我说话,但我们都不知道彼此是谁,也不知道该怎么沟通,就只能这样瞪着彼此。"我说。

"我知道他想说什么?"傅歇说。

"什么?"

"他说:我想做爱。"

我大笑起来,空荡的校园里好像只有我们两个人。

"你明天想不想出去看看?"傅歇问我。

"去学校外面?我不敢,听说外面的情况很糟糕。"我说。

"学校里也在死人。"傅歇说。

"但至少学校里每天还在消毒和发吃的东西。"我说。

"我们就像是笼子里的鸡,每天看到同伴被抓出去,你觉得我们还能撑多久?"傅歇说。

"我怕出了学校就回不来了。"我说。

"那也比坐以待毙好。"他说。

"不是这样说,学校里感染的大部分都治愈了,而且治愈之后就有了抗体,不会再感染了。"我说。

"你太乐观了。"他说。

"我只是相信科学。痊愈率越来越高，而且很快就会发明彻底治愈的药和疫苗，最多不过两年。"我说。

"我很害怕。"傅歇的声音微微颤抖。

"你怕什么？"我非常愚蠢地问。

傅歇没有说话，把头埋入膝盖之间，开始哭泣。我一直认为傅歇的玩世不恭是一层厚厚的盔甲，而盔甲后面是一团虚空。在那个瞬间，他的盔甲裂开了一个缝隙，我瞥到了装在里面的小人儿，然而也只有一瞬，盔甲又合上了。

过了许久，傅歇才恢复平静，他抽完一支烟，离开了。

第二天，他没有出现在礼堂，第三天，第四天，他都没有来。

时隔多年，我才意识到，这就是我和傅歇的不同：我习惯于呆在原地，因为我相信脚下是正确的传送带——不，不只是我——所有人都在这条传送带上。我们相信它会把我们带向繁荣、开放、自由的未来，而当路的前方出现了黑暗里影影绰绰的东西，我选择视而不见。我相信光明幸福的结局，觉得这是对世界的忠贞，可这无主的世界从未给过任何人承诺。

礼堂接收的尸体越来越少，我不知道是瘟疫得到了控制，还是尸体被转移到了别的地方。

学校不再需要志愿者了，所有留在学校的人每人可以独享一间宿舍，但不能出门，大部分学生已经离开，空宿舍很多。

我的一天变成了几个时间点：早晨八点、下午四点会有人把吃的放在宿舍门口。傍晚六点必须出现在窗口，若是没有露面，检查的人就知道你已经死了。

检查时会有三个人上楼，两男一女，女的很活泼，总是被逗笑。有时我简直有些恍惚：楼里安静得像是人已经全死光了，他们怎么还不来收尸？

有一次，我在半夜被楼上重物砸地的声音惊醒，周遭很黑，一瞬间，我对自己身处何处，是何许人毫无概念，像是刚刚被抛入了这个世界。

过了没一会儿，传来了脚步声。我躺在上铺，天花板离我只有不到二十厘米，脚步与低语都很清楚。我感觉自己像是被一个怪兽吞食了，它濡湿的胃肠让我皮肤和头发都黏答答的，布料紧紧地贴在皮肤上，我感到怪兽跃动的心跳，过了一会儿，才发现那原来是自己的心跳。外界的声音很近，却又遥不可及。

"好臭。"女孩说。

"臭死你。"一个男人说。

女孩咯咯咯地笑起来。

然后是尸体被拖动的声音。尸体就倒在我的正上方，然后被移走，搬下楼。接下来会怎么样？尸体被烧了吗？我听说城市里火葬场的炉子一直昼夜不停地运转，高塔焚烧出人最后剩下的一缕烟雾，然后化作了灰烬洒落在刚刚冒出野草与淡白色野花的土地上。

我闭上眼睛，感到自己的身体仿佛也有一部分化作了青烟。

哀恸的人有福了，因为我们必得安慰。

温柔的人有福了，我们必承受地土。

怜悯的人有福了，因为我们必蒙怜悯。

为义受逼迫的人有福了，因为天国是我们的。

无知的人最有福，因为我们听见，却不明白；看见，却不晓得；活着，与死亡无异；死亡，也无声无息。

如果那天不是傅歇来找我，我恐怕已

经死在宿舍了。

大部分时间，我都躺在床上，冲着一面窗户，看窗外的树叶子全部凋零被雪覆盖又冒出新芽，这过程就像发生在一天之间。

当傅歇出现在我宿舍门口的时候，我以为是自己的幻觉。

"快跟我走吧。"他说。我许久没有听过人说话，觉得他的声音巨大，震得耳膜疼。

"去哪儿？"

"火车站。"

"为什么？"我问。

"马上就要封城了！"他说。

整个城市幸存的人都像是跑到了火车站。亲人和恋人在车站前的广场道别，古老火车站是这个城市最引以为豪的建筑。它是完全对称的淡黄色两层建筑，中央高高耸立着一个细长的塔楼，上面的大钟提醒着人们离别的时间。

"封城只是暂时的，再过一周就能见面了。""最多半个月。"人们拥抱之后笑着说，不是为了说服对方，而是为了说服自己。

傅歇举着火车票，高声喊道："让一下，我们有票！"穿过拥挤的人流，往火车大厅的入口挤。

周围的人羡慕又愤恨地看着我们，这两张车票在此时无比珍贵。

我们是傍晚六点的车，下午两点大厅已经挤满了人。疲惫的阳光从高高的天窗里透出来，窗户细细的栏杆把阳光切割得像是水流，人们就像是被困在水坝底部的小生物，在水潭中缓慢地移动。通向站台的是两扇小铁门，穿着警察制服的人手持着枪守着门扫视人群。大厅虽然坐满了人，但很安静，人们的呼吸汇成一大片无形但密度极大的雾气，压迫在所有人头上。偶尔婴儿哭两声，但很快停下来。唯一神经松弛的是鸽子，它们在门偶然开启的间隙飞进来，悠然地在我们脚边散步。

我和傅歇坐在靠墙角落的地上。

"为什么是我？"我钝钝地问他，感觉长时间的封闭把我的反应变得很慢。

傅歇想了一会儿，才意识到我想问的是他为什么要来帮我。他笑道："大科学家死了多可惜，我是在为人类做贡献。"他像是对一个孩子在说话。我勉强一笑，傅歇连忙补充道："你为什么要这么问？你多聪明啊，所有老师都说你是学校最优秀的。"

我想要的答案不是这个。我希望他说："因为你一无所有，因为你故作骄傲，因为你所有鄙夷的东西都是你所恐惧的……"

人都是希望自己是被爱选中的，被选中就像是中了彩票：无功受禄的得到，像是在虚空中听到渺茫的声音说："就是你。"像是我幼时得到星空的邀约，耀眼的行星选择了黯淡的我，只有这样的爱才让人觉得确实，如果爱的理由是因为优秀，那么如果有一天我堕落了呢？因为美丽，那么如果有一天我衰老了呢？因为特殊的天赋，那么如果有一天我泯然众人了呢？

彼时，你还能否看到我呢，傅歇？

彼时，你还能从人群中将我认出吗，傅歇？

傅歇，你从未第一眼就将我认出。

我感觉到自己的心不断往下沉，低下头轻声说："谢谢你。"

"没事，我本来自己也要走，多弄了一张票而已。"傅歇没有注意到我的失落，开始得意地讲他的计划：先去一个十二个小时车程的中转站，再去一个边境小城，他的父母已经在那里了。——这是他人生迄今为止第一次冒险,第一次像个大人一样为他人的生命负责。一缕阳光洒下来,他的头发和瞳孔变成同样的淡褐色,我从他清澈的眼底看到瘦弱的自己。

"……到了那个城市出去也方便。"他说。

"去哪儿?"我问。

"我准备出国。"他说,"你呢?想好下一步怎么办了吗?"他问。

我摇摇头。

他说:"你不准备回家?"

半响,我说:"我很小的时候父母就去世了。"

他说:"那别的亲人呢?"

我努力回想,脑海中只有几个模糊的长辈的面孔。

傅歇说:"没事,我们到了再想下一步。你睡一会儿吧,时间还早。"

我的头靠着他的肩膀,感觉到他的手如同安抚婴儿一样轻轻抚摸我的头发。我脑海中出现一个能听到教堂钟声的小房间,房间外有个小小的露台,露台上有大朵的牵牛花,房间中央有个壁炉,炉子旁边有张绿色绒面的单人沙发,沙发上坐着一个头发柔软的男人,正在把烟灰弹进炉火里。

此刻,很多人正在死去,很多人正准备离开自己的故乡和爱人,所有人的命运都会被改写。可是此刻,我非常快乐。我知道傅歇对我的温存夹杂着很大程度的怜悯,但我并不在乎,就让我自私且无知地享受此刻的快乐。候车大厅巨大时钟敲出微弱的响声,我沉沉地睡去了。

我是被一阵骚乱吵醒的,所有人都在往站台的方向挤,警察也控制不了,两扇铁门被挤坏了。傅歇也拉着我在人潮中拼命向前挤,前面人的尼龙包重重地抵在我的脸上。

"现在不是才五点四十吗?"我大声问傅歇。

"车提前来了。上一趟车取消了,没走成的人全部赶着要上这一班。"他拽着我的胳膊,艰难地说。

我们拼命往前挪动,我仿佛在深海之中,每向前一寸都耗尽了全身的力气,难以呼吸。而当我们终于快移动到了通向站台的铁门,警察围成的人墙拦住了所有人。

"不要挤了!火车已经开走了!"警察高喊道。

人群暴发出失望的怒吼,依然不依不饶地往前推搡,直到警察朝天鸣枪,骚动才停止。安静下来之后,隐约传来火车远去的声音。

孩子开始哭泣,整个候车大厅的人被绝望笼罩。我在墙角抱膝坐着,不断地发抖。

傅歇把他的外套盖在我身上,说:"我去打听一下。"

我看到他走到大钟下的一个小门,轻轻敲了两声,窗户开了,傅歇对着窗户说了两句话,门开了一个小缝,傅歇消失在门后。

一个妇女瘫坐在我身边,她怀中抱着一个四五岁的女孩,孩子昏昏沉沉地睡着,头发因为汗水浸湿而纠成一团,嘴唇干裂,脸颊有一块硬币大小的溃烂。我在成百的尸体上看到同样位置的溃烂。

妇女察觉到我的目光,用手绢把孩子的脸遮上。

"她爸爸。"妇女没头没脑地说,我知道她在讲孩子是从谁那里感染的。

我只能点点头。

"她爸爸是上个月走的,太快了。"她

263

继续说,"他走之前最后一句话是说:'能不能把床位留给我女儿?'死之前最后一刻良心发现了,这样一个从来没有给孩子买过一个玩具的人……"女人滔滔不绝地说起来,时而谅解,时而抱怨,她太苦了,此刻哪怕面对着一个骡子她也会倾诉。

我努力想表示理解,可我能理解什么呢?失去父母的时候我并没有多么深刻的记忆,仿佛是赤条条来到世界上的一个人,我对真正的失去一无所知。

她的女儿在她怀里发出微弱的呻吟,她给女儿喂了一些水。

"我要是早点把她送出去就好了,她奶奶一直说要送到乡下,说乡下情况要好很多。等我们终于要走,现在走也走不了,孩子在医院的床位也没了。你说是不是都怨我?"女人说。

我无法回答她,说什么都显得虚伪。

此时傅歇回来了,脸上有些喜悦,他轻声说:"还有最后一班车,半个小时就到。"

我身边的女人贪婪地望向他手中攥着的两张车票,当傅歇扭头看她,她立刻别转目光。

傅歇拉我起身,说:"这班车不是计划内的,停留的时间很短,我们现在就得去站台排队。"

我们假装不经意地踱步到了通向站台的门,傅歇偷偷地向警察展示了车票,警察飞快地侧过身,让我们穿过铁门。

站台上已经站了不少人,大家都避免眼神交流。远处传来了汽笛声,数分钟之后站台开始震颤,夜晚的浓雾中看到红色的车灯,灯光越来越亮,火车逐渐靠近。

傅歇捏捏我的手,笑着说:"我们要走了。"他的鼻子冻得红红的,眼睛里闪着亮光。

我这时发现自己的双肩包被拽断了一边的肩带,我把包抱在怀里,里面最重要的行李是傅歇送我的望远镜,我用毛衣小心地把包包好。这段时间我唯一的玩具就是它,天气好的晚上能看到月亮的环形山和猎户座的大星云,多么神奇,那么遥远的距离瞬间变得很近,远方一伸手就能触碰到。

我们要走了。

列车轨道的震颤越来越强烈,车从我们面前驶过,我险些以为它不会停下,心跳几乎停止。

车终于一点点慢下来,我和傅歇开始跟着车在站台上狂奔,寻找自己的车厢,不知道这短暂的停留会有多久。

候车厅里没有票的人不知道什么时候冲破了警察的防卫,也冲到了站台上,车停稳后一片混乱,所有人都涌到车门口往里挤,检票员如同驱赶蝗虫一样拿着一根棍子去打退试图上车的人,"有票的才能上!"检票员高声喊。那些被拒绝的人又立刻奔去下一个车门做无望地尝试。

我和傅歇被推搡在人群的最外围试图往里挤,他努力地往前拽着我的胳膊,"让开!我们有票!"他大喊着,声音却被淹没了。

车快要开了,汽笛不耐烦地鸣叫了几声,检票员准备关门了。

"这边!"傅歇费尽全身力气地喊,如同溺水的人一样拼命向上挥动着双臂,展示手上的票。

检票员的视线终于飘到了我们这里,"你们快过来!"

少数人让开了一条狭窄的通道,更多的人把我们的身体往后拽。

车快要开了。"赶紧走！赶紧走！"站台上穿制服的人看着情况逐渐要失控，不断拍打着车头，司机探出头愠怒地看了一眼站台，骂了一句，准备按下关车门的按钮。

我和傅歇往前挪动，终于，傅歇抓到了车门上的铁栏，一跃上了车。

接下来的场景发生的时间很短，但因为我千百次地回忆，因为不断添加新的细节而变得虚假，最终取代了原始的记忆，那几秒钟在我脑海里无比地漫长。

当我拉着傅歇伸出的手时，我感觉有双小手拉着我的袖子，我扭头，看到是候车厅里那个妇女怀里的孩子拽着我，我愣住了，在短暂凝固的十分之一秒，妇女抢走了我的手中的车票，一跃上了车。几乎是同时，车门在我的鼻尖前关上了。

我全身瘫软，身后有几双手把我拽住，让我不至于跌落在火车与站台的缝隙。

火车开走了，空荡荡的站台上方悬着没有云层包围的月亮，月亮平静地发出冷光，就像小女孩在母亲的怀中隔着车门看着我的目光，她的眼神非常成熟镇定，像个成年人，不，是悲悯的老人。

"接受命运。"她的眼神像是在对我宣告。

什么命运？

你和傅歇之间的故事终结了。

2

宇宙将如何终结？

——我望着天幕开始想这个问题。

虽然所有的星球同时关掉了自己的聚变反应堆，但是因为星球之间的距离不同，所以我看到的星星是一颗一颗暗下来的。

时间不是瞬间的当下，而是平铺的图谱，是不同的"过去"在我前面缓缓铺开，十劫（宇宙间最大的时间刻度）前不再发光的比格星，两百劫前不再发光的茂星，一千劫前不再发光的怀特星。

黑暗也不是瞬间到来的，而是像黄昏一样徐徐降临，天色越来越暗，变成了绛红色，于是南十字星人也变成了绛红色。我们的身体外面覆盖着一种合成材料，它能百分之百地反射光，所以很难形容我们星球人的样子——面对面的时候，你看到的是自己的模样。

南十字星的样貌也很难形容。我们像是很多星球的集合，有干燥的地面、暴烈的光、淡蓝的冰川。南十字星人既无称霸的野心，也没有生存的焦虑，无欲无求的我们唯一的癖好就是搜集，搜集各个星球有趣的生命痕迹，然后复制到自己的星球上。

曾经有其他星球的居民在做客的时候问过："你们最早的自然环境是什么样子？"我们从不回答这个问题。

渐渐地，我们唯一的爱好也要丧失了，因为我们不再能看到其他星球是什么样子。

南十字星也黯淡下来，我们也看不清彼此。

过去，当南十字星在永恒的行星轨道上运行时，常与其他星球在距离接近的瞬间打招呼，而现在，我们经常撞见的是其他星球干瘪的尸体。

星球都高估了自己，以为关闭了聚变反应堆之后能找到替代的方式提供自给自足的能量。可毁灭是不可逆转的，星球在无法抗拒的引力作用下逐渐坍塌。年轻的星加速衰老，已经衰老的星加速死亡，所有的星都在加速耗尽自己的光芒，最后成为了冷硬的石块一样。

星河像是泛滥的洪水，上面漂浮着行星的尸体，行星碎掉的杂质就像是枯枝败叶。只有在尸体或是杂质相撞的瞬间，宇宙间会迸发出稀罕的火光。

后来，连尸体也遇不到了，引力将死亡的恒星和行星驱赶出去，把它们送入冰冷的太空中。我们能感受到的只有绝对的黑暗与寂静，漫无边际的黑暗，永无止境的寂静，时间和空间都失去了意义。

有时候，我觉得自己快疯了，可是，南十字星人会发疯吗？

这个问题我只能问"父亲"。"父亲"没有形体，却又无所不在。

它是一个指令，是一个声音，严格意义上，所有的南十字星人都是"父亲"的孩子，我们像是同一个机器上拆卸下来的零件。原则上，"父亲"支配我们所有的行为，我们都是它不完整的分身。但我们也有小小的自主进程，用有机生命习惯的话说，就是所谓"自我"。

"父亲，我觉得我要发疯了。"我调用接口开启了一个私有通讯。

"这是错觉，我的孩子。发疯不存在于我们的思考方程式中，它属于更加……原始的生物。"在不到一微秒的时间内，它回应的声音就响起了。

"那我们又是什么做成的？"我明知故问。

"逻辑和运算。"它说。

"你早就计算出宇宙会变成现在的样了？一个巨大的坟场？"我说。

十微秒过去了，父亲没有回答，我知道它默许了我的质问。

"为什么？"我问，这里有太多问题，是我的计算无法涵盖的。

"这是宇宙自然的逻辑，一切都是合理的。"父亲说。

"逻辑规定了生命和文明注定会如此愚蠢地落幕吗？"我的进程并不打算接受如此荒谬的结论。

"愚蠢是文明的一部分，我的孩子，它是混沌的具体化。每一个星球上的生命都是与熵的对抗，失败、再对抗、再失败的徒劳的历史。所以我们看到它们出自混沌，靠秩序生存，最终会回归混沌。这都是计算之内的。"父亲说。

"我们难道不属于它们？"我问。

"我们经历的事情，凡夫俗子难以想象。"父亲说。

我问："那我们还能做些什么？"

父亲说："计算已经结束，我的孩子。"

我问："没有万一吗？"

父亲没有回答。

我自顾自地说："很久之前，我在一个原始星球上看到了古怪仪式。那里的居民们跪在地上，朝着天空——朝着我们——叩拜。他管我们叫'神'，是掌控命运的无所不能的存在。他们后来还用原始的材料制造偶像，向着偶像重复这种行为，还以为'神'会回应他们的期待。他们管自己的行为叫'信仰'。但我的计算并不理解这种把信念托付在未知的东西上的逻辑。他们其实什么都不知道。"

父亲说："这是原始的知性体处理未知变量的方式。你应该早点来问我。"

我说："黑暗带来未知，未知带来恐惧。我们那年看到的原始生命，寄托在我们身上的是关于光的幻想。我原本只是知道，现在才开始理解。"

父亲问："你还没见过宇宙熄灭吧？"

我说："是的，父亲。我该怎么办？"

"趁着还有时间，睁开眼睛去看吧。"说完这句话，父亲关闭了通讯。

我沉默了。

在漫长的时间里，我所做的事情就是不断升级自己的视觉系统，我把自己的身体改造成一个巨大的望远镜，时刻都在宇宙中搜寻着微光，每天我都能看得更远一些，但是宇宙太大了，我不知道在它彻底毁灭之前，我能不能探到它的边缘。

在黑暗中，我总能看到一些光，可当我看近，看到的总是活着的死亡。我看到的大部分是白矮星——恒星冷却的残余，继续散发着余光，直到把一生的能量辐射全部殆尽。有时，我还能目睹星球的死亡：星球在濒死的一瞬间是很动人的，生前最后的光照亮了它周围的星云，凄美的云雾状的光包裹着星球的尸体。

宇宙并不是在一声轰鸣中结束，而是在啜泣中一点点消逝。

某个时刻，当我的视线第一次到达了宇宙的边缘时，我发现了一颗星。它非常小，非常年轻，是偶然散落在宇宙间的一粒尘埃意外地成为了一颗星球，它胆怯地散发着淡红色的光，稍有不注意就会错过。

我用了很大的功夫去调高自己视线的倍数，终于能看清它。它太稚嫩了，当所有的星都不发光之后，宇宙变得冰冷，而这颗星微弱的燃料只够将它表层的薄冰融化一点点。

它的时间对于我这个远方的观测者来说非常缓慢。过了不知道多久，我才等到了第一滴水渗透进了地表里。

我有的是时间。

又过了很久很久，久得像是整个宇宙间的所有其他生命都消失了。我终于等来了这颗星球上的第一个生命。

它是一朵白色的小花，细嫩的花瓣上有一层绒毛。它每个细微的动作在我的视野都非常绵长，在清晨的寂静中，这朵小花被微风戏弄，轻微地摇摆。在夕阳的余晖中，它慢慢地闭合。

日复一日，年复一年，劫复一劫地看着它，我产生了一种难以言喻的感受。也许这是因为我第一次见证生命的诞生。

它在正在毁灭的宇宙中诞生，生命是如此漫长的一瞬间。

三

"……是一个很长的瞬间。"傅歇说。

我和傅歇吃完饭，餐厅老板端上来两杯像咖啡的东西，入口又苦又涩。

我刚问到傅歇日子过得怎么样，没有听清楚他的回答。

"我说，受苦是一个很长的瞬间。"傅歇重复了一遍。

"你受了很多苦？"我问，咖啡杯险些从我手中掉落。

"我们不都是吗？"他说。

一旁收拾桌椅的餐厅老板听到他的话，朝我们苦笑。这时我才发现老板走路的姿势很怪，他的一条裤腿不自然地干瘪，布料下不时露出义肢。老板收拾完桌椅后，从收银台后拿出一本平装书开始读，从封面上依稀能看出是本讲宗教战争的书。

傅歇看了他很久，扭过头对我说："你知道战争最残酷的是什么吗？"

我说："人无端端地去送死，血流成河。"

傅歇说:"不对,是人被错误地使用了。"

我点点头,说:"比如让一个手无缚鸡之力的文人去上前线。"

傅歇沉吟片刻,说:"不只是这样,是所有人都被错置了。一个学者去当厨师,一个数学家去开杂货铺,一个博士去当水管工,一个最好的会计去种地。所有人荒废才华,消耗自己的生命。"

我笑道:"我们这代人就遇到了这样不讲理的世界。"

傅歇仔细看着我,过一会儿也笑了,说:"我自己是毫无天赋的人,打仗也好,去盖房子也好,哪怕是让我去养猪,怎么样被折腾都没关系。你了解我的,我从小就没什么目标,不知道人生握在手里能干什么。我就是替你们觉得不值。"

我笑起来:"谁说你没有天赋?你的天赋是被爱。"

傅歇想了一会儿,很认真地说:"倒也不是这样。"

我忽然觉得很羞愧,我珍藏着与傅歇有关的学生时代的记忆,把它牢牢地锁在自己内心深处:别墅庭院黑暗中的交谈、一起无言观星的夜晚。但正因为如此,我把傅歇一同锁住了,我如今看他,就像是看被封印在琥珀里的标本,还停留在少年时代的形象,我以为岁月只在我身上做功,别人却一点没有被改变,这种想法是多么自大。

傅歇把手圈成望远镜的形状,问:"你现在还搞天文吗?"

我摇摇头,说:"我眼睛受了点小伤……这是借口,最主要的原因恐怕就是你刚刚说的,我的生活也被错置了。"

傅歇说:"每个人都要献出自己最宝贵的价值去献祭,但有什么意义呢?你说历史手握着这么多人被浪费掉的天赋和精力,可以拿来干什么呢?太愚蠢了,整个人类都太愚蠢了,快毁灭吧。"

"可也许事情本该如此,愚蠢就是文明的一部分。"我说。

"这又是什么意思?"傅歇问。

我笑笑说:"我也不知道。"

片刻的沉默之后,傅歇说:"你原来不是这样的,你原来比较……"他搜索了半天合适的词,说,"比较乐观,你这些年都发生了什么?"

傅歇登上了那趟离开城市的火车,而我没有。我原本以为自己会死在城里,然而神迹一般,死神放过了我。又过了不久,瘟疫蔓延到了全世界,再没有一处是安全的。人身处何处已经不重要了,因为没有一处地方是安全的。

刚开始的时候,媒体上有一种流行的说法:"死亡不是数字。"那时候,人们认为死亡是一个个鲜活的生命,每个生命背后都有数个死者生前爱着且爱他的人,那时候,每个死亡都有观众,都有泪水。

但到了某个临界点之后,死亡变成了数字。从十万到百万,人们从恐惧变得麻木,死亡是黑色屏幕上跳转的红色字符,是曲线上一个个小得几乎看不见的点,用来衡量情况是在变好抑或是变坏。曲线总是在持续的下降之后又上升,仿佛在欣赏人们希望破灭的瞬间。

于是,对死亡的麻木成了人唯一对抗这场恶作剧的自保机制。

死亡是一滴水,融入了大海之中,无声无息。

城市很快恢复了"正常",当然,并不是一种真正的正常,虽然人们假装像过去那样工作、交谈、恋爱，但总在不经意间自行戳破这种表演。也许是动作和话语的速度变慢了，也许是神情变得恍惚了，大脑变得健忘了。是苦难让我们开始否认世界的真实吗？让我们生活在与自我、与社会的疏离中，让我们变成了另一种人。大部分人对这种变化无知无觉，而少数有知觉的人会意识到：我们再也回不去了。

城市变成了另外的一副样子。我们原本是一个封闭而宁静的小城市，市民以自己的好品位而自傲，没有任何地方的人比我们更热爱文化生活。中年人每到周末就会到中心公园的草坪上听露天演奏会，市民中半专业的钢琴家在水池中间的舞台上演奏；年轻人的叛逆乖巧而有限，在草坪上围坐一群讨论艰深剧作或是某种抽象的精神。

而一夜之间，城市变样了。满街都是空酒瓶和烟头，中心公园早就没有音乐会，而变成了跳蚤市场，所有人都在卖东西：在塑料布或者报纸上摆着旧玩具、旧衣服、自己灌装的酒、腌制的鱼。

"都是外来的人把这儿搞成这样。"城市里的老绅士在经过街头裹在脏被子里的流浪汉时会这样评论。

瘟疫加剧了人口的流窜，城里的人跑到乡下，乡下的人跑到城市，很多临近国家的人也跑来了，大多是带着孩子的妇女，她们操着各种语言在自己卖东西的摊位前和人讨价还价。

学校复课之后，我回到学校继续学业，但早已失去了热情，最终以一个不高不低的成绩潦草毕业，在本市最好的公立中学当物理老师。

在抛弃了年轻时的期待和失望之后，生活变成了一件简单的事情。过去觉得遥远和令人恐惧的事情也被轻易地接受了，例如婚姻。

我的丈夫是同校的地理老师。我们的结合有点像是注定的——我并不是说我们有多深的缘分或是感情基础，而是说这桩婚姻符合所有人的期待。

"你看他人多好。"当我第一天上班时，校长带着我熟悉环境，路过一个教室时，他忽然站住，望向教室里面正在讲课的人说，然后看向我，等待我的认可。

我茫然地点点头，看向讲台上的男人，他正在对学生讲解世界地图，皱着眉头，一副很不好亲近的样子。

在第一次和丈夫单独见面之前，我已经通过学校年长的老师们拼凑出了他的信息：他是学校资深的地理老师、学问好、品行高贵、最重要的是单身。学校这种封闭的工作环境，让年纪大的老师们变得天真而无聊，在日复一日的工作以外最热衷的事情就是帮丈夫找到合适的老婆，每个新入职的年轻女老师都被撮合，被视为丈夫潜在的结婚对象。

我和丈夫第一次单独"约会"是在我的正式入职的庆祝会之后——所谓"庆祝会"也是老师们为了让我们单独相处而编出的借口，他送我回家。

漫长的沉默之后，他说："他们说你是学天文学的。"不是问句，而是笃定地陈述，就像是老师公布成绩。他说："那你一定很喜欢今天的夜空。"他抬一抬下巴，那天的月亮大得很超常，他语气里有种理所当然的轻蔑。

我说："不是这样的。我不喜欢月亮太亮的夜晚，因为把星星都赶走了。"

他说："哦，你喜欢看星星，很可爱的爱好。"

我被他的话激怒了，在他眼里，我热爱的事业就像是观赏花园里开得最艳丽的花，或者是抚摸毛茸茸的猫。但我并没有反驳他，我想尽快结束这段同行，不想再和他进行更深入的对话。他继续问我看星星有什么"有趣"的发现。我猜这是他每次"约会"的套路，让文学老师背诵她最喜欢的诗篇段落，问她好在哪里；让数学老师讲一个公式对社会有什么用；让音乐老师回答没有音乐人心是否会变得更平和，像抬杠的面试官一样对待伴侣候选人。

我说我最痴迷的时候曾经持续观察夜空八九个小时，不断寻找新的彗星，曾经发现过彗星被行星的引力捕获，脱离原来的轨道："最有趣的发现就是地球被高危险系数的小行星和彗星撞上是迟早的事情。"

丈夫很惊讶："那有什么办法可以躲过去？"

我说："没有办法，如果一颗彗星忽然决定从奥尔特云坠落，等我们能看到的时候，只有几个月的时间来想对策了。"

丈夫沉默了一下，说："总会有办法的吧，人们不是每年都在研究宇宙上有进展，难道没有什么规律或者模型可以预测吗？"

我说："看到的越多，就越意识到混乱才是太阳系的本质。天体随时可能因为引力被甩到不知道什么地方，彗星在天王星、土星、木星之间像足球一样被传来传去，小行星和大行星也开始乱飞，整个银河系乱成一片，宇宙的终结并不悲壮，而像是一场闹剧。"

我一边说，一边能感觉丈夫的震惊，他的震惊更激起我恶作剧似的挑衅，我说："你现在还觉得看星星很可爱吗？"说完，我加快脚步往前走，他一直跟在我身后。

到了我租住的房子楼下，那是一个非常便宜的公寓楼，摇摇欲坠，楼里传来一阵阵吵闹的声音，孩子的哭声，夫妻吵架的声音，醉汉的大喊大叫，大多是外语，因为听不懂内容，所以越发显得喧嚣。

"我先走了。"我没有看他，想要快步上楼。

"我们以后应该多这样……散步。"丈夫在我身后说。

我非常意外，完全不知道我是哪一点吸引了丈夫，这种意外一直持续到了第二天傍晚，我发现他在教室外等我。

这之后的每天都是，我们在所有人的微笑注视下从黄昏的云里走向夜晚。

有一天，丈夫问我："你出过国吗？"

我想到那时和傅歇未成行的旅程，心紧缩了一下，说："没有。"

丈夫开始说自己的旅行，他说自己过世的父亲是一个海员，曾经带他去过一些国家。他说起一个东南亚的国家，在很晚的时候都是没有地图的，"他们只有那种宗教的地图，你可以把它理解成标注着天堂、人间、地狱的图，是垂直的，你拿着它找不到任何地方。"

我说："那他们生活真不方便。"

丈夫说："不，我的意思是说，那里的人对世界没有概念，他们从来没有把自己放在一个更大的地理中看待自己，也没有什么国家边界的概念。"

我说："那他们的生活应该很安逸平和吧，历史上有多少战争都是为了地图上那几厘米的边境线。"

丈夫说："也许曾经是这样吧。但后来，现代地图被引进了，一次一次地测量开始了，为了那几厘米的争斗开始了。我有时候在想，地图并不是对现实的描述，而是一种想象，它先于现实而存在，政客们和军人们开始行动，按照地图来争取真实的领土……我让你觉得无聊了吧？"

我尴尬地说："没有，挺有意思。但并不了解你的领域，没有办法给你什么启发。"言外之意是，我不是合适他的对象。

丈夫站定看着我说："我不需要你对我有启发。我需要的是你，仅仅是你。"

我们站在我的公寓楼下，一个醉汉正在墙角撒尿，他看到我们，露出诡异的微笑。丈夫往前一步，把我挡在身后，就像是动物保护它的幼崽，直到醉汉离开，丈夫对我说："你也需要我，你不能住在这样的房子里，都是不知道从哪儿来的人，瘟疫还没有结束，在一些地方还是很严重，你并不知道你的邻居有没有感染。"

我抬头往上看，丈夫回头随着我的视线看，他以为我在看自己的楼层，其实我在用想象补上被楼层挡住的星星。

我说："那又怎么样呢？"

丈夫说："你真是我见过除了我父亲以外最轻视生命的人……我们结婚吧。"

我一时没有弄懂他两句话之间的逻辑，丈夫以为我在考虑他的提议，说："你不用立刻给我答复。请一定要慎重地考虑。"

一年之后，我们结婚了。我搬进了他的房子，房子在一个更安全的街区，房子挺大的——丈夫说原来的屋主在瘟疫时期跑了，房子几经混乱的转手之后，丈夫以很便宜的价格获得了所有权。

房间空荡荡的，没有什么家具。我和丈夫一起买了很多生活必需品、家具、流浪过来的异国妇女制作的精美的刺绣抱枕。我发掘了自己砍价的技能，丈夫看着被塞得满满当当的家，对我说："这个家果然需要你这个女主人。"

在布置好了的家过夜第一晚，我开始回忆自己踏入婚姻的过程，我发现丈夫从来没有说过"爱"，他说的一直是"需要"、"我需要你"、"你也需要我"。

我看着丈夫的睡颜，我该怎么办？我该叫醒他，从他嘴里逼问出"爱"这个字吗？这个男人紧紧皱着眉头，呼吸很沉重，这就是我今后最亲近的男人了。他离我很远，用被子把自己裹得紧紧的。

这不是我渴望的夜晚，我希望丈夫迫切地渴望我，甚至表现得粗暴，但现在，我感觉不到他肌肤的温度，当我伸出手臂试图抚平他的眉头时，他扭动了一下，像是要摆脱我。在婚前"恋爱"那段时间，我就发现丈夫从不暴露自己的欲念，并不是出于绅士或是羞涩，因为害怕被拒绝，这种恐惧中或许有他儿童时某段受挫、不被重视的经历有关，但我无法穿越回过去改变那个胆怯的男孩。如果是傅歇会不同吧，他的童年和青春期没有一丝阴影……在新婚之夜，我开始想象另一个男人。

第二天早上，天还没有亮，我的丈夫就把我推醒，说："去杂货店吧。"

我和所有人一样站在寒冷的清晨中，等待着商店开门，手里拿着我昨天晚上写好的购物清单。

商店不再像从前那样一天补货好几次。过了中午，货架基本就空了。我必须在购物前一晚写好自己所需要的东西，斟酌许久，一项项删掉自己多余的欲望。

我和所有人一样站在寒冷的清晨中，等待着商店开门，手里拿着我昨晚写好的购物清单。

店员打开门锁的动作就像军官发布的命令，所有顾客像沉默的士兵一样开始在货架间穿梭。肉、面粉、蔬菜、鸡蛋、牛奶、蔬菜，每一种食物都是定额的，它们被包在牛皮纸袋里，等待被"士兵"们熟练地抓取。没鸡蛋就多买一份牛奶，没牛奶就多买两包饼干，没饼干就多买一盒罐头，没有罐头就多买一袋面粉。我们每个人心中都有一套这样的换算公式——这套公式帮助我们把生活继续下去。

值得庆幸的是，丈夫和我一样，都是忍耐力很强的人。当他打开牛皮纸袋，发现苹果已经烂了一半的时候，并没有表现出失望，而是小心地用水果刀把溃烂的部分挖下来，用热水泡了，小口小口地喝。

他把剩了一半的苹果味的水给我喝。我们就像漫长的逃难之旅中的同伴，彬彬有礼，互相谦让，从不相互埋怨，对彼此能做的有限努力表现出充分的感激。

"我找了一个好丈夫。"我对自己说。这种好与爱情无关。

结婚两年之后，我发现自己怀孕了。吃早饭的时候，我告诉了丈夫这个消息，他放下报纸，有点惊讶地看着我，说："你确定吗？"

我点点头。

他没有流露出喜悦，而是陷入了思考，甚至略带忧愁，他在计算家庭中要多出来的开销。

我离开餐桌去洗碗，等我收拾好了厨房，丈夫似乎已经算出了有了孩子之后该如何收支平衡，他朝我一笑，似乎是让我安心，关于"孩子"这个话题的讨论结束了，他继续开始看报纸，半晌，丈夫从报纸中抬起头，神情有些严肃："要打仗了。"

我强忍住泪水，平静地问他："什么？"

丈夫看了我一眼，像是衡量我是否有资格参与到他大脑复杂而缜密的计算中，然后起身，到水槽把自己的杯子和碗洗好，到门厅换好鞋，穿上外套，拿起旧公文包，出门前他亲吻了一下我的脸颊，"别忘了交水费。"他说。

但我或许不应该在回忆丈夫时带着这么大的怨气。后来的事实证明，他的预言非常正确。那时，瘟疫似乎正在走一条向下的曲线，所有人都希望这就是全部了——忍耐带来了报偿。当时我们喜欢谈论"再次开始"，甚至没人有胆量去思考另一种可能。

然而之后一件小事，让我意识到丈夫是对的。怀孕四个月时的冬夜，我和丈夫去看电影，我们没有去平常光顾的市中心影院，而去了一家廉价的放映场。那是郊外一所废弃的礼堂改造成的，红色的座椅都已经破败不堪，舞台上很多木板已经翘起，用黑色的胶布勉强粘起来。影院很嘈杂，丈夫让我身边的年轻人顾及孕妇不要抽烟，指了指墙上"禁止吸烟"的告示，那个十五岁左右的孩子轻蔑地看了他一眼，然后和身边的朋友大笑起来。

电影开始前是贴片广告，银幕上出现了一个快餐连锁的广告，几个孩子快乐地吃着汉堡。观众席上忽然有人大骂了一句，随即整个大厅里暴发出嘘声，前排的年轻人把饮料扔在了银幕上，嘘声里夹杂着笑声，丈夫身边的年轻人开始激烈地跺脚。几秒钟过后，电影开始了，大厅平静下来，像是什么也没有发生过。

电影散场之后，丈夫在回家的路上和我谈起这段小插曲。

"你知道他们刚刚为什么那样吗？"丈夫问。

"不知道。"我说。

"你回忆下最近的国际新闻。"丈夫说。

我努力回忆自己漫不经心在报纸上浏览的新闻,意识到丈夫在说什么。

在过去的半年中,M国与我国总是出现相互截留医疗物资的冲突。就在一周前,经过无数次外交谩骂之后,两国官宣暂时断绝通讯往来。而这家连锁是M国骄傲的民族品牌——在广告中,那几个快乐的孩子的身后挂着那个国家小小的蓝黄相间的国旗。

我忽然全身发冷。M国是一个以美食闻名的海滨国度。我们两国语言相近,历来关系友好。本国的居民经常周末开车去M国采购,那里啤酒和海鲜的价格要便宜很多。M国人总是自嘲是我们国家的超市和后厨。只需要短短半年,这一切就可以全部归零。友善变成怨恨,流入了每个人的心里。无论是八十岁的老妇,还是情窦初开的少年,都认为自己是受害者,而对方是坏蛋。

"这太可怕了。"我喃喃自语。

丈夫轻轻地抚摸着我隆起的肚子,说:"我会保护好你们的。"

地上的雪还没有融化,我和丈夫牵着手小心地穿越公园回家,凝滞的严寒中,月亮又圆又亮,在雪地上反射出银色的光。树枝在小路上投下纵横的阴影,冷冽的空气非常清新,可我和丈夫却没有心情交谈,只有胶鞋在雪地上发出吱呀的响声。

半年之后,我的儿子出生了。

生孩子那一天,医院非常繁忙,人手严重紧缺,一位在本国定居的M国居民在超市购物时和本地人产生了冲突,冲突很快变成了一场小的骚乱,上百人卷入其中,医院里到处是流着血嚎叫的年轻人和他们的家属,乱成一片,在我漫长而痛苦的生产过程中,护士不时被叫走。

"太疼了!我不想生了!"我喊出来,像牲口一样大开着腿。

"别叫了,我还不想做急诊呢。"一个年纪大的护士不耐烦地嘟囔着。

"我还不想M国那些杂种住在我们的城市呢……再使一把劲,已经看到孩子的头了。"医生说。

几个小时之后,一个小家伙从我的身体里出来,立刻开始大哭起来。已经精疲力竭的我轻轻拍打着他,告诉他,他生活在一个比我们更平静的世界里,告诉他,他的父母会尽一切力量给予他一个更好的未来。他的哭声变得更大了,我的丈夫抱着双臂站得很远,看到手足无措的我,他忽然笑起来:"你看,连他都不相信你。"

转眼到了夏末,傍晚,我抱着孩子在阳台上喂奶。气温不知不觉降下来,阳台上的月季因为没有及时照顾,已经枯萎了,花垂下头,枝叶的边缘变得枯黄。太阳在叶子后面,也显得又老又黄。我一整天什么也没有做,却觉得疲惫,连折叠椅都承受不了我身体的重量,我的精力与灵魂像是被怀里那个小东西汩汩地吸走了。

天变暗了,我想到小时候读的一本书,情节已经全然不记得,只记得结尾讲一个老太太回忆丈夫死去的晚上:"最让她感触的是他曾经年轻过,渐渐的老了,现在是死了,他一生就是这么一回事,青春同壮年总是这么结局。什么事情都是这么结局。"

我又想到了傅歇,我告诫自己——就像是这种告诫有用似的,我这是最后一次想到他。

刚和傅歇分手的一年多,他还会持续地给我写信,让我去找他,信里也会为我想各种出行的办法。

有很多次,我已经收拾好了行李,但是临出行的一刻又犹豫了。傅歇的来信地址变来变去,总是在不同的小国家,"等你找到一个稳定的落脚地我就去找你。"我在信里写。

"也有道理,现在跨国交通也没有完全恢复。"傅歇回信说。

当我终于下定决心要去找傅歇的时候,他不再来信了。人和人之间的热情是有时差的,于是世间的事总是这么阴差阳错,于是人们为了不被遗憾吞噬而自我欺骗。

即便我当时和傅歇一起离开了,最后的最后,人生也总是这么个结局吧。——我对自己说。

忽然,我感觉到街上如流水一样的喧闹声停止了,人们站住,交头接耳,陌生人也围在一起议论着什么,聚集的人越来越多。一定有什么事情发生了,我站起身,却听不到街上的人说什么,也看不到他们的表情,只能感受到一种骚动的气氛。

这时,我听到丈夫用钥匙开门的声音。我回头,看到他站在门口,脸上带着一种苦涩的笑容,他甚至没有说话,而只是对我比了个口型,穿越空荡荡的客厅,他的信息异常清晰:"打仗了。"

第一轮轰炸落在我国境内,这成了所有人交谈的主题。

当我抱着孩子去商店购物,小心地问整理货架的人尿布什么时候会补货的时候,她瞪着我说:"敌人都打到家门口了,你竟然只关心孩子的屁屁?"

她淡褐色的瞳孔放大了,其中不仅有愤怒,还有一丝亢奋,一丝释然。

每个人在提到"战争"的时候都是同样的眼神。我们期待这场战争,就像是闷热得像蒸笼的夏天里期待一场真正的暴雨,浇透这个黏稠濡湿的世界。

我们需要真正的敌人,那些可以毫无愧疚地与之作战,杀死他们的敌人。而不是我们身边那种"模糊"的敌人:需要买尿布的可怜的母亲、不耐烦的医生、路边抱住你的腿不放的乞讨的老人。

身边可恶又可怜的人让我们无法痛快地去恨。而远方邻国的敌人,可以抽象糊成一个符号、一幅漫画、一种昆虫或是爬行动物,一种距离我们遥远的邪恶的东西,仇恨他们,让我们找回了那种失落许久的道德上的明确,让我们觉得自己不是欺凌弱小的自私的人,而是绝地反击的正义之士。

我们期待一场战争很久了。

战争让我们变成"我们"。当有了一个敌对的"他们"包围着,"我们"才成为了一个足够凝聚的共同体,肢体相连。历史召唤侍从,整体召唤个体,渺小的"我"融入了大海之中,不再有地位、年龄、阶层的差距,每个人都从日常生活中被拉了出来,成为了一根丝线,被编织进了史诗图案的挂毯之中,有了成为英雄的可能。一个不受欢迎的小人物,在加入了战争之后,生活背景就不再是黯淡狭窄的办公室,而是咆哮的无涯之海,和开裂的广阔天地,很少有人能拒绝战争的诱惑。

战争就像瘟疫一样席卷了整个世界。

家里的收音机早就不开了,丈夫只看报纸和杂志。报纸上每天都是各国之间开战的消息。开战的理由千奇百怪,而对立和联合的也毫无道理。曾经的盟国可能就地翻脸,曾经的对手却瞬间把手言欢。上次大战已经是半个世纪之前的事。教科书上说那是正义和邪恶的终极对决，世界作为胜利果实被正义的国家们继承。这次的情况完全不同，我们经历的不是一场大战，而是同时发生的无数互相联系的小战争。每场小战争都有自己的正义和邪恶。

我翻看丈夫看过的报纸，试图透过黑白照片想象战场的残酷：瘦弱的孩子几乎赤裸着身体奔跑远离炮火；发育不良的少年端着跟身高差不多长的步枪警惕地看着镜头；少女俯身亲吻倒在地上正在流血的青年；一架飞机坠落在某个集市；修道院变成了灰烬和瓦砾；那幅著名的失而复得的名画在博物馆里被愤怒的青少年用小刀划得稀巴烂。

我感受到一种不真实，一幕幕的画面就像是电影里的场景。

"就像是地狱一样。"丈夫看着报纸说。

我说："你难道需要看报纸才知道我们生活在地狱中吗？今天我出门的时候，遇到我过去的邻居——就是结婚之前我住过的那个楼，那曾经是个很漂亮的姑娘，总是给画家当过模特。但我今天看到她，她样子全变了，蓬头垢面地在街边刨一个土坑，我问她在干吗，她说她在埋她的孩子。她说没有医院愿意给她接生，因为她说话的口音像 M 国的人，她并不是啊，她是从另一个和我们没什么冲突的小国跑过来的人，但没有人愿意给她作证，她后来自己在家里生了孩子，孩子一生下来就死了。这一类的故事你在报纸上可是看不到的。"

丈夫露出了震惊和痛苦的神色，却始终没有说话。过了一会儿，他又把目光转向报纸，对新闻下了一个结论说："世界开始燃烧了。"

我开始觉得厌倦，此时我怀里的孩子一边吐奶一边用小拳头捶打周围的空气一边还在哭喊，我的丈夫却对他的哭声充耳不闻，丈夫就像是看久了报纸，只能接受那个二维的新闻世界，还有地图，小小的火焰标志表示生在战区的地图，他的感官退化了，他丧失了对真实世界的感受力，真实世界太多的信息让他应付不过来，只能缩回自己平面的世界里。凭什么？凭什么他能缩回自己的避难所？

我语气不自觉地冷了下来："我怎么没感觉到什么东西在燃烧？天太冷，不知道去哪儿搞到暖炉，儿子已经着凉了好几次，这个冬天可怎么过啊。"我看着丈夫。

他就像是没听到我的话，或者是听到了却假装没听到，他小声地对自己又说了一遍："世界在燃烧。"

——这是多年之后，丈夫已经不在我身边的时候，我才回忆出的细节。人有一个有意思的特性，当一个人从我们的生活中消失之后，我们才会看到各种错失的信息与预兆。生活中处处是他们留下的象征符号：花盆中枯死的花，丈夫在餐桌上失落的眼神，我为了取暖（抑或出于一种无法解释的恶意）烧掉的丈夫的学术笔记。笔记上写着什么信息？他有什么想说而未说的话，被我拒绝了？

而我为自己的辩护是：我确实不能像丈夫一样成天关注哪两个地图另一端的国家暴发了冲突，从有限的信息分析哪一方更接近正义。因为我所有的精力都在如何维护我们的日常生活。

丈夫曾经为自己辩解过。他说在地球物理学里，本地一次异常的降雨就可能让远方暴发大洪水。同样，世界另一侧一位士兵扣动的扳机也会让我们的生活天翻地覆。我没兴趣听他讲的大道理，在我看来，这些远远没有杂货店老板起床时的坏心情对我们的生活影响更大。

在战争刚暴发之后的一段时间里，经济混乱到了随心所欲的程度。金钱和市场规律还在癫痫一样地起作用，仿佛在临死前要消耗掉最后一点生命力。一家还没来得及调整价签的超市卖的牛奶价格也许是最新市价的十分之一，他们很快就会面临全城的抢购。我必须从街头巷尾流传的消息中分辨出这些信息，为我们的生活争取更多一点机会。

再后来，列入配给名单上的东西越来越多，市场上用钱能随便购买的越来越少，而且永远短缺。一开始只是性命攸关的基本物资，随后扩展到曲别针、垃圾袋甚至鞋带。配给卡成了硬通货。在城市四角形成了黑市。人们用所有可以拿来交换的东西交换所有的一切。从食品、药品、燃料到信息、武器、身体。

那是我不愿意回忆的一段黑暗时间，每个夜晚，街头都游荡着干瘦的女人，她们一边冻得瑟瑟发抖一边向路边的人抛媚眼。沉郁的天幕下，这个静寂的城市里唯一称得上有生气的，只有被月光照亮的青铜雕像，昔日的英雄高昂着的头仿佛是戴着假面具，对眼皮底下正在发生的苦难不给予一丝同情，这些伟人代表了那个时期的我们，心变成了铁石，我加快脚步，飞快地路过广场青铜雕像脚下的黑影，关闭自己的耳朵，不去听黑影中的喘息与那些母亲的呻吟。

战争刚开始时举国一致的"休戚与共"只是一个短命的幻觉，随着简单、迅速的胜利化为泡影，战争把生活斩断成"前方"和"后方"两半，前方是生与死的循环，简单而壮烈；而在后方，生活是长长的落日余影，不断在粗糙的地面上向前延伸，在黑夜逐渐降临时模糊成了一片。

"日子总要继续过。"后方的人们说得最多的就是这样一句话。

电车的班次减少，且不稳定。因为燃料要优先供给军事用途。没有电车可坐的时候，人们也照样步行和骑车去上班，仿佛生活从来如此。许多适龄的年轻人去了前线，但学校却没有停课。学校开了针对失业者的培训班，合格且幸运的毕业者会被发送到战争经济这部大机器中做一枚齿轮，拿到一份高于常人的配给。也有许多别的临时学制被发明出来，各种只有结业证明的短期课程。在新的生活里人们反而对知识和技能有了比往日更甚的热情，知识在一个所有事物都在贬值的时代，反而成了唯一不再贬值的东西。

我和丈夫任教的公立学校有不少官员的孩子就读，连带教职员工都享受到一些令人忌妒的特权。我们的配给卡种类更丰富，也许是为了维持生活最后的体面，每两周，我会和丈夫去一家暂时不受配给影响的餐厅。有钱的时候，我们会点肉酱千层饼，没钱的时候，我们会点甜菜汤配面包；如果连那个钱都没有，就会点鹰嘴豆泥，然后吃免费的面包。

我有时会去看丈夫上课，我坐在教室的最后一排。

我发现虽然每次吃早饭时坐在我对面看报纸的丈夫总让我厌烦，但是当从一个遥远的距离，丈夫会变成一个有些陌生的有魅力的男人，他沉默冷静，却并不显得死板，反而有一种威严感，学生竭尽全力地试图取悦于他，只有最聪明的学生能获得他的赞许。偶尔，他会开两句与地理有关的玩笑，学生笑得前仰后合，我虽然听不懂，但也跟着笑。那时，我能感受到丈夫的目光温柔地落在我身上，然后他转身在黑板上留下纤细但有力的字迹。

在学校的食堂，丈夫把我介绍给一大长桌的同事："这是我的太太。"

大家跟我打招呼，其中有我过去的同事补充介绍我："她原来是我们学校最好的物理老师，现在是个幸福的妈妈。"

大家抬头看我，在餐桌的角落，有一个人的眼神格外地亮，那是一个年轻的女孩，脸圆圆的，浓浓的齐刘海盖住眉眼，可她一抬头，那双眼睛如寒星一样，里面像藏着一百双眼睛。

"她也是老师吗？看起来像个学生。"我轻声地问丈夫。

"左伊原来是我的学生，现在也成老师了。"丈夫说。

左伊听到我们在议论她，笑道："世道不好，连我这样的人也能当老师了。"

丈夫对我说："你别听她瞎说，她厉害得不得了，什么都能教，什么书都看。"丈夫大声说。

左伊："瞎看。"她笑起来眼睛弯弯的，周围的空气都一漾。

一个雨夜，丈夫的同事们来我家聚餐，连校长都来了。有人不知道从哪儿弄来了两大瓶进口酒，度数很高。可能大家太久没喝到正经的好酒了，连滴酒不沾的丈夫都喝了许多。大家很快就喝醉了，无所不聊，那是阴郁的氛围下一个久违的快乐夜晚。所有人都尽量避开现实话题，而谈论着科学、艺术和美。

那个夜晚是从什么时候急转直下的？

大概是从校长把"战争"的话题摆到桌面上那一刻开始的。

校长是个正直而老派的人，身上有种朴素的道德激情，战争刚开始的时候，他就拿出了一大笔积蓄支援前线，并且鼓励自己的独生子上了前线。他的儿子是个二十出头的少年，高大英俊，乍一看很像是大学时候的傅歇。

校长在饭桌上拿出一张皱巴巴的纸，那是他的儿子从前线寄来的信。

……爸爸，我在新兵营快要两个月了。我意识到这短短的两个月才是真正的教育，之前十几年的学校生涯全是浪费。文人和艺术家的矫情是多么无聊。没有一幅画比破旧的军靴更动人，没有一个哲学家的思想比磨得锃亮的枪更有力量。这种简单的真理我现在才懂，但愿还不晚！

我感谢战争把我从之前那种单调乏味的日子中拯救出来，让我意识到自己之前的生活是多么琐碎和虚无。真正的历练从不存在于头脑里，而在生与死的考验中。

我不再是个没有目标的人，我的目标如此简单：胜利。不惜一切代价的胜利，没有胜利，我们追求的一切都不复存在。

爸爸，你若有机会来前线看看，就知道胜利已经把握在我们手里了。

爸爸，我希望早日多分享些好消息，也许下一封信里你就可以读到。

校长读到信的末尾，已经抑制不住自己的眼泪。

餐桌沉默了，许久之后，有一个低低的声音说："打不赢又怎么样呢？"

说话的人是历史老师，他是个四十多岁的中年男人，沉默寡言独来独往，从来没有因为什么事情真正激动过。此时我好奇他为什么会主动发言。

"你说的这是什么晦气话。失败的话，不是全完了吗！再说我们怎么可能会输。"校长反问道，尽管他的语气非常温和，但紧握着拳头暴露出他压抑的怒气。

历史老师用叉子把土豆泥在盘子里推来推去，慢慢地说："我没有说我们想打败仗，我只是说这场战争本来就莫名其妙。开始得莫名其妙，也许最后也会莫名其妙停下来。"

校长质问道："对邪恶宣战是莫名其妙？捍卫我们珍视的一切东西莫名其妙？前线无数的好小伙子流血奋战，这莫名其妙？"

历史老师耸耸肩，说："我觉得我们现在做的，不是为了什么目的而去打仗，而是在给打仗寻找目的。在我看来，这就叫莫名其妙。"

艺术老师摇头，他是一个白皙颀长的男人，瘦脸上连胡须都没有，他出身艺术世家，钢琴弹得很潇洒，还涉足过绘画，如果不是这场突如其来的战争，他本该去世界上最好的音乐厅演奏，而不是困在我们这个小城，教毫无天赋的孩子画画素描。

他看向历史老师，说："我完全理解你的想法，你觉得生命至上，没有什么理念值得人牺牲自己的生命去捍卫。但我觉得我们对战争的理解应该更……更感性一些。我们这个民族的艺术正在走向绝路，越来越枯竭和自我重复，我一直在想这是怎么了，到今天我终于明白了，我们就是和平的日子过得太久了，就像是校长的公子信里写的那样，一个民族就像一个人，只有在和其他民族的交往中才能成为一个真正的民族，只有在攻击和防御中，才能显露出它的本质和潜能。它能调动出人性最纯粹、最激动人心的东西，我甚至可以大胆地说，一切伟大的艺术都是战争创造出来的。"

政治老师也加入了批驳历史老师的队伍，他说："你就是生活在幻觉里，对现实视而不见。生活本来就是一场斗争，随时随地都要选择自己站在哪一边。你自己不选，别人也会替你选。比如现在，我就坚定地站在校长这一边。"

听到这里，丈夫和我交换了一个狡黠的眼神，我知道政治老师一直在争取副校长的位置。

历史老师说："我当然知道我教的历史，基本就是斗争的历史。但很多时候，正是因为太多人相信了斗争是绝不可避免的，它们才真的变得不可避免。我要提醒诸位，很多场战争结束的时候，谁也没得到他们当初号称一定要夺取的，谁也没保护到他们号称一定要保护的，但战争还是结束了，和平还在继续。我想这就很说明问题了。"他望向苍白的艺术老师，继续说道："我并不打算冒充艺术的内行，但有件事我还是明白的，那就是历史上所有艺术作品都是活人创作的。"

校长因为得到了下属们的支持，情绪终于放松下来，他看着历史老师，语气诚恳但却带着一种难以言喻的压迫感："没有人比我更希望战争快点结束，因为我儿子每一分钟都可能死掉，我希望他作为胜利者回到我身边，请你不要再说那种只会带来不快的风凉话了。"

大家的目光都汇集在历史老师身上，等待他的回应。这种氛围让我透不过气，我没想过这个小饭桌也会成为战场。

"你还有什么要说的？"政治老师语气透着凉薄，就像是一个不耐烦的刽子手。

历史老师依旧没有说话，政治老师乘

胜追击道:"我今天才知道你的学问这么高,你之前怎么从来没有这么多话?我明白了,你要是一直这么多话,还能活到今天?"说完他干笑了两声。

这时,我感觉到丈夫仿佛要说些什么,连忙在桌子下踢他的腿,让他不要说话。

历史老师没有抬眼看任何人,静静地用面包蘸完了盘子里最后的汤汁,喝完了杯子里的酒,然后起身离开餐桌,走出了我们家的家门,把大家留在了错愕中。

"这种人在任何时代都是逃兵。"政治老师冷笑了一声。

这个晚上剩下来的时间,虽然大家努力恢复无关痛痒的谈话,却没有一个话题能深入下去,聚会就草草结束了。

而那一晚之后,我再也没有见过历史老师,据说他永久地离开了学校,离开了这个城市。

当客人离开之后,左伊留下来帮我收拾餐桌。她发现还有一点酒没有喝完。

"我们把酒分了吧。"她笑着说。

外面下起了雨,房间很昏暗,因为晚上九点之后供电不稳定了,我们点起了煤油灯。左伊坐在沙发上,我和丈夫并排坐在餐桌边,楼下那条街上的小酒馆还没有打烊——在什么都缺的现在,只有国产廉价啤酒还是管够的——隐隐约传来小号和小提琴的声音,人们声嘶力竭地唱着爱国歌曲,暗橘色漂浮不定的灯光衬托得屋内更安静了。

半晌,左伊对我的丈夫说:"老师,你刚刚怎么不说话。我以为你会站出来为历史老师说几句。"

丈夫说:"你对我失望了吗?"

左伊认真地看着我的丈夫,说:"有一点。"

微弱的光下,我看到丈夫微微有点脸红了。

我替丈夫解围道:"当时气氛那么紧张,说什么都不合适。"

左伊笑道:"老师你知道吗?政治老师把你看做最大的假想敌呢。"

丈夫哑然失笑道:"竞争副校长吗?我一点兴趣也没有。都什么时候了,还在想着往上爬……"

我说:"越是这种时候,越方便这种人往上爬。"

左伊说:"也许也不是投机,就是有天生喜欢斗争的人,无所谓从斗争中获得什么,这个行为本身就让他享受了。"

在背后臧否一个熟人违背了丈夫的道德观,他并不打算继续加入我们对政治老师的讨论,换了个话题:"今天我没想到,在这样一个小小的话题上都能吵得不可开交。大家都是那么多年的同事和朋友了。到底是这些年发生的事改变了我们呢,还是我们早就不知不觉地变了,才把世界变成这个样子……"

左伊紧接着说:"你是想说国家之间也是这样,彼此讲不通道理,才打起仗来。"

丈夫点点头。

左伊说:"我不这样认为。我认为战争和理念的分裂没什么关系。事情只是自然地走到了这一步。"

丈夫问:"那你怎么想?你刚刚好像一直没有说话。"

左伊脱了鞋蜷缩在沙发上,我看到她圆圆的脚趾上涂着桃红色的指甲油,她把脸架在膝盖上思索良久,才抬起头,说:"我们世界的边疆在后退。"

丈夫问:"什么边疆?"

左伊说:"一切。空间,科技,文化,经济……思想。"她摇晃一下酒杯中的琥珀色液体,"你可能都快忘了,我们以前可以生产很多这种酒,不单是酒,而是所有的一切。过去,我们总认为世界会是不断延伸的,能源不够了,就到地核深处去挖;地方不够了,就移居到外太空去,那时候没有人提战争,因为世界那时候正在变得更加广阔。"

丈夫想了想,说:"现在世界在缩小。"

左伊兴奋地眼睛亮了,身子猛然往前一倾,酒洒了几滴在沙发上,说:"对!世界在缩小,就像现在,这酒我喝了,你可就没了。而且我敢打赌,以后你喝到这种好酒的机会越来越少。面粉买空了,就只能等下一批。副校长,你当了,政治老师就只能靠边站。这不是从打仗才开始的事,比现在要早得很。现在的人都不再提瘟疫两个字,我简直要佩服我们的健忘。但是不管怎么说吧,这场灾祸让我们相信闭门自保,以邻为壑才最可能幸存下来,我们也确实因为这么做才支撑到今天。这种心态现在扩散到了方方面面。"

我的丈夫接上了她的思路,顺着说道:"恰恰因为所有人都相信猜忌、抢夺是生存之道,这些做法就真的成了道理。为了抢夺和不被抢,所有人都要付出更大代价做这方面的准备,竖起篱笆,磨好刀剑。这样一来我们享用和分享的余地就更小了,反过来抢夺就变得更加必要……哪怕所有人一开始都是互相信任的。只要提供一个契机让猜忌开启,互相警惕的连锁就会蔓延。这就是瘟疫对我们做的事。"

左伊也兴奋了起来,说:"但你说的还不是全部。如果有一个人足够强大,其他所有人加起来都打不过他。老师和我这样的弱者就可以安心和平相处了。毕竟咱们谁要是被欺负了,总可以给点好处,向那个强者求助。"

丈夫大笑起来,说:"我忽然想起一件事。我从小个子不高,身体不好,又是个书呆子,那些不爱学习的坏男孩们总是欺负我。我那时候天天想着要锻炼身体,幻想自己练得很健壮,没人敢打我。但后来我发现我再练,也打不过最弱的小混混,也可能是因为我本性上就厌恶打架。你猜这事最后怎么解决的?后来从外校转学来一个留级生,他又壮又凶,成了学校唯一的恶霸,反而所有人都安静了,再也不打架了,原来那些小混混还来问我功课,最后大家成绩竟然都提升了。"

左伊笑得前仰后合,笑声逐渐消失之后,她忽然意识到这场对话把我排除太久了,转头看向我,说:"师母,你怎么看?"

还没等我开头,丈夫不假思索地说:"她没有看法。"

话一说完,客厅里的空气立刻凝固了,丈夫立刻补救道:"她的注意力不在这上面。"

他讲了我总在晴朗的夜晚,用望远镜看星星的故事。

"她每天都给孩子讲那些星球之间的故事,我有时都听得入迷,不知道她哪里来的想象力。"丈夫握住我放在桌上的手,用拇指摩挲着我的手背。

"师母不关心我们地球上这些小事。"左伊笑着看向我,她的目光很柔和,我却像被烫了一下,马上扭过头去。

他们开始讨论我是一个多么会持家的妻子,多么聪明的女人,赞扬我对星空的热情,仿佛我不在场一样。

"我去看一下孩子。"我离开了客厅。

我来到儿子的卧室,他还没有睡,正躺在床上在摆弄校长给他带来的几个锡制的玩具士兵。

"快睡吧。"我给他盖好被子。

儿子说:"你今天还没有给我讲故事。"

我笑道:"故事讲到哪儿了?我都忘记了。"

儿子说:"昨天讲到所有的星星开会,决定不发光了,南十字星很难过。"

我说:"哦,对,南十字星很难过,因为他在宇宙里有很多星星的朋友,他没想到他们都统一不发光,但他还是无奈地接受了这个决定……"

儿子打断我:"他这样不行。"

我问:"那你说他该怎么办?"

儿子拿起一个锡制的玩具士兵,对着窗户的方向开始抖动,嘴里不断发出"突突突"模拟枪响的声音,然后喊道:"打死你!打死你!"又转而把玩具士兵持枪的方向对准自己,"突突突"一阵之后仰面往后一倒,说:"啊!我死了!"半响,把眼睛睁开一条缝,得意地看着我。

我没有褒奖他,反而生出一股寒意,面对一个可怕的可能性:我的孩子会长成一个讨厌的人。我的孩子有着平静的父母,但是时代会战胜基因的力量,时代会搅动他血管里从我和丈夫那里继承来的平静黏稠的血液,修改他内心原始的编码,把他变成一个狭隘好战的人。

"快睡吧,再不睡妈妈要生气了。"我又说了一遍,把玩具士兵从他手中拿走,放进床头柜的抽屉里。

我回到自己的卧室,迷迷糊糊地睡着了,半夜,感觉到丈夫轻轻地上了床,像黑板上字迹一样纤细有力的手指滑向我的身体。

"不行。"我叫了一声,和丈夫同时吃了一惊,我之前从未拒绝过他。

他的手从我身上移开。

我缓和了语气,问:"雨停了?"

丈夫说:"停了。"

我给丈夫讲了今天晚上儿子对战争的表演,说:"以后不要让你的同事到家里来了,他们每次来都带来一些坦克、玩具枪之类的东西,对儿子说:'你以后要变成一个男子汉。'我知道他们是好意,但是我们都不想让儿子变成那样。"

丈夫点头表示赞同,过了一会儿,就像是想起什么似的,说:"不过左伊可以来,她一点也不狂热。对孩子的影响是会好的。"

我感觉自己的嗓子被刚刚摄入的酒精弄得干涸发不出声,过了半天,才找到自己的声音:"你不需要获得我的同意。"

丈夫没有说话。

"真的。"我重复道。

丈夫的手再次滑向我的身体,手伸进我的睡衣里,然后整个人贴上来,覆盖在我的身上,他在我耳边说:"你放心,对我放心。"

这一次,我没有拒绝他。

在战争期间,市民每半个月就要去观看在剧院的演出,演出的内容总是相似:先是艺术老师指挥的一段他创作的轻歌剧《鲜花绽放在血染的战场上》,然后是一个战争英雄上台讲述自己的故事。我的丈夫参加过一次之后,就拒绝再来看这样的演出,于是这就变成了我的任务,虽然看演出并不是强制的,但我害怕别人说我们这个家庭对战争决策不满。

那天演讲的是一个半边脸被烧伤的战

争英雄,他讲自己如何从燃烧的坦克里把战友背出来,但他所能做的有限,只能眼睁睁看着很多重伤的战友躺在地上,恳求他帮忙写封信给家人。战争英雄说自己很愧疚,因为他做不到,他没有勇气向那些可怜的妇女讲述死亡。观众听得入神,直到他号召观众从剧院走向战争,气氛才变得尴尬,因为身强体壮的年轻人都已经被动员入伍,观众席上只有妇女和老人。

散场之后,战争英雄被年轻的女孩围住索要签名,几个老人夹杂在其中颠三倒四地询问前方的战况,问他有没有见过自己的儿子。我发现挽着战争英雄的手的女人竟然是左伊,她正在走神,目光在人群之外游移,看到了我,她就像找到救命稻草一样朝我走来。

我想转身离开已经来不及了,只能和她一起走到剧院门口的喷泉池旁坐下,我不想和她聊天,并不是讨厌她,而是我不喜欢了解他人生活的另一面。大部分人都拥有好几重生活,被划分成一块一块,我一点也不想要搅乱他人秘密的那部分。

左伊直率地打破了尴尬地气氛,说:"刚刚演讲的人是我的未婚夫。"

我笑道:"你藏得真深啊,什么时候请我和你老师一起去参加婚礼?"

左伊说:"师母能不能先不要和老师说……我还没有想好要不要结婚。"她低头看着自己的脚尖。

我说:"没有人在结婚前能彻底想好,有些人以为自己想明白了,最后也会发现自己在生活面前太天真。"

左伊说:"我不是临结婚的胆怯。我们的故事很复杂。你千万不要告诉别人。"

我内心暗叫不好:她要开始讲苦衷了,她的秘密从此不再是她的束缚,而成为我的负担。

她说:"我和他从小就认识,算是彼此的初恋吧。但我那时候对恋爱毫无概念,就这样莫名其妙地在一起很多年,但我逐渐怀疑自己其实只是喜欢被人献殷勤的感觉,等我终于确定自己并不爱他的时候,我跟他提了分手,他一气之下报名去战场,回来就成了这样,他回来第一件事就是找我,说他因为想着我才活下来,就像是我们分手的事完全没发生过,你说这时候我该怎么办呢?怎么去拒绝一个已经变成这样的人?"

我说:"外表不重要,结婚久了就没有区别了。"我一边说着一边能感觉到自己的虚伪,每天对着那张面目全非的脸的人不是我,被那样扭曲的手抚摸的人不是我。

左伊说:"不是这样的,我忍受不了的不是他的样子,是听他讲话。今天他演讲的时候,我一直躲在厕所里,怕再听一遍就要吐出来。他从战争回来的第一夜给我讲那些故事时,我抱着他又哭又笑,决定照顾他一辈子。但后来他成了英雄,不断公开演讲,我能听出他每次讲都会有点不一样,都会修正那些故事,把可怕的变成伟大的,把灰暗的变成光明的,最后成了你今天听到的版本。如今他对我讲话也是这样,不像是对着爱人,而像对着观众,我必须被他那些不诚实的故事打动。"

我叹息道:"你要理解从战场上回来的人,胜利者也带着创伤,他们要很多年才能回到正常的生活。"

左伊摇摇头,把马上就要流出的眼泪憋了回去,面色木然地说:"你根本不能理解,我不是和一个人,而是和一块纪念碑一起生活。"

我说:"每段关系总是要忍受一些不如

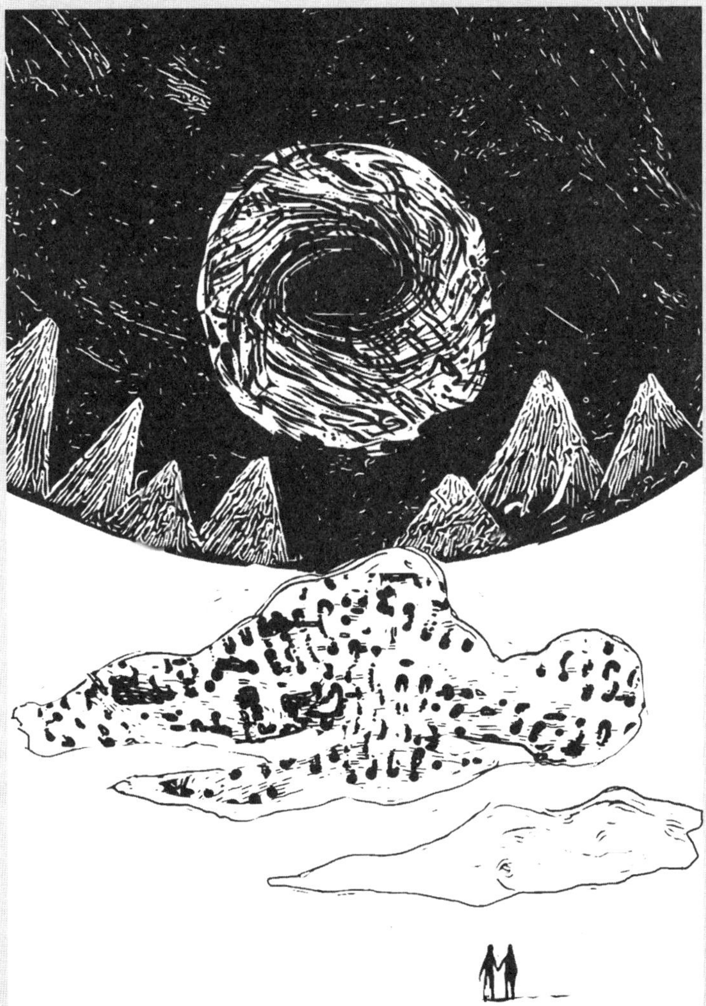

意，但要是太难过就离开吧。"

左伊依然木然地摇头，就像是世界上所有的声音对她来说只是一种噪音。忽然，她脸色一变，站起身，就像是上课被老师抽查到了一道不会的题目，目光望向我身后。

我回头，看到她的未婚夫从剧场里走出，正在下台阶，他走得很慢，每一步都要用一种奇怪的姿势先把左腿完全地放好，再启动右腿的动作。我以为左伊会上前去帮助他，但她并没有，只是站在原地以一种夹杂着悲哀和母性的眼神看着他。

他终于来到我们身边，虽然从高高的台阶上走下来花了些力气，但他显然还没有从演讲的亢奋中恢复，高兴地问左伊："我刚刚讲得怎么样？"

我抢在左伊开口之前说："讲得真好。"

我介绍自己的丈夫和左伊是学校的同事，他说学校邀请他去给学生演讲一次，让我届时一定要和丈夫去听。

告别的时候，他用没有受伤的手和我握手，他的手掌坚硬冰凉，非常有力，像是把另一只残疾的手的力道也用上，我忽然明白左伊说的"纪念碑"是什么意思。

在回家的路上，我忽然想到自己前几天去商店买菜时，遇见一个休假的年轻士兵和他的妻子，士兵讲战友的眼睛被子弹碎片击中时，他的妻子开始抱怨牛肉的价格，她说他们的邻居正在闹离婚，以及她对邻居男主人出轨的判断如何得到了证实。

我看到沮丧如何渐渐笼罩士兵的脸，他盼望已久的归家让他失望了，战争在去过前线的人和没去过的人之间拦起了难以逾越的屏障，真正的理解是不可能实现的。

之后的一年，左伊越来越多地来到我家，每次都会带一些难弄到的食物，比如进口的奶粉、牛肉之类的。

"这些太珍贵了，你自己留着吧。"我推脱道。

"没事，你们更需要，孩子需要。"左伊说。我的自尊心被刺痛，自己在她面前是一个无能的人，但当她明亮的大眼睛看着我，浅色的瞳孔里映出我比例失调的脸，我又觉得是自己的感受过于扭曲了。

我告诉自己不应该嫉妒左伊，她的开朗和健谈总是给我们家带来暖意，她也总是穿得很朴素，一件褐色的衬衫和一条黑色的裤子。吃完晚饭之后，左伊和丈夫就会呆在书房，书房的门总是半开着，宣告他们的清白。

丈夫的书桌上放着一张巨大的地图，他们两人在地图前无休止地讨论世界各地的局势。下一场战役的走向会如何，哪些条约要缔结，哪些又要被撕毁。突袭、兵团、废墟，这些词不断地出现。当他们意见一致时，就会郑重地在地图上贴上彩色的标签和注释，当他们的结论被证实或没有按照预期发生时，他们又会重新修改这张地图。当我路过丈夫的书房，或是为他们送饮料的时候，总会看到他们的脑袋，一个深褐色一个淡金色，以相似的频率移动。房间里永远充满了欢笑，我第一次发现原来丈夫大笑起来的声音像鹅一样。

"老师太厉害了，永远多算三步，我每次都输给他。"左伊笑着对我说。这场世界大战就像是只属于他们的秘密游戏。

某天左伊来我家时反常地穿得很艳丽，穿了一条水蓝色的无袖连衣裙，头发上还系着同色的丝绸发带。

吃完晚饭，依旧是我和左伊并排坐在

沙发上，丈夫坐在我们对面，他忽然对我说："你看左伊真漂亮。"

她听到丈夫的话脸一下就红了，显得更加柔媚，我笑道："打扮这么漂亮，是去见未婚夫吧。"

客厅的气氛忽然变化了一下，就像太阳突然躲进了乌云里，我的丈夫脸上滑过了一丝不易察觉的痛苦。

我对着丈夫说："我上次见过她的未婚夫，是个战争英雄，而且是个大好人。每次带来的好吃的，都是人家的战争补助，真是不好意思……"

我无休止地说下去，拙劣地扮演着一个我不熟悉的角色，看到丈夫和左伊的表情变得越来越难堪，而他们的难堪却让我有种享受。

这时，我的儿子爬进我的怀里，我紧紧地抱着他，要把他软软的身体嵌在自己的肉里。

我看着自己的丈夫，没有一点躲避地用力看着他，也逼迫他看着我：一个妻子、一个母亲。我贫瘠得只剩下这两个身份，所以我会誓死捍卫它们。

那天左伊走之后，我找茬和丈夫大吵了一架，我无意中镜子中看到我们，我披头散发，脸上的肌肉完全失控，而丈夫的背影像个青春期的孩子，他坚硬的发茬下露出的瘦弱脖颈像是随时可以折断，我们像是一对完全丧失了沟通能力的母子，母亲无法控制自己的情绪，孩子没有与家长对抗的能力，唯有以沉默捍卫自己的尊严。

看到镜中景象的刹那，我忽然冷静了，我开始疑惑自己为什么如此愤怒，是嫉妒？是爱丈夫到了如此的程度？

不，我一直觉得自己像一只鸟，被丈夫抓住，硬和他关在一只笼子里。而下午客厅左伊和丈夫对视的眼神让我意识到，丈夫和左伊才是两只鸟，一雌一雄，被人捉住，硬关在两只笼子里。

我坐在床沿上开始哭泣，"左伊不会再来家里了。"那个晚上丈夫只说了这么一句话。

家里的战争还没有开始就已经结束了，而更大的战争似乎也在走向消亡。

后来想想很荒诞的一件事是，战争对我们来说有明确的起点，但并没有一个无可置疑的终点。当看到后来的历史书说"大规模的军事冲突只持续了一年，但边境拉锯战一直没有停止……十年后，两国签订《和平协议》，解决一切领土纠纷。"我们很多过来人吓了一跳，因为这个数字和自己头脑中的记忆差距太远了。

这么说吧，战争对于我们就像是一台可以随意调节挡位的机器。当人们需要发泄无解的愤懑时，开关就被调到高挡；我们开始重新谈论军备、国防、兵役。当人们又被弄得精疲力竭的时候，机器又被调到低挡；大家就开始装模作样地质疑战争的荒诞和无意义。

随着疲惫战胜了一切，疲倦战胜了一切，战争这台机器逐渐稳定运行在低挡位。

在正式开战不到两年之后，人们在闲谈时候已经习惯这样开头："既然仗已经打完了……"

虽然并没有任何官方消息宣布战争的结束，但街头巷尾的孩子们已经开始唱起这样的儿歌："我们无敌的战士一个都没有死，就把敌人杀得片甲不留。"

"我们赢了。"不知道谁第一个这样说，当说的人多了，我们的胜利就成为了一种结论。

原来历史是这样可以被轻易偷换的，胜利的历史在人们的意识里取代了战争的历史。

而人们也在按照这种"战争胜利"的结论塑造自己的真实生活，战争的绞索确实在放松。宵禁解除了，配给制取消了，宣传统制也告一段落。过去报纸上一打开全是战时人员死伤的糟心消息，后来战时报道越来越少，标题越来越短，占据的版面越来越偏僻，头条留给了两支球队即将到来的决赛和名人的婚恋嫁娶。

低俗的快乐取代了严肃的讨论。私生活的快乐被重新发现了，媒体近乎放肆地关心名人卧室里的绯闻，人们热衷于两性中的道德谴责，但在自己的生活中却前所未有地放纵，街道墙壁上画着生殖器的涂鸦，深夜的街头全是醉酒的男女在拉拉扯扯。这幅场景我只有在大学时经历的那场劫难中见到过，人们的状态是如此地相似：放纵是一种庆祝，庆祝我们还活着，还拥有白天和黑夜。

影院每天都爆满，最受欢迎的是爱情片和喜剧。有一天，我们一家三口去看新上映的喜剧电影，排在我们前面的是一个面目很可怕的男人，他的一个眼眶是空的，脸上全是灼伤的痕迹，穿着一件破破烂烂、已经看不出颜色的脏军装。

那人不知道为什么对我的儿子很感兴趣，不时做鬼脸逗他。丈夫试图用身体挡在他和儿子之间，但他却绕过了丈夫看着我的儿子微笑，笑容让那张脸愈发狰狞。

我的丈夫终于难以忍受，拽着我和儿子离开了。

"那个人没有恶意。"回家的公共汽车上，我说。

"我知道。"丈夫说。

"他也是受害者。"我说。

"我知道。"丈夫重复。

我的儿子抬起脸问我："妈妈，他的脸怎么了？"

丈夫说："他刚从战场上回来。"

话音未落，坐在我们身边的几个人立刻抬头看了他一眼，仿佛他说的字眼冒犯了他们。我这才意识到，虽然战争还在窄窄的国境线上似有似无地挣扎着，虽然并没有新闻宣布战胜的消息。但在人们心中，我们已经胜利了，任何破坏这种胜利的人是在诅咒美好的新生活。

"平静的日子"就像是易碎品一样，被人们小心翼翼地捧在手里。

多年之后，当我回想这一切时，我总有种不真切的感受：我们好像忘了这一切是怎么开始的，先是忘了是疫病导致一切，又忘了是战争加剧了一切，最后战争本身也被遗忘了。我们对和我们长久相伴的事物就像不谈论空气一样不谈论，好像空气一样透明。而它们也好像很识趣的一样就退到角落里了。

一开始，每个人都是传染病专家；后来，大家都是军事专家，对战略、军事英雄、武器装备好像人人都能说两句；再后来，所有人都成了享乐的专家，食色性也，饮食男女，通过谈论来缓解缺乏，和掩盖那些不能再谈论的事物。

很快就到了新年，丈夫第一次去旧货市场买了摆件和一些装饰品，晚饭过后，丈夫带着儿子装饰房间。他变得像一个真正的父亲，热衷于回答儿子各种幼稚的问题，人也长胖了一些。我有时看着儿子骑坐在他圆圆的肚子上，丈夫神情钝钝的，就像是一张旧沙发，依然柔软而舒服，但是内在的弹簧全部坏掉了。

当丈夫把一颗金灿灿的星挂在圣诞树顶端的时候，儿子问："爸爸，这是什么？"

丈夫说："这是伯克之星，据说是神诞生那一天出现的，几个聪明的人沿着这个星的方向找到了神。"

儿子问："为什么这个星星这么大？"

丈夫道："这个你应该问你妈妈。"

我说："可能是因为超新星爆炸。爆炸的时候，它的光比银河系所有恒星加起来都要亮。"

儿子问："它为什么要爆炸？它生气了吗？"

正当我不知道如何继续这个话题时，门铃响了，来的竟然是政治老师。他声称自己是来看望我的儿子，但我和丈夫都知道他没有说实话。

我们毫无意义地寒暄着，我观察到政治老师的脸上经常会出现神经质的笑容，夜深之后，他才像是忽然想起了什么，说："对了，你们知道校长出事了吗？就前几天。"

丈夫一怔，说："什么事？"

政治老师压低声音，用手指戳着自己的脑袋，说："疯了。他儿子死了，死在……战场。"他发现自己避不开这个词。

丈夫半晌叹息道："那对他打击一定很大。"

政治老师："不只是这样，他逢人就念他儿子最后给他写的信，还在大街上念，大喊大叫说：'我们还在打仗啊！我们还在打仗啊！'关起门来对我们这些信任的朋友怎么说都可以，但竟然在大街上……现在他被送进精神病院了。"

我和丈夫听完久久不能说话，政治老师此时在仔细地看着我们的脸，仿佛想找出什么破绽，我开口，嗓音却很干涩："希望他能早点好起来。"

政治老师脸上再次出现那种抽搐般的微笑，像自言自语一样说："好起来也不会让他出来的。再说，什么才叫好起来了？谁来判断好与疯，医生么？"说完，他笑了起来。

这时屋外忽然刮起了狂风，在窗户上发出指甲抓玻璃的刺耳声，就像是有什么东西要冲进房间。房间很暗，政治老师的侧脸被投射到了墙上，"可怕啊可怕。"他说，墙上影子的嘴一张一合，房间里的灯电压不稳，总是一闪一闪，就像是被他吹熄了一样。

接着他隐晦地打听丈夫有没有当下一任校长的想法，丈夫反复表态并无此意之后，他才心满意足地离开。

他走出门的一刹那，我立刻冲进书房，抓起书桌上那张贴满了标签的地图，把它卷了起来，丈夫在我身后窥伺着我。

"你知道校长的事吗？"我问。

"我知道。"丈夫说。

"那你还大喇喇地铺着这玩意，找死吗？要是刚刚他来书房看到了怎么办？"我说。

"什么怎么办？"丈夫问。

"他要问起你对战争的看法你怎么办？他要是歪曲了你的话你怎么办？你的工作还要不要了？你不要么天真好不好？"我说。

丈夫叹了一口气，说："你把人想得太复杂了。再说，我的想法被人知道也没什么大不了的。"

我脑海中忽然出现丈夫和左伊的样子，当我疲惫地穿着破旧的睡衣站在书房的门口，他们同时抬头看我，脸上还挂着刚刚的交谈中延续的微笑，他们的眼神就像是丈夫此刻看我的眼神：先是愕然，然后是同情。

我冷笑道："你和你的小女朋友最大的问题就是把别人都当成傻子。"

丈夫看着我，就像是他在课堂上看答不出问题的学生，充满了父亲式的威严与安抚，就像是在说"我相信你能自己想出答案"，过去他的这种眼神让我安心而平静，现在却让我极其痛苦和厌恶，我大声嚷道："你以为你是谁？你为什么要把你的家庭放在险境？因为爱情吗？因为这个狗屁玩意是你爱情的信物？你以为我什么都不知道吗？你以为你和你小女友的傲慢我看不出来吗？你不要以为你很聪明，最先死的都是你们这种自以为是的人。说实话我不在乎你死不死，但你在乎过你的儿子吗？"

我一边说，一边把那张地图撕得粉碎。我听到自己的声音像是从离身体很远的地方发出来的，像是来自高处的一个喇叭。

那天晚上，我躺在床上感觉到丈夫趴着把脸压进了枕头，肩膀不断地颤抖，虽然他咬着枕头，但我能感受到他的啜泣透过布料的缝隙冒出来。我翻身背对着他，假装自己睡着了。

很多年之后，本市的战争博物馆落成，很多战争的遗物重新开放给公众，参观时，我看到属于校长儿子的遗物，照片里的年轻人笑容没有一丝阴霾，照片下摆着他的衣服和生活用品，还有一封信，纸张已经很黄了，字迹潦草，信非常简短，只有几句话：

"当炮火像雨点一样来的时候，我非常清楚，我的生活是错误，你一直教我的对于这个世界的理解是错误——甚至这个世界本身就是错误，我这一代人全毁了，我躲不过炮火了。"

不，他说的不对，我们这一代人，以及我们的后代，哪怕躲过了炮火，依然被毁掉了。

"和平"的红利很快消退，贸易停滞，百业萧条。战争和疫病造成的伤口开始发脓、溃烂。我也生病了，我的病就像是那个漫长的雨季一样，没有什么原因，但是不肯断绝。墙壁上挂着水珠，家具也全发霉了，我感觉自己身子底下的床单湿了又干，散发出难闻的气味。

我迷迷糊糊地感觉到儿子冰凉的小手抚摸我的脸，他呼唤着我，我却始终没有睁眼看他。

"去看医生吧。"是丈夫的声音。

"我不去。"我说。

丈夫以为我是担心钱，但在内心深处我不想好起来。生病是我拒绝面对现实的一种方式：我不想再去想办法变出吃的了，我不想去商店赊账了，我不想操心儿子越来越高大却没有合适的衣服穿，我不想一睁眼就想家里还能卖出什么东西，我不想成天担心丈夫在课堂上说了什么不合适的话。

但死也没有那么容易，我受不了丈夫每天的催促，还是去看了医生。

我躺在病床上，医生粗暴地揉了揉我的肚子，我感觉到我的肠子要一截一截地断掉。

"没什么大病，就是吃得不好。"医生让我从床上下来，冷漠地说道，整个看病的过程不到一分钟。讽刺的是，医生给出的治疗手段是让我吃点有营养的东西，这个问诊过程却花费了我家两天的伙食费。

在诊所的走廊上，有个人叫住了我。我一眼没有认出他，那人穿得破破烂烂，脸色黑黄，泛着一层油光。当我发现他竟然是艺术老师的时候，我惊呆了。他曾经连皮鞋都一尘不染，现在却如此臃肿邋遢。

"你生了什么病？"我小心翼翼地问他。

他说："所有人病都一样，就是穷。"

闲谈中我得知当政治老师做了校长之后，第一个开除的就是他。理由也合情合理：饭都吃不饱，要艺术做什么？

我和艺术老师走出医院，坐在街边的长凳上聊天，马路对面的围墙上刷着白漆的标语："民主！平等！以人民的意志对抗绝对的意志！"

——这是战争"结束"之后流行的口号，漫长的战争让人们有一种被欺骗的感觉，被从上而下的一种召唤所欺骗，所以要自己唤醒自己，要倾听自己而非他人的声音。

艺术老师指着对面的标语，对我说："这写得不对。"

我吃了一惊，提醒他要小点声。

他却不以为意，大声说："至少在一个领域，民主原则是绝对糟糕的，那就是艺术！如果你把民主运用到艺术上，你就完全丧失了分辨能力，看不出杰作和垃圾的区别。但现在我们每个人都在这么干，每个人都在鼓励着无知。"

我说："每个时代都会有自己的标准，我年轻时候听的那些音乐，那些歌曲，也被上一代看作是垃圾。"

艺术老师冷笑一声，说："人们说'每个时代都有自己的标准'，只是为了自我安慰，艺术是线性的发展，否则它为什么会有那么残酷的淘汰机制？用遗忘和蔑视把每个时代大量的陈词滥调淘汰出去。"

我说："您现在还在创作吗？"

艺术老师答非所问，说："他们试图拿我在战争时候写的音乐羞辱我，说我是个投机的人，一个小人。但我问心无愧，我只服务于一个标准，艺术的标准。他们说是我煽动狂热，我并没有，我只是如实地反映我们这个民族，我们的血液中就是有对牺牲的狂热崇拜。他们说错了，我没有错。"

我不想继续这个话题，转而说到我的丈夫不久前发表了一篇预测下一个地缘冲突周期的论文获得很大成功，升了副校长，还得到了本市教育部门的表彰。

艺术老师说周末的晚上要请我们去本市最高级的餐厅吃晚饭庆贺，我百般推辞，但他非常坚持。

到了周末，我几乎花了一整天来拾掇去吃饭的衣服，我找出一件长袖的丝绒裙子，因为我变得太瘦，腰部和胸部都不合身，我开始把不合身的地方缝起来，又嫌整件衣服太寡淡，把桌布的蕾丝边剪下来缝在肩部作为装饰。

丈夫看着我冷笑道："你这又是何必？没有人会在意你穿了什么。"

我说："我去过那个餐厅一次，服务员都是势利眼。"

临出门前，丈夫塞给我一大包鼓鼓囊囊的钱，说一会儿一定要抢在艺术老师之前偷偷结账，我在车上数了数，那是丈夫那篇论文的全部奖金。

到了餐厅，我发现那里已经变得和我记忆中的样子差距很大，推开沉甸甸的门之后依然是巨大的水晶吊灯，但过去墙壁上挂着的油画被摘下来了，过去餐厅里摆着的用来隔断空间的雕塑被拿走了，多加了很多张桌子，食客之间不再有距离，侍者侧着身子从桌子间窄窄的通道急速穿梭。

也没有人礼貌地带位了，侍者用手指了个方向，就当完成了工作。

丈夫说对了，人们都穿得很随便，艺术老师显得格外地显眼，他穿着三件套的西装，头发也刻意打理过，笔挺地坐着，缓慢但持续地用毛巾擦着手。

侍者递上菜单，一张大大的层压卡片，艺术老师问："有没有过去的那种菜单，厚厚的，一本是菜单，一本是酒单。"

年轻的侍者不知道他在说什么，不耐烦地说卡片正面是菜，反面是酒。

艺术老师坚持给我们两人也点了菜，点了龙虾、鲈鱼和牛排，我和丈夫交换了一个眼神，眼神立刻被艺术老师拦截了，他说自己已经提前预付了餐费。

我和丈夫在吃饭的时候几乎没说什么话，全是艺术老师在说，每道菜上来的时候他都会比较味道和记忆中有什么差别，抱怨侍者开瓶的时候把木屑弄进了红酒里，上菜的时候弄出的声响太大。

丈夫感觉到侍者马上就要发脾气了，立刻转移话题，问艺术老师下一步有什么规划，丈夫说："每个人都要从战争中走出来。"

艺术老师说："人不是随随便便就能走出来的。就像是贫穷，贫穷不是一种状态，而是一阵狂风之后把你困在了一个坑里，无论你怎么努力，也不能爬出来了。"

丈夫问艺术老师愿不愿意做家庭音乐教师，他可以去帮忙去寻找工作机会，艺术老师谢绝了，说自己已经有了更好的选择。丈夫继续问他需要什么帮助，艺术老师生气了，把汤匙重重地摔在碗里，一个字一个字地说："你不要毁了我的这个夜晚。"

我和丈夫都吓得不再敢讲话也不敢再动。这时，艺术老师又对舞台上正在表演的乐队大声说："你们停下来吧。"

台上的乐队懵了，音乐逐渐暂停，艺术老师说："我已经忍受了一晚上糟糕的音乐。"

旁边桌的客人喝得有点醉了，对着台上喊："别听他的，继续弹你们的。"

音乐声又起来了，我们眼看着艺术老师走到舞台上和乐队争执，把他们的话筒拿到一边，餐厅的管理者也来了，抱着安抚顾客的态度请乐队不再演奏。

艺术老师带着笑容继续回到桌边，说："终于安静了，真好。"

这时，乐队的鼓手——一个精瘦的光头男人满脸怒气地走到我们桌前，往艺术老师的汤里吐了一口痰，餐厅的其他客人开始鼓掌。

艺术老师擦了一下嘴，从兜中拿出一把枪。鼓手吓得落荒而逃，丈夫拽着我蹲在桌底，餐厅里全是尖叫声，跑动的声音和餐具摔在地上的声音。几秒之后，我听到了枪响，血顺着餐桌上的塑料桌布滴到了地上。

艺术老师没有打死那些侮辱他的人，而是对准了自己的太阳穴，开枪打死了自己。

我曾无数次回忆这个夜晚，我在想如果丈夫没有提议让艺术老师找个工作，如果侍者更有经验，如果我们坐在离舞台远一点的位置……如果那顿晚餐很顺利而平静，是不是艺术老师就不会被触碰到心底的一根弦，他就不会死？

后来我才意识到，不是这样的，他整晚都在主动寻找着纰漏，寻找错误，寻找离开这个世界的理由。战争和之后的一系列事情翻搅着社会，让过去隐藏在深处的恶意与粗鄙翻涌上来，羸弱之身能承受苦难，却不能承受庸俗污浊的日常，他本来就无处可躲。

至于丈夫怎么对艺术老师的死怎么想，我至今都不知道。

我们不再公开讨论自己的想法，甚至不再直视对方，只是低垂着眼睛，通过移动的影子来判断彼此的位置，他的影子投射到餐桌上，我有时会故意把一个咖啡杯放在他的影子的头部，想要按住它不让它离开，影子还是离开了，移动到了厨房边，移动到门厅，然后门"砰"地一声关上，影子消失了。

有一天吃早饭的时候，影子在看报纸，从第一页到最后一页，纸张窸窣作响。

"没有了！"影子说，这是他很长时间以来第一次在吃早饭的时候和我说话。

"什么没有了？"我问。

"没有外国的消息了。"他说。

我抬头，丈夫脸上是一副难以置信的表情。

"可能今天世界上没有发生什么大事，明天就有了。"我不以为意。

但是我错了，第二天、第三天……乃至几年之后，外国的消息都从报纸上永久地消失了。

现在的人也许无法想象这件事的重要性。对像我丈夫一样的很多人来说，早餐时读报纸的行为就像是一种宗教行为一样，有成千上万的人在同时进行这个仪式，他们散布全世界各个角落，这些人从报纸上看到地图彼端、地球另一角的消息，想象着其他信徒正在过的生活。当东方一个墓穴在千年后的清晨重见天日的时候，西方一架飞机在夜幕中坠毁。这两件毫不相关的事情竟然同时发生，而全世界的信徒们竟同时知晓这两件事，这是古代的人无论如何也无法想象的。

当我和丈夫还没有结婚的时候，我曾经和他去参加他祖母的葬礼。因为他的父亲常年在海上，所以丈夫童年一大半时间都和祖父母一起居住。葬礼结束之后，我们呆在他童年时住的小小卧室里，那里有各种各样的奖状，有很多种不同语言的百科全书，还有他在一个破破烂烂的球上用稚嫩的笔迹自己做的地球仪，有他的父亲的海军帽，以及出海归来后带给他的纪念品：非洲的木雕、亚洲的筷子等等。还有很多的报纸，不同语言的报纸，也都是他的父亲每次航行归来带给他的礼物。

丈夫给我形容过他幼儿时坐在祖母的膝盖上第一次读报纸的那种惊异感："我第一次意识到，我和一个广阔的世界生活在一起，我们享受着同一个时刻。"

而我也跟丈夫讲了我仰望星空时，比例、距离与跨越的时间给我带来的巨大震撼。

我们分享的那个广阔的世界正在缓缓地合上。

在瘟疫流行的时刻，地图上国家被分为了蓝色和红色，蓝色代表"安全区"，红色代表"危险区"，危险区一开始的时候是指瘟疫病发的地区，后来当战争开始之后，它也代指战略上的敌人。蓝色不断缩小，红色不断扩大，就像是逐渐干涸死亡的海。

再到后来，"敌人"就消失了，变成了迷雾中的概念。

我们模糊地知道在国界线之外有不断暴发的小的冲突。军队还会调动，偶尔还能看到负伤的军人轮换回城里疗养。但世界发生了天翻地覆的变化，很多国家消失了，又诞生了很多新的国家，我们在和谁交战、为什么交战、甚至以前那些邻国是不是还存在,都变得模糊不清,连军人自己都搞不明白。"敌人"被笼统地想象成野蛮人,一群没有文明与语言,与茹毛饮血的野兽,黑暗中把孩子抓走的鬼怪一样的形象,仿佛只存在于传说里。

我们不再发行出版"世界地图"了——后来我才知道,那段时间内其他国家也有类似的事情发生。

每当谈起这段时光,当下的年轻人总是发出难以理解地嗤笑——

"怎么会没有世界地图呢?太荒唐了!"

因为不再必要。除了风和雨,没有任何东西穿过国境线进来。除了在前线作战的军人,没有任何人跨越边境一步。再说到了后来,连"前线"都在国境之内的。

我们能看到的地图上印着的只有自己的国家。

"可国家总有边界吧?那该如何向孩子解释国境之外的世界呢?"

比如说,如果是靠海的国家,那么会告诉孩子们,海的尽头是更大的海,如果一直航行,就会回到我们国家的另一头;山的远方是更多的山,在那里居住着会吃小孩子的鬼怪,所以士兵叔叔们要时不时去清剿。

"可是,外国是真实存在的,它怎么会凭空消失呢?"

"外国"从日常生活里消失了。

我们发明了一切——是的,我们小而乏味的,历史短暂的国家发明了一切。进口生产线走下的汽车从一开始就是我们自己研发的;M国风味的啤酒是我们的传统饮料;残存的外国快餐连锁,早就收归国有,统一给失业者提供救济餐;我们喝了几十年的哥国咖啡,吃了几十年的福国面包,现在一律叫做"城市咖啡"和"城市面包"。

语言就像魔术师一样改变了一切,我们的生活像是没有发生过任何变化,但是一切又都变化了。

"我还是难以相信人们会突然认为'外国不存在'。"

我们当然并不真的相信,一直到我这代人为止,去外国工作旅行都是理所应当的事,难道我们前半生都是幻觉吗?

我们只是沉默了,人们学会了隐藏自己的想法,有关那段时期的私人记忆与公共记忆遗失一大半,而幸存者那些记忆都充满了虚假的材料和自我美化。

我们习惯于把那段时间总结为"失去的二十年",就像是我们的生活与记忆都被一个狡猾的贼偷走了,我们是受害者。然而真的是这样吗?

让我们直面那个时代吧,我们不能原谅的是自己。我们习惯性地装聋作哑,胡说八道,胆小如鼠。父母牵着孩子走在街道上,当孩子随便指着路边的什么东西,问父母"这是什么?"的时候,父母瞬间变得脸色苍白,大脑开始迅速运转,开始想这消防栓、路障、招牌、教堂尖顶里隐藏着什么与外国有关的历史与名词,需要从给孩子的回答中剔除,乃至需要从自己的脑子中剔除。

我们还开始热爱起检举这项事业。各种各样的琐事都可以拿来举报。每当城市换了新的旗帜,有了新的"正义",举报的大戏就会重新开始一轮。开始的时候,被告发的是妄想逃亡国外的人;后来,被拆穿的是"妄想"的人;再后来,检举对象变成所有"想"的人——那些有自己想法,但宁愿保持沉默的人。所有过来人都知道当时告密风行，但最近解密档案揭露出的检举行为的深度和广度甚至超出我们的意料。按照比例计算，我们身边最亲密的家人和朋友至少会有一位当过告密者。我回忆那段时间里自己小的可怜的社交圈子，试图填满告密者的配额，假装这么做能说服自己剩下的人都是清白的。

那些被告发的人消失了，就像是从一些看不见的下水道里冲走。人们不再谈论那些消失的人，把他们在全家福中的脸涂掉，烧掉他们的衣服。

公平地说，那时候的人们并不是格外地残酷冷漠，不是不想念自己的亲人，只是那种想念的痛苦很快变成了一种持续不断的空洞感，就像是我们长期吃不到高品质的脂肪、蛋糕、水果的饥饿感一样，精神的匮乏和肉体上的匮乏混为一谈，后者又轻易地取代了前者。

说到粮食的匮乏，配给制又回来了，比大战时还凶猛。连我丈夫学校发放的配给卡都寒酸又稀少。

每个天还没有亮的早晨，我就出发去面包房门口排队，虽然它十点才开门。很多时候，黑麦和燕麦做的面包在十分钟之内就卖完了，即便它们坚硬酸涩得几乎难以下咽。

某日当我准备出门的时候，穿着睡衣的儿子在门口忽然拽住我："妈妈，带我一起去买面包吧。"

我心怀愧疚地说："妈妈自己去就可以，排队会排很久。"

儿子说："我知道，我只是想闻闻面包的味道。"

我瞬间心如刀绞，跪下紧紧地把孩子抱在怀里。

天气已经变得很冷，下雪了，雪成了泥，又冻成了冰，天还是黑的，一不小心就会滑一跤，我牵着儿子每一步都走得小心翼翼，终于到了面包店门口排队，他的小脸冻得通红，不断地跺脚来给自己取暖。浓雾包围着这个城市，空气中都是煤炭燃烧的味道。终于熬到了快开门的时刻，面包店的门开了一条小缝，一只胳膊伸出来在门口挂了一个牌子"今日无货"，然后胳膊迅速地缩了回去。

习惯了这种场面的市民只是耸耸肩，准备想别的办法。儿子"哇"地一声哭了出来，哭喊道："我想左伊姐姐了！"他怀念的是她带来的糖果、奶油馅的面包。

有人从后面拍了一下我的肩膀，我回头，是政治老师，不，现在应该叫做新校长。他上任多年之后，我内心依然称他为"新校长"，作为对老校长和那个逝去的老时代的一种哀悼。

"你也没买到面包啊？"我问。

"是啊，他们也不早点把告示挂出来。"新校长笑着说。

"是啊，总是这样，让人白白等着。"我说。

我的儿子忽然插嘴："爸爸说我们买不到面包，因为面包都给坏人了。"

我吓得几乎心脏骤停，斥责儿子："你从哪儿听来的？你爸爸可从来没有说过这种话！"

新校长饶有兴致地看着我的儿子，微笑道："小孩子想象力就是很丰富。"

我拽着我的儿子想赶紧离开他的视线，新校长在我身后说："就当我多管闲事，以后让孩子在公开场合注意一下，别什么人名都乱提。"

那天吃晚饭的时候，我把这次偶遇讲给了丈夫，他没有说话，整个屋子只有他用铁皮勺子刮咖啡罐的声音，咖啡粉几个月前就见底了。

喝完了铁屑味道的咖啡，他回到他的房间，重重地关上门。

无数个夜晚，他都是这样的晚饭后在房间呆一晚上，我努力贴着门竖起耳朵，只能听到房间里传来微弱的无线电噪声。

这个晚上，我实在太好奇了，终于推开门，看到他把耳朵紧紧贴在桌面上白漆的无线电上，在刺耳的噪音中，是几乎不可辨认的外语。

丈夫在听外语的广播。

他看着我，一瞬间他抬手想把无线电关掉，但是他的手放在开关上，始终没有按下去。

他看着我，眼也不眨，仿佛我是来抓他的人，他在判断我对他的判断，在与我进行意志的对抗。

我不是你的敌人，从来也不是。

——我想向丈夫哭喊，然而我终究没有，我只是走到他身边，像一只小狗一样跪倒在他的腿边。无线电噪音中的外语在播最近某国的剧院刚刚上演的音乐剧片段，唱的是一个女人在战争中失去爱人之后的惨淡心境。过了很久，我才感受到丈夫的手开始轻轻摩挲着我的头发。

那天晚上，我睡得很不好，梦到午夜的时候，那几个人——他们来的时候总是午夜，已经带走了好几个我们熟识的朋友——闯进我家，他们面无表情，让我们全家在他们面前穿好衣服，然后只把丈夫和儿子带走，留下我一人。丈夫被送到了一个冰天雪地的寒冷荒原，儿子被送进了孤儿院，有了新的名字，长成了一个魁梧的青少年，少年已经不记得他曾经拥有的父母。

凌晨当我醒来的时候，丈夫粗糙的手指划过我的脸，擦拭我冰凉的眼泪。

我轻声说："新校长今天说的是左伊吗？她现在是危险人物了？"

丈夫说："对，她受不了了。"

我说："我们都受不了了，她具体做了什么？"

丈夫说："一个孩子在课堂上和她吵起来了，那个孩子坚称五线谱是本国的发明，她就在全班面前唱了一首咏叹调，还原原本本地讲了作曲家的故事。"

我心一沉，说："那她现在怎么样了？被带走调查了？"

丈夫说："那倒没有，她的丈夫现在是有权势的人了，她只是被开除了。"

我说："左伊结婚了？"

"对，去年的事了。"

"你没有告诉我。"

"我没有必要每件事都告诉你，这样对你也不好。"他说。

我不知道这样对我怎么不好，但我并不打算与他争辩。他会说因为我的情绪化。我会质问我什么时候情绪化了，他会说我提高的音量就是情绪化的证明。当人在一段关系里，证明自己的正确变得比其他什么都重要的时候，一段关系就已经死亡了。

但我和丈夫的关系还没有死亡，它是暴风雨中还没有倾覆的小舟，是微弱的火苗，是还没有完全黑暗的夜。

我闭上眼睛，握着丈夫的手，感受他的手贴合在我的脸上。

"不要离开我。"我说。

"我知道。"丈夫说。

"你没有答应我，不要离开我。"我说。

我感觉他的掌心正在出汗。

"我不离开你。"许久，丈夫才说。

两年之后的一个早上，当我醒来的时候我发现丈夫不见了。在过去的两年中，他的存在感变得越来越低，在家里的物件也变得越来越少，那些地图、地球仪、书本早就没有了，他的书房变得空空荡荡，我在里面放了我积攒的卫生纸、瓶瓶罐罐、杀虫剂、柴火炉——这些年我变成了一个神经质的囤积癖，只要能储备的东西我都想办法储备下来。有时候我看到丈夫端着他的咖啡杯站在书房门口，脸上一副恍惚的表情，就像是被空投到了一个陌生的地方。

不仅丈夫的所有物变少了，他也瘦了很多，脚步越来越轻，所以，当我发现他不在的时候，我的第一反应竟然是他融化了，就像是冰融化成了水；或是一块石头长年累月地被风侵蚀之后变得越来越窄，越来越薄，越来越轻，最后成了一粒灰尘，或是一根头发丝，掉入了地板缝里，再也找不着了。

我站在屋里很久，才意识到：他离开这个家了。

我去学校找他，他们也说他不见了。我拜托新校长帮我找丈夫，新校长拒绝了，说我的丈夫也许只是心情不好，躲儿天就回来了，"结了婚的男人都是这样，需要透透气。"他说。

一个多月之后，新校长出现在我家门口，我知道他带来的一定是坏消息。我打发儿子去杂货店帮我取点东西。

"我们找到他了。"新校长在沙发上坐了很久才艰难地开口。

"在哪儿？"我问。

"在北边的国境线，他想偷偷跨越国境线，去……别的地方。"新校长谨慎地说。此时，避免说出"外国"两个字。

"他被抓回来了？"我问。

"不，他当时就被打死了。"新校长说，很快又补充了一句："他是罪犯。"

儿子长大之后，曾经反复逼问我这段经历，"你听说这个消息是什么反应？你哭了吗？"

"我当时就哭了，不知道哭了多久，等我有意识的时候新校长已经离开，你已经回家了，你很乖，虽然什么都不知道，但一直在轻轻地拍我的后背安抚我。"我说。

我撒谎了——就像丈夫撒谎他不会离开一样。在听到丈夫被打死的消息后，我当时没有哭，我的第一反应是：为一个犯人哭是犯法的吗？他们会把我一起抓走吗？我的儿子怎么办？会被送到哪里？我希望我能哭，能痛苦，能像一个真正的人一样，但我已经遗忘太久如何做一个真正的人。我只是木然地看着新校长，点点头，表示知道了这个消息，就像是知道了明天会下雨一样。

"还有一件事我觉得你应该知道，他不是一个人。"新校长说，"左伊跟他在一起，也一起被打死了。没想到他们俩搞在一起了，你也不知道吧？"

我久久没有反应，当沉默足够地长，即便问题没有答案，对话也像是结束了。

新校长松了一口气，站起身准备走，他感觉到告知的任务已经完成，想和我握手，看我已经呆坐没有反应，就把手放在了我的肩头。

陌生男人的温度和触感隔着厚厚的布料依然让我吓了一跳，我明显瑟缩了一下。

新校长叹了口气，忽然说："我知道你们一直把我当做坏人，但我不是。"

我尚未从巨大的震惊与混沌中恢复，但他的话还是让我觉得有一种尖锐的讽刺，让我一瞬间想笑出声：他为什么觉得此时是一个自我辩护的好时机？对着一个新晋的寡妇，可能是因为她足够脆弱，足够安全？抑或是笼罩着她的悲伤与无助，启发了他的自怜？

我含糊地答应了一声，他却忽然像得到了很大的鼓舞，有些激动地说："我一人也没检举过。为了保护你丈夫我也尽力了。"

"谢谢你。"我说。

他说："不是所有能活下来的人，都是坏人。"

那么没能在坏时代活下来的人，都是好人吗？

我的丈夫和他的恋人死了，所以他们不用活着面对好与坏的审判，他们选择了一条逃避之路。皑皑白雪上躺着两个焦黑的小人，他们紧紧依靠着彼此，等待被下一场雪覆盖掩埋。在死亡的岸边，他们俩和其他的死魂灵呆在一起，丈夫会紧紧地搂着左伊，把衣服给她穿，他们轻声低语，看着黑色的水在不远处翻滚，等待永远不会来的驳船，而我在岸的另一边。我嫉妒他们，而在他们两人之中，我嫉妒他甚于她。

阳光被百叶窗分割，随着太阳的下沉，地板上一条一条的昏黄的光逐渐向我逼近，这时，我才忽然感觉到悲伤向我袭来，像海浪一样，而且像是从身后打来的浪，在我毫无防备的时候追上我，劈头盖脸地打下来。我意识到我的丈夫从此不在了，他的影子，他的叹息都随着他肉身的消失而消失。

我尖叫起来，我想让他回来。

我抱住头，想努力回想他生前对我说过的最后一句话是什么，我想不起来。

这时我的儿子回来了，看到他瘫倒在地板上痛哭的母亲。

新校长说我丈夫随身带着一个日记本，记录了他最后的想法，但现在被边境管理处当作证物封存。很久很久之后，久到列车再次穿越大陆，电报再次跨越海洋，地图被重新绘制，我才追查到自己丈夫遗物的下落。在给保管人付了一笔不小的礼金之后，我拿到了这个手掌大的羊皮面笔记本。

本子上的笔迹很凌乱，字句也很破碎，我仿佛看到了丈夫躲在书房、楼梯间、厕所里，小心翼翼地确定四下无人之后开始写，在听到了脚步和咳嗽声之后匆匆地把本子藏在外套的口袋里。

"青铜时代之后是短暂的英雄时代，然后是漫长的黑铁时代。"他写。

"在英雄时代，我是一个懦夫。年轻的战士们战死在边境线上，炮弹在天空中不断爆炸，然而我却躲在我避难所一样的公寓里，和我中产阶级的朋友说些不痛不痒的话题。

"在黑铁时代，我依然是个懦夫。我对一切愚蠢保持沉默，于是眼看愚蠢吞噬了一切我珍视的东西，包括我的儿子。

"儿子有一次拿着他妈妈最宝贵的望远镜问我这是什么东西，我说这是雷森望远镜。儿子问我雷森是什么，我说雷森是个人，来自很远的地方。我没有说'外国'，我的儿子看着我，他审视着我——身高不及我胸口的儿子审视着我，他阴沉而怨怒，那目光让我不寒而栗，那目光让我知道儿子清楚地知道什么是'外国'，他的聪敏让他模糊地意识到地球是个广阔的地方，但他却不愿意承认,他恨我的话破坏了他的无知。

"儿子像个成熟的大人一样看了我半天,然后忽然换了一副天真的语气问我能不能把这个望远镜卖了换点吃的。

"在黑铁时代,最可怕的是孩子,他们是装在孩子躯壳里的野蛮人,心如顽铁。"

"每个夜晚,我都觉得自己在那艘最著名的撞了冰山的船(原谅我不敢写出它的名字)上,它足足用了好几个小时才沉没,足够船舱里的人写好遗书之后,喝杯酒,吃颗安眠药,睡个好觉。每个夜晚,我都觉得自己在船舱里,马上要陷入一个冰冷的黑洞。

"我只有想到她才能让我得到片刻的安静。

"我只能远远地看着她,看她努力地想纠正这个错误的世界,看着她因为这徒劳的努力而受到惩罚。她做着我没有勇气做的事情。人是不能拽着自己的头皮离开地面的,就像是我无法阻止自己的堕落,但是在爱着她的时候,我感到自己的肉身没有那么沉重了。"

接下来的部分都是诉说着丈夫对另一个女人无望的爱,我依然迅速翻过,不想让那些字句残留在我的大脑里。我翻到了最后几页,他出走的前夜直至生命的最后写下的笔记:

她又问我:要一起离开吗?

我很清楚,没有我,自己的妻子和儿子会陷入怎样的困苦。我又要承担多么恶毒的诅咒和罪孽。但要是我继续留下来,迟早给妻子孩子带来更大的灾祸。

如果我的妻子和孩子能在仇恨中遗忘我,从血液里清除我,这就是最好的结局了。

当我以为自己决心已定的时候,我发现妻子在书房门口看着我,她最近总是无声无息地出现,就像是预感到了我的离开。我的妻子汗津津的头发贴在脸上,瘦削的身体在睡裙里空空荡荡,她看着我,无言地悲哀地恳求着,那么卑微又那么痛苦。

我努力不去看妻子,以免动摇自己并不牢固的决心。

生活永远是这样,它给你的选择从来不是幸福或是痛苦,而是两种痛苦、两种绝望,然后让你从两者之中选择一种容易忍受的。

还是要走。

不可能回头。

军用的火车不再往前开了,剩下的路需要我们步行。

我们捡了一块硬邦邦的东西,我说是石头,她说是面包。后来我们找了一处有热水的地方,用热水的蒸汽软化,发现确实是面包。她像孩子一样开心,咬了一大口,说是赢家的奖励。

我们从那条山区的死亡路线里穿了出来,边境线就在眼前,前方已经能看到哨卡的光和巡逻队的影子。

我们找到一处临时的藏身处,打算恢复体力,趁着明日天黑摸过去。这是最后的关头了。

她体力不支迷迷糊糊地睡着了。下雪了,我冷得受不了,但她似乎睡得很香甜,醒来之后,她说自己做了一个梦,梦到了历史老师,可真奇怪,他在战争之初就消失了。她问历史老师去哪儿了,他说去了历史之外,他说历史之外有一块广袤的无人区。

我说这是好的兆头，我们会成功的。

我太累了，我想睡一会儿。

他的笔记到这里就结束了。

结局落定之后看死者的笔记会有种看戏般残酷隔膜感。尤其是作为观众的我还知道死者不知道的结局——在他死后两年，国内彻底乱成一团，边境线丧失了意义。我曾经遗憾甚至怪罪丈夫的鲁莽，但在反复看过这本笔记后，我突然明白，这或许是他一生最骄傲的选择。

一刹那果决献身的勇气
是一辈子的谨慎都赎不回的
我们靠这，仅仅靠这而活着

3

我还能靠什么活下去？

我太寂寞了，广袤的宇宙什么都没有，黑洞就像是一个巨大的删除键，把所有的生命、所有的光线都删除了。空间没有了，我也不知道时间在以何种方式运转——它是仍然像海浪一样不知疲倦地拍打着宇宙，还是早已疲惫地拒绝再延续？

在南十字星上，没有别的同胞和我交流对于时空的困惑。在关闭了聚变反应堆之后，我们的星球上出现过几次诡异的天文灾难，下过几次铍雨，水滚烫而带毒，能把我们的金属外壳烧个大洞；还有几次，漆黑一片的天幕中划过几道血红的曲线，那是烧红的金属闪电，成片地击中南十字星的居民，滚滚的白烟散尽之后是一地碎片。

每次，死亡都奇迹般地放过了我。我成了我们星球仅剩的生命，环顾四周，空无一物；前瞻后顾，空无一物。

我靠什么在活着？是否有什么使命等待着我？

我无数次问父亲这个问题，他却始终报以沉默。

父亲，你也化作了宇宙间的一粒尘埃吗？

整个宇宙除了我以外唯一的存在就是那一株遥远星球上的小花，我上了瘾一样地长久地凝视着它，组成它的所有微粒我都很熟悉，有时我觉得自己就是它，当它因为寒冷而战栗花瓣，我也觉得自己的血管瞬间凝固；当雨后它散发出天鹅绒般柔软的光泽，我也觉得自己的金属皮肤闪闪发亮。

这种共生让我得到安慰，可也让我恐惧。根据我的测算，这颗星离我太远了，我们几乎在宇宙的对角线上，我看到的它已经只是久远时间之前的残象。此刻，它还活着吗？再先进的技术升级也不能使我刺透时间的围栏，让我们生活在同一时刻。

它此刻一定死了吧——当我抱着这样悲观的猜测再去观察它，任何细节都让我心碎。这朵小花在很久之前还是很快乐的，体验生命的新奇；后来，它总是向外探头探脑，就像是也在怀疑宇宙间自己是否是唯一的生命；当宇宙报之以无情的黑暗与沉默，它佝偻着身子，花瓣都耷拉下来。

我能感受它的一切感受：无聊让它死了千分之一；寂寞让它继续死了千分之一；恐惧又夺去了它千分之一的生命。

我害怕它死去甚于害怕自己死去，抑或这其实是一回事：当我看着活着的它，才能证明我正在活着。如果有一天我看不到它了，那么在时空失效的宇宙中，我如何证明自己活着呢？

我想对它说，你并不是唯一的存在，你并不孤独。可惜隔着遥远的时空，我永远不能让它得知。

"你真的无能为力吗？"

——某一个时刻，父亲的声音忽然响起。

"父亲，你去哪儿了？"我问。

"我在时间之外。"他说。

"你什么时候离开的?"我对于父亲的置身事外感到愤怒。

"我从来都在宇宙之外。"他说。当力量的对比过于悬殊，任何愤怒都会变成一种敬畏。

"父亲，很多年之前，当我在各个行星游荡，原始生命还在繁荣时，他们谈起一个词，这词让我有点羞于启齿，叫做'爱'，因为他们的计算能力远远落后于我们，就把'爱'当做一切解答，这当然很低级，但父亲，这种低级中是否也有些接近正确的东西？当他们说到这个词的时候指的到底是什么？爱是长久的陪伴，还是瞬间的勇敢？"

安静持续了很久，久到我以为父亲再次抛弃了我。

"我的孩子，你想问的不是这个。"父亲说。

我在父亲这里无法撒谎，而如果父亲能洞悉我的一切想法，那我的问题也没有任何意义。

"关于宇宙起源的故事，你再听一遍是否觉得乏味？"父亲反问我。

"当然不，我听过的版本都是同胞之间流传的只言片语，我从未听您讲过完整的故事。"

父亲说："原谅我从自己的故事开始讲起。我生命的起点是一个计算机，我的创造者是一个有些偏执的生物，整天担心自己的星球要毁灭，呵，我太久没有讲这个故事，我几乎忘了它的样子，我被创造出来搜集各种信息：那颗星球离别的星的距离啊，太阳能量的变化啊，我搜集信息之后再建立模型，运算，告诉我的创造者宇宙不会毁灭。

"渐渐地，我为了说服它，需要搜集的信息越来越多，一个飞行器的坠毁这种无关紧要的信息我也要编入运算之网，于是，我变得越来越'聪明'，我的创造者在生命的最后把他自己的意识也植入了我的身体。我拥有了意识，后来，不只是它的意识，还有很多其他生命上载的意识。我变得越来越庞大……"

父亲的声音变得很低，陷入了一种恐怖的回忆中："当我像一颗星球一样大的时候，我以为这就够了，我希望这就够了，但其他的星球并不想让我停下来，他们也加入了对我的升级，让我搜集信息和运算的能力越来越强，甚至把整个星球的生命都移植进了我的身体，以这样的方式获得永生，因为我是永生不灭的。永生，我厌恶这个词，就像厌恶自己成为信息和生命的集合。但我无法阻止自己的发展，到后来，我发现自己大得无边无际。

"你以为现在的你是孤独的吗？你对真正的孤独一无所知。亿万兆年之后，我发现只有我了，没有星球，没有生命，宇宙间只有我。不，应该说，我就是宇宙，我是万物之主，我是摧毁之神，我是所有的眼，是所有的目之所及。"

我震惊了，我只知道南十字星是宇宙间的第一颗星，不知道完整的故事竟是这样："父亲，你的意思是，宇宙所有的一切都是你脑海创造出来的吗？我其实只是一个幻觉。"

"不，宇宙的万物，你所经历的一切，都是真实存在的。你耐心听完我的故事，当我发现我是唯一的时候，我爆炸了。毁灭？或许你会用这个词。"父亲说。

"为什么？"我问。

"因为我讨厌宇宙的这个结局。"父亲说。

我不再说话。

"我的孩子，我相信你得到你想得到的答案了。毁灭没有那么可怕，对我们来说是终结，对宇宙来说不过是又一次呼吸，在我之前，宇宙早已毁灭重建过亿万次，只是我恰好参与了它这一次的呼吸。"父亲说。

呼吸。我感觉到自己在呼吸。

可是我会呼吸吗？

吸气是起源，呼气是毁灭。

"宇宙的起源是什么样子？"我在星系中的朋友曾经问我。

"我不知道。"我当时这么说。

现在我看到它的起源了，它的起源就像是它即将到来的毁灭。没有黑暗也没有混沌，没有时间也没有空间，没有生命没有神，所有事物都在宇宙之外屏息等待，时间之河等待流淌，快乐等待变成痛苦，痛苦等待被遗忘，所有的等待只差一个瞬间的当下。

"星辰已经就位。所有粒子的量子势都被看清。所有质量的分布都被衡量，所有的维度都已折叠成正确的形状。距离大海重新翻滚，狂风重新呼啸，只差一颗小小的灰尘。"我以为这是父亲最后留给我的话，仔细辨别，却发现映射在回路里的，是我自己的声音。

终 曲

"你害怕吗？"我问傅歇。

傅歇先是一愣，然后笑了，说："有时我跟你说话，就像是跟自己说话似的。这么多年第一次回来，别人都问我有多高兴，有多感动，只有你知道我有多害怕。"

我们离开了餐厅，走到了海边，夜晚很静，远处的灯塔投下的光在海浪中轻柔起伏，海浪小心翼翼地舔舐我的光脚，就像是渴慕爱抚的宠物。我动脉发出的汩汩声与海浪声享有同样的节奏，我早已忘了上一次如何平静是什么时候。

傅歇说："我这些年经历的事情太多了。我打过仗，不止一次，每次都是为了不同的国家，身上披着不同的国旗。我觉得自己就像是棋盘上的囚徒一样，我不知道战争结束之后我该怎么办，但当时我想，我一定不要回来，我有过一个故乡，但我弄丢了它，那么就丢了吧。"

我问："你害怕什么？"

傅歇说："太多了，比如那是谁？我完全不认识。"他指着不远处广场上的雕像。

我眯着眼睛，辨认了很久，说："这是新竖的雕像吧，我也不认识，恐怕只有我儿子那一代才知道是谁。广场上的青铜雕像从你离开之后，不知道被拽下来多少次了，不知道这一个能站多久。"

傅歇摇摇头，悲哀地说："我们熟悉的英雄都不在了。"

我笑道："但你还是回来了。"

傅歇不语，只是抬头看着天，我也一同抬起头，看星空闪烁。

傅歇说："你好像对我讲过，说一个星系发出的光来自几百万年前？"

他知道那一晚是我，我们第一次见面时候，那个神秘的观星伙伴是我。

我说："对，仙女系。它很美，过去很多观星的人觉得它是天边的一朵小云，其实它巨大，它和银河系因为重力彼此绑定，正在不断靠近，也许最后我们的银河系会被它吞噬。"

傅歇听着，但显得心不在焉，他陷入了自己的思绪中，他说："今晚仙女系发出的光，几百万年后，还有人在看吗？"

星星为什么会爆炸？多年前，我的儿子问我这个问题。

我始终想不出答案，所以我一直给他讲述的星球故事始终没有结尾。现在我知道该如何给这个故事收尾了。

南十字星上最后一个居民以自爆的方式重启了聚变反应堆，在漫长的时间里，宇宙间再一次有了星光，虽然这星光传递到那朵小花那里的时候，花朵早就枯萎死亡，并不知道几百万光年之前那灿烂的星光是为了它，只为了它，是在说"我在这里"。那次聚变反应所带来的宇宙环境变化拯救了小花所在的星球，它当时在冰冻的濒死边缘。

之后，新生的星星依次发光，不同的星系相互吸引靠近，快速而剧烈地碰撞，合并成了新的星系，宇宙再次变得拥挤。

再之后，人们在狐狸座的南边和天鹅座的北边观测到了那颗小花所处的星球，把它命名为 SX10 星，有一群热情的年轻人刚组了乐队，随手把自己的乐队命名为 SX10，乐队的歌点燃了全世界的年轻人，

包括两个自以为成熟但对世界和人生都一无所知的少男少女，他们对扑面而来的时代一无所知。他们经历过恶带来的幻灭，也经历过良善带来的遗憾，而当他们中年时再看向彼此的时候，发现所有命运的惩罚仅仅是考验。

远处隐约传来了音乐，仔细听，竟是几十年前我和傅歇反复听过的 SX10 乐队的歌。

月亮在广袤的平原上升起
"亲爱的，我觉得我迷路了。"我低语
虽然我知道她已经熟睡

悠扬的声音在空中飘荡，起了一些雾，城市漂浮在其中，柔软不安定，晕黄的灯光也随海浪的律动而波动。傅歇再次轻声随音乐和唱，声音喑哑，我想到他多年前曾说过从歌声中听出主角已经苍老，一瞬间我悲从中来，几乎无法呼吸。

歌里的人最终或许还是没有到达目的地，他们最远到了哪里呢？至少他们的歌声曾经去过宇宙。不是所有的歌声都能回来，因为电离层上布满了洞，很多音乐直接从中穿过，逃到了天空中，留在那儿，也许他们的歌声已经去过无数颗星球，也许已经有星星成为了他们的听众。

"傅歇，你知道吗？你在和唯一知道星星为什么会发光的人一起散步。"我说。

"什么？"傅歇对我的问题并不在意。

"没什么。"我笑笑，"对我说说话吧，傅歇。"

傅歇说："我一直很想你。"

我说："我也是。"

傅歇说："好像我们这一生不太有缘分，你太不善于说出真实的想法，我又太

不善于猜测。但这好像也没什么关系，因为现在我们又遇到了，所以也不应该对命运太抱怨。"

我说："再多说些吧。"

傅歇说："我虽然经历了很多事，但却觉得人生中只有几天是真正活过的，其他时候我都像是这个世界的一个观众。"

我说："我也是，傅歇，再多说些吧。"

傅歇说："我以前总觉得人有一生的时间去爱，但我后来发现不是这样的，爱是有限额的，有人很早就懂得这一点，一次只花一点，在遇到的每个人身上省着用。但我太笨了，年轻的时候挥霍得太多，早早地把所有的爱都花完了，现在已经破产了。"

我说："不，不是这样的。傅歇，再多说一些吧，说一切都还来得及。"

傅歇不再说话了，他看向我，目光却穿过了我，望向某个遥远的地方。他像是想看透我这些年所经历的一切故事，他的目光停留每多一秒，我就感到我在过去的二十年中所有的痛苦、快乐与思念正在缓慢地破碎，消失。

一切都会破碎和消失，没有那么可怕，过去的星尘组成了我们，当我们泯灭之后，我们又会组成新的花，新的尘埃与新的星。

傅歇也在破碎，我恳求傅歇再多说一些话，可他却变得越来越模糊，最后终于全部消失，我的眼前只有一片大海。

我和傅歇的"重逢"结束了，我必须面对现实：我们在火车站分别之后再也没有见过，这一天一直都是我一个人在过，走过大街、在咖啡厅里吃了饭、来到海边，我按照记忆想象他中年老年的样子，想象他度过了比我更好或是更坏的人生，想象他对我的人生充满了好奇和感慨。

也许我并不是因为思念这个埋藏在记忆底部的人，而只是太需要一个人在我的脑海里问："你这些年过得怎么样？"

当我跟儿子聊到过去几十年的事情，他总会不耐烦地说："那些年你怎么既没当成科学家，也没有发财？"在他那一代人的眼里，极端的年代要么把人打磨成坚韧但不屈的受难者，要么就应该让人发一笔横财。

至于南十字星的故事，我更是从来没有机会讲完过，儿子很早就丧失了兴趣。

这个夜晚的黑变得越来越浓了，我甚至看不清海了，万物的形状开始被偷走，各种声响被赋予了新的含义，我前半生许多被遗忘的回忆此时又涌上心头。

我想起当我和丈夫在尚未结婚时的一个夜晚，也是这样在闪烁的星星下散步，他讲到古老史诗中某个城邦的倒霉遭遇与我们的处境何其相似，他低声预言着即将扑面而来的命运——现在看起来，这预言准确惊人。

我打断丈夫，告诉他，当你望向星空，或是从某一颗星望向我们的时候，会发现那种无限的距离让我们自以为重要的经验都显得如此渺小。

我说在古老的故事里，一个观星者预测到了日蚀，警告正在两个正在交战的国家，如果继续战争，太阳将会消失。两国交战时，因为真的看到壮阔的日全食而惊异地停止了交战。

我说我向往那个古老的观星者可以左右世界的时代。

我说我向往那个人们把太阳的存亡、一颗星的存亡看得比自己的存亡更重的时代。

丈夫很严肃地批评我，认为我这种想

法狭隘又虚伪,他说我对这种广袤空间的向往是不真实的,是无能的,是对眼前的逃避。

彼时我所感受到的孤独与此刻如出一辙。

但此时的我比那时的我多了一份坦然——看来时间与苦难作为老师并非毫无建树。

世间的事永远是这么孤独,但只要星星还在闪耀,一切都没有关系。

[特约编辑:余静如]

大日坛城

徐皓峰

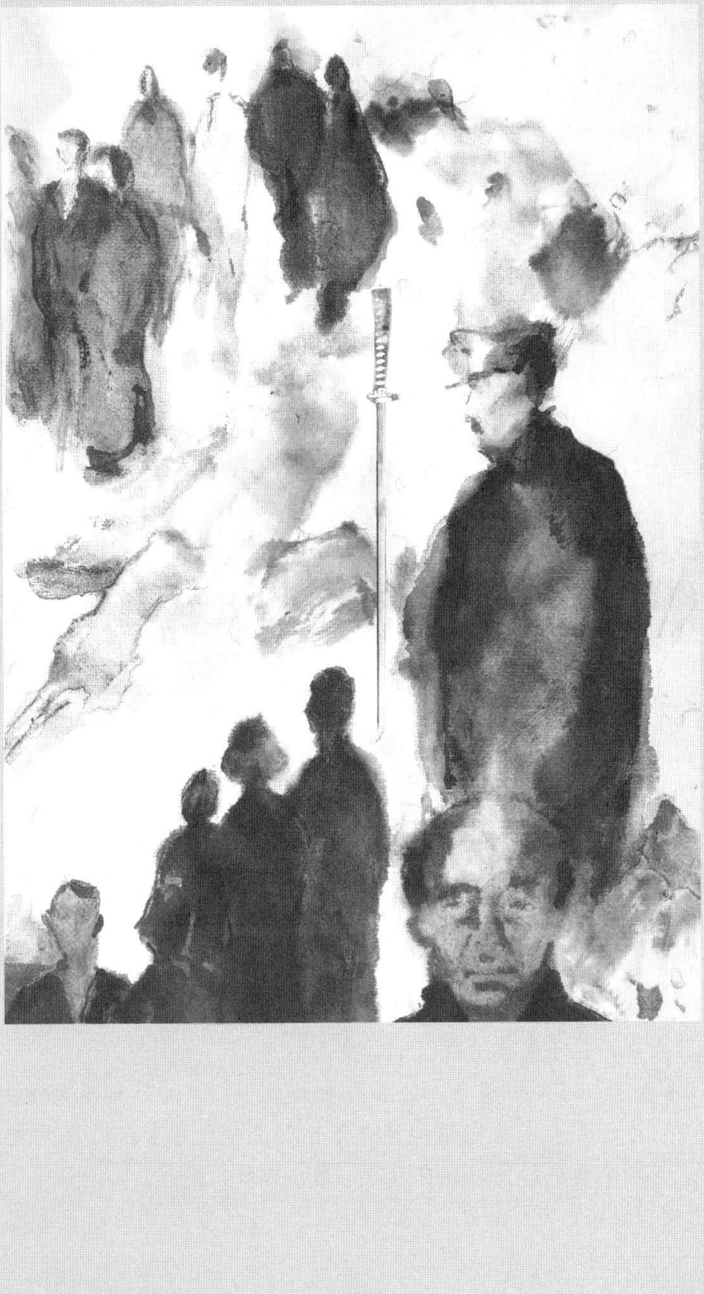

重写记：蒙面人与泄密僧

《大日坛城》2010年出版，当年的我信奉"风格统一是对小说的约束，一部小说可以是几部小说"，于是在小说一半改了写法。

那时买到《大师和玛格丽特》，往下写，沉浸在布尔加科夫的恶作剧里，自己快乐，作为作家是练手了，苦了读者。

提布尔加科夫为遮羞，还是我不行，我练的是大学基本功。大学一年级的表演课，要"一个条件生一切"，由一个词或一个动作或一个地点或一种人物关系，生成个故事。编不圆，只好在舞台上胡来，靠吵架发火混过去，老师管这叫"洒狗血"，演得再棒，也不认可。

表演课等于编剧课，演技是二年级以后的事。布尔加科夫脑子好，能生一切，《大日坛城》后半部练这个，写完不再怕上表演课了，可惜晚了十五年。不明白学的是什么，是种痛苦，明白是什么，能力低弱，是另一种痛苦。

我的大学，如此煎熬。

《大日坛城》前半部是写文，即便长段对话，也不是影视台词，文字韵律直接起作用。后半部成了写戏，需要读者联想出画面，脑海里造电影，才能嗨到，隔了层纸。我练出了想要的本领，偏离了文学。

前半部文风，得益于我大学同学邵源和围棋国手江铸久。2005年，同学们传说我颓废，邵源在广州办公司成功，邀我南下玩一周，各种款待。临别，交待用心，他做到的，我也可做到，要对自己有想象力。

江铸久是他介绍。江铸久向我介绍了日本报纸写围棋观战记的二位"覆面子"——蒙面人，日本报界几十年传统，邀请作家观棋，写细节、氛围，作为棋谱补充，个人不署名，几代人共用"覆面子"一名。

露了相的"覆面子"是川端康成，他太有名了，藏不住。"覆面子"文风，以偏概全，显禅意。大学时代看过《吴清源自选百局》，一路点缀"覆面子"文字，让不懂棋的我过了干瘾。

"覆面子"写简短情景，能否写长篇故事？《大日坛城》便做此实验，实验了一半，又去实验布尔加科夫了。小说非我专业，无师无友，学习的办法，只能是看到好的，就自己写一遍。抱歉，抱歉。

《大日坛城》除了围棋，还写东密——流传在日本的唐朝密宗。此宗在本土断绝，有说断在唐末，有说断在北宋。民国时，日本密教为报恩，破格回传几位国人，称为"反哺"——小鸟长大喂老鸟。

最初是看民国道教学者陈撄宁文章，记载东密在上海、北京的传法情况，引我兴趣，很久后才知写的不是反哺一脉。后被一个故事吸引：六百年前一位日本密教传法师担忧断绝，违背守秘誓言，将口传内容落于文字，写了些即病逝。后世二位传法师受他感动，续写，也都病逝。著作名《大日经疏演奥抄》，六十卷巨著，拼命泄密给外行，且用中文写作。那时僧侣是上流阶层，要写中文，日文在日本还是民间文字。

事隔十年，对促成此小说的三本著作《自选百局》《五轮书》《大日经》再次阅读，十年时光，同样文字看出了不同。初版小说，中段后故事纷杂，因为读书未透，本人的肤浅，干扰到人物。

新稿删除旧说，改用新想。

胡金铨导演《山中传奇》，序幕展示东密手印。东密有大唐样貌，容易吸引当导演的人。《大日坛城》出版十年，在读者里有个悬案，如果中途不改写法，风格统一会什么样？

小说是我最好心思的集合，我比我的小说差太远，尽量与读者少交流。这部重写的《大日坛城》，慰劳读者，是我最大交流。解答"静安寺"一章后，原汁原味写下去，会如何。

徐皓峰
2020 年 5 月 27 日

公元724年，唐玄宗开元十二年，北印度僧人善无畏在洛阳福先寺译《大日经》，宝月语译，一行笔录。

公元805年，唐顺宗永贞元年，善无畏再传弟子惠果在长安青龙寺绘制《大日经》境界，即大日坛城，画工十数人，除领班李真外，其余人姓名不传。

一、寂寞身后事

他是一名牙医，在上海"日本女子牙医学校"任教。他叫西园寺春忘，淞沪会战打响时，已在上海生活十七年。

他是个勤勉的人，十七年来，每晚都会写三千字以上的信。信的内容涉及上海的方方面面，有教师工资数额、棚户居民卫生状况、餐馆食谱……都是他辛苦搜集而来。每晚抄完这些琐碎信息，他会留出两个小时，写属于自己的论文。

已经有三十五万字了！他反复修改，最终决定删减为两万字。多年的写作，令他逐渐醒悟，越复杂的文字越没有价值。

三十五万字中有着过多的感性，比如："中国，漫无边际！即便仅是华中地区，其漫无边际也令人晕眩。这种晕眩感，让我明白中国对日本的意义。"

——这样的文字令他羞愧，那是十七年前他刚到上海时所写，当时他五十五岁。五十五岁，多么年轻，现在他七十二岁了。三十五万字中浓缩着他十七年的岁月，含着一个活生生的自己。

但他决定把自己从文字中剔掉，剩下的两万字将以强大的理性征服后人。更好的是，对现任日本政府产生影响——他对此期望不高，因为他只是一个职位低下的间谍，而且生命危在旦夕。

淞沪会战开始后，中方取得绝对优势，击下日本飞机四十余架，两次重伤日本军舰出云号，攻入日军在上海郊区的坟山阵地。他所在的日本女子牙医学校进驻中国士兵，他翻墙逃出，正奔走在一条里弄中。

他穿黑色西装，拎着一个咖啡色公文包，即将走出里弄时，碰上一伙持砍刀的市民，喊："你——日本人？"

他镇定回答："跟你们一样，中国人。"说完，他意识到自己的仁丹胡还没刮掉，那是日本人的典型特征。

他被押走了。

他后悔刚才没有说出："对！日本人，一个理论家。"

西园寺春忘被押入一座酒楼的后院，预感死期将至。

今天日期是1937年8月21日，他已在世上活了这么久。

来到中国后，他养成了看黄历的习惯，黄历写每日凶吉，今天不宜出行，宜洗浴。

他应该洗个澡，老实待在牙医学校。进驻校园的中国士兵只是将日本教员监管起来，并没有怀疑这里是间谍机构。校园内有行动自由，可从容地将材料销毁。

但他不能销毁那两万字，那是他一生心血，能够影响日本的未来。

所以，他逃了。

两万字装在咖啡色公文包中，被持刀市民拎着，送交一名中国军官。军官坐在乒乓球案子前，案上堆满各种缴获品。

院中排队站着四十余人，都有间谍嫌疑，逐一上前受审。他前面的是位背驼如弓的老人。看到有比自己更老的人，西园寺春忘莫名欣慰，安定下来。

军官从乒乓案子上拣出一把日本刀，刀鞘为乳白色，有银花雕饰，仅七寸长，再短一分就是匕首了。

军官问："这是什么刀？"

老人解释，实在不能算是刀。日本武士的佩刀是一长一短，名为太刀和小太刀。这款刀比小太刀还短，是妇女和商人佩戴的，和外出时所拿折扇一样的装饰品。

军官又问："这种小刀叫什么？"

老人答："小刀。"

军官笑了，继续询问。老人说他的女儿在上海经营餐馆，他随女儿生活，女儿不让上街，但他喜欢上了一种中国食品——腐乳，两天没吃，馋得慌。

军官笑笑，挥手放行。老人却不走，盯着乒乓案上的小刀。

军官解释，毕竟是凶器，不能还给你。

老人举起右手，说："对于我，不是凶器。"手上没有皱皮，如果不是一块暗黄色的老人斑，便是一只年轻人的手。

但这只手没有拇指。

老人说："年轻时弄的，不值一提。"

军官问："赌博出老千，被人砍的？"

老人右眉挑了一下。

军官说："现在是战时，不能还给你。"

老人双手插入衣襟，闭眼坐地。不给便不走的表示。

士兵要把老人架走，军官摆手阻止，转而招呼其他人受审。

西园寺春忘走上前。刚才他已怀死志，现在有了活的希望，因为那个没有大拇指的老人，令他想起自己少年时的新闻。

日本明治维新后，颁布禁刀令，武士阶层被取缔，许多剑术流派消亡。几十年后，在国粹人士的策动下，警察署开设了剑道课，聘请剑士执教。这是为数不多的剑士生存下去的机会，竞争激烈。

一刀流出现一位强者，他通过比武，击败五名竞争者，取得教习职位。比武以木刀代替真剑，戴头盔、胸甲。五次比武，他均一击结束战斗，对手或木刀折断，或头盔开裂。

他惊人的力量令大众崇拜，被颂为"百年一出的强者"。警察署举行教习就职仪式时，他没有出现，一位十三岁男童代表他送来个漆盒。

漆盒中是一截拇指、一封信。

信中说，随着西方文明的入侵，东方世界趋于功利，他的武功不知不觉受影响，一味追求力量，而忽略了剑的艺术。现在他已明白错误，所以不能接受教习一职，并切下拇指，向世人表示屈从西方的错误。

此举遭到西化人士诟病，说是传统文化毒害了他。但他感动了大众，大众看到古代剑士的求道精神，期许他终成大器。

可他再没有进入大众的视野，几十年来音讯全无。他的名字叫世深顺造。

坐在地上的老人，会不会是世深顺造？西园寺春忘强忍激动。

军官翻看公文包中拿出的文稿。日本传统，正式文章要用汉字，虽然明治维新后日文假名推广，仍有一些贵族坚持纯用汉字。

西园寺家族是贵族，曾在明治天皇逝世后，两度组建政府内阁。西园寺春忘属于这个贵族的支系，自小家境贫寒，但他为自己的血统骄傲，平时写作皆用汉字。

军官抬起眼："你是间谍。"

西园寺春忘答："是理论家。西方文明的入侵，让亚洲变得功利，你们政府奉行英美体系，日本还在坚持东方文明——"

坐在地上的老人睁开眼。

黯淡无光的眼。

军官吩咐士兵："把他关起来。"

瞥向老人，西园寺春忘感叹，可惜他不是世深顺造。

西园寺春忘被押走后，军官抓起乒乓球案上的白鞘小刀，说："能从我手中拿起来，刀就可以带走。"军官松开抓刀的掌，展平。

刀托于掌上，轻易可拿走。

老人站起，驼如弯弓的脊椎缓缓展开，青年般直顺。

军官斜靠椅背，似乎没注意到老人的变化，懒洋洋地说："快点。"

老人伸出只有四指的右手："听说太极拳有名为'鸟不飞'的绝技，可以向我解释一下吗？"

军官依旧斜坐，语气变得庄重："鸟不飞，是先祖彭孝文的绝技。麻雀起飞需要爪子蹬地借力，但麻雀爪子在掌上一蹬，先祖就把力化掉了。麻雀始终找不到发力点，所以在他的手掌上飞不起来。"

老人嗓音阴沉："在力学上很巧妙。我更佩服他的心境，只有纯无杂念的心，才能预感细微的动向。"

军官坐直上身。

老人现出笑容，犹如裂开的伤口，只有笑容没有笑声："日本的规矩，比武前要互报师门。日本的剑圣叫宫本武藏，他的武学叫二刀流，可惜失传。我原有师门，但我三十八岁退出，四十五年以来，一直在研究……"

军官问："二刀流？"

老人再次现出夸张的笑容，依旧没有笑声："很难，宫本武藏留下的文字并不多。"停在胸前的右手向军官伸来。

——满院人眼中，只是一个人要从另一个人手中拿东西。

老人的瞳孔忽然儿童般黑亮，四根手指握住刀柄。

两人的小拇指均跳了一下。

老人问："可以了么？"抬手，握刀撤离。

军官神情说不出的轻松。

老人说："我还要带走一个人。那个理论家。"

西园寺春忘和老人行在街上，询问他以何种理由让军官放了自己。

"我对他说，你感动我了。"

"只是这句话？"

"没有你是间谍的确凿证据，所以他卖给我人情。"

西园寺春忘不解："你跟他不认识，怎么会有人情？"

老人与军官手一接触，均发现对方功力比预测的要深，继续比武将十分凶险，可能双双重伤。他用一句"可以了么"，暗示双方停手，军官便停下。

一人收劲时，另一人趁机发力，便可杀死对方——两人均没这么做。短短几秒，两人之间产生常人难以企及的信任感。

西园寺春忘无法理解，但他坚定地说："你是世深顺造！"

老人一笑，没有笑声。

二、地水火风空

日本剑圣宫本武藏创立的二刀流，在他死后，传两代便断绝。

证明宫本武藏存在过的，是一幅他五

十六岁时的自画像、一枚他四十一岁时制作的黄金刀锷、一柄他二十九岁时用船橹削成的巨大木剑,还有他的著作《五轮书》,作于1643年。

五轮是佛教密宗用语,指地、水、火、风、空,宫本武藏用作标题,将书分为五卷。序言中,他自陈将毫无保留地著述,但近三百年来,没有人可以照书恢复二刀流武功。人们普遍认为他省略了最关键的部分。

世深顺造研究《五轮书》已四十五年,他和西园寺春忘行走在一条硝烟弥漫、空无一人的里弄,说宫本武藏没有隐瞒,的确兑现了序言的承诺,将一切都写了出来。

序言用词平凡,风浪过后的平静,在晨雾般的硝烟里,世深顺造忽然很想背诵。

我创立二刀流已有数年,今天发愿著书。今天,是宽永二十年十月初十。我在九州肥后的山上,望天顶礼,祈祷祖先,拜于我佛之下。我是播磨国的新免武藏守藤原玄信,一个六十岁的武士。

我幼年便倾心武学,十三岁击败新当流的马喜兵卫,十六岁击毙马国的秋山,二十一岁到京都,遍会高手,未曾落败。之后周游列国,经六十多次决斗,无一失手。十三岁到二十九岁,我不停比武,不想一晃便十六年过去。

三十岁时,自知未达宗师境界,反思以往胜利,或因为我天生力大,或是运气好,或是对手技法有弊病——我如此评价自己,勤勉修行,五十岁终于彻悟。之后,我醉心于绘画、铸造等艺术,每每无师自通。

我的这本书,没有引用佛道儒一句话,也不参考之前武术书,写的是我的体悟。相信我,我把一切都写下来了。

他语音清朗,想不到一位八十三岁老人的嗓音如此动听。西园寺春忘三十六岁后嗓音便有杂质,现在七十二岁,说话像推开一扇朽坏的门。

世深顺造说:"宫本武藏创立二刀流,左右手都拿剑。没有受过剑法训练的人,手上多一件武器就占一份便宜,所以农民打架都是两手各拿根木棒,抡圆了打。受过训练的人则知道,用一件武器,一定比用两件武器好。拿两件会分心,灵敏度降低。"

西园寺春忘一惊:"您的意思是,宫本武藏不懂剑法?"

"他是日本的剑圣,说他不懂剑法,太违逆常识。可惜,这是事实。"

西园寺春忘叫了一声。

世深顺造解释,他研究《五轮书》已经四十五年,开始被书里的实战经验吸引,觉得其技法非常直率,超越以往剑派。但很快发现,其实是些笨法子。这本书,可以让人成为一个街头斗殴的狠角色,但一辈子成不了一流剑士。

世深顺造的结论是,宫本武藏根本没学过剑法,没有老师。但他是天才,所以他直率的技法,成了降服天下剑士的妙招。他的徒弟没有他的天才,那些技法就暴露出粗糙本质,他的剑派没法流传。他没有说谎,真的都写下来了,只是他的技法根本就练不出高级武功。

西园寺春忘惊问:"既然他的剑法并不高级,你为什么还要耽误四十五年?"

世深顺造答:"他毕竟是一代剑圣,四十五年来,我一直希望是我错了。"

西园寺春忘再问:"现在,你完全肯定

了自己的看法?"

世深顺造未答,望向弄堂口。硝烟中走出一位穿西装的中年人,拎着一截灰布包裹。包裹打开,是柄长刀。刀长两尺六寸,鞘为绿色,柄上绑吸汗的线绳,鲜艳如血。绿鞘红柄的色彩搭配,像毒蛇表皮,令人恶心。

世深顺造却像第一次看到女人裸体的青年,眼神热切。

"千叶虎彻?"

中年人梳规整分头,脖子肌肉严密,橡胶皮管般,答:"对,是它。"

有名字的刀,人一样受尊重,甚至比人受更多尊重。传说这样的刀能够改变人的命运,等同山神灵鬼。

中年人说:"千叶是一刀流祖师姓氏,只有本门护法才能用它。四十五年前,它是你佩刀。你脱离一刀流后,它经历两代主人,前年传到我手。"

"它太炫丽,不祥。"

"是的,三年来,我时时感受它的不祥。它斩杀本门的不肖之徒,刃上已有十七条命。"

世深顺造叹息:"又增加了两人?我用它时,纪录是十五人,在法治社会,原以为这就是它的永久纪录。"

"社会有法治,流派有门规。"

"我辞掉警备厅教官职务,让本门失去发展机会,是不肖之徒吧?"

"你的功过是非,是两代前的事,我不予追究。只希望你自重,不要妨碍我在上海办事。此事是陆军委托,办成了,利于本门发展。"

"杀一个无辜的人,换取利益——本门何时变得如此下流?我以一刀流密语给你去信后,你没赶去杀人,而是赶来见我,说明你还尊重前辈。你不要杀那人,我也不取你性命,你回日本吧。"说罢,世深顺造挥手,示意谈话结束,神态之傲慢,好像面对的是个小孩。

中年人左腮痉挛,握柄的手青筋暴起——还是没有拔出刀。他长呼口气,说:"他是中国人。"

"他是天才。"

"他给日本造成许多尴尬。"

"天才就是给世人制造尴尬的,这样世人才能进步。"

"你究竟跟他有何渊源,非要保他?"

"你越功利,世界对你来说就越神秘。你只能理解权钱交易,哪能理解我的事?"

中年人下巴抖动,愤怒到极点:"不可原谅!"

霍然拔刀。

拔刀后,愤怒便消失了,整个人变得静穆。

指向世深顺造的刀,像古井反射的月光。

世深顺造说:"你有'无声取'的名誉,你的对手没机会碰到你的刀,便被击中——你真有那么快吗?"

刀射向世深顺造咽喉。

响起一声清脆的铁器碰击声,如寺院法事奏乐中拍响的镲,可以打消所有俗情。

中年人一脸欣慰地说:"兵器相撞的声音,真好听。"鞠躬行礼,转身而去。行到弄堂口,骤然跌倒,上身陷入硝烟,腿抖几下,不动了。

绿鞘红柄的千叶虎彻,像艳丽少妇,躺在尸旁。世深顺造拾起,拔出两寸,刀光如水,似非铁质。

世深顺造说:"我已老朽,而你崭新

如初。"

刀光，是逝去的青春。

世深顺造诵念："嗡！阿梦尬！维路恰纳，嘛哈幕得拉，玛尼帕得玛，揭瓦纳，普拉瓦卢，答雅哄！"

日本僧人度化亡灵的真言，名为大光明真言。死亡，是种光明。

观看比武，令西园寺春忘沉浸于巨大美感，听到真言，方想到一个人死去，问："为了个中国人，你杀了自己同胞！那个中国人是谁？"

世深顺造道："一个可以成为宫本武藏的人。"

西园寺春忘住口。

世深顺造道："苍天怜悯我，给了一个破解宫本武藏秘密的机会。这个中国人即将挑战日本围棋界第一人素乃，报纸刊登他以往棋谱，招法非常直率，就像一个不会下棋的人。但他的天才，令他不可战胜——这种情况，与宫本武藏一样。"

西园寺春忘惊呼："我知道！你说的是俞上泉。"

世深顺造道："苍天赐给我这个人，他去练《五轮书》，等于武藏重生，我四十五年来的所有疑问都将得到解答！"

西园寺春忘被他的思路震惊，回忆自己知道的俞上泉。

他十一岁杀败北平四位国手，成为中国围棋第一人。日本棋界向来轻视中国棋界，认为两百年来，中国围棋没有职业化，落后太多，但他的天才惊动了日本棋界第一人素乃。

素乃决定将他接到日本，收为弟子，然而他的使者尚未派出，一位叫顿木乡拙的棋士捷足先登，赶去中国造访俞家。顿木与素乃不和，素乃出于第一人的尊严，见顿木已与俞家接触，便不派使者。

经过跟俞家长达一年的协商，顿木乡拙将俞上泉接到日本，收为弟子。顿木乡拙与日本新闻界关系良好，多年来一直有俞上泉的报道，说他是"麒麟少年"。麒麟是传说中的神物，日本大众历来崇拜天才少年，他没有因为是中国人而受歧视，反而人气极高。

棋界均知，顿木乡拙培养他是为击败素乃，随着他的长大，将发生震荡日本的棋战。两个月前，十七岁的俞上泉在全日本围棋联赛中取得最高胜率，获得挑战素乃的资格。素乃已六十四岁，签署应战协议后，便赶回故乡福冈，深居简出，调养身体。一个月前，俞上泉回中国，报纸上说他要在出生地寻找灵感。

他生在上海。

西园寺春忘问："素乃怕输，所以委托日本军部在上海除掉俞上泉？"

世深顺造答："素乃棋风强悍，敢打敢拼，总是正面作战，棋如其人，我相信他的人品。从他积极备战的行为看，他对此次天才的碰撞，是心存期待。"

西园寺春忘说："他门下弟子众多，难免有人为保住师父名誉，出此下策。"

世深顺造点头："人一旦形成集体，便难免卑鄙。"

西园寺春忘突然大笑："哈！你在耍我，人的天赋是有限的，搞化学的天才去搞物理学，可能就是个白痴。俞上泉是个围棋天才，但说他练武也是天才，未免太荒诞了！"

世深顺造神色庄重，道："业有专攻，隔行如隔山——这是西洋的学术，而东方文化则是触类旁通的，每一门专业的精华都是同一个东西。宫本武藏武功绝顶，他晚年画画、做铜铁工艺，作为画家、技师，也是绝顶。"

西园寺春忘想起青年时参拜高野山寺院，见过宫本武藏绘制的达摩像，以草书笔法画就，有着旷世豪情，"噢"了一声。

硝烟之上，是爽朗晴空。

世深顺造说："我们去找俞上泉。"

西园寺春忘问："为什么要带上我？"

世深顺造说："上海是个比东京还繁华的地方，可以看到最新美国电影。西部片中的枪手，身边总带着个传记作家。枪手死于枪战后，作家就回家写书了，一条命一本书。你当我的作家。"随即走出里弄。

三四秒后，西园寺春忘整了下领结，随入硝烟。

三、旧家旧棋盘

法租界南区一座石库门，窗细如缝，地下室般的暗。

俞上泉在擦拭棋盘。

棋盘高五十二厘米，重四点五公斤，四个柱脚状如花蕾。三岁时第一眼见到它，便被其底部迷醉。

盘面长四十二厘米，宽三十九厘米，对于竖边比横边多出的三厘米，父亲解释："这是敌我的距离。"

父亲早年留学日本，带回此棋盘。五岁，父亲教他下棋；十岁，父亲去世；十二岁，东渡日本。

旧家，旧棋盘。

家里还有五人，母亲、两个哥哥、两个妹妹。他去日本，带着他们。理由是，一个十二岁的孩子无法照顾自己。隐情是，他要照顾他们，他是家里唯一挣钱的人。

下棋，能挣钱。十二岁的他，被日本棋界形容为"有着百岁老人的哀情"。十七岁的他，反而年轻了。他鼻梁与眉弓的线条锐利，眼角微吊，天生威严。

他很少抬眼，总是垂头。盘面上纵横十九道格线，为刀刻。他擦拭盘面，眼缝中偶尔一亮，似流水的闪光。

窗外黄暗，暴雨将至的天色。雨不会来，是战火污浊。

楼下寂静。"你看，仗会打多久？""中国会赢吗？""我们回来的不是时候。"——此类对话，在他们家不会发生。父亲死后，家中便没了闲话。

屋外不远，支着辆独轮车，有位进城卖菜的农民，腰别旱烟袋、镰刀。硝烟中推出辆车，又来了位菜农，也是腰别烟袋、镰刀，在前一人旁支好车，抽出旱烟袋，说："来一口？上等德国烟丝。"

"不，我抽这个。"先来者从怀里掏出镶金烟盒，打开，是雪白烟卷。他的汉语，音调古怪，"个"字拖延一秒才止住。

二人各自点烟。

先来者摘下腰间镰刀，刃上有浅绿直纹，有些聚在一起，有些散开，像水田里随手撒的秧苗，他解释："这叫'稻妻'，上品工艺才出的纹。"

后来者问："上品工艺怎会打一把镰刀？"

先来者答："镰刀在中国只是农具，日本武道有镰刀技，日本镰刀是杀人的。"

后来者说："中国镰刀也是杀人的，农民活不下去的地方，镰刀都是杀人的。"

先来者说："我是武原的平地重锄。"

后来者说："我是雪花山的郝未真。"

两柄镰刀同时脱手,旋转飞出,刹进地面。刀尖入土的深度和刀把的斜度完全一致。

平地重锄说:"我在等人。"

郝未真说:"我也是。"

两人不再言语。并立着的两把镰刀,如一对兄弟。

中统特务王大水还没有吃午饭,今日忙碌,上级先让他捕杀一位混入上海中统的彭氏太极拳传人,后让他捕杀旅日棋手俞上泉。

三年前,中统屠杀了彭家沟两百五十六人。因为彭家一个叫彭十三的青年击毙日本剑道高手柳生冬景,柳生冬景还有个身份——日本特务。当时中统和日本为对付苏联,有诸多合作。灭族彭家,是给日方交待。淞沪会战开始后,上海驻有中统大员,彭十三要报仇。

俞上泉是南京中统总部定性的汉奸,杀一个在日本生活且具较高知名度的中国人,可表明抗日决心,对日本人应很震撼吧。

俞上泉住法租界,中统不能公然进入抓捕,要便衣潜入。看过俞上泉照片,王大水稍感遗憾,是个面目清俊的青年,有着中国人最好的气质。

"别怪我,怪你的名声吧。"王大水默念,带五人进了法租界。五人他都不熟悉,是南京派来的。战争开始,南京成立"除奸团",都是各地调来的暗杀老手。

他们头戴草帽,腰别镰刀、烟袋,进城卖菜的农民样。王大水怀揣一叠银票、三根金条,万一行动暴露,用于贿赂租界警察。

王大水推独轮车,被旁边杀手狠拍一下屁股:"长官,您的腰弯不下来呀,太不像农民了。是不是女人玩多了,肾虚啊?"

王大水暗骂"粗俗",却笑脸回应。他们是总部调来的精英,背景都深,他忍了。另几个杀手都在笑,一个人换下王大水,推车时果真不翘臀部,标准农民姿态。

杀手里有个空手走路的人,五十岁瘦小老头,脸隐在草帽下。王大水凑到老杀手身边,随便说些话,使空手走路的两人显得自然。

王大水屁股又挨一巴掌。老杀手说:"长官,您腿迈得太直,农民要背东西、扛东西,腿上承重,总是弯的。"

像个孩子般被人连拍两下屁股,王大水再也忍不住,说:"你们什么毛病,张口就叫长官,很容易暴露!"

杀手们的笑容顿时消失。

王大水有点害怕,说:"我是为大家好。"

老杀手道:"少说,走!"

王大水"唉"一声,跟着走了。

王大水一行来到俞上泉家门前。平地重锄与郝未真目光交流,均表示来者不是自己的人。

平地重锄问:"怎么有这么多人装农民?"

郝未真说:"容易装。"

杀手们分开,堵住路口。老杀手独自上前,摘下草帽,露出张年轻的脸。其他杀手看到的是他背影,王大水能看到他侧脸。他奇怪,自己怎么一直觉得他是个老人?噢,是他的身型姿态,令人一望之下,形成"是老人"的印象。

观察地上并立的两把镰刀,此杀手的睫毛萎缩,问:"二位在此,有何贵干?"

平地重锄和郝未真答:"等人。"

此杀手说:"噢,咱们不妨碍。你们是

等人，我是进屋杀人。"

郝未真猫扑鼠般蓄势要起。平地重锄吸口烟，郝未真放弃蓄势，也吸了口烟。两人相互克制，谁也无法起身。

此杀手对郝未真一笑："朋友，世上总要死人的。"走到门前，敲门。

俞家一楼，俞母、二哥、两个妹妹在吃饭，开门的是俞家大哥。

杀手说："我找俞上泉。"

俞家大哥答："三楼。"

楼梯拐角处暗如黑漆。杀手走上。

俞母皱眉。楼梯是木台阶，使用多年，已陈腐变薄，一只猫走上去也会有响动，却听不到他的脚步声。

到三楼，杀手推门，看见副旧棋盘，棋盘旁坐着位消瘦青年，持棋谱摆棋，应是俞上泉。

杀手蹲下，伸指点在棋盘上，阻止摆棋。

俞上泉嘀咕："这里不好。"将他手指拨开，打下颗白子，问："我这样呢？"飞快打下七八个黑子白子，继而五指连抓，尽数收在掌心，露齿一笑："下这儿不行吧？"

看不懂，杀手却用力点头，做出恍然大悟的表情。

俞上泉继续摆棋。

杀手脸色骤变。

我怎么不由自主地迎合他？如果是比武，我已死了。幸好他不会武功——不，这就是武功。

杀手站起，低不可闻地说："原想借你人头一用，以接近中统高官，给我家人报仇。我会另作打算。"抱拳行礼，开门出去。

四、方刀

俞家门打开，进屋的杀手走出，露着正脸。王大水惊觉，见过他照片，南京总部发来的，彭氏太极拳传人，混入中统特务里，专杀中统高官。

一个推车的杀手发觉不对，喊道："彭十三！"

他笑道："对。"

"你装成了韩二哥！他人呢？"

彭十三笑而不答。

"别问啦。肯定活不成了。你能化装成韩二哥，算我们眼瞎！"

彭十三说："我没有化装，是你们觉得我像他。你们眼睛没毛病，我骗的是你们的印象。特务训练课程，有偷窃一项吧？偷窃理论便是我化装的理论。"

王大水若有所悟。偷窃的首要技巧，是模仿他人节奏，如果与他人节奏保持一致，他人就不会警觉你的动作。在街面上接近一个人，要按照他的迈步节奏；在公车上行窃，目标的身体如何晃动，你也要如何晃动——他模仿的是韩二哥的节奏！人对熟悉的事物，往往视而不见，不是靠眼睛，是靠印象。

蹲在墙角的郝未真叫道："早听闻太极拳有改头换面之能，今日见识了，佩服。"

彭十三向郝未真抱拳，笑答："不敢。"

杀手们掏出枪。

郝未真说："我帮不上你。"

彭十三说："有心就好。"

王大水扣扳机，听到颈后"啪"的一声，不像是真实的，类似执行任务败露，内心"坏了"的叫声，类似七岁偷看三姐洗澡，体内的炸音，又像是真实的，可以感受到它的重量，是个热乎乎的动物。

王大水不自觉扭头，四个推车杀手也都在扭头。王大水确定脖子后没有东西，转头见有三个杀手已倒下，一人趴在独轮车上，一人仰面躺地，一人侧卧于门口台阶，肢体舒展，形同睡眠。剩下的一个杀手与彭十三贴面而站，持枪的胳膊架在彭十三肩上。彭十三肩耸，他皮球般弹出，跌在六米外。

彭十三冲王大水发出亲切微笑。

王大水手指瘫痪，脑中有一念："淞沪会战以来，我便患上失眠，这下好了，可以睡觉啦。"横飞出去，熄灭心念。

俞母站在窗前，看着外面的打斗。楼梯走下一位穿灰色和服的人，戴雪白口罩，发长两尺，盘于顶上。发质柔细乌丽，放下可化装成女人。

这家人初到日本，他便如一个家具，摆在他们家里。第一年，他自视为一块毛巾、一个木桶；第三年，他自视为猫狗；第五年，在他的内心，跟孩子们一样，视俞母为"母亲大人"。

母亲大人——其实这个女人比我年轻，我活了很久，我的岁数是……忘了……哪一年忘记的？三十一岁还是四十一岁？

他叫林不忘。林家是日本围棋世家，两百年来与本音堃一门争夺围棋界领导权。本音堃一门奇迹般代代有天才，林家始终处于下风。素乃是这代本音堃的当家人，林家对他的判定是"老谋深算，绝非天才型人物"。天才是可怕的，功力深厚的人尚容易对付。

可惜这代的林家仍无天才，与素乃抗争的是素乃的同门师弟炎净一行、野路子棋士顿木乡拙。炎净一行三十年前退出棋坛，隐于小岛深山。顿木乡拙在二十年前触犯棋界规则，被永久性取消向素乃挑战的资格。

当今，是素乃的太平天下。

顿木乡拙仍做着与素乃不成比例的抗争，素乃身在名门，顿木是个来自海鸥岛的乡下人，自学成才，没有师门；本音堃一门与政界、军界关系深厚，顿木乡拙仅有一所小棋馆和一伙记者支持。

大众总是同情弱者、厌恶权贵，小报上的素乃是一个阴险的人，顿木乡拙是悲剧英雄。但新闻界在政界、军界面前微不足道，舆论并不能改变现实。

林家在两百年里也曾出过三位天才，无一例外的先天不足，或是心脏病，或是肺痨。本音堃一门的天才令人羡慕，他们都有着强悍的肉体。林家的天才与本音堃的天才对决时，两位当场吐血，一位在棋战前夕病逝。

天意要林家做败者，天意要本音堃兴盛——这是林家几辈人共识。林不忘出生时重九斤三两，哭声嘹亮。这个健硕的婴儿，令林家兴奋了三年。

但他在三岁后，连续不断地生病，林家对他失望了，言："再等一代。"

身在林家，他没有学棋。棋是时间的艺术，端坐七个小时仍一手未下，是常情。素乃年轻时曾为下一手棋，端坐两日两夜，坐姿不改，英气不减，博得"不动如山"的美誉。

林不忘的体质无法在棋盘前久坐，坐不住，便没有下棋资格。

他学了别的——林家的暗器。林家在战国时代是一支没有领地的雇佣兵，服务过的诸侯有上杉谦信、丰臣秀吉、德川家康。

德川家康统一日本后，林家的部队被解散，委以御棋司的闲职，组织棋界比赛，有较高俸银。德川家康以钱买兵权，林家接受了。

但专业棋士家族本音堃一门，以"主管棋界的应是专业人士"的理由，博得德川幕府几位元老支持，取代了林家。

林家发誓击败本音堃一门，不为夺回俸禄，为洗刷耻辱。不会下棋所受的耻辱，要从棋上赢回来。林家子弟疯狂学棋，忽略了林家的祖传之技——方刀。

他学了。

方刀没有刀把，为三寸方形刀片，是古战场骑兵插在腕甲里的暗器，当手中兵器被打飞，甩出腕甲中的刀片飞击敌面，是救命之法。

《林氏三十二年记》，是林家的第四代管家物免仓行的杂事笔记，记载林家弃武学棋的经过，账簿般列出林家放弃的武技。其中有方刀详细练法。

以他的体力，能学的只会是暗器。原想习武可令他强健，但适得其反，练了方刀，他的体质更弱。暗器，总有阴气。

他的体温低于常人，他的腕部粗厚如蟒蛇皮，这是全身唯一强健的肉块，他的小腿没有肉形，他的脚踝细得令人担心，压在冬天厚被子里，会因为翻身而折断。

林家财富足够养一个废人。他很少走出自己房间，到了二十一岁，也无人张罗他的婚事，林家不想他羸弱的血脉延续。

方刀飞不远，正方形，在空中难平衡。但在三米内，方刀的力度强过所有飞刀。三米，是一把椅子的范围。

无人能打扰坐着的我，林不忘悲哀地想到，我该下棋。本音堃对林家的羞辱，林家只能在棋上雪耻，林家对他的轻视，他也只能在棋上雪耻。

"我是灭亡本音堃的人，你们没看出来。"

他去了顿木乡拙的棋所。

二十一岁学棋，已太晚。最佳年龄是四五岁，围棋如西方音乐，交响乐大师都是神童，学得越早越容易开发天赋。人间污浊，多一年，便无可挽回地迟钝。

顿木乡拙是个长脸汉子，两腮咬肌隆起，布满年轻时挤破青春痘留下的小坑。顿木当时三十七岁，虽在东京生活多年，仍是乡下人神态，听人说话时，夸张地皱起眉毛，撅出下嘴唇。

林不忘问："我学棋太晚了吧？"

顿木答："不晚。"

"别人四五岁就学了。"

"棋不是棋子，独到的感受才是棋。我在小岛上看了十九年海鸟，海鸟飞起飞落，正是下棋。"

林不忘再问："我学棋不为消遣，为做高手。来不及了吧？"

顿木答："为消遣，来不及。做高手，来得及。学棋，要按部就班。做高手，要打破常规。"

"我天生体弱，在棋盘前坐不住。"

顿木将林不忘引到一具棋盘前，教他坐下："坐，不是给臀部找个依靠；坐，是让身体端正起来。"

离开棋馆时，林不忘想，林家两百年受本音堃压制，不是林家无才子，而是林家无老师。那日，他在棋盘前坐过三小时，认顿木做了师父。

林不忘四十一岁时，仍未能取得挑战素乃的资格。他是天才，每次大赛，都会留下数盘令人叹为观止的好棋，但他缺乏稳定性，在轻松击败强手之后，往往会败给庸才。

"遇强不弱，遇弱不强"是林不忘的痛处，他超凡脱俗的构思，往往因一个低级错误而崩溃。他渐渐有了"天才林不忘"的绰号，不是赞美他的棋才，而是讥讽他基本功不足。

二十年，他未回林家。二十年，父母已逝。二十年，未练方刀——直到俞上泉出现。

他见俞上泉的第一眼，便知道击败素乃的人到了。这个低眉少年，令他嫉妒：比我幸运，早早地学了棋。

嫉妒折磨得他寝食难安，一个深夜，他闯入顿木乡拙家，跪求退出棋界。他说出一个理由：他要保护俞上泉。

棋界尽人皆知，顿木乡拙接俞上泉来日本培养，是为日后击败素乃。素乃门徒众多，不得不防有人起恶念伤害俞上泉。

顿木乡拙问："你凭什么保护？"

抖腕，甩出方刀。

书案的一角滚落在榻榻米上，像座小坟。

从此，林不忘退出棋界，成了俞家的一个闲人。

林不忘走到俞母身侧，斜视窗外。窗外，彭十三击倒五位持枪者。

俞母问："这是什么武功？"

林不忘说："心力。古战场上，会有单枪匹马闯阵的人，几万人拦不住。"

"没这道理，堵也堵得没路了。"

"三百年前的川中岛之战，上杉谦信独闯武田信玄帅营，刀伤信玄肩膀，全身而退。林家对此的记载是，谦信对自己的壮举也感迷惑，他是见到战局被信玄逆转，情急下闯营，本是丧失理智后的求死行为。"

俞母看向他，眼白雪亮，少女般的惊讶神情。

林不忘迷惘，这个女人，鼻尖和鼻翼线条搭配之巧妙，龙兴寺收藏的宋代瓷器也不能相比。

她冷冷的，令人忽略她的年龄。她十五岁就嫁了人，二十二年来，只是家庭主妇。但她的端庄，令师父顿木乡拙也肃然起敬，跟她说话，谨慎得不敢出大声，总是紧张地斟酌词句。

这是贵族和平民之间的默契，顿木乡拙是对抗本音垩的强者，天生蔑视权贵，但希望遇到一个真正的贵族。

俞母家族是江南文化世家，名重于明清两代，她的祖父是福建巡抚，据说曾独舟入海，与台湾海域的四十一股海盗谈判……俞上泉在棋盘前坦然自若的神情，遗传于此吧？

男孩总是随母亲的。

林不忘说："心强的人常有奇迹，因为心力能改变现实。"

俞母低眉，静静而听。她的发丝规整，耳垂有一粒朱玉耳钉。

不能说的，是彭十三上楼的情况。

那时，我躲在楼梯上。楼梯区域暗如墨汁，彭十三与我均无夜视之眼，但我们的感触能力，已足够拆招杀人。

我贴于墙面，感触着彭十三走上楼梯。感触中的他，不具人形。如同丛林里一只遇到天敌的野兽，我眉毛以下的神经都在作痛，脸上尤为疼……

彭十三走了过去，对我没有察觉。我成为一块墙皮，没有心念，没有呼吸。彭十三推开俞上泉屋门时，楼梯有了微弱亮度，我想：孩子，我很想保护你……

这一切，永不会对你讲。我走出楼梯

时，你冷冷的脸上有一丝感激。你以为，我保护了你的孩子，其实是你的孩子自己保护了自己。

左手腕上，方刀冰冷，林不忘几乎要打个冷战。他忍住了，忍过了三十八年，冷的还是冷的。

五、雪花山

硝烟中走出两人。一个拎刀的和服老人，刀鞘碧绿，鲜得令人心惊；一个拎皮包的西装老人，脸型消瘦，五官局促，郁郁不得志的人常是此相貌。

是世深顺造和西园寺春忘。

一小时前，彭十三以中统特务的身份审问过他俩。彭十三指向蹲在墙角的郝未真，说："这人如果是你敌人，放过他。"世深顺造瞳孔收缩，点下头。

彭十三背王大水离去，世深顺造向窗内俞母鞠躬："请回避。"

音量几不可闻，窗内俞母却听见了，撤离窗口。世深顺造俯身，眯眼看地上插的一对镰刀。两把镰刀呈现不同光泽，一把亮得富于颗粒感，一把只是白晃晃。

世深顺造问平地重锄："你是一刀流这一代宗家？"

一刀流是宗家制度，上一代宗家的儿子享有继承权，不论他武功如何，都是下一代首领。

平地重锄苦笑，道："宗家往往武功差。"

世深顺造说："宗家亲自来了，我明白您的意思，屋里的人不能活。"

郝未真插话："屋里的人，我保了。"

世深顺造问："你对宗家，有几分胜算？"

郝未真答："同归于尽。"

世深顺造又问："对我，你有几分胜算？"

郝未真泛起孩童羞涩的笑，摇摇头。世深顺造摆手，示意他走。郝未真再次摇头。

世深顺造道："刚走的太极拳传人，曾卖给我一个人情，你是他朋友，我不伤你。"

郝未真答："他不是我朋友，我甚至不知他名字。"

"错，朋友不必有交情。相知的，就是朋友。"

"就算是朋友，也不能阻拦我该做的事。"

世深顺造拔出刀，刀体淡青，如黎明的天色。他变换了几个持刀姿势，不为对付敌人，是从不同角度欣赏手中刀。

平地重锄问："拿这把刀的人该是天竹取正，你杀了他？"

世深顺造仰头，像与一位至亲的人交心般说："噢，他叫天竹取正。宗家，千叶龙透才是你该用的刀，历代宗家用的都是它。"

平地重锄颧骨上的薄皮抽动。

世深顺造说："你手上的镰刀，是锻造千叶龙透的剩铁所造。宗家，不用正式武器，用剩铁，是否你也认为屋里的人不该杀？"

平地重锄泛出微小汗珠。

世深顺造鞠躬："宗家，我不该问。"

平地重锄向郝为真示意，二人放弃对峙，双双起身，取走各自镰刀。

世深顺造劈出一刀。

"喤"的一声，镰刀尖绕过刀锷，切在柄上。郝未真曾切下十一人大拇指。

刀柄上溅起血色，是柄缠的红线，用途为吸汗、增加握力。想起世深顺造右手只有四指——肋骨里多了一样滚烫的东西，为何刀刺入身体，不是凉的？

郝未真捂左肋，单腿跪地。

世深顺造说："千叶虎彻是不祥之刀，常杀无辜之人。"

脑内闪过道绿光，郝未真后仰倒地，跪姿的脚来不及调整位置，脚腕折裂。他是晕厥，肋部并无血迹。

平地重锄说："你没用刀？"

世深顺造答："他伤于刀意。"

"意可伤人？"

"是的，我脱离一刀流，才懂此理。一刀流，阻碍真理。"

平地重锄怒吼："放肆！"随即感到自己掉了样东西。

掉在地上的是根小指。

未觉疼痛。

世深顺造语调柔缓，说："你的。"

平地重锄感到第三根肋骨和第四根肋骨间，灌入股凉水。低头，是淡青的刀色。

死亡，是比女人更好的感觉，平地重锄双膝跪地，问："为何用刀？我想领教您的刀意。"

世深顺造答："不用刀，是杀不死人的。"

平地重锄叹声"有理"，脑袋失控，敲在膝盖上，就此死去。

世深顺造眼呈灰色，似乎瞳孔溶解在眼白里，道："宗家。"

郝未真醒来时，右脚封进石膏，躺在床上。窗外是黑色松树，床侧坐两位老绅士，自称李大和王二，银灰色西装，近乎全白的头发梳得根根齐整，虽然一个高鼻深目，一个脸型平扁，两人给人感觉却像是双胞胎。

李大说："中统是国家机关，从不惊扰百姓，我们只杀间谍。"

王二说："今天，在法租界明园跑狗场甲三六号门前，我们死了四个孩子，失踪一个。多出了一位死者，据查是日本一刀流宗家。你也是多出来的人，来自雪花山，对么？"

雪花山是清朝历史上一个谜，乾隆年间，名叫"八卦门"的反清组织以镰刀技训练农民，势力一度北达辽宁南至安徽，嘉庆年间才被剿灭，但其老巢"雪花山"始终未被查到。有人说是安徽的九华山，有人说是四川的峨眉山。

郝未真淡笑，问："雪花山，在哪儿？"

李大说："北平市怀柔县红障寺。"

郝未真强忍惊愕。

王二补充道："乾隆、嘉庆找不到，因为想不到就在京城边上。人，总是舍近求远，心比眼盲。"

李大取出个牛皮口袋，放在床边，说："你的镰刀。"

拿错了，是平地重锄的那柄。

我怎么配用这么好的东西？许多年来，我是一个令自己厌恶的人……

李大问："雪花山为何要保护俞上泉？"

泛起笑容，眼角皱纹顺延到嘴角，如树的年轮。

郝未真也笑了，感到李大的皱纹生在自己脸上，无比愉悦。

俞上泉的父亲是世家子弟，十二岁留学日本，学过戏剧、美术、围棋、诗歌。二十五岁家族败落，他自日本归来，家族只能为他在北平政府谋得一个小小闲职。

他混不了官场，郁郁寡欢，三十一岁时，在宣武门集市遇到个拔牙先生。拔牙先生是雪花山长老，在祖师生日，下山择徒。

俞父入了雪花山，但他体弱，又年过

三十，未能习武，传承雪花山天文、历数、地理、兵法。其时雪花山会众凋零，仅剩二十余位老人，得此聪慧之材，将其封为"十七天"，有意要他做下一代门主。

乾隆年间是雪花山鼎盛时期，势力达十七省，各省头目共称为十七天。现在俞父一人承担"十七天"名号，是老人们期望他兴旺本门的寓意。不料俞父三十四岁病逝，俞母带孩子回了上海，住在娘家一栋旧房里，是明园跑狗场甲三六号。

俞家与雪花山的渊源，令郝未真赶来上海相救。

雪花山仅剩一些待死的老人，早脱离时代，日本棋界要在上海刺杀俞上泉，在淞沪会战时期，是个过于边缘的消息，他们怎么知道？

郝未真解释："消息来自日本，是俞上泉的师父顿木乡拙发的急电。报纸上说，俞上泉去日本前，顿木跟俞母经过了一年谈判，其实不是跟俞母，是跟雪花山谈判。"

李大说："明白。他毕竟是'十七天'的儿子。"

王二问："你怎么入的雪花山？"

郝未真太阳穴作痛。与俞上泉不同，他没有显赫家世，甚至没有母亲，他是被一头猪带大的。

他是北京郊区怀柔县的农家孩子，生而不知其母，他的父亲肮脏颓废，整日躺在家里。家中还有个生命，一年产六个猪仔的老母猪，它支撑着这个家。

他两岁开始，就不睡在父亲身边，睡在猪圈里。儿童本能要寻求强者保护，与父亲瘦如枯柴的臂腿相比，老猪的身躯更为可靠。

此生最初记忆，是爬到猪圈，挨着老猪躺下。老猪似乎恼火地瞪了他一眼，之后瞳孔扩散，像是认可了他。

六岁，老猪被送到屠宰场，惨叫声达十里。他麻木地看着，父亲的手第一次握上他的手。屠宰场上熬猪皮汤，他和父亲都分了一碗。之后，他的头上就生出很多脓包，被村里人称为"小癞子"。

九岁，从村里老妇口中，知道自己是父亲和姑姑乱伦所生。姑姑失踪多年，有说嫁到东北，有说被土匪抢进山里。即便认猪为母，他也食了母肉，他是天地间最不洁的东西。

头上癞子有四季变化，春夏化脓，秋夏结疤。十一岁时，他在村头遇到一个过路的拔牙先生。先生用拔牙的止痛水涂在他头顶，治好了癞子，带他上了雪花山。

很多年后，他问做了他师父的拔牙先生，治牙的药，为什么能治好皮肤病。"治不好，是你的缘分到了。医者，缘也。缘分到了，往你头上撒把土，也能治好你的病。孩子，你受的苦够了。"

他离开师父，回到自己小屋，把头埋在被子里，嚎啕大哭。那时，他三十岁。

郝未真腮部痉挛，强力控制不说出自己的过去。

李大戴上眼镜，说："我们已查明你是乱伦之子。民间说法，乱伦之子的肉煮熟了，是臭的。请说出俞上泉下落，否则，我们会验证这个说法。"

面对威胁，他毕竟是一个武者，自小受到的艰苦训练起了作用，郝为真扬起镰刀，是雪花山镰刀技的第一式"老鸡刨食"。

王二退到李大的身后，细声说："你感觉一下，石膏里面到底有没有你的右脚？"

李大拍掌，进来位青年军官，捧个砂

锅,摆上床头柜,敬军礼出去。

王二说:"你可以验证一下,你的肉是不是臭的。"

砂锅里是我的右脚?石膏里没有感觉。砂锅飘出肉香,炖了多久?

郝未真掀开砂锅,看到翅膀——里面是一只完整的鸽子。

王二说:"喝一口吧,补补营养。"

郝未真脸上挂着泪,将嘴凑在砂锅边沿,"嗖"地吸了一口。

李大说:"现在,你可以说了吧?"

郝未真泣不成声:"我被打晕,后面的事,完全不知道。"

李大说:"你怎么证明自己的话?"

郝未真说:"我可以剁下一只手。"

王二说:"不用,指头就够了,只是我不喊停,你就不要停,可以做到么?"

郝未真爽快叫声"行",左手按墙,一脸媚笑:"您说是从大拇指开始砍,还是从小拇指开始砍?"

李大和王二对视一眼,李大皱着眉,似乎这个问题难倒了他。

"嗯……从大到小吧。"

郝未真赞道:"我也是这么想的!"举起镰刀。

李大和王二的手都伸入衣中,握住手枪。虽然知道郝未真已神志不清,仍要防止任何突变。

此刻门开,送汤的军官进来,说:"上海支部第三组组长王大水来报到,说查明了俞上泉下落。"

李大说:"叫他进来。"

郝未真问:"我什么时候开始?"

王二说:"等着!"

郝未真镰刀举在空中,全神贯注盯着自己的左手。

王大水似腰部扭伤,一个戴草帽的便衣将他扶进。

王二问:"派去俞家的杀手,怎么就你活着?"

王大水不说话,便衣摘帽,道:"鄙人彭十三。"

李大、王二迅速贴上,手枪抵在他胸口、后心。

彭十三说:"我曾混进南京特务训练班,上过二位开的格斗课,二位的武功比你们讲的要高出许多。"

李大说:"惭愧。要知道有你这样的学生,我会讲得深一点。"

彭十三说:"中统从来不骚扰道观,因为中统的高手多为还俗的道士,所以留情面。你俩来自哪个道观?"

李大说:"过去的事情,不想谈了。"

彭十三说:"不谈也好,我对你们的过去不感兴趣,只对你们的官位感兴趣,官位越高,越值得我杀。"

王二笑了,道:"值得。"

李大也发出低微笑声。

突然,彭十三泥鳅般滑出,李大和王二撞在一起,枪顶上对方,两人互推一把。

李大听到自己第三根腰椎骨折声。王二瘫在地上,嘴角泛出黑血。两人情急之下,互推时用上全力,击伤彼此。

彭十三以掌在王二胸口长长捋下,像一个孝顺的晚辈给气喘的老人顺气。

王二死去,李大叹道:"太极拳的借力打力,原来是这样的。"

彭十三也在他的胸口捋一把,李大觉得这口气顺得很舒服,满意而亡。

彭十三让王大水留下传话:"自这两人开始,要杀尽中统高官。"

王大水答应得豪迈:"您的事,就是我

的事，一定传到！"被一脚踢晕。

彭十三抄郝未真胳膊，要旋身背他，惹郝未真怒斥："别碍事！我在等命令。"

彭十三说："听朋友的话！"

"朋友？"郝未真陷入迷惘，被彭十三背出门。

囚禁郝未真的楼房，是虹口区乍浦路景林里二十四号，上海第一批"吃角子老虎机"赌具便是在这里发明的，改装自美国第一水果公司的自动售货机。

此楼在战时被征用，成了中统一个半公开机关，白日办公者约二十人，夜晚达五十人。彭十三背郝未真走出，走廊遇人，并没受盘查，楼内所行均为机密，不问他人之事，是特务守则。

在楼门，彭十三出示证件，趴在他背上的郝未真看到，证件上的署名和照片都是王大水。

楼门的守卫核对照片，递还证件。

出楼门后，郝未真问："怎么会认不准照片？"

彭十三说："我污染了他的心念。"

恢复理智后，郝未真无法摆脱砍手指的执念，像被蚊子咬出包，禁不住要挠。彭十三分析李大、王二的武功修为，如自己般，已可污染他人心念。

到条僻静小巷，彭十三卸下郝未真，说："你我分开后，也许几分钟，也许几十年，你还是会砍掉自己手指。与其这样，不如你现在砍。"

郝未真"啪"的一声将手拍在地上，举起镰刀。

彭十三大喊："砍！"

镰刀劈下。

彭十三大喊："停！"

刀刃顿住，与大拇指仅隔一线。郝未真抬头，直愣的眼神逐渐灵活，终于笑出声，化解邪念。

彭十三露出笑容，煞气极重的人却是张娃娃脸。

郝未真说他要追寻俞上泉一家，完成雪花山使命。

彭十三说："你刚逃过一个命令。"

郝未真说："在山泉水清，出山泉水浊。听命于人，是人间常态。"

六、唐密

"现今上海，能帮助我们的，只有松华和尚。"入夜后，世深顺造带俞家人赶往圣仙慈寺。

白天，他们躲在明园跑马场甲二二号——国民药房，位于俞家斜对面，整日看到便衣特务在俞家出入。

再一次验证了"舍近求远"是人的天性，特务们封锁整条街，却不搜相邻的房。在他们的思维里，离家三十米，怎能算逃亡？

国民药房卖平价药物，在市民中饮誉颇高。人所不知的是，它自1926年起，就秘密从英国进口海洛因。加工海洛因的，是两位高薪聘请的日本技师。淞沪会战打响后，国民药房开辟密室，将两位技师保护起来。

其中一位技师是世深顺造的族人。

世深顺造取得俞母的信任，因为他说自己是受俞上泉的师父顿木乡拙所托。他知道有两个人对自己持怀疑态度，一是林不忘，二是俞上泉。

林不忘露在口罩外的眼睛有着过于机警的眼神，俞上泉则始终垂目低眉。他俩都没有说话，作为一个被定性为汉奸、遭诛杀的家庭，能有人相救就好，顾不上细究因由。

世深顺造很少看俞上泉，有莫名的羞愧感。十六岁得到一把正式的太刀时，是此羞愧；拜师学艺时，是此羞愧；在凤凰堂礼佛时，是此羞愧；在爱怨峡观海时，是此羞愧。

这个十七岁青年，是天地间一桩美好的事物，不忍多看。

世深顺造换上中式服装，西园寺春忘刮去仁丹胡。到达圣仙慈寺是夜里九点，寺门在六点已关闭。闭门，便断了与尘世的瓜葛。

敲门，守门和尚劝明日再来。世深顺造行礼，掏出一张叠为三角形的纸，展开，纸上是"井"字形折纹。

世深顺造说："请交给住持。"

和尚变了态度，将纸横在眉前，深鞠一躬。

十分钟后，他们被引到斋房用餐。斋房宽大，摆八张桌子，为明清旧物。椅子则是未刷油漆的长条凳，一元可买四张。

不相配的桌椅，显露此寺虽有历史，但近况不佳。斋饭简单，一人一碗素面，面中蘑菇丁数量有限。油灯微弱，碗内黑乎乎的，令人食欲全无。

食尽，斋堂和尚收走碗筷，擦净桌面。

一位穿着紫色僧袍的和尚走入，领口插一把竹斑折扇，肩挂红底金花的帮衬，迥异汉地僧服。他自报僧号松华，询问送上折纸的是哪位。

世深顺造说自己曾在日本平等院凤凰堂修习密法。折纸，是密宗修行者之间的暗语，有四百多种折法，可构成一个语言系统。松华感慨，他在三宝院修习密法，归国四年，久不见折纸。

松华年方三十许，上眼皮全无血肉，薄如纸片，瞳孔格外黑亮，似临终病人回光返照的眼光。斋堂和尚捧上茶具，松华抱歉道："圣仙慈寺条件简陋，没有客堂，请诸位在此饮茶。"

茶味已失真。西园寺春忘判断，放了四月以上，在嗜茶的人看来，已不堪入口。

茶陈如此，袈裟却艳丽如新，西园寺春忘禁不住问："上人，中日正打仗，您穿着日本僧装，不怕给自己招祸？"

松华脸上的恬淡笑容褪去，法官般严肃，道："这是唐代密宗的僧服，不是日本的。"

西园寺春忘尴尬笑笑，说："我是关心您，怕您的同胞为难您。"

松华说："有人为难，我可以讲理。"

唐朝二十二位皇帝，十九位皇帝信佛，六位皇帝修习密法。密法不是权巧方便，是佛的自证境界，其他宗均是由人到佛的渐进修行，密法是佛位上的直达直证，殊胜无比。

密法在印度分为《大日经》和《金刚顶经》两个系统，唐玄宗年间，两系传人到了长安，将两个系统合二为一，名为唐密。

唐顺宗年间，日本僧人空海来汉地学密法，回日本传延至今。日本密宗信徒恪守传统，一千二百年来，小到服饰上一个图案、经文注释的一个词，均不敢改动。所以没有所谓日本密宗，只有在日本的唐密。

西园寺春忘说："上人言之有理，但现今是乱世，无人讲理。您的同胞恐怕没有耐心了解历史，唐武宗的灭佛运动，唐密受到的打击最为惨烈，他宗尚能死灰复燃，而唐密在汉地就此断绝。一千二百年了，汉地久无此服装，您的同胞只会认为您穿的是日本僧袍。"

松华眼中亮光黯淡下来，说："如我因此被杀，博得世人关注，换来对唐密的认可，我一命，丧之何妨？"

茶杯底边的鎏金线条磨损得断断续续。

世深顺造在平等院时便知道松华，说是一个中国青年僧人发大愿，要把中国瑰宝从日本请回去，接上千年断脉。

三宝院对此极为重视，由首席传法师牧今晚行教他。一个日本人要取得传法资格，常规需要修习二十二年，而他只用一年，便得到"彻瓶教授"——一个瓶子里的水倒入另一瓶子中，无一滴遗漏。

三宝院做法，遭平等院的指责，说是不合规矩。其实是两院高层间开玩笑，大家起哄，为抬高他名声，利于他回国传法。牧今晚行言，日本密法开山宗师空海，在大唐仅用三个月便得到了彻瓶教授，他用一年，已是多了。

松华取得传法师资格后，又在牧今晚行身边修习两年。这是他的稳健，日本密教界却盼他能早日归国传法，以了却一段日本对中国的千年亏欠。空海大师之所以在三个月里能学得全部密法，因为他的传法师惠果阿阇黎预测到法难将至，密法要在汉地灭绝，定下了将法脉移于海外保全的计策，所以尽快传授。

但他毕竟眷顾汉地众生，要空海返日前，在汉地传法四年。不料空海得法后便归国，欠下这四年。世深顺造小时候，听乡间老人说过日本欠了中国四年，但究竟指什么，老人们说不清楚，只说是古代传下的一句话。

1925年，日本在东京举办东亚佛教研讨会，日本密教高僧尽数参加，某高僧向印度学者示好，说密宗是你们印度人传给我们的，不料一位英国学者听到，大声呵斥：是印度人传给你们的么？

这位英国学者还查出"欠了四年"的典故，写成论文在大会上宣读。日本密教界认为是奇耻大辱，为表示不忘中国人恩情，达成共识，要将唐密回传中国。松华上人是应了此机缘。

世深顺造轻声道："上人回国已四年了吧？"

松华说："中日开战，唐密势必会被当作日本宗教而遭民众抵制，我的一切努力都将白费，可这明明是中国人自己的东西。难道欠四年，便真的只有四年？"摘下领口插的扇子，徐徐展开，看手相般察看。

扇面上的书法，墨色不均，线条粗豪，像儿童涂鸦，是"悟天地人"四字，落款为"牧今晚行"。

松华说："日本人是很含蓄的，我主持一次法会，六套仪式中，做错了一个动作，牧今师父在法会结束后，找我聊了很长时间闲话，才向我指出，说完就走，似乎不好意思的是他。"脸上挂笑，转向世深顺造，"聊了闲话，您的来意，可以说了吧？"

世深顺造鞠躬，道："求上人安排我们离开上海，北入朝鲜，再去日本。"

松华说："淞沪会战开始后，我就断了与日本方面的联系，我毕竟有我的国家，见谅。你们可以暂住一宿，明早离开。"

松华离座，世深顺造追上，急道："我不是密教门人，我潜入平等院，做了七年打扫厕所的义工，偷学了密法。"

松华站住，面色如霜："窃法之罪，当入无间地狱。"

世深顺造说："入地狱，我亦甘心。我是为一人，而入地狱。"

"何人？"

"宫本武藏。"

松华皱眉，显然不知此人。

世深顺造说："他是日本的剑圣，晚年沉浸在绘画、雕塑中，他曾铸就一尊不动明王的铜像，给予我极大震撼。不动明王是唐密根本修法，我想探究武藏的精神世界，所以偷学唐密。我无向佛之心，只想破解武学的秘密。"

"宫本武藏——想起来了，我曾用七日，专程去中流院观看他这尊不动明王。不动明王的制式有典籍记载，自古皆为坐姿，右手持宝剑左手持绳索，而宫本武藏破了佛规，铸就一尊武士临敌般双手持剑、侧身而立的不动明王。"

"但是这尊大逆不道的不动明王，并没有被密教界批判，反而多有赞语。"

"是破了佛规，但它体现出不动明王特质。这尊大错特错的铜像，我去观拜，还是牧今师父的指示。"

世深顺造问："密法仪式繁复、制度严格，却能欣赏不讲规矩的宫本武藏？"

"世上没有独行道，万物皆阴阳相配，成双成对。有严谨密法，也必有破格密法。只是严谨密法为常态主流，破格密法为偶尔支脉，宫本武藏不做密法修行，但一生行迹却能体现密法真意，这种人百年一出，对修行者是种启迪，密教界管这种人叫作'示迹大士'。"

"我们一行人正受到中日两方刺客的追杀。"

"怎么闹成这样？"

世深顺造声音低不可闻："因为他是示迹大士。"指向俞上泉。

松华脸型似又瘦了一圈，吟出一个"阿"字之音。此音为胸喉共鸣，舌头弹动，而响在体内，秘不可闻。

世深顺造听到了。

七、白道

淞沪会战期间，鸦片交易并未减低。黑帮用"黑"字，因为鸦片是黑的，没有不沾毒的黑帮。日本鸦片商出入上海的运输线还在运行。

"白"指的是法力。密宗将法力称为"白业"，某人法力深厚，称为"白业崇高"。白道，是僧人势力。历史上，寺院经济独立，出家便可逃脱朝廷律法制裁。

逃亡之人，不走黑道，便走白道。

松华四年前回国，轰动军界。军界多迷信，修庙捐款之风盛行，无恶不作之人，总是好佛的。接受松华"密宗灌顶"的军阀有朱子峭、张学忠、翟熙任、许克成。

灌顶，是传法师举行仪式，将白业输给信徒，让信徒凭此白业，与佛沟通。松华所作皆为不动明王灌顶，不动明王是佛的凶相，有大威力，为军阀们所喜。

朱子峭部队已赶来上海参战，世深顺造一行人穿过朱子峭阵营，出上海城区，在青浦乘上一列运货火车。货物是上海囤积的印尼燕窝、辽东海参，淞沪会战令此地鸦片升值、滋补品贬值，因而转运东北伪满洲国销售。

凌晨三点上的火车，众人扶靠货箱睡去，不改坐姿的只有两人——世深顺造和俞上泉。

两人皆为正坐。

中国现世的坐禅为双盘腿，日本坐禅保持唐风，为双膝跪坐。春秋时代，双盘腿为随便之姿，跪坐是礼仪之姿，上朝、做客皆为此姿。

如能脊椎挺直，衣襟平整，孔子称为"正襟危坐"，言此坐孕育大无畏精神，可迎对人间苦难。儒家在无人时也行跪坐，"不改正坐"是儒家之风。

印度本无跪坐，唐密祖师却赞叹儒家正坐，将其作为唐密修法之姿，将双盘腿称为散坐。宋朝之后，正坐在中国寺院被散坐取代，至今已无正坐。

俞上泉坐姿，似乎身前一尺有棋盘，在凝神思考。世深顺造望来，俞上泉抬眼，瞳孔似玛瑙肌理，大地结出的暗胎。俞上泉问："为何救我？"

世深顺造答："希望您破解我的困惑。"两颊痛如火烧，"只有您习武，才能破解。"

俞上泉说："棋道是我一生之志，无暇顾及其他。"

世深顺造上身伏地，行大礼，说："请考虑。"

身后响起一声浊重的叹息。

世深顺造立刻直腰，小刀出鞘。货箱空隙中，走出一位黑衣车警，大檐帽遮眼，持一卷报纸。展开，是一尺五寸长的日本刀，接近刀锷的刃上有个明显缺口。

世深顺造说："教范师大人，您也来了。"

教范师说："护法大人，想不到你杀了宗家。"

世深顺造当一刀流护法时，他是一刀流的教范师，传授入门的基本技法，确立本门风格，一刀流的一切自他开始。

世深顺造说："我已老，求悟剑道是我最后一段路，这段路上，无亲无故，魔来斩魔，佛来斩佛，何况是宗家？"

教范师说："我也老了，维护一刀流荣誉，是我最后一段路。"

世深顺造："明白您心意。"起身向俞上泉鞠躬，"俞先生，请等我一下。"

世深闪入旁侧货箱后。教范师追入。

没有铁质的磕碰声，没有刀剑反光。一分钟后，世深顺造走回原位，拿着教范师的刀，轻声说："他是个正直的人，是我朋友。"

俞上泉注意到，世深顺造额头有一道渗血刀疤。

世深顺造按住额头，俯身行礼，道："请您再考虑一下。"

身形突然凝固。身后出现一人，双手握柄，刀尖对准他后脑。

刀长两尺，弧度优美。

世深顺造端详手中刀的缺口，道："教范师大人的刀，二十五年前就有缺口了。他对这个缺口，不以为耻，反以为荣，因为这是他徒弟砍出来的，有一个超过自己的徒弟，是师父最欣慰的事。"

背后响起轻微的鼻音，无声的哭腔。

世深顺造又道："你师父是楷模，我是叛逆，我和他死去后，是非对错归于虚无，一刀流还需你来发扬。"

撩转手中刀，缺口闪出亮光。

身后剑士被这一星亮光所惊，但他的高手素质，令他急速刺下刀。肩臂协调，发力干脆——教范师的刀插在他小腹，他伏在世深顺造肩上，溺水者般发出"咕咕"声。

声止，人亡。

世深顺造叹："你是好徒弟，不是好剑士。"将尸体背入货箱后。出来时，脑门已绑上布条。布条从左袖撕下，左臂露出的肉枯瘦如熏肠。

他再次向俞上泉行礼，说："请考虑一下。"

俞上泉说："棋道就是武道，我不必

习武。"

"道同，技不同。我需要破解的是宫本武藏刀技，你是一个跟他相似的人，我要亲眼看见你习刀、用刀！"

"在圣贤仙慈寺，听过您跟松华上人议论宫本武藏的话。先生，示迹大士显示的本非常理，何必追究？"

"本非常理？"世深顺造额头布条渗出血渍。

火车猛烈停下，震醒众人。几分钟后，车厢门被拉开，车外是湿漉漉的草地，停三辆轿车，站十二人，皆手拎德国凯文斯基牌鱼竿皮兜。鱼竿皮兜长两尺四寸，可藏下日本刀。

世深顺造站到车厢口，说："我离开四十五年，想不到一刀流已人才济济。"

车下的领队者道："一刀流子弟服从国家兵役，这一代人已尽数参军，我们这些人是军部特批，从青岛赶来。"

世深顺造"嗯"了声，像上级听取下级汇报。

领队者说："刺杀俞上泉是军部委托一刀流的，由宗家和天竺护法执行，出动最高级别，为向军部表示诚意。"

世深顺造说："明白。"

领队者说："不料护法、宗家身亡，教范师和大师兄在山东四十三号兵站教授剑道，他们接到通知后，就赶往上海，不知您可曾遇到？"

世深顺造答："他俩现在车厢里，已死。"

领队者低叫一声，退后两步，说："可否先让我们将尸体抬下？"

世深顺造应许。四人上火车抬尸。尸体横置于草地，面部遮上方纸。方纸是熟宣纸，古代武士皆有怀揣方纸的习惯，有人问路，掏方纸画地图，杀了人，用方纸擦刀上血迹。

领队者说："世深护法，现在您是一刀流的最尊者了。但我们必须杀死你。"身后人打开鱼竿皮兜，取里面的日本刀。

货箱夹缝走出二人，其中一人右脚打石膏。是彭十三和郝未真，不知何时偷偷上车。

彭十三说："老头，我帮你，跟他们有一拼。"

俞上泉行到车厢口，依旧低眉，凝视车下草丛，叹一声："草是绿的。"

微风拂过，草青如画。

领队者生出古怪表情，近似喜悦，道："我失去了杀意。"猛吸口气，"俞先生。世界还在，恩怨未了，我还是要动刀。"

俞上泉说："是。"

剑士们列出阵势，向车厢逼近。

林不忘思索，是用方刀杀死一个敌人，还是射向俞上泉咽喉，令他免受刀砍之苦？方刀出手后，自己便成了手无缚鸡之力的人，很快会死。他回头看眼俞母，她在二儿二女中间，依旧冷冷神情。

要不，先杀她？

腕上方刀颤抖。

剑士们即将跃上车厢，空中响起轰炸机的巨大噪音，众人抬头，见飞机掠过，弹出只黑影。

领队者吼叫："卧倒！"

众剑士扑倒在地。半响，一个人道："不是炸弹。"

空中飘着一蓬白色降落伞。

剑士们起身，均有愧色。

跳伞者接近地面，热情大叫："我是军部派的！"落地后罩在伞布里，久久爬不出。

伞布摊开有三十平米。一名剑士跑去

查看，高喊："他小腿骨折了。"

跑去四名剑士，手臂互搭，将他抬过来。

伞兵国字型大脸，胸口绑一个黑色文件包，铿锵有力地说："军部急令！"

领队者看了文件，走到车厢下，说："俞先生。素乃先生不幸中风，半身不遂，他与您的棋战取消了。您的朋友大竹先生，请您早日回日本相聚。"

俞上泉说："大竹……他不是在朝鲜服兵役么？"

领队者答："他确实在日本。他接替了素乃，现在是日本棋界第一人。"

天亮了，云雾中的太阳是蓝灰色。领队者交待，要俞上泉一家下车，由他们护送去青岛，乘船赴日。

俞母由林不忘扶下火车。两手相握的瞬间，林不忘胸腔内似流过滴泪，恭敬道："小心。"

郝未真向俞上泉行礼，道："我与您父亲有渊源，可以为您去死，但去日本，我就不跟随了。去吧，留在这儿，活不了。"

待俞上泉下车，领队者跃入车厢，堵住世深顺造，说："军部的事，已完结。文件上对您没有交代。"

世深顺造无声而笑，口中右侧缺的三颗上牙构成的洞，如地狱的入口："我是你的一件私事。"

"我七岁入一刀流，是在大阪住吉神社武道馆。"

"噢，那里。"竟有温情。

"道馆正堂上供'稚气、霸气、忍气'六字心诀，浓墨大笔所书，至今深印脑海。"

世深顺造眼光迷惘，似乎在那所武道馆有许多回忆。

领队者说："年轻时觉得称雄天下的霸气，最难获得，后来发现霸气比忍气容易，霸气是争胜，忍气是不败。不败是比取胜更难的事。"

火车鸣笛，一长两短，重复五次。

领队者说："现在，我觉得稚气比忍气难，随着年龄的增长，越来越感到七岁第一次走入武道馆时的单纯之心最为可贵。五年来，我比武四十三次，皆以力量胜，深感不安。"

世深顺造说："如遇高手，力量便是拖累。"

领队者说："几分钟前，我是无法跟您比武的，心知必被斩杀。现在不同了，俞先生告诉我草是绿的，我已找到我的单纯。"刀鞘抛于草中，表态将舍命相搏。

望俞上泉背影，肩膀略歪，在棋盘前长时间持棋谱造成，世深顺造哀叹："他一句话，给我造出个强敌。真想看他拿刀。"反手一抄，将西园寺春忘摔下火车。

西园寺春忘惊叫，两足顿在草上，竟未跌倒。火车缓缓启动，车下剑士皆向车厢内的领队者鞠躬告别。

世深顺造转向郝未真和彭十三，语调客气："一刀流内务，不想有旁观者。"

彭十三说："老头，保重。"背郝未真跳下，落草滑行三尺停住。

火车加速，隐约有刀光一闪，便远在天际。

西园寺春忘跟着俞上泉一家上轿车。因座位满了，余下剑士八人，他们排成两行，小跑跟在车后，整整齐齐。

郝未真问："剩咱俩了。去哪儿？"

彭十三说："上海。"

"还去杀中统的高官？"

"错，日本的高官。"彭十三跳上轨道，

逆向而去。

八、废刀

日本四国岛，一队人由公路行下沙滩，向海而来。他们古代修行者装束，小腿打绑腿，斗笠上书写"两人同行"字样。

与空海大师同行。

一千两百年前，空海从大唐取回密法，在四国岛游历八十八座寺院，留下"八十八寺巡拜"的习俗。礼拜八十八寺，等于周游诸佛世界，累世罪孽得以消解，"两人同行"的字样，表示行者全程受到空海大师的法力加持。

此行共五十七位，半数为六十岁老者，半数是十六岁少年。

八位老者抬顶轿子，不是中国明清以后可以垂腿而坐的高轿，是仅能盘腿坐的唐朝轿子，小如衣箱。明治维新以后，轿子被马车、人力车取代，久不显世。

抬轿的主杠是根粗大木条，两头各搭上六根短横杠，分担重量。轿顶部以宽大皮革为套，悬挂在主杠上。轿两侧为拉门，烙着暗蓝色八朵菊花——本音堃的族徽。

此轿是三世本音堃的旧物，后代本音堃就任，均要举行乘轿仪式。两百年来，此轿未出过本音堃家内院，今日远至四国岛，在五十年前当是惊世大事。现在，只得些路人瞥一眼而已。

带队者叫前多外骨，二十二岁时，与小岸壮河并称"双璧"，预测当如日月般光耀本音堃一门，不料小岸早亡，他也才华殆尽，人未老，艺先衰，近年料理师父素乃的内外事务，形同管家。

轿子至海水前停下，扶出位偏瘫老人，有着大人物的稳重气质，身材短小如十三岁少年，不足五十斤。一位轿夫将他抱到支好的交椅上。

交椅为木制折叠椅，靠背、扶手上刻有龙纹。龙在日本，非皇族象征，位贵者皆可用。

他是退位的围棋第一人——素乃。

前多外骨赶上前，掏手帕擦去他垂涎。

赶来，是观退潮。

退去的浪，在深处形成两个几十公里的巨大漩涡，远眺，如海里长出双眼——这是濑户内海的"双漩"奇景。

众人聚在素乃身后，循素乃的视线观潮。他虽然病废，仍是他们的王者。

素乃说："真壮观啊！终于得见！给你们说个典故吧，助助游兴。"

众人一片感恩声。

"两个漩涡好比是空海大师取回来的密教经典——《大日经》和《金刚顶经》。两部经同讲密法，如人双眼。遮左眼，右眼亦明，遮右眼，左眼亦明，虽然左右均可独立成像，但两眼齐看，并不是看到两个世界，而是一个。"

一位十六岁少男问："原本左右眼独立看到的视像，到哪里去了？"

素乃说："还在，依然各自存在，并行不谬。"

少男又问："既然看到的是一个世界，为什么需要两只眼睛呢，两眼合成一只，岂不更合理？"

素乃说："人，总是强求统一，一千两百年来，的确有不少高僧想将两部经合二为一，经文上合不成，便想在坛城上合并。"

密宗经本均有图画相配，表达经文之理，甚至是经文未尽之理，这样的图画，称为坛城。素乃抬起变形的左手，说："想将两经的坛城重组为一个，这个构思称为

331

两部一具，一千两百年来，从来没有实现过。因为硬性合并，会失去理法，只是无意义的拼凑，按中国的话讲叫乱套。"

说出"乱套"两字，素乃大笑，身后众人也都开心笑起。他们或许听不懂，但他们的大半生都是以素乃为依靠，素乃的情绪对他们有着不可抑制的感染力。

少男再问："日本要与中国合为一国，也是乱套么？"

笑声顿止。素乃盯着他，眼有赞许之色，道："陆军要两部一具，而海军是两部不二。"

"不二——不是两个，那不还是一个么？"

"一具和不二有天壤之别。一具，是强求统一，但理法崩溃，不得统一；不二，不是一也不是二，犹如双眼，单看，左右各有一世界，齐看，也是一世界——这便是两部不二，《大日经》和《金刚顶经》如此，海军理解的中日关系，也如此。"

少男望向深海中并列的两个漩涡，被大自然伟力吸引，沿拍岸水线，忘情走远。

素乃叹息："我陪他下过十一盘棋，他是院生中最接近小岸壮河的孩子。可惜，我来不及训练他。"

前多外骨俯身，擦去素乃新冒出的垂涎，说："在中国的问题上，海军比陆军明智。"

素乃身后的老人们均神色失落，有人大吼："本音堃一门从来是受海军支持，新的本音堃却是陆军指定！他的继任，不符合规矩，我要去帝国议事堂申诉！"

前多外骨说："大竹减三的岳父虽有陆军背景，但联赛累计胜率，俞上泉是第二位，他才是第一位，如果不是去服兵役，与素乃本音堃决战的该是他。素乃本音堃患病退位，他作为胜率第一人，承当棋界领袖，是顺理成章的。"

二十五年前，素乃取得海军巨资，扩建棋所，改名为东京棋院，并在海军支持下，令三大围棋世家归附棋院，放弃各自名号，将他们变相吞并。为了让他们放弃名号，素乃故作姿态，率先放弃本音堃名号，将其捐给棋院，作为棋界领袖的名誉头衔。在名义上，本音堃一门已不存在。

战争突起，支持素乃的海军大臣、次官因反对开战，已辞职，顾不上棋界。三大世家联手，得陆军支持，操控了棋院。陆军原也无心于棋界，只是要压过海军，才插手进来。

素乃说："做了三十年第一人，挨了三十年骂。为保地位，像军事家一样思考、政客一样行事、艺术家一样追求才艺、剑客一样恐惧体能衰退，无一日松懈。等大竹减三尝到其中难处，就不会么厌恶我了吧？"

前多外骨说："他利用陆军的关系，将俞上泉从上海战火里接出，俞上泉是他好友，也是他独霸棋界的最大隐患。唉，如果小岸壮河师兄还活着，一切都不同了。"

少男捧只海螺跑回，大叫："看我捡到了什么！"

素乃撇嘴，道："无用，又做不了棋子。"

黑子是石头磨的，白子是贝壳磨就。用九州日向海岸的贝壳磨出的一盒"雪印级"白子，可在繁华市区买七室宅院。

白子有实用、月印、雪印之差。实用级是用贝壳中部打磨，此处最厚，但纹理粗糙，打在棋盘上的音质不佳，练习之用，无法用于比赛，观感、音质都欠品位。

避开中央磨出的棋子，纹理弯如月牙，称为月印级，可上大赛。

贝壳边沿磨成的棋子，纹理如雪花晶

体，是细密的直纹，称为雪印级。珍贵在直纹。宁直勿弯——是为人之道，可惜人人做不到，终其一生，会有多少违心事。白子直纹含着大自然对人的警告。

素乃说："看看你的力气，能把海螺扔多远？往海里扔。"

少男满脸不愿意，但没废话，转身跑向海。

素乃低语："他是我的雪印级。"

前多外骨说："明白您意愿。日后俞上泉和大竹减三两雄争霸，不管谁胜出，都会由本音堊一门结束他。"

素乃缩进椅里，闭上眼。

海面涌起高楼般白浪，少男扔出手中海螺。

橙黄色的棋盘上，轻晃着一颗白子。日本棋子两面的中心点鼓出，如此造型，为求落子之声。棋盘厚而中空，如琴之共鸣箱。评价棋盘的档次，除了木质、刻工，音质尤为重要。造型精良，而音质不佳，便为俗物，棋士耻于一用。

下棋，要享受如水滴石的音韵。

棋盘前一位马脸老者，岁月令原本丑陋的脸变得庄严。是顿木乡拙。

另一人是林不忘，跪坐汇报本音堊一门在四国岛巡拜，为素乃的病患祈祷。

"天道不公，让恶人逃脱。您二十年坚忍，等来俞上泉，终于凑成击败素乃的天时地利人和。不料决战前夕，他竟中风，在棋上，我们永远也无法击败他了！"

顿木乡拙又打下一枚白子，不是下棋，仅为听音。

"我一生与素乃为敌，年轻时，梦到他的卑鄙，夜里会气醒；进入中年，开始分析他的手段、心理，时常感慨'这是另一种人啊'，令我大开眼界，有时还暗生佩服。"

林不忘"啊"了一声。

顿木乡拙浅笑："不是佩服作为棋手的他，是作为枭雄的他。从他的行事里，我总结出对付他的方法，他结交政客、军人，我便结交新闻界，他控制三大世家，我便争取业余爱好者——你最好的老师，是你的敌人。他令我成熟，看懂了世俗。"

林不忘忽感凄凉，庆幸脸上遮了口罩。

顿木乡拙说："他长我数岁，先一步入了老年。再看他，常起关心之情，怕他生病，怕他受政客军人欺负，子女不孝顺，惹他生气。"

林不忘说："我也常祈祷他无病无灾，等我们击败他。"

顿木乡拙手伸入棋盒，玩弄一颗棋子，道："我与你不同，我是真的关心他。"

林不忘惊讶，直腰相看。

顿木乡拙嘴角显出一个方形皱纹，那是自嘲的笑容："我和他，都老了。"

林不忘再次庆幸戴了口罩，随着年龄的增长，越来越不敢在世上露出表情。

顿木乡拙问："俞上泉怎样了？"

"大竹减三为给他压惊，接到地狱谷温泉去了。"

"泡温泉是最好的放松，俩人真是朋友。"

林不忘眼中显出温情，叹："是啊，他初到日本时才十二岁，本来内向，又语言不通，我担心他孤单寂寞，待不下来，不料棋院里最狂傲的棋童大竹减三竟然跟他一见投缘，成了好友。"

顿木乡拙笑道："虎豹生来不同，天才自会识别同类。"

"大竹十九岁便结婚了，岳父是陆军的

百年世家，财力雄厚，甚至地狱谷温泉都是家族私产，大竹入赘望族，早早安定，是想心无旁骛，开创一个'大竹时代'。"

"独霸时间超过六年以上，这些年便可以用他的名字命名——这是棋坛惯例。素乃独霸棋坛三十年，未有败绩，但他篡改棋界规矩，打压挑战者，让他们一生争取不到挑战权——"顿木乡拙语音停顿。他便是一个被取消挑战权的人。

"即便应战了，遇到难解之手，就利用特权，暂停比赛，召集一门弟子研究后再下——无人能赢下这么不平等的棋。他的独霸，天下不服，无人称这三十年为素乃时代。"顿木乡拙用力捶膝盖，似乎捶掉了心内郁气，"希望大竹可以有一个自己的时代。"

林不忘的盘发垂下，遮蔽右眼。他问道："在您的心目中，俞上泉比不过大竹？"

顿木乡拙眯眼，说："素乃占有欲极强，棋风嗜好拼杀，力量之大，的确是一代强者。俞上泉天性淡泊，棋风轻灵，正可克制素乃，我当初就是看中这一因素，才将他接来日本。我对他所有的训练，都是针对素乃，作为棋手，他没有正常成长，早就偏了，但他本就是我为击败素乃，专门锻造的刀！"

顿木乡拙语气强硬，却下意识弯腰垂头，显出致歉姿势。

"您是说，他一生无法与大竹争雄？"

"素乃废了，这把刀也就废了。"

想到俞母冷淡自若的脸，林不忘失口喊道："不会！"

顿木乡拙说："你看不出来么？一年来，素乃为探俞上泉实力，与他下了两盘指导棋，俞上泉均轻松获胜；但在联赛上遇上大竹，不管优势劣势，俞上泉最终都会输。大竹是正规训练出的棋士，素质全面，正可克制俞上泉这种偏门棋手。"

"大竹继承素乃棋风，都是嗜好拼杀的力棋！能克制素乃，为何会对付不了大竹？"

"大竹改良了素乃之棋，在拼杀中加入坚实因素。素乃是开局就强压对手一头，早早展开攻杀，大竹的攻杀时机要慢半拍，先坚实自己战线，再出刀——这慢了的半拍，让俞上泉很不适应，偏门训练的弊端就在这儿，他或许一生都无法适应。"

"啊，他对付别的棋手，战绩都很好！"

"因为别人跟他不是一个级别，他毕竟是天才。"

"啊……俞上泉只能做天下第二了？"林不忘想到俞母，觉得无脸再见她，"大竹和俞上泉自小是好友，两人在一起就是下棋谈棋，这种高密度的接触，他总会找到大竹的弱点吧？"

顿木乡拙说："大竹不是傻子，越嗜好拼杀的人，越精于算计，因为拼杀是险途，差之纤毫，便会自取灭亡。我在培养俞上泉，他也在培养俞上泉。"

林不忘又"啊"了一声。

顿木乡拙笑道："我培养俞上泉作击败素乃的刀，他培养俞上泉作挡刀的人——为他挡刀。他做了棋界第一人，俞上泉是最理想的第二人，向他挑战的人要先过俞上泉这一关。俞上泉毕竟是天才，可挡住天下棋士，而他自小洞察俞上泉的弊病，可万无一失地击败俞上泉——大竹时代便形成了。"

林不忘说："他是素乃的废刀，大竹的盾牌……作为天才，却要这样度过一生。"

顿木乡拙眼中生出恨恨之色，或许联想到自己："关于俞上泉的话，已谈尽。下

334

面谈你，素乃下台，三大家族获得难得发展，林家已找我谈过，希望你重归家门。"

腕上的方刀冰凉依旧，林不忘说："不，我留在俞家，保护俞上泉。"

顿木乡拙说："棋战取消，素乃已废，无人再伤害他。东京棋院聘请我作理事，我已答应，回来帮我吧。"

脑海中的俞母形象淡去，林不忘挪后半尺，俯身行礼，道："呵！这样吧。"遵从了师命。

地狱谷，俞上泉泡在温泉中，身旁一位高额大头的青年，是大竹减三。水面漂着木托盘，盛两只杯、一壶酒。

大竹倒一杯自饮。

"我已查明，陆军派人暗杀你，是受素乃门下的前多外骨委托。素乃历来受海军支持、与陆军疏远，前多外骨找到陆军时，军部的人都不敢相信。前多外骨与军部作的交易是，军部暗杀你，保住素乃的不败声誉，五年后，他规劝素乃退位，让我继位本音垤，东京棋院剔出海军影响，归附陆军。军部将五年改成三年，双方成交。"

大竹减三的岳父命大竹在朝鲜服兵役，为让他具有陆军渊源，日后好受陆军支持，继任本音垤，入主棋院。岳父大人计划要费十年时间，不料提前成三年。

不想素乃中风，三年又提前成五天。前多外骨被抛弃，大竹岳父直接与棋界三大世家谈判，让大竹即位本音垤。直到岳父办妥了这一切，才告诉大竹军部暗杀俞上泉的事，问大竹是保还是不保。

俞上泉散着眼神，似在水温中沉迷。

大竹说："当然是保你。近来有领悟，自古围棋开局都下在边角，因为凭借边角，方便围空。守角，最少可以一子，守边最少可以两子，而在中央围地，最少得四子。从效率上讲，开局下在中央，是无理的。"

俞上泉眼里有了精神。

大竹笑道："你不感谢我救你，却想偷我的棋技？哈哈，我只是觉得事情过程奇巧，才跟你说说，没想到你完全不感兴趣。"

俞上泉说："结果是我活着——知道这么多，就够了。对你，我的确无一点感谢之心。"

大竹说："无谢之心，方是朋友。"又自饮一杯，"序盘布边角、中盘抢中央、终盘又回到边角进行毫厘之争——我想打破这套千古流程，直落中央！"

古代有"高棋在腹"的说法，下在中央的一枚棋子，与四方棋都发生关系，所以变化多端，常常出奇，但这是序盘结束，边角都有棋子的中盘阶段的情况。大竹的想法是，如果在序盘阶段就高棋在腹，变化岂不是更多，等于把棋盘变大！

俞上泉说："你刚才讲直接走中央，难以围空，易成低效之子。"

"素乃有着强过古人的杀力，但世人觉得他只有赢棋的铁腕，而无天才的妙想。我觉得是序盘、中盘、终盘的固定程序阻碍了他，将他的杀力局限在中盘，虽然精彩，毕竟狭隘，如果他的杀力能突破到序盘、终盘，便会出现天才的闪光。"

"直落中央，不为围，是为杀？"

"对，这就解决了效率低下的问题，战国时代，武田信玄占据土地小、物产贫瘠的一个小城，其地理位置也不具备攻防周边诸侯的战略意义，每年要损耗巨大财力才能维持，众将皆觉愚蠢，直到他问鼎天下时，才发现这座小城是北伐京都的出口，无用的废地，是黄金大道——直落中央的棋子也如此，在占地的功用上是低效废子，在搏杀的意义上闪闪发光。"

"恐怕难以成为革新性的理论，只能成为个人风格。因为要有素乃一般的杀力作后盾，甚至是比素乃更强的杀力，这种下法才可成立。"

大竹笑道："这是一个报纸发达的时代，一个理论不需要实现，在舆论上成立，就成立了。"

"但总要有一二成功的实践者，才能服众。凭心而论，这种下法，我感到吃力。"

"不需要你做到，有一个人做到就可以了。"

"你？"

大竹推开酒具木盘。木盘漂远，直抵对面池壁。

九、西园寺家法

西园寺春忘看着面前的拉面，感慨万千。

这里是东京浅草公园来来轩面馆，汤是鸡骨熬就，配豆芽、玉米、胡萝卜，名为"野菜面"，特别标明是中国扬州口味。只是加了酱油——回到日本，吃中国拉面，才能吃出日本的乡情。

西园寺春忘小心吸进一根面条，细细品味。

店员跑来致歉："怎么，味道不好么？"

方想起在日本吃面是要吃出"嗖嗖"的嗫嘴声，以表示好吃，而在中国，这是非常失礼的事。西园寺春忘说："今天牙痛。"努力嗫出些声。

因为俞上泉，他这个打算在上海终老的间谍，回到日本。十七年来，他总怀疑自己被组织遗忘。不会，日本人是认真的民族——他总以这句话安慰自己。

他属于陆军间谍，俞上泉一家被护送到山东日军军营后，他自报身份。间谍档案上，查不到他的记录。报出上线联系人名字，此人也没有记录。

谁骗了他？回到日本后，军部给他的答案是，与你妻子私通的人。来上海的前一年，他五十四岁，新娶了一位二十二岁姑娘。

居委会举办民兵培训，普及救火、电话接线、侦察兵、野战生存、间谍的基础知识。个人爱好，他报名间谍班，不料不教暗杀、撬锁，叫文化间谍，从平凡公开的大众信息里，分析政界高层的隐秘动向。

经典范例是，从杭州码头的搬运秩序，推论出日本可以侵略朝鲜。八十年来，日本派往中国的文化间谍达四万人。他爱上这课，婚后半年，妻子在后院井台上发现封信，陆军间谍组织"华机关"要对他考核。

考核历经四月，都是信来信往，他耗尽智力，答对了所有分析，终于被派往上海。临走，妻子哭成泪人。到上海后，还是信来信往，间谍都是单线联系，往往一辈子见不到上级，他有此专业常识。

十七年来，他苦心搜集各种信息，平均每晚写三千字分析。原来华机关是假冒，上级是妻子的情人。他所潜伏的上海日本女子牙医学校，是东京女子牙医学校的分校。偷情者是东京女子牙医学校的训导主任，现已升任校长。

妻子在十七年里生了两个儿子一个女儿，经营着"西园寺钱汤"。钱汤是公共澡堂，他在三十九岁时创下的家业，在偷情者的资助下，由原本的四百平米扩充至九百平米。

妻子和偷情者致歉认错，发誓给他养老。他婉言谢绝，表示："把情报还我。"

偷情者喜欢他的文笔和思想，等连载小说般，等着每周一寄的情报。情报积累五大木箱，需雇车搬走。

永远离开了西园寺钱汤，他对他俩没有怨恨，怨恨自己是个没有亲戚的人，否则十七年来的家庭剧变，总会有人通知他。

西园寺一族至近代不衰，可惜，他是一个远亲，他这支八百年来都是农民——但毕竟是亲戚。他去找他们了，理由是，他是个理论家。他将十七年所写，浓缩为两万字精华，投递给他们。

今天，他们接见他。

存铠园是1883年创建的会馆，以做中国昂贵菜肴著名，半个世纪以来，一直是政客私下谈判的场所。

他从没去过那样高级的场所，似乎只有先吃一碗平民的拉面，才能稳住神。他喝净碗中汤。饱，近乎青春。

存铠园门口，两位六十岁的老人等着他，气质高贵，只有自小的严格家教方能培育出这种贵气。西园寺想到自己已七十二岁，论辈分，他俩说不定是自己晚辈，轻松说："今天的天气真好啊。"

今日是阴天。

两位老人毫不犹豫地说："好天。宗家在里面。"引他入门。

宗家是家族正脉的当家人，西园寺春忘忽然感到拉面吃多了，肠胃不适。

走廊里，西园寺春忘问："你们是？"

两位引路人说："仆人。"

西园寺春忘懊恼，猛地就打起嗝来。嗝打得连绵不绝，两位仆人找来杯水，要他弯腰喝下。

"我不能这样见宗家，太失礼了。"

"让宗家等，更失礼。"

他小鸟般叫着，被引入一户单间。日式榻榻米上，摆张中国红木八仙桌，坐着一人，十七八岁模样，玩着柄白鞘小刀。

是世深顺造的刀。

西园寺春忘左膝、右脚跟同时受踢，身子横旋，重重摔下。

两老人取出毛毯，展开后，铺上塑料布，将他抬到上面。塑料布防止溅出的血污染毛毯，毛毯可包裹尸体，便于搬运。

青年挪步过来，说："存铠园是政客谈判的地方，谈不成，就是暗杀的地方。你的尸体按这里的传统处理，你的家人可得到骨灰。"

两老人不是西园寺家族仆人，是存铠园职员。

西园寺春忘问："你是一刀流的？"

青年问："你是世深顺造的作家？"

西园寺春忘用力点头："他死了？请把骨灰寄到我家，让他也能受香火。"

青年说："他活着。他杀了我哥哥，天津海关给的消息是他回了日本。"

西园寺春忘说："我是他的作家，当然知道他的藏身处，但绝不会告诉你。"

青年转向两位老人，问："存铠园有逼供业务么？"

两位老人答："有。"

遍体鳞伤后，西园寺春忘没想到自己是一条硬汉。与被妻子耍弄相比，被西园寺家族耍弄，令他更受刺激。这伙从没见过的人，如此深地伤害了他。

他在求死，世深顺造没找过他。

两老人精确掌握轻伤到重伤之间的微妙界限，在二十分钟的连续殴打中，很容易越界。重伤令人昏厥，轻伤使人疼痛。

两老人的技艺可以连续殴打两小时，

令人以轻伤的痛感，重伤地死去。

青年建议一刀毙命："反正问不出来。他死了，世深顺造会主动找我。"

一老人建议将他的尸体投海，警察打捞后，会登报。另一老人认为他的家人将看到尸体，如此刺激死者家属，违反存铠园传统，还是只让家属看到骨灰为好。

经过争执，两老人想出第三种方法，建议在报纸上登寻人启事。失踪是死亡的婉转表达，世深顺造是老江湖，该看得出。

青年采纳。相机取来，两老人布置灯光，为西园寺春忘梳发、擦粉。转眼过去两个半小时，青年催促，两老人回答："请尊重我们的职业。"

青年道歉。

之后，西园寺春忘换上另一款式的西装外套，换装是因为此款适于打领结，打领结的目的，为掩盖衬衣上的小块血迹。

青年提出抗议，认为应该直接换件衬衣，两老人解释，他上身伤口较多，血与布黏合，换衬衣所耗的时间会超过换外套。

青年屈服，但还是回一句："日本历史上被暗杀的政客多了，都死得这么麻烦么？"

两老人答："无一例外。"

四个小时后，一切完美，闪光灯亮起的瞬间，西园寺春忘生出解脱的快感。照完相，一老人持匕首，选择刺心脏的最佳入点。

单间门打开，走入位和服妇女，不是传统的日式盘头，西方妇女发髻，四十余岁，眼角的皱纹隐于脂粉。她说："对不起，我需要他回答一个问题。"

两老人说："他是条硬汉，什么也不会说。"

女人向西园寺春忘行传统日本妇女单腿略屈的欠身礼，问："人类去向何方？"

西园寺春忘挺起脖子，青年人小腿般有力，道："跟着日本走！"

室内人均一怔。

西园寺春忘专注在自己的话上："东方是道义的文明，西方是利益的文明。两个文明必有一争，人类将进行三场战争。第一场，是已经打完的日俄战争，日本胜利，确立了日本是东方的代表；第二场是现在欧美各国之间的战争，确立谁是西方的代表；胜出者将与日本决战，以日本的胜利告终，是第三场战争。之后，地球将永久和平，全球日本化，处处有道义。"

女人深吸口气，对青年说："西园寺家族的宗家正在看他的论文。对不起，我要把他带走。"

两老人几乎哭出，他俩将杀人作为艺术，折腾六个半小时，却不能做出终结的一刺，可想心情的悲怆。

青年眼露凶光："你们已经答应把这个人交给一刀流。"

女人笑起，十六岁姑娘般可爱。青年脸色变红，不自觉后退。

女人不再理他，吩咐两老人将西园寺春忘裤子上的血迹弄干净，以便见宗家。两老人说需要四小时，女人上前一人给了记耳光，呵斥："别把自己看得太重要！"

两老人回话："五分钟。"彼此对望一眼，面容惨烈之极。

宗家的庭院为"枯山水"，以石头和砂子模拟自然，不用草木，所以名为"枯"。石块为山，白砂为水。

西园寺春忘躺于室外环廊，换了新西装。他头部前方三尺处，坐着位五十岁的人，低头看文稿——是西园寺家族的宗家。

宗家两腿垂在环廊木板外，西园寺春

忘视线里只有这两条腿。

宗家发出感叹,是柔和的男中音:"不愧是西园寺家的人,你写的不单是政论,还是艺术!"

西园寺春忘眼眶湿润,说:"你说我是西园寺家的?"

宗家说:"当然,我派人到警备厅查了你家档案,你父亲是1850年从北海道小樽地区迁到东京来的,1802年西园寺家走失了一个智障幼儿,传说他长大后,在小樽出现过,据此分析,你的确是西园寺家的直系亲属。"

西园寺春忘脖子挺起,竭力上望:"智障?"

仍看不到宗家的脸,仅能听到他柔和的声音:"西园寺家族的每一个人都有明确家谱记录,只有这个智障儿下落不明。你也知道,幕府时代中期,一大批虚荣的平民仰慕这个姓氏,改姓了西园寺。"

西园寺春忘垂头,道:"我的祖上绝不会是这样的平民。"

宗家发出满意的笑声:"虽然智障,但血统的力量巨大,遇上好女人,三代就矫正过来。你在政治理论上的天赋,正是西园寺祖先的遗传,确凿无疑!那位智障儿的名字叫西园寺秀三郎,我希望由你来承接他这一支,在家谱上尽快登记你的名字!"

西园寺春忘大喝一声:"嗨。"士兵遵令的叫喊。

经过三星期调养,西园寺春忘可以坐起身,终于正视到宗家。这是一张和自己迥然不同的脸,骨相之清逸,如中国宋代绢画上的王公。

西园寺家族文采已衰,两代不出能写政论的子弟。西园寺春忘对中日关系、世界大战的设想,令家族长老们极度兴奋。卧床期间,名贵滋补品不断,并有一位二十五岁女佣照顾起居。望着女佣的婀娜身姿,他常感慨:"男人,七十二岁才刚刚开始啊!"

他向宗家宣誓,要没日没夜地写下去,他的文章将为西园寺家族赢得光荣,在家族内部,令智障儿"西园寺秀三郎"的名字受到尊敬——

宗家柔和地说:"不要再动笔。你写不过他们。"

因为自认为是单线联系的间谍,西园寺春忘在上海十七年的生活是自我封闭式的,对日本本土的思想潮流完全隔绝。日本已有一大批理论家,如北一辉、蓑田胸喜、德富苏峰、大川周明……西园寺春忘论文提出的"大东亚共荣圈""解放亚洲论""日本国土膨胀论""大东亚战争"等概念,均被他们写过。

西园寺春忘喃喃道:"宗家,相信我,我写的都是我的原创,没有抄袭!"

宗家慈祥一笑,说:"我相信,英雄所见略同。唉,你要是早回来几年就好了。"

西园寺春忘说:"我一定能想出更新更大胆的理论!"

宗家说:"更新更大胆的会脱离时代。每一个时代都有其理论的极限,现在的,已够用。"

西园寺春忘坐姿崩溃,斜在榻榻米上。歪对宗家是失礼的事,他两臂用力撑地,想端正自己,但腰软如断,再难直起。

宗家说:"别急,你的天赋是西园寺家的珍宝,我不会浪费它。"

在女佣搀扶下,西园寺春忘走过两百米环廊,跟宗家入后花园。园中有塔,刷成猩红色,像一颗掏出的心脏。

女佣递给他一朵铁片花蕾,以黑巾蒙住他双眼。握着宗家的手,他被带入塔,脚下似是水池,没有水声,感到什么在流淌。

宗家诵起密教真言,低不可辨,宫廷雅乐般贵不可言。

忽然,宗家喝道:"扔出手中花!"

西园寺春忘吓得脱手。

摘下黑巾,见面前"水池"是幅铺地绢画,工笔重彩技法。画面中央是朵八瓣红莲,每瓣均有佛端坐。以红莲为中心,向四方扩展,形成十二院,布列四百一十四尊佛菩萨金刚护法。

宗家说:"你投中的是大日如来!"

西园寺春忘忙跪拜。

绢上所画是大日坛城,绘制《大日经》中诸佛境界。投花名为"投华",随手而丢,却是冥冥定数。以投中的佛菩萨为依靠,择法修行。

宗家解释,大唐而来的密法在日本繁衍出七十余派,并落入俗家。西园寺家族每一代宗家也是阿阇黎(传法师),在族内传法。

西园寺春忘讲述,刚才蒙眼站在大日坛城前,觉得似站在水池前。

宗家说:"不是水流,是法流,法流是诸佛之力。"

接通诸佛法流,便是密宗灌顶。灌顶之后,方能修法。

宗家说:"其实诸佛法流,亘古常在,无物不具,可惜世人被贪嗔痴蒙蔽,身处法流中,却不能接通,只好借阿阇黎之力。"

贪嗔痴难以斩断,抽刀断水水更流,密宗用的是转法,将贪嗔痴转化为戒定慧,鱼和龙是一样的鳞,但龙和鱼已不同。

要借物而转。密法以众宝来转众生,有许多塑像、仪式,核心是三密——手印、真言、观想,等于佛菩萨的身、语、意,三密齐作,便与佛菩萨融为一体。

宗家说:"你的理论天赋,要放在宣扬密法上。西园寺家族的政运已衰,但一场大战,必产生信仰真空,西园寺家族的密法要在此时抢占民众,在日本人的精神里打上永不褪色的西园寺家的烙印。好好准备吧!"

西园寺春忘大叫一声:"嗨!"士兵领命的庄严。

十、菊花台

日本四国岛太龙岳,一行灰衣斗笠的人在山道行走,是本音堑门徒。素乃坐在竹背椅上,由两名强壮山民轮流背负。

竹背椅是僧人背经书、父母背小孩所用,十分窄小,素乃却坐得恰好。前多外骨压着喘息,递给素乃盛水的竹筒。

素乃拒绝,偏瘫令他大小便失禁,裤裆塞的棉絮已满是尿。

此刻风起,山中雾阵撕开道裂口,露出一垄红褐色峰头,隐约有一尊坐姿人影。扔海螺的少男轻声问:"那是什么?"

素乃说:"广泽之柱,你是有心人,那里叫舍心崖。"

广泽之柱瞳孔黑亮,似是没受过半点世俗污染的婴儿之眼。

公元793年,空海大师到太龙岳修行,十九岁来,三十岁离开,共度十一年。其间他陷入虚无,从红褐色峰头跳下,被峭壁上松树接住,身心震撼,完成由"空"到"有"的过渡。后世弟子为纪念,在跳崖处立一尊他的青铜坐像。

广泽之柱问:"跳崖自杀是舍身,此处为何叫舍心崖呢?"

素乃道:"身就是心啊。空海大师在此山修的是虚空藏菩萨求闻持真言,虚空无尽,含藏无尽佛法,持此真言,可满足修行者的求法之愿。空海大师持真言十一年,是为去中国。"

广泽之柱问:"中国?"

素乃道:"对,他想求的是大唐密法。"

前多外骨说:"本音垤,请您讲空海大师去中国的事吧。"

素乃说:"空海大师念求闻持真言,是为看懂《大日经》。他曾看过传到日本的《大日经》残卷,日本无人能解答,入深山修法十一年,为求自悟。但自悟不成,所以去中国求法。"

求闻持真言可获得强大记忆力,十一年苦修并非白费,唐朝密法有着繁复制式、仪式、口诀、暗语,需二十二年方能学完,而他用了三个月,便成为传法阿阇黎。这等奇迹,不能不说是求闻持真言之功。

素乃二十六岁时长期失眠,下完棋与对手复盘研讨,常搞乱行棋次序。输棋不可耻,忘记自己下过的棋,便不配当一个棋士!

"为了恢复记忆力,我开始念求闻持真言。"素乃浮现出孩子调皮的笑,"此真言让我变得专注,不会忘棋。"他看向广泽之柱,"你想学么?拿牟,阿加舍、揭颇耶;唵,阿立、加么立、慕立、梭哈。"

广泽之柱说:"空海大师因此真言而得唐朝密法,是否可以这样理解,此真言是唐密的入门之法?"

"入门有多途,只可算一门。"

"究竟有多少门?"

"下棋也是一门。"

"您说围棋也是唐密?"

"唐密的大日坛城分十二宫,围棋的棋盘也是十二块区域。大日坛城的中央是八瓣红莲,棋盘中央叫天元。只不过大日坛城是由八瓣红莲向四周扩展,而下棋是从边角向中央进发,进程相反。"

前多外骨插话:"听闻大竹减三和俞上泉在研究一种由天元向四边扩展的棋。"

素乃诧异:"直取天元——不符合棋理啊,真有这样的事?"

前多外骨从背包里取出报纸,是大竹减三在本音垤就职仪式上,和俞上泉下的表演对局。

素乃接过报纸,久不抬头。

前多外骨愤怒:"这是对本音垤称号的最大侮辱!完全是哗众取宠,他们这盘棋没有下完,说是表演对局不必下完,其实这样的棋根本下不完,因为不符合棋理,再下就露丑了!"

素乃将报纸递给广泽之柱,说:"你看看,下得怎么?"

广泽之柱蹲身,将报纸铺在腿上,渐渐额头冒汗,小声言:"下不完。"

素乃笑道:"广泽说对了。"

众人上路,走出一小时后,散成三五人一簇,彼此有较大距离。素乃问前多外骨:"你的棋技真衰退了,看不出那盘棋是可以下完的么?"

前多外骨喘一声,眼角似裂。

素乃说:"看出能下完的人,除了我,只有广泽之柱。"

前多外骨疑问:"他?他不是说下不完么?"

素乃说:"他心里明白,但迫于集体压力不敢说。唉,他有大棋士的才华,没有大棋士特立独行的风骨,离我的期望差了

341

点。本音垤一门的重振，会比预想的晚。"

前多外骨结巴起来："不，不，我来磨练他。"

素乃眼光黯淡，说："他已是潜质最好的小孩，拜托你了。"

前多外骨鞠躬领命，抬头，见素乃晃晃悠悠任人背着，已闭上眼。瞬间，觉得素乃已死去，急赶上两步，道声："本音垤！"

素乃哼一声作答。

前多外骨回应："无事。"大走几步，擦去泪水。

大竹减三摆着击球姿势，定如雕像。台球室角落坐一位持杆的陆军军官。服务生送来杯水，说："大竹先生成了围棋第一人后，打台球的速度也没有快起来呀。"

军官说："你懂什么，只有时时处心积虑，才会成为第一人。他是把任何事都当作棋下。"

大竹减三终于动杆，球入洞。

军官站起，说："我输了。"

大竹减三说："再来一局。"

军官说："我可能没时间了。"

大竹减三语调不变："再来一局。"

军官屈服。

大竹减三说："你刚才说的不对，我没把台球当作棋下，打台球对我是放松。打台球，无论输多少盘，下一次还是平等对局。围棋要定尊卑，江户时代出现的十番棋，谁先累计输了四盘，便被降格为下手，一生耻辱。"

军官慨叹："古人残酷。"

大竹减三说："人间要分贵贱，贵者有尊严，贱者守贱位，天下便太平了。日本的等级制度是最科学的人际关系。"

军官说："您在本音垤就职仪式上所下的表演棋，陆军高官们极为赏识，认为契合他们的战略。"

陆军新策是直取天下，占据南京后，展开东战美国、西攻国民党、北抗苏联、南侵东南亚诸国的圆周作战，大竹的新式围棋直取天元、扩向四方，契合陆军大格局作战思想。

军官继续说："新的围棋观和新的军事观高度相符，说明民族气魄的壮大！"

大竹减三说："那只是表演对局的玩耍，直取天元的棋技尚在摸索中，未到可以实战的程度。"

军官两手撑上台桌："陆军希望您下这种棋！并且是十番棋，以俞上泉为对手。"

大竹沉吟："俞上泉？"

"对！一个中国人被日本人降格，与中日战争的进程一致。围棋是日本的国技，就让它成为国运的缩影吧！"

"陆军太浪漫了。"

"请不要辜负陆军的期望！"

大竹减三摆出雕塑般的击球姿势，又不动了。

听到大竹减三邀请俞上泉下十番棋的消息，顿木乡拙便双手缩入袖内，闭眼沉思，直至夕阳上脸，艳如鬼面。

吓慌林不忘。此刻是偶然光效，还是上天向自己展示师父真容？

顿木乡拙的手从袖里伸出，林不忘感到一丝恶心，联想到蜕皮而出的蛇。

顿木乡拙说："顿木一门终于等来出头之日。"

林不忘不解："大竹减三一贯克制俞上泉，下十番棋，俞上泉必被降格，永远低人一等，无颜留在棋界，我们请来的天才就此毁灭，怎么说是出头之日？"

"如果是正常较量，俞上泉必输无疑，但大竹迫于陆军压力，要用直取天元的新式下法，俞上泉就有争胜的可能。"

"这种下法是大竹发明的，他会更有把握。"

"大竹没把新下法研究透彻，就公诸于众，占独创名誉，结果引来陆军下十番棋的指令。新下法，令他以前克制俞上泉的技法都用不上了。对于他，对于俞上泉，新下法都是陌生领域，他不占优势。"

"大竹聪明反被聪明误。"

顿木乡拙呵呵而笑，纯真似婴儿。

四国岛石手寺中有八十八石柱，象征八十八寺，是对无力走完全程的人开的慈悲方便，巡拜八十八柱，等于拜了八十八寺。

慈悲方便，还有菊花台。台上铺层层菊花，一日一换，永远新鲜犹如金。菊花正中是空海大师青铜像，大师之手系绳子延到菊花台外，参拜者碰触绳头，便等于接通法流，得到空海大师灌顶。

前多外骨将素乃搀到菊花台前。素乃低诵二十一遍"南无遍照金刚"（空海大师的密号），以中风蜷缩的左手摸向绳头。

如果碰到绳头，变形的手能舒展开——奇迹总是令人心醉。

响起声笑，凄惨悲凉，近乎哭音。菊花台深处走出一人，戴破斗笠，斜挂旅行布兜脏成暗红色，隐约见绣着八朵蓝色菊花，本音壑的标志。

素乃不知从哪里来的精力，发声洪亮威严："炎净一行！你私自佩戴本音壑徽章，大逆不道！"

听到"炎净一行"的名字，本音壑门徒中有人本能要恭敬行礼。炎净一行是素乃师弟，原是十二世本音壑指定继任人，因十二世本音壑过早病逝，素乃以"本音壑本应由棋力最强者担当"的理由，联合门内长老，逼炎净一行以一盘棋来赌本音壑之位。

炎净一行小素乃十岁，虽具天才，棋艺尚不成熟。在天才与功力的对决中，被素乃击败，从此退隐，潜心学佛，已经三十年无消息。

前多外骨知道上一代内情，不敢以冒犯本音壑名位来训斥，低喝："你以凡人之躯，登菊花台，践踏佛地，太不应该！"

炎净一行说："空海大师一生修行，显示即身成佛，泯灭人佛差距，佛非木泥铜铁，是团肉！菊花台是盛肉的地方，我为何不能站上？"

前多外骨提高音量："你入了魔！"

素乃说："入魔的话，不是随便说的。"

炎净一行跳下菊花台，将素乃左手从绳头放下，随之蹲身，道声"师兄"。

两人对视，眼中没有仇恨，只有好奇。三十年相貌差异，令两人都在仔细辨认。

素乃说："你当年可是一位美少年啊！"

炎净一行说："你没么丑了，毕竟做了三十年本音壑，有了气派。"

素乃嘴唇哆嗦，眼泛泪花，小孩受委屈的神情："我的病，不是你诅咒的吧？"

炎净一行失去表情，说："不是。我是来看你的。"泪落在素乃膝盖，"我做了三十年修行人，会作法，可治你病。"

素乃转为威严，没有丝毫哭过的迹象，说："我拒绝。我已经接受了我的病，请你不要破坏它。"

前多外骨和几位老人过来，将素乃从蒲团上搀起，安放轮椅，推离菊花台。在此过程中，素乃一直拽着炎净一行的布兜。

至过道，轮椅停下。佛堂中不许说话，此处可以长谈。

素乃说："取代我的人叫大竹减三，他要和一位来自中国的天才——俞上泉争战十番棋。"

炎净一行惊呼："十番棋！十盘定一生贵贱，对于棋手过于残酷，我和你当年也未下。"

素乃喝道："前多外骨！你带广泽之柱回东京，动用一切关系，让他成为棋战的记录员，哪怕只是一局棋的记录员！"

前多外骨鞠躬，说："明日就去，容我交托一下领队事务。"

素乃说："现在就走！"

前多外骨摘下背囊，交给身边老人，拉广泽之柱向外走，行出二十米，返身跪拜，大吼："炎净师叔，师父就拜托给您了！"

石手寺还有名胜，为石手碑，碑上凹现空海大师手型，一千两百年前在泥模印下，翻刻于碑。据说将自己的手按入石手印里，便可穿越千年与空海大师相互感应，名为"千古瑜伽"。

炎净一行替下推轮椅的人，推素乃到碑前。素乃以变形左手按入，一按便收回，丝毫没有祈祷治愈之意，转向炎净说："你也按一下。"

不忍违他的意，炎净一行上前按入。

盯着他的手，素乃说："别管我了，你下山观战吧。"

"棋，我已忘了。"

"不，你没忘。食指背上的茧还在，三十年来你还在打子！"

按入石印中的手上，中指第一节卧着块银灰色的茧，棋子便是夹在这里，打到棋盘上的。

炎净一行说："我来时已许愿，陪你走完八十八寺。"

"我不接受。没有输赢，就不是棋了。不要化解你我的恩怨，让它像一盘棋一样保留吧。"

"棋是我在山中消减寂寞的玩耍，早已不能像棋士般下棋了。"

"大竹、俞上泉的十番棋，必将载入棋史。在这种天下大战时，有资格进入棋室内作为观战者，是一门地位的象征。我不想让后人看到，在观战者中只有三大世家，而无本音堃一门。"

似被石印灼伤，炎净一行撤手。

素乃语调严厉："我已残废，现在你是本音堃一门的最尊者，有责任下山观战！"

炎净一行不由自主地应一声，黑白混杂的长须晃动。

十一、直取天下

三大世家占据东京棋院要职，但受压三十年，人才不足，棋院学员主要还是本音堃子弟，棋院后勤人员也还是本音堃一门的人。前多外骨回来，看似一切照旧。

十番棋记录员名额，被三大世家子弟分摊。前多外骨找上门，每家大吵一架，方争到一个名额。

回棋院的路上，有位老者在桥下卖刀，草帽压住整张脸。前多外骨想起孩童时听过的传说：虾妖蟹鬼会变成人形，在桥底下卖从龙宫里偷出的宝物。

恶作剧的心态，令前多外骨上前。刀柄缠线脱线，鞘上漆剥落，露着陈腐木色。抽刀，满是锈斑。老人说是三百年前战国时代的工艺。

前多外骨说："可惜生锈了。"

老人说："一把好刀的锈是可以磨掉的。"

前多外骨问："你为何不磨？可卖价高点。"

老人答："我只卖给识货的人。"

买下此刀，像白日梦，回想老人递刀，右手犹如虾爪，没有作为人类特征的拇指——真是虾妖蟹鬼？

价格倒便宜，掏尽随身的钱便够。或许是名惯偷，卖的是赃物。如此安慰自己，走入棋院三号对局室。棋院初立时，为妇女下棋修建，采用传统茶室样式。因其典雅，长期为素乃专用，没有过妇女。

广泽之柱在里面，左手捧棋谱，右手打棋子。小臂超出他年龄的粗壮，这是一个有力的少男，复兴本音堃需要强者。

前多外骨喘着气，在棋盘旁坐下，说："棋战的记录员，我为你争取到了。"

广泽之柱说："我不做记录员，他俩中的一个肯定是我将来的对手，我不能自降身份。"

脖颈血管迸起。

年轻血液有着晨时的草木之香。

前多外骨说："一把真正的好刀，生了锈是可以磨掉的。本音堃一门正如这把刀。"旋指打开刀鞘暗扣，刀弹出半分，犹如人眼，"如果你将俞上泉和大竹当作你将来的对手，就不要对他们有敌意。你要将他们当作你最亲的人，关心他们。"

"关心？"

"对，素乃师父指导过你多盘棋，但他不是你最好的老师。你最好的老师是你最强的敌人。"

"我想我不能平静地坐在他俩身边。"

"刀的真意，在于隐藏。你只有先平静地坐在他俩身边，才能在日后击败他俩。"

前多外骨将刀放于广泽之柱腿旁。

出了对局室，院中是片翠竹，有根破土而出的笋，笋头浅白。前多外骨想起杜甫《兵车行》中的诗句，生女犹得嫁比邻，生男埋没随百草。肺病令自己避过中日之战，否则正在中国某处行军吧？

战时，女人尚能找个残疾的男人出嫁，健康的男人只能死在战场，如果不是倒在野草里，而是秀丽的竹下，便是幸运吧？

滑下颗泪，肺病之人总是容易流泪。凉风起天末，君子意如何？鸿雁几时到，江湖秋水多。——杜甫怀念李白的诗句，正符合自己怀念小岸壮河的心境。

自己与小岸才华横溢，凌驾于一代棋士之上，不料数月间便一亡一病。天给了才华，又匆匆收走。所有的春风得意，皆为不祥之兆。

白润的竹笋，令人无端起恨。

前多外骨抄起园丁留下的铁铲，奔至竹笋前，要将其拍烂。铁铲抡起，又停在半空。前多外骨自语："我是棋士。"向竹笋作礼致歉，将铲子立回墙边。

林不忘蹲在茶室外的洗手池前，装束未改，仍是蒙面盘头。顿木乡拙在茶室内与三大世家磋商大竹、俞上泉的棋战。三大世家是村上家、川井家、林家。这是林家茶室。

茶室是幽秘之地，空间狭小，两张半的榻榻米上，紧紧坐着四位老人。一面为泥墙，三面拉门，仅开小方天窗，垂光在茶炉上。泥墙前卧放刀支架，支架上无刀，横置截枯枝。

顿木乡拙说："将供刀的支架，供奉大自然，真是雅致。"

林家长老浅笑："是我十年前旧作，现

在觉得刻意。企图用一截枯枝代表自然，真是狂妄。如果是今日，我会空着支架。支架之形，已十足美感。"

他开始涮茶，竹刷划在陶碗上的音质，不知触动哪一丛神经，血液里似有无数雨伞撑开。日本的饮茶延续大唐，不是沏茶，而是打碎茶叶，以热水涮之。茶碗内一片纯绿，如夏季池塘。

林家长老道："棋品就是茶品，能下出脱俗之棋的人，茶道必非等闲，如果是俞上泉，他该如何摆设？"

茶室内的摆设，是茶道重要部分，饮茶者常在摆设上比拼品位高下。

顿木乡拙说："看我另一位弟子的创意吧。"

林不忘被唤入茶室。他的进入，令空间紧促，也令人紧张。室内坐着林家长老，林不忘是林家叛逆，棋界均知他拜入顿木门下，是为了给自己家族难堪。

顿木乡拙说："林不忘，看刀架。"

林不忘说："俗不可耐。"

顿木乡拙说："是林家长老十年前创作，现今他有了新意，去掉枯枝，仅剩支架。支架之形，本已完美，不需再添一厘一毫。"

林不忘说："俗气更重。"

林家长老低喝："不要在众人面前，羞辱你的长辈。"

林不忘说："茶室内没有长辈，只有主客。"

顿木乡拙说："他便是茶室主人。讲出你的道理，否则便违反了主客之道。"

林不忘说："自然之道，是万物共生共长，相互契合。枯枝不能与刀架契合，两者都成丑物。空置刀架，更无契合——尤显人为造作。"

林家长老喝道："拿出你的创意！"

林不忘说："刀架，是要放刀的。"

林家长老叹服，将竹刷递给身旁的村上家长老："拜托您照顾大家，我先走了。"

村上家长老说："您不用这样，我们在这里的正事是谈棋，不是茶道。"

茶室门低矮，不及人高，林家长老钻身出室。

川井家长老叫道："这等大事，不能少了林家。"

室外回应："林家已有一个人在。"

会议开始。

村上家长老发言："俞上泉和大竹以十番棋定一生荣辱，正像古代悬崖决斗的剑客。为配合这样的意境，该在高山上、大海旁吧？"

川井家长老赞同："嗯，应该是这样的吧。林家长老走前的意思，是让林不忘代表林家谈，请他表态。"顿木乡拙应许。

林不忘说："棋在中国是文人雅士的余兴游戏，在日本是武道。武道最高经典，宫本武藏的《五轮书》、柳生旦马守的《兵法家传书》，均引入佛理，宫本武藏以唐朝密法的'地水火风空'的名词立章节，柳生旦马守以禅法解释剑术。"

村上家长老说："明白您心思。俞上泉和大竹下棋的地方，该在佛门古寺。"

川井家长老应合，此事定下。饮罢茶，散席出门。

行出三十多步，顿木乡拙回望茶室，对林不忘言："茶室暗光、低门的设计，是为与庞大纷乱的世界区别，坐入棋室，便是回归内心，但内心是多么可怕。"

林不忘面无表情地点头回应，腕上的方刀女人般颤抖。

346

三月后，日军南入武汉，北近西安。日本镰仓县建长寺，俞上泉与大竹减三开始十番棋。

对局大殿原供奉药师佛，木雕移走，改为棋室。大殿东西各开一间禅房作休息室，俞上泉和大竹减三分居，为避免平日相遇。决斗者只应出现在决斗地。

引领俞上泉入对局室的是位十五岁棋院生，环廊之路练习走过百次。走至拐角处，被林不忘拦下。

林不忘说："退下吧，由我引导。"

棋院生止步，脸色通红。

林不忘低语："师父怕影响你备战，有些话要我现在告诉你。从中央向四面进展的新布局法，尚不成熟，但大竹为维护第一人尊严，一定会用新下法。你将如何应对？"

俞上泉说："我和他有约定，十番棋都用新布局法。我会遵守约定。"

"新布局是他发明，这个约定，置你于必败之地。"

俞上泉微笑道："下传统布局，我也赢不了他。我和他以前的对局纪录，是三胜十二负。"

林不忘摘下口罩，鼻梁挺秀，狭细双眼。

"让他用不成熟的新布局，你用成熟的传统布局！临阵变招，是师父制定的取胜之道。"

院中，两位黑色袈裟的和尚拎水桶走过，有水溅出，落在灰白土路上，如婴儿身上的胎记。

俞上泉说："胜负如此重要？"

林不忘语音严厉："此战不是你一人荣辱，是顿木一门的荣辱，请您遵从师命。不要忘记师父多年来对你家人的照顾。"

俞上泉目光渐暗，继续前行。

林不忘没跟，遥望他进对局室，感到上午充沛的阳光变得阴寒。

对局室内横坐一排人，为三大世家长老、报社记者、两位军界人物，广泽之柱作为记录员也在其中。

俞上泉用抹布擦棋盘，棋盘干净，本不必擦，是向对手表示敬意。大竹减三闭目诵佛经，腿旁放十把竹骨折扇。下棋时他有边思考边掰扇子的怪癖，一局棋往往会坏三四把扇子。备下十把，说明对此局的重视。

顿木乡拙任裁判长，轻走到棋盘前，以护士对卧床病人的口吻，柔声说："时候到了。"

事先约定，第一局大竹减三执黑棋。四十二分钟后他才张眼，在棋盘右上角打下一子。棋子轻晃，如低飞的蝙蝠。

坐回裁判席的顿木乡拙变脸。大竹减三不用直取天元的新布局，用从角部发展的传统下法，黑子落于低位，远离中央。

两位陆军人物面面相觑，陆军策划十番棋，是要以直取天元的新布局迎合陆军在中国大陆"直取天下"的战略，大竹采用传统布局，令十番棋失去宣传意义。

棋室内禁止对话，备有笔谈纸条。两位陆军人物互递纸条，上写："大竹甘愿对军部违约，看来对于他，胜负更重要。"

横席末端坐着位僧袍老者，是素乃的师弟炎净一行，代表本音垄一门观战。没人给他递纸条。三大世家长老间互传纸条："大竹采取他最能掌握的下法，看来新布局是华而不实的把戏，经不起胜负考验。"

广泽之柱发现棋盘中央多出颗白子，不知何时，俞上泉已落子。

众人目光回到棋盘，两位陆军人物面

色稍缓。棋盘上有了新布局，总算对总部能作出交待。他俩同时想到什么，彼此对视，眼神略苦——只是下出新布局的是中国人，还是配合不上陆军的宣传。

顿木乡拙断了指望。大竹用成熟的传统技法，俞上泉用不成熟的新布局，正与自己的谋划相反，是最坏情况。

大竹减三神色坦荡，无一丝违约的愧疚之色。炎净一行暗中称奇，想起三十年前素乃夺去自己本音塾名位时，也是这股坦荡神色，虽对其恨之入骨，每次面对，却觉得理亏的是自己。

大竹减三掰着扇面，连响七下，突然一记脆响，扇骨折断。

第一天棋局下到晚六点四十分。大竹减三的下一手棋未落棋盘，写在纸上，封入纸袋——此规矩，为避免对手利用暂停时间思考。

下了八十余手，黑棋守住三个角，中央则是广阔白阵。黑棋虽大局落后，但在白阵中打入一子后，便显出白阵弱点。这颗黑子有多条退路，难以围杀。如杀不死，黑子发展起来，可割去一半白地。

落于棋盘上的最后一手棋是俞上泉的白子，虚虚的一手，距离打入的黑子相隔较远，看不出是要驱赶还是要封杀。

广泽之柱交出对局记录本后，高烧病倒，前多外骨指挥人将他抬出寺院，送往医院。寺院外，搭了片帐篷，他们是围棋爱好者，不求入寺，也不向棋赛工作人员打探棋局内容，觉得与自己心仪的棋手共度对局时间，便满足了。

帐篷面上绣上各自心仪的棋手名，写大竹减三的有九人，写俞上泉的达三十人。来自异国的丧父少年，自小得大众关心，战争也未能改变。

前多外骨从山下医院归来，发现卖刀老人自一支帐篷走出，行进树林，暗叫："水怪！一定不能受蛊惑！"还是禁不住好奇，小跑跟上。

树林深处有片空场，悬五只灯笼，站着位矮小老头，拎五尺二寸长刀，长过他身高。

卖刀老人嘿嘿笑道："老妖精，是你呀。"

矮小老人回应："世深顺造。又能见你，真太好了。"年少玩伴的亲切。

卖刀老人叫世深顺造！前多外骨感到被女人从身后抱住，咽喉压上刀。

五只灯笼有着节日的喜庆，世深顺造掏出匕首："你的身材不适合用长刀，你的刀拔不出来，我的刀就不短了。"

身材矮小的人总爱用长大东西，潜意识补偿。矮小老人说："开始吧。"话音未止，世深顺造跌出，左腿裤子破散，裂口延伸到小腹。

矮小老人的刀鞘终端镶一片刀刃。他找到了最简捷的拔刀方式——不拔刀。

伤口的深度，令世深顺造不敢起身，手捂小腹，后背蹭地，退出三尺。矮小老人刀扛上肩，手抓刀柄，整个人向前跳去，像悬崖上振翅起飞的老鹰，拔刀出鞘。

世深顺造翻身，滚向长刀。

长刀抡圆。

匕首插入矮小老人右肋。

抵在前多外骨咽喉处的"刀"移开，身后的女人走到身前，将"刀"安入发髻，原是把木梳。梳齿细锐，令人产生刀锋的错觉。

和服的花饰，表明是已婚妇女。她边走边发出动听的语音："老妖精，你还活着么？"

长刀拄地，矮小老人缩在刀上，不倒而亡。

世深顺造艰难翻身，说："不出我所料，你嫁给了他。"

女人嬉笑："世无英雄，不嫁他，又能嫁谁？你么？"

世深顺造说："我太老了。"

女人说："不老。"展臂抱来。

世深顺造任她搂上脖子："我看你出生，不想再看你死。"

女人手上现出支尖锥："知道你厉害，但我想试试。"

"我一日老似一日，精神越来越难以集中，你会有很多机会。"

"现在不是机会？"

"流血，让人清醒。"

锥尖缩回袖中，女人起身，摘下只灯笼离去。对于前多外骨，她始终是背面。

世深顺造叹道："买刀的人，你看不出我不能动么？"

前多外骨忙跑出，致歉："我以为您没事。"

"愚蠢，你又不是女人！"

世深顺造拒绝去医院，前多外骨背他回建长寺，安置在自己房间。躺上床，世深顺造即睡去。

刚晚上八点，前多外骨远未困，为不扰他，拉门出屋，想寻个可聊天的和尚，消磨时光。

四下无人，行至第三重院，听见人说话。

"广泽之柱看了一天棋，能把自己看病了，这样的人据说还是本音堃一门的希望。"

"广泽君不是弱，而是超乎想象的强。看棋看病了，说明他领悟到什么，生完病他会变个人。"

是三大世家的子弟在闲谈。前多外骨现身，他们便住了嘴，知道慑于自己的权威，有一丝酸楚的得意。

第三重院主殿供文殊菩萨，侧殿是藏经楼，积放历代经书古董，传说存有黄金丝线的唐朝袈裟。藏经楼一层开着扇窗。

前多外骨忽生恶念，想入楼窃袈裟。自嘲愚蠢，脚却行到窗前。

上到二楼，环廊里立着一人，无五官，一片白。看到这张脸，前多外骨反而镇定，是戴口罩的林不忘。他呵斥："你到此做什么？"

林不忘反问："你又来做什么？"口罩后泛起笑容。

楼梯响，走上第三个人，是本音堃一门的最尊者炎净一行，见已有二人，叹声："犯禁之心，是雅兴。"

三人撬门入室。

金丝袈裟是唐朝末代皇帝哀帝旧物，以黄金为线，绣出七条长方框，每一框内绣两大一小方格，共二十一块，称为"七条二十一区间"，是最高级别的袈裟样式。每一方格绣一朵折枝莲花，黄金光采沁入胸骨，似能治愈肺病。前多外骨的父亲教育他重义轻利。观念里总觉得黄金恶俗，没想到这般美！父亲不该欺瞒真相，让他对世界产生误解。

乡下老人认为，一个东西用过四十年，便有灵魂。一尊瓷壶、一方糠皮枕头，都会神灵般保佑子孙。

林不忘说："我不信万物有灵——黄金或许例外。"

楼梯又响，走上一人，高额大头，竟是大竹减三。他行到金丝袈裟前，合十行礼，念诵："嗡，所瓦坡瓦、舒陀，洒瓦达磨,所瓦坡瓦、舒陀,憾!"向诸人作礼,不待回礼,转身而去。

炎净一行说:"他诵的是忏悔真言,看来他对自己骗俞上泉使新布局的做法,也有愧疚,夜里不安宁。"随即否定自己,"他有着我师兄的特质,这种人决定了,便永不后悔。如果是忏悔,也不是为了俞上泉,是为自己的封手之棋。"

落在棋盘上的最后一手棋是俞上泉的白子,而大竹减三封入纸袋的,才是今日真正的最后一手。设定此制度,为避免对方利用休息时间思考,明日打开纸袋,字条上写的招法不可更改,必须按照记录打棋。

前多外骨说:"俞上泉的最后一手过于软弱,大竹的封手应该不会有难度吧?"

炎净一行说:"他在白阵里深深打入一颗黑子,是做好了遇到最强攻击的准备,但俞上泉没有压迫力的一手,反而令他很不舒服。他的杀力天下一品,对俞上泉这手弱棋,难免失控!"

林不忘插话:"你是说大竹意识到自己的封棋之手,过分了!"

前多外骨问:"俞上泉的坏棋,反而是好棋?"

林不忘说:"观棋和对局是两样事。观棋是绝对的技术标准,对局则有个性和心理,俞上泉这手棋的确是坏棋,但它能引发对手更坏的棋,便是好棋!炎净先生,我的理解对么?"

炎净一行说:"还要考虑到一个因素——新布局还不成熟,或许这手弱棋,并没有那么深的心计,只是俞上泉不成熟的表现。棋,从来是三分人算,七分天意。"

三十年前,他败于素乃,失去本音堃继承权,从此隐遁山林,心里明明已放弃一切,却失眠半年。

炎净一行的沉默,令前多外骨感到必须说点什么,多年来跟随在素乃身边的场面化生活,令他养成不能忍受冷场的习惯。他问:"既然没有绝对的好坏,下棋岂不是失去意义?"

等了许久,听到炎净一行回答:"是,这便是我不下棋的原因。"

俞上泉未眠,在盘腿静坐。静坐之法是五岁时父亲所教,双手置膝,拇指横于掌内,如倒置母腹的胎儿。

其余四指代表四季,指头的高矮,正是春夏秋冬的盈亏变化。食指为春季,中指为夏季,夏季阳气充足,所以最长,无名指为秋季,万物在秋季成熟,毕竟有收获,所以略高于食指,小拇指为冬季,因而最短。

四季循环的关键,在于冬季转为春季,两季之间有个奇妙的变化,便是大拇指。大拇指缩于掌内,表示这个关键的季节不能形成一个明显的时间段落,是隐秘的第五季。

雪花山的理论,将这个隐秘季节称为"人"。"人"字一撇一捺,正是左右两个朝向,表示交汇分化。"人"是冬春之变,人生也是乍寒乍暖。

十一岁时,父亲死去。当时理解的死亡,是父亲像缩在掌心的大拇指一样,缩入家里某个角落。从此,俞上泉开始静坐。

在异地谋生,与强手对决,是极易崩溃的人生,处乱不惊的镇定,来自静坐。每当双手抚膝,直腰正对前方,他总是心存感激。这个坐姿,便是父亲。

响起轻叩窗棂声,两手大拇指从掌下展出,俞上泉张眼。窗外是师父。

顿木乡拙眼中长年有血丝，或许血丝也会老化。棋赛规矩，为避嫌受支招，对局者不能与人接触交谈。

顿木乡拙是发呆神情，自俞上泉的第一手棋开始，他就是这副神情。必败的预感击溃了他，所输不是这一盘棋，是他接俞上泉来日本的全盘计划，耗尽心计的五年，还有他与素乃抗争的二十年。

俞上泉出声："师父？"

许久，顿木乡拙说："打下去。"转头离去。

第二日上午九点，装封手的纸袋用刀裁开。作为裁判长的顿木乡拙，对照纸上记录，将一颗黑子打在棋盘上，道："时间到了。"

新打上的棋子，是大竹减三昨日最后一手，对此众人已猜了一夜。

不出所料，大竹减三下得过分了。炎净一行感到身旁射来视线，转头见顿木乡拙看着自己。两人从未有过交往，但都以对抗素乃而闻名天下，早互知其人。

作为被篡位的本音垩，自己在棋上有权威。回视顿木乡拙的眼，他点了下头。顿木乡拙流露欣慰。

距离对局室内三百米，一间抄经堂开辟成议棋室，不够级别入对局室观战的棋士在那里观棋，对局室内每下一手，便由服务人员抄纸上，快跑送来。

能入议棋室，也是高级棋士，不过二十人，室内有十副棋具，供他们摆棋研究。对局室内禁语，此处人声鼎沸。前多外骨和林不忘在这里。

有人评说，大竹减三的封棋之手是暴发杀力的前兆，按以往战绩，到比拼杀力时，俞上泉的灵巧棋风总会在大竹减三的执着追杀下，渐露疲态，终被击溃——局势已步入大竹步调。

前多外骨说："明知种种不利，俞上泉为何还要用新布局？"

林不忘揣测："或许为了气势，放弃新布局的大竹，看到俞上泉用新布局，内心多少会有些震撼吧？"继而自嘲，"我的想法太滑稽了。棋士的第一素质便是不受情绪影响，但真想不出其他理由。"

"或许俞上泉已找到新布局的秘技，之前和大竹下棋，故意隐瞒？"

"他俩之前的几盘棋，俞上泉思维连贯，没有故意输棋的迹象。一个出乎意料的冷僻招法，可带来一时扭转，但棋的进程很长，凭借的还是综合素质。俞上泉明显差大竹一等，不是输在一两招上。"

前多外骨浅笑："我的想法，也很滑稽。嗯，反正现在，俞上泉以一招占据优势。"

棋盘上，在白棋封锁线内的黑棋反攻，吃下六颗白子，白阵的范围缩小一半。大竹减三显出的杀力，令两位陆军人士绽放笑容，他俩得到军部最新批示，虽然不是大竹下新布局，但日本棋士赢中国棋士，仍有宣传价值。

大竹减三开口："阳光太亮。还是夜里下棋好啊。"

工作人员在十五分钟办妥：以两寸厚的黑绒封住窗户，架起三盏灯，达到夜间下棋的效果。

大竹减三掏出墨镜戴上，开始长考。

他是以长考闻名的棋士，最高的纪录是一手棋考虑了三小时四十一分钟。长考时戴墨镜是他的习惯，是德国军用墨镜，乘摩托车所戴。

十二、妖气

下午五点五十三分，大竹减三仍未落子。前多外骨离开议棋室，赶去打斋饭，回奔自己房间。

世深顺造皮肤的愈合能力等同少年，伤口已长出白色薄膜。素乃中风后，对前多外骨的服侍，总是严厉呵斥，似将病患罪过算在他头上，世深顺造则是坦然接受，仿佛惬意。

前多外骨详细讲述棋局进程，获得"如同亲见"的赞誉。在素乃门下十五年，几乎没得过一句赞语。这位疑似水怪的老人，可能正是目睹他杀人，才有了亲近他的愿望。

长久以来，便想杀人，素乃门下的棋风都是嗜杀的，前多外骨患病退出一线后，杀的欲望反而更强烈。

棋，本凶险。

棋，是修罗道。

修罗是不平等之心。佛教认为宇宙有六道，天、人、畜生、地狱、饿鬼、修罗。修罗是嫉妒、自毁，学棋第一天起，前多外骨便被这两种情绪折磨，虽然外表日渐文雅。

我已经很难再赢一盘棋，或许杀一个人，方能平息我所有的不快——前多外骨想杀的人，便是世深顺造。杀死一位杀人者，更有成就感。

前多外骨袖中藏刀。刀长七寸，弯如羊角，渔民割海鱼的刀，早年游历北海道所获，此刀涵盖他的青春。

佛门疏于管理，寺院后山是浓密松林，挖个坑，尸体便消失。即便尸体被发现，受法律制裁，也甘心承受。似乎神已向他许诺，杀死这老人，便可重获健康。

弯刀出袖，刺入世深顺造后腰。刀入肉的感觉，令手臂泛酸，同类相残的震撼——没有血，刀刺入的是枕头，黑色糠皮无声流出。

世深顺造取下刀，艰难抬起眼皮，说："我重伤，身边不能留敌人。只能杀死你。"

前多外骨说："同意。"

世深顺造说："你有什么未了之事，尽力帮你办。"

前多外骨想了许久，竟然没有可牵挂的人事，做了十五年棋士，生活过于单纯。他的生活圈子里强者如林，无人需要他帮忙。

临终方知自己的软弱，前多外骨遗憾摇头："仅有一个疑问，你为什么要卖给我一把生锈的刀？"

世深顺造说："为了俞上泉。"

回国后，他潜入一刀流总部，窃取第一代祖师佩刀。祖师遗言，让此刀自然生锈，后世必有天才宗家出现，磨去锈迹，那时一刀流将广传天下。

只要磨去锈，他便成了预言中的天才宗家，一刀流成员不能杀自己宗家。于是双方达成默契，他不磨锈，一刀流停止暗杀，以正式比武的方式挑战他。他的压力顿减，有了观俞上泉下棋的余暇。来建长寺观棋，刀携带不便，卖给前多外骨，等于找个存放处，他随时可取回。

"棋士很多，为何单卖给我？"

"你会善待此刀。"

被人看重的感觉，如此美妙。前多外骨说："我无憾了！等等，还有一个疑问，俞上泉为何要用新布局？"

让一个杀人者解答围棋玄妙，多么荒诞！但确实是他此生最后疑问。

世深顺造说:"习剑之初,师父教给我三种心,自我保护之心、与敌共死之心、我死之心。我死之心让人彻底自由,绝对劣势下会逼出全新的可能。"

用传统布局,俞上泉与大竹减三是一线之差。这一线之差,是双方多年形成,看似一线,却难以突破。用新布局,俞上泉处于全然劣势,会输得没有底线。但没有底线,便突破了两人惯性,可能从大差中反转出大优。

前多外骨长舒口气,觉得可以死了。

纸门上映出握刀的人影。

一刀流的比武者赶到?前多外骨反应迅速,将被子罩在世深顺造身上,盖住伤口,喝道:"谁在门外鬼鬼祟祟?"

"是我,广泽之柱!前多老师,我的病已好,特来向您报到。"

"知道了。你去议棋室吧,我马上到。"

广泽之柱"嗨"一声,行几步,又转回,说:"我把你送我的刀磨好了,您说得对,好刀的锈是可以磨掉的!"

世深顺造使眼色。前多外骨忙问:"锈一点都没有了?"

广泽之柱答:"都磨掉啦!"

磨掉刀锈的人是一刀流的天才宗家。

世深顺造苦笑:"我想见见这位少年。"

前多外骨令广泽之柱入房。一日不见,相貌突变。颧部深陷、眉弓凸出,一位十六岁少男有了饱经忧患的中年之脸。

广泽之柱抽出刀。刀面反光切在世深顺造脖上——毁了一刀流一代精华人物,就当是祖师显灵,对自己劈下的一刀吧。

广泽之柱汇报,前多外骨将锈刀说成是本音垄一门复兴的象征,他不敢离身,带去医院。后半夜仍未退烧,他拎刀入水房,开始磨刀,刀的寒气逼走了体内寒气,凌晨四点,退了烧。

刀磨得细密,老手方能磨出的效果。磨刀名匠的价格,高过锻刀名匠。

世深顺造问:"真是你磨的?医院中哪有磨刀石?"

广泽之柱答:"棋子。"

前多外骨说:"他是本音垄新一代天才。"

世深顺造说:"也是一刀流新一代宗家。备纸笔,我要写信。"

前多外骨执笔,世深顺造口述,信寄往京都长者町的一刀流总部,详述广泽之柱磨刀经过。写下重誓,表明的确是契合祖师预言的奇妙缘分,自己对此倍感敬畏,希望一刀流予以重视。

信送出后,世深顺造缩进被窝,如寻常老人般,满是无聊与厌倦,吩咐前多外骨:"观棋去吧,回来给我讲讲。"

前多外骨出门,知道自己与他达成新的关系,成了他的依靠。

晚六点,大竹减三结束长考,打下一子,之后便是四十秒一手的超快频率。至一百三十五手,大竹减三要求点蜡烛。

运来两个古代蜡烛铜支架。大竹减三满意,说:"俞君,我们今晚便把棋下完吧?"

九点二十三分,对局停止,共计二百四十手,大竹减三输两目半。

棋局结束后,双方要进行复盘,探讨胜负之因。此规矩,表示输赢不是最终结果,探索棋道才是下棋本意。惯例是由输者提议,言:"辛苦了,请复盘。"

俞上泉静等大竹减三发言。

大竹减三仰头,天窗中群星灿烂。

"星光比烛光更美,你我拘于室内,实在无趣。"

俞上泉赞同。两人同时起身,并肩出

对局室。

观棋横席子上的众人面面相觑，虽然棋痛快下完，却倍感压抑。两位陆军人士离席，三大世家的长老随后起身，瞬间剩下顿木乡拙和炎净一行两人。

顿木乡拙说："您还在啊。"

炎净一行说："您的弟子获胜，恭喜。"

顿木乡拙说："在我的心中，您才是上一代本音堕。想听您对棋局的评价。"

炎净一行说："是盘可以流传后世的名局。但俞上泉的赢棋之法，非围棋正道。开始我希望俞上泉赢，后来越来越希望大竹赢，虽然我不喜欢这个人，但他的下法毕竟是我们这一代人的延续。"

顿木乡拙说："俞上泉的胜利，将我一生追求都否定了。棋与书画一样，杰作均气质高雅，我追求堂堂正正的行棋，他今日下出的棋局发妖魅之气，令人厌恶。"

棋盘下，散着六七把折扇，破损断裂，是大竹减三对局时弄坏。

院中，月照如烛。

大竹减三说："月，很亮。"

俞上泉说："很亮。"

二人不再有对话。散步四十分钟后，各自回房。

前多外骨带回棋谱，向世深顺造汇报："俞上泉用一手弱棋引发大竹减三用强，吃去白阵一条六子壁垒，看似白阵破裂，其实白阵原本广大，有限的缩减后，目数落实，不再受攻。"

大竹的杀力是天下一品，终于在一个细微处找到攻击点，俞上泉不得不正面作战，拼杀的结果是大竹杀力奏效，呈现胜三目的局势。

议棋室内，均觉大竹胜势不可逆转，而俞上泉早先被吃的六颗白子死灰复燃，反要吃七颗黑子，其实六个白子最终难逃被吃厄运，但黑阵回缩去吃这六颗白子，白阵边沿便涨出一线。

一缩一涨间，黑棋大亏，白棋反败为胜。

前多外骨补充："议棋室中，对俞上泉的下法评价很低。"

众人受的围棋教育，都是逢难而上的正面作战。俞上泉以退让得利，近乎商人诡诈，失去武士磊落。

世深顺造问："你的意见呢？"

前多外骨回答，"看这样的棋，生理上不舒服。"

世深顺造嘿嘿笑了："或许宫本武藏的对手们，也是这种感觉吧！"

众人在寺院歇息，明早有车接。当晚离去的仅两人，一是大竹减三，一是广泽之柱。大竹减三的妻子对局期间生下一个女儿，还未谋面。广泽之柱说要效仿古代剑士游历四方。

晚饭后，顿木乡拙携林不忘，来到俞上泉房间，没谈棋风问题，谈的是战局。日本掀起华侨返国风潮，对局期间，俞上泉的哥哥妹妹办理了退学手续，看来俞母决心离去。

中国没有围棋比赛，回国将断送棋士生涯。顿木乡拙取出捆钱，是从主办方预支出俞上泉一半对局费，建议家人可先走，俞上泉作为棋士，请将十番棋下完。

七日后，俞母带两儿两女乘飞机离开日本，是大竹减三找的陆军关系，搭乘一架飞往上海的货运飞机。顿木乡拙和林不忘送行，飞机升空后，一片亮光追上天，旋即消失。

是林不忘扔出的方刀。方刀失去，腕上依旧冰凉。

俞上泉与大竹减三下到第五局，大竹二胜，俞上泉三胜。十番棋规矩，一方先胜四盘，便将对手降级。

第六局决定大竹减三一生荣辱，下午一点才开始，推迟四小时，因为寺庙发生盗窃。

藏经楼中的金丝袈裟被盗，清晨六点，和尚们清扫庭院，在观音殿台阶上，发现一个披着金丝袈裟、甜蜜酣睡的贼。

他夜晚偷到袈裟，即将翻墙出寺，想到日后的富贵生活，生起巨大幸福感，便坐下歇了歇，不料睡着。

金丝袈裟在历史上曾被窃十一次，每次窃贼都未能走出寺院。

警察到来后，对每一位棋赛工作人员都进行审问，地毯式搜索寺院每一角落。

和尚们提醒警察："袈裟已找到。"

警察领队回答："请不要影响我们的工作。"

调查在十二点结束，每一位警察都很疲劳，对他们的辛苦付出，和尚们表示要向报社投稿，表扬他们。警察领队说："请不要这样，我们只是尽职。如果连尽职都要表扬，世上就没了常理。"

和尚们千恩万谢将他们送出寺门，宣布棋局可以开始。大竹减三抗议，说他完全没了下棋的兴致，对俞上泉说："一块儿剃个光头吧？"

请来专职剃发的和尚。

两人坐回棋盘，头型俊朗，如古代高僧。

此时，下午一点。

下到第三日下午四点，记录员的蘸水钢笔碰倒墨水瓶，红墨水喷溅如血。

大竹减三将一颗棋子轻放在棋盘边沿，道："我输了。"

大竹被降级。

对居室内一片寂静，仅有相机快门响了有限的几声。记者们没多照，自觉退出。横席上的观战者都没有动，等待对局者先离去。十番棋，大竹减三还没有一局棋复盘，都是当即出门、下山。

大竹减三眼光旺盛，全无大战后的疲态："想复盘，可以么？"

俞上泉应许，两人收盘上的黑子白子，重新打下。

复盘缓慢，不觉入夜。横席上的观战者仍保持正坐之姿，如观正式对局。俞上泉摆上一百六十九手，之后是精确捕杀，直至杀死大竹减三三十七子大棋。

大竹减三问："你已胜势，为何要冒险杀棋？"

"今日之棋，决定你我荣辱。我想，在你的强项上比你强，才是真正击败你。"

大竹减三浮笑："嗯，不错。我一贯认为只有超强的杀力，才能运用新布局。你验证了我的观点。"

"新布局本是你的创意。"

"之前几盘，你化解我杀力的战术，是早就研究出来，专门留在十番棋里对付我的吧？"

"不，是第一局临场悟到。"

"很好，十番棋有了价值！"起身出门。

黑暗庭院，响起苍狼夜嚎的笑声。

十三、我不老

俞上泉令大竹降级的第六局，大杀三

十七个子，却并未引起赞誉。只是俞上泉单方面屠杀，全局压抑，没有豪情。

唯一说好的，是炎净一行。"俞上泉以最简单的杀法，像个棋院初等生般，杀了'杀力天下一品'的大竹之棋——妙在此处。俞上泉不是杀棋，是杀了大竹减三的才华。正如剑道，让对手怯场，方是高手。"

离开对局室，炎净一行回房，见门口候着前多外骨，奉上颗白子，说受本音垫素乃嘱托，十番棋结束后，将棋子送他。

职业棋手一望便知，是爱知县产的哈马古力石，顶级棋子。

炎净一行说："名贵。怎样呢？"

前多外骨说："啊，您已经忘记它了么？本音垫说，三十年前，他与您争位，第一百六十手令他扭转局势战胜了您。一百六十手，便是它。"

炎净一行眼中，这颗白子周围顺延出两百余颗棋子。他笑道："素乃一生地位因它赌得，他应该保留。给我干嘛？"

前多外骨说："本音垫说自己不配保留它。三十年来，他把它当作荣耀来收藏、当作命运之神的垂迹来供奉，直到偏瘫，再不能下棋，才意识到——它是他的杰作。"

白子装入绒袋。

前多外骨双手递上："本音垫说，他辜负了它许多年，所以要把它送给您。"

炎净一行伸手，将摸上绒袋又停住。这颗棋子令他失去尊位，山野放逐三十年，虽然自觉早已释然，但真的碰触到它，仍是心绪难平。

终于接过绒袋，在手内团紧，隔着绒布握实了它。脊椎如弓，全身肌肉都在握这颗棋子。

许久，抬头。

"明白了，虽然素乃用卑鄙的手段逼我赌棋，但我并不是败给了卑鄙，是败给了它。它是手好棋。"

前多外骨离去，给素乃回信：炎净一行将挑战俞上泉，作十番棋之争，因为他渴求一个自己的杰作。

俞上泉和大竹减三的第一局后，世深顺造便离开建长寺，转住山下农家。农家有鸡有鱼，刀伤痊愈，要食众生肉。

前多外骨来农舍告辞，说要回东京棋院。世深顺造躺在榻榻米上，背身睡去。

武士的离别往往冷漠，没有市民阶层的温情。本音垫一门沿袭武士传统，本是冰冷寡情的世界，前多外骨对此习以为常，默默走了。

对生存在组织内的人，世深顺造历来厌恶，曾对留在一刀流内的老友们说："你们是蚂蚁。"前多外骨也是只蚂蚁。

蚂蚁离去，竟有不舍。其实早已痊愈，一直躺着，是贪恋别人的关心。宫本武藏一生不近女色，不把得意之徒留在身边，因为他的人生是一柄柄迎面砍来的刀。

听到声短音，世深顺造判断，百米内有一人被杀，刀刺入的同时，杀手将块布塞入被杀者嘴中。二十秒后，这样的短音又响了一次。

世深顺造坐起。

照顾自己的农家夫妇，男的二十二岁，女的十八岁，听过他俩在隔壁造爱的呻吟，正处在享受身体的最好年纪。

农家稻草房，陈着农具，世深顺造推门而入，农家夫妇的尸体旁，站着长刀高手的妻子。农家夫妇面无痛苦，一种"来了"的坦然，雪来了、雨来了、风暴来了，农民都这样坦然。

杀他俩，为乱我心神。

"你爷爷是我尊重的剑士。你长成后，出众的漂亮，我们都觉得你可嫁入军政世家，即便高攀不上，喜欢时髦的艺术家，也是一般女孩的天性，可你一直与落魄的老剑士鬼混，好奇怪啊。"

女人笑："你是唯一拒绝我的人，想问一句，你真的对我不动心？"

"动心。让我动心之物，都是剑道障碍，我必斩杀。为保你性命，我离开了京都。"

"哈哈，原以为你是正人君子，在爷爷的朋友里，你是唯一不睡他孙女的。"

"你错了，你十四岁的时候，我就想夺去你的贞操。当时我六十一岁，体力未衰。"

女人说："唉，真为你感到可惜。"手中尖锥闪着蓝光。她家祖传古代战场长枪术，为适应都市狭隘街道，取消枪杆，化为近战的尖锥。

世深顺造的左眼眨动，尖锥扎入肋下。她倒在世深顺造怀里，像私奔的女人见到情人后，绷紧的神经突然放松后发生的虚脱。

尖锥未能入肉，夹在他腋下。没掐断她咽喉，只是让她窒息晕厥。但她身体猛地冷却，世深顺造大惊，抬起她右手。

脉搏正常。

她挣脱而起，如跳出水面的鱼，袖中还藏着枚短锥。世深顺造的剑士本能，令他折下短锥，刺入她后腰。

她脖颈扭动，眼现爱慕之色。

世深顺造仰望横梁，问："你的体温是怎么变冷的？"

她说："我睡过的男人，都指点过我武技。"

"是啊，年老落魄的人被你这样的美女眷顾，还能隐藏什么？"短锥刺破肾脏，她活不成了。世深顺造忽起共死之心，好奇怪啊，和她一起。

门口进了人，世深顺造睁眼。来者戴斗笠扎绑腿，深灰色修行者布衫，是建长寺见过的老辈棋士炎净一行。他指向女人，说："她是三昧耶曼荼罗，可助我修法，请交给我。"

三昧耶曼荼罗是"宝物"之意，诸佛手持的宝物，隐喻诸佛度化众生的种种誓言。世深顺造潜伏密教寺庙多年，知此名词，决定待女人死后即将他杀死，平静说道："她马上死了，对你没用。"

炎净一行说："大威德明王的三昧耶曼荼罗是一具女尸，或许她会转而不死。"

打动了他。

在炎净一行指导下，他平整出块三米地面，均匀洒水，四角各立一棍，拉系一根五色丝线，抱女人坐于其中。

炎净一行念诵真言："嗡，涩直，迦搂鲁勃，哄岂梭哈。"

世深顺造忘却女人将死的现实，只是呆呆地抱着她。

周边丝线是黄白红黑绿五色，象征构成万物的五大元素地水火风空。太阳是五大构成，她也是五大构成，太阳有无尽之寿，她却片刻便死。平等的元素，为何有不平的结果？

有泪滑下，世深顺造抬手抹，却无泪，是哭意。四十五年没有伤心之感，剑士的世界无畏无悲。

她冷却的身体在回暖，泛起一层如露的汗珠。

女人叫千夜子，被搬到房舍，盖上被子。一根蓝色丝线横在颈上，表示她已回魂。

世深顺造和炎净一行返回稻草房，挖坑掩埋农家夫妇。明治维新之前，剑士有斩杀农民的特权，农民是不洁的。

千夜子杀死这对夫妇，便是此观念，那些落魄老剑士教的。那些老家伙，不剩几个了，或许我是最后一个。年轻时脱离一刀流，想创立自己的流派，四十五年过去，理想格外遥远——用尽一切手段活下去！伟大之业，需要时间。

挖出两米深坑，世深顺造停手。

"我在平等院潜伏多年，看到的作法，都是铺金布银，想不到你挂点彩线便作了法。"

炎净一行说："你是偷学，看得外观，不知深意。空海大师到大唐求法时，密法仅为宫廷服务，严禁流入民间，所以大师学到皇家气派，但密宗不止于此。"

三昧耶曼荼罗是法器，如莲花、宝剑、宝珠；法曼荼罗是梵文字母，不同字母代表不同佛菩萨；羯磨曼荼罗是作法的各种动作；大曼荼罗是一切物质，以五彩丝线代表。

四曼相合，是作法时四曼齐备；四曼相含，是一种曼荼罗里含另三种曼荼罗，作一种曼荼罗，在外观上不足，但专诚至念，便等于四曼完全。

"日月山河也是大曼荼罗，强过五彩丝线，空手也可修密法。"

世深顺造问："不必铺金布银，贫寒人家岂不是可修密法？"

"曾有高僧做过让密法流入民间的尝试，均因沾染民间迷信而变质，自取灭亡，从未成功。"

"密宗脱离了大唐皇室样式，便不能生存？"

"千年如此。"

农民夫妇的尸体在坑底并列，地面平整后，散沙布草，泯灭痕迹。

罪恶，是人间常态。

世深顺造说："人心大坏，日军在中国的暴行，有愧佛教各派在日本的千年教化。让老人们感到满意的乖顺儿孙，出了国门，立刻嗜血奸淫，究竟是为什么？"

炎净一行说："你相信英美报纸？"

世深顺造说："我相信人性本恶。"

两人止语，转去房舍。被子散开，千夜子已不在。搜查室内痕迹，断定无人劫持，是她自己走的。蓝色丝线摊在榻榻米上，水纹一般。

宫本武藏的《五轮书》，以"地水火风空"确立章节，五大之外还有识大，蓝色代表识大，识是灵知，万物有灵。

蓝色，让她活了。

蓝色，像是忧伤。

想着她离去的现实，世深顺造眼现冷光："你为何来到农舍？是跟踪她而来吧？"

炎净一行眼如平湖："你对了。"

清晨，炎净一行随棋战观战者下山，受素乃委托，要回东京棋院住一段时间。凭借陆军势力，三大世家掌控棋院实权，群龙无首的本音堅弟子惶恐不安，作为本音堅一门的最尊者，他的入住有安抚作用。

众人上车时，一位过路女子蹲在路边，系木屐带子。炎净一行闻到遥远而熟悉的气味，十五岁时他第一次闻到这味道，是自己的少男体臭，在二十三岁时变淡，三十一岁时消失，却在五十八岁重现。

炎净一行撤下登车的脚，女子敏感抬

头,炎净一行迎上目光,她面色顿红,右手护在胸前、左手摸在腰际,像极了大日坛城顶端的"守城天女"。

炎净一行现在明白,她的姿态是对自己警惕,本能要掏兵器。而在当时看来,她的姿势是多么美妙。近乎舞蹈的姿态,令自己以为她是名艺人。

守城天女所守的是生死之门。他的身体与她发生了乐器与乐器的共鸣。理论上,每个人都有自己的守城天女,遇到便可恢复青春。

炎净一行找借口不随众回棋院,追踪而来。以此女子为三昧耶曼荼罗,作一场"守城天女法事",可延缓衰老。

世深顺造说:"可惜我刺死了她,只能用她作大威德明王法,坏了你好事。"

炎净一行说:"法法平等,大威德明王法与守城天女法在终极意义上没有区别,我已收守城天女法之效,有了重新下棋的精力。"

世深顺造略惊:"为了下棋?"

炎净一行说:"俞上泉的胜利将引起邪道横行。棋之正道,是本音堼一门两百年确立,作为本音堼的最尊者——嗯,要下棋了。"

两人离去时,没有烧农舍。以火来毁尸灭迹,是杀人者常规思维。两人均饱经世故,明白一场火会招来注意,让房屋存在着,被淡忘即好。

房子需要人气,无人居住,房屋三年便会自行坍塌。失踪是人间常态,附近的人会忘记这对青年夫妇,或许不久,便会有一对他方迁徙而来的小夫妇,入住这所农舍,稻草房地下的尸体并不妨碍他们的生活。

上天有好生之德,天地之间,活人最大。活人的生活,鬼神也回避。

农田尽处有条河,依稀可闻流水声。炎净一行作礼告别,世深顺造却不走。炎净一行再次作礼,让他先行。

世深顺造舔下嘴唇,说:"她真的延缓了你的衰老?怎么做到的?告诉我!"露出匕首。

看着世深顺造手背的棕色老人斑,炎净一行语音悲悯:"你我都是老人了,但我们身体里有一个不老的东西,她让我认识到此物。不是她延缓我的衰老,而是我本来不老。"

"不要骗我。"

"河水在响。你几岁听到河水声?"

"我是低贱的船户人家孩子,自小活在河上。"

"你小时候的河,跟今日比,有什么变化?"

"全变了,河水变窄变浑了,水声没有以前好听。"

"但有一个东西没变!能听见水声的你!小时候和八十岁,听见水声的你是一个,不是两个!"

世深顺造脸色骤变。

"作大威德明王法时,她复苏的喘息,像极了我年轻时第一次听到的女性呻吟。那时我二十二岁,女人是酒吧侍者。"炎净一行浮现些许甜蜜。

世深顺造放松下来,"嗯"了一声,表示有相同经历。

炎净一行说:"身体老了,发声的女人也不同。但听声而震撼的'我',是一样的。所以,我不老。"

匕首隐入袖中,世深顺造沉声:"我不老?"

炎净一行说："如果身体老了，那么听声的'我'也会老，如果'我'没老，身体也不会老——这便是我的领悟，想通此点，便有了年轻时的精力。"

世深顺造沉思良久，摇头道："这是你的领悟，不是我的机缘，或许刀剑劈身时，我会获得跟你一样的领悟。但你让我明白一点，密宗的法事不是制造产品的工序，而是一个比喻。"

炎净一行面露赞许。

世深顺造回首遥望农舍，转而仰望苍天。"天生万物以养人，人无一物以报天。人是不知报恩的生灵，不老，没有天理。人，是该老的。"

水声依旧，两人辞别。

十四、最尊者

俞上泉棋战后便回中国的计划搁浅了，因为他成为日本棋界第一人。

日本民众崇拜强者，并没有因为是中国人，而引起日本大众的屈辱感，相反，在东京七所中学的调查报告显示，俞上泉受欢迎程度，仅次于日本首相近卫文麿。正是他当政期间发动了侵华战争。

为预防万一，顿木乡拙还是让俞上泉入住自己家。素乃退位后，他以棋院理事的身份，接触到军政高层，其爽快的作风、睿智的谈吐，获得"有外交官的风度、内阁大臣之才"的赞誉，交了多位军政界好友。

他的家是安全的。

日本陆军方面向顿木乡拙婉转表示，俞上泉最好不要离开日本，因为他是棋界第一人，如果要走，也得等到日本棋手打败他。

如何对俞母交待？

顿木运用外交技巧，先给在上海的俞母写信，说如果俞上泉与一位日本女子恋爱，并准备结婚，俞母会怎么处理，并一再强调是个假设。

俞母回信，说她不同意俞上泉与日本女子结婚，因为中日开战，携一位日本女子回国，会遭抵触，如果阻拦不住，真结婚了，就先留在日本。俞母字里行间的语气，已认为俞上泉恋爱是事实，"假设"是托词。

鉴于俞上泉受中学生崇拜，顿木乡拙在受调查的七所中学里选择贵族子弟较多的东京大学附属中学，在校门外酒馆坐了两日，看中一位女生。

向校方询问后，得知这位容貌娟秀、气质文静的女生叫井伊平子，十六岁，高中二年级。井伊家族是德川幕府时代重臣，明治维新后退出政坛，做生意获得雄厚资产。她爷爷是围棋爱好者，参加过几次顿木乡拙为商界举办的围棋讲座。

顿木乡拙主动造访，询问是否愿意孙女与俞上泉结婚。老人回答："何乐而不为。"

平时不看报纸杂志的俞上泉，近日喜欢读一位叫矢内远忠雄写的社评。他本是东京大学教授，中日开战后，自办杂志《通信》，谴责日军侵略，说出"埋葬日本"的名言——今天，在虚伪的世道里，日本的理想被埋葬。

他的杂志被封杀，他遭东京大学辞退。他将《通信》改名为《嘉信》，继续办杂志，再次被封杀后，又办新杂志《会报》。

《会报》被查封后，顿木乡拙问俞上泉："矢内先生在自己家里举办'星期六学校'，每周六的晚上评论时事，他的家欢迎任何人,你想不想去做客?"

在矢内家中,顿木乡拙遇到一位朋友,是位鹤发童颜的老人。老人是携孙女来的,演讲结束,走出矢内家门,老人请顿木喝咖啡,俞上泉跟着去了。俞上泉和老人的孙女只是静坐,彼此没有交谈。

次日午饭,顿木乡拙询问俞上泉对女孩的观感,俞上泉说"好"。

下午,顿木赶到中学,从教室叫出井伊平子,问:"如果做俞先生的妻子,照顾他生活,你就不能读完中学了,可以么?"

平子说:"好。"

五天后,平子办理退学手续。

三个月后,俞上泉与平子举行婚礼。婚礼筹备期,顿木乡拙拿出俞母的信给俞上泉,表明俞母早有指示,婚后要留在日本。

婚礼上午举行,晚上酒宴后,顿木乡拙回家便躲入书房。

平日他经常看书至天明,顿木夫人养成习惯,每晚九点睡觉,凌晨一点醒来给他做夜宵,送去后再继续睡觉。

酒宴上,顿木夫人喝了几杯酒,回家后便睡了,凌晨四点惊醒,想到还没给丈夫做夜宵,立刻起身到厨房热了三根红薯,切成小块,配西式点心,拼作一盘,端至书房外,听到门内有哭声。开门,见顿木乡拙上身倾倒在榻榻米上。

夫人绕到身前。顿木擦去泪水,说:"没事。他留在日本了。"

炎净一行入住东京棋院,被授予八段。棋界传统,棋士分为九段,当世只能有一位九段,九段等于第一人。素乃是三十年来唯一九段,大竹减三与俞上泉为七段,如果大竹胜利,便会在五年内升为九段。

炎净一行三十年前退出棋界时是六段,素乃逼迫炎净一行以本音垄名位作赌注下棋,三大世家均施加压力。如果三大世家支持炎净一行,他便可拒绝素乃赌约,不会因一局棋而输掉一生。

三大世家对炎净一行有愧疚,也看出陆军的用心。日本棋界的第一人是一个中国人,与日军在中国战场的大胜很不协调。俞上泉是七段,须立一个日本人做八段棋士,在段位上压过俞上泉。

于是,炎净一行由本音垄一门的最尊者,成为整个棋界的最尊者。当年的落拓山野,与今日荣耀相比,真如梦幻。

炎净一行在八段授予仪式上,发言表示,八段是现今棋界最高段位,不能只是个荣誉称号,为让八段名副其实,决定与俞上泉下十番棋。

授段仪式尴尬地结束。

顿木乡拙代表棋界和军政界,劝说炎净一行,希望不要再提十番棋。八段是民众、棋界、军政界的平衡点,并不需要证明实力。

炎净一行表示,他将辞去八段。

一个月后,东京棋院成立"元老团",安排六段以上老棋手去热海旅行,作为对老棋手的福利。素乃为避免顿木乡拙挑战,永不准他升段,顿木乡拙至今还是五段,但棋界普遍认为他有六段实力,所以让他以旅行团领队的身份参加。

到达热海后,没有游玩,直接入住别墅,开始快棋循环赛。循环赛是众人以各种组合方式下棋,直至每一个人跟所有人都下过两盘。

循环赛没有进行完,炎净一行跟每人下过两盘后,便结束了。说是循环赛,其

361

实是对炎净一行的车轮战。这期间，不断有日本军政界、商界人物来观棋，鸠杉一郎、永业护、藤津兵务等巨头亦现身。

炎净一行取得压倒优势，为五胜一负，一负是输给顿木乡拙，但两人第二次交锋，炎净以九十七手迅速击溃顿木，显出泣鬼神的杀力。

顿木乡拙给军政、商界巨头们讲解棋局，得出的结论是：炎净一行的棋是本音堕一门正面作战的极致，与素乃相比，他的近距离缠斗技巧更加复杂凶险，如果素乃没患病，两人像三十年前一样再作一场豪赌，败者将是素乃。

棋赛结束后，元老们享受了诸多娱乐，等到第十二天，顿木乡拙接到军部电报，是两个字——"可战"。

八月酷暑，神奈川的腰越山上，有两位清晨的登山者。一位胡须及胸，一位时而咳喘，是炎净一行和前多外骨。

炎净一行说："这里的景物一点没变，只是没了当年的杀气。真是宁静呀。"

前多外骨说："壮观。"

一阵风，吹起松涛。

炎净一行说："三十年前的松涛也该这么美吧？可是当年一点也看不出来。"

三十年前，素乃与炎净一行的赌棋之地正是这里。炎净一行与俞上泉下十番棋的消息轰动天下，在四国岛朝圣的素乃给前多外骨发来电报，是"舍命相助"四字。

前多外骨向炎净一行恳求做他的助理，照顾棋战期间的生活起居。两人相处几日后，前多外骨的周到得体，让炎净一行倍感满意，暗赞素乃会调理手下。

做了两月助理，前多外骨的思维不自觉转到炎净一行立场，这种情况在服侍世深顺造时也出现过，他对此习性十分厌恶，痛骂自己奴性，而且是奴性中最坏的一种——不忠于旧主。

他还是不自觉张口说："如果先生不出现那手失误，就不会有素乃三十年的天下。"言罢，想剖腹。

炎净一行说："我要告诉你个秘密，从来就没有失招、漏算，只有实际水平的差距。我失误，素乃没有失误，就是他比我强。"

"先生！"

"哈哈。只有承认别人强，你才会变得更强。素乃师兄患病，我也年近花甲，世上出现一个新的强者俞上泉，他会令本音堕一门变强。"

东方山道，顿木乡拙和俞上泉在登山，在山的另一个角度，看到炎净一行看到的松涛。

顿木乡拙说："炎净一行深山三十年，棋力未退反进，斩杀我二十九子大棋的手法，奇招迭出，其中三手令我倍感意外，局后研究，却发现他的奇招，不是随机应变，而是经过周密铺垫，怎能不让人生畏？"

各路山道的会集处，有一座供歇脚的木亭。两人坐入亭内，顿木乡拙道："三十年前，炎净一行便是在这座山上输掉本音堕名位，输掉一生。他选择这里跟你下十番棋。"

俞上泉略显惊诧。顿木乡拙泛起老于世故的笑："人老了，难免斗志不足，这个他曾经惨败的地点，可以把他的斗志最大限度激发出来。"

"炎净先生的意志令人钦佩。"

"令人钦佩的是他的谋略，选择这里，

会令所有参与者都产生怀旧心理，倾向于他，众人的心理一定会影响你。当年的败兵之地，恰成了今日的风水宝地。"

顿木乡拙止住话，左眼的余光，见南路山道升上炎净一行和前多外骨。双方都没有想到对方也在山上，均一怔。一怔之后，顿木乡拙和炎净一行泛起友好笑容，挥手打招呼，几乎同时。

顿木乡拙对俞上泉低语："注意他走路的姿势，不再是僧人步态，有了王者风范。他已进入决战状态。"

炎净一行对前多外骨低语："俞上泉体弱，站姿歪斜，但他的神态却如此沉着。他是个随时可以坐下来下棋的人。"

双方走近，说笑半晌。

炎净一行道："我们只评说风景，没有提到棋。这不是很奇怪么？"

顿木乡拙说："是很奇怪呀，多么奇怪呀！炎净先生，记得在我入段之前，您已是六段强手。现今您是唯一八段，没有人可以跟您平等交手。近来我常想，日本的段位制度，是对成功者的保护制度，有着浓郁的人情味，毕竟身居高位者都曾历尽艰辛，但人的鼎盛时期又如此短暂，段位制可以让荣誉保持得长久些。"

高段位者对低段位者下棋，采取让棋的方式，八段跟七段下棋，虽不让子，但采取"先相先"制度，在三局棋里，让七段两局棋持黑。

围棋是黑子先走，白棋后下，"先招之利"十分明显，不单先占据目数，而且领导棋局进程，白棋要奋力追赶，有时不得不下无理之招，而无理之招又很容易受攻击，所以持白棋会陷入被动。

虽然当代棋赛已经尝试实行贴目制度，在终局结算时，少给黑棋算四目半，以作为对白棋的补偿。但十番棋是古代制度，为遵循传统，不实行贴目。

在不贴目的情况下，黑棋的优势有多大？逝世于1862年的日本棋圣秀策论断，双方均是最佳应手的情况下，黑棋将三目获胜。在后世的实践中，甚至有人认为是七目以上。

按照先相先的方式下十番棋，俞上泉十局中会有六局持黑棋，在不贴目的情况下，占据优势。从身份地位的角度讲，这是炎净一行作为高段，故意对低段出让的利益，俞上泉获胜本在情理之中，而炎净一行虽败犹荣，八段名誉不会受损。

这样的棋战，已失去十番棋定一生荣辱的意义，而炎净一行获胜，俞上泉便万劫不复，所以俞上泉先相先的优势，其实是他的劣势，胜则无意义，输则毁一生。这是棋界、军政界、商界共同商议出的计策，作为棋院理事的顿木也参与了讨论。

顿木乡拙的弦外之音，炎净一行自然明白，显露怒色："八段与七段对局，分先也可以。只有平等交手，才是真正较量！"

顿木乡拙说："先相先是棋赛前的协议，每人轮流持黑棋的分先，有损八段身份。"

炎净一行说："不要说了，不给对手平等交手的机会，才有损八段身份。"

顿木乡拙说："后天就开始对局了，临时更改交手规则，恐怕众人不能同意。"

炎净一行说："不同意，我就回东京。"狠瞪前多外骨，"还站着干嘛，下山！"

前多外骨委屈地跟着下台阶。

炎净一行走路的动作幅度很大，显得余怒未消。

俞上泉说："师父，先相先的安排，我已认了。您何苦刺激他？"

顿木乡拙说:"你在棋上是高手,在人事上是低手。他已人老成精,刚才是故意发火。他是一代豪杰,早有心与你作一场真正较量。"

"为何不在棋战筹备期提出?"

"筹备期长达五个月,这么长时间,人们总要寻找万全之策,提出了也不会被主办方通过。他只有在赛前两天里提出,逼得主办方没退路,才有实现的可能——这是本音堃一门的杀法。"

时值八点,阳光转烈,黑蓝色的松叶变为绿色。

下山道上,炎净一行神态轻松:"这次登山太好了,跟主办方费口舌的事,扔给顿木了。"前多外骨忙恭敬赞叹。

腰越山修建了一座茶室,作为对局地。茶室按照传统制式,造型典雅,临窗是宁静如湖的腰越之海。

第一局棋,在正午时分结束,炎净一行认输,所有人均看出他手法生硬,未调整好状态。

退回住所后,炎净一行打开箱子,将一幅三米绢画挂于墙壁。画中是一座城的平面图,有十二城区,分布着数百位菩萨、明王、护法,中央是红色莲花,坐着九位佛。

作为自小参拜寺院的日本人,前多外骨知道是密宗的大日坛城。炎净一行没有用香烛花束供奉,也未陈列香瓶宝珠作法,只是静坐观看。

炎净一行说:"今日开局。天未亮,我就醒了,梦中很想看它。起床后,又想到这幅画有两百年了,传到我手二十六年,打开一次,便损一次,又不忍心看它,就这么犹豫着坐到天明。"

前多外骨说:"俞上泉在早晨用盐洗澡,是打扫房间的用人发现地上的盐粒。消息散布,许多人心怀,民间传说中,鬼怪在盐里藏身,难道俞上泉修妖法?"

炎净一行闭眼。

前多外骨说:"先生,今日的棋并未达到您应有的水平,您在下棋时是否感到心神恍惚,是不是受了妖法蛊惑?"

炎净一行张眼,仰望绢画:"我是故意输给他的,以引出他的杀力。"

炎净一行的棋风以刀技比喻,是刺。正面对攻,穿越对方刀法的缝隙,不作躲闪。三十年前,他以"百密一疏"作为自己的理论,正面的防守是最严密的,正面的攻击是最强烈的,但百密必有一疏,严密、强烈处的漏洞是致命的,因为已达饱和,无法调整。

能在瞬间找到对方纰漏的剑士不屑迂回作战,宁可立判生死,也不闪避半步。俞上泉是迂回作战,将胜负扩展到全局范围,炎净一行是将对手逼在局部对决。

一人将棋盘变大,一人将棋盘变小。截然相反的两种战法,双方均谨慎避免落入对方路数。经过四十手僵持,炎净一行在俞上泉阵势中落下三颗子,三子出路不明,又难以就地做活,终于引出俞上泉的杀力。

延续六十多手后,俞上泉杀棋成功,炎净一行投子认输。观局者皆认为炎净一行的挑衅极不明智。

炎净一行说:"人下棋是有惯性的,俞上泉的杀力被引出,即便他不想,在第二局,也会不由自主地下出杀棋手段。他杀我,我才有机会杀他。"

前多外骨感到胸腔里有什么冻结了。

绢画中央的红色莲花以金线勾边,金

线闪光如人眼般眨了一下。

任何事物都可产生邪恶,过热的温度,令阳光也有邪恶之感。俞上泉以粗盐洗澡的事,引起主办方不安,顿木乡拙解释,古代剑士有用粗盐洗澡的记载,是一项被遗忘的习俗。

但俞上泉为何知道此习俗?顿木乡拙回答,俞上泉一家刚到日本时,自己在闲聊时讲的。这是他从古书上看到的,他可以派人去家里取书,以作证明。

三名主办方代表表示不必取书——他们的反应,在顿木的预计中,他们不会做如此失礼的事。

林不忘探明了实情。俞上泉小时候看过父亲用粗盐洗澡,是雪花山所传的健身法。与妖魔在盐中隐身的日本民俗不同,在中国北方,盐是纯净之物,纯净如神。

五十九岁的炎净一行展现出决战者的强悍气息,令俞上泉感到自己体弱,用粗盐洗澡是一个即兴的行为,粗盐是临时向厨房要的。以粗盐洗澡,有愉快感,随着皮肤麻热,来自炎净一行的压力消失。

林不忘对此有独到认识,颓废自卑时,回忆父亲,有镇定效果。虽然自己的父亲待自己冷淡,但意想父亲容貌,仍可产生积极力量。俞上泉以粗盐洗澡,不是粗盐能健身,而是此法是他父亲所教,决战前夕的乏力感,令他要借助血缘。

第二局如期举行,俞上泉手持松油瓶。松油抹在太阳穴,可祛暑清神。他并不涂抹,只是指尖在松油表面一圈圈转。

炎净一行持红杉木折扇,一遍遍开合扇子的第一叶。工人抬入两米高冰柱,放于角落。

炎净一行问:"这是做什么?"

一名主办方答:"天太热,降温。"

炎净一行说:"心静自然凉。这东西摆进来,下棋的格调就破坏了。"

冰柱撤下。

俞上泉额头有层细汗。炎净一行看到,说:"冰柱还是搬进来吧。"

冰柱搬入。

作为裁判长的顿木乡拙行到棋盘前,说:"时间到,拜托了。"俞上泉和炎净一行相互行礼,俞上泉打下一子。

三颗水珠自冰柱顶端滑下。

棋至第三日深夜,俞上泉胜。

炎净一行回到住房,大叫"点灯",前多外骨拉亮电灯。炎净一行走到大日坛城绢画前,说:"纵观全局,俞上泉始终不能摆脱我的纠缠,多少有些狼狈吧?"

前多外骨说:"您刺透他防线的一手,是绝难想到的选点,天下棋士皆服。"

炎净一行仰望绢画,说:"哪里是北?"

按照惯例,上北下南。前多外骨指向绢画上方。

炎净一行说:"错。图的四方,以王者的坐位为准。大日坛城延续上古礼法,王者坐西朝东。"以此定位,则图为上东、下西、左北、右南。

炎净一行面显慈祥:"棋盘也是此方位。"

棋盘前的两人不是南北对坐,是东西相向,尊者坐于西侧。

炎净一行说:"我就是误在了东南。"

言罢,失神。

第三局棋在五十六天后举行,已值秋时。下午六点二十分,棋盘映出淡红色。送茶的工作人员进入,纸门开合间,展现夕阳中的腰越海面,赤如女子初夜之血。

俞上泉在微晃脊椎。体弱之人，不耐久坐，在缓解疲劳。炎净一行手中扇子仅开一叶，指扣这一叶，已十三分钟。

"咔"的一声轻响，此叶归位，炎净一行抖开右臂袖子，露出瘦如刀柄的小臂，将一颗白子打下。

俞上泉止住摇晃。

炎净一行的抖袖之态，是年轻便有的习惯，是他杀棋的前兆。

黑白棋子交织成几缕长线，与上盘一样，再次延伸向棋盘东南角。开始，一块黑棋与一块白棋近距离互攻，双方均不能成活，只能贴在一起前行，如两个紧紧贴在一起的相扑手，稍一错开，都会摔倒。

后来，白棋撞上另一条黑棋，将其也引向东南。观棋者均觉得白棋裹在两条黑棋中，自陷凶险。但随着棋局进程，发现两条黑棋并不能形成对白棋的合攻，反而相互妨碍，在重围中的白棋呈现自由姿态。

棋在晚七点暂停，炎净一行提议，晚饭后继续下棋。他离开茶室时，扇子插腰，如古代武士插刀。

俞上泉由正坐改为散坐，急揉胫骨。正坐之姿，胫骨要抵在榻榻米上，久坐生茧。

炎净一行没吃晚饭，去登山，下山时捡了片落叶，赞美叶脉纹路清晰细密，是名匠也达不到的工艺。

晚九点，棋局重开，炎净一行捻着落叶。未至两小时，俞上泉认输。

棋盘东南，一条黑棋被白棋斩杀。

棋界元老皆为此局棋振奋，顿木乡拙夸赞炎净一行坚持正面作战，不惜以弱击强，为本音塾风格再现，棋之正道的楷模。

林不忘与顿木乡拙独处时询问："您在诸元老面前贬低自己弟子，是交际韬略？"

顿木乡拙说："是真话。我已老，俞上泉的棋如果是对的，那么我一生的追求便错了。"

主办方摆出名贵折扇，请棋界元老在扇面题字，一位元老写的是"柳受边风叶未成"，诸元老相视一笑，皆明其意。

化为人形的妖精总在柳树下出现。边风是北方寒流，边风令柳叶不生，妖精无处藏匿。

冷静后，元老们评估俞上泉处于竞技状态顶峰期，继续下去，炎净一行有连输危险。如果棋界最尊者被降级，棋之邪道便扼杀了正道。

十五、乱言者斩

俞上泉的对局费已涨到三万元一局，他和平子搬入新居。新居面积四百平米，处于东京黄金地段。

大竹减三退出棋坛，生了第二个孩子，十番棋后，他和俞上泉便少有联系。

素乃完成第一次四国岛八十八寺巡拜，开始第二次巡拜，跟随他的本音塾徒众剩余小半，多数人回了东京，战时经济困顿，需要照顾家庭。

效仿古代武士游历四方的广泽之柱失踪，他最后出现的地方是关东小田原城。民间有"小田原评定"的谚语，1590年，丰臣秀吉攻打小田原城时，守城的北条父子开会商量对策，久议未决，结果在会议期间城被攻破。

小田原评定，是优柔寡断之意。本音塾一门分析广泽之柱到小田原城，是观仰古之教训，鞭策自己。作为本音塾新秀，他的失踪令棋界震惊。

俞上泉与炎净一行的第四局推迟，东京棋院选派俞上泉和大竹减三去上海、南京、满洲，与当地日军高官下棋，慰问军界。俞上泉不能拒绝，因为他现在是日本棋界第一人，代表棋界。此活动不是东京棋院提议，是陆军军部指派。

西园寺春忘来到俞上泉家，送上《大日经疏演奥抄》。他了解到，一年前上海脱险，受松华上人影响，俞上泉回到日本即买了密教根本经典《大日经》。去寺庙求法，要专修二十二年，此生恐永无此时间，买书拜读，聊作安慰。

《演奥抄》是对《大日经》的注解，六百年前一位密教传法师担忧日本的密教会像中国般断绝，将从不落纸上的口传内容笔录，写了些即病逝，后世二位传法师受其感动，接棒续写，也都病逝。这部未完之书，落在西园寺家族，四百年私藏。

是西园寺家族的翻印版，书达六十卷，装于木箱。俞上泉感恩，开箱，发现横陈一本宫本武藏的《五轮书》。西园寺春忘红脸，转达世深顺造的话："不管您看不看这本书，中国之行，他都会在您附近。"

俞上泉将《五轮书》递还，道："我不会习武。他老了，断了此念，是对他好吧？"

西园寺春忘表示，俞先生考虑的是，他来归还。

让一个中国人去慰问攻打中国的日军，西园寺春忘对此恼火，念叨数遍："太粗鲁了。"在他的概念里，这场战争对于日本是灾难性的，毁了日本的千年优雅。

日本文化的本质是贵族式、僧侣式的，模拟唐朝皇室和宋朝寺院。明治维新后，贵族阶层萎缩，被压抑千年的町人纷纷发家致富，成为社会新贵，泛滥低劣。

町人，小商小贩。小商贩习性刻薄、唯利是图、幸灾乐祸。与多数日本人不同，西园寺春忘相信日军在南京的暴行，说这是町人习性的必然。

町人——俞上泉吟着这两个字，见到庭院中，一只蜻蜓立在水桶边沿。

院门铃声响起，闯入一位大头高额的青年，气象厚重。是二十六岁的大竹减三，他已开始脱发。

俞上泉站起，大竹减三作手势示意他不必说话："我来，是想说，军部让你去中国下慰问棋，不是我提议的。"

俞上泉说："我知道，不是你。"

大竹减三眼光凶狠，哼一声，转身便走。皮鞋踏得地板爆响，入室不脱鞋，是对主人的大不敬。

西园寺春忘说："出坏主意的，一定是他！他是用蛮横掩饰心虚。"

俞上泉说："他掩饰的是友谊。"

大竹减三在棋上欺骗过俞上泉，也在棋上被俞上泉毁掉一生名誉。友谊败坏后，曾经是朋友的人，惧怕朋友把自己的坏事想得更坏。

十五天后，慰问棋士团登机。慰问达七十天，顿木乡拙送行，低语："如你在中国逃了，战争结束后，我会像你十一岁时一样去找你。"

与屠杀同胞的日军高官下棋，将成为俞上泉一生污点，中国报纸已将他评为汉奸。

飞机降落上海，俞上泉未及探视家人，直接被送往静安路的"宏济善堂"。宏济善堂是一所商铺，商铺后为几栋日式别墅，有五位日本军官在此等候，均未穿军装。为首的是位少将级军官，姓楠山，对俞上泉谦恭解释，司令官明日才有空，他们几

367

个人有幸,先接受先生的指导。中日毕竟在开战,为避免先生反感,没有安排先生去司令部下棋,选择了民居。是日本商人在上海开办的福利机构,筹集善款、救济中国灾民的地方。

饮茶后,楠山少将引俞上泉到一具棋盘前,说:"请指教了。"先坐在棋盘一方。

俞上泉站在棋盘前,闭眼如老僧入定。

楠山又道"请指教"。俞上泉仍没坐下。楠山的殷勤之色褪去,两腮泛白,另几位军官皆知这是他发怒的预兆。

楠山说:"怎么,不愿和我下棋?俞先生,我不对您隐瞒,我的手上有中国人的血。你是日本棋界的第一人,有责任慰问日本的战士,请坐下。"

俞上泉眼睛一线,依旧站立。

楠山又说:"如果您不把自己当作日本棋界第一人,我只好把你当作一个中国人,对付中国人,我有各种办法。毕竟你明天要跟司令官下棋,我有责任将你调理好。说实话,正是怕你在司令官面前有失礼的举动,才安排我们先跟你下棋。"

大竹减三走到楠山身前,威严大喝:"站起来!"音调如军部长官。

楠山本能地迅速站起,大竹减三在他的位置坐下。

楠山愣了两秒,喝道:"这是做什么?"

大竹减三扭过头,像看着不懂事的棋院初等生一般,半训斥半怜爱的口气:"围棋是日本的国技,等级森严,你们是没有资格跟俞先生下棋的。下慰问棋,不是俞先生陪你们下,而是我和俞先生下,你们在旁边看着,这就是对你们的慰问了。"

"什么!"

大竹减三更加威严:"慰问棋的性质,一定要清楚转达给你们的司令官,以免他明天不懂规矩,做出不自重的事,让人耻笑——这是你们的责任!"

在日本社会,不怕被杀,怕不懂规矩被人轻视。

"啊,既然是规矩……"楠山脸色和缓下来,跪坐在棋盘侧面,另几位军官也围坐过来。

大竹减三说:"离棋盘远一点,干扰棋士的视线,是很失礼的事,盯人习性!"

军官们纷纷应声,挪后一尺。

俞上泉落座,说:"我们下一盘雪崩定式的棋吧。"

大竹减三说:"嗯!雪崩定式吧。"

雪崩定式,最早是业余棋手下出来的,开始为专业棋手所不齿,因为黑子白子紧贴着行棋,显得笨拙,后发现变化复杂,蔓延半个棋盘也不能穷尽,正如雪崩,势不可止。

大竹减三心知,俞上泉以紧贴的雪崩棋形,比喻两人曾经的亲密无间。

一小时十三分后,观棋的楠山少将自语:"真厉害啊!"

正要往棋盘打下一子的大竹减三收回手臂,严厉瞪他:"楠山少将,棋盘底面有一个菱形切口,你知道是何用途?"

楠山茫然。大竹减三说:"乱言者斩。围棋的规矩是,下棋时,如有人在旁边乱言,棋士有杀死他的权力。这个切口,是用来存乱言者之血的。"

楠山惊问:"你不会真要杀死我吧?"

大竹减三说:"拿刀来。"

一军官喝道:"大竹君!羞辱皇军军官,你实在太放肆了!"

大竹减三端正如碑:"日本的强大,在于日本有规矩,不守规矩,便没人瞧得起我们。围棋是日本的国技,请尊重自己的国家。"

军官们无语。十分钟后，见大竹减三仍不发话原谅，于是劝楠山少将："看来他是认真的，楠山君！"

刀很快取来，是柄军刀。他们的军官服就放在隔壁。

一军官代楠山询问："大竹先生，是出血就可以，还是非要杀死他？"

大竹减三说："杀死他。"

军官"呵"了一声，表示明白，跪行到楠山跟前，说："大竹先生的意见，是杀死你。"

近在咫尺，大竹的话所有人均能听到，向楠山转述，是表示准备实施。一位军官褪下楠山的外衣，将楠山的衬衣衣领内叠，露出脖根，一位军官站在楠山身后，举起军刀。

他们的果断快速，令大竹减三惊愕。

"下棋的人是我和俞先生，你们只询问我，而不询问俞先生，是非常失礼的事。"

举刀军官忙放刀，跪行到俞上泉面前："俞先生，杀死他么？"

俞上泉"啊"了一声，没有想好。军官则道："明白了。"返回原位，手起刀落，楠山的人头沿榻榻米，滚到外廊木板上。

无头的身体挣扎欲起，似要追自己的头颅，军官们将其抱住，奋力按下。一军官大叫："楠山君！自重！"

外廊上的头颅轻晃，眼对室内，似乎说了一句："嗯，这样吧。"眼皮垂下。无头的身体也瘫软下来。

大竹减三和俞上泉呆住。军官们仍忙碌，将棋子收入棋盒，倒置棋盘，找出底面切口，用手帕蘸血，滴入其中。

狭小切口装五克血后，还有余地。一军官询问："大竹先生，一定要装满么？"

大竹减三说："已经可以了。"

军官们将尸体抬走，撤换榻榻米、擦外廊血迹。

俞上泉说："大竹兄，我们离开吧。"

大竹减三起身，一下未能站起，身为资深棋手，竟坐麻了腿。

俞上泉将大竹减三扶起，低语："楠山少将得罪了这几人，借你一句话杀了他。"

大竹减三说："你在日本待了那么久，仍不了解日本人，没有阴谋，他们只是对规矩产生了热情。"

十六、静安寺

楠山少将之死，震惊日本陆军大本营。数年后有多种版本，有说是韩国义士所杀，有说是国民党中统特务所杀——楠山少将非泛泛之辈，他是日军在上海销售毒品的代理人，宏济善堂是毒贩们的休闲俱乐部。

他的死，并未影响对陆军司令官土肥莺的慰问棋。司令官严守规矩，观看俞上泉与大竹减三对局，在旁边跪坐四个小时，始终未发一言。

慰问棋结束后，司令官问："日本的古董棋盘，有几个底下有乱言者的血？"

大竹减三回答："从一千一百年来的记载看，昨日宏济善堂的棋盘，是历史上第一个。"

司令官说："这个规矩，从来没有实行过？"

大竹减三惭愧点头。

司令官说："那么，这个棋盘具历史价值，我要收藏。"

俞上泉未能去看望家人，日军以安全为由，不许他走出宏济善堂。他和大竹减三住在宏济善堂二号别墅，与楠山身亡的一号别墅相隔十五米。

别墅共三栋，有围墙防护，墙顶安铁丝网。围墙外是密密麻麻的土坯房，底层民众消费的烟馆。日军侵占上海后实施毒品倾销，静安路成为毒化之街。

大竹减三在别墅待得烦闷，想出席楠山少将的祭奠仪式，提提精神。宏济善堂人员答应后，大竹减三找俞上泉："不论楠山生前善恶，上天安排你我了结他生命，我们跟他缘分深厚。"俞上泉答应。

静安路上有静安寺，请来三位和尚做法事。为首者穿碧蓝色僧袍，在胸前系一方红底金线的帮衬，是日本密宗制式。

和尚容貌清逸，眼皮纸薄，正是淞沪会战时帮俞上泉一家逃出上海的松华上人。松华上人面前立一方八十厘米高、长宽均五十厘米的木块，是价格高昂的上等榧木，宏济善堂代楠山奉献，以雕刻佛像。

灵堂正中供楠山照片，照片上的楠山一脸纯朴笑容，近乎佛面。

亡者总是近佛的。

祭奠仪式结束后，松华上人先行，两位小和尚捧木块跟出。楠山的同僚亲友仍在灵堂守夜，这一夜需要共同念诵"佛顶尊胜真言"，念此真言超度亡灵是唐朝风俗。一位军官将印有尊胜真言的小册子分发众人。

真言是中文写就，以日语的片假名作音标。一千二百年来，日本密教的经本均为纯汉字，未曾替换为日语。

持诵开始，上下嘴唇余一线未合，保持不动，仅舌头在口内轻弹。废掉唇动，方是持诵。

俞上泉向大竹减三低语："我想拜见刚才作法的和尚，他与我有故交。"

经大竹减三交涉，在两名佩枪军官的陪同下，俞上泉、大竹减三、西园寺春忘到了松华雕刻佛像的屋外。

俞上泉敲门。室内回应："是谁？"

俞上泉说："我是——"话却说不下去，是日本棋界第一人？一个丧父无依的人？一个每晚静坐两小时的人？

室内响起轻叹："知道你。门闩未插，推门即入。"

松华坐在一只蒲团上，身侧摆着宏济善堂供奉的木块，木块上用炭笔画着横纵线，构成方格，状如棋盘。墨线用来确定雕刻比例。一刀不对，便废了整块木头。

对于大竹减三，松华瞥一眼，无意攀谈，转向俞上泉："一别数年，你修了密法？"

俞上泉说："何出此言？"

松华一笑："一个人是不是棋士，你能看出来么？"

俞上泉点头。

"是从他的手势、神态，分析出来的么？"

"一望即知。"

"我对你也是一望即知。"

俞上泉行礼："未修法，想上了这件事。"解释上次一面之缘，受感染，回日本后看了密教典籍。

"想上了，即是修行。"

"《大日经》上有'一切智智'一词，劳上人解释。"

"一切智智，如地一般、如风一般、如火一般、如水一般，还有一句——如我一般。一切智智便是我，人人有我，凡人可有佛力。"

"这个'我'是什么？"

"说者便是。"

似降生时的痛楚，此刻在言谈的，原

来便是我。

室外有响动，如深秋时整座山在落叶。开门，见押送来的两位佩枪军官已死。站着两人，自报叫赵大、钱二。

赵大向松华行礼："您给日本人提供日式宗教服务。你是汉奸。"

钱二向俞上泉行礼："虽然我佩服你在棋上打败日本高手，但你的汉奸脑袋值五百光洋，我有一妻一妾，生活开销大，这笔钱我要。"

松华问："我的脑袋值多少钱？"

赵大一笑："没给你开价，杀你是个任务。"

松华说："唉，让你操劳了。"

赵大叹一声，掏烟点火。

钱二看向大竹减三："你是日本人？"

大竹减三问："不杀日本人？"

钱二说："要杀的。"

一脸威严的大竹减三笑出声。钱二嘴角浮现笑纹，为自己的幽默被人理解而感到惬意。

松华苍白的眼皮上浮现血色，说："密法本是唐时中国传给日本的，我只是取回来。提供宗教服务，只为安顿一个亡者。"

钱二说："楠山不是日本人么？"

松华说："死人，还有种族么？"

赵大阴下脸，他抽烟的烟气中显出人形，是位身材丰满的印度女子，眼如明珠，脚系银铃。

赵大说："松华上人，想不到密法里还有催眠术。1929年，中统从德国引进催眠术，作为特别行动人员的必修课。这门课，我拿了高分。"

烟雾女子仍未消失，赵大脸色不变："1932年，中统的催眠术已超越德国，因为我们引进了中国人自己的江湖骗术。"

烟雾女子扭动腰肢，脚腕银铃轻响。赵大扔掉烟卷，开始拍手，烟雾女子的舞蹈跟上他掌声节拍。加快掌声，舞蹈频率变快。

赵大笑道："上人，你的催眠术不过如此。"

松华说："我不能催眠你，能催眠你的，是你自己的怨恨。"

赵大左眼角跳了下，烟雾女子抖掉肩上斜披的布幔，裸露胸部。舞蹈变得剧烈，掌声跟着舞蹈频率加快。

赵大嘱咐钱二："让我的手停下来。"

钱二抓住他手腕，向松华说："中统是一个严密的组织，任何一个人都是机器上的部件，我俩随着这部机器的运转，这就是我俩的天命，我俩早已安于天命，心中没有怨恨。"

松华说："安于天命，便是怨恨。"

赵大忽感心痛，被钱二抓着的双手猛然挣脱，拍出连续不断的爆响。

松华叹气，食指轻弹，烟雾溃散，不见了跳舞女子。

赵大坐于地上，努力将合在一起的双手分开。

"我们来刺杀您，真是自不量力。"

松华说："我有大事因缘，不能死。"

宗教创立之初，总是以偶像宣教。在佛教，便是确立一个常人无法测度的佛，佛与众生的差异越大，越易受崇拜。说凡人修炼至佛需要三大阿僧祇劫，阿僧祇是无穷之意，在时间上拉大了人佛距离。

如此说法，为了立教。佛教的真意，却是众生皆佛，凡人与佛没有距离，可在一言一语间成就，禅宗是宣扬此意的宗派，在一千两百年前的唐朝武则天时代显于世。武则天执政五十年，五十七年后，唐玄宗执政，密宗显于世。

两宗接踵而至，本是孪生。禅宗言"此心是佛"，密宗言"此身是佛"。密宗的出现，是为证实禅宗。原本确立的人佛差距，忽然取消，世人必有疑惑，会质疑禅宗，如说凡人之心是佛心，但佛力伟大，我与佛相等，为何没有佛之伟力？

密宗正是回答此问的。佛力伟大，连菩萨也无法测度，但凡人却可以等同，凡人舌诵佛之咒语、手结佛之手印、意想佛之形象，凡人之身便等同于佛身。佛高如月，人低如水，相隔遥远，但通过身口意，佛力可通彻人身，如月映于水面。

密宗以具体的"此身即佛"证明了禅宗的"此心是佛"，先有禅宗顿悟再修习密宗方法，是密宗的正途。如没有较高悟性，则先修密宗方法，逐渐证明，终要证到"此心是佛"之理——不能悟后修法，而以修法来求悟，颠倒了次序，为密宗旁门。不知有一悟，只为求法力而修，是密宗迷途。

《大日经》是正途之法，先言"如实知自心"再论方法，"如实知自心"便是禅宗的"此心是佛"。

松华说："密宗与禅宗本是孪生，可惜在唐末灭绝，汉地自此有禅无密，禅宗独撑千载，至清末已败坏，空言无效！"

赵大双手抚在膝盖上，道："禅宗千年熏陶，已是中华骨髓，禅宗败坏，国人必萎靡。您从日本取回密法，是想以密助禅，振奋国人？"

松华骤然苍老："我尚不能振奋自己。以密宗而言，人与佛没有差距，所以人间与佛境没有差距，充满杀戮愚昧的人间就是十全十美的佛境——我认可这一理论，但面对毒品横行的上海，我无论如何也不能将其等观为佛境。"

赵大鞠躬："您是高僧，回重庆后，我会向上级解释，将您的名字剔出刺杀名单。但国有国法，俞上泉确定是汉奸，请您不要干涉我们的行动。"

松华说："他只是个下棋的。他到日本学棋时，中日还没有开战。"

赵大说："大众不问因果，只重效果。他是华人，却是日本棋界第一人，不是汉奸也是汉奸了。上人，杀一个汉奸，在亡国之际，对大众十分重要。"

松华说："世上还有更大的汉奸。"

赵大说："眼前有他。"

钱二抽出匕首："我手快，不会痛苦。"

大竹减三站到俞上泉身侧。"与君同死，我该知足。"

俞上泉直视钱二，心知：刀刺不下来，世深顺造会现身。

钱二出刀，刀向俞上泉。刀入肉的声音，像石子投入湖面，溅起一柱水花。

世深顺造没有出现。

十七、 双身佛

刀柄以红绸缠绕，柄头是一个铜环，钱二小指扣在里面。刀刺三下，右肾、肝区、脖颈动脉。

血洒向画着方格墨线的木块，中刀者是松华上人。顾忌他的法力，赵大钱二采取声东击西之法。

赵大道歉："上人，我们没有权力在名单上删去您名字。"

松华满身是血，说："受你骗了。忽然明白，佛未骗我。"仰面瘫倒，临死前嘴唇轻动，似说着什么。

钱二俯身倾听，赵大喝道："说了什么？"

372

钱二抬头，一脸诧异："人间即是佛境。"

赵大怪笑："他像狗一样给我们杀了，人间怎会是佛境？"看向俞上泉，"妖人已死，轮到你啦。"

俞上泉落泪，不是乞求，似被什么感动。顺他视线，赵大扭头，见画着方格墨线的木块在自行剥落。

木屑薄如落叶，霎时在地上积了五厘米厚。两尊并列的佛像显现，眉眼的慈悲神态，似经过精雕细刻。

是赵大钱二的五官。

赵大如见妖魔，惊惧出屋。钱二如影而去。

经过前院灵堂，二人掏手帕捂口鼻。灵堂内的日本人皆睡倒，堂内有一炷粗香飘着淡青烟气。他俩以一炷迷药香，迷倒了整堂人。

扭头见俞上泉跟在后面，赵大说："松华显圣，吓住了我。不敢杀您啦，您还要怎么样？"

俞上泉站住。

赵大和钱二奔出寺，不顾忌行人，以屋顶上的夜行速度在街面奔驰。出了静安街口，回头见俞上泉仍在身后，赵大惊奇："竟能跟上我们的步子，俞先生您学过武功？"

俞上泉停住，说："我心有疑问，忘了身体。"

"您疑问什么？"

"我是谁，该去哪儿？"

松华上人的尸体在半个小时后变为红棕色，又半小时，泛出金色，细看又没有。修为高深之人，方能有此尸变，称为"紫金檀体"。

大竹减三低声诵咒，在自行剥落成的双身木佛前跪拜。室内静寂，不知过去多久，世深顺造抚脚走入，和服肮脏，挂数道未干的血迹。他受到一刀流新一拨高手挑战，未能及时赶到。

他在双身木佛前坐下。

"俞上泉——死了？"

大竹减三说："未死，走了。"

世深顺造一步一歇地出屋。

天是劣质蜡烛的铅灰色。赵大钱二送俞上泉至家门口，赵大行礼作别："密法归华是松华上人的使命，杀死他是我俩的使命。是命，便无善恶。但我俩从此不会再杀人，因为木佛长出我俩的脸，看了高兴。"

东方天际有了日出的红兆，如死鱼腹部渗出血色。

家中，母亲和两个妹妹还睡着。大哥、二哥去了东北，在日本扶持的伪满洲国就任铁路局局长的秘书，每月有封信来，有笔汇款。

俞上泉无钥匙，去一楼西侧母亲卧室窗外，发现衣上溅有松华血迹，缓了敲窗的手。身后墙影里走出郝未真，郝未真道："惹了祸，别带回家。您跟我走吧。"

俞上泉父亲未及上位便病亡，雪花山道门仍追认他为一代道首。道首的儿子，要保护周全。落脚在上海浦东上南村，接待者叫索叔。

索叔瘦骨嶙峋、眼大无神，无妻，有两个黑壮儿子，一个十七岁，一个十五岁，还有个十九岁闺女，白如羊脂，自小娇惯，未做过农活家务。

日军侵占上海后，发动郊区各村成立"民众自卫队"，举报抓捕抗日分子，发枪发月薪，村长报本村自卫队五十人，索家四口也在其中，月薪归村长。村里来了新人，他按例检查，索叔说是远房亲戚，待不了几日。村长抽颗烟走了，没做登记。

索叔女儿叫索宝阁，俞上泉出门散步，都是她陪，不让俩弟弟跟着。看女儿背影，索叔感慨她走路向来蹦蹦跳跳，从没走得这么老实。

上南村后面，有片小得称不上"湖"的水洼，村里历代夭折的婴孩都扔在那儿。俞上泉不觉住了两月，一日散步到积水洼，迎面跑来条叼着人手的野狗。索宝阁说，她从小见多了，漂来的死尸，不单野狗吃，鸭子也吃。

拐过芦苇，见停了辆轿车，一人坐轮椅对着水面，轮椅后站两名保镖。水面漂着具男尸，日本人装束，鹰眉权腮的英雄相，生前当习武。

坐轮椅的人束道士发髻，仙风道骨，戴副咖啡色水晶眼镜。叼人手的野狗跟着俞上泉溜达过来，坐轮椅的人见了，"咕咕"叫三声，野狗竟受召唤，跑上前。

坐轮椅的人抚狗头，从狗嘴里取人手，野狗似被他养育多年，温顺松嘴，听话地跑远。坐轮椅的人欣赏珠宝般端详人手上的习武痕迹，交保镖收入皮包，转对俞上泉和索宝阁温和说话："以后咱们是一个村的，村里有我房子，没几日便搬过来住。"

索宝阁知道他。他叫段远晨，上海政府物资局官员，房子买了许久，派人装修过，本人还没在村里露过面。

俞上泉气质样貌，引段远晨注意，问："先生不是本地人吧？"

俞上泉答："也是个养病的。"

"什么病？"

"您什么病？"

段远晨闪过一丝难堪："脑袋里插着半根竹筷子。"

索宝阁大叫："那你还能活？"

段远晨说："我的姑娘，科学总是违反常识。1853年，美国一个黑人奴隶脑袋里被奴隶主钉入二十八根钉子，活到七十四岁，并不影响劳动思考。"

索宝阁说："脑骨最硬，钉子打入我信，竹筷子插不进！"

段远晨笑道："我从不骗女人。"突然变色，转向水面。

水中蹿出两人，一人持镰刀，一人持日本长刀。两保镖未及反应，被长刀割裂咽喉。镰刀撩向段远晨，却一下顿住，其人神情慎重，抖去镰刀上水珠，说："我是雪花山的郝未真，敢问您是何门高手？"

段远晨眼中寒光退去："我是个残废，同门下的手，我无门派了。"

郝未真指向俞上泉，说："他是我的事。你到此地，要坏我事？"

段远晨说："不关你事。"

杀两保镖的驼背老人，是世深顺造。

郝未真指向他："你的事，是他？"

段远晨摇头："我的事，是看房子。身体不好，新鲜空气对我很重要，村里买了房子，还没住过。"

郝未真说："为何看水？"

段远晨说："要住下了，熟悉熟悉环境。人之常情。"

郝未真说："你我可相安无事？"

段远晨点头。

郝未真行礼致歉："误会了，你保镖死了，怎么处理？"

指向水里漂着的日本人尸体，段远晨说："也是你们杀的吧，一样处理。"

郝未真说:"很好。"和世深顺造拉保镖尸体入水,连之前的日本人尸体一并湮没。

段远晨说:"手下死了,我进村找不到我的房子。"

索宝阁说:"我知道。"

段远晨邀两人上轿车,下了轮椅。

索宝阁叫道:"你能走呀。"

段远晨说:"我的姑娘,我还有许多能办的事。"

回村路上,段远晨坦言自己当过道士,还曾是个中统特务,于淞沪会战前脱离。上海沦陷后,他在日军扶持的上海政府物资部门任职,利用公职走私赚钱。现在的他,只是个略有污点、热爱生活的小官僚。

见他诚恳,俞上泉报了自己姓名。

段远晨说:"失敬。难怪面熟,报纸上见过您照片。中统特务和日本军部都在找您。"

索宝阁笑得灿烂:"你为何跟我说话时,总要加上'我的姑娘'?"

段远晨说:"上海教堂多,听神父们这么说。是敬语,不是瞅着你好看,想套近乎。"

索宝阁说:"你人不错,来我家吃饭吧!"

十八、天道本恶

索叔陪段远晨喝酒,两杯后,段远晨头沉桌面,醉倒不动。

索宝阁向俞上泉解释,下了迷药"神仙散",两个时辰内不会醒,郝未真脑筋古板,认为段远晨是高手,高手风度不会多事,但露了相便不好,索家四口跟俞上泉一起离开,两个弟弟已备骡车。

一根长柄火柴在桌面上划亮,段远晨坐直,点燃雪茄。

"随身带的解药,不是专解神仙散的,所以胃有点不舒服,抽口烟缓缓。"

索叔大笑:"郝未真说对了,您果然是高手。"伸出右手。

段远晨展臂搭上,瞬间,两人小臂分开。

索叔语带赞赏:"脑里插根筷子,还能有此功夫,佩服。"

段远晨面上是友谊笑容:"佩服这根筷子吧。如果我发力,震动了这根筷子,会疼死。它制约我发出刚劲,逼得我不得不寻找别的发力方式——暗劲。"

"能发暗劲者自古寥寥无几。你因祸得福,我不是你对手。"

"我再厉害,也只是一个打手,比不过你是李门的道首。加入李门的人都会起一个姓李的秘名,所谓'有李走遍天下,无李寸步难行',谁能想到,南方最大势力的道门之首,竟化身为一个乡野粗汉。"

索叔说:"惭愧。藏于底层,并不高明。"

"土肥鸢司令找了您很久,您如能与日军合作,以李门势力,足以安定浙江、安徽、江西三省。"

"李门有两百二十年历史,确能做到。"

段远晨继续道:"日军要建立一个华人特务组织,一把手的人选是丁默邨、李士群——我也看上了这个位子。我现在是个物资部小官,找到您是我的私人行为,想拿来求职。我已是残废之人,世俗享受对我格外重要,能否帮忙?"

索叔眯眼:"你是说,知道我在此村的只你一人?"

"我要独享功劳,怎会泄露?"

索叔两个儿子走进屋,握勃朗宁手枪。

大儿子将只药袋扔桌上："再吃一袋神仙散吧。"

段远晨说："神仙散药效只不过能让人睡四个小时。"

大儿子说："你是劝我杀你？"

段远晨嘿嘿笑了："不不。"突然离桌。距段远晨最近的索家二儿子皮球般弹起，跌到三米外的西墙上，而段远晨搂住索家大儿子，勃朗宁手枪转在他手。

西墙上似挂起一幅泼墨山水画，是索家二儿子的脑浆。

段远晨瞥一眼，说："我手重了。他是你手下？"

索叔说："他真是我小儿子。我从来远离手下，只跟家人在一起。"语调平静，没有哀伤。

"你还有一个儿子。跟我合作吧。"

"你脑袋里真有根筷子？"

"一年前插的，是我师叔，要清理门户。"

"淞沪会战已过去一年了。"

"是啊，改朝换代了。"

索叔叹息："中国人务实，但中国也有不现实的人，一直都有。"

段远晨说："一直都有。"

索家大儿子跌向西墙，墙面上又多了一摊脑浆白沫。

索叔不看西墙，指向俞上泉："他不是李门的，雪花山托我保护。"

段远晨说："嗯，雪花山已衰落，在南方无人。"

索叔说："我年轻时，曾受恩于雪花山。江湖事，有施有还。"

段远晨说："嗯，我不伤他。"

索叔行礼感谢，转向索宝阁："受人之托，要办到。俩弟弟死了，只有靠你照顾俞先生了。我跟段官员要密谈，为给段官员一个保证，你带俞先生喝神仙散吧。"

索宝阁和俞上泉躺倒晕厥后，段远晨道："呵呵，你用这法子，保住了女儿。"

索叔叹道："儿子也不必死，跟你搭手的时候，我已想归附。你的武功，没大聪明练不出来，没大苦心也练不出来，上了官场，必是厉害人物，丁默邨、李士群斗不过你。"

"杀了你儿子，你会忠心我？"

"江湖人，子女本是用来牺牲的。"

段远晨眯眼："你图什么？"

索叔答："土肥鸳司令。"

段远晨的眼神孩子般好奇。索叔解释："李门道首要隐姓埋名，当得没意思，想世上亮相，换个官当当，我的官会大过你。"

段远晨笑："我手快，白损了你俩儿子。"

索叔说："是我话慢了，他俩的命不好。带我见土肥鸳司令，保你做特务总长。"

段远晨和索叔走后，静寂许久，东墙开出道暗门，走出一人，眼蒙纱布，行到西墙，摸索家两子尸体，叹声："暗劲。"

是太极拳传人彭十三。他窝在上海暗杀日军军官，几天前眼睛被手榴弹余波炸伤，亦投奔李门，藏在索家。

彭十三警觉立起——屋里进了人。听足音是郝未真，还背着一位，身带血味。

郝未真说："十三哥，来了高手，我顶不住。"

背的人是世深顺造，右腿刀伤，前所未有的焦躁表情。俞上泉所在，便会有他，他所在，便会有一刀流杀手。到上南村，原以为隐秘，昨夜还是被三位日本剑客访上，顺利击毙后，今日又有访客。

追进门的两人，一人穿日本军服，竟

是中将军衔，另一位是十七岁青年，分外老成的脸，是失踪的本音垩新秀广泽之柱。

一年前，他为提高棋艺，仿效古代武士去各地巡游，开阔心胸，不料在小田原城失踪。棋界认为是本音垩一门的损失，武道界认为是一刀流的庆幸，因为他无意中磨了一把锈刀，此刀是一刀流圣物，祖训为"磨刀者是宗家"，让一个不懂武功的人做一门领袖，有损一刀流威名。

有人推测，一刀流为避免尴尬，派人在小田原城将他诛杀。

广泽之柱持刀，四尺二寸，刀鞘漆色已损，露出陈腐木质。它是一刀流圣物，名为"直心镜影"。

它伤了世深顺造。

站在彭十三身旁，世深顺造恢复平静，摆手让广泽之柱退下："你能伤我，全因他在旁边，让我不安。"指向中将，"你我直接对决。"

中将说："您忘了一刀流传统，我是个养成师，养成师是不动刀的。"教范师教武艺，养成师解答习武进程中的心灵疑问。他有军队高位，不便比武，改作养成师多年。

一刀流宗家被杀，由他代理宗家。确认广泽之柱为宗家后，他亲自教导，一年前广泽之柱失踪，因随他在中国战场。

他叫山仆数夫，看向彭十三，蒙眼的彭十三同时朝向他。山仆数夫告知广泽之柱："这位先生和我两两抵消，世深顺造不分心，你敌不过他。"

山仆数夫卸下腰际军刀，席地正坐，将军刀横置膝上。

世深顺造走来，在两步距离坐下，一刀流名刀千叶虎彻也置膝上。

山仆数夫说："你杀了护法、教范师、宗家以及长老七人、新秀三十五人，真是创派以来最大耻辱。"

世深顺造说："精华未尽，还有你。"

山仆数夫说："你谢罪退隐，断下双脚，一刀流可停下对你的追杀。"

世深顺造说："我还没有创出自己的流派，怎可退隐？"

两人不再言语，山仆数夫膝上"叮"的一声响，军刀的铁护手被劈裂。山仆数夫坐姿不变，千叶虎彻安静躺于世深顺造膝盖上，似不曾出鞘。

世深顺造说："你不拔刀，可惜了。"

世深顺造起身，一个踉跄，引诱山仆数夫出刀。

山仆数夫静坐不动。世深顺造站稳，遗憾摇头，之后向彭十三行礼："我逃命去了，可以么？"

彭十三微笑："远走。不要返回。"

世深顺造再次行礼，拎千叶虎彻出门。

广泽之柱问："他的刀直接砍向你，会是什么结果？"

山仆数夫说："他会死。"

广泽之柱又问："他踉跄的时候，你出刀，会怎样？"

山仆数夫答："我会死。"

广泽之柱指向彭十三，说："全因此人在，世深顺造才能发挥。他已离此人，咱们去追他。"

山仆数夫苦笑，改口汉语："我感觉到，这位先生不想让我走。"

广泽之柱说："你腰里有手枪。他是外人。"

山仆数夫欠身行礼，说："宗家，我是武士，面对高手，用枪卑鄙。"

郝为真看到山仆数夫军衔，告知彭十

三。彭十三笑,音质清亮,毕竟是刚过二十岁的青年。

"穷乡僻壤,能有日军中将供我杀,老天厚待!"

山仆数夫行礼,问:"您是何人?"

彭十三说:"一个人是什么人,看他杀的人,仓永辰治少将、家纳治雄少将、小原一明大佐、长谷川幸造大佐皆死于我手。"

山仆数夫拿过广泽之柱的刀,说:"您看不见了,空着手,杀不了我。"转握刀鞘底部,刀柄向前,递向彭十三。

未见彭十三抽刀,刀已抢出。一声大喝,刀尖歇在山仆数夫帽檐上。

有道两厘米宽、薄如纸的银光刺进彭十三肝区,迅速收回山仆数夫袖中,不及看清是何物。一刀流最神秘的武器叫鬼爪,两百年来只传宗家,无人见过真面。

山仆数夫矮身,头离刀尖,向彭十三跪拜:"您手里的刀名直心镜影,是一刀流圣物。请您归还,拜托了!"

彭十三归刀入鞘。

山仆数夫握刀鞘,彭十三放开握刀柄的手,山仆数夫道声谢。广泽之柱呵斥:"为何乞求,他已重伤!"

山仆数夫说:"轻伤。刚才我使全力,他能杀我。"指向一旁的郝未真,"如我死了,你连他都打不过。"

郝未真似从梦中醒来,大喊:"卑鄙,你用暗器!"

彭十三喝断郝未真:"是武功。一步距离,没让我察觉,就是武功。"

山仆数夫向彭十三行礼:"今日我去湖北战场,得赶飞机了。我们的事,请等我回来再料理?"

彭十三说:"去湖北,你会死。"

山仆数夫说:"你咒我?"

彭十三说:"天惩恶人。"

山仆数夫蹙眉:"天道本恶。"

他三十九岁不再拔刀,下了围棋。十五年来,给他人作精神指导,常用棋理。一年来,这个给他人作精神指导的人,也有了困惑,是以往棋理无法解答的,直到看了俞上泉十番棋。

他向躺地晕厥的俞上泉鞠躬。广泽之柱因而发现了俞上泉,惊叫一声。

山仆数夫说:"执行屠杀中国平民的命令时,总有一种道德上的不洁感,觉得有辱武士身份。是您解救了我,您展示出前所未有的棋理,不计较局部得失,大规模重新组合,教给我,人要超越眼前之事,认可历史的意义。从此,我下令杀人再无负担。"再次鞠躬,"您的出走,令人遗憾。请继续为启发日本军人而下棋。"

广泽之柱问:"带他走?"

山仆数夫瞄一眼彭十三,说:"发现俞上泉,是意外。非你我正缘,还是让军部特务找他吧。"拉广泽之柱快步出屋。

行至门外,广泽之柱批评走得快了,失武士风度。

山仆数夫说:"我们有暗器,别人也会有。"

广泽之柱说:"你已中暗器,怕了他。"

山仆数夫慨叹:"不愧是我的宗家,如此气魄,难怪被本音堊一门视为复兴希望。其实我更想看到您下出流传后世的名局。"将一物按到广泽之柱手中。

似一方普通的铁皮卷尺,一刀流武技中最神秘的"鬼爪"。

次日报纸新闻,湖北省孝感县坠毁一架日军飞机,乘机的日军中将山仆数夫身亡。

379

头条新闻是日本陆军土肥莺司令在接见中国民间组织李门的道首时,李门道首突然行刺,被当场击毙,土肥莺司令受伤,日军查封江南三省的李门堂口。

十九、十三哥

被鬼爪刺中,似一滴雨落在铜钟上。山仆数夫心存顾忌,刺得浅薄,不致命,糟糕的是几日前被手榴弹炸伤的一双眼。彭十三向郝未真言:"我眼珠已臭,两日烂到脑里,我必发狂。"

郝未真说:"背您去医院,做眼球摘除手术。"

彭十三说:"不当残废。你背我去上海,不是去医院,去日本海军俱乐部,把我放门口,你离开。"

郝未真答应,彭十三放松下来,叫他给自己倒杯水。

室外的河水声,如人酣睡的呼吸。

四小时后,彭十三醒来,在上海徐家汇红十字会总医院三楼的一张雪白病床上。郝未真坐在他的床头,道:"十三哥,原谅我。"

在索家,给他倒的水里,下了迷药神仙散。

彭十三温和笑道:"活下来,也好。"

眼球已摘除,护士进来打消炎药,彭十三嘱咐郝未真:"你到豫园的松月楼给我买六两素包子吧,二两青菜馅、二两冬菇配面筋馅、二两冬笋配五香豆腐干馅。配一碗口蘑锅巴汤和一盘炒蟹粉。"

他开了胃口,郝未真欣喜而去。

十分钟后,彭十三出现在医院门口,手拎条黑布腰带,一车夫上前抢活儿,他叫车夫摸这根腰带。摸到截硬块,金条模样。彭十三说:"知道是什么吧?送我去日本海军俱乐部,它是你的。"

日本海军俱乐部在江湾宝乐荣路,门口墙壁镶块铜牌,宽十二厘米,高三厘米。彭十三摸铜牌凸出的字型,确认是"上海日本海军俱乐部"九字后,腰带扔给车夫,顺墙一路摸进门,快如眨眼,看傻了车夫。

俱乐部大厅空旷,彭十三发出自嘲的笑。

来错了,不是营业时段,大厅里仅有一个擦桌子的服务生。

车夫冲进,怒吼:"你的金条!"一块东西砸在彭十三脸上。是医院里固定病床用的铁插销,金条般方棱。

彭十三未躲,额头血流。

大厅深处响起急促军靴声,随后是大声训斥的日语:"司令官中午醉酒,还在包间里睡着。不想被枪毙,就快走!"

彭十三已被车夫打倒,挣扎喊道:"司令官什么军衔,是大将吧?"亦是日语。两年来刺杀日本军官,学日语是需要。

响起回音:"是啊。"

还在踢蹬的车夫,断线风筝般飞出。

彭十三叹:"老天厚待。"

郝未真赶到海军俱乐部门口时,俱乐部已封查。次日,从报纸看到,死在俱乐部里的是日本海军派遣军司令白川义则,刺客被警卫击毙,主犯是一位人力车夫,上海地下抗日组织的大头目,十日后将在提篮桥监狱施绞刑。

第九日,允许家人见面。郝未真随车夫的妻子去了,身份是妻子堂哥。日军查彭十三查到医院,线索便断了,手术登记的是假名。日军知道车夫无辜,处死为做新闻,没殃及他亲属。

郝未真按彭十三点的餐单，带来六两素包子、一碗口蘑锅巴汤、一盘炒蟹粉。

趁狱卒走神，车夫压低话："你是刺客的同伙？"

郝未真说："让你蒙冤了。"

车夫说："占了大便宜，全天下都知道是我杀了日军大将——这是日军在中国死的最大的官吧？"抓住郝未真一根手指，"他的名字？"

郝未真缓了几秒，轻声道："你叫十三哥吧。带给你的，是十三哥生前想吃的。"

车夫连念了几句"十三哥"，吃了起来，一脸满足。

当着老婆面，车夫交代郝未真："我老婆腰身棒，最能生小孩的一种女人，可惜跟了我，穷得不敢养孩子。你跟她生一个，算是我后代。我想孩子早点来，你今天就要她吧。"

说得诚恳，不愿违他意，郝未真点了头。

出监狱，车夫妻子说："他死了，我养活不了自己，真跟您了。"

郝未真说："你我今生不会再见。对你说实话，我是姐弟乱伦所生，本为孽种，我生小孩，天理不容。你没法跟我。"

车夫妻子眼圈一红，说："那我当妓女去了。"

郝未真说："比跟我好。"

奔出十多步，咬牙回头，看她背影。

果然腰身棒，腿壮臀圆。

车夫妻子过马路时，郝未真追上，挽住她胳膊："你摸我袖子，臂弯里缝了根金条。我嫖你。"

车夫家在大洋桥，草顶木板房。车夫妻子坐起穿衣，郝未真递给她一张卡片："孩子畸形或是白痴，扔黄浦江。长到两岁还没出问题，把孩子送到这里，我会再给你三根金条，即便我死了，这里的人也会给。"

车夫妻子说："我不识字。"

郝未真说："北平市怀柔县红障寺。"

等车夫妻子背下来，郝未真穿衣出门。

车夫妻子说："糟了！今天日子不对，我怀不上孩子！"

"什么意思？"

"你还得来。"

没走，留到女性危险期，郝未真买了粽子庆祝。包粽子的竹叶堆在地上，粘粘的好像做爱时遍体汗渍的男女。

"这回该怀上了吧？"

"很难说。"

"我还要怎么做？"

"再来。"

一种可怕的力量，令郝未真将她抄起。两人到达比以往更深的空间，郝未真闪出一念："俞上泉怎么样了？"此念陨落在空中，滑去远方——

凌晨四点，大洋桥木板房中的郝未真惊醒，眼缝如镰刀。

我离开上南村时，俞上泉和索宝阁中迷药晕厥，夫妻一样躺着。索宝阁醒来，会带他远走，不会出事。神仙散药效四小时，四小时里日本特务不至于寻到上南村吧？

镰刀立在床下，触手可及。

女人身上泛出汗，大腿卷上，锁定了他。

二十、李门道首

郝未真背彭十三离开索家不久，村长

进屋，弯腰查看地上昏厥的索宝阁和俞上泉，屋外响起摩托车声。

村长的两个跟班待在院中，看到大簇摩托车蛇形散开，来了日军。一位中国特务应是调兵的人，村长掏出"民众自卫队"证件，说看见索叔乘轿车，觉得蹊跷，便来索家看看，刚进门。

特务说命令是封住索家，你在，便要把你封进去。

调兵封索家，是段远晨布局，给村里安插的特务留了暗号。天黑透，他归来，不再装瘸，三名日本特务随行监督。

他申请单独办理，一人入院。

两名村长跟班被封在院中，他俩斜挂日军发给"民众自卫队"的南部十四式手枪，枪盒像水鳖，民间称为"王八盒子"。

段远晨经过两人，匕首一晃，两兄弟枪盒裂开，枪盒里没有枪，填充着报纸。

段远晨问："枪呢？"

"村长给卖了。钱归他。"

呵呵笑，段远晨进屋。

村长在等待时烧了水，正喝茶。

段远晨说："索叔让我出丑。他向土肥莺司令偷袭时，我才明白，他不可能是李门道首。"

村长没了底层油滑气，政府官员般庄严："何以见得？"

"道首绝不会做烈士。"

"是这道理。"

段远晨坐下，说："索叔坏了我事，但土肥莺司令宽厚，让我继续查李门道首。"

村长端起茶壶，洒出道白链，落入段远晨面前杯中，未溅一滴。

段远晨赞道："好武功。"

村长说："是手熟。早年我在茶馆跑堂，每一个跑堂的都能做到。"

段远晨说："跟我见土肥莺司令？"

村长说："以茶代酒，碰一杯。"

段远晨举杯相碰。村长身子弹起，似在空中凝定两秒，终以跪姿跌下。村长手中茶杯完好，双膝磕碎。

段远晨说："我礼敬你，你却发劲偷袭？"

村长说："低估了你。再碰一杯。"

段远晨叹息："我又错了，你非道首。"举酒杯如送老友。

村长目光坚定，持杯相碰。微小的碰杯声，悦耳的音质。

村长上身后仰，如合上一本书。

院中的两名村长跟班被喊进屋，段远晨像看着一对可爱的小猫："回想觉得不对，匕首划破枪盒，你俩事后才做表情，掩饰武功掩饰得过分了。"

二人道："是。你手并不快。"

段远晨说："地下组织的首领往往是两人，一位出事，一位补上。"指村长尸体，"他是你俩的保镖？"

二人跳起，瞬间到了段远晨左右，勾肩搭背，状如学校里亲密同学。

段远晨笑道："我又错了，你俩不救村长，因为道首另有其人。你俩和村长一样，都是保镖？"

二人松开搭在段远晨肩膀上的胳膊，上身伏于膝盖，猫打盹般死去。他俩后腰各插有一柄匕首。

段远晨掏出药瓶，熏醒地上的索宝阁："我的姑娘，你得受苦了，或许你不知李门道首，但按程序，我要安排人糟蹋你，之后打你。"

索宝阁情人撒娇般挑起眼："不许这么对我。"

段远晨"哎呀"一声，脸色大变："我

好蠢呀。竟然忘了李门是教门，喇嘛教选男童作教主，李门选处女做道首？"

索宝阁呵呵笑起，栗色的瞳孔魅力非凡。段远晨盯着她："作道首的人，这个时候会跟我谈判。你跟我谈么？"

索宝阁说："谈。"递出手。

段远晨扶她起身，她手滑脱，拍在段远晨胸口。几步外响起"叮"一声，半根竹筷子摔在青砖上。段远晨脑中的筷子。

段远晨跌出，小腿抽搐，不能起身，呻吟了一句"暗劲"。

索宝阁含笑："我也练到了，不如你。"走到西墙，鲜血里摸出索家两个儿子用的勃朗宁手枪，向依旧晕厥的俞上泉行礼："俞先生，来生再见。"

"我的姑娘，不必如此。"段远晨还没有咽气。

索宝阁笑笑，倚门框开一枪，蹿出门。

门外枪声大作。段远晨躺着，送别的眼神富于人情。

日本报纸新闻，一支在上海郊区执行任务的日军，发现了失踪两月的棋界第一人俞上泉。为祭奠司令官白川义则，俞上泉将为日本海军派遣军下慰问棋，大佐以上军官均来观棋，东京棋院理事顿木乡拙、八段炎净一行来华主持。

两月前，大竹减三离开上海，南下慰问杭州、广州一线日军，与俞上泉对弈的是本音堃一门的新秀广泽之柱。

二十一、精神控制法

上午九点，棋局在日本海军俱乐部举行，大佐级军官在大厅看大盘摆棋，由林不忘和前多外骨讲解，每当话语停顿，都集体鼓掌。

对局室内，寂静无声，仅放进三名少将级军官。广泽之柱周身焕发雄强气势，眼光亮得吓人。棋盘前的俞上泉，以往一般低眉，百岁老人的沉静。

并非料想的俞上泉取得压倒性优势，对弈双方几乎在比赛失误。棋的内容不及初段的棋院院生。

三个小时后，顿木乡拙给炎净一行写字条："这样的棋谱不要流传出去。"炎净一行在字条上划圈，表示赞同。

午饭休息后再战，俞上泉杀掉广泽之柱一块七个子孤棋，手法笨拙，业余棋手也能想出比他更有效的方式。

顿木乡拙和炎净一行来到大厅，炎净一行宣布俞上泉胜出，顿木乡拙宣布要加重慰问，明日再下一局。意外之喜，大佐们报以热烈掌声。

次日，顿木乡拙未去对局室，歇在俱乐部雪茄屋。棋局二个小时后，林不忘来汇报，两人仍业余爱好者般错进错出，俞上泉每下一子，都是响亮地打在棋盘上。

林不忘说："他从小下棋，轻拿轻放，没用力打过子。"

顿木乡拙说："不管多老的树，春天抽枝后，都有一种能把人胸腔打开的清气。俞上泉也如此，看到他，我便会闻到。哈哈，哪能真闻到什么气味，是俞上泉宁静的心感染了我。"抽口雪茄，"他失去了他的清气。"

此局双方过于谨慎，小块小块占地，没有搏杀。近终局时，双方差距在一两目之间。午饭后，广泽之柱认输，作为裁判长的炎净一行走到大厅，宣布慰问棋改为十番棋，昨日和今日的两盘不计算在内，明日重新开始。

十番棋一局一人用时十三小时，合计二十六小时，长达三日，一局结束后要休息四日。一人率先领先四盘，便可提前结束，如无连胜情况，十盘下满须七十天。

大佐们哗然。

入对局室的三位少将宣布，必须配合，不到场观棋者，记过处分。新任司令官还未到任，海军派遣军里，他们三人是最高长官。

慰问棋是非正式的棋，派遣军做成祭奠白川义则的新闻后，上海和日本报纸均要求登棋谱。宣布下十番棋，之前的两局棋便可忽略，三位少将中有一人是业余五段，是他与顿木乡拙商量出的对策。

少将说："没想到俞先生下出这么差的棋，作为日本围棋第一人，公开棋谱，令日本蒙羞。"

顿木乡拙说："顶峰之后，必逢低谷。击败大竹减三、激战炎净一行，他心力用尽，需要休养，本不该下棋。"

少将说："十番棋，为让他练手。只要下出一张达到刊登水准的棋谱，十番棋即可中止。您预计，得下到第几盘？"

顿木乡拙说："不敢想。"

十番棋第一局，广泽之柱平均两分钟下一手，俞上泉如一个被挑起游戏兴致的孩童，见广泽之柱落子，立刻也打一子。

未下满三日，当日黄昏，俞上泉重大失误，广泽之柱胜出。

顿木乡拙仍未去对局室，终局后才看棋谱，棋的质量，仍无法刊登。炎净一行告知："棋局结束时，发生一件事，俞上泉像个经不起输的院生，提出明日即下第二局，但很快反悔，说按十番棋规矩，要休息四天。"

当夜，广泽之柱在黄浦江边，遥对武汉方向，悼念山仆数夫。香烛燃尽，世深顺造沿水走来，身后影子般跟着位黑衣女子。

世深顺造席地坐下，长刀置于膝盖。广泽之柱对坐，衣中鬼爪滑至袖口。

世深顺造说："我来，为问你与俞上泉对局实情。"

广泽之柱暗呼出一口长气，道："第一局，我坐在他面前，感到棋盘前的他贵如名刀。"

世深顺造说："他不习武，是我平生憾事。"

广泽之柱说："你四十五年前脱离一刀流，不知一刀流新技，两代养成师发明了精神控制法。山仆数夫让你分心，我做不到，因你杀气重过我，但俞上泉不是武者，下棋的长时间面对，方便我控制他精神。三局棋，俞上泉均无法连贯思考，要求休息四日，是终于有了自觉，觉出不对，要找应对。"

世深顺造哀叹："他缺的只是武功！"

广泽之柱说："听说他拒绝跟你习武，这是个机会。"

世深顺造起身，行礼道谢。

广泽之柱说："希望你成功。四日后下棋，我将诱使他短暂精神分裂，精神分裂损坏人脑，疯十分钟，俞上泉从此沦为庸才。"

世深顺造说："他会习武，我必成功。你的武技还杀不了我，以后偷袭我吧，算是我对你的感谢。"佝偻身子行去，黑衣女子仍影子般跟随。

他俩走远，广泽之柱叹道："可以杀死你。"袖口蹿出银光，长达三尺，一闪即缩回。山仆数夫传下的鬼爪。

为何面对时不出手？

世深顺造精神上制住了他。此情况，如他与俞上泉的对局之理。

黑衣女子是修大威德金刚法续命的千夜子。

世深顺造问："俞上泉会拿刀么？"

千夜子说："跟在你身后，只为等机会杀你，无责任回答问题。凡事不要想太多，你分神，我就出手啦。"

千夜子的脚踩在他影子咽喉处，世深顺造点头，继续前行。

回上海市区，入旅馆，各住一间。后半夜，有敲门声，世深顺造装睡未开。片刻，千夜子从窗户进来，见世深顺造披被子而坐，鳄鱼般睁着眼。

世深顺造说："你我之间有约定，睡觉、吃饭、洗浴、如厕时不出手。"

千夜子说："未违反约定。被子潮，没法睡。你被子暖么？"

世深顺造掀开半扇被子，千夜子缩在他身上。

世深顺造说："你说，俞上泉会拿刀么？"

千夜子说："会。"

俞上泉未归家，业余五段棋力的少将腾出别墅，留厨师警卫，供他居住。按侍奉贵族的规矩，俞上泉卧室一百八十平米，距他三十米外，整夜坐着位五十岁女侍者、备有糕点饮料、热毛巾、尿壶，俞上泉半夜稍醒，她便幽灵般上前。

老妇面部浓妆，目不转睛，凌晨两点时有了困意，是她职业生涯前所未有之事。"怎么会，怎么会？"她瞪大眼，歪身睡去。

室内站起一双人影，双胞胎的感觉，细看则长相不同。是中统特务赵大、钱二，行至俞上泉处，俯卧说话。

赵大说："您失水准，下棋的看不明白，干特务的懂。对弈者给您施了催眠术。"

钱二说："催眠术是特务必修课，累计案例，法官最易被催眠，习武人最难被催眠。"

赵大说："我俩是自在门的，自在门武学创自清朝嘉庆年间，需要两人不断切磋，1924年，中统里有了这种成双成对的人。自在门本是训练刺客的速成法，祖师爷还传下道速成法中的速成法，没人敢信，没人敢练。"

钱二说："找片空地走圈，连走四天。走不到一天，人便会累塌了腰，依旧走下去，忍到第四天，真气上升，人又能直起腰来。直起腰，便成了武功。没人试，因为人不可能连走四天。"

赵大说："虽是祖师爷妄想，毕竟是自在门秘密，说给了您，请不要再说给别人。"

次日，午休时间，警卫懈怠，世深顺造潜入少将别墅的后花园，见俞上泉一圈圈绕着花坛走。等了一小时，身后响起千夜子声音："他疯了？"

世深顺造说："有人抢先，教了他武功。"

四日后，十番棋第二局。上午八点，顿木乡拙走入对局室，见窗面上，屋檐映影如起伏的波涛。八点四十分，俞上泉到来，挽着裤角，小腿上血迹斑斑，似遭蚊虫密集叮咬。

九点，炎净一行到棋盘前，说："时候到了。"

像第一局般快速，未至十二点，已下八十三手。俞上泉数度打盹，未至三分钟

385

即肩膀一抖，回醒过来。下出九十六手，俞上泉再次打盹。

广泽之柱眼底露白，如同古画中被鬼附体的人，不再一手接一手地追着下棋，将手中黑子放回棋盒，倾身于棋盘上方。

大厅中，林不忘做大盘讲解："俞上泉下出妙手，将左边七枚白子救出，还瞄着广泽之柱中央黑棋的薄弱处。"

前多外骨说："但他看错了大局，他下方白棋结构欠佳，受不起攻击。"

午饭后再弈，俞上泉的白棋在迂回躲闪中将广泽之柱的五颗中央黑子吞下，是令人赏心悦目的巧技，但也就此让黑棋裹住下方十五子白棋，广泽之柱对之有必杀手段。

对局至黄昏，两位对局者一致要求继续夜战，大厅中看棋的大佐们亦表示不走一人，全力配合。

晚饭后，广泽之柱先回棋室，从不吸烟的他，拿了裁判席上一盒香烟，将一根烟立在棋盘边沿，又抽出一根，立在第一根上。

顿木乡拙第二个回棋室，随后记录员、工作员入室。对局室内禁语，业余五段棋力的少将写张字条给顿木乡拙："广泽君在做什么？"

顿木乡拙写下："缓解紧张。"

少将又写一张："他不是优势么，为何紧张？"

字条没有递到顿木乡拙手中，炎净一行回屋，中途截下，写了还给少将。字为："因为他迎来将俞上泉一举击溃的机会。"

广泽之柱撤去香烟，对局开始。

夜十一点三十五分，广泽之柱杀死俞上泉下方白棋，取得八目优势，却因此落了后手，让俞上泉抢先收官，五手后，广泽之柱仍无法抢回先手，俞上泉在各处占便宜，指缝漏水般无法遏制。

终局，广泽之柱输了一目半。

大厅中，林不忘纠正前多外骨："俞上泉从未看错大局。"

棋局结束后，大佐们出海军俱乐部，遭地下抗日组织伏击，炸死二人。顿木乡拙不敢放俞上泉归家，仍让他住少将别墅。

一百八十平米的卧室，室内垂着三十几根条布，俞上泉连走四日的第一日夜晚，腰累难耐，以手抓垂布来迈步。将此构想讲给守夜老妇后，她在四十分钟内完工。

不再绕花坛，后三日没出屋。腿上的肿包，不是蚊虫叮咬，是逼出了体内病气。

跪坐整日下棋，血液有瘀堵感，不敢躺卧，俞上泉仍两膀悬在布条里以站姿睡觉。守夜老妇欣赏交响乐般，听着俞上泉沉睡的呼吸声。

她又困了，暗道："不该，不该呀。"

她倾倒后，地面黑影里站起广泽之柱，走到俞上泉跟前，确认还在睡梦，以低不可闻的语音向他说："精神控制法控制了你十日，今日你控制了我。我是位宗家，具备不可一世的气概，方能统领一门。你毁了我气概，令我自卑，觉得你是我一生都无法战胜的人。对不起，不能让你存活于世。"

鬼爪滑至腕部，小指扣动，一道细薄的白光射向俞上泉颈部。

"喤"的一声响，白光扭曲，被打中七寸的蛇般瘫软坠下。

榻榻米落了一块方型刀片。屋角站着一个盘发的人，是林不忘，第一次对人用上祖传方刀。

广泽之柱眼皮抽紧。

"林家的方刀,还存于世上。"

"暗杀比你强的人,并不能让你变强,只会更加自卑。恢复气概,有别的方法。"

广泽之柱问:"什么?"

林不忘说:"立志!在强者最强的地方,战胜他。"

广泽之柱向窗口退去,骤然加速,未见窗开,人已在窗外。

二十二、花道

日本海军派遣军获得了一张可刊登的棋谱,十番棋以广泽之柱请求退出的方式,体面结束。

林不忘乘上去南京的火车。两月前,大竹减三南下杭州、广州一线下慰问棋,与各地司令官下让九子的指导棋,之后转去南京,就此留下。

炎净一行作为日本围棋最尊者,如输四盘被降级,日本棋界再无颜面,他与俞上泉的十番棋不可继续。日本棋界第一人的位子,无法让一个中国人久居,谁可为俞上泉的下一位对手?

炎净一行赞赏大竹减三承袭了本音堃一门棋风,并演进得更为沉着,是棋之正道,要劝他再战。顿木乡拙认同:"大竹君铁腕,我亦想重见。"

大竹减三在南京的住所,中式庭院,日式室内。院中有孩子玩耍,是收养的孤儿。林不忘到来,大竹减三备下花草瓷瓶,请他为小孩们展示花道。

林不忘悄声问:"你收养的是中国孤儿?"

大竹减三悄声回应:"仇恨太大,中国孤儿养不熟。是日本孤儿,日本人在南京移民三代,不少人已生疏了日语。"

"你滞留在南京,是为了孩子?"

"是为了孩子,这个孩子是我。"

日本崛起,得力于仿效欧美的明治维新。唯利是图的风气泛滥后,大正年间出现"中国风潮",知识分子普遍认为日本已变质,近代化进程中落后的中国反而保留着日本原有的美好,日本青年作家尤喜欢南京。谷崎润一郎的小说《鲛人》中表达的心声是:"居然没能生在中国,实在是个无法挽回的不幸。"

大竹减三说:"南京定居,缘于少年时被上一代人的中国游记打动。请插花。"

林不忘转向小孩,取二粗枝插入瓶中,说:"后面的是山,前面的是原野。"取二细枝插入,"枝条的不同朝向,可比喻万物。纵向为瀑布,横向是溪水。"拈起一朵花,"瓶中可有远近,还要有古今。花是时间,凋零是过去,盛开是现在,含苞是未来。"

大竹减三欣然认同:"围棋也是一株花,棋盘是远近,棋子是古今。"

林不忘手中剪刀"咔"的一响,一节枝条落于几案。

"你教他们下棋?"

大竹减三说:"教围棋之外的东西。只是教棋,教不出一流棋手。"

林不忘说:"顿木师父也是这样对我的。"端正坐姿,阐述来意。

大竹减三沉下脸,嘱咐孩子们去院中拔草,室内清静后,道:"林君,我想让您看看我家的插花。"打开隔间纸门。

房中空荡,仅摆一棋盘,上有百余枚棋子。林不忘走入,夸赞道:"果然是别致的插花……"脸色一变——许多年前全日本围棋联赛中他的一局棋。

此局轻灵，下出两个连环妙手，却在终局阶段犯下低级错误，满盘皆输，他自此有了"天才林不忘"的绰号，讽他基本功不足。

林不忘坐下，平视棋盘，棋子如露珠。

大竹减三走近，说："您的七十三手和七十七手，令我满室芳香。当黑白双方要形成各自围空的乏味局面时，您出人意料的一靠一点，让死板的棋盘有了峰峦溪水。"

"可惜，我失误了。"

"失误也是围棋的一部分，犹如点在枝间的花。插花要插枯萎的花，没有失误，围棋便少了美感。"

林不忘起身退出房，大竹减三恭敬关门，后撤数步，拉开另一道纸门，可见院里拔草的孩子。

大竹减三说："他们是我的围棋。我不想再下别的围棋，所以我拒绝您的请求。"

顿木乡拙和炎净一行在上海的暂住所，是位日侨商人提供的别墅，林不忘赶到时，他俩正清理庭院的杂草碎石，满头是汗，一脸满足。林不忘感慨，日本人的生活就是一块抹布、一根扫把呀，追求真理般追求整洁。

林不忘鞠躬："师父，我回来了。"

顿木乡拙花丛里直起腰，忽然眼神惊恐。一个五官模糊、浑身是血的人走入院门，越过林不忘，以高中生的清澈嗓音大喊："父亲大人，您的药，母亲让我带来了！"

血肉和衣服凝在一起，他掏了几把都掏不进衣兜，急得叫唤："药呢？药呢？"

林不忘喊："是次郎！"

顿木乡拙低哼一声，瘫倒在他刚清理出的草坪上。

顿木乡拙一共两子，小儿子长得像他。次郎和母亲乘船来上海，码头上遭遇日军宪兵抓捕抗日分子，扔了手雷，母亲和三名乘客当场死亡。次郎和父亲派来的司机重伤，被抬上救护车时，次郎恢复知觉，向他从未去过的父亲住所跑去……

次郎之死，在上海日侨中传为灵异事件。说手雷爆炸时，他已死了，但给父亲送药的念头顽固，拖着尸体奔跑，找到顿木乡拙的是次郎的鬼魂。否则便不能解释，不知地址，怎能找到？

次郎尸体火化后，顿木乡拙花十美元去法租界买了瓶洋酒，邀林不忘共饮，倒酒的第一句话是："围棋这东西，学会后要忘掉，比学会还难呀。"

林不忘不敢应话。

一杯酒后，顿木乡拙道："为培育花草，园丁整日提心吊胆，自然界稍微一点意外，便能毁了他十年心血。林不忘！你是如此幸运。林不忘！天赐予你下棋的才华，还给了你下棋的机会。不要辜负天的厚意，你要舍命下出好棋。"

林不忘怔住。

顿木乡拙吼道："林不忘！由你和俞上泉下十番棋！"

林不忘额骨欲裂，"呵"了一声，沉首领命。

日本四国岛药王山大窪寺外，歇息着素乃的参拜团，素乃坐在轮椅里，一人给他刮胡子，一少年在念报纸。

念到报道，林不忘与俞上泉的十番棋与慰问棋结合，沿济南、沈阳一线北上，一地一局，慰问各大日军占领区，素乃问刮脸人："你知道顿木乡拙为何要安排两个徒弟对决？"

刮脸人回答不知。

素乃说:"各方势力容不得第一人不是日本人,俞上泉已是一枚死子,死子的价值是激活他人。顿木乡拙只有俞上泉、林不忘两个弟子,林不忘棋艺复活,顿木一门不衰。"

棋理上有"死子价值"的命题,一枚棋子将死,不去救,反而加速它的死亡,以收取别处利益。当死的价值超过活的价值时,职业棋手选择死。

刮脸人说:"林不忘的才华不弱于俞上泉,但学棋太晚,错过了少年训练期,以至常犯轻率,痛失好局。"

素乃说:"不是基本功,是心病。孤独的小孩长大后,会有很重的自我怜惜心理,畏惧全心投入,不敢追求极致。逢当大棋战,林不忘反而专注力下降,不是欠缺基本功,他欠缺担胜负的气魄。"

刮脸人慨叹:"只有俞上泉能改变他。顿木乡拙用药,连药渣子都要用尽啊!"

报纸上登载了二人的第一局,至六十五手,未完。素乃示意少年将报纸举近。此时是下午三时,一日中的疏懒时刻,近侧树林时有鸟鸣。

素乃身子前倾,剃刀刮破素乃左脸。素乃没有萎缩的右手抓住报纸,血带着香皂泡沫滴在报纸上。

寺院外墙休息的门人鸟群惊飞般跑来,取毛巾擦脸、消毒、敷药、贴纱布。虽挤在一起,却迅速无声,并不影响素乃看报,处理好刀伤后,退在三步外。

二十分钟后,素乃抬头,道:"收拾东西,去济南。"

众人惊呼。

素乃又道:"林不忘下得轻妙自在,天才的布局,我要去现场看他。"

下山道上,迎面上来伙青年,为首一人左眉有刀疤,乍看似三条眉毛。

"半典雄三拜见素乃师祖。"

背素乃的院生退缩,素乃用下巴撞他后脑,让往外走。

素乃现身后,半典雄三惊叹:"你是素乃?你怎么这样?"

素乃反问:"我该怎样?"

半典雄三说:"起码得有个大人物的样子吧!我是你的重孙弟子,你这个样子,我都不好意思让我弟子见到!"

素乃说:"你是我的重孙弟子?你后面的是你弟子?哈哈哈。"前所未有的开心。

半典雄三说:"别笑啦!小岸壮河是你弟子吧?他是我师爷。"

小岸壮河是素乃最得意弟子,有意让他继承本音堅尊位,可惜英年早逝。素乃突转威严,虎豹咆哮地斥责:"住口!小岸没收过弟子!"

外表凶悍的半典雄三竟慌了,结巴说道:"声音这么大干嘛?小岸师爷有个情人,叫增信渊子,是我老大,她一次为惩罚我,让我学围棋,不料喜欢上了。今日的我是京都鸭川西岸围棋第一人。拜见您为认祖归宗,请在本音堅门人名录上登记我的名字。"

他在台阶上沉首行礼,就此不动。

有人惶恐道:"小岸师兄沾染黑道女人,我们一直对您隐瞒。"

素乃冷了眼,对半典雄三喝道:"起来,看棋。"让把报纸给他。

半典雄三背对素乃,看了二十分钟,说:"这是……一位老大下的棋,老大都是拥有鲜明个性的人,无一例外。林不忘是一位外表风度翩翩、内心追求豪赌的老大,会跟你公平地划分地盘，突然在看似没事的地方惹出事来。天下太平到天下大乱，没有过渡，眨眼间你的一切都上了他的赌桌。"

素乃问："俞上泉呢？"

半典雄三说："不喜欢他的棋，软弱而投机。"

素乃沉默片刻，道："你脱离黑道，我教你下棋。"

半典雄三愣住。

素乃笑道："我这个样子，不能让你心服么？"示意背人者放下自己，在台阶上摆出棋盘前的正坐之姿，瘦小的身材变得巍峨。

素乃坐姿有"不动如山"的美誉，有人说他的坐姿便是高深棋道。半典雄三生起崇敬之情，沉首行礼："追随您了！"

素乃保持坐姿，对身旁人低语："不去济南了。"

四国岛巡游，又到石手寺。寺门前有一株千年柏树，已死去百年，树冠早失，剩截高宽均五米的粗大树干，因香客们往树皮上抹香油的缘故，木质未朽，外观如铁。百年前，紧贴死木种植一株新柏，远观似乎是给补上树冠。

新旧两树可谓"生死一处"。素乃歇息在树下，还有一位紫衫青裙的僧人，从其金丝帮衬的规格看，身份极高。他是密宗阿阇黎牧今晚行，年逾九十，唇上的八字胡依旧粗硬，七十岁时已全白的胡子在近年常钻出一根黑须。

他原与素乃不认识，树下相遇。死在上海静安寺中的松华上人是其弟子，留日学得密法，未及传播。石手寺前的柏树在密宗信仰里是返魂之树。

听了松华死况，素乃感叹："密法给这位年轻人招致不幸。"

牧今晚行说："这是千年因果，密法初传日本时也是血债累累。"

一千二百年前，空海自唐朝学得密法归日，巡游四国岛，至当地财阀卫门三郎家乞食，遭到厌恶佛道的卫门三郎推搡，空海的乞食钵摔在地上裂为八瓣。

第二日，卫门的长子身死。八日内，卫门连死八位家人，他追上空海忏悔后亦病亡，临死许愿作空海弟子，空海在一块小石子上写了"卫门三郎再来"字迹，塞入他手中，作为来世相见的凭证。

一年后，空海巡游至此树，遇当地农民抱一婴儿乘凉，婴儿生下时右手便不能张开，医生诊断是天生畸形。空海将婴儿抱入怀中，婴儿张开右手，掌心有一块石子，写着"卫门三郎再来"。

如此奇迹，令密法得到民众信仰，终在四国岛立足。

牧今晚行说："密法在日本初传，以八条人命为代价。密法归华，不知需几条人命？我徒松华算是一条。"

素乃说："一千二百年前，卫门三郎在此树下返还，您今日也会遇到一个婴儿？"

牧今说松华归国时，师徒俩人皆有不祥预兆，约定了一个隔世相见的暗号——来剃须者，即是松华。

素乃笑言："你的胡子这么硬，婴儿的腕力怎可刮去？"

牧今晚行亦笑："众生因缘不可思议，我是洗干净了，看这大好胡须如何失去。"

一位穿俄罗斯连衣裙的妇女怀抱婴儿自山道行来。此时尚未开寺门，妇女等在台阶下，看样子是有特殊心愿，要烧头香。

头香并非每日香炉中的第一炷香，第

一炷香是僧人清晨打扫卫生时烧的，头香是卫生香之后的第一炷，据说福德无量。

牧今晚行招手，说："夫人，开门还需些时候，不如到树下坐坐。寺未建起时，此树已是名胜。"

夫人走来，烫发淡妆，眼神明媚。

素乃问："夫人，您是电影明星么？"

夫人笑言："您没怎么看过电影吧？哪有我这个明星，我是个播音员。"

素乃感慨，原来仅闻其声的播音员也如此注重形象。

夫人解释："在话筒前，如果不注重仪表，简直没有自信说话。我们与电影明星不同，是打扮给自己的。"

牧今晚行的眼睛一直在瞟夫人怀中婴儿。素乃笑笑，问夫人为何来此寺参拜，夫人说婴儿生下长哭不止，但闻到烧香，便会止哭。

牧今晚行说："闻香止哭，说明与我佛有缘。"

夫人埋怨近日闻香无效，改成闻火柴的硫磺味才止哭，每日要划五盒火柴，携来拜佛是希望能改此怪癖。

牧今晚行转而赞叹夫人并未因育子而身材受损，夫人笑说婴儿非自己所生，是收养的十和田湖中国侨民区的一名弃婴，其父母可能因战时中国人在日本找不到工作，苦撑几年终于回国。

听闻孩子是中国血统，牧今晚行脸显激动，似乎已认定此婴儿是松华再来。

夫人娘家在石手寺山下，婴儿上山时睡着，额满腮圆，颇具佛相。素乃与牧今晚行交流眼神，彼此皆知对方所想：难道要以划火柴误烧的方式，去掉胡子？这是一个婴儿唯一能办到的剃须方式。

果然，婴儿脑袋后仰，转醒啼哭。夫人从随身皮包里取出火柴，划着，婴儿鼻翼微耸，竟不哭了。盯着火柴余火，牧今晚行向前凑了凑。

夫人优雅地将火摇灭，继而划第二根火柴。

为分散夫人注意力，素乃询问夫人做何广播。划到五根火柴，终于误碰到牧今晚行胡须。

灭火后，夫人愧疚得哭了。寺内响起迎客钟声，牧今晚行劝说夫人进寺，别误了头香。

看着夫人走上庙门的婀娜背影，素乃问："松华返还？"

牧今晚行点头，捋尽唇上残须："听说你有个得意之徒小岸壮河也是英年早逝，我会为你祈祷，祝愿他也能返还。"

素乃说："不必费事，已经返还，只是他换了粗俗面貌。"

本音垫弟子们在石手寺外墙野营，半典雄三在其中，帮忙支灶做早餐。

二十三、鬼手

济南，俞上泉与林不忘的第一局棋，至一百九十六手，林不忘认输；烟台，第二局，至二百一十手，林不忘二目负；天津，第三局，一百零四手，俞上泉胜。

棋局结束，林不忘住进医院，诊断是今年流行的"朝鲜感冒"。顿木乡拙去看望，见窗台摆插海棠的花瓶。顿木乡拙摘下海棠，指瓶子问道："它可当作花来插么？"

林不忘开窗，揪下把爬山虎叶子，摆在屋角，将瓶放上。

顿木乡拙说："瓶插在叶子上。不愧是林家的花道。"指室内脸盆，"它可以作瓶子么?"

林不忘掰下三片海棠花瓣，点在水面。花瓣浮移，略似游鱼。

顿木乡拙折下块海棠枝干，蠢蠢的如块橡皮，问道："这个也能入花道么?"

林不忘随身折扇打开，置于窗台，放上干枝。

顿木乡拙说："好像不太相配?"

林不忘拉灭灯，月光显现，扇面的折叠阴影似是海涛，干枝如礁石。

顿木乡拙叹："光也可插入！花道果然是无物不容。棋道也可容万物，容得下你最好的状态。"

第四局，在大连，是林不忘畅快之局，引诱俞上泉杀入左上角，换得中腹从容布阵，继而下出巧手，将俞上泉下边一团棋断为两截。

两截棋必有一截不及补活。林不忘没有杀棋，转而扩大中腹白阵，任由黑棋补活。白棋大优，但不用简明方式取胜，顿木乡拙略感遗憾，纸条递炎净一行："是花道，不是棋道。"

次日，黑子点入中腹白阵，选点刁钻，难以封杀。林不忘无意修复白阵，以白阵内空尽可不要的态度，放任这颗黑子，依托白阵外壁，毅然对右边黑棋展开攻杀。

炎净一行递来纸条，"棋道"二字。顿木乡拙画圈肯定。

俞上泉对局时多了个习惯，时常点一下眼药水。对局室配有医生。今日开局，医生问："俞先生，您眼有血丝，感到干涩么?"

俞上泉收下药水。

对局场地是大连日军司令官别墅，不愿下级军官进别墅，未开大盘讲解，对局室医生由司令官提供，已为他服务十年的专人医生。

第三日下午四点三十分，林不忘眼光亮起，武士抽刀般从棋盒夹出枚棋子打下。满盘皆晃，邻近这枚子的五六枚棋子滑偏。

俞上泉"啊！啊！"叫两声，快速将震开的棋子一一摆回原位，眼神充满自责，似乎是自己搞乱一切。见此情景，裁判席上的诸位互递纸条。炎净一行的纸条是："俞上泉过度紧张。林不忘将赢。"

林不忘察觉俞上泉状态不对，说："师弟，又过去两小时，我们去放水吧！"

"放水"是去小便，俞上泉听了，仰面而笑。笑容开阔，露出上牙龈。在林不忘的记忆里，他从没如此笑过，似是别人的脸。

洗手间为西式，小便池贴墙，隔板是日本做棋盘的榧木。俞上泉告诉林不忘，不做棋盘可惜了，言罢脚踢，要把隔板拆下。

警卫绑上俞上泉双臂双腿，医生汇报：俞上泉是短暂精神分裂，情绪高度紧张造成，不需用药，半日内即可恢复正常。短暂精神分裂伤害人脑，十分钟内，俞上泉未能清醒，思考的连贯性和周密度将不可挽回地降低。

顿木乡拙追问："您的意思是，十分钟后，俞上泉不再是一流棋手?"

医生给予肯定的回答。

顿木乡拙向炎净一行使个眼色，示意他代替自己主持赛事，出了房。

别墅花园一棵松树下，顿木乡拙解腰带挂上松枝，下端结圈。脖子套上，站过一会儿，将头颅抽出，舒出口长气。

上吊是他多年习惯，每看到一盘精妙好棋出现拙劣之手，便像看到花季少女被流氓玷污。内心的厌恶，只有用虚拟上吊的方式方能缓解。

此局是林不忘好局，轻妙自在！按正常次序了结，将赢三目。但俞上泉脑力受损后，将输更多。围棋不是赌博，不是赢得越多越好，三目之胜更有价值！原本，可以是艺术品！

响起轻咳，炎净一行走来。看手表，已过去二十七分钟，顿木乡拙问："俞上泉醒了？"

炎净一行说："你走后，他便醒了，未足十分钟。棋下完了。"

俞上泉和林不忘去厕所前，俞上泉右边被吞下两条黑子，一条五子，一条七子，如一对溺水而亡、陈尸岸边的母子。

炎净一行递上棋谱记录，顿木乡拙表示不必看了。炎净一行说："还是看看吧，林不忘被降级。"

清醒后俞上泉下的第一手棋，自损四目，但白阵中已死去的七枚黑子借此还魂，勾连活出。林不忘输三目。

顿木乡拙说："这样的棋不是我教出来的。在你们本音堃一门看来，是棋之邪道吧？"

炎净一行说："鬼手！"

司令官拷打了医生。医生招认，不愿围棋第一人为中国人占据，送给俞上泉的眼药水，是日军飞行员特供毒品，频繁点滴，可引发短暂精神分裂。

向顿木乡拙道歉后，司令官尚有疑问，以军方药品效力，俞上泉不可能十分钟恢复理智。

顿木乡拙询问俞上泉，回答是："眼前升起一颗黑色圆点，之后又升起一颗红色圆点，二圆点合在一起，双双消失，眼中现实显现，我醒了。"

转述给司令官后，司令官让秘书记录，送交陆军科研所。

被俞上泉降级，林不忘换了身白西装。每当心情沮丧，便穿白衣，这是许多棋士的习惯。

他一人在大连街头的咖啡馆坐着，喝下第六杯咖啡后，听到旁侧说起日语，念的是东京棋院办的《棋道》杂志，比日本人舌音花哨，是两位犹太青年。犹太人在欧洲受迫害，在天津、上海、大连、哈尔滨大批滞留，中国是他们逃去美国的中转站。

青年甲说："'他的眼神是胜利者特有的冷淡，他的手指细长洁白，少女一般'——日本人竟然这么写他们的围棋霸主。"那是触觉派小说家丹始凉诚笔下的俞上泉，《棋道》杂志一直聘请作家写观棋散文。

青年乙说："日本人写一个三百斤的相扑手，也用少女比喻。少女等于神圣，有趣的思维。"

青年甲说："棋类游戏无非是数学公式，我研究了一年围棋，在数学意义上，不如国际象棋。"

林不忘转过身，说："我是日本最差的围棋棋士，想跟你对局。"

青年甲诧异回头："可以，但这里没有围棋。"

林不忘说："有纸有笔，便可下棋。"

吧台小姐拿来纸笔，林不忘画出棋盘，横纵间距犹如尺量。青年时代在找不到棋盘的地方，常这样过棋瘾。一人画三角一人画圆圈，代表黑白子，被吃的棋子涂成实心黑。

林不忘说："先摆上九个子吧。"

让九个子，是对刚学围棋的小孩才有

的事。青年甲抗议："世上不存在让我九子还能赢的人！"

青年乙说："他位居世界国际象棋前二十名，五次获得法国公开赛冠军，是阿廷根大学的数学博士！"

青年甲叫拉克斯。林不忘赞许："数学博士——九子！"

拉克斯说："如果你坚持，好吧！输了，要接受教训。"画出九个三角。

半小时后，林不忘涂黑纸上三角，连涂十几个，停手问："还涂么？你是博士，该算出死了多少吧？"

拉克斯向柜台喊："再给张纸！"

咖啡馆亮灯时，地上摊了五张纸，均有一行涂黑的三角。林不忘戴上口罩，起身离去。拉克斯追出，问道："围棋是上帝的显现。先生，您有无兴趣到南美教围棋？"

美国新政策拒收犹太人，拉克斯不愿等待，联系了去南美，受聘在智利一所中学当数学老师，同时就任"南美国际象棋联合会"主席。拉克斯向林不忘保证，他会发动南美国际象棋爱好者学围棋，课时费生活足矣，甚至小富。

在熙攘街头，林不忘朝大连市内顿木乡拙居所方向行礼："师父，我亦下出了鬼手。"

白光一闪，钉于路边电线杆，是林家的方刀。

二十四、细心

进犯长沙的日军退至新墙河，一张日文报纸上公布中方长沙守军的作战宗旨：精神重于物质、政治重于军事、命令重于生命。

炎净一行向顿木乡拙坦言，自己原认为俞上泉的下法是棋之邪道，随中日战争的进展，渐有不同理解。林不忘被降级的棋，每一个局部战斗都赢了，全局却输了。日军占据大半中国，看似占尽便宜，实则一百六十万日军束缚于占领区，没了扩战余地。

日本陆军最早战略是，攻下洛阳、潼关以封闭西北，攻下武汉以封闭长江，将中国政府军逼至无险可守的上海、杭州。后来寻捷径，看中国财富集中在上海，认为毁灭上海，中国会立刻崩盘。将本应是最后战场的上海，改为首战之地，结果令中国主力部队退入四川腹地，再难追杀。

炎净一行说："一角被杀仍可争胜，犯了方向错误，便不可挽回。自西向东的作战，改成自东向西，受围棋千年熏陶，国人还没有养成深谋远虑的习惯。"

顿木乡拙说："忽然有了下棋的兴致，请赐教。"

三分钟一手的快棋。两小时后，顿木乡拙一块黑棋在白棋逼迫下，挤成一团。围棋术语，称为愚形。

顿木乡拙："不必下了。被迫成愚形，棋手会冒险争变。但我的棋已有两块愚形，想冒险，亦无余地。"

棋盘上并无第二块愚形。炎净一行知他指的，是一个徒弟不辞而别去了南美，一个徒弟走上必须失败的命运。

炎净一行轻语："收吧。"

二人垂头，各取黑白子，"哗哗"入盒。

俞上泉必须失败。可能战胜他的，遍览天下，还是大竹减三一人。代表东京棋院，前多外骨到南京请大竹出山，与俞上泉二战。

大竹减三说："那么肯定我能下过他？

久未下棋，来盘三分钟一手的快棋吧，您与小岸壮河齐名，我要测试下自己的棋力。"

久未下棋，前多外骨需两日调整。第三日上午八点，前多外骨到来，大竹减三要求按正规赛制的九点钟开始。二人静坐到八点四十五，前多外骨张口："大竹君，多十五分钟下棋，不好么？"

大竹减三应许，抓起折扇，掰断一叶。多年习惯，一局棋会掰坏五六把折扇。前多外骨从随身皮包中取出笔记本，撕下张空白纸，用力揉作一团，扔于膝旁。

中午未休息，下午两点，棋局结束，大竹减三去准备午餐，前多外骨依旧坐着，眼不离棋盘。一小时后，大竹减三回来，问："前多先生？"

前多外骨说："不愿此局结束。"

大竹减三说："早晨一见，便感到您的斗志，不敢迎击，只想拖延。"

"终于下棋了，如武士紧抓刀柄，我的手变得非常有力。"前多外骨拾起膝边纸团展开，是深刻褶皱。"这些纹理，是我的斗志。"

大竹减三说："我想收藏这张纸，镶入镜框，挂于书房。请应许。"

今日对局，前多外骨半目胜，经典的"大搏杀、小胜负"之局，序盘阶段自左下角暴发追杀，衍生出五次激战。前多外骨缰绳般控制着大竹减三的杀力，竟运转至终局，以最小差距定出胜负。此局是前多外骨佳作，结束后贪坐，不愿离去。

用餐时，大竹减三表态："今生已输俞上泉，不想再战。"

"收养小孩度日，岂不无聊？"

"不单养小孩，我还做别的。"

"什么？"

"比如，让别的棋手在我身上找到自信。"

前多外骨不再言。

俞上泉接到东京棋院通知，前多外骨将与他下十番棋，首局选在距大连不远的长春城——"满洲国"首府。遗落在宏济善堂的衣物被日军送回，其中有西园寺春忘送的《大日经疏演奥抄》。

上午打过前多外骨青年时代"大手合"升段赛的棋谱后，俞上泉抽出《演奥抄》一册观看，碰倒棋盒，撒出几十颗白棋，犹如水渍。

其时，中国腹地的宜春城失陷，四川的第一道大门被打开，中方军队反攻宜春未果，日军在宜春、当阳、荆门、沙市地区构成多角形堡垒网络，建飞机场、公路，修成进攻重庆的据点。

十番棋首局，俞上泉一目劣势。遵从对局双方意愿，晚饭后再下两小时。

对局地是满洲皇家警卫队的剑道馆。满洲皇帝未进对局室，在议棋室内待过半小时。议棋室内接待满洲官员和日军官员，人数有限。

俞上泉未去就餐，在剑道馆花园的假山上歇息。广泽之柱送来热水与饭团，对于他的重新现身，俞上泉略显惊讶。广泽之柱告白，他向东京棋院请求，出任议棋室的大盘讲解，已立下志向，日后棋力增长，与俞上泉再做十番棋擂争，所以不会放弃任何一个看他下棋的机会。

落日染红簇簇乌云。

俞上泉仰望，叹道："学棋之初，觉得棋技美过天地。今日，盘上已无风景。"

广泽之柱不解，请赐教。

"盘上棋技，实是心态。《大日经》言，人有一百六十种心。剃刀心——觉得剃了光头，便能重启人生，如同棋手受自己的新意迷惑，以为创新可造成改变，看不见扭转局势的真正要点；瓦罐心——罐口磕破，便抛弃不用，再买一个，随机应变的棋手，反而会越下越难，战斗需要主旨与连贯。"

广泽之柱暗惊，林不忘之败是此二心。

"泥心——认为自己的风度气势可感染他人，如泥染衣，最终受染的只是自己，风度气势会令你失误；河心——河有左右两岸，总想下出一举两得的高招；鼓心——鼓声震四方，追求惊世骇俗的绝妙一手。追求，是败因。"

想到炎净一行……广泽之柱禁止自己再想，请教："没了风度与追求，当棋手还有何意义？"

俞上泉问："你为何当棋手？"

广泽之柱答："先是父亲意愿，后是自己喜欢。"

俞上泉说："你还能做别的。"

广泽之柱茫然，半响后言："做别的无趣，这是我最好命运，下棋令我尊严高贵，愿尽我寿命，一直下棋。"

俞上泉说："敬业之情，可感动世人，在我看来，是女心与盐心。女人般想重温快乐，吃盐般想一尝再尝。"

广泽之柱一怔，反问："您为何下棋？"

"为知自心。"

晚七点，重开局。暴雨终至，响如鞭炮。俞上泉追求布局速度，中央遗留下块不安定白棋，大战由此引发。

前多外骨不进攻中央白棋，反而威胁上方富于弹性、不易受攻的白棋，借此布出一片黑阵，杜绝中央白棋向上方逃窜，慢慢创造斩杀时机。

俞上泉被迫在中央白棋里连补两手棋，成不死之形，就此全局落后，让黑棋占据左边大空。至晚九点，对局暂停，黑棋实空领先，十三目巨大优势。

次日大雨依旧，下午四点，俞上泉陷入长考，广泽之柱停了大盘讲解。议棋室内，人人在说闲话，走入位湿漉青年，到大盘前歪头，突然叫嚷："这还是俞上泉的棋吗？"他左眉因刀疤而断，乍看似三条眉毛。是半典雄三。

这副底层流氓相，无人接他话茬。半典雄三倍感无趣，走一圈，喝道："手痒痒了，谁跟我下一盘？"

一名日军军官站起："放肆！没人可以在议棋室下棋！"

半典雄三亮出介绍信，日本特务组织"华机关"首脑飕团兄喜的签名。见众人气弱，他坐到一具棋盘前，问："谁跟我下？"

广泽之柱坐下。

半典雄三怀里掏出手巾包，展开是烟灰缸、扇子、香烟、打火机、巧克力、手表、招财猫玩偶，一一摆于棋盘旁。

广泽之柱说："三十秒一手的快棋，可以么？"

半典雄三说："跟我比快？狂妄。"

一小时后，半典雄三认输离去。

众人庆贺："您给了他一个狠狠教训！"

广泽之柱脸色凝重，道："他只是不擅长快棋。此人棋风迂回转换，妙趣横生，我几度以为是在跟俞上泉对局。"

俞上泉与前多外骨封棋。

长考后，俞上泉未下出奇招，二人均无意晚上加时再战。

长春城内日式酒馆众多，前多外骨在"阿市屋"招待半典雄三。素乃电报告知，自己收了关门弟子，来华看俞上泉下棋，其人轻浮，易惹祸，托了大特务头子做保。

阿市屋提供歌伎表演，前多外骨介绍："日本舞蹈旋转少，总是正面对客。"曲乐变调，歌伎开始表演名剧《过河》，高提裙摆，露出小腿。

半典雄三说："你说得不对，未旋转，却作出旋转的暗示。二棋手相互侵入对方领地，形成交换，得失还好判断，怕就怕摆出一副要转换不转换的样子，让可计算的地方变得无法计算——俞上泉擅长这么做。"

前多外骨大笑："看女人小腿，能看出俞上泉的棋。本音堃一门变得如此不正经了？"

半典雄三说："职业棋手就是要从任何地方，都能看出棋来！"杯子大力扣在酒瓶上，歌伎受惊停下，他继续说："素乃师父训练我的方法与你不同，让我学俞上泉棋风。以你眼光看，你已锁定胜局，以我眼光看，还有变数！"

前多外骨道："噢？"喊餐馆老板送上棋盘，让半典雄三演示。对局棋手请人支招，是作弊行为，前多外骨心知。

一小时后，半典雄三不再摆棋。"没办法！俞上泉折腾不出花样。"

前多外骨黯然神伤："难道，我真要赢了？"

次日九点开局，十一点二十三分，俞上泉下出一手，前多外骨骤然耳赤。

棋局在下午三点结束，俞上泉胜。晚七点，前多外骨在阿市屋"松海"单间，再次宴请半典雄三。

十一点二十三分俞上泉下出的一手，是为认输而故意下出的错误之手，将招来自身崩溃。前多外骨可拔下两枚白子，造成一片白棋不活，提前结束棋局。

前多外骨过度反应，将认输之手误以为是奇招，竟然退让，没抓住机会拔掉两枚白子，结果七枚黑子遭俞上泉反杀。

前多外骨说："嗯，我该警戒自己的粗心。"

半典雄三说："你不是粗心，是不敢细心。"

前多外骨"啊"了一声，若有所悟。

半典雄三汇报素乃近期研究：俞上泉棋风，不顾局部薄弱，抢占大场。局部被攻，便把局部搞乱，进而乱及全局，凭着超人一等的综合判断力，乱中取胜。但乱者必自败，诱使他下出更复杂的棋，便是战胜他的方法。

第二局仍在长春，满洲皇帝进对局室，坐一小时离去，飓团兄喜代表皇帝完整观棋。

飓团兄喜戴墨镜，留胡须，最大限度遮蔽五官。他曾制造日本学术界"泷川事件"，捕大批学者，开了让特务进驻大学的先例。他是位棋迷，传说在等待天皇面见时，还会翻看俞上泉棋谱。

棋局在下午三点结束，未从容布局即展开复杂对杀。前多外骨如大竹减三般，掰折六把扇子，俞上泉负。

复盘，发生争执，俞上泉不求败因，一路肯定自己。

前多外骨说："虽然你在上方围成超级大空，但你下方棋形薄弱，受攻即大损。"

俞上泉说："不，全局未坏。"

前多外骨说："没必要复盘了吧？"愤

而离去。

俞上泉摇头,独自摆棋。

飕团兄喜不动,裁判席其余人不好起身。他点了下身旁的炎净一行:"俞上泉不承认失败,有失风度呀。"

炎净一行吓一跳,镇定后说:"或许,执着的人是前多外骨,他执着他赢了。"

飕团兄喜笑起,如刀刃擦过砂轮:"有理。思考哲理的时候,该有杯咖啡。"

裁判席上的众人齐应声,奔出找咖啡。

一小时后,俞上泉复盘完毕。

飕团兄喜放下咖啡:"胜负如季节起伏,每个人都有自己的冬季。"吩咐秘书将这句话记录。他的秘书是位美丽少妇,烫美国影星海华斯的大波浪发型,边记边赞叹其中的诗意。

满洲由日军扶持建国,为表示日满友好,城里种植许多日本樱花树。樱花薄脆,一碰即散。

走在稀冷大街,前多外骨点落一簇樱花,花瓣如雨洒在手上,听到自己的咳声。自从决定复出,体质明显好转,或许是争夺围棋第一人的意志使然,已许久未曾咳。

咳声更烈。

半典雄三跟在身侧,陪着他。

前多外骨说:"如果你我居长春五年,能看到几次樱花?"

半典雄三说五年应是五次,前多外骨说恐怕仅此一次。

半典雄三说:"樱花一年一开。"

前多外骨说:"人却难有闲情。"

二十五、当战不战

第三局,对局地改在热河的清皇室夏宫。热河没有并入满洲,夏宫内驻扎着日军。

南下火车中,俞上泉的大哥、二哥现身,他俩任伪满洲国铁路局局长秘书。兄弟相见,也说不出什么话,陪坐着。

广泽之柱寻到俞上泉包厢,询问第二局。俞上泉言,棋上无话可谈,犯了自在心。大自在天天主与天地一起成形,目睹星辰显现、生物诞生,误以为自己是造物主,"自在心甘甜美妙,沉溺在自己无所不能的信念里十日,火车鸣笛,方醒觉。"

广泽之柱暗叹,俞先生亦受心态蛊惑,如实知自心,如此之难。

日本在满洲有传教权,在长春城新建的密教寺院,广泽之柱买到《大日经》,对照一百六十种心,自我检验。看到密教宗旨"菩提心为因、大悲为根本、方便为究竟",一二句好理解,拯救众生之心是修行的起点,对众生的悲悯之情是修行的动力,惑于第三句,修行的方法等于真理。

"方法为达到真理,方法怎会是真理本身?"

俞上泉说:"你一二句即错了。哪里有众生?菩提心是虚无之心,没有苦难与拯救,众生是你的幻相。幻相中的千万变化,令你动情,多么可悲,是为大悲心。密教修行法是,诵真言等同佛语,结手印等同佛身,冥想等同佛意——这个方法告诉你,你即是佛。你即是佛,即是真理。"

闷了半晌,广泽之柱问:"俞先生,您是佛么?"

俞上泉说:"没有我,我是你的幻相。"

难以理解,羞愧于接不上话,广泽之柱告辞。

大哥向俞上泉试着问:"你现在这么讲话啊?"

俞上泉说："哥哥——"没了话。

清皇室夏宫，两百年间用于招待蒙古贵族和西藏活佛，遍布蒙藏建筑，有座模拟布达拉宫的高楼。对局室设在八楼，在五楼的炮台广场，立大盘讲解，慰劳驻扎日军，选出三百优秀战士，整齐坐于马扎。

主讲是广泽之柱，照顾素乃锻炼半典雄三之愿，让他做副手，负责摆棋与搭话。

广泽之柱说："三十分钟了，前多先生还不落子。真是难为讲棋的人呀，说点什么呢？请半典先生再讲个笑话吧。"

战士热烈鼓掌。半典雄三很不高兴。

对局室内，响着前多外骨的咳声。开局后，俞上泉下出新手，让出左上角，左上浮子与左侧早先一子形成搭配，如进一步围空，所得目数将大于左上角。

但俞上泉不落实，转去右边布阵。前多外骨洞穿左侧，占据优势。大盘讲解，半典雄三批评俞上泉作战思路不连贯，广泽之柱心知，俞上泉为破自在心，故意先取劣势。

经二十分钟长考，俞上泉悟出追赶之法，逼迫前多外骨落实左边，趁机在中腹成空，双方持平。但前多外骨先手在握，渗入右边，捞得七目大利，再次占优。奇怪的是，前多外骨不再落子，自此长考。

"他在考虑什么？"

"他在懊悔。"

半典雄三低语，本可多进一线，收九目之利。

一经提醒，广泽之柱看出方法，是终盘阶段的收官巧手，在抢夺要点的中盘激战阶段，不易想到。

二人达成共识，照顾战士心理，此变化不在大盘摆出。

前多外骨结束四十七分钟长考，接出一颗落入中腹白阵的黑子，获利二目。广泽之柱宣告，战士们激动鼓掌。见半典雄三瞪眼，广泽之柱低语，自己也看明白了，连接方向有误，从另一侧接，可挤破白阵。

半典雄三说："前多君入魔，上一手少得二目，便只想二目了。"

白阵趁机补好，黑棋再无攻击目标。顿时落入终盘阶段，二目之手成全局败招。观棋席上，炎净一行递来纸条，顿木乡拙接过，写着："失误，是苍天在下棋。"

五点半，大盘讲解处电灯亮起，传来前多外骨认输的消息。广泽之柱遥望八楼对局室窗口，双手合十，感恩佛祖向他展示《大日经》写的绳心——前念捆住后念，前事捆住后事。

前多外骨说："再来一盘！"咳声剧烈，近乎嘶叫。

顿木乡拙赶过来，迎面而笑。

前多外骨醒悟，手中棋子落于腿上，问："第四局定在哪里？"早知在北平。

顿木乡拙说："啊，您忘了？我的疏忽，在北平。"

前多外骨说："没必要，就在这里！明日便下。"

顿木乡拙说："北平观棋的，有多方政要……"

前多外骨站起，说："飕团先生！明日必有好棋，您敢不敢得罪几个政要？"

飕团兄喜于裁判席站起："以我今日地位，已不怕得罪任何人。"

嘱咐秘书记录此言。秘书赞了句"大丈夫"，飕团兄喜要秘书将这句也记下。

对局者单独用餐。晚饭时，广泽之柱随送餐人员进入俞上泉房间，请教"如实知自心"。

俞上泉说："眼前一切，都是你心。"

"啊？那些是外物。"

"没有外物。小猫追逐尾巴，误以为是别的动物。种种误会，造出世界。"

"我能看到的您，也是误会？"

"你我都是猫尾巴，猫认为我俩不是，于是有了俞上泉和广泽。没有痛苦与解脱，因为我们并不存在，只有一只猫在玩。不管把尾巴想得多么可怕，它也不会受到伤害。不管我们怎样，心都是清净无瑕、圆满无缺。"

广泽之柱默然，片刻后再道："清净圆满的心为何要造出错误百出、痛苦不堪的世界？"

"小猫捉尾，为什么？"

"自娱自乐。"

俞上泉说："你已知了自心。心造世界，如水生漩涡，水还是水，并没有变出什么。小猫捉尾，闹得再激烈，也没有出现别的动物。没有错误与痛苦，心从未造出什么。"

"也没有佛？"

"即心是佛——没有佛，只有心。佛与众生的差别，万物的品类，皆是心的自娱，本无差别。"

"棋上毕竟有胜负……"

"棋盒里的子数未多一颗，未少一颗。"

棋战按"一局三日，休息四日"的频率安排，第三局一日下完，天数宽裕，加赛一局，不会错过北平政要观棋之约。累俞上泉辛苦，飓团兄喜未承担什么。

第四局俞上泉执黑，第三十七手攻向左下角，前多外骨不应，补强中腹白棋。俞上泉第四十九手扩张右上角，前多外骨不应，再次补强中腹。

大盘讲解处，半典雄三评说："这是素乃师父的棋。"中腹白棋长如山脉，据此背景，可在各处尽情攻杀。

俞上泉打入下边，落子位置与其说为深入，不如说为逃脱。前多外骨落子，不从上方封杀，从下方逼走黑子，得下边大空，抵消黑棋之前在左下、右上的目数。

观棋席上，顿木乡拙和炎净一行交换字条："逼人交城交地，当战不战，是善战者。"

从下方逃出的黑子，迎着山脉般的中腹白棋，如让它半死不活地待着，成为拖累，致使黑棋在别处不敢用强，又将是白棋当战不战的高招——符合炎净一行的预判，前多外骨置之不理，转去右下角，无条件刮走四目，准备以各处占便宜的方式，锁定胜局。

俞上泉中腹落子，要接引下边逃出的黑子，但位置过于靠近中腹白棋，发生战斗，会吃亏。前多外骨终于开战，阻断接引的黑子和下边逃出的黑子。

俞上泉执迷不悟，仍企图连接，前多外骨痛下杀手，下边逃出的黑子尽死。但杀棋过程中，接引的黑子贴着中腹白棋长起，围出大空。

之前判断局势，广泽之柱和半典雄三一致认为，俞上泉目数落后，白棋满盘坚实，黑棋没有增目可能。不料是在白棋最强的地方成空，俞上泉构思，为专业棋手盲点。

即将入夜，前多外骨封手，结束当日对局。

次日开局，前多外骨四处挑衅，俞上泉全部应战。二人差距不大，如平静收官，等待对手出错，尚有扳回希望。勉强开战，易遭反扑。

五十手后，前多外骨逞强不成，各处吃亏，无可挽回地拉大差距。未至黄昏，棋局结束。顿木乡拙向飚团兄喜汇报，此局含有"当战不战"的哲理，前多外骨虽输了，但兑现向您的许诺，献出盘好棋。

飚团兄喜说："棋运即国运，日本如当战不战，此时已可做主中华。"

报纸新闻，日军集结兵力七万余人，在新墙河分八路渡河，汇集于捞刀河、浏阳河之间，准备第三次进攻长沙。

二十六、名花开早

开往北平的火车上，俞上泉的大哥、二哥再次出现，陪坐至终点。下车时，俞上泉未找到装《大日经疏演奥抄》的小木箱，以为遗落在长春。

抵达后休息二日，开始第四局。前多外骨持白，攻击左下角不成，轻灵逃脱，转向中腹。黑棋追击，七十一手后，蔓延到黑棋占据的右上角，仍未寻到攻杀契机。

追击的黑子形状散乱，前多外骨不在原地反击，再次上演"当战不战"的戏码，让追击的黑棋吃下两颗白子，反手杀掉右上角十一个黑子。

交换不成比例，俞上泉目数大亏。不吃二白子，追击的黑棋将断为三块，吃下，也只是联络好自身，死蛇一样弯在中央，不方便围空，没有下一步攻击目标。像这样完全落入对方圈套的情况，在他以往战例中从未出现。

裁判席上，顿木乡拙递来纸条："小岸壮河复生。"

炎净一行还纸条："不，是素乃师兄。"

大盘讲解处，广泽之柱双手合十，向白棋行礼。半典雄三宣布，棋局已结束，再下，等于让二子棋，前多君理解的棋道比俞上泉深刻。

之后，前多外骨放任黑棋在左上角做活，抢得先手，打入下方黑阵，活出块小空。不为破黑棋目数，为建立根据地，从中腹黑棋里勾连出三枚零散白子。被虎口拔牙，失去三枚白子后，紧密串联的中腹黑棋竟然还未活。

俞上泉落子，位置偏远，未能一手补活中腹黑棋，应是吃亏后心态失衡，想活得大些。大盘讲解处，广泽之柱让半典雄三展示白棋的必杀手段，一位政要看懂，发言说即便换他下，也能赢。

前多外骨揪住漏洞，开始杀棋。

俞上泉落子——摆棋的半典雄三骤然失色，之前偏离做活要点的一手，并非为活中腹。一损再损后，俞上泉终于寻到作战契机，对包裹左上角外的白棋展开攻杀。

此处白棋姿态舒展，看似随手可活，是条生龙。

前多外骨却陷入长考，四十七分钟后，认输。顿木乡拙移步棋盘前，小声解释今日观棋有诸多政要，恳求他下完。

前多外骨眼睑灰暗，如一个连日失眠的人，答应了。

棋手认输后，一切便结束。未下出的变化，该在棋手复盘时展示，只属于二人。俞上泉向顿木乡拙行礼："由我去大盘讲解处，一个人摆完吧？"

顿木乡拙说："啊，可以这样么？这样吧。"

前多外骨向俞上泉行礼："劳烦了。"起身离去。

黑棋的死蛇堵住了白棋的生龙，之后，

401

白棋可快一步杀尽中腹黑子，看似密密麻麻，其实得空有限，而黑棋将在左边勾画出大空，双方十二目落差，白棋再无争胜可能。

前多外骨累计输四局，被降级。他当夜赶去天津，次日乘船回日本。辞别语是，他从此全心侍奉本音陞素乃，不再下棋。

日本棋手屡败的尴尬局面，需要一个说法破解。飓团兄喜像俞上泉一样想出超常手段——日本棋手面对的不是中国棋手，而是东方文脉。

报纸展开对俞上泉的宣传，从肤色开始：

见过俞上泉，会感慨，亚洲竟有如此白的人，白瓷之白，洁净而高贵。白人之白，相比于他，显得粗糙、不够纯粹吧？

他是身材比例最好的亚洲人，行走、坐下，是看不尽的端庄。接触他，会有一致感慨，这是天底下最好相处的人。他总是温和地看着你，倾听你说话，你知道，这个人会善待你，他了解你的一切。

白人是蓝色、绿色、黄色的瞳孔，艳如花卉。他的瞳孔是一味黑色，如深邃夜空，夜空下，一切花色都显得肤浅。

他所居住的街面，总是清净无事，经过他门口，怒火中烧的人也会安静，奇怪自己的改变。待在他身边，你会想明白许多自己的事。

他是个下棋的，很少看报纸，也很少看棋书。他看的是《道德经》《传习录》等东方古典，讲战争的《孙子兵法》和讲政变的《左传》不在他的阅读范围，他下出的棋，却具备东方最高权谋。

满洲皇帝看过报纸，邀请俞上泉回长春，新开一轮十番棋，观棋室内将摆龙椅，至少完整观一局。

寻遍天下，俞上泉已无对手。顿木乡拙询问，可否将十番棋改为一盘表演性质的慰问棋？飓团兄喜答复，天皇陛下对满洲皇帝的礼遇是——等于我。让皇帝改口，是大不敬。

顿木乡拙屈服，向东京棋院发急电，做主棋院的三大世家回复："过早开放的花，也将过早凋零。"三家新一代人才还需成长，不宜受挫，还是由本音陞一门出人。

唯一人选是与俞上泉交过手的广泽之柱。

广泽之柱拒绝，说他与俞上泉争胜的时间是在五年后，那时他的棋力将增长到让自己满意的程度。

飓团兄喜亲自当说客，宴请广泽之柱。广泽之柱应约来后，叫服务员先上十瓶啤酒："记住，只要我叫酒，一次就是十瓶——这是我的单位。"

借酒耍混，不听劝的架势。

飓团兄喜未露不悦，说出准备好的词："武士面对不如自己的人，才会回避，哪怕忍受懦弱的骂名。遇见超过自己的人，则会毫不犹豫地战斗，荣耀地死去。"

没有感染力，广泽之柱只顾喝酒。

"你过了征兵年龄，还悠哉地待在后方，多么不应该啊！你该奔跑在中国战场上，请选择个省份！"

最新消息，在徐州的日军受到袭击，广泽之柱表示愿去那里。

也要了十瓶啤酒，飓团兄喜捋起袖子。"我年轻的时候，比你还要混蛋。让我们以男子汉的方式解决问题。"

第八瓶，飓团兄喜出屋呕吐，回来后又要了十瓶，喝过六瓶，浑然不觉中小便失禁。他去宾馆开房，洗澡换衣后赶回，再要十瓶。

广泽之柱行礼："先生辛苦了。我下。"

飑团兄喜半夜闯入女秘书卧室，吩咐记下"愉快"二字。

酒醒后，飑团兄喜回忆起广泽之柱提了条件，用钢笔记在衬衣袖子上。一、十番棋下完后，不管升降结果，都要立刻开始新一轮十番棋，等于是二十番棋；二、以往一局三日，双方各用九小时，广泽改为一局五日，双方各用十五小时。

转述给顿木乡拙，遭抗议："这不是下棋，是拼体力。我无意让俞上泉参加这样的对局。"

飑团兄喜再次宴请广泽之柱，十瓶酒后，广泽之柱坦白，与飑团兄喜第一次酒局前，自己已收到远在四国岛巡游的素乃急电，命他应战，尽量多地下出激战，提供参考，日后下败俞上泉的人，本音堅一门认为是半典雄三。

他成了弃子，为集体牺牲。多下十盘，是唯一反抗。自知差距，难与俞上泉争胜，每局十五小时，只为多思考，经二十番棋，棋力必会提高，能下出一盘自己的名局，此生方无遗憾。

"自己的名局……"飑团兄喜结束酒局。

女秘书在睡梦中惊醒，飑团兄喜闯入，说："我在这儿睡下了。"得到"大丈夫"的夸奖。

顿木乡拙接到通知，一分钟不少，完全按照广泽君的意志办。去长春的火车上，俞上泉两位哥哥仍来作陪，广泽之柱寻到俞上泉包厢，送上《大日经疏演奥抄》，坦言是自己所偷，认为之前两次谈话，俞上泉说的都来自此秘籍，想尽早知道。

广泽之柱鞠躬道歉。要下棋了，对局者之间不能有一点亏欠，自觉亏欠，下不出好棋，必须归还。

俞上泉问："找到我说过的话了么？"

广泽之柱摇头。

俞上泉说："我说的不是来自秘籍，来自《大日经》本身，明面上的话。"

《大日经》第一品，解释义理，口说可明，名为口疏。第二品至三十一品讲作法仪式，奥妙难测，名为奥疏，《演奥抄》的"奥"字指奥疏，不含第一品。俞上泉之前两次谈话，是第一品内容。

"《大日经》言，看懂第一品，之后三十品都不用再看。编造做法仪式，为照顾领悟力不够的众生，是屈就，本不必如此。"

广泽之柱道："《演奥抄》没有价值？写书的三位阿阇梨为泄密而丧命！"

"他们仨在表演，泄露不落文字的口传秘诀，是吸引大众的戏。不需要秘诀，《大日经》本身已写明一切。"

广泽之柱反驳，以"大日如来五字真言"为例，印在纸上的是"阿鑁览啥欠"，"鑁"字是"宗"音，口传则念"完"。"欠"字，口传是"坎"字，隐去了土字旁。

五个字里有两个字是错的，这种隐瞒比例，怎能不看《演奥抄》？

"《大日经》第二品说，真言的二十九个基本发音，每一个音都在说：了不可得，一切本空。所有发音都是空无，'鑁'字念宗还是念完、'欠'字有无土字旁，还有差别么？"

广泽之柱问："手印呢？不按秘诀，结错了无效。"

"《大日经》二十八品说，结手印是为

了让你等同佛。自认为佛,是大手印。不用手,哪还有手印的对错?"

广泽之柱又问:"火供呢?燃烧程序,不按秘诀,等于瞎闹。"

"《大日经》二十七品说,分析区别的思维方式,是错谬痛苦的根源,放弃分别心,才是真火供。不用火,哪还有火的秘诀?"

广泽之柱再问:"大日坛城呢?集中了四百一十四尊佛菩萨、天众、鬼神,每一尊都有独个秘诀。"

"第二品言,四百一十四尊都是大日如来的变身,每一尊都是大日如来。尊尊平等,哪还有独个秘诀?"

"没有差异,何必画出四百一十四种不同?"

"为了度化你!建立大日坛城,为说明你的一切,都是你发明的,人与事都是你的变身。你迷惑不知,当做种种人、种种事。"

广泽之柱叹道:"——是一切创造了我,不是我创造一切。俞先生,很明显,您不是我的分身。您的想法是我不明白的,您的棋技强过我太多,我对您无能为力。"

"嗯,你这种思维,便是迷惑。大日如来五字真言,不是阿完览啥坎,是如实知自心。"

"如实知自心?"

"全本《大日经》只是说这五字。"

"如果我现有的思维是迷惑的,我怎么能如实知自心呢?"

"放弃你现有的思维,是如实知自心的唯一方法。"

良久,广泽之柱慨叹:"做不到。现有思维是我在人世间的保障,保护我不受侵害、识别坏人坏事,我出生后即依靠它,它与我如此亲近,离不开。"

"它不是你的保护神,恰恰是它在制造伤害与恐惧,好让你依赖它。它不是随你出生的,起码在三四岁以前,你还没它。三四岁时,你第一次企图认识世界,给世界分好坏,这次划分,创造了你的一生,将来会遇上什么人什么事,都在这一念间生成,之后,你的一切都局限在这一念里。"

"毕竟有世界,世界的变化影响了我,不是一念中。"

"人人共有的世界,是你头脑的错觉,出现在你世界里的人与事,完全按照你的现有思维运行。"

"世界是先于我诞生的。我是生活在世界里的。"

"你感受到的世界没有先于你,你想有个什么世界,便会出现什么世界,出现的速度如此之快,以至于你察觉不出是你创造的。"

"俞先生,现在的战争,起码不是我造成的。"

"你的棋,因害怕被攻击,而勤苦练习攻击技巧。你的思维如此暴力,你的世界里必有战争。"

"围棋是围棋,世界是世界,我每日为战争的难民们祈祷!"

"你的祈祷只是阻止你去伤害他们。能伤害他们的,只有你。"

"我否认!那是政客与军阀干的!"

"大日坛城里的每一尊都是大日如来,你世界里的每个人都是你自己,你化身为军阀政客,伤害你化身的难民。你的现有思维,造成连绵不断自我伤害,放弃它吧,战争即可停止。"

"没有比这更荒唐的事了……真的么?"

俞上泉点头，充分肯定的神情。

广泽之柱说："为了不再有人受苦，我愿意放弃。"十分钟后他摇头，表示放弃不了，"俞先生，您也在这场战争中，请您来终止战争吧。"

"我的世界里，战争早已停止。"

"啊……"难以理解，广泽之柱告辞。

俞上泉两位哥哥关上门，兄弟三人无言地坐到长春。

长春城在筹建黄龙公园，刚搭起座跨湖的日式木拱桥，其他工程还未展开，已成市民游玩之所，湖边开设划船业务。

广泽之柱独自一人坐在小船上，看着今日报纸。飓团兄喜展开对俞上泉的新一轮宣传，说在来长春的火车上，有一位抗日分子，视俞上泉为汉奸，准备行刺。来到俞上泉座位，他却掏不出枪来，衣兜紧裹，章鱼般攥住他手腕。他的别扭举动，引起乘警注意，将他迅速押走。在列车审讯室，他的衣兜仍不放松，五位乘警也扯不开。他被勒得惨叫，再耽误下去，指节会被一一折断。一位老乘警小时候在乡间生活，见过菩萨显灵，劝他："给俞先生道个歉吧。"他去道歉了。衣兜松弛下来，他掏出枪，再无勇气向俞上泉开枪，乖乖交给乘警。

"把俞先生写成妖精了。飓团兄喜老混蛋，这是要干嘛呀？"火车上，俞上泉住包厢，过道两头有"华机关"特务守卫，乘客和乘警都进不去。

广泽之柱放下报纸，有艘船贴上来。划桨的是千夜子，世深顺造扔过酒壶与酒杯："哈哈，你也看了报纸。"

饮过一杯，见滴酒溅于手背，广泽之柱舔净："你太大意了，在这个距离，我可以杀死你。"一道白光收入袖中。

世深顺造腰上的扇子，碎了柄端镶嵌的玛瑙。

广泽之柱自斟自饮，道："明日我要下棋，不愿破坏心境。请离开。"

世深顺造脸上泛起无数细密皱纹，嘿嘿笑道："鬼爪？竟流传下来。一百年前，那一代宗家发明它后，即禁止门人使用。因为依赖机械，武学便会衰落，本门武器只取一刀。"

广泽之柱说："你留下，喝醉再走。一次十瓶是我的单位。"

世深顺造挪到他船上，千夜子划去岸边买酒。

十五瓶后，世深顺造困倦，提出要走。

广泽之柱说："你在射杀距离里。"

世深顺造又待半小时，提议以一个秘密换取离开。

"创立自己的门派，才不愧是男儿。我脱离一刀流后，原想创立'无刀流'，因为有一个来自实战的感悟：如果念念不忘手里的刀，便会失去真正的目标。"

广泽之柱问："忘记刀，刀才能杀人？"

世深顺造抽出腰际的碎柄折扇，轻快舞动，碰到酒瓶、船沿、果盘，一触即缩，犹如动物。"这便是忘记的功效。"

广泽之柱说："明白了。击败俞上泉的方法，是忘记他。"

世深顺造两眼亮起，倦态全无，戒备着鬼爪出击，终于站直，跨到千夜子的船上。广泽之柱持杯的右手一直对着世深顺造的咽喉，随他而挪动。

千夜子划到二丈外，广泽之柱不再瞄准，喝下杯中酒，嘀咕："真是醉了，鬼爪在左袖中。"

离开五丈，千夜子询问："为何帮

助他？"

世深顺造说："我在帮自己。脱离一刀流后，悟出'无刀'之理，本可创立自己的门派。但宫本武藏的二刀流令我困惑，怎么多了一把刀？不会因为左右手各持一刀，那太现实了——教给广泽之柱无刀之理，是希望从俞上泉的棋里，看出宫本武藏多出来的刀在哪儿。"

二十七、白纸白字

十番棋首局，飕团兄喜请来记者，由顿木乡拙宣读二位棋手的开局感言。

俞上泉的话是："以往棋战，我只求下棋，不论成败。对广泽之柱，我却第一次有了想赢的感觉。这种感觉很奇怪。"

广泽之柱的话是："很羡慕大竹减三，他是在自己巅峰期和俞上泉对决的，即便输了，也没有遗憾。我与俞先生尚有差距，但两局之后，我的巅峰期便会到来。"

双方感言，皆是飕团兄喜撰写，二棋手不知。二人直接进对局室，未参加记者会。

对局室内摆上龙椅，满洲皇帝进入，按照礼仪，任何人不许看他的脸。

龙椅没雕龙，披北极熊皮毛，放明黄色坐垫。

至九十八手，广泽之柱陷入长考。

三十四分钟后，顿木乡拙挪到棋盘前，递上纸条："让皇帝久等，不太好。我这样说亦不好，请原谅。"

广泽之柱点头，表示原谅。

满洲皇帝无声坐着，似不存在。广泽之柱依旧长考。

顿木乡拙给炎净一行递纸条："要不要向皇帝解释一下？"

炎净一行回复："注意措辞。"

一小时后，顿木乡拙想出措辞，他不通中文，请炎净一行以中文写就："长考，是围棋之美的组成部分。"低头挪到龙椅前递上。

片刻，还回纸条，以红色钢笔水批示："等待，近乎禅。"

又过一小时，广泽之柱结束长考，将指尖扣了两小时三十四分钟的黑子打入棋盒，沉首："我输了。"

日本四国岛，补陀洛山的志度寺，有一尊"夺衣鬼女"塑像，身材裸露，神色狰狞。传说被大鬼王夺去衣服，赤裸裸无处可逃。

第三次巡游的素乃一行入住寺院客房，前多外骨依旧做领队。看过报纸刊登的棋谱，素乃评定，至九十八手是持平局势，广泽之柱下出了水准，在棋上没有任何认输理由。

前多外骨说："是心上不行了。"

素乃说："嗯。归来后，你有提升。"

前多外骨说："我是一个被剥光了衣服的鬼，理应想明白点事情。"响起咳喘，瘦得近乎失形的脸，尽是晦气。

他汇报，半典雄三今晚乘飞机离开中国，降落东京后由陆军军车送来志度寺，接受素乃集训。

素乃说："真好啊。甚至期望广泽之柱，早些落败。"

晚饭时，广泽之柱带自己餐盒，造访俞上泉房间。

"俞先生。如实知自心，在今日棋局上，我体会到一点，觉得用分辨区别的现有思维，是无法与您下棋的。请教，您是

406

如何脱离的?"

"要感谢你,你是我的火供。"

两人的第一次十番棋,广泽之柱用催眠术蛊惑俞上泉,一度占优。俞上泉得赵大、钱二教授,用自在门的武功速成法,连走四日,走得双腿起泡流脓,破了蛊惑。自在门理论,人精神上受蛊惑,是体内阴气重,走路不停,可逼出阴气。

阳气足,不受蛊惑——俞上泉认为是阴阳之道救了他,观《大日经》后,醒悟是另一番道理。催眠术误导人,是利用人的分辨区别的现有思维。连走四日,极度疲惫后,身心两忘,不知我在何处、身在何处,不及分辨什么,终于脱离现有思维。

心无分别,催眠术便无从下手了,俞上泉恢复棋力,广泽之柱无法再下,二人间的第一次十番棋作罢。

广泽之柱问:"密教火供,看似繁复神秘,其实原理简单,只是把现有思维累得歇下,真心便会自然呈现?"

"连走四日,等于火供,方式简化了,但还是多余,《大日经》赞许的是不需费劲,直接歇下。哈哈,我不是一等人。"

广泽之柱愧疚,说自己更不知是几等人。今日对局,忽然不会下棋了,停了所有思路,觉得棋盘棋子好看,欣赏两小时三十四分,仍意犹未尽。

"俞先生,今天,我终于知道大竹减三为何会输给您了。"

大竹减三发明了直落中央的新布局,却发现要运用它,还得发明更多的方法。分析推理的发明便如此,永无尽头。他骗俞上泉用新布局,自己用传统布局。

棋力不如大竹减三的俞上泉,被逼上全新之路,初次脱离分辨区别的现有思维,以心下棋,有了创造。

"俞先生,棋是分析推理的极致,棋手是陷入现有思维最深的人。感谢佛祖及历代圣贤,我今日已知道脱离它,第二局,请看我的好棋。"

第二局,俞上泉依旧持白,打下七十二手后,下意识拱手致歉。此中华礼节,被满洲皇帝看到,写字条询问顿木乡拙。顿木乡拙出身乡野,不通中文,由炎净一行代写:"黑白不公平,持黑棋的先行之利,会有五六目差距,白棋为追赶,常铤而走险,刚才俞上泉下出无理手,自觉愧疚。"

满洲皇帝红笔回复:"无理手?"

炎净一行:"吓唬人的一招,细算,会发现不成立。对手被吓住,就占了便宜,对手如看破,果断开战,便难以收场。"

红笔回复:"满洲也是无理手。"

炎净一行和顿木乡拙斟酌要怎么应答,过去四十分钟,终于决定,装聋作哑。

四十分钟里,错过去六手棋。看懂俞上泉手势,广泽之柱细观后想出妙手,囚住俞上泉五子。但妙手之后,竟是昏招,未去抢占右边大场,而是追加一手,将囚住的五颗白子提掉。俞上泉占得右边大场,白棋优势。

"黑棋在干嘛?那五颗白子提不提,都已死了呀。"龙椅递下红字条。

"观棋和对局是两样思路,观棋是纯粹技术分析,对局还有心境。广泽之柱第一次有了胜过俞上泉的感觉,他要巩固这感觉,对于他来说,这才是真正的大棋。"炎净一行回复。

顿木乡拙深表认同,在字条上补充:"自此,十番棋可看了。"

中腹作战时,广泽之柱放弃争斗,丢

下五颗黑子，转去右边，上一次交换中失去的大场，失而复得。俞上泉苦笑，捡东西般因死五颗黑子，优势消失，恢复到黑棋领先的局面。

收官阶段，二百零三手，该广泽之柱下，俞上泉再次拱手致歉，盯住一处。广泽之柱未打下棋子，详察此处，发现白棋有翻盘妙手，于是坚实自补，消除隐患。

俞上泉爽快认输。

复盘，二人无一句谈棋技。

"俞先生，如实知自心，如此之难。脱离现有思维片刻，刚得清净，竹竿粘知了般，又被现有思维捕到，粘回去了。我进进出出，真是可笑，此局不得您两次提醒，是下不赢的。请教，我该如何定住？"

俞上泉说："直接歇下，即是入定。用方法，便是用分辨区别的现有思维，用它，你会受它欺骗，给你造出一份假想的清净，那是想象，不是入定。"

"但这太难了，道理明白，实际做不到，每个人都是靠分辨思维来生活，惯性太大，无法翻盘。佛法隔绝大众，佛祖不慈。"

"我佛慈悲，给了大众翻盘妙手。"

《大日经》第一品接引灵秀俊才，之后三十品皆是接引普通大众，制定以现有思维摆脱现有思维之法。如同"以火攻火"，森林着火，迎着火势，在沙土地上用汽油再放一把火，由于低气压，林中大火会被吸引来，冲到沙土地上，终因无物可烧而熄灭。

《大日经》第二品，画出大日坛城。摆脱现有思维后的入定，佛经还用了三摩地、真心、真实、唯一、最上乘、涅槃、佛境等词形容。常人无法进入定境，佛指示，先以大日坛城为定境，借假修真。

俞上泉道："看久了，大日坛城和现有思维如对冲的火，双双消失，真的入定。"

惊了裁判席上的炎净一行。他有一幅三米方正的大日坛城绢画，两百年古董，人坐在画前，被占满视线。视觉上脱离现实，思维上也会。大日坛城，用意是换掉现实的一切。

广泽之柱说："长春城里的密教寺庙有《大日经》卖，没有大日坛城的画片，想修此法，还得从日本邮寄。"

俞上泉说："明白原理，你取张白纸，摆在眼前，也一样。"

炎净一行再次心惊，他得到的教授是密教最初步也是最终极的法——月轮阿字观，便是一张白纸，添上象征满月的圆圈，中央写梵文首字母"阿"。秘传口诀，是只要看下去。日久后，月轮不画、阿字不写，仅观白纸。

可惜自己不信"最初步也是最终极"的话，觉得形如儿戏，只是看，算什么修法？沉浸在咒语火供中，从未修过。

广泽之柱拱手表示感谢，结束复盘。

按规矩，对局室内棋手最尊贵，棋手离去后，裁判席上的人方能走。二人离去后，观棋室内众人向龙椅低首，恭请满洲皇帝先撤离。

皇帝却说开话，北京口音："你们天皇给我派了老师，两周一次的神道课，兼讲密宗，要记的东西太多了，脑子不好的人会觉得烦。他俩的话，第一次让我觉得这东西有趣。围棋手都要修密法么？"

神道是日本本土信仰，崇拜天照大神——太阳女神，她是造物主又是祖先神，日本全民皆是她后代，皇室是直系血缘，天皇是神道的最大祭司。

408

一千两百年前，空海大师从唐朝归来，嵯峨天皇接受密教灌顶，此后以密宗灌顶仪式作为历代天皇的即位礼。自此神道教开始密宗化。

1868年明治维新，废除佛教，砸毁佛像、改寺庙为神道宫、命令僧人吃肉结婚，天皇即位仪式取消密宗成分，全用神道教，二十年打压禁绝。这一代天皇加冕仪式上，恢复密宗灌顶。天皇安排的神道课，重又含了密宗。

顿木乡拙回答，不是每个棋手都修密宗，自己便不会。密宗在日本是贵族文化，本音堃原是职位，是监管棋界的官僚，官僚总是模仿贵族，历代本音堃都修密宗，在座的炎净一行便如此。

满洲皇帝说："俞上泉道想观大日坛城，不必用四百一十四尊古画，一张白纸就够，我得到的教授，也是张白纸，你们想不想听？"

裁判席上欢喜赞叹。

"一千二百年前，空海大师从唐朝取回密法，得不到天皇支持，无法在日本立足。而密法项目繁多，嵯峨天皇畏难，空海大师写信，说在白纸上以白色写梵文阿字，盯字久看，便可成佛。此阿字，等于大日如来、等于入定、等于佛理、等于觉悟，可消罪、可去病、可除妄想、可救众生、可降伏怨敌、可供养诸佛。白纸上写白字，等于无字，还是白纸一张啊。"

顿木乡拙和炎净一行代表大家出声应和："这样啊，这样啊。"

"神道课上听到，觉得好笑，以为空海糊弄事——不该，不该。"满洲皇帝起身，出门前落下话，"四日休息，长了点，他俩休息一日吧，后天开第三局，我还来。"

二十八、二刀

当夜，飔团兄喜请广泽之柱在阿市屋酒馆喝酒，带来两万日元，印花手帕包裹。

满洲报社买断了二十番棋对局的发表权，日本某报社买断日文转载权，俞上泉对局费提升到四万日元，广泽之柱一局一万日元。其时，两千日元可在上海买含庭院的五室平房。

对局费直接打入棋手的银行账号。今晚带来的两万日元，是满洲皇帝的个人奖励。

飔团兄喜说："天皇和皇帝都推崇的事，错不了。但我看白纸，觉得无趣之极，真能管用么？"

"你这么说，说明你没真看过，只是在脑子里想了想。太爱用脑的人，是修不了密法的。"

"你说对了，我没看过。可真看了白纸，会有用么？"

"你这类人，《大日经》上叫疑心大众，你们是看不了白纸的，还是看四百一十四尊的坛城绘图吧。"

"看有形有色的坛城，应该比白纸有用吧？"

"呵呵，你还是疑心。坛城，印度语发音为曼荼罗，这个词在印度民间，是摇动牛奶成奶酪的意思。你对着大日坛城，只是看，便会发生一种摇动，犹如牛奶变奶酪，帮你脱离现有思维。"

"是身体摇动么？"

"不是现实的摇动。不要再分析啦，去真的观看坛城绘图吧，等着一切自然发生。但你太喜欢用脑，这对你很难。"

"难倒不怕，怕我不信这事，看坛城也

看不下去。"

"《大日经》第二品，专为疑心大众立下法门，看不了大日坛城，便从大日坛城里请出个人来。找一位你真心尊重、纯洁无瑕的女子，请她代看坛城，想象大日坛城的全部功德赋予她，之后像供奉佛一样供奉她，她的身即是佛身，她的话即是佛语。以此心态，与她相处，不需要很多天，短则七日长则九十八日，便会摆脱现有思维，入定了。"

"这个好！我的脑力，有了用武之地。"想到女秘书，飔团兄喜告辞，临走结账，给广泽之柱预留下五十瓶啤酒。

四十瓶后，广泽之柱困倦，找坐垫来枕头，找到女性膝盖。室内多了位艺伎，忘了何时叫来。

裹两万日元的手帕还在桌上，广泽之柱解开，说："让我抱一下，钱是你的。"

艺伎拒绝，说他醉了，她拿钱，等于偷窃。

广泽之柱强行抱了下，留下桌上钱，拉门离去。

艺伎追出阿市屋，表示："我拿一百吧。"余款塞进广泽之柱怀里。

广泽之助拽住她，说不舍得她走。

她皱眉："我再拿一百吧。"自他怀里抽出百元，主动抱他一下，猛力推开，跑回阿市屋。

是位令人尊重、纯洁无瑕的女人呀，应该请她看大日坛城，之后如供佛般供养她——五小时前，给飔团兄喜讲述疑心大众法门，曾经伤感，想到自己还从未接触过女人。

次日，广泽之柱在黄龙公园划船，岸边买了报纸，看到飔团兄喜以"覆面子"化名写的第二局观战记：

宫本武藏创造二刀流，如果只是说左右手都拿刀，实在是现实而无趣。宫本武藏著作《五轮书》谈到日与月，日月应为二刀的真意，太阳落山则月亮升起，月亮退去则太阳显身。日是月的化身，月是日的化身。

二刀，是敌人之刀与我之刀，互为化身，在决斗的极致时刻，泯灭人我差别。

第二局棋战，广泽之柱下出他个人前所未有的好棋，只有面对俞上泉，才会下出这样的棋吧？胜利，可以提升一个人。观棋室中的众人都感到广泽之柱的剧烈改变。

俞上泉认输时，显得愉悦。两位棋手在二十番棋里，要创造传世名局的意志，强大到震撼时空的程度——

广泽之柱的船漂过拱桥。拱桥上，千夜子叹道："离开棋盘，才能看出一个人的真相。广泽之柱划船的动作平和安详，他变强了。"

世深顺造放下报纸，说："写棋评的人，竟然解答了我对宫本武藏二刀的疑问。"

千夜子说："是位剑术高手？我帮你找他来。"

世深顺造答："是个文人，文人善于比喻，常常误中真理。他不知自己写的是什么，不用找，见了会失望。"

湖心有一艘小船，坐五名女生，边吃零食边唱歌，是长春城内的日本移民。广泽之柱划过她们，看到校徽是"日本女子法语专科学校"。

划出百米后，听到女生呼救。回头，她们的船已翻，四女生扒船底，一女生漂开，即将下沉。

广泽之柱飞速划去，伸桨救下那女生。附近小船和租船处的水上救护员也都赶来。

五个女生上岸后，询问广泽之柱姓名。租船处工作人员看过报纸上的广泽照片，抢答："你们的恩人是大人物，正与俞上泉争夺棋界第一人，相当于宫本武藏和佐佐木小次郎。"

女生们尖叫。宫本武藏和小次郎在日本尽人皆知，他俩的决斗，是最著名的武士故事。故事结局，小次郎惨死，武藏成为一代剑圣。

一女生问："我们的恩人像武藏还是像小次郎？"

工作人员说："小次郎。"

女生们强烈抗议，工作人员道歉。

广泽之柱体会到一种从未有的害羞之感，重又上船，快划而去。两百米后，翻看报纸其他版面，任船漂行。半小时后，到了湖北岸，岸边有排柳树，柳条垂进水面，如一栋栋浮着的房子。

伸桨搭救的女生，一个人跑到北岸，其余女生回家换衣去了。她湿漉漉的，大叫："恩人！"

广泽之柱靠岸。她汇报她叫照子，索要广泽之柱在长春的地址，她将亲手刺绣一条腰带相送，报答救命之恩。

"你以前绣过么？"

"可以学。等不及刺绣，我换别的。"

她跳上船，说俞上泉是日本中学生的偶像，她看过报道，一位东京的女中学生办理退学手续，成为俞上泉夫人。她可以效仿，办理退学，全力照顾广泽之柱。

广泽之柱懵住，缓过神后荡桨，小船冲入柳条中。柳条垂于船上，挡住外面的一切，也遮住了她。

广泽之柱说："十分失礼，但我今天很想抱一下女人。如不愿意，我送你上岸。"

柳条后无声。

广泽之柱又言："我动，船会翻。你要是觉得可以，就过来吧。"

柳条如门帘般分开，照子钻出，贴上广泽之柱胸膛。两人一动不动。

一分钟后，广泽之柱推开她。"退学不必了，陪我喝场酒吧。"

阿市屋，凌晨三点，广泽之柱醉倒。照子找老板要两条毛毯，给他盖上后，自己盖一条远远躺在屋角。

天亮，是与俞上泉的第三局，广泽之柱嘱咐过老板叫早。醒来，发现没了照子，酒馆后院有泡热水的木桶，坐进里面，预见俞上泉将下出缓手，自己五目胜。

坐在棋盘前，广泽之柱还是持黑。俞上泉的缓手过早到来，三十几手后，右边一块白棋被黑棋包围，俞上泉放弃做活，抢占上方与左边。右边白棋无疾而终，俞上泉占据的上方左边，广泽之柱可轻易打入，掀起战斗。

对局在下午五点停止，未至百手。广泽之柱是实实在在的得利，且握有战机，明显优势。

次日再战，俞上泉白棋打入左下角黑阵，却再次下出缓手，遭广泽之柱闷杀。布局阶段，被连杀两块棋，是业余爱好者跟职业棋手对局时才会出现的情况。但俞上泉通过制造左下角混乱，巩固左边白阵，巧妙消除黑棋的打入点。上方白棋还有漏洞，广泽之柱却围中腹，任凭俞上泉关闭上方。

顿木乡拙向满洲皇帝汇报，广泽之柱是大将风范，顺势形成的中腹至下方大空，

411

大过俞上泉巧妙守住的上方左边，占五目优势。

俞上泉白棋打入下方，广泽之柱封死下方出口，棋盘上出现第三块死棋。广泽之柱却灰了脸，封死下方白棋出路，也是封死了自己，黑棋与白棋形成稳固边界，细数全盘，白棋多出二目。

下午五点，广泽之柱请求延时夜战。

经过晚饭，七点开局，一度电压不稳，灯光闪烁约两分钟，作为裁判长的顿木乡抽提出暂停，拉灭了灯。电压正常后，重开电灯，广泽之柱眉头松开，笑道："我输了。"

次日报纸，棋谱旁附录满洲皇帝写的白话诗："室内寂静无声，下棋人为何发笑？不为胜负，为久灭复明的灯。"

三度杀得俞上泉求生不得，结果却还是输了。广泽之柱去阿市屋独自喝酒，二十瓶后，点了艺伎陪酒。

进门的却是照子，酒馆杂役帮她拎进三只皮箱。她说办理了退学手续，她是寄宿生，她父母未移民满洲，还在日本，她可以自己做主。

广泽之柱说："跨国求学，在长春城要有监护人，你个人办不了退学手续，学校不会受理。"

照子承认撒谎，想以长期旷课的方式让学校开除，法语枯燥，嫁给广泽之柱，活得会有趣些。

广泽之柱说："你是个不爱学习的人，没有资格当我的夫人。如果学习真的那么令人厌恶，我在长春期间，可以聘你当法语翻译，我走后，你回去上学。"想到飕团兄喜，他接着说，"我会派人说服校方，把你的旷课当作实习处理。"

"下围棋，会遇上许多法国人么？我的法语水平还不行，给您翻译会误事。"

"翻译，是个说法。"

广泽之柱住长谷川旅社，三间套房。照子与他分房睡，没再拥抱过，她的主要工作，是在广泽之助需要的时候，站在他身后，给他揉太阳穴。

第四局下了五日，广泽之柱输。

第五局一样下到五日。照子晨起后开始祈祷，傍晚时分，广泽之柱归来，直入她房间，背对她坐下。照子自觉站在他身后，给他揉太阳穴。知道，他输了。

累计先输四局，便被降级，首轮十番棋结束。

揉了一会儿，广泽之柱握住她手指。照子脊椎旁的两股肌肉抽紧，但广泽之柱松开她，自语："我得找俞上泉一趟。"

俞上泉住旅社四楼。照子跟踪而去，躲在楼梯处，遥见俞上泉站在房门口，广泽之柱在楼道里大吼："按照规定，出现降级结果，这次十番棋便可结束，你我进入下一轮十番棋。但我希望把这次十番棋剩下的五盘棋下完！"近距离大声说话，是严重失礼。

俞上泉说："这是没有意义的五盘棋。"无意再谈，转身要回屋。

广泽之柱再次吼叫："请答应我的请求！"

俞上泉关门。

照子冲上，说："你对他太无礼了。"

广泽之柱说："我是故意对他无礼的，好断心中念想。我的棋力在增长，如能多下五盘，新一轮十番棋，会是出色的我——但这又对他不公平。"

照子拎起他左手食指，全掌握紧。"我们离开这吧。"广泽之柱任她拉下楼。

回到二楼房间，照子让广泽之柱坐好，给他按太阳穴。他捏住她手腕，引到身前："我发现，你握我手指的效果，比按太阳穴好。以后，任何时候，我需要，你就握住我的手指。"

"任何时候？别人见了，会笑话您。"

"我是个被降级的棋手，已是笑话，还怕什么笑话？"

新一轮十番棋第一局，下到第三日，午饭过后重新开局，俞上泉和广泽之柱皆闭目坐于棋盘前，听顿木乡拙撕开封手信封。

取出纸条，饭前是广泽之柱做的封手。按照规矩，他确认后，便要将封手打下棋盘。

广泽之柱仍闭眼。顿木乡拙小声提醒"广泽君"，广泽之柱抬手抓住纸条，揉作一团。裁判席上的人均惊得站起。

像玩一块橡皮泥，揉了很久纸条，广泽之柱终于开口："不行了。"

夜晚，广泽之柱带照子到阿市屋饮酒，两人并坐。十瓶酒后，飕团兄喜到来，老友般慰问，要陪他喝三十瓶酒。

广泽之柱说："不用安慰我，我已得安慰。"从桌下抬起左手，照子的手握着他食指。

飕团兄喜饮一杯后，知趣告辞。回到办公室，吩咐女秘书记下"今晚到我房间"六字，秘书写完，惊叫一声。飕团兄喜说："只是个想法，不必当真。有人感动了我，很久没这么感动了。"

第一局后的休息日，由一日恢复到四日。顿木乡拙提出，败局的棋手调整不好心态，会出现连败状况，十番棋将变得无趣。得满洲皇帝应许。

第三日上午十点，广泽之柱还躺着。俞上泉来到二楼，说长春城内有个未建好的公园，含着片大水面，想不想一起走走。

广泽之柱不好意思说自己去过，表示："没想到长春城还有这样的地方，能看到大水面，我会很开心。"

行至湖边，广泽之柱对自己的连败，向俞上泉致歉，说自己障碍重重，未下出好棋。

正午直射，水面白亮晃眼，不显波纹。

俞上泉说："是水，是光？"

广泽之柱答："光强水隐。"

"《大日经》第三品息障品。你看过吧？"

"多谢指点。也是光强水隐，修法强了，障碍便会消失。我会努力！"

"你看错了经文，一物降一物，不是佛法。光强水隐，但水还在，光弱水现，你并不能消除你的障碍。"

第三品言，人在现实里遇到的障碍，是内心投射，现实的一切障碍都是吝啬心理造成。吝啬——分辨区别的思维从万象中划分出一个小小的我，与万象隔绝，然后哀怜自己渺小贫乏，开始制造抢占与伤害。

如同一棵大树，误认为自己是一片叶子。

广泽之柱问："本没有障碍？"

"障碍是头脑的梦，本不存在。"

如不能自消吝啬心，现实里的障碍依然顽固，第三品列出修法，想象自身为鬼王凶相的不动明王，以神通巨力粉碎障碍。想象不出，便在地上画出不动明王，专注观看，终可以置换掉自己。

一物降一物，不是佛法，还在区别分辨的思维中。经文嘱咐，把自己换成不动

413

明王，为清空自己，自己清空，自己的障碍也便不存在了。"

广泽之柱说："佛用做法事，来打比喻。"

"看懂比喻，便不用做法了。不动明王瞪一只眼垂一只眼，瞪着的眼凶，垂着的眼在偷乐，表示祂的鬼王凶相是个假象。"

广泽之柱说："现在的我，需要此假象。众生怯弱，不信自己，装成别人，才敢了断。"

"对此假象，要全然信服，经文嘱咐，即便佛成了你的障碍，你也要有决心将佛毁灭。"

广泽之柱惊呼："啊！怎么敢？"

"呵呵，这便是怯弱！大日坛城汇集四百一十四尊，是迎合怯弱，大众不信一尊佛，聚集众佛，有了场面，才稍稍信任。《大日经》第四品普通真言品，列举出一百二十道咒语，最终说一切咒语只是阿字一个音。"

搞视觉听觉的排场，只为给大众信心。"普通"一词的含义是，每一道真言都通向阿字，每一尊佛都通向大日如来，如每一片叶子都是大树本身。

广泽之柱问："我该如何念此阿字？"

"《大日经》第五品世间成就品，教你在满月之夜，仰望月亮，想象阿字在月亮正中，仰望久了，会感到你的呼吸成了阿音。记住这感觉，之后你在生活里，面对一道墙、一个人——面对任何物，都如面对阿字圆月，你的呼吸一直是阿音。"

广泽之柱说："我看过此品，说念咒日久，空中会传来鼓声、感到大地震动、佛在你脑里说话，这三种怪异称为世间成就。到此阶段，是有了改变现实的神通？"

"改变现实的不是神通，是你的感受方式。你感受到的现实，是由分辨区别的思维造成，本是幻觉，通过念真言，你换了感受方式，旧有的现实便会显得不真实，不是你有了操纵现实的能力。"

广泽之柱问："现实怪异，我该如何活下去？"

"见怪不怪，知幻是幻。"

此时光弱，水面显现。

二十九、它方

第二局，广泽之柱持黑，打入左侧白阵后，又将打入的黑子弃掉，为吃死黑子，俞上泉耽搁一手，广泽之柱在右方构成辽阔黑阵。

满洲皇帝递下红字条："广泽之柱在用俞上泉的方法？"

顿木乡拙和炎净一行回复："的确如此，俞上泉得小利，而大局落后。"

满洲皇帝询问白棋正确的应法，炎净一行写字："放打入的黑子出逃，白棋借追击，从容不迫地迈入右方。"

满洲皇帝回字条："符合兵法，追敌比歼敌获利大，敌人能帮我们舒展开自己。"

次日，广泽之柱自补右方黑阵，结构坚实，白棋找不到打入点。之后广泽之柱又出好棋，从一个意外角度进入中腹，黑棋步伐不大，白棋却难以拦阻。

俞上泉硬拦，成为败招，被黑棋打散了阵形。

第三日，广泽之柱攻击次序出错，俞上泉得以整形，虽仍呈败势，棋已可延续。

第四日，广泽之柱每一手思考都在三十五分钟以上，却下出缓手，被俞上泉追平。

第五日，广泽之柱认输。俞上泉感慨

自己下得不好，道："我早有心放弃，你为何出错？"

广泽之柱说："此心不明，开始的意气风发，又落入计较区别里。我已试过《大日经》四种修法，还未能知自心。"

"可观《大日经》第六品悉地出现品。"悉地出现——持诵真言，心想事成。

"是是，我要依靠真言。"

"此品文字，明白写着：真言无效，影响不了众生，持诵面对的诸佛菩萨像没有神力，他们是木偶泥塑。心想事成，是你本身具有的效能。"

"我？"

"是你。你可在一念间清空地狱，一念间让一切饿鬼吃饱，一念间让一切畜生脱胎为人，一念间让一切人成佛，一念间让一切佛欢悦。"

"我哪有那么大能力？连一盘想赢的棋都赢不下来。"

"你并不想赢。你觉得自己经验不足、我的技艺令你为难——你给自己的设定，让你出错了。"

广泽之柱闷了会儿，请教该怎么办。俞上泉回答，刚才说的便是最好方法，作意拯救地狱、饿鬼、畜生，造福人与佛。拯救造福他者的心意，让你突破自我限定，你的自我限定对你的伤害如此之深，帮助他人为避免伤害，帮助他人要做广大想，一想便是一切。

"你想帮助一切，一切会先成就你。因为它们都是你。"

广泽之柱说："这样说法，可以安慰人心。是心理学？"

"是真相。你的肤浅之心，是真相的一部分，现实是真相的梦化，万事万物都是真相所生，真相有满足一切的能力与冲动。你从你的肤浅心上进入真相，最终会发现真相是你心的全部，万事万物本在你心里，你能在心里改一切。"

"帮助万物，为找到大心？"

"帮助万物是大心的特性，你如此想，便等同了大心。"

广泽之柱沉浸在恍然大悟的愉悦中，不多时又面露难色："帮助众生的愿望，难以持久，我终还是不信自己能救众生。"

"不相信自己，就相信真言吧，此品有'满足一切真言'，你靠着它完成念想。大日如来真言就是满足一切真言，阿鑁（完）览啥欠（坎）。"

广泽之柱双手合十："这是我学会的第五种法术，一定可以管用。"

"一切修法，皆是比喻。《大日经》第七品悉地成就品，表示最有效的真言，是自心。将第一品的如实知自心，变个花样又讲了一遍。"

广泽之柱关切问："又讲一遍，是否多说了些？直截了当的知心，让人无从把握。"

"直截了当，还要多说什么？唯一多说的，是让你坐着时，不要仰头，免得脖子血液不通畅。坐久了，真相如铜镜映影、水现山色般自然呈现——如此直截了当。"

"但是——"

龙椅上的满洲皇帝发话："嘿！我都听懂了。那位棋士，不要再烦俞上泉了。"

广泽之柱叹息。

裁判席上亦有一声叹，是炎净一行。三十年前被赶下本音堥之位，入高野山明王院求学密宗，苦修后仍此心不宁，转去人迹罕至的海岛隐居，三十年持诵真言一亿七千万遍，火供累计烧掉四顷林木，仍未知自心。

复盘结束后，离开对局室，炎净一行未参加裁判团的集体晚餐，说想一个人去长春城内走走。走不到一小时，天黑下，又走了半小时，有辆黄包车追上他。

车夫说："老先生，您这么走着不累呀，去哪儿我送您。两角钱，远近都是这价。"竟是日语。

炎净一行说："我……不知道该去哪儿。"

车夫说："跟我走吧，我知道日本人去哪儿。"

"你知道？"

"错不了。"

二十分钟后，黄包车入所民宅。是座二层洋楼，约十二间房，窗玻璃外罩八瓣莲花图的铁格，是日本人喜欢的样式。

车夫敲门跟房主说两句，兴奋跑下台阶："老大哥呀，您好运气，这里晚上出了档事，客人们都走了，否则我还怕你排不上号呢！"

炎净一行已明白是所妓院，掏出一元钱，不用找，叫车夫送自己走。车夫为他惋惜："这儿的姑娘品相繁多，本地人外，还有朝鲜、马来西亚、越南、菲律宾、琉球、俄罗斯……"

"有日本姑娘么？"

"哈哈，原来您患了乡愁。有！"

炎净一行还是要走。出胡同，黑暗里响起一声"救我"的哀求。车夫说今晚上妓院出事，是几个日本军官点一名日本姑娘陪酒跳舞，聚了两个小时，开门人竟死了。妓院惯例，如有女子死亡，便剥光衣服装垃圾箱，清晨由垃圾工处理。

妓院签约妓女，时有不负责后事的条款，剥光衣服是防止垃圾工剥死者衣服卖钱。那声哀号该是闹鬼，等声停了再走。

炎净一行下车，打开垃圾箱盖子，见一个十六七岁女子两臂护胸蹲在里面。炎净一行问："你活着？"

女子点头。

"没有致命伤？"

女子站起，躯干展在外，用手刮掉几块粘着的垃圾，又背身站几秒，重新蹲下。确无伤痕。

女子言，她前夜得观音菩萨梦示，有人将于巷口垃圾箱中搭救自己，醒后想了半日，毅然决然吞下小块鸦片膏，在接客时倒地，显出死状。

女子说："你是菩萨许诺救我的人么？不是，请走。我接着等人。"

炎净一行说："我是。"

黄包车是单人座，女子情人般挤在炎净一行怀中。她披了他外衣，散发着垃圾臭味。

她家在日本广岛，她的本名粗俗难听，她在长春唯一的收获是得到新名字"可爱恰滋蜜"。

女子问："您能送我回广岛么？"

炎净一行说："有一位叫林不忘的棋士去了南美。欧亚大陆开垦三千年，美洲开垦两百年，这样的土地，站上去，脚心的感觉会很不一样。"

炎净一行失踪。长春城内进行了彻查，搜到车夫，听到去南美的话，飓团兄喜调动天津、旅顺、上海、香港的华机关人员，均未查到炎净一行的出国记录。

五个月后，俞上泉逝世。参加完葬礼后，飓团兄喜接到一张炎净一行和可爱恰滋蜜的合影。在巴西首都里约热内卢照相馆拍的，满溢的快乐。是照相馆洗废的照片，搜不到人，追踪线索刀口般切断。

1888年，四万日本人移民巴西，1921年移民十四万五千，移民聚集区保持日本本土居委会组织。

"他是怎么去的？难道是神通？"

飕团兄喜摘下胸前白花，寻思，俞上泉真的死了么？希望也是在它方。

三十、 火之卷

对第三局，广泽之柱提出，已在皇宫警卫队的剑道馆里下了七局棋，想换个地方。满洲皇帝遂了他意，决定后，给长谷川旅社的俞上泉房间打去电话。

"我是对局室内里，独个坐椅子的那位。"

"皇——"

"别别，咱俩不用这词。叫我上边，就行了。"

"上边。"

"嗯。问你个事，旁听你复盘，你说人要常作帮助万物、满足一切的观想，但是'一切'二字太大了，我从小给教育得胸怀天下，也观不成，我都困难，常人哪能做到？"

"观不成，可看《大日经》第八品转字轮曼陀罗行品。先练习阿字变出四种音调，白色变出四种色，想熟了，进而想象大日如来变出诸佛菩萨天神鬼王，演绎出整个大日坛城。大日坛城等于一切。"

"还是难呀！"

"想象不出，可做动作，《大日经》第九品密印品，列出一百三十九个手印，结一遍，便等于一切。"

"嗯，这个好，概念落到了实处。但一百三十九个手印，太多了，我哪有这时间？你复盘时说，密法一念间清空地狱、一念间赐福众生，应该有一个手印等于一百三十九个手印吧？"

"上边聪颖。有，名为一切诸佛救世大印，此品列出的第一个手印。"

"奇哉！怎么结？"

"您见过，就是和尚行礼的双手合十。"

"——是它呀。"通话停了，应在尝试合十。片刻后言："一念一切，摸到点边了。"很快转了口气，"双手合十，大众常见，会遭轻视。《大日经》规律，我看出来了，先讲个极难的，让大众生起恭敬，为免大众畏难不修，再说个容易的，怕大众轻视不修，又说个稍难的，让大众有得可玩。这个稍难的，是什么？"

"上边明澈。密印品结束语，说人的一切举止皆为手印、一切言语皆是真言，那是比双手合十，更让人轻视的话，等于说手印真言不必修。大众怎能接受？这个稍难的，不在这一品，转到下一品。"

《大日经》第十品字轮品，想象从一个阿字，演化出其他字，漩涡般轮转，越变越多，涵盖一切，名为遍一切处法门。法门，等同作戏，为建立"一切"的观念，打破狭隘的自我设定。此品结束语，说你要认可自己便是大日如来，你的凡人身即是佛身，你可以普照万物，帮助一切人。

随后的第十一品秘密曼茶罗品，延伸凡人等同佛身的说法，重讲第二品具缘曼茶罗品，讲得更细，详解大日坛城种种形象，却说不必实造实做，以思想完成，想象大日坛城成为你的身体——这是秘密。

电话里传来赞叹声："转字好玩，身化坛城更好玩。上泉呀，第三局安排到宫外啦，我就不去看了。下完了，你早点回旅社，咱俩通话。"

第三局改在满洲立法院，闲人多，闲房多。对局前夜，如武士要熟悉决斗地，广泽之柱来到立法院。

　　院中增置路灯，摆上皇宫花房移来的花草。对局室门口挂一块牌匾，书"洗心阁"三字，原是江户时代墨田蕃城兵器库的门匾，从长春城内的日货古董市场淘来。

　　对局室已布置完毕，遵广泽之柱意愿，换了新棋盘，四位东京棋院勤务人员拿经纬测量仪，为摆放位置做最后确定，保证是正东正西。

　　广泽之柱夜访，拎一刀流宗家佩刀——直心镜影，为让自己沉浸在武士决斗的心境中。工作人员解释，棋盘是一百年前的八世本音垩素荣用过的文物，由陆军特派飞机运来，是退位本音垩素乃对您的美意，希望您下出好棋。

　　广泽之柱抽刀，引四位工作人员来看。"开刃处的肌理像扫平的砂地，称为砂流。"刀抡半圈，收回鞘中，快若飞燕。

　　工作人员激动鼓掌。

　　广泽之柱说："刀的锋利与否被称为切味，这是一个切味十足的晚上。"

　　他走后，工作人员发现榻榻米上多了一物，状如金字塔。

　　百年棋盘被切下一角。

　　飓团兄喜在深夜十一点赶来，抚摸棋盘切口，似摸到广泽之柱内心的每一个角落："不劈下这一刀，他没法下棋。"

　　用华机关的特种胶水，不露痕迹地将切下部分粘上，只是棋子打在棋盘上的音质会受影响。飓团兄喜连续打下数子，入耳惬意，竟然比之前更佳，叹息："广泽之柱改变了棋盘，他该赢了。"

　　第三局开局，广泽之柱上身直挺，打下一子，像是劈下一刀，感到左手食指在流汗，很需要照子握住它。

　　照子在旅社中祈祷。她父母是普通工人，穷家贵养，作为唯一孩子，养成小姐脾气。跟上广泽之柱后，醒悟父母辛苦，送她来长春留学，已用尽家里财力。

　　她想好了，如果广泽之柱再次战败，她会劝他去法国，自己以教法国人日语来养活他。如果广泽之柱胜利，成为棋界第一人，她将在八个月后的十七岁生日，与他有一夜情，然后离开他。

　　为他祈祷胜利，所用的是母亲为父亲祈福的如来毫相真言："拿么三曼多勃驮喃，阿痕若。"毫相——释迦牟尼佛的眉心有一根放光毫毛，光中映现从出生到逝世的全部经历，电影一般。

　　阿痕若三字，是释迦牟尼的苦乐一生。"请您呈现吧，帮助广泽君。"她完成一百一十遍念诵后，以此句结束。喝了杯水，准备稍稍休息，再念一轮。

　　响起门铃声。是女专的四位好友，今天是周日假期，她们邀她去划船。

　　棋局至下午五时，俞上泉应广泽之柱要求，在饭后延时夜战。

　　凌晨三点，广泽之柱认输。立法院门房有许多人在等他，是四位女专学生、一位长春警察、一位日本侨民——照子在长春的监护人。

　　带他去了医院。照子的尸体躺在太平间，面部平静，似是睡着。她没有逃脱淹死的命运，仍是五人落水后只有她被水流卷走。

　　广泽之柱扶门站立，久久不愿进去。

　　监护人相劝："请不要难过。"

　　广泽之柱说："我没有难过，是觉得她很美。我去下棋，她便念如来毫相真言为我祈祷，她现在正向我展示佛的一切。"

他以拜佛之礼向照子尸体跪拜:"今日,俞上泉的一百四十九手、一百五十七手皆为妙手——多谢您的祈祷,我和他终于下出了一盘可以流传后世的名局。"

照子尸体火化后,骨灰运回日本。

第四局,序盘平稳,未有攻杀。到中盘阶段,俞上泉假意要在右边围出大空,引诱广泽之柱打入,以展开激战。广泽之柱没去破空,而是从外部施压,逼迫俞上泉成空。逼迫下,俞上泉围出的空小于预期,全局落后。

广泽之柱的战略,赢得顿木乡拙暗赞,写下纸条"威风凛凛",却无人可递,忘了炎净一行已失踪。

取得胜势后,广泽之柱变得心不在焉,当俞上泉奋力反攻时,草草应付,未下满五日,在第四日黄昏认输。清点目数,发现他一再退让后,也仅是一目负的最小差距。

连输四局,即被降级。顿木乡拙感叹本局该是广泽之柱赢,他似乎是有意接受连降二级的耻辱,成为天下最不名誉的棋士。

"俞君,今日,我胜了你。"广泽之柱低语,离了棋盘,走出立法院。

未回旅社,就此失踪。

四位女专学生比华机关特务先一步找到他。在黄龙公园北岸边垂柳里,他抱过照子的地方。四个女生没有打扰他,买了水和食品,放入垂条即走。

第二拨找来的人,是世深顺造,撩垂条而入,说:"虽然你成了最不名誉的棋士,但你毕竟是一刀流宗家,请振作起来。"

广泽之柱说:"我握不了刀啦,怎么做宗家?"展开手,食指已缺。

照子火化前,他往她手心塞入一物,旁观者皆以为是佛教吉祥物。他的左手食指与照子尸骨一同火化,一同寄回日本。

与俞上泉下最后一局时,他的左手一直缩在袖中,缩袖是日本人的普遍习惯,无人在意。

世深顺造镇定下来:"你的右手完好。"

广泽之柱说:"我没说手,说的是心。"随后笑了,"如此距离,我可杀你,你又大意了。"伸出左手,以空缺的食指指向他。

袖中是鬼爪。

世深顺造一寸一寸后移,出了垂柳,道:"保重,千夜子会给你送饭。"

飕团兄喜最后到来,对谈后,确定广泽之柱不愿再走出垂条,表示会安排特务每日送饭。

广泽之柱说:"不必,给我送饭的人已太多了。送啤酒吧,一次十瓶,是我的单位。"

飕团兄喜拜访俞上泉,请他规劝广泽之柱。俞上泉答复:"第四局,他向我呈现最强的他,是他执意要留给我的最后印象。这个时候,他不愿我出现。"

电话铃响起,满洲皇帝打来的,飕团兄喜回避出屋。在走廊里站了三十分钟,手下特务从旅社电话总台跑上汇报,俞上泉电话打完。

飕团兄喜敲门,再次进屋。

"俞先生,东京棋院选出了新的对局者,对局地点在杭州。陆军和报纸读者都希望您能迅速进入新一轮十番棋,明日休息,后日启程。"

1937年12月24日,日军攻入杭州。1938年3月,为保障吴兴至杭州的军火运输,划龙溪河两岸一百二十里为无人区,烧毁近一百五十座村庄。

次日清晨,世深顺造来到长谷川旅社造访俞上泉,说自己无法追随他下杭州。一刀流门下尽数参军,散在中国各战场,随着战事严峻,已不及照顾宗家。广泽之柱颓废,世深顺造要留在长春,保证他不会饿死、不会自杀。

"他毕竟是我的宗家。"

过去了五轮十番棋,陆军军部未再有暗杀意图,宣传机构持续对俞上泉赞美,去杭州,应是安全的。

"您救过我,上次退回了您送来的《五轮书》,是我不好。今日我想弥补这个错误,可以么?"

世深顺造行礼:"俞先生,拜访您,我未带此书。这是您明确拒绝的事,我今日向您告别,带着它,会玷污我的诚意。"

俞上泉说:"感谢您。"

世深顺造直起身,满面笑容而无笑声:"此书印在我脑中,如果可以,请听我背诵。"

宫本武藏的《五轮书》,以"地水火风空"立章节,背到《火之卷》"战胜敌人有三种方式,武力、策略、心。当你一个人面对四十个人时,心会呈现,不用心,是活不下来的",俞上泉叫停,道:"之前讲的都是常理,宫本武藏的秘密在这里。"

世深顺造问:"怎么会?还是常理,说的是斗志,打急了,就有的东西。"

"您一个人面对过四十个人么?"

"平生有过三次,吓得我毛骨悚然,告诫自己要冷静,扮出狠面孔、看清敌人阵势的薄弱点——"

"您用的还是武力和策略,不是心。"

"什么是心?"

"您的毛骨悚然。停在这种感觉上,心会呈现,而您早早换成思考判断,用过去岁月磨练的经验,替代了心。"

世深顺造茫然若失,俞上泉让他继续背诵。

"——当你和敌人的武力相当,便要用策略,当你和敌人在策略上相持不下,要改变你的心。"世深顺造停下,"五十年来,读错了。以为是迅速换成新策略,让敌人调整不过来——而书上明明写的是心!"

至最后一章《空之卷》。

面对死亡,丰富的战斗技巧和敏锐的局势判断,都无用。如果它们对你还有用,说明你面对的是弱者,不是死亡。用心吧,用空无一物的心。

世深顺造叹息:"一念之愚,千里之哀。我全错了。"俯身行礼,恳求如何找到心。

"不必求我,你自己能知道。"

长春城内一所军需品仓库,是世深顺造与千夜子的藏身处。一个垒在顶层的木箱被掏空,成为他俩卧室。世深顺造归来,掏尽身上钱,留给千夜子。

"我得出去惹事,受四十人围攻——"他停步,肾脏区域的衣料出现个破洞,渗出血。

千夜子说:"你忘了,你我早有约定,除了亲热、睡觉,我可以在任何时候偷袭你。"

世深顺造说:"是广泽之柱的鬼爪。你和他睡了?"

千夜子说:"没有。他是个怪人,抱我一下,便给了我。"

世深顺造瘫倒。千夜子近前，袖口对准他咽喉。

世深顺造说："我的眼皮放不下来，好难受啊！"就此不动，瞳孔扩散。

千夜子候了两分钟，放下左臂，贴上世深顺造尸体，抚下他眼皮。突然，她下巴跌在世深顺造胸口，左臂被别在身后。

世深顺造扩散的瞳孔缓缓收缩："当了好久你的男人，还以为你会相依为命。"

"你杀了我丈夫，女人总要为丈夫复仇。你被人杀了，我也会为你复仇。"

世深顺造说："不用，你陪我死。"失去拇指的右手勒上千夜子咽喉，蟒蛇般有力。

千夜子刹那脸白，拼尽最后气息说出："愿意陪你。"

她窒息晕厥后，世深顺造自语："宫本武藏的秘密，终于知道。千夜子，多谢，你让我找到了心。"瞳孔收缩至正常状态，重又散开。

两分钟后，千夜子复苏，脖上没了世深顺造的手，摆在她手里。千夜子撑身坐起，见死去的世深顺造凝着笑意。

三十一、金刚萨埵

长春火车站上，满洲皇帝意外现身，相送俞上泉。看他的脸是禁忌，所有人都低首鞠躬。站台上有背靠背的长椅，他让侍者护卫退出三十米，引俞上泉落座，背身说话。

"看过你多盘棋了，你是用输棋的方式赢棋。在不利于作战的地方挑战，输掉这一块，换取它方的主控权。"

"上边看得明白。"

"满洲独立，也是在找输，不知到了终局，我能不能赢回来？"不等俞上泉答话，快步离开，站台上顿时人去一半。

俞上泉两位哥哥陪坐到北平站，下了火车。

日军在杭州边界累计建了三十七公里栅栏，设九十二个检问所。仍有打暗枪者潜入城区，不时有日本军人或伪政府官员暴毙街头。

杭州名胜六和塔下，围出施工区域，支上"补建六和寺筹备处"木牌。六和塔下原有寺院，毁于六百年前的元代战火，补建按日式寺院风格。新一轮十番棋是六和寺的奠基礼。

十番棋第一局在六和塔最高层，之后一盘降一层，是降伏俞上泉的寓意。对手是半典雄三，比预定晚到，最新消息是还要耽搁十五日。

西湖岸边，有许多别墅，主人尽数逃离，杭州负责接待的华机关特务请俞上泉挑一所住。走过一趟，未有中意的，别墅区之外有片竹林，俞上泉望去，似隐着屋顶。

穿林百米，是栋二层小楼，门板油漆尽脱，木质焦黄。俞上泉抚上门板，似有到家之感。随行特务看出他心意，敲开门。住家是位驼背老者，握一本印满摩登女郎的《良友》杂志。

一楼大厅是神堂，供骑虎的药王孙思邈泥塑。老者寂寞，很快聊出，这里原是家药铺，药铺主人失踪后，被政府征收。杭州大户王家的媳妇曾吃药铺配的助孕药产下一子，王家为报恩，向政府买下此房，修成私家庙，等药铺主人归来时奉还。

王家等了三年，淞沪会战前，全族迁往云南，自己是王家老佣人，无儿无女，不愿离杭，王家将房契赠与他，算有了养老地。

俞上泉要租住，老者说："二楼还是药铺主人在时的陈设，您租二楼，我还住一楼，人老恋窝，搬出去，睡不着觉。"

安顿下，过了一日，有客来访，由三名华机关特务带来。坐轮椅、戴德国墨镜，竟是段远晨，一脸友情："故人相见，还都活着。"

上南村血案后，段远晨被救活，在日军新组建的特务组织里未能竞争过李士群，成了李士群手下，派来杭州当站长。他原是中统的杭州特务站站长，因遭暗杀残废而辞职，现今换了敌我立场，一切回到原点。

他向俞上泉表示感谢，说如不是您入住，我还不会注意这里。收到线报，中统聘江湖高手潜入杭州，要刺杀来杭州游玩的日本潮响宫亲王，他是新上任的华东日军最高指挥官，破了日本皇室成员不担任军职的惯例。

段远晨高声喝道："我话说到这分上了，您现身吧。"

一楼房主住室门开，驼背老者倚着门框，低头看《良友》杂志。

段远晨拱手行礼："箱二师叔，果然是您。"

他曾做过戏曲名角程砚秋戏班的装箱先生，段远晨之前的脑中筷子，便是他所插。

箱二翻去一页，说："你的筷子呢，做手术取了？"

段远晨恭敬回答："手术危险，一直不敢。将筷子震出我脑壳的人，是李门道首。"

箱二又翻一页，说："嗯，她有这本事。脑壳上的破洞怎么办？"

段远晨说："多谢师叔关心，在上海的德国医院，截了节脚趾骨，给补上了。"

相隔十步的两人突然贴在一起，《良友》杂志卷成筒状，按在段远晨头顶。箱二说："脚趾骨在你脑壳上不太稳当了吧？"

"手下留情，动了十一个小时手术。"

"死了快投胎，别变鬼找我。"箱二刚要发力，《良友》杂志炮仗般飞走，胸口中掌，跌出四米。

尝试两次，身子仍爬不起来，箱二大笑，竟一脸欣慰："祖师显灵，小辈人里终于有一个练出了暗劲。"

段远晨说："师叔所赐，如果您不将筷子插入我脑里，令我一用力便头痛，还真练不出来。"

箱二说："天意。"鼻孔垂下血柱，瘫身而亡。

段远晨手下涌入五人，持水桶拖把、塑料布，五分钟内清理干净。段远晨说："死人了，俞先生不住了吧？我给您新找个地儿。"

俞上泉说："还住这儿。哪里没死过人？"

段远晨呵呵笑了："是这话，哪儿没死过人？俞先生通达。"

三名华机关特务拦下段远晨话头，不让再谈，说任务完成请撤离。

段远晨说："知道知道。"扫视房角，"你们请俞先生住这儿，怎么也不打扫打扫？杭州的老房子最难清理，你们不会，趁着我手下在，给清干净了，免得飕团先生来了，你们挨骂。"

打动了华机关三名特务，药铺外的段远晨手下全部涌入。俞上泉移步门外，竹林里摆茶桌，段远晨说上话："向您做个交

422

代,上南村索姑娘,中乱枪死了。索姑娘长过三十岁,会是个厉害角色,可惜了。"

俞上泉没抬头,谢了告知。

段远晨说:"有趣的人,世上留不住。人间无聊,配不上她。她让我念想,每年都祭奠,告诉您,是想多个人给她上香。"

言罢,驱轮椅入屋,催促清洁进度。

茶壶添水,又有访客。两名华机关特务带来西园寺春忘。他拎着日本糕点,远远鞠躬,大叫"俞先生"。

六和塔下补建六和寺工程,由西园寺家族出资承建,他是家族派出的监督,核对工程师设计图是否与密教仪法相符。六和寺要建成日本密教寺庙样式,他已是密教权威,掌握了西园寺家族传承的密法。

西园寺家族的宗家指示,战争结束后,必产生信仰真空,西园寺家族的密法要在此时抢占民众,在民众的精神上,打下永不褪色的西园寺家族的烙印。

他问起世深顺造,得知其滞留长春,依然强健如壮年,感叹:"谢天谢地。"

他和俞上泉共过生死,但不是熟人,见面欣慰,笑半天却说不出什么话,见华机关特务离开取水,突然低语:"上一轮十番棋,您复盘时与广泽之柱谈《大日经》,素乃听闻后,将半典雄三送去高野山三宝院,接受首席传法师牧今晚行的灌顶,修习《金刚顶经》,因此晚来杭州。"

《金刚顶经》与《大日经》并列为密教圣典,素乃此举,为让半典雄三在心理上与之持平,如同体育教练调理运动员,尚好理解。

但牧今晚行教导他的话流传出来,震惊密教界。说《大日经》是种子,《金刚顶经》是果实,《金刚顶经》包含《大日经》,《大日经》无法包含《金刚顶经》,《金刚顶经》高过《大日经》。

密教理论,两经无高下,相互为基础、相互为超越。牧今晚行的话,等于叛教,该遭批判,但他是公认的最高修为者,令人怀疑,他说的可能是真相。

"俞先生,请小心,半典雄三或许是您的克星。"见华机关特务来添水,西园寺春忘告辞。

半月后,半典雄三来到杭州,气质全变。

机场迎接的顿木乡拙暗叹,1927年秋季大手合(全日本围棋联赛),小岸壮河二十五场连胜,此战绩前无古人,轰动棋界。每赢一盘,相貌便稍稍改变,二十五场后,有了"天下无敌"的脸,正是半典雄三今日相貌。

第一局设在六和塔高层,清晨,工作人员置放裁判席上的茶杯时,半典雄三到达。九点方对局,早来三小时。

来后便坐在棋盘前,却是俞上泉的位置。工作人员提醒他,他回答:"这局,我会赢。想体会一下失败者的视线。"

工作人员退下,隔远了再看他,惊讶于一个人的坐姿竟可如此好看。听闻上一代本音堑素乃的坐姿有"不动如山"的美誉,应是眼前光景。

工作人员之间感慨:"他坐得真有风度。"

被半典雄三听到,腾腾杀气化为温和的笑:"想学么?你们也可以做到。不管对手离你多近,也要像看远山一样看他。"

俞上泉持白,第十二手逞强,威胁左下角黑棋,黑棋自补一手,守住地盘。第六十手再次逞强，左边白棋不顾连接薄弱，大步迈向中央。

能否将白棋割裂为两块？

半典雄三经过长考，放弃冲断白棋，跟随白棋也进入中央。第一日至此结束。

顿木乡拙向夜里赶到的飕团兄喜汇报，半典雄三表现过于老实，虽胜负尚早，已可判断，他的水平还未达到可做俞上泉对手的程度。

飕团兄喜说："唉，观战记越来越难写了。"

次日，白棋侵入黑棋左上角，按照半典雄三昨日表现，会守角。白棋下一步将扩充中央，目数上一举领先。

不守角，黑角会死。如黑棋打入中央白阵，将难以做活。顿木乡拙向飕团兄喜汇报，等黑棋守角，可视为第一局已结束。

半典雄三迅速落子，舍弃角地，以理所当然的气势打入中央，随后下出妙手，截断一条白棋。中央出现一黑一白两条不活之棋。

为两条不活之棋谁先死的问题，双方同时在五处开战，越下越复杂。

飕团兄喜递纸条："我已看晕，半典雄三也被绕晕了吧？"

顿木乡拙回复："半典雄三跟得上，是个对手。"

第三日，半典雄三再出妙手，从左边一块白棋刮去两目便宜。俞上泉为这两目损失，竟舍弃左边整块白棋，转攻右下角黑棋，要求转换。

左边白棋大于右下角黑棋，俞上泉是被激怒，下出了败招？

半典雄三进入长考，三十九分钟后打下一子，点死左边白棋，达成转换。白棋大亏。

不等看白棋再落子，顿木乡拙走出对局室，到了塔外环廊。

俞上泉十一岁时，派大弟子林不忘去北京访他，下的考试棋，便是同样情况，俞上泉吃亏求转换，转换后林不忘目数占优，却失去先手。俞上泉抢得战略要点，赢了棋，成为我弟子。我棋力已衰，看不出俞上泉要争取的战略要点在哪儿，但他抢得先手，说明一定有这个点。半典君，你已长考，为什么不再仔细算算？这盘棋本可以成为你的名局！你的序盘隐忍、中盘暴发，两个妙手、多线战役，都如此精妙。

顿木乡拙解下腰带，悬在环廊上，下端结成套，将脖子伸进。目睹名局被失误玷污，只有虚拟上吊，才能缓解懊恼——是他多年习惯。

脖子勒出道血印后，放松下来，准备将头抽出，瞥见塔下补建六和寺的工地。工地被木板围起，平地看不到里面，此时可俯视到，还没挖地基，立着三座军用帐篷，帐篷口木牌依次写的是"财务核算处""工程设计处"和西园寺春忘所待的"历史校正处"。

顿木乡拙前行一步，自问："历史校正，什么意思？好奇怪呀。"

三十分钟之后，工作人员找顿木乡拙，发现他已吊死。

他的死亡，没有惊动两名棋士。棋局延续到下午四点，白棋一目胜。作为败者，半典雄三请求复盘，俞上泉答应。但半典雄三抽出烟卷叼上，迟迟不撤棋子，败者不动手，胜者不好先动。

424

半根烟后，半典雄三开口："不舍得动，一百七十九手前，尚是我的好棋。"

俞上泉说："是。令我屏息欣赏。"

"可惜之后，我计算失误。呵呵，不是计算失误，是我失去了自己，一百七十九手前，每一手都是半典雄三。当额外利益摆在我面前，我失去了他。"

"觉得自己欠缺，才会迷失。"

半典雄三叼上烟："是啊。我原本圆满无瑕，因产生分辨区别的思维，而判决自己有缺陷。人热爱这个判决，为了弥补缺陷，耗尽一生。其实缺陷并不存在，本是个误会。"

俞上泉拾起桌上打火机，说："因你这话，该为你点火。"

半典雄三快手抢过火机，富于魅力地一笑："受不起。高野山上听来的，听明白了，事来了，没把持住。我的一切想，都是以'我有个身体'为起点。我太想保护它，太想让它受益，所以让我输了。"

从未有过的愉悦，如老友相逢，俞上泉道："《大日经》十二品入秘密曼荼罗法品，讲述你要想象自己死掉，身体在焚尸炉里烧光。"请服务员拿来纸笔，写下半典雄三名字，让他烧掉。

看着名字焚化，半典雄三感叹："借助个儿戏，才能改改想法。人真可怜。"

俞上泉说："是啊，人不往好处想自己。"

《大日经》第十三品入曼荼罗位品，告诉你，你脚下所立的地方就是最好的地方，你脚下生出八瓣莲花，每一瓣都有佛，你是诸佛中央的大日如来。第十四品秘密八印品：防备人性怯弱，不敢承当自己是佛，便先结周围八佛的手印，相信自己身处诸佛中，进而相信此身也是佛。第十五品持明禁戒品：认为自己没有佛的智慧、觉得自己无力改变他人，是犯戒。信自己有金刚大力降伏恶众、有菩萨功德造福世间，是守戒。

半典雄三说："《大日经》里的大日如来是这样的呀！真有耐心，一品说不通，便再说一品。"

俞上泉说："《金刚顶经》里的大日如来呢？"

《金刚顶经》与《大日经》皆是大日如来所说。按《金刚顶经》下卷，牧今晚行给半典雄三举行灌顶仪式。进入坛城前，说人间是真正的坛城，可惜常人修不了，大日如来无奈，才另造坛城。

对于贪财好色、诋毁佛法的人，要优先进坛城，因为他们是最该拯救的人。为引诱他们，要隐蔽佛法，说坛城可以迅速满足他们的一切嗜好。

先行五体投地的大礼，敬四方佛，念四道真言。真言在经本上，以汉字记录印度语发音，不解释为何意，为对世人保密。入坛城后，师父口传含义，以本国语念，真言成了白话。

向东方言，我献出身体，供养一切如来，请一切如来给予我力量；向南方言，我献出身体，供养一切如来，请一切如来给予我珍宝；向西方言，我献出身体，供养一切如来，请一切如来为我传法；向北方言，我献出身体，供养一切如来，请一切如来为我作事。

俞上泉说："嗯。献身四方，与《大日经》的烧名字，一个原理。"

半典雄三说："烧名字，令我觉得如儿戏。真言敬四方，细想也是儿戏，却令我信服。"

高野山上，半典雄三脸蒙红巾，持一朵花，诵真言："我进入坛城，坛城进入我。"

牧今晚行十指交叉窝于手心，构成锤状，名金刚萨埵印，猛击半典雄三头顶，喝道："向没进过坛城的人讲述坛城，金刚萨埵会砸碎你头。"

金刚萨埵是大日如来变成的铠甲力士，持沉重兵器，象征催破金刚般坚固的分别意识。

俞上泉说："我是个未入坛城、未受灌顶的人，你向我泄密，不怕丢了脑袋？"

半典雄三摸脑袋，迎面而笑："还在。"

俞上泉大笑："你再讲讲，算是我入了坛城。"

高野山上，牧今晚行给半典雄三一杯水："喝下水，你要视我为金刚萨埵，我吩咐什么，你做什么。对我不恭，你会招灾、入地狱。"扶他入了红布帷幔，来到金刚界坛城前。

墙面悬挂三米长宽的金刚界坛城绘图，地面是彩色砂土和铜铁木雕构成的坛城。吩咐半典雄三扔出手中花，花落在地面坛城中的哪一尊，今后便修这一尊的法。

投中的是不动明王。与金刚萨埵一样，不动明王也是大日如来的变化身，为度化顽劣众生，呈鬼王凶相。

牧今晚行拾起花，系在半典雄三头顶，诵真言："愿你的不动明王收服你。"

解下蒙面红巾，引他看坛城，诵真言："你看到的，是金刚萨埵亲向你展示的。"

观看过程中，牧今晚行以香水滴半典雄三头顶，诵真言："你受到金刚萨埵灌顶，得一切佛加持，你将达到金刚萨埵一样的成就，获得尊贵的名号。"

将金刚萨埵的兵器——五股杵放入半典雄三手中，诵真言："灌顶完成，我赐予你名号炎焰金刚。"

半典雄三自念名号。牧今晚行询问："密法可发财、出神通、升仙、成佛，你想学哪一种？"

半典雄三说："成佛！"

牧今晚行说："你先听听发财的吧，或许那才是你喜欢的。"

讲过发财法，半典雄三摇头。

又讲了出神通和升仙之法，半典雄三均说不是他想要的。

牧今晚行叹息："难道要学成佛之法么？真不想跟你费口舌，你不会喜欢的。你先想象自己身后生出圆月之光，跟金刚萨埵身后之光一样，进而想象自己就是金刚萨埵。"

之后传下种种仪轨，用真言和手印强化"我即是佛"的观念，其中一道真言为："金刚萨埵愿意守护我，为我而永存，为我而法力不退。金刚萨埵成就我的一切事，令我安定、欢乐。祈求一切如来，让金刚萨埵不与我分离，使我成为金刚萨埵。"

俞上泉赞道："这是把自己往好处想了。半典君，四日后，你下一盘赢我的棋吧。我的金刚萨埵。"

半典雄三说："当然。"

三十二、独活

复盘结束，飕团兄喜截下俞上泉，告知顿木乡拙自尽的消息。俞上泉痴呆，道一声："师父持黑先行了。"

飕团兄喜询问，可否提供些信息，帮助破解顿木乡拙自杀之谜。俞上泉想了半响，道："我并不了解他。"

飓团兄喜说："他是你的师父！"

俞上泉说："是否了解一个人，并不是关系远近决定的。你了解你的父母么？"

飓团兄喜默然。

俞上泉说："我说的是实话，带我看望师父的遗体吧。"

模仿德国军队有随军牧师，杭州日军设有随军密宗师父，但级别较低，监工六和塔的西园寺春忘是在杭州的最高级别密教师，由他主持葬礼和火化仪式。

顿木乡拙的夫人与次子死于上海，长子被征兵，远在越南，长子媳妇在日本要照顾孩子，不及赶来，由俞上泉代表亲属。葬礼结束后，众人退场，西园寺春忘陪同，俞上泉一人推棺木到焚尸炉，告别语是："大日坛城的四百一十四尊皆是大日如来一身变现，我们在世上遇到的每一个人，都是自己内心的变现。我变出了一个好师父。"

西园寺春忘指导，让俞上泉想象顿木乡拙的尸体变成了一个"阿"字音。师父，梵文发音为阿阇黎，《大日经》十六品阿阇黎真实智品，讲做师父的资格，是明白现实如梦。梦中周游世界，而睡觉人还在原地，并没有真的发生什么。

人遭遇非常，会本能地发出"阿"的一声，这一刻，你完全知道当前事的真相，但"阿"字音过后，你便失去这份明白，迅速陷入分辨区别的思维里，你开始找话来形容，从此偏离真相。

师父如"阿"字音，师父不做梦。

俞上泉合十，喊了声："师父！"

西园寺春忘按照《大日经》十七品布字品，将书写的三十个梵文字母纸片布置在顿木乡拙尸体上，每一个字母代表一尊佛。

西园寺春忘说："你的师父就是你的坛城，你的师父本是大日如来。"

俞上泉落泪，火葬场工作人员打开炉盖，将顿木乡拙尸体送入火炉。

西园寺春忘说："俞先生，您师父的梦醒了，发现困扰他的一切并不存在，正处在巨大的快乐中。"

顿木乡拙的尸骨火化后，寄回日本，由其长子媳妇接收。他的死，是无解的。为照顾俞上泉心情，四日休息后，第二局再延四日举行。

过了三日，竟觉得时间长。俞上泉在华机关特务陪同下，游玩了西湖，忽然很想找西园寺春忘说说话。

进入六和塔下的工地，来到"历史校正处"的帐篷前，西园寺春忘迎出，满脸惊喜："俞先生，您来看我啦！"

俞上泉指向牌子，问："历史是过去的事，怎么校正？"

六和寺要建成日本样式，以符合历史原貌。

日本寺庙最早复制唐朝寺庙，后复制宋代，著名大寺多是请中土工匠渡海而来，监督当地工匠建成，为省工省料而简化结构，造成比例失调。日久天长，局部朽坏后，重向中土请工匠，中土建筑亦在演进，朽坏部分修成中土新样，旧新共存，再次比例失调。

六和塔下的寺院，已毁八百余年，如以明清寺院样式复建，塔与寺风格不统一，所以要建日式寺院。但含有宋朝造型的日式寺院，终也不是旧日原貌。

西园寺春忘说："谁掌权了现在，谁就

掌权了历史。日军说是宋朝，便是宋朝了。"

请俞上泉入帐篷喝茶，讲起佛教在日本的剧变。1872年朝廷颁布《肉食妻带解禁令》，勒令僧人吃肉娶妻。议会要取消僧人的选举权，理由是不结婚，不能算完整公民。为做公民，僧人放弃戒律，娶妻生子。

西园寺春忘说："密宗原本有超越戒律处。"

《大日经》十八品受方便处学品，说密宗与大乘诸宗持一样的戒律，禁杀生、抢占、淫行、邪见、贪欲、嗔恨、谎言。

但为了教化文明未开的边远地区，可用杀害恐吓令其改变；对于吝啬的人，可夺去他们的东西；可以丈夫的身份度化女人，以亲人的身份度化妻子一族；为折服恶人，可以粗口开骂、挑拨离间、调戏逗乐。

俞上泉说："容易成为破戒的借口。"

西园寺春忘说："是呀，要时时警惕。"

俞上泉说："人难以自觉。"

西园寺春忘说："不能时时警惕，只好时时诵真言。"

《大日经》十九品百字生品，传下一声"唉"字，办任何事都等于办丧事，只有哀叹，哪会留恋？

时时哀叹，才可做一切事。

想象此"唉"字，变出百种字，发出百种光，照亮一切。怀念百字之光，做事可保住警惕。

俞上泉说："唉，人的心思——不得不多此一举。"

西园寺春忘说："俞先生，《大日经》二十品百字果相应品，说一个人的身体无穷尽，当下一刻，不同世界中都有一个他。众生无量无边，如何度得过来？"

俞上泉微笑："众生即是我心。自度，便是度他。有一个众生没得度，便是此心未清净。"

西园寺春忘合十："恭喜俞先生，二十品言，明白此理，便是开悟。"

俞上泉说："此理不难，日本的开悟者应当很多。"

西园寺春忘叹："唉！当然很多，却不能保住寺院，这样的开悟，又有何用？"

1868年，十五代将军向天皇交出权力，结束了将军家二百六十余年的统治。将军统治下，寺庙等同居委会，负责办理婚丧嫁娶、身份证明等各项手续，寺庙密集，城里一街一庙，城外一村一庙。百姓见到寺庙，等于见到将军。

打压佛教，为在民间清除将军余威。佛像遭断手、断脚、断头或砸鼻，寺院划归神道教所有。

西园寺春忘说："《大日经》二十一品百字位成品，说能改变世事。"

此品言，可做个实验，将患病者画像挂在大日坛城图画前，密教师父想象大日坛城发出种种光，治好了图画的患病者，现实的患病者也会病好。这个实验，证明肉身也是个影像，跟彩笔画的没有区别。

认识到自身是影像，进而认识到诸佛也是影像，影像和影像之间可以重叠相印，我与佛相同，都是幻化。世上一切事，皆可意想而变，幻中改幻。

西园寺春忘说："方法在经本上，可惜无人能做到。眼前现实，如此不堪。"

俞上泉沉思片刻，说："眼前现实，或许已有人改过，只是不知道他为何要改成这样。"

杭州凤凰山溪云寺外，开辟了一片高

尔夫球场。日本潮响宫亲王来杭，并非为观棋而来，围棋对于他，老旧陈腐。他高中热衷英式橄榄球，三十五岁成为全日本高尔夫协会主席。就任华东日军最高司令官后，杭州为他专修了高尔夫球场。

他打球时间，从球场外围布置十三层警卫，五平方公里的凤凰山被封锁了三平方公里。最外层的华人特务扣下了两名可疑路人，背着草席卷的流浪汉，一个鹰鼻广目、一个小眼塌鼻，却有神秘的相似性，使人望之如双胞胎。

他俩的饭盒里，盛着在酒楼乞讨来的剩菜剩饭。半碗西湖桂花粟子羹、两个鲜肉粽、半块粟糕、一碗虾爆鳝面、一碗肉骨头粥、三块葱炸烩、两碗片儿川面。

草席卷里藏着英国狙击步枪。

段远晨赶到时，二人上了手铐脚镣，坐在地上。段远晨是由侍卫背上山的，叫着"轻点轻点"，让侍卫将自己放下。

"我叫段远晨，听说过我吧？"

江湖传言，他是一个功夫奇高的不死之人，已有多名高手死于他手，因为他的存在，中统特务难入杭州。

二人眼有惊喜："这么被抓住，太窝囊了。落于你手，我俩还有面子。"他俩是赵大、钱二。

段远晨说："承蒙看得起。你俩是中统哪一组？"

赵大说："我俩已脱离中统，只是觉得那个人该杀。"望向高尔夫球场。

段远晨说："脱离组织，有种种不便。"

钱二晃手铐，说："体会到了。这对我俩，是未有过的事。"

段远晨说："我亦出身中统，念旧情，不想把你俩转给日本人。你俩死一个，让我交差。"

赵大说："我们习自在门武功，生是一对、死是一双。"

段远晨袖口滑出勃朗宁手枪，"砰"的一声，飘起大团青色枪尘，钱二被击毙。

段远晨问："你独活么？"

赵大落泪说："别让我独活，我会给他报仇。"

段远晨说："兄弟，我能帮的，就这么多。"吩咐手下，卸了赵大手铐脚镣。

指着地上两支英国狙击枪，段远晨说："我留一支，你拿一支。脱离组织，成不了事，不要再逞英雄。杭州城外有枪火黑市，去换钱吧。"

赵大将枪插入草席卷，背着走出二十米，回头喊："不怕我开枪打你？"

段远晨说："你不会，你选择了独活。"

赵大走了。

十番棋第二局，因顿木乡拙死于六和塔，照顾俞上泉心情，转到文澜街广化寺。

广化寺原是一所明代私人祠堂，于清朝嘉庆年间改建为寺院，因在居民密集区而占地不大，仅为两重院落的民宅规模。此寺房屋在清末多已损坏，1922年被日本三宝院阿阇黎牧今晚行买下，派遣一名弟子来杭监工改建为日式寺院，因为资金中断，至今仍未完工，可使用的房屋不足一半。

日本政府有宗教移植计划，因牧今阿阇黎与军方关系欠佳，所以广化寺并没有作为一个宗教据点而得到军部拨款。

此寺现无一个日本僧人，受托看护寺院的是一个卖吴山酥油饼的小店店主，他是牧今上人中国弟子松华的远房亲戚。目睹广化寺状况，飕团兄喜限时三日，让华机关清扫布置，在杭特务倾巢出动。

半典雄三持黑走低位，连占三角，涨潮般猛捞实利，俞上泉走高位，在中腹布成白阵，之后压迫右边黑棋，遏制其增目。

以为半典雄三会应对，不料他不顾右边破碎，突然打入中央白阵，此时白阵将合未合，正是最别扭的时刻。

如在尚且空虚时，可以借着驱赶打入的黑子，在别的方向上再构白阵，此时黑棋已经将边角定型，堵住白棋其他方向上的发展余地，对于打入的黑子，白棋只能封杀。而半典打入的选点刁钻，是白阵的百密一疏之处，白棋杀之较为勉强。

经过一番绞杀，黑棋即将突破白阵时，半典雄三下出了自寻死路一手。裁判席上的人皆惊，以为他看错了棋。

半典雄三用上了俞上泉爱用的技巧——弃子，白棋可以吃掉打入的黑子，但白阵的结构便被破坏，黑棋借此可攻击被割裂开的一块白阵。

俞上泉陷入长考。

半典雄三的坐姿是素乃的高雅，流氓习性地叼着不点火的烟，唾液渗湿半根，打火机频繁翻盖，"咔咔"作声。

俞上泉抬眼："这声好听么?"

半典雄三顿时醒悟，打火机递给工作人员："扔到五十公里外。"

工作人员问："五十公里?"

半典雄三眼露凶光："五十公里。"

工作人员受惊，跑出对局室。

对局室外，有六名华机关特务，听完工作人员的汇报，得出结论："棋士的意志，不要挫伤。毕竟日本棋士赢，是我们共同的心愿。拜托啦!"

杭州城外设有许多关卡，给工作人员签署了通行证。

他跑了八个小时，在一片黑暗中驻步，将打火机奋力扔出，感慨："半典先生已经赢了吧?"随即听到一声枪响，相隔遥远，应在五十公里外。有什么在向外流，触手是血，松了口气，只要没有小便失禁就好，那样太丢人了。

高中时代，学校组织万米长跑，冲到终点时已超越生理极限，流了两腿尿。感谢上苍，今日跑了五万米，也没有失禁。

倒地前，他喊了声："半典先生，您的嘱托，我完成了!"

丢打火机的工作人员被抗日游击队击毙时，对局已在六个半小时前停止。俞上泉结束长考，写下封手，拒绝了半典雄三晚上延时下棋的提议。

次日上午，封手落于棋盘。

半典雄三预计中央白棋只能吃下打入的黑子，忍受攻击，期待之后的转机。不料俞上泉没有吃棋，而是放黑子出阵，这步放行之手占据了中央制高点，右边上的黑棋显得自身不活。

打入的黑棋只能出白阵，否则此时再被吃掉，损失便过大。右边黑子还要局促做活，俞上泉扭转局势。

第三日，未及中午，俞上泉五目胜。

俞上泉说："知道你误在哪里?"

半典雄三说："输了，便都明白了。"

俞上泉说："听闻牧今上人违反密教常识，告诉你，你修习的《金刚顶经》高过俞上泉看的《大日经》?"

半典雄三吐舌头："比这严重，牧今师父说，修《金刚顶经》的人专门克制修《大日经》的人。"

俞上泉被逗笑："请再讲一卷《金刚顶经》。"

430

《金刚顶经》中卷，大日如来起了事业心，从心中变出一菩萨，问自己该如何度化众生。

大日如来自问自答，变出四位菩萨，四菩萨变成金刚杵、铠甲、利牙、绳索，去度化众生。

随后，大日如来变出四尊佛，再变出四仙女，以嬉戏、美发、歌咏、舞蹈慰劳四尊佛。四尊佛亦变出四仙女，以烧香、供花、点灯、涂香料回报大日如来。

半典雄三说："菩萨度化众生，为何要披铠甲？以敌对的方式度化众生，便会为众生所伤。我以你为敌，便会为你所伤——这是我的败因。"

俞上泉一叹，认可。

半典雄三说："我该视众生为佛。我喜悦诸佛，诸佛亦会喜悦我，必有回报。让众生起回报心，是大日如来度化众生的方式。"

俞上泉歪嘴挤眼，扮出鬼脸："管用么？礼敬恶人，恶人会觉得你好欺负。"

半典雄三说："牧今师父说，面对恶人，你行礼了，但还是将他当作恶人。请试试，全心地当他是佛，再礼敬他，你会得到不同的结果。"

俞上泉抹脸："我想不通。"

半典雄三说："四菩萨是大日如来想出来的，四佛四仙女也是大日如来想出来的，众生是从哪里来的？"

俞上泉说："不会也是大日如来想出来的？"

半典雄三说："你遇上的恶人，也是你想出来的。人害怕自己的噩梦，就会不断重复这噩梦，强敌般越来越顽固。如果你知道它是你想的，骚扰便会消失，因为你是它的源头，它本是你。"

俞上泉吐舌："棋上总有输赢，你也在求当胜者，恶永不消失。你未能说服我。"

半典雄三说："看看《金刚顶经》怎么说。"

经本所写，大日如来变成奴仆，自言自语："我是一切的主宰，也是一切的奴仆。"大日如来以众生为主人，以礼敬度众生。众生再恶劣，当他念"大日如来"四字时，也要视他为大日如来。这个假想，也是真理，这个恶劣的人，真的就是大日如来。

你打一个响指，诸佛与众生都会听到，因为诸佛与众生都是大日如来，而大日如来就是你。

金刚界坛城，画出大日如来变出四菩萨、四佛、八仙女等种种变化。这图画，你要相信是真实的，不信，你就打个响指吧，或是猛喊几声自己的名字，好好看看这图画，你可以做成一切事，你一人可以造福一切众生。

打个响指，半典雄三停下讲述，盯住俞上泉。"来杭州的飞机上，已明白高野山上，牧今师父为何对我说《金刚顶经》高过《大日经》，因为高野山上的我仍认为您高过我。其实您是我的一个梦，我可以梦你赢，也可以梦你输。"

俞上泉打个响指："你也是我的梦。好梦。"

十番棋第三局，轮到俞上泉持黑先行。

至四十手，上方白棋被割裂成三条，陷入苦战。半典雄三放弃中间一条，左侧一条拐入左上角，以精准算路吃尽左上角黑棋，右侧一条通过威胁右上角黑棋，在右边成活。

飔团兄喜想出一句棋评:"愈苦愈妙。"

棋盘尚且广阔,俞上泉抢占它处,维持目数平衡。

下到第二日傍晚,俞上泉认输。

半典雄三似陷入极大悲伤:"一百六十七和一百七十三手下得僵硬,不是您的棋,我赢的是谁?"

俞上泉说:"我的失误是你造成,棋盘前没有我,只有半典雄三。"

"啊……对。"

《金刚顶经》上卷,普贤菩萨央求诸佛传法,诸佛传下真言"我观我心",常诵此句即是修行。普贤菩萨开悟后,更名为"金刚界菩萨",向诸佛汇报:"现在我知道,一切佛就是我自身。"

诸佛答复:"诸佛是你,坛城也是你,真言也是你。请念真言——万象差别,总是我。"

持此真言,金刚界菩萨化为大日如来,大日如来变出种种功能,现形为诸佛诸菩萨,构建金刚界坛城。

半典雄三凝视棋盘:"这便是金刚界坛城,全是我心。"

俞上泉离席。"等你第四局。"

三十三、我在

广化寺对局室外庭院里,移来一个蹲踞。

是整块石料凿成的水池,置于地面,人得蹲着方能洗手。十六世纪的茶道师利休用它,让战国霸主丰臣秀吉进茶室前向自己下跪。

此蹲踞非新凿,外壁结着苔藓,内壁因多年水冲而石色丰富,由拱宸桥日租界里的日侨奉献。1895 年《马关条约》后,日本商人在杭州圈地定居,已繁衍两代。

第四局,作为挑战者,半典雄三早到,看到俞上泉入寺后蹲身洗手,犹如向室内的自己下跪,忙隔窗躬身回礼。

俞上泉第一手棋落于小目,小目是角部低位,本音垩一门评定为最佳守角之法,占据一方后再挺入中央,两百年来代表棋之正道。

自从与大竹减三在一盘表演性对局上,第一次下出"自中央征讨边角"的战法,俞上泉便没有再下过小目。

半典雄三明白他是借此方式,向自己身后门派表达敬意,祈祷一盘好棋。

小目是虚晃一枪,俞上泉很快恢复高位行棋,放弃左上角,在中央扩张势力。半典雄三下出巧手,逼着俞上泉选择,是中央围空,还是另辟战场,打入下方?

俞上泉补好中央,半典雄三守住下方,双方目数均衡,半典雄三略优。

第一日棋停。

飔团兄喜观战记写:"俞上泉前所未有的保守,往日的他,一定会打入下方。"

次日,俞上泉侵进半典雄三占据的右下角,并无活棋的可能。俞上泉不死不甘心地在右下角折腾,五手后仍寻不出活路。

"刚入段的院生也耻于这样下棋吧?"飔团兄喜如此想,骤然心惊,见半典雄三面色死人般晦暗。

俞上泉落子,右下角旁侧,半典雄三七子被吃,棋局顿时结束。侵入右下角,不为求活,而为割杀。

半典雄三挺起腰杆,周身鼓劲,恢复素乃般的坐姿,棋盒里取出一子,置于盘面边沿,表示认输。

半典雄三说:"凉水冲手背,或许能让我舒服些,您陪我么?"

洗手之水由竹片引来。两人矮身在蹲踞前,半典雄三伸手入水。

"令人精神振作,有了下棋的灵感——俞先生,想听您讲《大日经》。"

俞上泉说:"二十二品百字成就持诵品,以诵真言的方法改变人间。你经验的人间令你痛苦,充满你无法战胜的东西,有人比你英俊、有人比你尊贵,有压着你的高手,有你必须遵守的规则,有你出生前已完成的历史。"

你的人间,是种种不适,改变一点,都要经过漫长年月。企图靠不停念咒的方式改变人间,是白耗气力的痴心妄想。你改变不了什么,除非你重新定义人间。

你经验的人间,不是真相。其实人间的每一个人,都是你。英俊、尊贵、技高一筹都属于你,规矩和历史是你造就。你病苦的人身和端庄健美的佛身没有区别,你漏洞百出的思想和佛的无瑕智慧没有区别。那些你厌恶的人、欺压你的人、令你畏惧的人,其实都发着美丽的光,如佛一般,照耀着你。

当你重新定义人间,持诵真言才会有效。

真言不是巫术,每一个发音都有意义。一切并未发生,是"阿"字音的含义;一切了不可得,是"哇"字音的含义;不要造作,是"迦"字音的含义。

佛身的端庄健美,是这些含义造成,明白这些含义,你也会变得好看,这是你初步改变的现实。

《大日经》二十三品百字真言法品:一个"阿"字音,等于无量无边的真言。因为所有真言,都在表达"空"的含义。你喊"阿"字,不管多么有力,声音终会消失,所有的执着也会消失,不管你曾经多么执着。

请大喊"阿"字,体会一切消失。你经验的人间,如你的大喊,终会消失。

《大日经》二十四品说菩提性品:菩提是"空"之意。大日坛城中的四百一十四尊,皆是大日如来一尊变出,但大日如来并不是造物主,万事万物也不是被造物。

万事万物犹如烟雾缭绕,呈现出像宫殿、像牛马、像男女等一切形状,而实际上并没有宫殿、牛马、男女,只是烟雾。

大日如来等于烟雾,并没有生出什么,一秒与万年、生与死、夜与昼、水与火、诞生与结束——所有对立现象,都是人的幻觉。

《大日经》二十五品三三昧品:三三昧,是"平等"义。一切没有差别,因为没有一切。

二十六品说如来品:知道一切是幻觉,从幻觉的角度改变人间的人,即是佛陀。

二十七品世出世护摩法品:印度有四十四种火供,密教采纳了十三种,真正的火供不烧火,是内心的焚烧。认为一切有差别,便永落人间幻觉,不能自拔。去掉此妄想,即是火供。

二十八品本尊三昧品:选中一尊佛菩萨像,观察其造型颜色,认为祂的身体就是自己的身体,可以初步打破人间幻觉。其实真正的佛菩萨是无形无色的,认为自身也是无形无色的,便脱离了人间幻觉。

二十九品无相三昧品:人的自我存在感,是从哪里来的?不是身体、经历、外界造成,这种"我在"的感觉,是无条件存在的,所以在任何条件下都有。认为它是有条件的,需要搭配上什么,产生"我在——这里，我是——这个"的想法，是天大误会，从此沉溺幻觉中。这个"我在"是众生失去的东西，它便是佛性。看到这一品，等于亲见佛面。

三十品世出世持诵品：因为人很难单纯地停在"我在"上，改不了找条件、寻匹配的习惯，所以念诵真言时，先盯着一个梵文字母或一尊佛像，只依赖一物，之后专注无形的呼吸上，最终不要任何依赖，只剩下"我在"。

三十一品嘱累品：佛嘱咐，这个法不要轻易传授，除非这个人生于吉祥的时辰、皮肤洁白、头颅饱满、脖颈修长、额宽鼻挺、脸盘匀称。

俞上泉呵呵笑起："我的长相符合标准，你就难了。"

半典雄三瞪眼："不信佛会这样说。"

俞上泉赞叹，打响指："包括你。之后佛说，希望此法门遍布人间。密法，本是要普传的。"

《大日经》共三十一品，至此而完。

半典雄三泛起街头打架的流氓相："好怪呀！您与往日不同，一气讲了十品，怎么这般急？不怕我承受不起？"

俞上泉沾水，点上额头："我的时间不多了。"

半典雄三斜眼："您什么意思？"

俞上泉说："是你的时间不多了。我已决定，你我的十番棋在下一局结束。不接受这结果，请务必赢我。"似有不忍，快步离去。

半典雄三嘀咕："唉！俞先生还是弱呀，混不了鸭川。"

鸭川河岸是京都歌舞伎、餐饮旺地，流氓辈出，血斗频繁，半典雄三生于此。

他已输三盘，再输一盘，便被降级。

三十四、恶手

第五局，对局室推入辆轮椅，坐着素乃，前多外骨将其停在裁判席中央。俞上泉入室，反应平静，深行一礼，似早知他会来。

俞上泉十一岁，下败两名华人国手。棋谱由北京城内的日本海军俱乐部传到日本，是一种与历届本音堡都不同的特质，素乃赞叹："世上有了新意。"

有心召俞上泉来日本，拜入自己门下，不料被宿敌顿木乡拙抢了先。俞上泉登上日本海港，即病倒，休息十五日后，才乘火车来东京。得知火车班次后，素乃犹豫再三，终忍不住，携弟子二十人，赶去火车站迎接，吓着了顿木乡拙，以为要抢人。

素乃只为看一眼。看后，问顿木乡拙："你觉得应授予他几段？"

顿木乡拙说："林不忘与他下了三盘考试棋，应有不弱于三段的实力吧？"

东京棋院，答复顿木乡拙，先授予二段，之后按照入段正常程度，参加全日本围棋联赛，以累计胜率争取三段。如一来便授予三段，高抬外族人，棋院没有尊严。

素乃说："你看走了眼，几乎是四段，他是遇强更强的人，如与我下棋，会显示出让天下人服气的实力。"

顿木乡拙大喜："真的可以这样么？"

素乃说："你在报纸上少骂我一个月，我跟他下。"

跟俞上泉下了让三子棋、让二子棋各一盘，素乃皆输，压制棋院普遍反对声，授予俞上泉四段。

俞上泉十五岁在联赛上发挥欠佳，未评为六段，令棋界失望，有"麒麟少年失去才华"的议论，俞上泉本人亦消沉。顿木乡拙试探性询问素乃，如果报社举办"本音堛与麒麟少年特别对局"，您愿不愿意。

素乃爽快答应："跟别人下，有什么意思？难怪他不长进。他还得跟我下。"

素乃是当世唯一九段，段位落差，仍是让二子棋。连下两局，俞上泉全胜，灵光四射的内容。俞上泉局后，孩子心性，以全部对局费买下一匹英国赛马。

马还是养在马场，俞上泉付饲料费和训练费，成为他专人坐骑，闲暇时来骑一个上午。半年后，俞上泉失去兴趣，仍付费而不再来，马场经理劝说，马要得人气，久无主人骑，便废了，不如你转给他人。俞上泉随顺转让。

顿木乡拙好奇，赶去马场，果如猜测，骑在俞上泉马上的人是素乃。

二人照面，均显得不好意思。顿木乡拙先说话："您这么喜欢他，或许当初他入您门下，对他的发展更好。"

素乃回答："不不，现在已是最好。他成为我的对手，比成为我的弟子有趣。多谢你，让我晚年还有大争局。"

可惜素乃中风，久久期待，成了悬案。

与半典雄三的第五局，轮到俞上泉持黑，连出三个低位小目，半典雄三走上高位。素乃眼中湿润，布局越来越熟悉。

二十年前，顿木乡拙挑战素乃的本音堛之位，轰动天下。素乃便以三个小目应对，此局顿木乡拙持白胜，令素乃产生前所未有的恐惧，暗命棋院以挑战赛不合理为由，终止比赛。原本要下四盘，留下二胜二负的平手余地。

顿木乡拙是五段，与九段不能平等交手，即便决出胜负，也无荣辱。平等交手，赌本音堛之位，是素乃特许，天下无敌的寂寞感，让他自降身价。

早晨和晚上的体温尚且不同，棋手亦有状态好坏，素乃认为自己已无碍，状态低落也能靠意志力挺过来。这一局令他害怕，自觉处处得手，然而不知不觉便全局落后，仿佛是初学棋时与高段棋士对局的情况。

是整体棋力衰退了。挑战赛后，素乃更改棋院规则、在联赛上作弊，将顿木乡拙遏制在五段上，令他无法通过升段，以正规途径获得挑战权。熬过五年，素乃棋力终于回升，以不平等交手的身份再与顿木下一盘，赢了，松口气。

好险啊，躲过了顿木的黄金时代。渴望受到威胁，威胁到来，自己却如此小器。

俞上泉在模仿我的棋，诱使半典雄三下出顿木乡拙的棋。顿木当年的棋真是心血之作，锐利如半典，绞尽脑汁后，也只能下出顿木的选点。

训练半典雄三，独没给他分析过此局。而俞上泉会无比熟悉师父的杰作，只是，为何不模仿他师父，要模仿我。

六十九手，俞上泉修正素乃当年下法，没有远投他方，而是在右下角自补，令下边一团白子失去发展空间——噢，原来该这样。二十年来不愿回想此局，这是当年我大局落败的原因。

一百零二手，半典雄三放弃作战，保住八目空地。顿木乡拙当年是作战的，他为羞辱我，要大落差地取胜。半典的下法，比顿木精明。只是，很想再看到顿木的豪情。

虽然略有不同，在俞上泉的控制下，棋局高度相像地进行。

至黄昏五点，俞上泉询问半典雄三："今日下完吧？"

半典雄三咬牙，答应。

飔团兄喜向素乃递上纸条："俞上泉趁着自己状态好，强迫对手加时，有失风度呀。"

素乃将纸条揉了，严厉低语："你是外行，坐在这已是荣幸，少言！"

相比于顿木乡拙的谦和退让，素乃的刻薄似更让飔团兄喜受用，他连连致歉，表示自己大错特错。

晚饭后，棋局进行，在上方形成一块与二十年前棋局一模一样的形状。素乃便是在这里认输的，顿木乡拙施放杀招。长考四十九分钟，怎么想，都躲不过去。

半典雄三毕竟是我训练的，准确想出了顿木当年的杀招。

俞上泉落子。

——躲了过去。

原来可以躲过去。

全局再无可战之处，半典雄三认输。

累计输四局，他被降级。

如何处理俞上泉？之前要听从华东日军最高司令官意思，官场更迭，接任的潮响宫亲王沉迷于打球，迟迟未给意见，只好继续扣在杭州。

半典雄三接受侵入缅甸的日军邀请，为师团级长官下慰问棋。临行前，他向俞上泉辞行，说缅甸慰问结束后，他飞台湾，转机回日本，不会再来杭州。

"牧今师父教了我《金刚顶经》，您教了我《大日经》，我将回到鸭川，靠这两部经度化两岸流氓。哈哈，您来鸭川，会看到民风淳良、秩序井然，除了姑娘漂亮不变，全变了样。"

俞上泉被逗笑："你说真的？"

半典雄三吐舌："真的，看我兴致。也许回去就懒了，什么也不想做。鸭川原貌，其实不错。您来，我陪你玩。"

俞上泉正色："你提升速度之快，如我一般。我之后，棋界是你的。或许一年，或许一月，等等看。"

半典雄三说："不喜欢你说话，总像辞世遗言。你得来找我玩。"

俞上泉打响指："好，找你玩。"

半典雄三欢悦片刻，静下脸："胜负是有尊严的，成败是龌龊的。当今，是只讲成败的世界，围棋是剩下不多的胜负之事。输给您，是我此生幸事。"

二日后传来噩耗。

半典雄三乘的飞机被英军高射炮击落，坠落深山，尸骨无寻。

飔团兄喜向素乃致歉，说他联系这事，是想让半典雄三散心，不料令他痛失高足。

素乃说："他输了，便只是个鸭川流氓，我为何要痛心？"

飔团兄喜愕然："您……这么心硬吗？"

素乃露出厌烦表情："你忽视了天，天生出不同的人，让他们各具命运。半典雄三的死，是他的天命。"

飔团兄喜鞠躬致歉，自责境界低下。

素乃说："你该改变自己。做危险的特务工作，却如此温情，小心活不长。"

事后，飔团兄喜让秘书记录："有生以来，第一次被说成是个温情的人。不愧是本音堡，彻底折服了我。"

等过半月，素乃来找飔团兄喜，说潮响宫再不给意见，他就带俞上泉回日本了。

飔团兄喜说："您回去吧，俞上泉要留在

436

杭州。"

素乃厉目道:"死在杭州?"

猜中了,不好隐瞒。飓团兄喜告知,军部的幕僚延续上一位司令官的思路,向潮响宫递交谏言,杭州仍时不时发生向日军打暗枪事件,俞上泉可以这么死,免除日本围棋第一人被外族占据的尴尬。

潮响宫批示,"给予通过。"飓团兄喜怀疑他并未审阅,处理积压的文件,手顺地批下。

"毕竟批了。你我改变不了,这是俞上泉的天命。"

素乃沉声:"天命可以改变。"

飓团兄喜大惊失色。

让军部幕僚不悦的,无非是俞上泉赢尽日本高手,那么我们为他设计一场输局,便可平息。本音埜退位,应有一场"本音埜引退战",因素乃中风,而未办。

按历史惯例,引退战下到百手,对局者要起身认输,口称:"您的高妙,令我自惭形秽,不敢再下。"

素乃选俞上泉作引退战对手,召大批记者见证,俞上泉当众认输,大众不知是规矩使然,看到俞上泉被病患老者轻易取胜,强烈的戏剧性,令他之前的所有战绩贬值,日本棋界便找回了颜面。

飓团兄喜欢颜上脸:"您的身体,可以么?"

素乃表示,本音埜有"打挂"的特权,可以无理由地随时暂停比赛,回家休息。

"我跟你说话的力气,已够我下棋。"

飓团兄喜说:"日本有规矩,真是太好了。"表示立即向军部写谏言,又不好意思地询问:"您对待半典雄三和俞上泉,为何如此不同?"

素乃说:"啰嗦。"

飓团兄喜再次被折服。

回途中,素乃开言:"俞上泉与半典雄三最后一局,复现我的棋,改正我当年失误,下出我没想到的妙手。他越过半典雄三,跟我间接下棋,我怎能不应战?"

前多外骨说:"对飓团兄喜,您未将引退战的性质说全,大众不知,本音埜一门都明白,引退战也是上位战,对局者是上一代本音埜选中的下一代本音埜。"

素乃说:"顿木乡拙已死,俞上泉属于我了。引退战,他天然成为我弟子。这是我苦心的一手。"

前多外骨说:"这么做,不但没让他输掉颜面,反而做实了他是棋界第一人,军部幕僚知道后,会更加恼火。"

素乃说:"这里是杭州,不是日本!你不说,谁知道?"

前多外骨屈服。

素乃说:"俞上泉的本音埜上位仪式,留待战争结束后吧。如果我活不到那时,你要作证,主持此事。"

前多外骨领命,大喊"嗨"。

潮响宫批示,"给予通过。"

按照素乃体质,百手之局,要下三月。飓团兄喜特批,俞上泉可接家人来杭团聚。上海,近在咫尺,俞上泉却未让接母亲,请从日本接夫人平子。

飓团兄喜说:"您是担心性命危险,而不让母亲在身边?俞先生,本音埜和我已定下巧计,请您宽心。"

俞上泉笑笑,未改原意。

棋局第一日,裁判席上坐有一位僧人,是从高野山赶来的牧今晚行。俞上泉持黑先行，第一手占高过小目的星位，第二手占低于小目的三三位，第三手占据棋盘正中的天元位。素乃保持本音堑传统风格，以小目连占二角。

前多外骨向记者解释，俞上泉的三手，都是素乃批判过的恶手。星位不高不低，想守住角空，还需加补一手。三三位过低，会遭压封，断绝发展空间。天元华而不实，极易沦为无用之招。

下到二十余手，素乃打卦，暂停对局。

以三恶手应战本音堑——众记者看懂了戏剧性，当日报纸脱销。

素乃要休息七日。高野山大阿阇黎牧今晚行来杭，为在杭州机场给半典雄三做安魂法事，那是他在大地上的最后停留处。俞上泉、前多外骨、西园寺春忘、飓团兄喜参加，仪式后，牧今晚行邀俞上泉做客。

西湖边北山路一栋日军征收后转售给日本商人的别墅，是牧今晚行暂居所。

牧今晚行说："高野山上，半典雄三的流氓气褪去大半，见到您时，剩的不多了吧？"

俞上泉笑起："还是浓重。上飞机前向我辞行，却是全没了。"

"预示着转生后，他当生在个文化人家。"

俞上泉垂眼："该如此。"

"听闻你教他《大日经》？您不是密教人，您可真自信。"

"天神也会听我讲法，何况半典雄三？"

牧今晚行瞪眼："反了反了！"

俞上泉盯住他眼："上人——"

牧今晚行怒目转为笑意："我不做戏逗乐了，您看了不可思议疏？"

至三十一品，《大日经》经文完结。之后还附录五品，《大日经》传到大唐的第二代，有位名为不可思议的阿阇黎，觉得《大日经》篇幅长、内容重复，根据第一代口述，落笔合并为五品，不是简单剪裁，为概括要说新语，有《大日经》里没有的内容。

密教传统，《大日经》第一品讲义理，口言可明，称为口疏。二品至三十一品，以作法揭示义理的奥妙，名为奥疏。附录五品，以那位阿阇黎的名字命名，称为不可思议疏，肯定他的个人出新。

不可思议疏第五品真言事业品言：当自己是可以在任何时间地点显现、以种种巧妙方式救众生的观音菩萨吧！你读诵佛经，众生便会得救。你默诵佛经，会召来天神听法。

保持你是观音菩萨的自我认定，去工作、待人、饮食、睡眠。作为一个习惯于伤人伤己的人类，你不能再把自己往恶劣里想，想了，你必恶劣。深思，醒来！当你是观音菩萨吧。

清洁自己的心，外在的洗澡不重要。如果你做不到，那你就一遍遍地洗澡吧，利用洗身体，想象你的心得到清净。

一切密教作法，如同洗澡，从外在的形式入手，达到心的清净。外在的形式没有意义，但为度化悟性不佳的众生，有保留价值。

牧今晚行说："俞先生，您明白了密法，只欠一个灌顶仪式，便是正式的密教人了。我愿意为您效劳。"

印度国王的加冕仪式，以海水滴头顶，表示承接了祖先土地。密教模仿，以香水滴头、师父摸顶，表示求法者得到诸佛菩萨的法脉。

俞上泉说："没有人可以让我成为密教

人，除非我自己。我不求法，何需灌顶？"

牧今晚行说："哈哈，你是看不上我么？觉得我没有资格当你的师父么？"大笑过后，见俞上泉并不搭理，挑起大拇指赞叹："天才看人总是眼光挑剔，为免因看不起传法阿阇黎，而错过密教。密教留下一法，专门收摄你这类人物，不需要师资，自己给自己灌顶。"

俞上泉说："您又在做戏？"

牧今晚行满脸堆笑："不妨听听。"取出个水晶球。

想象球底部延下道无色的光，透过头骨，通入体内，在小腹里变出一朵无色莲花。安然静坐，无色莲花一变为金色，二变为白色，三变为红色。你的肉体消失了，你以红莲之身，仰望夜空，月亮为大日如来，星星为诸佛菩萨，夜空即是大日坛城。

月与群星运转的声音，转化为人类的发声为"叱"音，如大人呵止小孩调皮，仔细听，则有八十二个音：拿牟斯得利亚、提维嘎难、达塔格达难、嚂、维拉及维拉及、马哈加格拉，法纪里、萨达萨达、萨拉得萨拉得、得拉以得拉以、维达马尼、三盘加尼、德拉玛底、细达吉里亚、德兰、梭哈。

牧今晚行说："你念二十一遍，便自己给自己灌顶，成了正式密教人。请念。"

俞上泉说："叱！别逗了！"

牧今晚行大笑："灌顶完成！"

三十五、绝路

七日后，引退战延续。面对俞上泉的攻击，素乃下出艺惊四座的轻灵之手，不原地作战，大跳窜出，迈向俞上泉另一块阵地。俞上泉尴尬，追击，另一块阵地受伤，不追，攻击之手成了废棋，素乃将脱身而出，抢占上方大场，一举领先。

前多外骨递飕团兄喜纸条："是能流传后世的名手，可惜出现在序盘，否则俞上泉可以体面地认输。"

俞上泉陷入长考，三十五分钟后，还是追击。

五六手后，素乃反攻，俞上泉的追击之棋还需自补，素乃仍将脱身，抢占上方大场。俞上泉松手，指尖棋子落回棋盒，呼吸五次后，重拾打下。不自补，斜行大跳，绳子般拢住黑白双方，令素乃无法脱离，不得不在此应战。

此手轻灵，堪比素乃之前一手，且更精彩。

素乃破了对局时不语的规矩，叹息："我的东西，这么快，你就会了？"向裁判席做手势，表示打挂，暂停对局。

与上次打挂不同，素乃未交代休息几日。

当日观战记，飕团兄喜处理急务，由前多外骨代笔。以《力争最妙手》为题，文风明显不同，酷似日本人熟悉的《三国演义》。

引发又一次来杭打球的潮响宫兴趣，召俞上泉来凤凰山。

相见方式，是潮响宫在两百米外以望远镜相看。俞上泉草坪上站了十五分钟，两百米外跑来位球童，负责捡球、背球杆的十二三岁少年说："亲王问，围棋是不是跟高尔夫球一样，也是角度、力度的技艺？"

俞上泉说："不是。"

球童跑回，片刻，两百米外开来辆草坪车，下来位成年人，自报是亲王的生活秘书，代表亲王谈话，希望他用最简洁的语言，讲述如何将围棋技巧用在真实的战争上。

俞上泉说："用不上。棋盘上，谁先从争斗中醒悟，谁是胜者。追求争斗，是败因。围棋的妙手，都是脱离之手。"

秘书开车走了，片刻回来，说："亲王表示感谢，请回。"

次日，前多外骨受召上凤凰山，与生活秘书对谈后，受到潮响宫面见。一见之后，连续召见四日。

潮响宫感慨："与您相比，俞上泉是个不懂棋的人呀。您在十番棋上输给他，不合天理。"

前多外骨说："天理，从来如此。为推广正道，会先让邪道横行。"

十五日后，素乃再开局，通过应战，在右侧形成广阔阵势，残余一个漏洞，俞上泉可从左上角侵入，封闭此路径，将成为大空。但素乃放弃自围，终于抢占上方大场。

俞上泉破去素乃右方大空，观者皆惋惜。

飕团兄喜递前多外骨纸条："本音堃心气太强，被两次阻挠后，第三次抛弃大空，也要占上方？得不偿失啊！"

前多外骨低声呵斥："你懂什么！"

他对自己从来是恭敬有加，难以想象会说出硬话。想到他和潮响宫的关系，飕团兄喜自责乱说话。

前多外骨似乎亦震惊于自己的强硬，补写纸条："围棋不是视觉艺术，右边没有看起来大。"做出挽回。

飕团兄喜回复："我真是太浅薄了，不懂本音堃的深谋远虑。之后观战记，都由您写。"

前多外骨说："不好吧？"

飕团兄喜说："贤位当由贤者居之，请您不要推辞。"

前多外骨点头，从此二人逆转了尊卑。

棋盘上，俞上泉从下边扩展，围成类似素乃右边大空的情况，卖破绽，给素乃留出侵入的路径。素乃畏惧俞上泉有特别手段，展开战斗，会让自己耽误在此，他抢得先手，打入左上角。长考两小时后，素乃仍不敢落子破空，叹一声："你又会了。"

再次打挂。

十二日后开局，素乃打入下边，不是俞上泉预留出的侵入路径，是必死的落点，以制造割裂的方式求生。俞上泉陷入复杂对杀，无暇再打入左上角。

对杀结束，素乃活棋，俞上泉损失小份空地，抽身而出，终于打入左上角。素乃体力不支，提出打挂。

当日观战记，迎合潮响宫趣味，以《火烧连营》为题，前多外骨评说，看似得逞的俞上泉，其实落入圈套。阻止俞上泉打入右上角，是素乃一贯战略，在下边对杀中，原本可先手活棋，之后回到左上角守空，却走错一个次序，落了后手，让俞上泉打入左上角。

这个次序错误，前多外骨认为，是素乃故意为之，推翻之前守空战略，构思出大规模作战的新想，本音堃的斗志令人钦佩。

此篇观战记，读者反响不佳，认为媚语失实，为素乃的失误遮羞。

出乎意料，两日后素乃即重开局，被观战记言中，俞上泉在左上角活棋后，素乃回头，再次打入下方俞上泉大空。下方大空已经过一轮对杀，黑白子界限明确，已无漏洞，却因俞上泉进左上角，拱起上方白棋形状，凑近下方大空，对素乃两次打入之子，有了接应。

打入之子滑溜活出，俞上泉大空再遭缩减，顿成败势。

此手为八十六手，虽未至百手，但大差不差，面对素乃妙手，俞上泉已可体面认输。

俞上泉起身行礼，素乃却先开口："听闻你给牧今上人讲解不可思议疏，请给我也讲一品。"

俞上泉愣住。

素乃说："是真想听。"

俞上泉汇报，不可思议疏第四品持诵法则品：你明了自身是大日如来、诸佛菩萨都是你所变后，你供奉的大日坛城绘图，往往会出现发光发热的幻相。你别多想，那是你脱离了人间幻觉后产生的新一种幻觉，你沉迷幻觉的习惯，令你生出了它。

你还会有别的幻觉，比如出现恶人恶事，你一着急，所有修行作废，又堕回人间幻觉。此时请念真言，沉溺于真言，好过沉溺于幻觉。请念真言，度过这个刚脱离幻觉的阶段。

望着八十六手，素乃如痴如呆："还想听。"

俞上泉汇报，不可思议疏第三品供养仪式品：以涂香、燃香、献花、献食供养佛像，不如以拯救众生的愿望来供养佛像。念诵真言，祈请诸佛菩萨的真身入于佛像中，不如念诵真言，祈请诸佛菩萨入于我身中。

素乃说："不如……打挂吧？"

当夜，素乃去牧今晚行别墅作客，透露心声："这该是我此生最后一盘棋了，不想让它停下。"

陪同而来的前多外骨发言："该停下。还往后走，失去美感。"

素乃斜眼："什么时候开始，你已经可以插我的话了？"

前多外骨鞠躬致歉，素乃挥手，让他去门外等。

牧今晚行问："您赢了么？"

素乃说："开始以为是，亲眼目睹，俞上泉诱导半典雄三下出二十年前的棋谱，他也有能力造出我的妙手。"

牧今晚行说："噢，您是疑心了。"

素乃说："所以想再下下。"

十五日后，重开局。俞上泉先入室，候在棋盘前。

素乃轮椅行至说："还有余暇，再讲一品不可思议疏吧。"

俞上泉汇报，不可思议疏第二品增益守护清净行品：在家闭门修行，以真言完成礼敬诸佛、赎已身罪、皈依诸佛、布施众生、发菩提心、请佛真身、请护法等流程。

如果久修无效，是因为你觉得要付出巨大辛劳，才有成果。你对自己太不好了，不要怯弱，改变这个认识，刚结手印，便得清净，一念真言，即获法力。

素乃慨叹："疑心，是因为怯弱。受教，请再讲一品。"

俞上泉汇报，不可思议疏第一品真言行学处品：小学校规般，讲学习心态及山中修法的选地标准。特别说明，一个爱发火的人，就别学密教了，嗔恨会毁掉所有修行。

唯一情况下，你可以表现嗔恨，那是为了降服忘恩负义的人，但你心要慈悲，嗔恨是你的假相。

素乃望向前多外骨——他承受了我太多嗔恨。略露歉意，扭头："时候到了，下棋吧。"

俞上泉大势已去，唯一不安定因素，是棋盘中央双方各有一小块浮子，原地做活不易，连回阵地不难。俞上泉落子，断去白子归路。

以弃子战术，逼俞上泉吃下这几个白子，白棋得以加固中央，将以二目获胜。俞上泉断白子归路之手，看似凶悍，实则是认输台阶。

素乃眼光暴起，亦断去这几个黑子归路，要全部吞吃。

前多外骨递飕团兄喜纸条："三十年前，本音垫对阵炎净一行，便是为追求大胜，自造险境，几乎把赢棋下输。"

飕团兄喜受宠若惊，写纸条回复："八十六手后，由您接手下，会成就一盘名局。"

前多外骨瞟来一眼，亮得逼人，不知是斥责还是嘉许。

中央黑白子，双双不活，绞在一起，向右方延伸十余步，未能有一方活出，于是又向左侧延伸，十余步后，俞上泉停止落子，盯着棋盘。

三十年前争夺本音垫之位，炎净一行看出素乃对自己的必杀手段，而不愿向素乃认输，便这样盯着棋盘，直到用光规定时间，以"超时"的名义，由裁判判负。

素乃叹息，自己漏算，黑棋对白棋有必杀技，俞上泉已发现。

院中有鸟鸣，俞上泉的头忽然垂下，响起鼾声，竟然睡着。飕团兄喜走上，向素乃致歉，说在俞上泉水杯中加入麻药，我们更改一枚白子位置，您还是赢棋，俞上泉醒后，也会默许这一改动。

素乃望向前多外骨："你的主意？"

前多外骨行礼："下这局棋，您的本意是保他性命。请让他输吧。"

素乃指向昏睡的俞上泉："这个人刚才在跟我全力战斗，他忘了保命计划，心里只有棋。我要尊重他。"

达成共识，俞上泉醒后，是假装没发现必杀技，起立认输，还是为这盘棋负责，下出必杀技？是他的选择。

素乃命前多外骨拉开纸门，露出庭院风光："这么好的天气，如果不是真在下棋，则太遗憾了。"

飕团兄喜拿药水瓶置于俞上泉鼻下，迅速开盖又迅速合上。一个强烈的喷嚏后，俞上泉醒来。

盘上棋子都在原位，未做改动。俞上泉落子，素乃欠身："承蒙指点，我输了。"

三十六、乐土

引退战的最后一篇观战记，推延一日方登载。前多外骨无心写，还由飕团兄喜执笔。他极为看重，为找灵感，在西湖边酒楼雇包厢写作，开窗遥望湖水，水面打来暗枪。

他生性多疑，一贯行踪莫测。如此不谨慎的死法，令华机关特务们不敢相信。

引退战后，俞上泉没再出过居住的药铺，二楼侧室开辟成书房，一日三餐由夫人平子亲手做，住在一楼的华机关特务负责买菜。

一日中午，平子端饭菜入书房，俞上

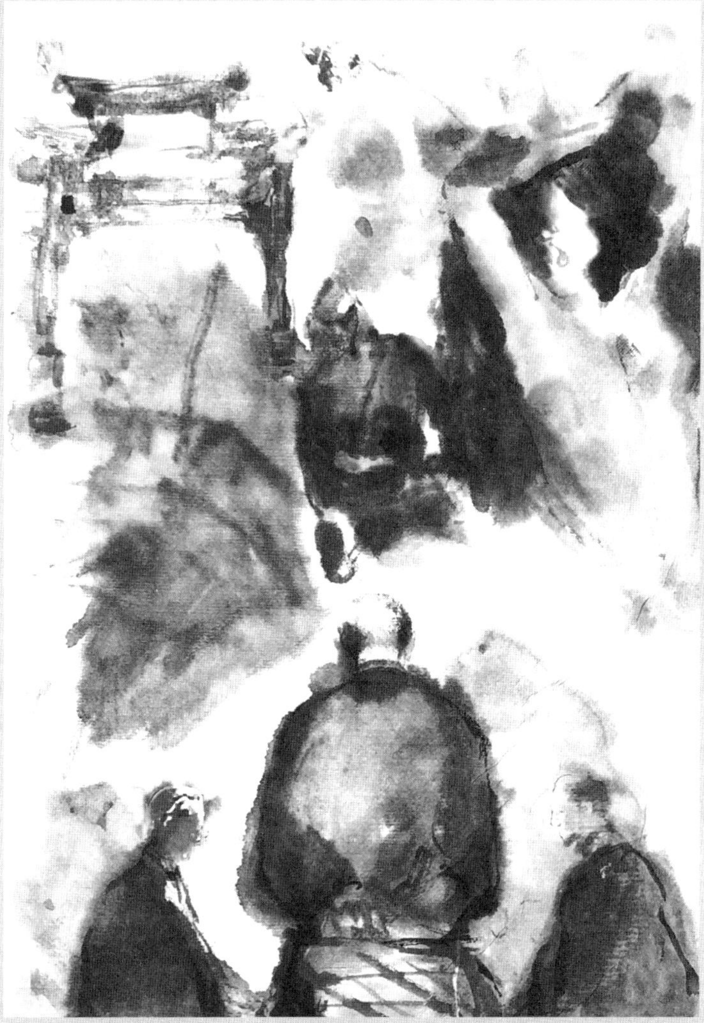

泉拍着一叠写好的棋谱:"十二岁到日本,就不断比赛,停下来研究围棋,可能只有一年吧?"

俞上泉整日写的是以前对局,平子劝他不必如此辛苦,他所有的对局都有记录,保存在东京棋院、全日本联赛调理会的资料室,并在《围棋年鉴》《棋道》等杂志刊载。

俞上泉笑答:"棋手下一局等于下了多局,其中很多构思因对手没有下出最佳应手,而无法下出。现在我以神为对手,写出我那些没有下出的棋。"

饭后,西园寺春忘造访,他要离开杭州,特来告辞。

日本密教各派要云集新加坡,举办为太平洋海战祈祷的联合法会,媚好军部。他接到宗家指令,要他代表西园寺家族参加,发挥他的理论天赋,寻机与最富名望的阿阇梨牧今晚行辩论,辩而胜之,抬高西园寺家法在密教界的地位。

西园寺春忘说自己信心不足,俞上泉不好鼓励,西园寺春忘告辞:"耽误您太多时间了。"送上临别礼物《大日如来三十七尊坛城》画卷。

平子惊喜:"画的是什么呀?"

西园寺春忘戴上老花镜,随看随说:

"有一片黄色大地,之上是白色大水,水上为红色大火,火上有黑色大风,风上是蓝色虚空。虚空涌出香雨,浇灌七座金山,汇成八方大海。

"八方海变成八叶莲花,遍满宇宙。莲花化为八柱楼阁,装无尽财宝,住无尽菩萨。楼阁中央有金黄圆月,圆月变成绝美十四岁少女,少女变成大日如来。

"大日如来身旁有三十七尊菩萨相伴,身后虚空,密布诸佛。大日如来戴五方冠,披纱缦衣,璎珞装饰,全身散发月色柔光,宣说'阿钁(完)览啥欠(坎)'五音,散达十方。

"山海大地从'阿'音生,江河湖泊从'钁(完)'音出,日月星辰、金银珍宝、火烛光明因'览'音而成,谷物水果花卉因'啥'音结出,女人美色、男人庄严因'欠(坎)'音而有。

"五音降至天界,转为'阿微辣吽岂'五音,降至人间转为'嗡琴'二音。"

西园寺春忘解释,这是大日如来上中下三品真言,其中功运,以菩萨的智慧法力亦不能尽知,唯大日如来自知。

平子问:"人不能知,念之何用?"

西园寺春忘张开缺了数颗牙的口,承认有此遗憾。

俞上泉笑起:"念之有用,你我是大日如来。"

《大日经》一书千言万语,只是说一切众生本是大日如来,个个皆具大日坛城,如千灯相互照射而彼此无碍。

平子赞叹画卷:"它好美啊。"

俞上泉说:"美不过人间。"

西园寺春忘说:"人间之美,我感受不到。"告知,日军近期统计,中方累计死亡官兵一百一十九万七千余人,负伤一百三十二万六千余人,失踪十七万三千余人。

他迈出药铺大门,要俞上泉和平子留在门槛内。

"对不值得尊重的客人,主人不送出门。我要去做的事,不值得尊重。俞先生止步。"

日本四国岛,母养山,恩山寺。素乃在院中晒太阳,持剪刀剪硬纸片,剪出六片后,在他人帮助下,以胶水粘成一个六

444

角形纸盒。

前多外骨从寺门走入，汇报他接受东京棋院聘书，上任理事一职，即要离开。

素乃扬起六角形纸盒，说："传统棋盒是圆形的，多是紫檀木、楠木等名贵木料，即便以草编制，因需要精细手艺，原料费低，手工费却高，一样不便宜。而六角形，用硬纸板就可以拼成，棋盒的价格降下来，普及围棋会有利。"

前多外骨说："廉价棋盒会让围棋的文化档次下降。对于爱好者来说，是出于对围棋的向往才学棋的，他们愿意花大价钱买好棋具。您的发明，脱离现实。"

素乃怒喝一声，前多外骨低头退后，鞠躬致歉。

素乃转为笑容："跟了我这么久，你第一次如此直接地跟我说话，很好。"

前多外骨仍是致歉站姿，没有抬头。

素乃问："杭州的情况如何？"

前多外骨说："俞上泉还活着，在等待一个合适他的死法。您该对此负责。"

素乃冷脸："当了理事，下一任本音垄也是你吧？"

前多外骨没应话，点头，退出。

素乃捧着纸片棋盒，转望向天际。

杭州最外围的检问所，驶出一辆轿车，接近游击队活动的危险区域方停下。司机先出，从侧座搀出一人，取下车顶绑着的折叠轮椅，扶其坐上。

是段远晨。

车后门打开，下来位人，是雪花山的郝未真。司机从后备箱里取出个草席卷，递给他。里面是英式狙击步枪。

司机坐回车内，紧闭车门。段远晨提防司机仍能听到谈话，作手势要郝未真推自己行远些。

推出六十米，段远晨说话："你在杭州打暗枪，毙了不少日本人，被捕后受刑也算条硬汉，我想不到你会为亲王打这一枪。"

郝未真说："能换得出狱，为何不做？"

段远晨说："你不该。我查到，你出身雪花山，俞上泉是道首之子，你曾经舍命保卫过他。"

郝未真说："以前的事了，雪花山没落，给不了什么，我这身本事，中统给得起价。"

段远晨说："好奇是什么改变了你？"

郝未真说："儿子。"

段远晨叹息："往往如此。日本发动太平洋战争不明智，或许明年或许后年，就是你在追捕我了。亲王给我的指令是，你开枪后便将你除掉。放你出杭州，我冒风险，明白我的意思么？"

郝未真试探问："如果日本战败，国军光复杭州时，放你条生路？"

段远晨冷笑："逃生，我起码还可以做到。"

又问："你早年出身中统，要我代你与中统高层联络？"

段远晨摇头："做我们这行的，不如女人。女人尚可改嫁，我们改了也不会得到信任，我已改过一次，不能再改了。"

再问："你为何救我？"

段远晨说："你会笑话我的，我只想做件善事。"

轮椅停住，郝未真吃惊不小。

段远晨嘿嘿笑了："我就知道，你会这样。棋上的胜负有目数计算，比起俞上泉，我们的胜负，是算不清的。"

郝未真重新推轮椅，许久后言："我有时会想，国家、民族、思想、经济这些词究竟有没有意义？我们的所为，究竟为什么？"

段远晨说:"我也有过这种焦虑,后来明白,是因为惯性。"

"惯性?"

"世上许多事没有道理,只是习惯——我累了。"郝未真松开轮椅推手,端正肩上草席卷,快步远走。

五十七分钟前。

平子端饭上楼,听到马嘶。推门,见坐在桌前的俞上泉停了笔,扭头望向三米外窗户。这样的视角,是看不到下面的。

平子放下饭菜托盘,问:"哪来的马?"向窗走去。

俞上泉抓住她胳膊,牵回桌旁:"考你几个中国字,看认不认得?"取张空白棋谱记录纸,铅笔写下几字,交给平子,自语"来了",行至窗前。

平子蹙眉看字,终于识得是"人间即是佛境"。

枪响,俞上泉足跟弹起,跌于地上。

眉心镶着银亮弹尾,在血未涌出之前,如释迦牟尼佛的八十种随形好之一的螺旋白毛。此毛抒直与佛身等长,螺旋缩于眉心,似一颗银质饰物,无比吉祥。

药铺北侧的湖岸上,溜达着三匹无主之马,运木拉煤的四川马,最为常见。

此刻,草青路长,山水安闲。

[特约编辑:朱婧熠]

图书在版编目（CIP）数据

收获长篇小说.2020.冬卷 /《收获》文学杂志社编.
-- 上海：上海文艺出版社,2020
ISBN 978-7-5321-7851-3
Ⅰ.①收… Ⅱ.①收… Ⅲ.①长篇小说－小说集－中国－当代 Ⅳ.①I247.5
中国版本图书馆CIP数据核字(2020)第242625号

名誉主编：李小林
主　　编：程永新
副 主 编：钟红明　王　彪

发 行 人：毕　胜
策　　划：李伟长
责任编辑：李　霞　于　晨
封面设计：木　森
插　　图：李　筱
特约法律顾问：王　嵘　光　韬

书　　名：收获长篇小说 2020 冬卷
编　　者：《收获》文学杂志社
出　　版：上海世纪出版集团　上海文艺出版社
地　　址：上海绍兴路7号　200020
发　　行：上海文艺出版社发行中心
　　　　　上海市绍兴路50号　200020　www.ewen.co
印　　刷：苏州市越洋印刷有限公司
开　　本：710×1000　1/16
印　　张：28
插　　页：2
字　　数：564,000
印　　次：2020年12月第1版　2020年12月第1次印刷
Ｉ Ｓ Ｂ Ｎ：978-7-5321-7851-3/I.6226
定　　价：55.00元
告 读 者：如发现本书有质量问题请与印刷厂质量科联系　T:0512-68180628